아프리카!
토니 모리슨의 문학적 지형

아프리카!
토니 모리슨의 문학적 지형

이영철 지음

도서출판 | 동인

문학 연구는 다양한 견해와 시각 차이를 다원주의에 근거한 다중적 담론의 콘텐츠로 활성화시키는 작업이다. 즉 그것은 절대 진리의 허구성을 비판하며 어떠한 준거의 틀에도 얽매이지 않는 비평적 자유를 통해 경쟁적 담론을 생산하는 것이다. 이를 말해주듯, 토니 모리슨(Toni Morrison)의 문학은 다양한 언어적·문화적·사회적·정치적 비평담론들을 양산해온 전통적인 문학비평 양식들뿐만 아니라, 동시대 문학비평양식들, 즉 페미니즘, 흑인여성주의, 신역사주의, 탈식민주의, 그리고 흑인문화주의 등을 통해 끊임없이 논의되어 왔다. 하지만 기존의 이 같은 연구들은 문학연구의 또 다른 다변화를 유도하는 시공간적 범주보다 각각의 이론적 프레임에 따른 주제적 목적을 강조한 탓에 미국의 남부, 미국의 전역, 또는 미국의 일부 주변국들로부터 아프리카에 이르기까지 거대 시공간을 넘나드는 모리슨의 문학적 지형을 추적하는 데에 소홀했다. 그 결과, 기존의 연구들은 모리슨의 문학적 주제들과 형식들을 추적하는 데에 많은 성과를 이끌어냈음에도 불구하고, 모리슨의 문학적 지형을 아프리카로 옮겼을 때에 문학연구의 시공간적 변화로 인해 새롭게 접할 수 있는 독특한 종교, 철학, 의식, 그리고 관습을 추적하는 데에 한계를 드러냈다. 테레즈 히긴스(Therese Higgins)가 모리슨의 문학을 폭넓고 심층적으로 읽기 위해 "아프리카를 먼저 파고들어가야 한다"(ix)고 제안하듯, 모리슨의 독특한 종교, 철학, 의식, 그리고 관습은 그녀의 문학적 지형을 미국의 남부, 미국의 전역, 또는 미국의 일부 주변국들로부터 아프리카로 이어지는 거대 시공간으로 옮길 때에 구체적인 추적이 가능한 아프리카의 문화적 자산들이다. 따라서 모리슨의 이 같은 문화적 자신들을 구체적으로 천착(舛錯)하기 위해 무엇보다 우선시해야 할 일은 침묵을 강요당하며 고향을 떠나야 했던 아프리카인들의 역사적 이동 경로, 즉 대서양중앙항로를 경유하여 궁극적으로 아프리카에 도착할 때에 그 끝을 드러내는 그녀의 문학적 지형으로 향하는 일이다.

이 책은 모리슨의 문학적 지형을 아프리카 전통사회1)로 옮겨 아프리카 인들과 아프리카계 이주민들 사이에서 공유해온 문화적 유산들에 비춰 논의하기 위해 기획한 책이다. 모리슨의 문학을 아프리카 전통사회의 문화에 비춰 연구한 학자들은 국내외를 통틀어 현재까지 히긴스와 라 비니아 델로이스 제닝스(La Vinia Delois Jennings)가 유일하다. 국외 연구들 중에서 캐슬린 애쉴리(Kathleen Ashley), 신시어 데이비스(Cynthia Davis), 트루디어 해리스(Trudier Harris), 그리고 데버러 반즈(Deborah Barnes)의 연구들은2) 모리슨의 문학적 지형을 미국 내의 남부 또는 아프리카계 공동체로 제한하고, 이에

---

1) 필자가 이 책의 곳곳에서 빈번히 사용한 '아프리카 전통사회'란 명칭은 지난날의 아프리카 사회 또는 현대 아프리카 사회로부터 차단된 오지의 아프리카 사회를 지칭하기 위한 명칭이 아니다. 필자는 아프리카 사회 역시 다른 사회들처럼 다양한 분야에서 많은 변화를 거듭해온 사회라고 인식하고 있다. 하지만 필자가 '아프리카 전통사회'란 명칭을 통해 강조하고자 하는 사항은 아프리카인들의 의식과 삶 속에 유구한 역사와 함께 이어져온 종교, 문화, 철학, 그리고 관습이다. 필자는 이 같은 요소들을 아프리카인들의 고유성을 말해주는 의식과 삶의 범주로 이해하고자 했으며, 이를 계승해온 아프리카 사회를 '아프리카 전통사회'로 지칭했다. 즉 필자의 이 명칭은 사회적·문명적 변화에도 불구하고 아프리카의 전통을 계승해온 과거와 현재의 아프리카 사회를 통시적 차원이 아니라, 공시적 차원에서 문맥화하기 위한 명칭이다.
2) 학술논문으로 발표된 애쉴리, 데이비스, 그리고 반즈의 연구는 이 책의 제7장 '머리말'에서 아프리카 마녀와 관련된 모리슨의 전기적 배경을 논의하기 위해 소개함.

비춰 그녀의 문학 속에 나타난 아프리카계 미국인들의 신화와 민담을 추적한 연구들이다. 따라서 이 연구들은 아프리카계 미국인들과 미국 밖의 아프리카인들이 공유해온 아프리카 전통사회의 의식적·관습적 흐름들과 특징들을 재해석·재창조한 모리슨의 문학을 확장된 시각과 함께 추적하고, 히긴스와 제닝스의 연구들보다 상대적으로 연구의 핵심적 목표에 도달할 때에 느낄 수 있는 성취감을 떨어트린다.

히긴스는 2001년에 출간한 『종교성, 우주론, 그리고 민담: 토니 모리슨의 소설들 속에 내재된 아프리카 영향』(*Religiosity, Cosmology, and Folklore: The African Influence in the Novels of Toni Morrison*), 그리고 제닝스는 2008년에 출간한 『모리슨과 아프리카 사상』(*Morrison and the Idea of Africa*)에서 모리슨의 문학 속에 내재된 아프리카 전통사회의 문화를 작가의 전기적 사실들, 아프리카계 미국작가들의 담론, 그리고 다양한 아프리카 연구들을 바탕으로 논의했다. 이와 관련, 히긴스와 제닝스의 연구들은 모리슨의 문학적 지형을 아프리카 전통사회에 비춰 논의할 수 있는 길을 열어줬다고 평가를 받기에 조금도 부족함이 없는 연구들이다. 히긴스는 아프리카 전통사회의 신, 정령, 우주론적 신앙, 조상, 공동체 의식, 그리고 프런티어 정신을 아프리카 종족들의 삶과 의식을 통해 논의하고, 이런 요소들이 모리슨의 문학 속에 어떻게 형상화되었는지를 추적했다. 히긴스에 이어, 제닝스 역시 아프리카 전통사회의 마녀, 조상, 치유사와 사제를 철학적·우주론적·종교적·관습적 시각에 비춰 논의하고, 이런 요소들이 모리슨의 문학 속에 어떻게 형상화되었는지를 추적했다.

하지만 히긴스와 제닝스의 연구들은 모리슨이 최근까지 발표한 열한 권의 소설들 중에 일곱 번째 소설 『낙원』(*Paradise*)을 비롯한 『낙원』 이전의 소설들에 한정된 연구들이다. 뿐만 아니라, 모리슨의 작중 인물과 그 사건에 편중된 그들의 연구들은 아프리카 전통사회의 문화유산에 뿌리를 둔 모리슨의 기억과 시간을 독립된 주제들이 아닌, 별도의 부분적 주제들로 다뤘다. 따라서 그들의 연구들은 모리슨의 미학적 문맥을 추적하는 데 있어서 놓쳐서는 안 될 '기억을 통한 역사쓰기,' '기억과 시간의 상관성,' 그리고 '시간과 서술적 시점'의 상관성에 대해 충분한 논의와 명료한 결론을 유도하지 못했다. 물론 제닝스의 연구는 히긴스의 연구를 상당 부분 보완해주는 연구임과 동시에 필자의 연구에도 많은 논지의 토대를 제공해준 심층적 연구이다. 하지만 히긴스의 연구는 철학적 사고와 논리에 바탕을 둔 제닝스의 연구와 달리 모리슨의 이 같은 미학적 핵심들을 상당 부분 간과한 채 작중 인물들과 그 사건들에 편중된 연구라는 평가를 피하기 어렵다.

　이 책은 히긴스와 제닝스의 연구를 모범적인 선행연구들로 수용한 책이지만, 이에 그치지 않고 그들 모두가 간과한 주제들과 작품들을 추가·확장한 책이다. 즉 이 책은 『낙원』이전의 소설들에 한정된 히긴스와 제닝스의 연구들과 달리, 『낙원』이전과 이후에 발표된 열한 권의 소설들에 나타난 모리슨의 신과 사제들, 시간, 기억, 공동체 의식, 조상, 치유사, 그리고 마녀를 별도의 독립적 주제들로 확장하여 아프리카 전통사회의의 문화적 유산들, 즉 종교적·우주론적·철학적·신화적 의식과 가치관에 비춰 심층적으로 논의했다. 뿐만 아니라, 이 책은 제닝스가 부분적으로 논의한 모리슨의 시간, 기억, 그리고 트릭스터(trickster)를 새로운 주제들로 추가하여 상호 미학적 문맥성을 아프리카 전통사회의 철학적·의식적·관습적 개념과 시각에 비춰 논의했다.

　모리슨은 아프리카의 전통적 문화에 대해 풍부한 지식을 소유한 작가이다. 즉 모리슨은 과거와 조상들의 생활방식과 행동양식 대해 이야기해주는 친구들과 공동체 구성원들 사이에서 성장하며 민담 속에 내재된 아프리카 전통사회의 문화를 자연스럽게 접했다(Higgins viii-ix). 하지만 아프리카 전통사회에 대한 모리슨의 보다 더 심층적인 지식은 제닝스가 그녀를 고전

학자로 소개했듯이 학문적 열정과 노력의 결과이다. 제닝스는 모리슨의 미학적 목표에 대해 "서유럽에서 기독교가 혼돈스럽게 만들어놓은 서아프리카 전통문명의 생존물로부터 먼지를 털어내는 것"(1)이라고 밝혔다. 제닝스의 이 같은 견해는 모리슨을 유럽의 거대 문명과 문화에 의해 간과되거나 묻혀버린 아프리카 전통사회의 문화 복원 또는 부활을 위해 노력하는 작가로 각인시켜줌과 동시에, 문학을 통해 아프리카 전통사회의 문화를 재해석·재창조한 작가임을 밝혀준다.

모리슨은 기독교 가정에서 태어나고 성장했지만, 순수한 기독교도라고 단정할 수 없는 작가이다. 모리슨이 자신의 가족 신앙에 대해 "성서 밖에 존재하는 무엇"(177)이라고 언급한 것처럼, 그녀의 가족 신앙은 순수한 기독교 신앙이 아니라, 기독교 신앙을 아프리카 전통사회의 종교적 유산에 비춰 재해석·재창조한 신앙이다. 모리슨은 이 같은 가족 신앙을 경험하며 자연스럽게 수용했다. 이를 말해주듯, 모리슨이 소설들 속에서 형상화한 신은 절대적 선(善)을 강조하는 기독교의 초현실적 유일신이 아니다. 즉 그녀의 신은 다신론에 바탕을 둔 아프리카 전통사회의 신들, 즉 유일신, 잡신들(유일신에 의해 창조된 신들과 사후의 조상신들), 그리고 정령들이며(Jennings 29), 현실과 초현실, 그리고 삶과 죽음의 영역을 넘나들며 선과 악을 모두 행하는 신이다(Jennings 26). 따라서 이 책의 제1장은 기독교의 유일신에 대한 모리슨의 시각을 논의하고, 이어서 모리슨의 신과 신의 역할을 대행하는 사제를 아프리카 전통사회의 종교관에 비춰 논의했다.

아프리카 전통사회는 유일신, 잡신들(신에 의해 창조된 신과 인간의 조상신), 그리고 정령들을 모두 신으로 간주하고 각각의 신을 천국과 지상, 이상과 현실, 선과 악으로 구분되는 대립적 요소들의 조화체로 간주한다(Jennings 37 또는 38). 신에 대한 아프리카 전통사회의 이 같은 개념은 그들의 우주관에 바탕을 두고 있다. 콩고(Kongo)의 우주도(cosmogram: 요아(Yowa)

로 불리는 십자형 우주도. 이 책의 표지에 수록함.)에서 태양은 네 시기, 즉 수평축으로 일출과 일몰, 그리고 수직축으로 정오와 자정, 그리고 수평축과 수직축이 만나는 중심축으로 이루어진다. 일출시기는 오른쪽의 동쪽과 생명, 일몰시기는 왼쪽의 서쪽과 죽음, 수직축 상단의 정오 시기는 북쪽과 남성, 그리고 수직축 하단의 자정 시기는 남쪽과 여성을 상징한다. 그들은 태양을 이처럼 네 개의 시기들로 분류하고, 그것들을 대립적이지만 보완적 관계로 간주하며, 신 또한 이 같은 우주론에 바탕을 둔 사위일체(四位一體)적 존재로 간주한다. 따라서 모리슨이 신을 사위일체적 존재로 간주한 것은 우주론에 바탕을 둔 아프리카 전통사회의 신에 대한 그녀의 심층적 지식을 반영해준다.

모리슨은 신을 사위일체적 존재로 인식했지만, 유일신과 유일신에 의해 창조된 잡신들을 작중 인물로 형상화하지는 않았다. 그녀가 유일신과 유일신에 의해 창조된 잡신들을 작중 인물의 범주에서 배제한 이유는, 작가적 언급이 없는 상태에서 함부로 단언하기 어렵지만, 기독교와 이슬람교의 유입을 기점으로 유일신을 초현실적 존재로 재해석해온 아프리카 전통사회처럼, 현실로부터 벗어난 여백의 인물들 또는 사실주의적 범주에서 형상화할 수 없는 초현실적 인물들로 그들을 재해석했기 때문이라고 말할 수 있다. 아프리카 전통사회는 기독교와 이슬람교의 유입을 기점으로 자체의 종교적 체제를 변함없이 유지한 채 유일신과 유일신에 의해 창조된 잡신을 부분적으로 인간중심적 존재들로부터 초현실적 존재들로 재해석하는 경향을 보이고 있다(Mbiti 2-3).

아프리카 전통사회의 이 같은 경향은 유일신에 대한 그들의 전통적 개념을 기독교와 이슬람교의 초현실적 개념을 비춰 재해석하고 있음을 말해주는 것으로, 유일신에 대한 모리슨의 개념 역시 기독교 가정에서 성장한 전기적 사실을 고려할 때 기독교적 개념을 부분적으로 수용한 개념이라고 말할 수 있다. 이를 증명하듯, 그녀는 유일신과 유일신에 의해 창조된 잡신들을 작중 인물로 형상화하지 않은 대신, 사위일체적 신들 중 네 번째 신들, 즉 인간과 가장 가까운 서열에 위치하며 인간의 삶에 개입하는 신인 정령, 그리고 정령과 인간의 매개자이자 대리자인 사제를 작중 인물들로 형상화했다. 그녀가 이처럼 그들을 작중 인물의 범주에서 배제한 이유는 아프리카계 미국인들의 역사와 현실을 사실주의적 관점에서 탐구한 그녀의 문학적 성향에 비춰 추론할 수 있다. 그녀는 『가장 푸른 눈』(*The Bluest Eye*)에서 기독교의 초현실적 유일신을 벽에 걸린 사진 속의 인물(75)로 묘사했다. 그녀의 이 같은 작중 전략은 기독교의 유일신을 초현실적 존재란 인식에 따라 현실적 범주와 사실주의적 범주를 초월한 존재로 형상화하기 위한 전략이다. 따라서 그녀가 아프리카 전통사회의 유일신과 유일신에 의해 창조된 잡신들을 작중 인물의 범주에서 배제한 이유 역시 그들을 기독교의 유일신처럼 현실로부터 벗어난 여백의 인물들 또는 사실주의적 범주에서 형상화할 수 없는 초현실적 인물들로 인식했기 때문이라고 말할 수 있다.

모리슨은 『가장 푸른 눈』에서 메시아로서 기독교적 신의 역할 부재를 지적하는 한편, 『자비』(*A Mercy*)에서 미국의 기원역사와 더불어 신대륙에 상륙한 기독교의 인종적·종교적 억압과 폭력을 추적했다. 모리슨이 백인 중심사회의 종교와 신에 대해 이 같은 비판과 추적을 병행한 의도는 백인 중심사회의 구세주로서 기독교적 신의 한계뿐만 아니라 인종적·종교적 타자들을 향한 기독교의 배타적 규범과 관행을 비판하기 위해서이며, 한 걸음 더 나아가 아프리카 전통사회의 신과 가치관을 인종적·종교적 차별과 폭력으로 인한 희생을 위로하고 치유할 수 있는 대안이자, 그 자체의 다원성과 복잡성을 통해 인종적·종교적 편견과 차별을 해소하고 화합을 이끌어낼 대안으로 제시하기 위해서이다. 모리슨은 이를 위해 『술라』(*Sula*)의 술라 피스(Sula Peace)를 공동체를 위협하는 악행을 저지르지만 아프리카계 공동체의 내부적 단결을 유도하는 정령으로, 그리고『가장 푸른 눈』의 소프헤드 처치(Soaphead Church), 『빌러비드』(*Beloved*)의 베이비 석스(Baby Suggs),『낙원』의 콘솔래타 소사(Consolata Sosa)를 정통적 종교들의 규범으로부터 벗어난 이단적 치유행위를 사제들로 형상화했다.

모리슨은 작중 플롯을 전개하고 작중 인물들의 사건을 묘사하는 데 있어서 연대기적 시간을 파기했다. 연대기적 시간은 직선적 이미지와 함께 과거·현재·미래로 이어지지만, 모리슨의 시간은 현재를 시점으로 과거로 회귀하는 시간이다. 즉 모리슨은 그녀의 소설들 속에서 미래를 제시하지 않았다. 『빌러비드』에서 작중 주인공인 세스(Sethe)의 목소리를 통해 "오늘은 항상 여기 있다. 내일은 결코 여기 없다"(60)고 밝힌 것처럼, 모리슨의 시간은 미래 없이 과거와 현재의 맞물림 속에 대과거, 과거, 그리고 현재가 앞뒤로 이어지는 시간이다. 따라서 이 책의 제2장은 모리슨의 시간을 아프리카 전통사회의 개념과 사례에 비춰 논의했다.

전통사회의 아프리카인들은 시간을 현재완료와 현재의 범주 안에서 이해할 뿐 지금 일어나지 않은 것, 즉 즉각적인 발생의 가능성이 없는 미래는 시간의 범주 속에 포함시키지 않는다(Mbiti 4). 그들이 미래를 시간의 범주에서 배제한 까닭은 시간을 태양계의 회전방향에 준거하여 "'앞으로' 움직이는 것이라기보다 '뒤로' 움직이는"(Mbiti 17) 것으로 간주하기 때문이다. 물론, 그들이 미래를 시간범주에서 완전히 배제한 것은 아니다. 그들은 일어날 것이 확실한 사건이나 계절의 순환과 같은 자연현상을 통해 나타나는 사건을 '잠재적 시간'이란 미래의 시간범주 속에 포함시킨다. 하지만 그들이 미래를 이처럼 제한된 사건들의 시간을 나타내기 위한 잠재적 시간으로 간주한 것은 미래를 시간범주에서 배제해온 관행을 말해주는 것이나 다름없다.

아프리카 전통사회의 시간은 현재와 두 종류의 과거, 즉 사사 시대(Sasa moment)와 자마니 시대(Zamani moment)로 이뤄진다. 사사 시대는 과거 또는 사후 세계의 시간이지만, 3세대로부터 5세대의 후손들에 의해 기억될 수 있는 시간이며, 시계방향의 반대방향으로 접근할 때에 과거, 현재, 그리고 미래의 시간개념들을 모두 포함한 시간이다. 자마니 시대는 사사 시대보다 더 먼 과거 또는 사후 세계의 시간이지만, 3세대로부터 5세대의 후손들에 의해 기억될 수 없는 시간이며, 시계방향의 반대방향으로 접근할 때에 사사 시대의 현재 또는 현재진행, 당장의 과거 또는 당장의 완료, 오늘의 과거, 그리고 최근의 과거 또는 어제의 과거를 모두 포함한 시간이다. 따라서 사사 시대와 자마니 시대는 서로 다른 시간이면서도 중복적이고 분리할 수 없는 시간이다.

모리슨은 아프리카 전통사회의 시간을 『가장 푸른 눈』, 『타르 베이비』(*Tar Baby*), 그리고 『빌러비드』에서 기억을 통해 인화되는 대과거, 과거, 그리고 현재의 반복적·순환적 시간을 통해 형상화했다. 즉 모리슨은 이 소설들 속에서 작중의 이야기를 미래 없이 현재, 과거, 그리고 대과거의 맞물림 속에 전개하여 아프리카 전통사회의 시간을 재현 또는 재창조하고자 했다.

모리슨은 미래를 배제하는 대신 과거를 두 종류의 과거로 형상화했는데, 그녀가 시간을 이처럼 형상화한 목적은 시간과 기억에 대한 아프리카 전통사회의 상관적 개념을 강조하기 위해서이다. 즉 모리슨의 소설쓰기는 현재의 인물들과 사건들을 재해석·재창조하는 작업임과 동시에, 현재와 유기적 관계를 맺고 있는 과거를 되살려내는 작업이다. 물론, 모리슨의 이 같은 소설쓰기는 작중 플롯에만 국한된 것이 아니다. 모리슨은 기억을 통해 과거의 다양한 인물들과 사건들을 재생·재창조했다. 모리슨이 기억을 이처럼 소설쓰기의 주된 형식으로 활용한 이유는 작가로서의 개인적 관행 때문이라기보다 기억에 대한 아프리카 전통사회의 개념을 문학 속에서 재생·재창조하려 했기 때문이다. 따라서 이 책의 제3장은 모리슨의 문학적 매개이자 저장소인 기억을 아프리카 전통사회의 개념과 사례에 비춰 논의했다.

아프리카 전통사회에서 기억은 과거를 되살리고, 현재와 과거를 이어주는 매개 또는 저장소이다. 기억에 대한 아프리카 전통사회의 개념은 무엇보다 그들의 시간개념과 무관하지 않다. 제2장에서 논의한 것처럼, 그들에게 기억은 과거를 두 시대로 분류할 수 있게 해주는 기준 또는 척도일 뿐 아니라, 과거를 되살리게 해주고 과거를 유지해주는 매개이자 저장소이다. 즉 음비티가 전통사회의 아프리카인들은 인간이 사후에 4세대 또는 5세대의 후손들이 그를 기억해줄 때까지 사사 시대에 머물고, 후손들의 기억으로부터 멀어질 시점에 이르면 자마니 시대로 들어간 다음에 궁극적으로 이 시대 속에 영원히 머문다고 믿는다(83)고 밝힌 것처럼, 그들에게 기억은 과거와 현재의 매개이자 과거를 보관해주는 저장소이다.

모리슨은 『솔로몬의 노래』(Song of Solomon), 『타르 베이비』, 『빌러비드』, 그리고 『낙원』에서 작중 인물들의 사후를 기억범주 내에서 현재의 인물로 재생하고, 기억범주로부터 멀어진 작중 인물의 사후를 신화화했다. 즉 모리슨은 『솔로몬의 노래』, 『빌러비드』, 그리고 『낙원』에서 사사 시대의 사후세계에 머문 작중 인물들을 작중의 주제와 이야기의 중심부분 또는 일부분으로 재생했고, 『타르 베이비』에서 기억이 불가능한 시간범주인 자마니 시대의 작중 인물들을 기억이 아닌 신화적 이야기 형식으로 재생했다. 모리슨이 사후 세계의 인물과 사건을 이처럼 재생한 이유는 다른 소설들에서와 달리 이 소설들에서 시간과 기억의 연관성에 대한 아프리카 전통사회의 인식과 개념을 강조하고자 했기 때문이다.

모리슨은 자본주의와 개인주의가 지배하는 미국사회에서 출생하고 성장했음에도 불구하고 개인의 가치가 가족 또는 사회의 통합과 조화의 목적에 부합할 때에 의미를 갖는다고 여겼다. 개인의 가치에 대한 모리슨의 이같은 인식은 아프리카계 미국인들의 집단무의식과 삶 속에 면면히 전해져온 아프리카 전통사회의 공동체 의식으로부터 비롯되었다. 모리슨은 "이웃들은 여러분의 삶에 많이 관여했고, 그들은 각각의 개인이 그들에게 속해 있음을 느꼈다"(Higgins 76 재인용)고 회고했을 뿐만 아니라, "거기에는 항상 원로들이 있다. . . . 자비로운, 교훈적인, 보호적인, 그리고 어떤 종류의 지혜를 제공해주는 초시간적인 사람들이다"("Rootedness" 343)라고 회고했다. 모리슨이 이 회고들을 통해 밝힌 주요 사항은 아프리카계 미국인들의 집단적 의식과 삶 속에 내재된 아프리카 전통사회의 공동체 의식이다. 따라서 이 책의 제4장은 모리슨의 공동체 의식을 아프리카 전통사회의 개념과 사례에 비춰 논의했다.

전통사회의 아프리카인들은 공동체 의식을 개인적 가치보다 중요시 여기고, 포괄적인 개념으로 인식한다. 그들은 전체의 선을 위해 살아야 하는 것을 의무로 여긴다. 바꿔 말하면, 그들은 개인을 개별적 존재가 아니라 공동체의 일원 또는 공동체적 존재로 간주한다(Mbiti 106). 따라서 아프리카 전통사회에서 개인은 전체의 일부이며, 개인에게 일어난 일은 전체 집단에게 일어난 일이고, 전체 집단에게 일어난 일은 개인에게 일어난 일로 간주된다.

아프리카 전통사회의 공동체 의식은 깊은 혈연적 유대감에 바탕을 두고 있다. 아프리카 전통사회에서 가족과 이웃들은 혈통으로 맺어진 사람들이다(Higgins 75). 그들은 동일한 조상의 기원과 조상에 대한 의무로 결속한다. 바꿔 말하면, 그들의 혈연관계 시스템은 인간들 사이에서 사회적 관계를 통제하는 힘이다. 물론, 그들의 혈연관계 시스템은 특정 혈통집단을 위한 폐쇄적 네트워크가 아니라 다양한 혈통집단들을 위한 수평적 네트워크이다. 따라서 혈연관계 시스템에 바탕을 둔 아프리카 전통사회의 공동체 의식은 모든 구성원들을 포용하여 결속을 유도하는 집단적 의식이자 힘이다.

아프리카 전통사회에서 혈연관계는 사후 세계의 조상과 태어날 후손을 모두 포함한다(Mbiti 103). 혈연관계에 대한 아프리카인들의 이 같은 개념은 자녀들에게 가계의 계보를 교육시키는 그들의 전통에서 찾을 수 있다. 즉 아프리카 전통사회에서 어린이들은 가계의 계보를 학습해야 한다. 아프리카 전통사회가 자녀들에게 가계의 계보를 학습시키는 주된 목적은 (혈연관계의) 연대의식, 소속감, 그리고 계보적 정서와 의식의 중요성을 인식시켜주고, 이를 유지·확대하는 것이 신성한 의무임을 일깨워주기 위해서이다. 아프리카 전통사회의 후손들은 이 같은 학습을 통해 그들의 조상들이 누구인지를 알게 되고, 조상들이 자신들과 어떤 관계인지를 알게 된다.

모리슨은『가장 푸른 눈』,『타르 베이비』,『빌러비드』,『재즈』(Jazz),『낙원』,『집』(Home) 그리고『신이여, 그 아이를 도와주소서』(God Help the Child)에서 아프리카계 미국사회의 단결, 형제애, 상부상조를 위해 아프리카 전통사회의 공동체 의식을 강조했다. 모리슨은 이 과정에서 아프리카인들의 전통적 공동체 의식이 가정 및 공동체 구성원들의 형제애와 상부상조의 바탕 위에서 실현될 수 있음을 강조하고자 했다. 모리슨이 아프리카 전통사회의 공동체 의식을 강조한 목적은 크게 세 가지로 요약할 수 있다. 첫째, 백인 중심사회의 노예제도와 인종차별로 인해 육체적·정신적 고통과 상처를 받으며 살아온 아프리카계 미국인들에게 형제애와 상부상조의 길을 아프리카 전통사회의 공동체 의식에서 찾도록 강조하기 위해서이다. 둘째, 아프리카계 미국인들에게 그들의 정체성이 조상들에 의해 아프리카에서부터 전래되어온 공동체 의식을 통해 구현하도록 촉구하기 위해서이다. 셋째, 그녀의 문학이 아프리카 전통사회의 가치관을 계승한 문학임과 이를 통해 아프리카계 미국문학의 정체성을 구현하기 위한 것임을 밝히기 위해서이다.

모리슨은 사후 세계의 조상에 대해 "부모가 아니더라도 . . . 자비로우며, 안내자 역할을 하는 실존, 지혜롭고 초시간적인 실존"(Jennings 82 재인용), 그리고 현 세계의 원로에 대해 "사후 세계의 조상과 살아있는 사람 사이를 연결해주는 매개자, 또는 사후 세계의 조상을 발견하고 이해하도록 유

도하는 안내자, . . . 인간적 능력을 초월하지 않은 존재"(Jennings 85 재인용)
라고 밝혔다. 그리고 모리슨은 조상과 원로에 대한 이 같은 인식을 소설들
속에서 구체화했다. 즉 모리슨은 작중 인물들의 의식과 삶의 변화에 중대
한 영향을 끼치는 과거와 현재, 사후 세계와 현 세계, 그리고 혈연적·공동
체적 관계를 복원하거나 유도하고자 할 때에 조상들과 원로들을 시공간적
경계 없이 상호 소통하고 교감하는 보호자들, 매개자들 또는 안내자들로 형
상화했다. 뿐만 아니라, 모리슨은 조상과 원로 사이의 시공간적 경계 흩트
리기를 통해 문학적 관점에서 사후 세계의 조상을 현 세계의 인물로 자연
스럽게 재육화했다. 따라서 이 책의 제5장은 조상과 원로로 형상화된 모리
슨의 작중 인물들을 아프리카 전통사회의 개념과 사례에 비춰 논의했다.

아프리카 전통사회는 조상을 살아 있는 사람의 삶 속에서 늘 함께하는
존재이며, 구성원들의 삶을 지탱하고 보호하며 안내해주는 존재로 간주한
다. 조상에 대한 아프리카 전통사회의 이 같은 인식은 사후 세계의 인간에
한정된 인식이 아니다. 아프리카 전통사회는 살아있는 원로들 역시 조상으
로 간주한다. 제닝스에 따르면, 아프리카 전통사회에서 조상은 "씨족의 젊
은 연령층으로부터 살아있는 원로들로 확대된 '원로 연속체'의 정점에 위치
한다"(85). 즉 제닝스의 이 같은 견해는 아프리카 전통사회가 살아있는 원
로까지 조상의 범주에 포함시키고 있음을 말해준다.

모리슨은 『솔로몬의 노래』, 『타르 베이비』, 『빌러비드』, 그리고 『사랑』
(Love)에서 사후 세계의 인간들과 현 세계의 원로들을 모두 아프리카계 미
국인들의 조상으로 형상화했다. 물론, 모리슨이 그들을 모두 조상으로 형
상화한 것은 아니다. 모리슨은 사후 세계의 인간들을 조상으로 형상화할
때 인종, 문화, 생활, 의식과 관련하여 현 세계 또는 사후 세계에서 후손들
의 안내자, 보호자, 또는 충고자의 역할을 수행했거나 수행하고 있는 사후
세계의 인간들에 한하여 조상들로 형상화했고, 원로들을 조상으로 형상화

할 때는 사후 세계의 조상들이 남긴 역사적·문화적·일상적·의식적 정체
성을 이어가거나 후손들에게 전달하는 역할을 수행하는 매개자 또는 안내
자에 한하여 조상들로 형상화했다. 사후 세계의 인간들을 조상으로 형상화
하는 경우에, 모리슨은 사사 시대의 조상들은 후손이나 지인의 기억을 통
해 작중의 배경적 인물들로 재생하고, 사사 시대를 벗어난 자마니 시대의
조상들은 역사적 흔적 또는 이미지만 설화적 기법을 통해 공개하며 초자연
적·신화적 인물로 형상화했다. 반면, 원로들을 조상으로 형상화할 경우에,
모리슨은 대체로 그들을 작중 이야기의 전면에 등장시켜 기억을 통해 현
세계와 사후 세계, 현재와 과거, 조상과 후손 사이를 이어가며 주제의 전개
에 비중 있는 또는 부분적인 역할을 수행하는 인물들로 형상화했다.

　　모리슨은 아프리카계 미국인들뿐만 아니라 다른 인종적 타자들의 고통
과 상처를 위로하고 치유하는 치유사들을 작중 인물로 형상화했다. 제닝스
가 "모리슨은 반간가(banganga)를 작중 인물로 등장시켰다"(137)고 밝힌 것
처럼, 모리슨의 치유사들은 서아프리카와 중앙아프리카의 전통적 약제사,
점술가, 영매, 그리고 사제처럼 자연친화적, 의식적(ritual), 영적(spiritual), 그
리고 신비주의적 치유사들이다. 즉 모리슨의 치유사들은 아프리카 전통사
회의 치유사들처럼 과학적·현실적 판단과 기독교적 구세주의 범주 밖에
서 이해해야 하는 인물들이다. 따라서 이 책의 제6장은 치유사로 형상화
된 모리슨의 작중 인물들을 아프리카 전통사회의 개념과 사례에 비춰 논
의했다.

　　아프리카 전통사회의 치유사들은 외부인에 의해 일명 '마녀 의사들'로
불리지만, 아프리카 전통사회의 내부에서 가장 뛰어난 재능을 소유한 사람
들이다. 즉 그들은 유년시절에 영적 존재 또는 조상들의 영적인 부름에 의
해 지명되거나 치유자인 부모 또는 친척으로부터 세습된다. 물론, 치유사가
되는 과정이 모두 똑같은 것은 아니다. 중앙아프리카에서 전통적 치유사들

은 다섯 살 때부터 예비준비과정을 시작으로 공식적·비공식적 교육을 동시에 받으며, 스승의 지도하에 강한 영혼과 예지력을 습득한다(Mbiti 162-63). 이 같은 과정을 거친 치유사들의 주된 임무는 집단적 차원과 개인적 차원에서 주민들에게 건강, 안전, 번영, 그리고 행운을 가져다주는 것이다. 물론, 일부 지역 또는 종족의 전통적 치유사들은 선과 악의 동시에 행하는 이율배반적 존재들이다(Westerlund 109-11). 즉 그들은 상황에 따라 주민들을 해치기도 하고 보호해주기도 하며, 살해하기도 하고 치유해주기도 한다.

모리슨은 『가장 푸른 눈』, 『솔로몬의 노래』, 『빌러비드』, 『낙원』, 『자비』 그리고 『집』에서 다양한 인종적 배경을 가진 치유사들을 형상화했다. 물론, 모리슨의 치유사들은 아프리카 전통사회의 치유사들처럼 마법이나 저주로 인한 질병을 치유하는 사람들이 아니다. 모리슨의 치유사들은 인종적·성적·문화적 우월주의, 억압, 폭력에 의해 유발된 질병을 진단하고 치유하는 사람들이다. 그럼에도 불구하고, 모리슨의 치유사들은 이를 위해 아프리카 전통사회의 치유사들처럼 의식적(ritual) 행위, 영적 행위, 또는 약물을 치유방법으로 활용한다.

모리슨은 여성 주인공 또는 상대적으로 비중이 낮은 작중 인물들을 등장시킬 때에 백인중심사회의 종교적·도덕적 이념과 가치관에 전복적인 주인공 또는 인물들로 형상화했지만, 이 같은 주인공과 인물들에 대한 독자들의 비판을 요구하지 않았다. 기독교적 관점에서 '마녀'로 불리는 모리슨의 주인공 또는 인물들은 아프리카의 전통적 마녀로(Jennings 5), 기독교의 종교적 금기와 도덕적 가치관에 비춰 접근할 때 적지 않은 당혹감과 혼동을 줄 수 있는 사람들이다. 따라서 이 책의 제7장은 마녀로 형상화된 모리슨의 작중 인물들을 아프리카 전통사회의 개념과 사례에 비춰 논의했다.

아프리카의 전통적 마녀들은 심령적인 선과 악의 양가적 용해물이다. 즉 제닝스가 "선과 악의 양가적 용해물"(7)이라고 밝힌 것처럼, 그들은 도덕적 목적에 따라 긍정적일 수도 있고, 역설적으로 그 반대일 수도 있는 인물들이다. 예컨대, 아프리카 전통사회의 마녀들은 때에 따라 선과 악을 이중적으로 행하는 마녀들이다. 그들의 이 같은 양가성은 악을 선과 더불어 신의 한 면으로 본 아프리카 전통사회의 일원론적 종교관에 토대를 두었다고 말할 수 있다.

모리슨은 『술라』, 『빌러비드』, 『낙원』, 그리고 『자비』에서 술라, 빌러비드(Beloved), 콘솔래타, 그리고 리나(Lena)를 선과 악의 역설적 존재들인 아프리카 전통사회의 마녀들로 형상화했다. 즉 모리슨은 술라를 불과 같은 성적 욕구를 통해 가족적·공동체적 규범과 질서를 파괴하는 마녀, 그리고 빌러비드를 유아기에 상실한 모성애를 어머니로부터 보상받기 위해 사후 세계에서 부활하여 파괴적 본능을 드러내는 마녀로 형상화했다. 뿐만 아니라, 모리슨은 콘솔래타를 혼종적·관능적·이교도적 삶과 기독교적 금기를 파괴하는 신비주의적 치유력을 통해 아프리카계 남성중심사회의 규범과 질서를 위협하는 마녀, 그리고 리나를 원시적 신앙에 근거한 자의적 판단 때문에 동료 여성노예인 소로(Sorrow)의 갓 태어난 아기를 살해한 마녀로 형상화했다. 하지만 모리슨은 그녀의 이 같은 주인공들을 통해 선과 악이 어떻게 불가분의 역설적 관계를 만들어내는지를 보여주고자 했다. 즉 모리슨은 술라의 악행을 공동체의 느슨한 가족관계를 강화시켜주는 힘으로, 빌러비드의 악행은 세스의 상실된 공동체적 의식을 복원시켜주는 힘으로 묘사했다. 뿐만 아니라, 아프리카계 남성중심사회의 혈통법칙을 위배한 콘솔래타의 실패한 사랑을 과거의 상처로 인한 고립으로부터 그녀를 벗어나게 해주는 힘으로, 그리고 그녀의 이교도적 신비주의를 과거의 상처로 인해 고통 받는 사람들을 위로하고 치유해주는 힘으로 묘사했다. 그리고 리나의 악행은 소로의 자아완성과 강한 모성애를 유도해주는 힘으로 묘사했다.

모리슨은 작중 주제를 전개해나가기 위해 트릭스터들을 작중 인물로 등장시키는 전략을 구사했다. 그녀의 트릭스터들은 아프리카의 전통적 트릭스터처럼 기존의 지배층을 거부하고, 언어적 행위 또는 비언어적 행위를 통해 상대를 기만하여 개인적 또는 집단적 목적을 달성하도록 유도한다. 그들은 아프리카의 전통적 트릭스터 민담의 두 유형, 즉 거부의 미학을 통해 나타난 영웅으로서의 트릭스터와 긍정의 미학을 통해 나타난 악한으로서의 트릭스터 중에 영웅으로서의 트릭스터에 가깝다. 하지만 그들은 영웅적 트릭스터처럼 피지배층이거나 소외계층의 트릭스터로서 지배층에 대해 저항적·전복적 태도를 보이기도 하고, 그렇지 않기도 하다. 뿐만 아니라, 그들은 지배자와 피지배자의 구도 속에서 지배자를 기만할 때도 있고, 그렇지 않을 때도 있다. 긍정의 트릭스터 미학에 등장하는 악한으로서의 트릭스터도 아니다. 그들은 경제적·사회적 불평등과 소외에 대한 정치적 문제의식을 강하게 보여주는 아프리카의 전통적 트릭스터들과 달리 인종적·성적·문화적 문제의식을 비정치적 시각으로 보여준다. 따라서 이 책의 제8장은 트릭스터로 형상화된 모리슨의 작중 인물들을 아프리카의 전통적 트릭스터에 비춰 논의한 데에 이어, 모리슨이 아프리카의 전통적 트릭스터를 어떤 목적으로 어떻게 재창조했는지를 살폈다.

아프리카의 전통적 트릭스터 민담에서 영웅적 트릭스터들은 사회질서의 파괴자, 대항자와 파괴자, 그리고 재구성자다(Sekoni 30). 그들은 기존의 규범적 구조를 뛰어넘으려고 한다(31). 사회적 하류층 또는 소외계층으로서, 그들이 원하는 것은 해방과 자유이다(33). 그들은 이를 위해 지배적·통제적 질서 속에서 그릇된 사회적 또는 도덕적 질서를 파괴하고 올바른 질서로 재편하는 이야기를 유도한다. 반면, 악한으로서의 트릭스터들은 기존의 질서와 규범 속에 내재된 사회적 가치 또는 도덕적 가치를 파괴하려다가 스스로 자충수에 걸려 죽음을 맞이하거나 모든 것을 박탈당하는 트릭스터들이다(55). 이 이야기들은 일반적으로 정직, 근면, 겸손, 성실 그리고 인간관계의 형성을 위해 필요한 요소들을 강조한다. 그래서 탐욕, 질투, 경쟁심, 그리고 이기주의 등과 같은 불순한 동기에 바탕을 둔 기만을 통해 이 같은 사회적 또는 도덕적 가치를 파괴하거나 훼손한 트릭스터는 악한이라는 불명예와 함께 치명적 징벌을 맞이한다.

모리슨은 『솔모몬의 노래』의 파일레잇 데드(Pilate Dead), 『타르 베이비』의 마리 테레즈 푸코(Mary Thérèse Focault), 그리고 『사랑』의 엘(L)을 비중 있는 트릭스터들로 형상화했다. 그들은 아프리카의 전통적 트릭스터들처럼 기만을 통해 개인적 또는 집단적 목적을 달성하려 하는 트릭스터들이다. 뿐만 아니라, 그들은 지배와 피지배의 구도 속에서 지배자를 기만하고 집단적인 목적을 성공적으로 추구한다. 물론, 테레즈의 경우는 부분적으로 예외이다. 신화적 종족의 후예인 그녀는 기만의 달인이지만 이를 종족의 어머니로서 집단적 역할과 임무를 수행하기 위해 활용한다. 뿐만 아니라, 그녀는 개인적인 목적을 추구하는 트릭스터이다. 그녀는 이 경우에 지배와 피지배의 구도 속에서 지배자를 기만하는 트릭스터가 아니다.

궁극적으로, 모리슨의 문학은 백인중심사회의 지배적 권력, 정전적 역사, 그리고 거대담론에 의해 왜곡되거나 상실된 아프리카 이주민들의 역사, 현실 그리고 문화를 발굴하고 복원하기 위해 그 지형을 아프리카로 되돌린 문학이다. 이런 까닭에, 모리슨의 문학은 아프리카계 미국인들의 역사, 현실 그리고 문화에 뿌리를 둔 문학이란 제한적 범주에서만 논의될 수 있는 문학이 아니다. 모리슨은 미국으로부터 아프리카로 문학적 지형을 소급하여 아프리카인들뿐만 아니라 아프리카계 이주민들이라면 누구나 공감하고 수용할 수 있는 보편적 주제와 가치를 발견하려 했고, 이를 문학적 감수성을 통해 재해석·재창조하고자 했다.

   끝으로, 필자는 이 기회를 빌리어 한양대학교 영어영문학과의 이성호 명예교수님께 깊은 감사의 말씀을 올리고 싶다. 교수님께서는 석·박사 논문을 지도해주실 때부터 지금까지 늘 필자에게 뭐든 할 수 있다는 학문적 동기와 자신감을 주셨다. 교수님의 가르침과 격려가 지금까지 필자의 연구를 견인해준 큰 자산이 되었다는 말씀을 올리고 싶다. 겸(兼)하여, 필자가 연구를 수행하는 데에 깊은 격려의 말씀을 주신 전주대학교 이호인 총장님, 자료요청을 할 때마다 아낌없이 지원해주신 중앙도서관의 양정현 과장님, 그리고 영문학 전문 서적들의 출간에 지속적인 지원을 아끼시지 않는 동인출판사의 이성모 사장님께도 이 기회를 빌리어 깊은 감사의 말씀을 올리고 싶다.

싣는 순서

• 일러두기 •

이 책은 작품, 작중 인물, 비평서, 그리고 비평가의 영문이름을 각각의 장에서 쉽게 확인할 수 있도록 돕기 위해 책 전체에서 일회 표기하는 일반적 관행과 달리 장별로 처음 언급할 때마다 반복 표기함.

제1장
.....

종교: 신과 사제들

1. 머리말

아프리카 전통사회의 종교에 대한 연구는 20세기 중반쯤에 이르러 올바로 이뤄졌다. 이전의 연구들은 정확한 정보의 부재로 인해 아프리카 전통사회의 종교에 대해 경멸적 시각을 드러냈다. 이런 연구들 중에 일부는 아프리카 전통사회의 종교를 유럽과 중동으로부터 수입해온 종교로 평가했고, 다른 일부는 자생적 종교로 평가하면서도 애니미즘(animism)에 바탕을 둔 원시적 종교로 평가했다. 예컨대, 타일러(Tyler)와 그의 추종자들은 아프리카 전통사회의 최고신을 자연 속에 내재된 정령들로부터 진화된 신이라고 주장했다(Mbiti 7). 타일러와 그의 추종자들이 이처럼 평가한 이유는 아프리카 전통사회의 종교를 유대교, 기독교, 그리고 이슬람교에 이어 종교적 진화체계의 맨 아래 단계에 위치시키려 했기 때문이다. 하지만 존 음비티(John Mbiti)는 종교의 진화과정을 타일러와 그의 추종자들의 설명과 반대방향으로 설명하며 아프리카 전통사회의 종교를 유태교, 기독교, 이슬람교보다 더 진화된 종교라고 주장했다. 음비티에 따르면, 인류의 종교는 유일신주의에서 시작하여 다신론과 애니미즘으로 진화했다(7). 음비티의 이 같은 견해는 아프리카 전통사회의 종교가 유일신을 내세우는 유대교, 기독교, 그리고 이슬람교보다 상대적으로 더 긴 역사를 가졌다는 것을 강조한 견해임과 동시에, 상대적으로 후진적인 종교가 아님을 강조한 견해이다.

20세기 중엽 이전의 연구들은 아프리카 전통사회의 종교를 마법에 기초한 종교로, 그리고 조상숭배를 종교적 행위로 간주했다. 음비티에 따르면, 이 연구들은 전통사회의 아프리카인들이 마법을 수단으로 자연물과 대상을 통제할 수 없게 되자 초월적인 힘에 복종하고, 신을 믿게 됐다(8)고 주장했다. 음비티는 이에 대해 아프리카 전통사회의 종교는 마법과 필연적인 관계를 가지고 있지만, 마법은 종교의 일부일 뿐 종교가 아니라고 주장했다(8). 음비티는 이 밖에도 아프리카 전통사회의 종교를 역동주의, 토템이즘, 물신주의, 그리고 자연주의로 특성화하는 것도 적절치 않다는 입장을 취했다. 뿐만 아니라, 음비티는 아프리카 전통사회의 조상숭배를 종교적 행위로 간주한 연구들에 대해서도 반박했다. 음비티에 따르면, 아프리카 전통사회의 조상숭배는 가족적 연속성과 관계를 유지·강화하기 위한 시도로, "종교적 행위가 아닌, 우정, 환대, 존경의 표현"이다(8).

아프리카 전통사회에서 신은 기독교의 삼위일체론(三位一體論: 성부, 성자, 성령)에 바탕을 둔 신이 아니라, 사위일체론(四位一體論)에 바탕을 둔 신이다. 전통사회의 아프리카인들은 4(때로는 6)를 신성한 숫자들로 여기고(Mbiti 56), 유일신, 두 종류의 잡신들(신에 의해 창조된 신과 사후 세계의 조상신), 그리고 정령들을 모두 신으로 간주한다(Jennings 19). 뿐만 아니라, 그들은 종교적 힘과 역할에 대해서도 같은 맥락으로 간주한다. 토머스 로슨(E. Thomas Lawson)에 따르면, 아프리카 남부에 살고 있는 줄루(Zulu)족은 종교적 주체와 역할을 각각 4가지의 힘(four powers)과 4쌍의 역할(four sets of roles)로 이뤄진 것으로 간주한다. 이때 4가지의 힘은 하늘의 신, 조상들, 주술사, 악령을 말하며, 4쌍의 역할은 삼각형의 윗뿔에 위치한 천상의 신을 중심으로 목자(Heaven-Herd)와 탄원자(supplicant), 반대편의 윗뿔에 위치한 조상들을 중심으로 추장(Headman) 또는 사제와 예언가(Diviner), 좌측의 윗뿔 축에 위치한 주술사를 중심으로 약제사와 환자, 그리고 우측의 윗뿔 축에 위치한 악령을 중심으로 마녀와 마법사를 말한다(Lawson 29). 로슨은 줄루족의 종교적 주체와 역할을 이처럼 4가지의 힘들과 4쌍의 역할들을 소개하며, 상하좌우 또는 동서남북으로 분산되어 있지만, 상호 유기적 맞물림 속에 있다고 밝힌다(29).

전통사회의 아프리카인들이 신을 사위일체적 존재로 인식한 것은 그들의 우주관과도 무관하지 않다. 콩고(Kongo)의 우주도(cosmogram)인 요와(Yowa)에 따르면, 그들은 우주의 전체적 윤곽을 하나의 원으로 이뤄진 것으로 간주하며, 그 중심의 태양이 달팽이껍데기 또는 조개껍데기의 회전무늬처럼 시계반대방향으로 회전하는 것으로 간주한다(Jennings 18). 그리고 그들은 우주의 내부가 태양을 중심으로 상호 맞물린 4개의 모멘트, 즉 수평축으로 일출과 일몰, 그리고 수직축으로 정오와 자정, 그리고 수평축과 수직축이 만나는 중심축으로 이뤄진 것으로 간주하며, 일출시기는 오른쪽의 동쪽과 생명, 일몰시기는 왼쪽의 서쪽과 죽음, 수직축 상단의 정오 시기는 북쪽과 남성, 그리고 수직축 하단의 자정 시기는 남쪽과 여성을 상징하는 것으로 간주한다(Jennings 18-19). 이와 관련, 아프리카 전통사회의 우주관은 시공간적 저항의식과 구성요소들 간의 통합의식을 내포한 우주관이다. 라 비니아 델로이스 제닝스(La Vinia Delois Jennins)에 따르면, 아프리카 전통사회가 태양을 시계반대방향으로 회전한다고 여긴 것은 '시간의 공간화와 숙명론에 대한 저항적 의미'를 보여주는 것이며, 각각의 시기를 상호 맞물림으로 여긴 것은 '인간적 심리, 자연, 그리고 숙명적·비숙명적인 세계 내부에 존재하는 대립구조들에 대한 통합의식'을 보여주는 것이다(34).

아프리카 전통사회의 종교는 도덕적 관점에서 일원론적 신의론(monistic theodicy)에 바탕을 두고 있다. 제닝스가 아프리카 전통사회의 종교에 대해 "절대적 선과 절대적 악, 신과 악마를 이원화한 마니교, 유대교, 그리고 기독교와 차이를 보인다"(8)고 밝힌 것처럼, 유일신으로부터 정령들에 이르기까지 아프리카 전통사회의 모든 신들은 절대적 선만을 행하는 신들이 아니라, 그 대립적 가치인 악까지도 행하는 신들이다. 따라서 아프리카 전통사회는 신들은 선과 악이란 대립적 가치들을 모두 지닌 양가적 또는 이율배반적 존재들이라는 점에서 일원론적 신들이다. 데이비드 웨스터런드(David Westerlund)에 따르면, 아프리카 전통사회의 신은 "건설적이며 파괴적"이다 (46). 웨스터런드의 이 같은 견해는 우회적이지만, 가치관적 측면에서 아프리카 전통사회의 신들이 두 대립적 가치의 소유자이자 실천자임을 밝혀주는 견해이다.[3]

---

3) 요루바(Yoruba) 신화에 따르면, 천상에 거주하는 열여섯 명의 신들은 인간들이 제물을 바치지 않아 기아상태에 이르렀다. 신들은 이로 인해 분노하여 천둥과 번개로 인간들을 징벌하려 했다. 신들과 인간 사이를 연결해주는 이수와 이수에게 해결책을 알려준 계략가인 원숭이의 노력 덕분에 신과 인간의 관계가 회복되었고, 이후 신이 인간에게 닥쳐올 길흉에 대해 미리 정보를 제공하고, 인간은 대가로 신에게 제물을 바쳤다. 즉 신들은 이처럼 인간들이 그들을 어떻게 대하느냐에 따라 악과 선을 모두 행할 수 있는 양가적 존재들이다.

전통사회의 아프리카인들은 조상신들도 선과 악의 조화체로 믿는다. 그들은 조상신을 개인적으로 가족의 사건들, 전통들, 윤리들, 행동들의 안내자로, 치유나 기적 같은 특별한 일을 하지 못하지만, 심리적 안정을 주는 존재이며, 공동체적으로 종족의 윤리, 도덕, 관습의 안내자 또는 수호자로 믿는다(Mbiti 202). 물론, 그들은 조상신을 항상 좋은 일들만 해주는 존재로 믿지 않는다. 즉 그들은 조상신도 살아있는 사람에 대해 자주 반감을 드러낸다고 믿는다. 음비티에 따르면, 그들은 조상신이 부당하게 매장되거나 죽기 전에 공격을 당한 경우와 살아있는 사람들이 제사와 현주를 거부한 경우에 이를 보복하기 위해 살아있는 사람들에게 질병과 불행을 가져다주고, 빈번히 출현하는 것으로 믿는다(83).

잡신에 이어, 그들은 정령들도 선과 악의 조화체로 믿는다. 파린다는 마녀를 'witch'로서의 마녀로 지칭하고, 좋은 마녀와 나쁜 마녀로 분류했다. 파린다는 마녀를 이처럼 통합신에 대한 아프리카 전통사회의 양가적 개념은 종교적 범주에 국한된 개념이 아니다. 전통사회의 아프리카인들은 이 같은 종교관을 도덕적 가치관과 생활방식에 적용하여 악의 메타포인 마녀를 선과 악의 조화체로, 그리고 악을 "함께 살아가며 극복해야 할 대상"(Jennings 6)으로 간주한다. 물론, 아프리카 전통사회의 신들을 모두 이 같은 신성의 소유자이자 실천자라고 단정하는 것은 논란의 여지를 남길 수 있다. 웨스터런드에 따르면, 쿵(Kung)족은 전통적으로 신을 선과 악의 대립적 가치들을 대변하는 양가적 존재로 여겼지만, 최근엔 기독교의 영향으로 인해 양가적 존재라기보다 절대적 선을 더 많이 대변하는 존재로 여긴다(46). 그럼에도 불구하고, 대다수 전통사회의 아프리카인들은 상대적 가치들을 대립적 시각에서 보지 않으려는 통합주의(syncretism) 전통에 입각하여 일원론적 신의론을 고수해오고 있다. 그들은 19세기에 유럽 국가들의 침투가 본격화되기 전까지 이 같은 종교적 전통을 기독교와 융화시키기보다 병치(juxtaposition)시키고자 노력했다(Jennings 16). 그리고 그들의 이 같은 노력은 기독교의 이원론뿐만 아니라 마니교(Manicheism)와 이슬람교(Islam)의 이원론이 그들의 종교에 유입되는 것을 차단했다.

전통사회의 아프리카인들은 종교를 생활의 필수적 요소로 간주한다. 그들이 종교를 이처럼 중요시한 이유는 종교를 공동체 의식의 유지와 강화를 위한 원동력으로 간주하기 때문이다. 따라서 그들은 외부 종교의 침투에도 불구하고 자체의 종교를 가지고 있으며, 그들의 종교를 지키고자 한다. 하지만 이 같은 기조가 현재까지 지속되고 있는 것은 아니다. 유럽과

적 명칭으로 지칭하고, 마녀가 마법을 어떤 의도로, 어떻게 사용하는지에 따라 마법에 걸린 사람들을 치료해주는 치유사(witch-doctor)로서의 마녀와 나쁜 일을 행하는 'sorcerer'로서의 마법사로 분류했다(92). 제닝스는 아프리카 전통사회의 마녀 킨도키(kindoki)에 대해 "특별한 양가적 힘을 행하는 기술을 가진 마녀"(24)라고 소개함으로써 킨도키를 선과 악을 동시에 행하는 마녀로 정의했다.

중동으로부터 기독교와 이슬람교의 침투는 아프리카의 교육, 도시화, 그리고 산업화를 이끌었고, 음비티가 "견고한 종교적 토대의 공동화"(2)라고 밝히듯, 의식은 물론, 종교적 신념까지도 변화시켜오고 있다.

아프리카 전통사회의 종교가 외부로부터 유입된 종교에 의해 공동화 현상을 보인 이유는 여러 각도에서 살필 수 있지만 무엇보다도 체계화, 교리화, 그리고 성문화되지 못했기 때문이다. 아프리카 전통사회의 종교는 양적인 측면에서 매우 다양하다. 이런 까닭에, 아프리카 전통사회의 종교는 체계적인 원리, 교리, 그리고 성경으로 집약되는 데에 어려움을 겪고 있다. 아프리카 전통사회의 종교는 또한 구원과 복원의 메시지를 주지 못했다는 점에서 기독교, 이슬람교, 불교, 그리고 힌두교와 차이를 보이며, 보편성의 결여로 인해 종족적·민족적 종교로 머물 수밖에 없다(Mbiti 3). 즉 철학과 더불어, 아프리카 전통사회의 종교는 부활, 영원성의 상실, 그리고 죽음을 축복과 기원의 뒤에 남겨둔 채 이에 대해 설명할 해결책을 찾지 못하고 있다(Mbiti 96). 아프리카 전통사회의 종교는 이런 이유로 인해 신에게 제물을 바치는 의식을 거의 또는 전혀 행하지 않는다. 뿐만 아니라, 기도 역시 공식적 절차 없이 개인에 의해 비공식적 방법으로 행해지며, 근심, 걱정, 소망, 그리고 감사를 표현할 목적으로 행해진다.

아프리카 전통사회에서 신은 인간중심적 신이다. 지오프리 파린다(Jeoffrey Parrinda)에 따르면, 신은 본래 인간과 함께 지상에서 살았지만, 인간의 악행 때문에 하늘로 이주했다.[4] 뿐만 아니라, 신은 인간처럼 육체를

---

4) 아샨티(Ashanti)족의 설화에 따르면, 신은 천국에 살았지만 인간과 가까웠다. 하지만 인간의 어머니들이 전통음식 푸푸(fufu)를 빻으며 절굿공이로 신의 엉덩이를 올려쳐서 신을 떠나게 만들었다. 어머니들은 몰타르를 쌓아 다시 신에게 다가가려 했지만 신은 더 멀리 떠나고 몰타르는 바닥이 나버렸다(Mbiti 94). 멘데(Mende)족의 설화에 따르면, 신은 태초의 인간들 사이에 살았다. 인간들이 신에게 지나치게 자주 물건들을 요구해서 신이 더 이상 견딜 수 없어서 천국의 은신처로 떠나버렸다. 밤부티(Bambuti)족, 반야르완다(Banyarwanda)

가지고 있고, 부인과 자식이 있다(18). 예컨대, 전통사회의 아프리카인들은 최고의 신인 마유(Mawu)를 동쪽에 거주하는 태양과 남성을 상징하는 신, 그리고 리사(Lisa)를 서쪽에 거주하는 달과 여성을 상징하는 신으로 간주하며, 두 신들이 사랑을 나눈다고 믿는다.

아프리카 전통사회의 종교에서 존재서열 중 최고 서열인 유일신은 잡신, 정령(spirit), 추장/사제/주술사/치유사, 인간, 동물/식물로 이어지는 하위 서열 존재들의 창조자,[5] 전지전능한 운영자,[6] 정의의 심판자, 그리고 은총

족, 바로쩨(Barotse)족, 그리고 부시맨(Bushman)족들의 설화에 따르면, 신은 인간에게 규칙을 내렸다. 하지만 인간들이 이를 지키지 않아서 신이 떠나버렸다. 나일강 상류의 설화에 따르면, 신은 지상에서 때때로 인간과 살았지만, 하이에나가 천국과 지상을 연결하는 밧줄을 끊어놓아서 인간과의 관계를 더 이상 지속시킬 수 없게 되었다. 한편, 신이 인간과 단절한 것은 인간에게 재앙이었다. 반야르완다족의 설화에 따르면, 인간이 죽음을 숨기지 말라는 신의 지시를 어겨 신이 인간에게 죽음을 내렸다. 밤부티족의 설화에 따르면, 신이 떠난 뒤에 죽음이 오고, 행복을 상실했으며, 평화와 음식의 공급이 중단되었다. 부시맨의 설화에 따르면, 신이 인간으로부터 부활의 기회를 거둬들이고 죽음을 내렸다. 차가 (Chagga)족의 설화에 따르면, 신이 인간에게 질병과 노화를 내렸다(Mbiti 95).

5) 음비티는 신을 인간의 창조자라고 밝히며, 부족들의 다양한 창조신화를 다음과 같이 소개했다(90). 아발루야(Abaluyia)족의 창조신화에 따르면, 신은 태양의 빛을 비춰줄 누군가를 필요로 했기 때문에 인간을 창조했고, 인간에게 음식을 공급하려고 동식물을 창조했다. 멘데족의 창조신화에 따르면, 신은 인간에 앞서 사물들을 먼저 창조하고, 다음에 점토를 이용하여 인간을 창조했다. 쉴루크(Shilluk)족의 창조신화에 따르면, 신은 인간에게 걸을 수 있는 다리를 만들어줬고 심을 수 있는 손을 만들어줬으며, 먹을 수 있는 입을 만들어줬다. 그리고 후에 신은 말할 수 있게 하기 위해 혀를 만들어 줬으며, 음악을 들을 수 있게 하기 위해 귀를 만들어줬다. 피크미(Pygmies)족의 창조신화에 따르면, 신은 흙을 반죽하여 인간의 형태를 만들었고, 그 위에 가죽을 씌웠으며, 피를 투여했다. 헤레로 (Herero)족의 창조신화에 따르면, 신은 인간을 생명의 나무로부터 창조했다. 헤레로족의 창조신화는 누에르(Nuer)족의 창조신화와도 맥락을 같이한다. 누에르족의 창조신화에 따르면, 신은 인간을 나무로부터 데려왔다(Mbiti 91). 아잔데(Azande)족의 창조신화에 따르면, 신은 인간을 배에서 데려왔다. 인간은 다른 사물들과 배에 봉인되어 있는데, 신의 아들들 중 하나인 태양이 봉인을 녹이고 인간을 데려왔다. 아캄바(Akamba)족, 바차오 (Bachwa)족, 차가족들의 창조설화에 따르면, 인간은 하늘에서 거미줄 타고 왔다. 이 밖에도, 신은 인간에게 삶을 영위할 수 있도록 수단과 방법을 전수해준 안내자이다. 에웨 (Ewe)족, 발루바(Baluba)족, 마사이족, 난디(Nandi)족, 누피(Nupe)족의 창조신화에 따르

과 징벌의 결정자[7]이다. 웨스터런드에 따르면, 유일신은 창조자, 비와 행운의 근원, 병과 위험으로부터의 보호자, 그리고 좋은 일의 수여자(45)이다. 파린다에 따르면, 유일신은 인간과 동물의 아버지와 어머니, 전지전능한 존재, 정의의 수호자, 최종 판결자로, 형태가 없으며 우주의 자연, 즉 천둥, 번개, 태양, 그리고 비 등을 통해 존재를 드러낸다(Parrinda 19). 그리고 존 음비티에 따르면, 유일신은 "인간과 모든 사물의 탄생과 유지의 궁극적 설명," "인간의 창조자이며 유지자," 그리고 치유자, 사제, 마녀, 주술사에게 위임된 "모든 힘의 근원이고 궁극적인 통제자"(27)이다.

유일신에 대한 아프리카 전통사회의 이 같은 개념은 부분적으로 기독교와 이슬람교의 유일신을 상기시키기에 충분하다. 파린다가 아프리카 전통사회의 유일신에 대해 "아프리카의 속담들과 격언들이 철학적인 관점에서 추상적인 존재로 묘사했다"(18)고 밝혔고, 음비티가 아프리카 전통사회의 시간에 비춰 자마니 시대(Zamani moment)[8] 밖의 존재, 즉 인간의 세계는

면, 신은 다리 또는 무릎으로부터 한쪽은 남자, 그리고 다른 쪽은 여자를 창조했다. 신은 또한 인간이 생명을 보존할 수 있도록 경작법, 요리법, 금속주조법을 가르쳐줬다. 티르(Tir)족과 줄루(Zulu)족의 창조신화 역시 신이 인간에게 경작방법 알려줬다고 밝혔으며, 아초이(Achoi)족의 창조신화는 신이 요리법을 가르쳐줬고, 밤부티족은 신이 금속주조법을 가르쳐줬다고 밝혔다.

6) 줄루족과 반야르완다족에게 신은 지혜로운 존재, 아칸(Akan)족에게 신은 모든 걸 아는 존재, 요루바족에게 신은 지혜로운 존재, 그리고 은곰베(Ngombe)족에게 신신 숲을 청결하게 해주는 존재이다(Mbiti 31).

7) 음비티는 아프리카의 전통적 신을 자연의 보호자 또는 통제자, 그리고 정령들의 통제자라고 소개했다(3).

8) 음비티는 아프리카 전통사회의 시간을 사사 시대(Sasa moment)와 자마니 시대(Zamani moment)로 분류했다. 사사 시대는 당장의 과거 또는 당장의 완료, 오늘의 과거, 그리고 최근의 과거 또는 어제의 과거를 포함한 시간이다(18). 보다 쉽게 설명하면, 이 시대는 인간이 죽은 뒤에 그의 후손들에 의해 4대 또는 5대에 걸쳐 기억될 수 있는 시대이다. 자마니 시대는 사사 시대의 현재 또는 현재진행, 당장의 과거 또는 당장의 완료, 오늘의 과거, 그리고 최근의 과거 또는 어제의 과거를 포함한 시간이며, 추가로 훨씬 더 과거 또는 먼 과거와 불특정 시제를 포함한 시간이다(18). 이 시대는 사사 시대와 달리 시간의 무덤,

물론, 인간의 사후 세계를 초월한 존재라고 밝혔듯이, 아프리카 전통사회의 유일신은 기독교와 이슬람교의 유일신처럼 초현실적·초시간적 신을 상기시키기에도 충분하다. 하지만 "현세의 삶이 아프리카인들의 종교적 활동과 믿음의 주요 관심대상"(4)이란 음비티의 또 다른 견해가 말해주듯, 아프리카 전통사회의 유일신은 인간중심적 신이다. 바꿔 말하면, 아프리카 전통사회에서 유일신은 인간세계를 초월한 기독교와 이슬람교의 유일신과 달리 인간중심적 창조자, 심판자, 관리자로서 초현실적·초시간적 존재이다.

유일신의 다음 서열인 잡신들은 신에 의해 창조된 신[9]과 인간의 조상신[10]으로 나뉜다. 잡신들은 범신론적 존재들이 아닌, 신의 내재적(immanent) 존재들로, 자연대상과 현상을 통해 나타나지만, 일상적 사건들로부터 멀리 떨어져있는 존재들이다(Mbiti 33). 음비티에 따르면, 잡신들은 유일신에 의해 창조된 정령들과 사후 세계에서 재탄생된 인간의 정령들이다. 즉 잡신들은 신적 행위들과 표현들을 지닌 존재들로, 자연의 정령, 신

종말의 기간, 모든 것이 정지점에 이르는 시간의 바다, 그리고 신화적 기간이다(22). 따라서 이 시대는 인간이 죽은 뒤에 그의 후손에 의해 더 이상 기억될 수 없는 시대이다.

9) 아샨티족의 아보솜(Abosom)은 신이 인간을 보호하기 위해 창조한 잡신이다. 반요로(Banyoro)족은 잡신을 전쟁, 질병, 수확, 건강, 치유, 날씨, 호수, 가축을 각각 담당하는 신으로 각각 분류하고, 요루바족은 잡신을 오리사(Orisa)란 집합명사로 부르지만 1,700종류로 분류한다. 요루바족의 오리사 은라(Orisa-nla)는 신의 지상 대리인으로 신의 창조와 집행을 대신하는 잡신이고, 오런밀라(Orunmila)는 신과 지상의 모든 지식과 언어를 담당하는 잡신이며, 오군(Ogun)은 철과 강철의 소유자로, 사냥과 전쟁을 담당하는 잡신이다. 산고(Sango)는 천둥과 번개로 신의 분노를 표현하는 잡신이다. 그 밖에도, 죽음을 담당한 잡신 밤부티족의 토레(Tore)가 이에 속하고, 질병과 고통을 담당한 잡신 마카르디트(Macardit), 여성의 일을 담당한 잡신 아부크(Abuk), 그리고 비를 담당한 왈라모(Walamo)를 합친 명칭인 딘카(Dinka)가 이에 속한다(Mbiti 75).

10) 음비티에 따르면, 아프리카 전통사회의 종교는 "민족적 영웅들, 지도자들, 통치자들, 다른 유명인들을 신앙과 신화의 체계로 구체화했고"(4), "이런 인물들 중 일부를 받들어 자연의 현상에 책임 있는 신적 인물들로 간주했다"(4). 음비티의 이 같은 견해는 아프리카 전통사회의 조상신이 어떻게 만들어졌는지를 밝혀주는 견해이다.

격화된 영웅, 그리고 신화적 존재들이다(74). 파린다에 따르면, 존재서열에서 유일신에 의해 창조된 잡신들은 유일신의 왼쪽에, 그리고 사후 세계의 조상신은 유일신의 오른쪽에 위치한다(15).

　파린다와 음비티에 이어, 웨스터런드 역시 인간의 사후 세계에 대한 아프리카 전통사회의 인식에 대해 소개하며 잡신들을 유일신의 바로 아래에 위치한 신들로 소개했다. 웨스터런드에 따르면, 전통사회의 아프리카인들은 인간의 사후 세계에 대해 좋은 사람의 영혼은 유일신에게 가지만, 나쁜 사람의 영혼은 잡신들에게 간다고 믿는다(50). 웨스터런드의 이 같은 견해는 전통사회의 아프리카인들이 신을 유일신과 잡신들로 구분하고 있음과 잡신들을 유일신의 다음 서열에 위치한 신으로 간주하고 있음을 밝혀준다. 즉 웨스터런드는 그들이 잡신들을 지상과 연결된 신들로 간주한다고 소개하며, 유일신은 천상의 동쪽에 거처하지만, 잡신들은 서쪽에 거주하는 것으로 인식한다고 소개했다(49). 뿐만 아니라, 웨스터런드는 은하로(Nharo)족의 사례를 들어 유일신이 창조한 잡신을 신의 아들, 그리고 조상신을 인간의 조상이라고 소개하고, 쿵(Kung)족은 잡신들을 신의 보조자와 신의 명령 수행자로 간주하지만, 은하로족은 그들을 질투심 많은 신의 라이벌, 예측 불가능한 존재, 트릭스터(trickster)[11] 또는 문화의 주인공으로 간주한다고 소개했다(49).

　토니 모리슨(Toni Morrison)은 기독교 신앙이 돈독한 가정에서 성장했지만, 이런 전기적 배경 때문에 그녀를 순수한 기독교도라고 단정하는 것은 적절하지 않다. 모리슨은 1985년에 베시 존스(Bessie Jones)와 오드리 빈슨(Audrey Vinson)과의 대담에서 자신에 대해 "성서를 아주 진지하게 가지고 다니는 아주 신앙심 깊은 가정 출신"(177)이라고 밝혔다. 하지만 모리슨은

---

11) 이 책의 제8장에서 구체적으로 다룸.

가족들의 기독교 신앙에 대해 "성서 밖에 존재하는 무엇"(177)이라고 언급함으로써 그녀의 가족신앙이 순수한 기독교 신앙이 아니라 기독교 신앙을 아프리카 전통사회의 종교적 유산에 비춰 재해석·재창조한 신앙임을 밝혔다. 모리슨은 이 같은 가족신앙을 경험하며 자신의 신앙으로 수용했다. 이를 말해주듯, 모리슨은 1977년에 멜 왓킨즈(Mel Watkins)와의 대담에서 유령들의 존재를 믿느냐는 한 여성의 질문을 받고, "당신은 병원균의 존재를 믿나요?"(46)라고 반문하며 "우리 유산의 일부입니다"(46)라고 대답했다. 모리슨이 기독교 문화에서 접할 수 없는 유령과 정령들의 존재를 이처럼 믿은 것[12]은 그녀의 신앙 저변에 아프리카계 미국인들의 잠재의식과 삶 속에 내재된 아프리카 전통사회의 신앙이 깊숙이 자리하고 있음을 말해주는 것이다.

모리슨은 아프리카계 미국인들의 정체성을 복원하고 재창조하기 위해 기독교적 유일신을 거부하는 대신, 신을 세 개의 면이 아니라 네 개의 면을 가진 존재로 인식했다(Jennings 29). 즉 모리슨의 신은 기독교의 삼위일체론에 바탕을 둔 신이 아니라, 아프리카 전통사회의 사위일체론에 바탕을 둔 신이다. 뿐만 아니라, 모리슨은 전통사회의 아프리카인들처럼 절대적 선과 절대적 악을 강조한 마니교와 기독교의 이분법적 가치관을 거부했다. 즉 모리슨은 신을 천국과 지상, 이상과 현실, 선과 악으로 구분되는 대립적 요소들의 이율배반적 조화체로 인식했다(Jennings 37). 신과 악에 대한 모리슨의 이 같은 인식은 아프리카계 미국인들의 집단 무의식과 삶 속에 내재

---

12) 모리슨은 어린 시절에 공동체 구성원들과 가족들로부터 유령들에 대한 이야기를 들으며 성장했다. 신화들과 민담들에 대한 모리슨의 버전들은 모두 아프리카계 미국인들의 자손들 또는 아프리카 출신 조상을 둔 공동체 구성원들에 의해 구두로 전달된 이야기들에 바탕을 두고 있다. 모리슨이 성장과정에서 전해들은 이 같은 이야기들은 그녀의 통찰력을 통해 내면화되고, 그녀로 하여금 아프리카인들에 의해 동의되어지는 문화적 교감을 상상하고 재창조할 수 있도록 해줬다(Davis 227).

된 아프리카 전통사회의 종교적·우주론적 유산을 환기시켜주는 것이나 다름없다.

본 장은 아프리카 전통사회의 종교에 바탕을 둔 모리슨의 신과 사제들을 살핀다. 이와 관련 본 장은 독실한 기독교 가정에서 성장한 모리슨이 왜 아프리카의 전통적 종교에 대해 깊은 관심을 보였는지를 밝히기 위해 먼저 기독교적 메시아에 대한 모리슨의 시각을 살피고, 이어 그녀의 소설 속에 형상화된 메시아를 아프리카 전통사회의 신과 사제에 비춰 살핀다.

2. 무기력한 구세주로서 기독교 신

모리슨은 첫 소설 『가장 푸른 눈』(*The Bluest Eye*)에서 백인중심사회의 신을 인종적·성적·사회적 약자들에 대한 강자들의 차별을 방조한 신으로 묘사했고, 차별 받는 희생자들을 구원해주거나 그들의 고통을 위로해줄 수 없는 신으로 묘사했다. 모리슨은 이를 위해 아프리카계 미국소녀인 피콜라 브리드러브(Pecola Breedlove)가 흑백혼혈 중산층인 제럴딘 부인(Mrs. Geraldine)의 멸시와 언어폭력을 당할 때에 거실의 벽에 걸린 백인중심사회의 신을 무심코 아래만 굽어보는 신으로 형상화했다.

> 피콜라는 현관문을 찾기 위해 몸을 돌렸고 긴 갈색머리의 가운데에 가르마가 타진, 얼굴 주위를 화려한 종이꽃이 감싼, 슬프고 놀라지 않은 눈으로 제럴딘 부인을 내려다보는 예수를 보았다.

> Pecola turned to find the front door and saw Jesus looking down ar her with sad and unsurprised eyes, his long brown hair parted in the middle, the gay paper flowers twisted around his face. (75)

작중의 현재시점에서 시간을 피콜라의 성장기로 소급한 이 장면이 말해주듯, 피콜라는 거실의 벽에 걸린 백인중심사회의 신이 내려다보는 가운데 제럴드 부인에 의해 멸시와 언어폭력을 당한다. 피콜라가 이처럼 멸시와 폭력을 당한 이유는 백인중심사회의 미적기준에 부합하지 않는 아프리카계 미국인의 용모를 지닌 소녀이고, 백인중심사회의 자본주의적 경제활동으로부터 고립된 삶을 살아야 하는 극빈층 아프리카계 가정 출신의 소녀이기 때문이다. 이와 관련, 모리슨이 전달하고자 하는 메시지는 백인중심사회의 신이 자신의 교리를 어긴 인간들의 부당한 행동에 대해 아무런 제어력도 행사하지 못하는 신이라는 것이며, 다른 한 편으로 인종적 편견과 차별에 노출된 아프리카계 미국인들의 고통에 아무런 위안도 구원도 해줄 수 없는 신이라는 것이다.

피콜라는 1900년대 초 첫 '흑인대이동'(Great migration) 시기에 새로운 일자리와 인종차별 없는 공간을 찾아 남부로부터 북부와 서부로 이주한 대다수의 아프리카계 미국인들과 달리 중서부의 작은 도시 로레인(Lorain)으로 이주한 아프리카계 미국인 가정 출신의 소녀이다. 하지만 로레인은 그녀의 부모인 촐리 브리드러브(Cholley Breedlove)와 폴린 브리드러브(Pauline Breedlove)가 기대한 일자리와 인종적 평등을 제공할 수 있는 공간이 아니다. 이곳에서 촐리와 폴린은 인종적 · 경제적 타자로서 고립된 삶을 살아가며 좌절, 갈등, 그리고 인종적 정체성의 늪 속에 매몰되었고, 성장기의 피콜라는 이 같은 부모로부터 아프리카계 미국인소녀로서의 정체성 형성과 자아 발전에 필요한 학습을 전혀 받지 못했다.

브리드러브 가족은 지배사회가 강요하는 삶을 무비판적으로 따름으로써 파괴적인 삶을 살아가는 사람들이다(Klotman 124)이다. 피콜라의 아버지인 촐리는 제철공장의 노동자로, 어린 시절에 부모에 의해 유기된 경험으로 인해 트라우마 속에 살아가며, 가장으로서 아버지로서 아무런 역할도 제대로 할 수 없는 아프리카계 미국인 남성이다.[13] 그리고 피콜라의 어머니인 폴린 역시 백인영화에 심취하여 백인문화에 길들여졌고, 백인의 가정부로 일하며 백인가정에서 삶의 공간과 정체성을 찾고 백인소녀의 충실한 유모로 살아가는 아프리카계 미국인 여성이다(Davis 26). 촐리와 폴린은 이 때문에 가정불화 없이 살아갈 수 없으며, 자녀들을 돌볼 능력도 없다. 촐리는 자신의 무능력을 친딸인 피콜라에게 성폭력을 행사하는 것과 폐상점을 개조한 가족의 보금자리에 방화를 하는 것으로 드러냈고, 폴린은 백인주인의 딸에게 애정을 쏟으면서도 피콜라에게 자신을 '어머니' 대신 '브리드러브 부인'(Mrs. Breedlove)으로 부르게 하는 것으로 드러냈다.

성장기의 피콜라는 학교에서도 고립되어 멸시와 폭력의 대상이 되었다. 피콜라는 알파벳순서에 따라 2인 1조로 앉는 교실의 관행에도 불구하고 기피대상이 되어 홀로 앉아야 했다. 뿐만 아니라, 교사는 출석을 점검할 때만 의무적으로 피콜라의 이름을 부를 뿐, 다른 때에는 부르지 않았다. 학생들도 교사처럼 피콜라를 멸시했다. 학생들은 누군가를 놀림감 또는 공격대상으로 만들기 위해 "아무개는 피콜라를 사랑한대요!"(45)라고 말하며 피콜라를 조롱과 공격의 도구로 삼았는데, 그들의 이 같은 행동은 '피콜라'란 이름을 수치심과 모욕감을 주기 위한 이름으로 만들었다. 피콜라에 대한 멸시와 학대는 또한 아프리카계 학생들 사이에서도 예외가 아니었다. 아프리카계 학생인 메이 보이(May Boy)와 친구들조차도 "저애의 아버지는 발가벗고 잠을 잔대요. 검둥이, 검둥이"(55)라고 놀려대며 피콜라에게 멸시와 고립의 고통을 안겨줬다.

아프리카계 여학생인 모린 필(Maureen Peal) 역시 엷은 피부색과 부유한 경제적 배경을 무기 삼아 동갑내기인 피콜라를 멸시했다. 그녀는 백인처럼

---

13) 촐리와 폴린의 가정불화와 트라우마의 원인은 본 장의 주제적 초점에서 벗어나므로 제4장에서 선행연구들과 함께 상세히 논의함.

행동하며, 다른 흑인소녀들이 그녀 앞에서 눈을 내리깔고 자리를 비킬 정도로 오만하다. 이런 그녀가 피콜라에게 "벌거벗은 아버지를 보았느냐"(60)라고 질문하며 경제적 빈곤으로 인해 모든 일상생활이 공유되는 브리드러브 가정과 피콜라를 멸시했다. 즉 그들의 이 같은 행위는 자신들의 추한 모습을 숨기기 위해 피콜라에게 이를 투사하여 미움을 발산하기 위한 행위로(Vickroy 97), 피콜라를 소외의 고통 속으로 몰아넣었다.

한편, 제럴딘 부인은 반은 흑인이면서 흑인이기를 거부하는 중산층 여성(Heinze 70; Samuels & Hudson-Weems 13)으로, 아들인 주니어(Junior)의 강요로 자신의 집 안에 들어온 피콜라를 "더러운 흑인계집애야, 내 집에서 나가"(75)라고 말하며 학대했다. 피콜라가 제럴딘 부인의 멸시와 언어폭력을 당한 또 다른 이유는 제럴딘 부인이 아들 주니어를 정서적 결함자로 만들었기 때문이다. 제럴딘 부인은 주니어로 하여금 아프리카계 아이들과 놀지 못하도록 하고 고립시켰다. 이로 인해 주니어는 고립감으로부터 벗어나기 위한 수단으로 고양이나 소녀들을 괴롭히는 가학성 변태적 폭력을 서슴지 않았다. 제시카 야컬리(Jessica Yakeley)에 따르면, 가학성 변태적 폭력은 즐거움을 얻기 위해 행하는 폭력이다(232). 즉 어머니의 강요에 의해 고립된 주니어는 주변의 동물이나 약자들을 비정상적인 방법으로 괴롭히는 행위를 통해 즐거움을 얻고자 했다. 이와 관련, 주니어가 느닷없이 고양이를 살해하고, 피콜라를 감금하려 한 행위는 그의 변태적 폭력성을 가장 적나라하게 드러낸 행위이다. 주니어는 피콜라를 자신의 집으로 불러들인 다음에 고양이를 그녀에게 던져 할퀴게 만들며 즐거워했고, 집 밖으로 나오려는 그녀를 막아서서 고양이를 라디에이터에 던져 죽게 만드는 악행을 저질렀다. 때마침 귀가한 제럴딘 부인은 자신에게도 책임이 있는 주니어의 가학성 변태적 폭력에 대해 전혀 문제 삼지 않고, 언어폭력과 함께 모든 책임을 피콜라에게 뒤집어씌웠다.

제럴딘 부인이 피콜라를 멸시하고 학대한 이유는 부유한 중산층 혼혈 여성이란 인종적·경제적 배경 때문이라고 말할 수 있지만, 이보다는 종교적·도덕적 가치관 때문이다. 마돈 마이너(Madonne Miner)가 "제럴딘 부인에게 피콜라는 추하고, 더럽고, 타락한 모든 것의 상징"(94)이라고 밝힌 것처럼, 제럴딘 부인의 이 같은 행동 뒤에는 거실 벽에 걸린 백인중심사회의 신을 추종하며 학습한 "청결과 도덕적 위선"(Harris 29)이 자리하고 있다.

백인중심사회의 신에 대한 모리슨의 비판적 시각은 『가장 푸른 눈』의 출간시점을 기준으로 38년 후에 출간한 『자비』(A Mercy)에서 보다 심층적이고 구체화되었다. 이 소설은 백인중심사회의 기원역사와 주인서사에 의해 간과되거나 왜곡된 인종적·종교적·사회적 타자들의 역사를 발굴하고 복원하려는 모리슨의 전복적 역사쓰기를 엿볼 수 있게 해주는 소설이다. 즉 발레리 밥(Valerie Babb)이 "다수를 무시하고 소수의 특권을 강화하려 한 경제적 서사의 창조로부터 배제된 인종·성·계급 집단들을 복원하기 위한 미국의 기원 설화"(147), 그리고 수전 스트럴(Susan Strehle)이 "선택받은 자와 저주받은 자, 신과 흑인을 구분하는 이분법적 신학에 의해 지원된 . . . 인종차별주의가 노예제도와 결합되는 과정을 폭로했다"(113)고 평가하듯, 모리슨은 이 소설에서 미국의 기원역사에 대한 비판적 시각을 통해 백인중심사회가 미국의 기원역사 이전부터 이미 인종적·종교적 우월주의를 내세워 상대적 타자들을 차별하고, 경제적·사회적 시스템으로부터 소외시켰음을 밝혔다.

모리슨은 백인중심사회의 인종적·종교적 우월주의와 그 폐단을 비판하기 위해 작중의 시공간을 1600년대 후반의 영국으로 소급하여 제이콥 바크(Jacob Vaak) 농장의 영국계 백인여주인 레베카(Rebecca)의 트라우마 원인을 역추적 했다. 레베카는 끼니마다 밥상에서 숟가락 하나라도 덜어야 도움이 될 만큼 가난한 영국 가정 출신으로, 16세의 어린 나이에 결혼 상대를 구하는 네덜란드계 미국인 제이콥 바크(Jacob Vaark)와 결혼하기 위해 열악한 가축 칸 옆 3등 선실에 몸을 싣고 미국에 왔다. 이런 그녀가 작은 농장주인인 바크와 결혼한 것은 사회적·경제적 고립으로부터 벗어나 농장 여주인으로서 미국사회의 누구와도 교류할 수 있는 신분상승을 이룩한 것이다. 그럼에도 불구하고, 결혼 초기에 그녀는 종교적으로 고립된 삶을 살았다. 즉 그녀는 침례교도들과 마을 사람들을 의식적으로 피했다(80). 그녀가 교회와 주변사람들을 회피한 이유는 종교를 "경외로운 증오에 의해 기름이 부어진 불꽃"(86)으로 생각한 어머니의 영향 때문이다. 레베카는 어린 시절에 이런 어머니의 강요로 인해 마녀사냥과 같은 종교재판과 처형장면을 목격해야 했다. 그녀의 어머니는 "유럽왕국들에 의해 종교적 타자를 이단자로 처형하여 즐거운 구경거리로 만들기 위해, 그리고 추종자들을 감금하고 지배하기 위해 관리해온 형식"(Moore 11)인 종교재판과 처형장면을 "왕의 행진만큼 흥미로운 축제"(88)로 생각했고, 어린 딸에게 이 같은 장면을 직접 목격하도록 하여 종교적 규범과 규범의 위배에 대한 징벌을 학습시키려 했다. 그녀는 이런 어머니 때문에 종교에 대한 지식과 경험도 없이 잔인한 심판과 폭력을 목격하며 깊은 심리적 상처를 받아야 했다. 서스미타 로이예(Susmita Roye)가 "이런 환경이 레베카의 심리에 깊은 상처를 남겼다"(217)고 지적한 것처럼, 그녀는 충격적 경험으로 종교에 대해 공포를 갖게 되었다.

하지만 레베카는 작중의 현재시점에서 남편이 천연두에 걸려 죽고, 자녀들이 어린 나이에 모두 죽는 충격을 겪은 뒤에 지난날과 달리 재세례파 교도(Anabaptist)가 되어 구세계의 종교적 규범과 관행을 답습한 백인여주인의 삶을 선택한다. 즉 그녀는 출산한 여성혼혈노예 소로(Sorrow)가 추운 겨울임에도 아기와 함께 벽난로 옆에서 자는 것을 허용하지 않고(186), 천연두에 걸린 자신을 치유하고자 위험한 숲속 여행을 하고 돌아온 아프리카계 여성노예 플로렌스(Florens)를 팔아버리기로 결정했으며, 미국원주민 여성

노예 리나(Lena)를 교회에 데리고 다니면서도 인종적 타자란 이유로 그녀를 교회 밖에 세워둔다(187). 그녀의 이 같은 태도는 노예주인으로서의 품위를 지키려는 계급의식과 영적 교감이 없는 종교적 배타주의를 말해준다.

모리슨은 또한 미국으로 유입된 구세계의 종교가 미국의 형성과정을 주도하며 인종적·종교적 타자들을 어떻게 소외시키고 억압했는지를 추적했다. 그녀는 이를 위해 미국의 형성기에 개신교의 일파인 장로교도들이 리나를 어떻게 멸시하고 소외시키려 했는지를 공개했고, 청교도들이 플로렌스를 어떻게 마녀사냥의 희생자로 만들려 했는지를 공개했다.

리나는 바크 농장으로 팔려오기 전에 천연두로 가족과 마을 사람들을 모두 잃고 살던 마을마저 소각된 뒤에 장로교도 가족에게 맡겨졌다. 이때 장로교도 가족은 강에서 벌거벗고 목욕하는 그녀의 행위를 죄로 간주했고 (55), 딸기나무를 자르는 그녀의 행위를 도둑질(56)이라고 질책했다. 그녀의 행동에 대한 장로교도 가족의 이 같은 부정적 반응은 배타적 문화와 신앙으로부터 비롯된 것이다. 그들은 그녀에게 새로운 관습과 규범을 습득하도록 강요했지만(56), 그녀를 동반자로 만들기 위해서가 아니었다. 그들의 강요는 문화적·종교적 타자를 차별하고 억압하기 위한 인종적·종교적 예외주의에서 비롯된 것이다.

미국의 예외주의(exceptionalism)는 17세기 신세계에 모범적인 기독교 국가, 즉 존 윈스럽(John Winthrop)에 의해 언급된 '언덕 위 도시'를 건설하기 위해 영국에서의 박해로부터 도망쳐 온 소수 청교도 순례자들의 이야기에 바탕을 뒀다. 리처드 럴랜드와 말콤 브래드버리(Richard Ruland & Malcom Bradbury)에 따르면, 청교도들은 미국적 유토피아를 창세기(Genesis)와 출애굽기(Exodus)의 '선택된 민족'(Chosen People)과 '약속의 땅'(the Promised Land) 이야기에 근거하여 정의했다(Dalsgard 234 재인용). 그들은 구세계로부터 신세계로의 모험적 여행을 이스라엘 민족이 신의 안내로 고귀한 천년지복의 역사탐험을 하던 중에 겪은 고난과 방황의 이야기로 변형시켰다. 하지만 그들의 예외주의는 우월주의적 자기서사와 실질적인 문화관행 사이에서 치명적 모순을 초래했다.

　신권통치정부는 1692년과 1693년 사이에 살렘(Salem)에서 100명 이상의 종교적 타자들을 투옥하고, 19명을 사형에 처하는 만행을 저질렀다. 하지만 그들은 이 같은 불안상황을 신의 징벌이라고 해석하며 맹약으로 돌아갈 것을 강요했다. 뿐만 아니라, 윌리엄 브래드포드(William Bradford)가 1650년에 완성하여 1856년에 출간한 일기, 『플리머스 농장에 대해』(*Of Plymouth Plantation*)에서 아버지들의 꿈을 기준으로 아들들의 부족을 반복적으로 질타했듯이, 그들은 후손들이 아버지에 의해 부여된 책임을 다하지 못했다고 비판했다(Dalsgard 234). 이와 관련, 럴랜드와 브래드버리는 현실과 이상, 유토피아와 현실, 의도적인 것과 우연한 것, 상상적인 것과 일상적인 것의 순환적 갈등이 미국적 마인드에 대물림되었다고 밝히며, 이것이 바로 청교도적 상상의 핵심적 유산(Dalsgard 235 재인용)이라고 결론지었다.

　아프리카계 미국인들은 노예경험 때문에 예외주의적 서사에 대해 항상 회의적이었다. 그럼에도 불구하고, 아프리카계 미국문학이 예외주의에 대한 자체의 부정적 입장을 본격적으로 표출한 시점은 19세기 후반 이후이다. 카트린 댈스가드(Katrine Dalsgard)는 삭번 버커비치(Sacvan Bercovitch)의 견해를 근거로 미국문학의 정전적 작가들 중 랄프 왈도 에머슨(Ralph Waldo Emerson), 헨리 데이비드 소로(Henry David Thoreau), 월터 위트먼(Walter Whitman), 헨리 제임스(Henry James) 그리고 스콧 피츠제럴드(Scott Fitzgerald)를 부분적으로 예외주의를 계승한 작가들이라고 소개했다. 또한, 댈스가드는 아프리카계 미국문학이 예외주의 대한 자체의 회의적 시각을 본격적으로 표출한 시점을 아프리카계 미국작가들과 비평가들이 별도의 문화적 전통을 세우기 시작한 시점인 세기의 후반(235)이라고 밝혔다. 즉 댈스가드의 이 같은 견해는 예외주의에 대한 19세기 후반 이후 아프리카계 미국작가들의 시각뿐만 아니라, 한 걸음 더 나아가 모리슨 역시 이를 계승한 작가임을 밝혀준다.

　모리슨은 예외주의에 의해 망각된 역사를 재생하는 방법으로 예외주의의 수사법적 가정과 배타적 행동에 도전하고자 했다(Dalsgard 235). 모리슨이 예외주의에 도전장을 던진 이유는 예외주의가 인종적·성적 폐단을 양산했기 때문이다. 미너 캐러밴터(Mina Karavanta)에 따르면, 예외주의는 "타자와 적을 확인하고 양산한 악의적 수사법"(737), 그리스도를 "하얗고, 제국주의적인" 존재로 범례화 하고, "제국주의적 정복, 노예제도, 그리고 임대계약 노동자에 대한 착취를 정당화했다"(737). 캐러밴터에 이어, 스트럴에 따르면, 신세계의 예외주의자들은 "선택된 자와 저주 받은 자, 백인과 흑인, 남성과 여성, 신세계와 구세계를 구분하는 유해한 이분법적 분리"(109)에 의존하여 "원주민, 빈곤자, 그리고 토지를 소유하지 못한 사람들에 대한 유럽정착민들의 학대를 강화했고, 백인이 아닌 사람들의 노예화를 정당화했다"(109). 캐러밴터와 스트럴의 이 같은 지적들이 말해주듯, 『자비』에서 장로교도 가족이 리나를 길들이려 하고 억압한 것은 모두 그들의 예외주의로부터 비롯되었다.

　모리슨은 리나에 이어 청교도들의 마녀사냥 과정을 목격하고, 인종적 타자란 이유로 마녀사냥의 대상으로 지목된 아프리카계 미국인 소녀 플로렌스의 경험을 통해 백인중심사회의 종교를 비판하고자 했다. 플로렌스는 포르투갈계 미국인 무역상의 노예인 어머니가 주인집 아들들의 성폭력을 우려하여 주인의 채무변제를 조건으로 채권자인 바크 농장에 팔려온 아프리카계 여성노예이다. 그녀는 어머니가 자신을 어린 나이임에도 불구하고 왜 바크농장으로 보냈는지 알 수 없어서 어머니의 거부로 인해 모성적 사랑을 잃었다는 상실감 속에서 살아간다. 이런 그녀에게 리나는 어머니와 같은 존재이지만, 어머니는 아니다.

　플로렌스가 청교도의 마녀사냥을 목격하고 마녀사냥의 대상으로 지목된 시점은 레베카의 여행허가증을 들고 홀로 여행을 떠났을 때이다. 16세의 소녀인 그녀가 여행을 떠난 목적은 천연두에 걸린 레베카를 치유하기 위해 치료법을 알고 있는 자유흑인인 대장장이(The Blacksmith)를 데려오기 위해서이다. 숲속을 지나야 하는 이 여행에서, 그녀는 하룻밤을 신세지기 위해 위도우 일링(Widow Ealing)의 오두막을 찾았고, 이곳에서 일링의 딸 제인(Jane)이 마녀사냥의 위기에 몰린 것을 목격했고, 날이 밝았을 때 자신도 마녀사냥의 준비단계나 다름없는 알몸수색을 당했다. 제인이 마녀사냥의 대상이 된 이유는 초점을 잃은 한쪽 눈 때문이다(125). 청교도들은 제인의 신체적 불구를 신의 저주라 여기고 그녀를 마녀로 몰아가려 했다. 뿐만 아니라, 청교도들은 제인을 심판하기 위해 일링의 집을 방문했을 때 검은 피부색을 가진 플로렌스 역시 마녀로 몰아가기 위해 알몸수색을 했다. 다행히도 제인의 도움으로 청교도들의 손아귀에서 벗어났지만, 그녀는 탈출과정 내내 온몸의 구석구석에 머물렀던 청교도들의 "모욕적인 눈초리"(133)가 얼마나 자신에게 모멸감을 줬는지를 떠올리며 청교도들에 대해 "내 혀가 뱀의 혀처럼 갈라져 있는지 또는 내 이빨이 그들을 씹도록 뾰족한지를 알고 싶어 했다"(134)고 비난했다.

　모리슨은 백인중심사회의 종교와 관행을 이처럼 비판하며, 백인중심사회의 종교와 관행이 만들어 놓은 절대적 규범에 전복적 입장을 취했다. 백인중심사회의 종교와 관행에 대해 이 같은 입장을 취한 그녀의 의도는 인종적·문화적·경제적 편견과 차별이 더 이상 존재해서는 안 된다는 메시지를 전달하기 위해서이다. 그리고 아프리카계 미국인들의 정체성이 백인중심사회의 종교와 관행에 의해 훼손되거나 왜곡된 그들의 종교적·관습적 전통의 발굴과 복원을 통해 구현될 수 있다는 메시지를 전달하기 위함이다.

3. 기독교적 구세주의 대안으로서 아프리카 신과 사제

　모리슨은 기독교의 유일신을 거부하는 대신 아프리카 전통사회의 사위일체론적 신을 수용했다. 『술라』(*Sula*)에서 그녀는 공동체 구성원들의 목소리를 통해 신을 "세 개의 얼굴을 가진 존재가 아닌, 네 개의 얼굴을 가진 존재"(102)라고 정의했다. 신에 대한 그녀의 정의는 기독교의 삼위일체론을 부정한 정의로 유일신, 두 종류의 잡신들(유일신에 의해 창조된 잡신과 인간의 조상신), 그리고 정령들을 모두 신의 범주 속에 포함시키는 아프리카 전통사회의 사위일체론을 환기시켜주는 정의이다. 뿐만 아니라 그녀는 술라(Sula)를 "신의 네 번째 얼굴" 그리고 "악마"(102)라고 언급했는데, 이는 술라를 아프리카 전통사회의 네 번째 신인 정령으로 형상화했음을 말해준다.

　술라는 아프리카 전통사회의 정령들 중 "콩고의 정령인 킨도키(kindoki) 또는 은도키(ndoki)를 닮은 여주인공"(Jennings 23)이다. 킨도키는 콩고에서 네 개의 눈을 가진 야행성 정령이다. 콩고인들은 이 정령이 또 다른 정령인 반도키(bandoki)처럼 인간들에게 육체적·정신적 질병과 죽음을 가져다준다고 믿는다(Westerlund 173). 킨도키에 대한 콩고인들의 믿음은 킨도키를 은도키와 동일시했음을 말해준다. 콩고에서 은도키는 인간들에게 불행과 불임을 가져다주는 악령으로, 반도키보다 상대적으로 제한된 악행을 저지르는 악령이지만 인간들에게 불행을 가져다준다는 점에서 반도키와 동일한 악령이다.

　모리슨은 술라를 킨도키와 같은 악령, 즉 "공동체의 윤리에 반하는 악의 사표"(Christian 50)로 형상화하기 위해 공동체의 목소리를 활용했다. 이를 말해주듯, 작중의 현재시점에서 공동체의 여인들 중 한 사람인 데시(Dessie)는 우물가에서 술라가 샤드랙(Shadrack)과 만나는 장면을 목격하고 자신의 눈에 주먹 크기의 다래끼가 생겼다는 소문을 퍼트려 그녀를 악령으로 만들고, 술에 취한 베티(Betty)는 술라를 방문하고 계단을 내려오던 5세의 아들 티폿(Teapot)이 굴러 떨어지는 목격하고 술라가 밀쳤다고 헛소문을 퍼트려 그녀를 악령으로 만든다. 그리고 불특정 다수의 공동체는 늘 하던 대로 닭 뼈를 빨던 핀리 씨(Mr. Finley)가 마침 지나가는 술라를 보고 놀라 닭 뼈를 삼키는 바람에 죽은 일을 두고(98), 술라로 인한 불행으로 간주하며 그녀를 악령으로 만든다.

하지만 모리슨은 술라를 공동체의 경계심을 유도하여 공동체의 결속을 강화시켜주는 역설적·반어적 인물로 형상화했다.[14] 술라는 10년의 공백 기간을 뒤로 하고 귀향했을 때에 에바 피스(Eva Peace)에게 "이 도시를 두 동강내버리겠다"(80)고 밝힌 그녀의 공언을 실천하듯 가장 친한 친구인 넬(Nel)의 남편 주드 그린(Jude Greene)과 잠자리를 같이하여 친구의 가정을 파괴하고, 공동체 남성들과의 성적 편력과 인종적 금기를 뛰어넘어 백인남성과도 성적 편력을 통해 공동체의 규범과 금기를 파괴했다. 하지만 그녀의 파괴력은 공동체의 경계심을 유발하여 공동체는 물론 가정의 결속을 강화하는 힘으로 작용했다. 예컨대, 공동체 여성들은 위협적인 그녀의 출현을 막기 위해 밤엔 빗자루를 대문에 가로질러 걸고, 현관계단에 소금을 뿌렸지만, 삼인칭 작중 화자가 "술라가 악마라는 공동체의 믿음은 그들의 의식을 보호와 사랑으로 바꿨다"(102)고 밝히듯, 경계심 때문에 남편들을 더욱더 사랑으로 대하는 등, 경계심을 통해 악과 함께 살아가며 악에 대처했다(Jennings 46). 즉 그녀의 불길함과 파괴력은 그녀와 공동체의 관계를 배타적 긴장 속에서 서로의 결핍 또는 부재를 채워주는 맞물림의 관계로 만들었다(LeSeur 3).

모리슨은 공동체에 대한 술라의 파괴력을 아프리카 전통사회의 우주론

---

14) 본 연구는 술라의 이 같은 캐릭터를 아프리카 전통사회의 마녀로 조명한 제7장에서 보다 상세하게 추적했다. 따라서 본 장은 논지의 중복을 피하기 위해 아프리카 전통사회의 사위일체론적 신들 중 한 명으로서 술라의 캐릭터를 밝히는 데에 논지의 초점을 맞췄다.

을 환기시켜주는 그녀의 죽음과 함께 중단시켰다. 술라는 에바의 침대 위에서 죽음을 맞이했다. 이때 그녀의 유일한 위안은 에바가 불길 속에 휩싸여 죽어가는 그녀의 어머니를 구하기 위해 뛰어내린 창문을 바라보는 것이었다. 삼인칭 작중 화자가 "술라는 침상에서 이 창문을 바라보며 평화를 얻었다"(128)고 밝히듯, 그녀는 불에 타죽는 어머니의 모습을 즐긴 지난날을 후회하며, 죽음을 고통이 아닌 안식으로 받아들이고 있다. 즉 그녀가 바라보는 이 창문은 열 수 없는 '난공불락의 최후,' 즉 관처럼 느껴지는 창문(128)이지만, 술라가 원했던 혼자가 된 느낌을 주는 창문이다.

한편, 모리슨은 술라의 죽음을 공동체의 붕괴를 예고하는 죽음으로 묘사했다. 공동체는 술라와의 배타적 긴장 속에서 서로의 결핍 또는 부재를 채워왔던 사실을 인식하지 못하고, 이에 배치되는 행동을 했다. 즉 공동체는 술라의 사망을 확인한 후에 불행이 아닌, 더 밝은 미래를 기대했다. 하지만 10월의 변덕스러운 날씨와 강이 풀릴 때쯤의 각종 질병들, 동상, 류머티즘, 기침, 성홍열(131)이 말해주듯 공동체는 술라의 사망 이후 짜증과 불안감에 휩싸이고(131), 12월엔 무기력한 분위기에 휩싸였다. 그리고 1920년 1월 3일에 시작된 샤드랙의 '국민자살일' 행진도 1941년 1월 3일에는 생기가 없고, 감동을 주지 못하는 행사가 되었다(136). 샤드랙은 참여자들의 행렬을 터널 공사장으로 이끌었고, 참여자들은 일자리에 대한 기대감이 인종차별로 인해 좌절된 데에 대한 실망과 분노로 인해 공사장을 파괴했다. 남녀노소 누구나 할 것 없이 터널 내부로 진입하여 공사장을 파괴했고, 이런 와중에 얼었다가 풀린 터널의 붕괴로 인해 참여자들 대부분이 터널 안에서 사망했다(138). 르세르가 "술라와 공동체는 카인이고 서로를 파괴했다"(11)고 밝히듯, 술라의 죽음은 공동체를 그녀의 위협과 파괴력으로부터 벗어나게 한 것이 아니라 서로의 결핍과 부재를 채워주는 그녀와 공동체의 관계를 파기함으로써 공동체로 하여금 불행을 맞이하게 했다.

모리슨은 아프리카 전통사회의 종교를 작중에서 재현하기 위해 술라를 사위일체론적 신들 중 정령으로 형상화한 데 이어 아프리카 전통사회의 사제들을 작중 인물로 등장시켰다. 예컨대,『가장 푸른 눈』의 소프헤드 처치 (Soaphead Church),『빌러비드』(*Beloved*)의 베이비 석스(Baby Suggs), 그리고 『낙원』(*Paradise*)의 콘솔래타 소사(Consolata Sosa)는 백인중심사회의 종교와 관행으로부터 벗어난 작중 인물들이다. 제닝스에 따르면 소프헤드 처치는 "영국적 사제와 아프리카적 사제의 조화체"(Jennings 146)이고, 베이비 석스 는 아프리카 전통사회의 종교와 가톨릭의 결합물인 "부두교의 평사제"(140) 이며, 콘솔래타는 부두교(Voodoo)와 같은 종교인 깐돔블레(Candomble)의 영적 여사제, 육체적·정신적 트라우마의 치유자, 공동체적 집단들의 공적인 봉사자이다(144). 즉 모리슨은 소프헤드, 베이비, 콘솔래타를 이처럼 아프리카 전통사회의 종교에 뿌리를 둔 사제들로 형상하고,[15] 인종적·문화적·

---

15) 부두교의 부두는 베냉(Benin: 옛 명칭은 다호메이(Dahomey)의 폰(Fon)족 언어 중에 신이나 정령을 의미하는 보둔(vodun)이란 말로부터 유래되었다. 부두교는 요루바(Yoruba)족, 폰족, 콩고(Kongo) 출신의 노예들과 아프리카의 다른 민족들이 아이티에 가지고 들어온 아프리카의 전통적 종교와 주술적 요소가 혼합된 종교이다. 부두교는 아프리카인들의 전통적인 종교처럼 천국의 신, 잡신들, 정령들을 믿으며, 사제, 치유자, 그리고 마법사가 종교적 의식, 치유, 예언을 행한다. 잡신들의 명칭은 레그바(Legba)로, 가시적 세계와 불가시적 세계를 연결해주는 교차점 역할을 한다(Jennings 98). 레그바를 중심으로 정령들의 명칭은 로아(Loa)로, 죽은 조상들과 살아있는 사람들의 교차점 역할을 한다. 로아는 지역 신, 아프리카의 전통적 신, 신격화된 조상, 그리고 가톨릭의 성인 등을 의미한다. 부두교도들은 로아가 제사를 요구하며 이를 통해 개인이나 가족과 관계를 맺는다고 믿는다. 로아는 이밖에도 앞서의 로아보다 낮은 위치의 라다(Rada) 로아와 페트로(Petro) 로아로 분류할 수 있다. 라다 로아는 지혜롭고 자애로운 정령들이고, 페트로 로아는 거칠고 무자비한 정령들이다. 부두교의 종교의식은 누추한 신전에 음식과 제물을 차려놓고 사제인 호운간(houngan) 또는 여사제인 맘보(mambo)의 노래, 북, 춤, 기도로 진행된다. 부두교 신자들은 로아를 돕는 자, 보호자, 안내자로 생각한다. 제닝스는 부두교가 "인간의 육체가 영혼이 주입되지 않으면 무의미한 유물론적 실체인 것처럼, 우주역시 우주의 영들인 이오아(Ioa)가 없다면 초도덕적인 유기적 물질의 덩어리에 불과하다"(128)는 입장을 취한다고 밝혔다.

경제적 편견과 차별의 희생자들을 위한 그들의 치유과정을 통해 아프리카 전통사회의 구원적 메시지를 환기시키고자 했다.

소프헤드는 작중의 현재시점에서 마을의 쓰레기장 주변에서 살고 있는 피콜라의 어린 시절로 시간을 되돌리며 어린 피콜라에 대한 자신의 영적 치유를 하느님이 무관심과 부주의로 인해 행하지 못한 것을 대신 행한 것이라고 밝힌다. 즉 그는 기독교의 유일신을 향해 "그녀가 왜 왔는지 아십니까? 푸른 눈 때문입니다"(142)라고 밝히며, "하느님, 어쩌면 당신은 그렇게 오랫동안 한 소녀를 버려두어 스스로 제게 찾아오도록 했습니까?"(142)라고 반문한다. 원망조에 가까운 그의 이 같은 반문은 인종적 타자이기 때문에 백인여성의 미적 기준과 다를 수밖에 없는 아프리카계 미국소녀의 고립과 고통을 치유해주기는커녕 위로조차 할 수 없는 유일신의 무기력을 지적한 것이나 다름없다.

소프헤드는 피콜라에 대한 자신의 치유행위에 대해 "저는 그녀가 원한 푸른 눈을 줬습니다"(142)라고 밝힘으로써, 자신의 치유행위가 기독교적 구세주에 의해 방기된 인종적 희생자에게 푸른 눈을 가졌다는 환상을 갖게 한 것이라고 밝힌다. 즉 작중 화자가 "그녀는 우리로부터 보호해주는 정신이상에 빠져들었다"(159)고 밝히듯, 그의 치유행위는 기독교적 구세주에 의해 방기되고 주변과 가족으로부터 고립된 피콜라의 고통을 현실에 대한 마비와 현실 밖의 환상을 통해 완화시켜주려 한 것이다. 이와 관련, 그의 치유행위는 아프리카 전통사회의 치유사들 또는 사제들의 치유행위를 환기시켜준다.

아프리카의 쿵(Kung)족과 은하로(Nharo)족의 전통적 치유사들은 '잠재적 치료물질'인 '정신적 에너지'를 신의 창조물로 간주하고(Westerlund 55), 몽환적 댄스를 통해 신과 접신하여 신으로부터 위임받은 에너지로 환자를 치유한다. 이때 치유사들의 접신은 신의 범주와 금기를 침범한 행위가 아닌,

아프리카인들의 인간중심적인 종교적 의식에 의해 허용된 행위이다. 음비티에 따르면, 앙코르(Ankore)족은 신을 질서의 원리로 간주하지만, 신을 향한 인간의 떤 행동도 신에 대한 위배로 간주하지 않으며, 이 같은 행동에 대해 죄의식도 느끼지 않는다. 뿐만 아니라, 아잔데(Azande)족, 아칸(Akan)족, 스와지(Swazi)족, 바냐르완다(Banyarwanda) 그리고 기타 지역의 아프리카인들은 신이 인간의 도덕적 가치에 영향을 끼친다고 생각하지 않는다(201). 음비티의 이 같은 소개는 아프리카 전통사회가 다른 사회들과 달리 현실과 단절된 초월적 절대자를 인정하지 않는다는 것뿐만 아니라, 신의 금기를 침범할 수 없는 영역으로 간주하지 않는다는 것과 침범했다 하더라도 죄로 간주하지 않는다는 것을 밝혀준다. 따라서 소프헤드가 피콜라의 고립과 고통에 대한 신의 무관심과 부주의를 지적하고, 자신의 치유행위를 신의 역할을 대신한 행위라고 주장한 것은 아프리카 전통사회의 치유사로서 자신의 정체성과 역할을 강조한 것이나 다름없다.

모리슨은 소프헤드에 이어 『빌러비드』의 베이비를 아프리카 전통사회의 사제로 형상화했다. 작중 현재시점에서 9년 전에 사망한 베이비는 클리어링(Clearing) 숲에서 노예제도로 인해 훼손되고 쇠약해진 아프리카계 미국인들의 육체적·정신적 긴장 또는 고통을 집단적 의식행위, 즉 춤·박수·노래로 구성된 링 샤웃(ring shout)을 통해 위로 또는 해소해주고자 했다. 즉 그녀의 집단적 의식은 어른과 아이, 남편과 아내, 남성과 여성을 하나로 묶어내고 웃음과 울음을 방출하게 하여 무질서의 화음을 이뤄내는 의식이다. "아이들은 웃고, 남자들은 춤추고, 여자들은 울고, 이어 모든 게 혼합되었다"(127)란 삼인칭 작중 화자의 설명이 말해주듯, 그녀의 의식은 모든 사람들을 차별 없이 하나로 만드는 의식이다. 따라서 그녀의 의식은 아프리카 전통사회의 종교적 의식을 환기시켜주기에 충분하다.

베이비는 클리어링 숲에서 진행한 의식에서 기독교 사제처럼 설교도했다. 하지만 그녀의 주된 설교내용은 "삶을 청결하게 하라," "더 이상 죄를 짓지 말라," "축복받은 자, 온화함을 물려주는 자, 순수함을 기뻐하는 자가 되라"가 아니라, "치유와 냉정함의 초석으로서 자신의 육체를 사랑하라"(Salvatore 168)이다. 따라서 그녀의 설교는 절대적 신과 말씀을 체계화한 정통종교의 가르침, 교리, 그리고 형식에서 찾아볼 수 없는 종교적 가치관을 담고 있다. 즉 그녀의 설교는 아프리카계 미국인들에게 인종적 타자를 거부하는 백인중심사회의 인종적 가치관을 추종하지 말 것을 강조하고, 백인중심사회의 인종적 억압에 의해 훼손된 것을 심신을 공동체적 형제애를 통해 복원하도록 촉구하기 위한 설교이다.

모리슨은 베이비에 이어 『낙원』의 콘솔래타 역시 아프리카 전통사회의 사제로 형상화했다. 하지만 모리슨은 베이비 석스와 달리 콘솔래타를 영적 능력을 소유하고 실천하는 치유사로 형상화하여 그녀가 초현실적 치유사와 영매자의 역할을 병행하는 아프리카 전통사회의 사제임을 환기시키려했다. 작중 현재시점에서 수녀원을 이끄는 54세의 콘솔래타는 인종적 배경을 알 수 없는 브라질 출신의 부두교 여사제이다. 샤넷 로메로(Chanette Romero)에 따르면, 그녀의 신앙은 루비 사회의 백인모방적 신앙이 아닌, 가톨릭 신앙과 아프리카의 영혼숭배를 결합한 브라질 원주민의 다신론적·다자적·내재적(immanent) 신앙이다(417). 콘솔래타가 이 같은 신앙을 바탕으로 행하는 주된 일은 지난날의 상처를 안고 수녀원을 찾은 사람들의 고통을 상담하고 안내하며 부분적인 의식을 통해 위로하거나 치유해주는 것이다. 마니 고시어(Marni Gauthier)가 과거의 상처를 지닌 수녀원 여성들이 수녀원을 휴식과 치유의 낙원으로 만들어가는 방법을 "상처를 고백하고, 서로의 관계를 인식하며, 사랑을 나누는 방법을 습득해가는 과정을 통해서"(418)라고 언급한 것처럼, 그녀의 신앙은 지상과 천상, 육체와 정신, 감정과 이성의 이율배반적 조화에 바탕을 둔 수녀원의 상호 소통적, 자기 창조적,

자율적인 행동양식을 이끌어내고, 획일화된 사회에 대해 파괴력 또는 흡인력으로 작용한다.

콘솔래타를 위시한 수녀원 여성들은 과거의 상처와 함께 이곳으로 들어왔다. 콘솔래타는 아홉 살 때 브라질에서 윤간을 당했고, 브라질을 방문한 마리 마그너(Mary Margner)가 그녀를 이곳으로 데려왔다. 메이비스(Mavis)는 남편의 남성적 카리스마와 폭력에 무방비로 노출되어 고문이나 다름없는 성행위를 강요당했으며, 마트에서 남편의 저녁반찬을 준비하던 중 아이들을 차안에서 질식사하게 만든 일 때문에 남편의 징벌이 두려워 이곳에 왔다. 세네카(Seneca)는 수양오빠에게 성폭력을 당하고 이곳으로 왔다. 아버지가 사형수이고 어머니는 행방불명인 지지(Gigi: 본명 그레이스(Grace))는 재미와 모험을 찾아다니던 중에 이곳에 왔고, 팰러스(Phallas)는 변호사인 아버지와 예술가인 어머니의 이혼으로 인해 홀로 남겨진 채 어린 나이에 임신한 몸으로 애인과 함께 어머니를 찾아갔지만 애인마저 어머니에게 빼앗기는 상처를 안고 이곳에 왔다.

작중의 현재시점에서 콘솔래타의 신앙은 조롱, 갈등, 폭력조차도 용인하는 수녀원 여성들의 유기적 · 창조적 · 자율적 행동양식을 유도하고, 그들로 하여금 이를 통해 지난날의 상처를 위로하고 치유하도록 유도했다. 예컨대, 그녀는 수녀원에 들어오기 전에 남편은 말할 것도 없고 열한 살짜리 딸조차 무서워서 쩔쩔맸던, 그리고 수녀원에 들어온 이후에 지지가 섹스 없는 자신의 삶을 꼬집었을 때 깊은 상처를 받는(171) 메이비스에게 "싸워야 한다"(286)고 충고했다. 그리고 그녀의 충고는 수동적 · 방어적이던 메이비스를 적극적 · 공격적인 여성으로 바꿔놓았다. 뿐만 아니라, 팰러스가 수녀원에 도착한 날, 그녀는 "누가 너를 아프게 했니, 아가야?"(173)라고 말하며 자신의 방을 찾은 팰러스를 피붙이처럼 다독였다. 그녀의 충고와 위로는 이질적인 요소들을 포용하여 조화로 이끄는 신앙에서 비롯된 것이다.

그 대표적인 사례로, 그녀는 수녀원의 여성들을 촛불을 중심으로 나체로 눕도록 하고, 하얀 분필과 페인트로 여성들의 윤곽을 추적하여 그리는 의식적(ritual) 행위를 보여준다(75). 제닝스가 이에 대해 "죽음과 부활을 이해하게 할 뿐 아니라, 조화를 경험하게 했다"(143)고 밝힌 것처럼, 그녀는 이를 통해 여성들이 원의 형태를 만들고 의식이 정교해져 갈 때 영혼과 육체는 물론, 다른 대립적 요소들의 용해를 권고하고자 했다.

모리슨은 콘솔래타를 영적 영역에서 살아 있는 사람들과 죽은 사람들 사이를 연결해주고, 육체적 세계와 정신적 세계를 재결합해주는 '초시간적인 영적 치유자'로 형상화했다. 콘솔래타는 영적 힘을 통해 임종을 앞둔 마리 수녀의 생명을 연장시키고자 했다. 삼인칭 작중 화자에 따르면, 그녀는 마리 수녀를 자신의 품에 안은 채 앞뒤로 흔들며 기도를 했고, 마리 수녀의 내부로 걸어 들어가 빛의 초점을 찾고, 빛의 초점을 조작해 넓게 확장하고 강화했다(223). 그리고 마리 수녀는 그녀의 영적 행위로 인해 숨을 거두는 순간까지 램프처럼 빛을 발산했다(223). 이와 관련, 삼인칭 작중 화자가 그녀의 행위에 대해 "주술을 행했다"(247)고 밝힌 것처럼, 그녀의 영적 행위는 기독교적 금기를 뛰어넘어 부두교에 이식된 전통적인 아프리카 사제 또는 치유사의 행위를 환기시켜준다. 즉 삼인칭 작중 화자가 마리 수녀 밑에서 30년 동안 축적해온 기독교 신앙과 잠재적인 영적 신비주의 사이에서 딜레마에 빠진 그녀의 내면적 의식에 대해 "마리 마그녀가 알았다면 천국의 문으로 들어가는 최후의 축복을 고의로 지연시켰다는 이유 때문에 혐오감과 분노로 치를 떨었으리라 생각했다"(247)고 밝히듯, 그녀의 영적 행위는 소프헤드 처지의 경우처럼 기독교적 유일신의 금기를 위배한 아프리카 전통사회의 사제 또는 치유사로서 행한 이교도적 행위이다.

콘솔래타의 영적 힘은 타고난 잠재적 힘이지만, 이를 일깨워준 사람은 마을의 산파에 앞서 부두교의 영적 사제이자 치유사인 론 듀프레(Lone

DuPres)이다(Jennings 140). 그녀가 론을 만난 시점은 39세에 29세의 디컨과 뜨거운 사랑을 끝내고 10년이 지난 다음 사랑의 실패로 인한 고통에서 벗어나 수녀원의 일상을 모두 책임지고 관리해갈 때이다. 이즈음 그녀는 밭에서 일하던 중에 일사병으로 쓰러져 론의 도움 덕택에 회복했다. 론은 그녀의 타고난 영적 힘을 진작부터 알고 있었고, 이 일을 계기로 그녀에게 자신의 영적 능력과 치유력을 전수하려 했다. 물론, 그녀는 처음에 수녀원에서 오랫동안 습득한 자신의 기독교 원리와 규범, 그리고 원장 수녀를 의식했기 때문에 론의 제안을 거부했다. 하지만 삼인칭 작중 화자가 "마법에 교만의 죄악이 뒤엉킨 영적 힘은 콘솔래타의 마음을 어지럽혔지만, 그녀도 차츰 익숙해져갔다"(247)라고 밝히듯, 그녀는 자신의 영적 힘을 수용했다. 그녀는 영적 힘이 인간의 내부로 들어가는 것을 '간섭'이라 부르는 론의 견해에 반대하며 이를 '투시'라 불렀지만(247), 론처럼 영적 힘 역시 신이 주신 재능이라고 이해했다. 영적 힘에 대한 그녀의 변화된 시각과 인식은 그녀로 하여금 론과의 논쟁을 해소하고, 론의 치료법을 수용하여 치유에 활용하게 했다. 삼인칭 작중 화자가 "가시적인 세상은 점점 더 흐릿해졌지만, 그녀의 투시는 눈부셔갔다"(247)고 밝히듯, 그녀는 영적 힘을 소유한 사제가 되었다.

콘솔래타가 영적 힘을 성공적으로 발휘한 시점은 론의 지도하에 치명적인 교통사고로 목숨이 경각에 달린 스카우트 모건(Scout Morgan: 디컨(Deacon)과 소앤(Soanne)의 15세 아들)의 생명을 부활시켰을 때이다. 스카우트는 친구들을 태운 트럭을 운전하던 중에 전신주와 충돌하여 죽음 직전의 순간을 맞이했다. 론은 초감각적인 예지력으로 사고를 감지하고, 콘솔래타를 사고현장으로 데려갔다. 사고현장에 도착한 콘솔래타는 론의 권유로 기독교적 금기를 위배하는 영적 힘을 스카우트의 내부로 침투시켜 그의 꺼져가는 생명의 빛을 포착하고, 그 빛을 다시 살려냈다. 그녀는 스카우트의 꺼져가는 생명의 불꽃을 되살린 뒤에도 마리 수녀 때처럼 자신의 치유행위에 대해 "환희에 이어 추악한 기분을 느껴야 했고, 악마의 소행과 사악한 기교"(246)처럼 느껴야 했다. 하지만 영적 사제로서의 그녀는 소프헤드와 베이비의 경우와 달리 역할과 임무를 성공적으로 수행했다.

콘솔래타의 영적 치유는 아프리카 전통사회의 종교 속에 내재된 영적 영역에 비춰 이해할 수 있다. 은하로족은 인간의 영혼을 신의 영역으로 해석하지 않는다. 은하로족은 인간이 죽었을 때, 사후 세계의 영혼들이 그 사람의 영혼들을 가져간다고 믿고, 치유자의 영혼도 영적 존재들과 조우하기 위해 육체로부터 이탈한다고 믿는다. 은하로족의 이 같은 믿음은 생명은 죽지만 영혼은 죽지 않는다는 믿음에 근거한다. 물론, 은하로족의 믿음은 쿵족의 경우와 차이를 보인다. 쿵족은 은하로족과 달리 영혼이 육체와 함께하며 육체에 생명을 부여한다고 믿는다(Westerlund 57). 뿐만 아니라, 수쿠마족 역시 영혼을 쿵족처럼 심장과 연계되었다고 믿는다. 즉 그들은 영혼이 인간의 호흡, 그림자, 그리고 심장의 중심에 위치해 있다고 믿으며, 호흡에 의해 유지되고 드러난다고 믿는다. 그리고 그들은 그림자의 존재유무가 영혼의 생존과 죽음을 표시한다고 믿는다(Westerlund 57). 이로 미뤄볼 때에, 모리슨이 콘솔래타의 치유행위를 스카우트의 육체 내부로 침투해 들어가 생명의 빛을 포착하는 행위로 묘사한 것은 영혼과 육체의 유기적 통일성을 강조하며 영혼을 육체의 내부적 생명으로 간주한 쿵족과 수쿠마족의 종교적 믿음을 반영한 것이다.

4. 맺음말

본 장은 백인중심사회의 기독교적 신에 대한 모리슨의 시각을 살피고, 이어 아프리카 전통사회의 종교에 바탕을 둔 모리슨의 신과 사제들에 대해 살폈다. 모리슨은 인종적 편견과 차별로 인한 아프리카계 미국인들의 희생을 유럽의 왕국들로부터 유입된 백인중심사회가 미국의 기원이 시작될 때부터 그들의 획일화된 종교적 규범과 관습을 인종적 지배구조를 기획하는 데에 적용했기 때문이라고 간주했다. 뿐만 아니라, 모리슨은 아프리카계 미국사회로도 비판적 시각을 돌렸다. 일부가 조직적인 저항능력과 분별력 있는 인지력을 갖추지 못한 상황에서 공포와 불안으로 인해 무분별하게 백인중심사회의 획일화된 규범과 관습을 수용하고 유럽의 후예들처럼 행동한 것 역시 아프리카계 미국인들의 인종적·종교적 희생을 초래한 이유로 간주했다. 모리슨이 백인중심사회와 일부 아프리카계 미국사회의 종교적 규범과 관습을 비판적 시각으로 접근한 이유는 백인중심사회의 획일화된 규범과 관습이 인종적 편견과 폭력의 동력으로 작동하여 아프리카계 미국인들의 인종적·문화적 정체성을 상실 또는 마비시켰기 때문이다.

따라서 모리슨은 아프리카계 미국인들의 인종적·문화적 정체성의 복원과 재창조를 위해 남미국가들인 아이티와 브라질로 유입된 아프리카 전통사회의 종교와 의식을 추적하여, 작중 인물들의 종교적 행위와 의식으로 재창조했다. 모리슨이 이 같은 시도를 한 이유는 간단하다. 모리슨은 이를 통해 인종적·종교적 편견과 차별로 인한 작중 인물들의 고통과 상처를 위로해주고 치유해줄 대안을 모색하고자 했기 때문이다.

모리슨은 『가장 푸른 눈』과 『자비』에서 기독교의 유일신을 각각 무력과 무관심의 메시아, 그리고 예외주의적 인종, 성, 문화의 구심점으로 비판했다. 모리슨이 기독교의 유일신을 비판한 목적은 기독교의 유일신이 인종적·종교적 편견과 차별로 인한 고통과 상처를 위로하고 치유해줄 대안이 아님을 밝히기 위해서이다. 대신 모리슨은 위로와 치유의 대안을 아프리카 전통사회의 종교에서 찾고자 했다. 모리슨은 『술라』의 술라를 신의 네 번째 얼굴로 형상화하여 아프리카 전통사회의 사위일체론적 신을 재현했다.

술라는 아프리카 전통사회의 정령이자 네 번째 신들인 킨도키와 은도키를 환기시켜주는 작중 주인공으로, 킨도키와 은도키가 인간에게 불행을 가져 다주는 것처럼 공동체의 규범과 금기를 파괴하고 공동체에 불행을 가져다 주는 인물이다. 하지만 모리슨은 술라를 아프리카의 신들처럼 역설적·반 어적 인물로 형상화했다. 즉 모리슨은 술라를 공동체에 불행을 가져다줌으로써 공동체의 경계심을 자극하여 공동체의 결속을 강화시켜주는 인물로 묘사했다. 모리슨이 신의 네 번째 얼굴로서 술라를 역설적·반어적 인물로 형상화한 까닭은 아프리카 전통사회의 신이 절대적 선의 메타포인 기독교 의 유일신과 달리 공동체의 결속력을 유지시켜주고 강화해주는 선과 악의 역설적·반어적 메타포임을 보여주고자 했기 때문이다.

모리슨은 또한 『가장 푸른 눈』의 소프헤드, 『빌러비드』의 베이비, 『낙 원』의 콘솔래타를 아프리카 전통사회의 종교에 뿌리를 둔 부두교의 사제 들로 형상화했다. 모리슨이 그들을 이 같은 작중 인물들로 재현한 목적은 백인중심사회의 전통적 종교에 대한 비판적 시각을 보여 주기 위해서이다. 또 다른 목적은 백인중심사회의 획일화된 예외주의적 종교와 달리 아프리 카 전통사회의 종교가 그 자체의 다원성과 복합성을 통해 인종적·종교적 편견과 차별을 해소하고 화합을 이끌어낼 대안임을 강조하기 위해서이다. 모리슨은 이를 위해 소프헤드의 치유행위를 절망에 빠진 피콜라를 구해내 기 위한 대안으로 제시했다. 앨런 알렉산더(Allan Alexander)는 소프헤드에 대해 "순진하고 약한 존재들 위에 군림하려는 이기주의적 욕망의 소유자" (299-300)로 평가했는데, 알렉산더의 평가는 소프헤드를 반기독교적 사제로 접근한 제닝스와 달리 기독교적 관점에서 이해했기 때문에 불가피하게 초 래된 평가이다.

소프헤드에 이어, 모리슨은 베이비를 아프리카인들의 전통적인 종교의 식을 통해 아프리카계 미국인들의 고통을 해소해주는 아프리카의 전통적 사제로 재현했다. 하지만 모리슨은 베이비의 이 같은 치유의식을 실패한 시도로 결론지었다. 베이비의 실패는 거짓과 유혹을 치유의 수단으로 활용한 소프헤드의 실패와 달리 불가능한 것 앞에서의 한계이며, 일종의 좌절이다. 그녀는 '불행' 이후에 상상 속의 신앙을 상실하고, 은총을 구현하는데 있어서 도와줄 수 있는 능력을 상실했다. 즉 모리슨은 베이비의 모습을 통해 "상상력은 이미 살아온 현실에 대한 도피와 대안을 제공해주지만, 도피는 세상이 정리되어야 할 때까지 때때로 구현되지 않는다"(Jesser 333)는 의미를 전달하고자 했다.

끝으로, 콘솔래타의 기독교적 금기를 벗어난 이교도적 신앙과 영적 힘은 수녀원 여성들의 치유, 마리 수녀의 편안한 임종, 그리고 스카우트 모건의 부활을 통해 그녀를 아프리카 전통사회의 사제로 각인시켜준다. 다시 말하면, 모리슨은 콘솔래타의 이교도적 포용력과 영적 힘을 통해 인종적·성적 경계는 물론, 삶과 죽음의 경계를 해체하고자 했다. 모리슨의 이 같은 시도는 현실성과 도덕성을 논하기에 앞서 아프리카 전통사회의 종교를 전통문화의 근간으로 소개하기 위해 재현 또는 재창조하려는 작가적 노력의 일환이라고 말할 수 있다.

제2장

⋮

시간: 시계 역방향의 순환적 시간

1. 머리말

아프리카 전통사회에서 시간은 지금 일어나고 있는, 필연적으로 일어 날 사건들의 혼합물이다. 전통사회의 아프리카인들은 시간을 현재완료와 현재의 범주 안에서 이해할 뿐, 지금 일어나지 않은 일, 즉 즉각적인 발생 의 가능성이 없는 일은 시간의 범주 속에 포함시키지 않는다. 시간에 대한 그들의 이 같은 인식은 시간을 무한한 과거, 현재, 그리고 무한한 미래로 간주하는 유럽 및 다른 지역의 직선적 시간개념과 큰 차이를 보인다. 바꿔 말하면, 그들은 일어날 것이 확실한 것, 자연의 현상적 리듬과 교감하는 일 만을 필연적 또는 '잠재적 시간'(potential time)의 범주에 포함시킨다. 때문에, 그들은 시간을 두 개의 범주, 즉 과거와 현재로만 이해할 뿐 미래를 시간 의 범주 속에 포함시키지 않는다(Mbiti 16). 물론, 그들이 미래를 시간범주에 서 완전히 배제했다고 말하기는 힘들다. 그들은 미래를 존재하지 않는 시 간으로 여기지만, 일어날 것이 확실한 미래이거나 자연의 필연적인 리듬 속에 포함된 미래라면, '잠재적 시간'으로 수용한다(Mbiti 17). 그럼에도 불구하고, 존 음비티(John Mbiti)가 '잠재적 시간'은 '실질적 시간'(actual time)이 아니라고 밝히며, "실질적 시간은 현재와 과거"(17)라고 언급했듯이, 아프리카 전통사회는 미래를 시간범주 속에 포함시키지 않는다.

전통사회의 아프리카인들은 시간을 사건들과의 혼합물로 간주하고, 수학적으로 계산하기보다 사건들과 연계시켜 계산하고, 이해한다. 따라서 그들은 시간을 '숫자 캘린더'(numerical calendar)로 표시하기보다, '현상 캘린더' (phenomenon calendar)로 표시한다(Mbiti 17). 예컨대, 그들은 월(month)의 명칭을 가장 중요한 사건들 또는 날씨 조건들, 즉 '뜨거운 달,' '비오는 첫 달,' '씨 뿌리는 달,' '콩 수확의 달,' 그리고 '사냥하는 달' 등으로 표시한다. 뿐만 아니라, 그들은 월을 해(sun)의 현상이 아닌 달(moon)의 현상으로 인식했고, 월의 단위도 일정하게 30일 또는 31일이 아닌, 짧게는 25일부터 길게는 35일까지라고 여긴다. 예컨대, 그들에게 사냥 달의 월 단위는 25일 또는 35일이지만(Mbiti 20), 다른 일들과 연계된 달의 월 단위는 얼마든지 달라질 수 있다. 따라서 그들은 1년(year)도 365일이 아니라, 각각 두 번의 건기(비가 오지 않는 기간)와 우기(비가 오는 기간)를 합쳐 짧게는 350일부터 길게는 390일까지라고 여긴다.

전통사회의 아프리카인들은 시간을 개인적인 삶을 통해 체험하지만, 다른 한편으로 출생 이전의 여러 세대들로 소급된 사회를 통해서 체험한다. 그들이 시간을 이처럼 체험하는 까닭은 미래의 존재를 거부하는 대신 과거의 존재를 두 시대로 분류하기 때문이다. 음비티에 따르면, 그들은 태양계의 회전방향(시계의 역방향)에 준거하여 시간을 "'앞으로' 움직이는 것이라기보다 '뒤로' 움직이는"(17) 것으로 간주하며 과거를 두 시대, 즉 스와힐리어인 사사 시대(Sasa moment)와 자마니 시대(Zamani moment)로 분류했다. 즉 그들은 시간의 흐름을 시계방향이 아닌 시계의 역방향으로 이해하고,

같은 맥락에서 탄생으로부터 죽음에 이르는 과정 역시 현재로부터 미래로 나아가는 과정이 아니라, 현재로부터 과거를 의미하는 사사 시대로 돌아가는 과정이며, 다시 대과거를 의미하는 자마니 시대로 돌아가는 과정으로 이해한다.16)

---

16) 음비티는 아프리카인들의 전통적 시간개념을 이처럼 밝히며, "그것은 '앞으로'라기보다 '뒤로' 움직인다"(17)고 밝혔다. 아프리카인들의 전통적 시간개념에 대한 음비티의 이 같은 견해는 전통사회의 아프리카인들이 시간의 흐름을 전통적으로 문명세계의 시계방향과 연대기적 순서의 역방향으로 이해하고 있음을 말해준다. 뿐만 아니라, 음비티의 견해는 전통사회의 아프리카인들이 인간의 죽음을 사후의 시간으로 이해하는 대신 출생 이전의 시간으로 되돌아가는 것으로 이해하고 있음을 밝혀준다. 음비티에 따르면, 전통사회의 아프리카인들은 인간의 죽음을 두 시대, 즉 사사 시대와 자마니 시대로의 귀환으로 이해한다(23-25). 음비티의 이 같은 견해는 전통사회의 아프리카인들이 인간의 사후를 왔던 곳으로 되돌아가는 것으로, 그리고 시간을 원형적 개념에 비춰 이해하고 있음을 말해준다. 즉 전통사회의 아프리카인들이 인간의 사후를 직선적 개념으로 이해한다면, 출생 이전의 시간은 과거, 생존의 시간은 현재, 그리고 사후의 세계는 미래로 이해해야 정상이다. 하지만 전통사회의 아프리카인들은 인간의 사후를 원형적 개념에 비춰 출생 이전, 즉 사사 시대로 돌아간 다음, 다시 자마니 시대로 돌아가는 것으로 이해한다. 이때 사사 시대는 과거의 시간개념이 아닌, 과거, 현재, 그리고 미래의 시간개념들을 모두 포함한 시간이다. 사사 시대는 훨씬 미래 또는 먼 미래, 당장의 미래 또는 가까운 미래, 무한한 미래 또는 무한히 가까운 미래, 현재 또는 현재진행, 당장의 과거 또는 당장의 완료, 오늘의 과거, 그리고 최근의 과거 또는 어제의 과거를 포함한 시간이다 (18). 바꿔 말하면, 사사 시대는 "개인들과 그들의 즉시적 환경들을 하나로 묶어주는 시대"(22)이며, "의식적 삶의 시대"(22)이다. 하지만 사사 시대는 자마니 시대와 부분적으로 중복되는 시간이며, 분리할 수 없는 시간이다. 자마니 시대는 사사 시대의 현재 또는 현재진행, 당장의 과거 또는 당장의 완료, 오늘의 과거, 그리고 최근의 과거 또는 어제의 과거를 포함한 시간이며, 추가로 훨씬 과거 또는 먼 과거와 불특정 시제를 포함한 시간이다(Mbiti 18). 그럼에도, 자마니 시대는 사사 시대와 달리 시간의 무덤, 종말의 기간, 모든 것이 정지점에 이르는 시간의 바다, 그리고 신화적 시간이다(Mbiti 22). 뿐만 아니라, 음비티가 "메시아적 소망 또는 세상의 궁극적인 파멸에 대한 관념은 역사의 전통적 개념 속에 아무런 공간이 없다. . . . 그래서 전통사회의 아프리카인들은 진보의 존재를 믿지 않는다"(23)고 밝히듯, 자마니 시대는 사후 세계와 역사의 궁극적 정지점임에도 불구하고 유럽, 아메리카, 아시아 현대 문명인들의 정통 종교들, 즉 기독교, 이슬람교, 힌두교의 사후 세계가 아니다. 음비티는 두 종류의 시간들을 이처럼 중복적이고 차별적인 시간들로 소개했지만, 분리할 수 없는 시간들로 소개했다.

아프리카 전통사회에서 사사 시대는 훨씬 미래 또는 먼 미래, 당장의 미래 또는 가까운 미래, 무한한 미래 또는 무한히 가까운 미래, 현재 또는 현재진행, 당장의 과거 또는 당장의 완료, 오늘의 과거, 그리고 최근의 과거 또는 어제의 과거를 포함한 시간이다(Mbiti 18). 그런 까닭에, 사사 시대는 즉시성(immediacy), 근접성(nearness), 그리고 현재성(nowness)의 의미를 띤 시간으로, 인간들이 존재하는 장소의 시간이기 때문에 인간의 즉시적인 시간이다. 바꿔 말하면, 사사 시대는 "개인들과 그들의 즉시적 환경들을 하나로 묶어주는 시간"(22)이며, "의식적 삶의 시간"(22)이다. 하지만 사사 시대는 자마니 시대로 이어지는 시간이란 점에서 부분적으로 자마니 시대와 중복되는 시간이며, 자마니 시대로부터 분리할 수 없는 시간이다.

자마니 시대는 사사 시대의 현재 또는 현재진행, 당장의 과거 또는 당장의 완료, 오늘의 과거, 그리고 최근의 과거 또는 어제의 과거를 모두 포함한 시간이다(Mbiti 18). 따라서 자마니 시대는 사사 시대보다 훨씬 더 먼 과거이자 불특정한 시제를 포함한 시간으로, 시간의 무덤, 종말, 또는 정지점이며, 신화적 의미를 띤 시간의 바다다(Mbiti 22). 즉 자마니 시대는 현 세계의 기억과 시간의 범주로부터 벗어난 초현실적·영속적 과거이다.

자마니 시대는 초현실적·영속적 시간이란 점에서 유럽·아메리카·아시아의 정통 종교들, 즉 기독교·이슬람교·힌두교의 초현실적·영속적 시간과 같은 시간처럼 보이지만, 사실상 그렇지 않다. 음비티에 따르면, "전통적 아프리카 사상에서, . . . 역사의 전통적 개념 속에는 구원적 소망 또는 세상의 궁극적 파멸에 대한 관념이 존재하지 않는다. 그래서 아프리카인들은 진보의 존재를 믿지 않는다"(23). 음비티의 이 같은 견해는 아프리카 전통사회와 정통 종교들의 궁극적 시간이 초현실적·영속적 시간이란 이유로 동일시 될 수 없음을 밝혀준다. 그 이유로, 정통 종교들은 만물의 사후 세계와 역사의 진행을 현재로부터 미래로 향하는 과정으로 인식하고,

그 끝을 초현실적 시간의 범주 속에서 이해하는 데에 반해, 전통사회의 아프리카인들은 만물의 사후 세계와 역사의 진행을 현재로부터 과거로의 복귀로 인식하고, 그 끝을 복귀의 영원한 정지점인 자마니 시대로 이해하기 때문이다.

뿐만 아니라, 자마니 시대는 기억 가능한 사사 시대와 이어져 부분적으로 사사 시대와 중복되는 시간이라는 점에서 현실과 시간의 범주를 초월한 정통 종교들의 초현실적·영속적 시간과 차이를 보인다. 음비티는 두 시대를 각각 '마이크로 시간'(micro-time)과 '매크로 시간'(macro-time)으로 소개하며, "사사 시대는 자마니 시대에게 양식을 제공하고 그 속으로 사라진다" (22)고 밝혔다. 두 시대의 관계에 대한 음비티의 이 같은 소개는 전통사회의 아프리카인들이 인간의 사후 세계와 역사의 진행과정을 현재로부터 사사 시대를 거쳐 궁극적으로 자마니 시대에 이르는 과정으로 인식했음을 밝혀준다. 즉 사사 시대는 인간의 사후와 역사가 현재로부터 과거로 돌아가기 위해 경유해야 하는 일차적 관문이나 다름없는 시간이며, 자마니 시대는 사사 시대를 경유한 인간의 사후와 역사가 시간적 흐름과 상관없이 영원히 머무는 시간이다. 따라서 사사 시대와 자마니 시대는 서로 이어지며 중복되는 시간들이다.

아프리카 전통사회의 시간에 대한 음비티의 견해들은 아프리카 전통사회의 철학, 문화, 종교를 연구한 데이비드 웨스터런드(David Westerlund)와 라 비니아 델로이스 제닝스(La Vinia Delois Jennings)의 견해를 통해 재확인할 수 있다. 웨스터런드는 오늘날의 아프리카인들이 기독교와 유럽식 교육으로 인해 미래를 시간 범주 속에 포함시킨다고 밝히며(27), 아프리카 전통사회의 시간을 인간의 사후에 대한 수쿠마족(Sukuma: 서북 탄자니아의 농경민족. 빅토리아호 가까이에 살며, 탄자니아의 최대 민족)의 인식을 통해 소개했다. 웨스터런드에 따르면, 수쿠마족은 "인간의 내부엔 죽음에도 불구하고 살아

있는 피(blood)와 연관된 정신적 실체가 존재한다"(88)고 믿는다. 인간의 사후에 대한 수쿠마족의 이 같은 믿음은 인간의 내부에 정령들 또는 조상의 정령들인 마삼바(masamva)와 비물질적·비육체적·개인적·인격적 힘인 이삼바(isamva)가 존재하고 있다는 인식에서 비롯된 것이다. 수쿠마족은 인간의 내부적 힘들이 죽음에도 불구하고 계속 살아있기 때문에 인간은 죽은 것이 아니라고 믿는다.

웨스터런드는 수쿠마족의 사후에 대한 믿음을 이처럼 설명하며, 직접적이지는 않지만, 죽음을 초월한 인간의 정령들이 음비티가 밝힌 사사 시대와 자마니 시대에 머문다고 설명했다. 웨스터런드에 따르면, 수쿠마족은 사후에 천국과 지옥이 존재하다도 믿지 않으며, 3세대 또는 4세대의 후손들 또는 지인들에 의해 기억되는 죽은 사람을 죽은 사람이 아니라 살아 있는 사람이라고 믿기 때문에(90), 죽은 사람의 삶을 살아있는 사람의 삶과 비슷하다고 믿는다(87). 인간의 사후에 대한 웨스터런드의 설명은 인간이 사후에 되돌아가는 첫 관문인 사사 시대를 언급한 것으로, 사사 시대에 대한 음비티의 견해와 큰 차이가 없다. 음비티는 인간의 사후와 관련하여 사사 시대를 죽은 사람의 4세대 또는 5세대 후손들 또는 지인들에 의해 죽은 사람의 이름과 삶이 기억될 수 있는 시간이라고 밝히며, 전통사회의 아프리카인들은 죽은 사람이 이 시대에 머무는 동안 그를(또는 그녀를) 살아있는 사람과 동일시한다고 밝혔다(83). 즉 사사 시대에 대한 웨스터런드와 음비티의 설명은 인간의 사후를 기억할 수 있는 후손들과 지인들의 세대적 범주에서 약간의 차이를 드러낼 뿐 사사 시대를 사후 세계의 첫 관문으로 설명하는 데 있어서 전혀 차이를 드러내지 않는다. 웨스터런드가 음비티처럼 사사 시대를 죽은 사람의 후손들 또는 지인들에 의해 기억 가능한 시간이라고 밝힌 것은, 별도의 언급이 없지만, 기억 불가능한 시간인 자마니 시대를 염두에 둔 언급이나 다름없다.

웨스터런드에 이어, 제닝스는 전통사회의 아프리카인들이 네 개의 순간들(moments)로 이뤄진 우주도(cosmogram)에서 태양의 회전방향을 달팽이껍데기와 조개껍데기의 나선형 무늬처럼 시계의 역방향으로 표현했다고 밝히며(34), 그들의 시간을 "순환적 시간"(89)이라고 소개했다. 제닝스에 따르면, 아프리카 전통사회의 시간은 문명세계의 직선적 시간과 맥락을 달리하는 시간이다. 제닝스는 또한 아프리카 전통사회가 이 같은 독자적 시간을 가지게 된 경위에도 주목했다. 제닝스는 "아프리카인들은 시간을 그들이 원하는 대로 만든다"(89)고 밝힌 음비티의 견해에 깊이 공감하며, 전통사회의 아프리카인들이 과거를 현재처럼 만들고, 과거를 (현재의) 뒤에 머물게 하지 않으며, 그것을 (우리와) 함께 있게 한다고 소개했다(89). 아프리카 전통사회의 시간에 대한 제닝스의 이 같은 견해들은 웨스터런드의 경우처럼 사사 시대를 직접적으로 언급하고 있지 않지만 사사 시대에 대한 음비티의 설명과 맥락을 같이한다. 즉 제닝스는 우회적이지만 음비티처럼 사사 시대를 현재와 교류하는 시간으로 설명하고, 사사 시대에 머무는 죽은 사람을 살아 있는 사람과 동일시했다. 물론, 제닝스 역시 웨스터런드처럼 자마니 시대에 대해 별도의 언급을 하지 않았지만, 아프리카 전통사회의 시간을 소개하는 데 있어서 대부분 음비티의 설명에 의존하고 있음을 고려할 때, 자마니 시대에 대한 음비티의 설명에도 깊이 공감했으리라 추측할 수 있다.

아프리카 전통사회의 시간개념은 토니 모리슨(Toni Morrison)의 소설에서 어렵지 않게 발견할 수 있다. 모리슨의 작중 시간은 연대기적 순서에 바탕을 둔 직선적 시간이 아니다. 즉 드니즈 하인즈(Denis Heinze)가 "변화하는 계절처럼 변화 속에 영원히 지속하는 원형적 시간"(109) 그리고 앤 코우넌(Anne Koenen)이 "흑인여성의 원시적 직관을 통해 여성의 주체성과 정신을 투영하는 리듬"(82)이라고 밝히듯, 모리슨의 시간은 연대기적 순서와 상관없이 자연의 순환적 리듬과 여성의 육체적 리듬을 통해 인화되는 과거와 현재의 반복적·순환적 시간이다. 모리슨의 시간이 이 같은 특징을 보이는 이유는 그녀의 소설이 "흑인의 설화 또는 민담의 재생"(Christian 57)이기 때문이다. 즉 모리슨은 소설들을 통해 아프리카계 미국인들의 역사와 현실을 추적하고 복원하는 과정에서 설화 또는 민담의 신화적 시간을 작중 시간으로 재현했다. 노드럽 프라이(Northrop Fry)에 따르면, 신화적 시간은 자연의 현상과 유기체 사이에 일어나는 상호 반복적·순환적·동시적·자발적 리듬이다(437-38). 신화적 시간에 대한 프라이의 이 같은 정의를 고려할 때, 모리슨의 시간은 설화 또는 민담의 신화적 시간처럼 반복적·순환적 시간이다.

　　모리슨은 작중 이야기를 현재로부터 미래로 향하는 시간범주 속에서 전개하지 않고, 현재로부터 과거로 소급하거나 과거로부터 현재로 역류하는 시간범주 속에서 전개했다. 이때 모리슨의 시간은 과거와 현재의 맞물림 속에 과거와 현재가 앞뒤로 이어지는 형태를 취한다. 모리슨은 이 같은 시간범주 속에서 소설쓰기를 지속해온 작가적 단서를 『빌러비드』(Beloved)에서 비유적 표현을 통해 공개했다. 모리슨은 이 소설의 주요 작중 인물인 세스(Sethe)의 목소리를 통해 그녀의 시간이 미래를 시간범주 속에 포함시키지 않은 시간이라는 것, 그리고 과거와 현재 사이에 경계를 의식하지 않는 시간이라는 것을 밝혔다. 즉 세스는 곱슬머리이기 때문에 고통스러운 머리빗기를 거부하며 다음 날로 연기해달라고 간청하는 덴버(Denver)에게 "오늘은 항상 여기 있다. 내일은 결코 여기 없다"(60)고 밝힌다. 모리슨이 세스의 목소리를 통해 밝힌 것은 전통사회의 아프리카인들처럼 미래를 소설쓰기의 시간범주에 포함시키지 않고 있음을 밝혀준다. 뿐만 아니라, 모리슨은 이 소설에서 세스의 목소리를 통해 "일들(things)은 사라지는 것이 아닌 기억 속에 영속적으로 존재하며 재생 또는 삭제된다"(36)고 언급했다. 세스는 지난 일을 기억할 수 있는 시간과 기억할 수 없지만 영원히 간직하고 있는 시간을 동시에 언급한 것으로, 모리슨이 과거를 사사 시대와 자마니 시대로 인식하고, 이를 소설쓰기의 시간범주로 활용하고 있음을 밝혀준다. 즉 모리슨이 과거의 일들에 대해 기억 속에서 재생되거나 삭제된다고 밝힌 것은 기억 가능한 범주의 시간인 사사 시대로부터 기억 불가능한 시간의 범주인 자마니 시대로 넘어가는 과정을 암시적으로 언급한 것이며, 기억 불가능하거나 기억으로부터 삭제되더라도 사라지는 것이 아니라고 밝힌 것은 자마니 시대의 초시간적 영속성을 암시적으로 언급한 것이나 다름없다.

모리슨은 사사 시대와 자마니 시대를 의식한 듯 과거를 두 종류의 시간, 즉 '흘러가는 시간'과 '영속적인 시간'으로 분류했다. 모리슨은 세스의 목소리를 통해 "어떤 것은 가버린다"(36)고 말함으로써 시간이 현재로부터 과거로 흘러간다고 밝혔고, "어떤 것은 멈춘다"(36)고 말함으로써 과거로 흘러가는 시간이 어느 정점에서 더 이상의 흐름을 멈춘다고 말했다. 과거에 대한 모리슨의 인식과 해석은 시간을 연대기적 순서에 따른 계량적인 척도로 이해하는 것을 부정한 것이다. 모리슨은 과거에 대한 개념을 보다 부연하기 위해 세스의 또 다른 목소리를 통해 "난 그것이 나의 기억이라고 생각했지"(35-36)라고 밝히는데, 그녀의 이 같은 언급은 기억의 망각성과 지속성에 따라 과거를 사사 시대의 과거와 자마니 시대의 과거로 이해할 수 있음을 말해준다. 바꿔 말하면, 모리슨이 "어떤 것은 가버린다"고 밝힌 것은 기억의 범주 속에 있는 사사 시대로부터 기억의 범주에서 벗어난 자마니 시대로의 유입과정을 암시적으로 밝힌 언급이며, "어떤 것은 멈춘다"고 밝힌 것은 지난 일들이 자마니 시대에 유입되어 기억을 통해 재생될 수 없지만 영속으로 존재한다는 그녀의 시간관을 암시적으로 밝힌 언급이다.

모리슨은 사사 시대와 자마니 시대를 집과 집터라는 공간적 이미지를 통해 언급했다. 모리슨은 집과 집터에 대해 세스의 목소리를 통해 각각 "어떤 집이 불에 타버리면 집은 없어지지만, 집터는 그대로 남는 거야"(36)라고 말했다. 모리슨이 집과 집터를 이처럼 언급한 의도는 이를 통해 과거의 흐르는 시간과 초시간적인 영속적 시간을 각각 공간적 이미지를 통해 표현하기 위해서이다. 즉 모리슨이 집이란 공간적 이미지를 통해 언급하고자한 시간은 집을 기억을 통해 재생될 수 있는 과거이지만, 시간이 지나면 기억을 통해 재생될 수 없는 과거로 표현했다는 점을 고려할 때 사사 시대이다. 하지만 모리슨이 집터란 공간적 이미지를 통해 언급한 시간은, 집터를 집의 과거를 영원히 간직한 과거로 표현했다는 점을 고려할 때, 자마니 시대이다. 즉 집터에 대해 세스의 목소리를 통해 "내 말은 . . . 내가 죽는다 할지라도 내가 그린, 내가 알고 있던, 내가 보았던 것의 그림은 여전히 그곳에 있는 거야"(36)라고 덧붙이듯, 모리슨이 '그곳'이라고 언급한 집터는 현재의 실물은 물론 기억조차 사라져도 집의 과거를 영원히 보존하고 있는 자마니 시대에 대한 공간적 표현이다.

모리슨은 시간과 기억을 이처럼 밝히며 세스의 목소리를 통해 그녀의 하얀색 드레스에 대한 덴버의 이미지를 "누군가 다른 사람에게 속한 재기억과 네가 충돌하는 거야"(36)라고 밝힌다. 모리슨이 이를 통해 밝히고자 하는 대상의 이미지는 특정인이 다른 사람의 기억을 집단무의식적으로 공유할 때에 재생된 결과물이다. 즉 모리슨은 대상의 이미지를 개인 차원의 경험 또는 기억으로부터 재생되는 결과물이 아니라, 이런 경험과 기억이 집터로 비유되는 기억과 시간의 영원한 출처를 바탕으로 타인의 기억과 만날 때에 재생되는 결과물이라고 해석했다.

모리슨이 세스를 통해 밝힌 시간은 현재와 과거, 그리고 기억할 수 있는 과거와 기억할 수 없는 과거의 경계를 무너트린 아프리카 전통사회의 사사 시대와 자마니 시대를 의미한다. 이와 관련하여 본 장은 모리슨의 시간을 아프리카 전통사회의 시간에 비춰 논의한다. 본 장은 이를 위해 모리슨의 시간이 자연과 육체적 리듬에 바탕을 둔 순환적·반복적 시간임을 밝히고, 이어 사사 시대와 자마니 시대의 시간임을 밝히고자 한다.

2. 자연과 육체의 순환적·반복적 시간

모리슨의 시간은 척도, 순서, 그리고 방향에 근거하여 의식적으로 인식되는 물리적 시간과 달리 자연과 육체의 순환적 리듬으로 나타나는 시간이다. 때문에, 모리슨의 시간은 자아탐구의 독백적 서술형식을 통해 파편들처럼 전개되는 20세기 소설의 내면적 또는 연상적 시간과 달리 자연과 육체의 원리에 따라 순환적으로 반복적으로 되풀이 되는 시간이다.

모리슨은 첫 소설 『가장 푸른 눈』(*The Bluest Eye*)에서 아프리카계 미국인들의 비극적 역사와 현실을 반복적·순환적 시간을 통해 형상화했다. 소설에서 모리슨은 작중 주인공인 피콜라 브리드러브(Pecola Breedlove)의 고통스러운 삶을 둘러싸고 일어난 1941년 한해의 사건들을 가을, 겨울, 봄, 여름의 반복적·순환적 시간을 통해 보여주고자 했다. 제1장의 "씨앗"과 5장의 "하느님께"를 제외하면, 이 소설의 나머지 장들은 사계절의 순서대로 이어지고 있다. 하지만 제1장과 제5장 역시 나머지 장들과 관련되므로 계절의 윤회에 포함된 장들이라고 말할 수 있다. 제1장은 화자의 후일담으로, 작중 화자인 클로디아 맥티어(Claudia McTeer)가 금잔화 씨앗이 봄이 되고 여름이 되어도 싹을 틔우지 못한 것에 대하여 그 이유를 피콜라의 부정한 잉태 때문이라고 믿었던 소녀 시절의 생각을 성인이 되어 수정한 장이다.

제1장에서 클로디아는 어린 시절로 시간을 되돌려 언니와 함께 공동체 여성들로부터 아버지의 성폭력으로 인한 피콜라의 임신 소식을 듣고서 태아의 건강을 기원하는 마음으로 금잔화 씨앗을 심었던 사실을 회고했다. 이 장은 제6장과 연결된 장이다. 즉 제6장은 클로디아가 어린 시절에 공동체 여성들로부터 피콜라의 임신 소식을 전해들은 사실을 밝힌 장으로, 제1장에서 회고한 내용과 연결된다는 점에서 제1장의 연속 장이나 다름없다.

반면 제5장은 제1장처럼 특정한 장과 연결된 장이라기보다 소설의 전체 장들과 연결된 장이다.

모리슨은 제1장과 제5장을 제외한 나머지 장들 즉 제2장, 제3장, 제4장, 제6장의 시간적 배경을 사계절로 설정하고, 제2장의 가을을 기점으로 이야기를 전개했다. 먼저, 제2장의 시간적 배경은 가을로, 모리슨은 이 장에서 수녀들의 번뇌에 찬 모습과 호텔 로비에 앉아 허송세월하는 몽롱한 눈들을 통해 가을의 전체적인 분위기를 형상화한다. 그리고 이러한 분위기를 35번가에 위치한 피콜라의 집으로 옮겨간 다음에 피콜라와 촐리 브리드러브(Cholly Breedlove)의 모습을 공개했다. 사실 이 장은 제3장에서 피콜라가 공동체의 위선과 모순의 채찍을 당하기 이전의 분위기를 미리 암시해주는 장이라고 말할 수 있다. 즉 제3장의 시간적 배경은 제2장의 가을에 이은 겨울로, 모리슨은 이 장에서 피콜라가 백인처럼 행동하는 흑백혼혈의 중산층 급우 모린 필(Maureen Peal)과 역시 흑백혼혈이며 중산층인 제럴딘 부인(Mrs. Geraldine)의 치욕적인 경멸과 욕설을 "겨울 나뭇가지들의 채찍"(78)에 비유하여 피콜라에게 얼마나 심한 고통과 상처를 안겨줬는지를 상기시켰다. 이어, 제4장의 시간적 배경은 봄으로, 모리슨은 이 장에서 촐리와 그의 아내 폴린 브리드러브(Pauline Breedlove)의 과거사로부터 시작하여 촐리가 피콜라에게 가하는 성폭력을 공개했다. 이때 모리슨은 이 장을 통해 피콜라의 봄을 "한참 후에야 고통을 느끼는 고통스러운 불모의 봄"(78), 즉 생명을 틔우지 못하는 불모의 계절로 형상화했다.

제6장의 시간적 배경은 여름으로, 회오리바람을 동반한 돌풍으로 인해 마을의 절반이 날아간 재앙의 계절이다. 모리슨은 6장의 시간적 배경을 이처럼 묘사한 까닭은 딸을 성폭행한 아버지의 비정상적 행위와 아버지로부터 성폭행을 당한 딸을 험담의 대상으로만 간주한 공동체 여성들의 무정한 입방아를 계절의 비정상적 현상을 통해 형상화하고자 했기 때문이다. 클로

디아의 회고에 따르면, 그녀와 자매인 프리다 맥티어(Frieda McTeer)는 공동체 여성들의 입방아를 통해 촐리가 피콜라를 성폭행한 사실과 피콜라가 사산한 사실을 전해 들었다(147-48). 이와 관련, 모리슨은 6장의 시작과 함께 시간적 배경을 재앙의 계절로 묘사하고, 이어 클로디아로 하여금 촐리의 근친상간과 공동체 여성들의 무정한 입방아에 대해 회고하도록 함으로써 촐리와 공동체의 행위들을 모두 자연의 순리를 역행한 비정상적 행위들로 형상화하고자 했다.

한편, 모리슨은 피콜라의 태아 사산을 작중 화자 자매의 싹을 틔우지 못한 금잔화 씨앗과 결부시켜 정지된 시간으로 형상화했다. 아버지의 부정한 씨앗인 피콜라의 태아가 사산된 일과 태아의 건강을 기원하기 위해 심은 작중 화자 자매의 금잔화 씨앗이 봄이 되어도 싹을 틔우지 못한 일은 모두 생명의 멈춤 또는 정지를 의미함과 동시에 자연의 순환적 원리와 시간의 정지를 의미한다. 이로 미뤄볼 때에, 모리슨이 자연의 원리와 시간의 정지를 통해 밝히고자 한 것은 피콜라의 삶이 자연의 순환적·반복적 원리와 시간으로부터 소외된 삶이라는 것, 즉 이에 편승하지 못한 비극적 삶이라는 것이다.

피콜라의 정지된 시간은 미래의 변화와 개선을 기대하게 해주는 순환적·반복적 리듬이 아니라, 그 반대의 리듬 속에 그녀를 가둬버린 시간이다. 트루디어 해리스(Trudier Harris)가 피콜라의 상처 입은 자아와 이러한 자아를 더욱 상처 입히는 사회가 만들어내는 악순환의 고리는 끊을 수가 없다(Fiction 31)고 밝히듯, 그녀는 변화와 개선의 여지가 보이지 않는 시간의 악순환 속에 갇혀있다. 이와 관련, 모리슨이 그녀의 정지된 시간을 통해 형상화하고자 하는 메시지는 백인사회와 백인사회를 모방한 아프리카계 미국사회의 인종차별이며, 이들 사회가 인종적 타자들을 멸시하고 고립시키기 위해 미적 기준과 경제적 지위를 규범화한 것이다.

어린 시절부터 성인이 된 작중의 현재시점까지 피콜라가 살아온 삶은 백인소녀의 동화적 삶과 대조적인 삶이다. 별도의 장으로 소개한 이 소설의 첫 이야기, 즉 「딕과 제인」("Dick and Jane")은 1930년대부터 1960년대 초까지 미국학교들의 독본으로 활용된 연작동화집 속에 수록된 이야기들 중 하나이다. 백인소녀의 삶을 주목하게 만드는 이 이야기는 어린 독자들에게 목가적인 분위기와 함께 사랑으로 맺어진 이상적 가족관계, 즉 풍요로운 가정환경 속에서 다정한 부모의 사랑과 보호를 받으며 성장하는 삶을 동경하게 만드는 동화이다. 모리슨이 이 같은 동화를 소설의 첫 장면으로 제시한 이유는 백인중심사회가 이 허구적인 이야기로 인종우월주의를 선전하며, 상대적으로 인종적 타자들을 경멸하고 세뇌하기 위한 도구로 활용했음을 공개하고자 했기 때문이다. 안토니오 그람시(Antonio Gramsci)가 "피지배층은 지배계층에 의해 만들어진 세상에 대한 인식을 상식으로 받아들이고, 이를 수용하는 과정에서 지배계층의 억압에 동조한다"(Mukerji & Schudson 15 재인용)고 지적하고, 거린 그루얼(Gurleen Grewal)이 이 같은 이야기를 접하는 피지배층의 반응에 대해 "고전적 의미의 성장 주제, 즉 규범적인 정체성을 점진적으로 얻게 된다"(23)고 지적하듯, 모리슨은 규범적인 정체성을 강요하는 이 이야기를 소설의 서두에 배치하여 인종적 타자들에 대한 백인중심사회의 배타적 지배전략을 공개한다. 아울러 아프리카계 미국인들이 성장기부터 어떻게 세뇌되고 통제되는지를 밝히고자 했다.

　모리슨은 「딕과 제인」을 별도의 장을 통해 소개하고, 백인중심사회의 동화적 삶과 대조적인 아프리카계 미국인들의 현실적 삶을 보여주고자 했다. 모리슨은 이를 위해 「딕과 제인」의 이야기에 뒤이어 경제적 빈곤과 가부장적 권위가 지배하는 작중 화자 자매의 집을 소개했다. 작중 화자 자매가 어린 시절에서 살던 집은 「딕과 제인」의 집과 달리 아프리카계 공동체의 일반적 가정(Christian 49; Heinze 75)으로, 낡아서 "추위를 이기기가 힘든 초록색이며," "밤이 되어도 석유 등불 하나가 큰 방을 밝히며, 다른 방들은 뒤주 속 같은 어둠 속에 싸여 바퀴벌레와 쥐들이 자기 세상처럼 활보"(12) 하던 곳이다(12). 뿐만 아니라, 부모는 "지시를 내릴 뿐, 아무것도 미리 알려주거나 의논함이 없이 명령만 내리고," 화자 자매가 실수로 "상처가 나거나 멍이 들면 제정신이냐"(12)라고 질책만 하던 부모이다. 즉 모리슨이 이 소설에서 사실주의적 시각을 통해 공개하고자 한 아프리카계 가정은 「딕과 제인」의 집과 달리 경제적 빈곤에 의해 시달리는 곳이며, 가부장적 권위에 의해 부모와 자녀의 소통이 단절된 곳이다. 모리슨이 이처럼 아프리카계 가정을 소개한 목적은 단순히 아프리카계 가정의 전형적인 모습을 공개하기 위해서라기보다 피콜라가 어떤 가정에서 성장했는지를 짐작할 수 있게 해주기 위해서이며, 좀 더 나아가 이보다 더 열악한 가정에서 성장했음을 짐작할 수 있도록 해주기 위해서이다.

모리슨은 또한 아버지의 방화로 인한 피콜라의 '집 없음'을 인종적·경제적 소외뿐만 아니라 비정상적인 아프리카계 미국인 가정의 갈등과 와해까지도 감내해야 하는 아프리카계 미국소녀의 잔혹한 삶으로 제시했다. 피콜라가 성장기에 살던 집은 오하이오(Ohio)주 브로드웨이(Broadway)의 남동쪽 모퉁이인 로레인(Lorain) 35번가에 위치한 폐상점들 중 한 곳을 개조한 집이었다. 이곳이 폐상점이 되기 전 피자가게가 있었을 때, 이곳은 어슬렁거리는 10대 청소년들의 담배연기 속에 빈민굴의 우범지역이나 다름없었고, 그보다 전에 이곳은 집시들의 본거지였다. 그러나 이곳은 거주자가 너무나 자주 바뀌어 공동체 사람들이 이곳의 거주자들을 기억하지 못할 만큼 무관심한 곳이 되었다. 그리고 이곳은 점점 소외되었고, 후에 공동체의 반감을 자극하는 곳이 되어버렸다.

모리슨은 작중 화자의 목소리를 통해 35번가를 "행인들의 눈에 짜증스럽게 음울한"(30) 곳이라고 소개하고, "읍내에 들어오는 방문객들은 왜 상점들이 헐리지 않고 버티고 있는지를 의아해했으며"(30), "주변에 살고 있는 보행자들은 그 앞을 지나갈 때 한번 힐끗 쳐다만 볼 뿐"(30)이라고 소개했다. 뿐만 아니라, 베티 파커(Betty Parker)가 "내부적으로 가족구성원들 간에 조화가 이루어지지 않는 공간"(61)이라고 밝히듯, 이곳의 가족구성원들은 갈등과 단절 속에서 살았다. 피콜라는 분열과 갈등이 지배하는 이 같은 가정에서 살았으며, 아버지의 방화 이후 이마저도 없어지자 작중 화자 자매의 집에 의탁해야 했다. 즉 그녀의 '집 없음'은 정상적인 가정의 작중 화자 자매보다 더 열악한 삶 속으로 그녀를 밀어 넣은 것이며, 변화와 개선의 시간으로부터 벗어난 삶의 악순환 속으로 몰아넣은 것이다.

작중의 현재시점에서 이미 사망한 촐리는 작중 화자의 아버지 맥티어(Mr. McTeer)처럼 제철공장의 노동자로 일했지만, 맥티어와 달리 어린 시절의 트라우마로 인해 가족을 와해시키고, 딸을 성폭행한 아버지였다. 딸은 성폭행한 그의 비정상적 행위는 부모로부터 유기된 유아기의 경험과 아버지로부터 또 다시 유기된 성장기의 경험으로 인한 정신적 상처로부터 비롯된 예정된 행위나 다름없다. 그는 어머니의 태중에 있을 때 아버지로부터 버려졌고, 출생한 지 4일 만에 또 다시 어머니로부터 버려져 이모할머니의 도움으로 성장했다(105). 뿐만 아니라, 그는 청소년기에 아버지 샘슨 풀러(Samson Fuller)를 찾아갔지만 역시 거부당했다. 즉 그는 이모할머니로부터 아버지의 이름과 거처에 대해 전해 듣고 메이컨(Macon)의 도박장으로 아버지를 찾아갔지만, 아버지의 싸늘한 거부로 인해 눈물을 참아내려다가 옷에 실례까지 할 정도로 강한 충격을 받았다. 당시의 충격을 창녀들과의 만남을 통해 해소하려 했지만, 이 경험은 아버지의 거부로 인한 그의 충격을 해소해주기보다 "위험스럽게 자유로운"(dangerously free)(125) 경험을 갖게 만들었다. 보다 구체적으로 말하면, 그는 이 경험을 통해 "이젠 잃을 것이 더 이상 아무것도 없게 되었다"(125)는 느낌을 갖게 되었고, 그래서 아무런 인종적·사회적·가정적 제약 없이 먹고, 마시고, 자고, 말하고, 행동할 수 있다는 생각을 갖게 된 것이다.

촐리는 성행위를 강요당한 청소년기의 경험 때문에 내면적으로 절망적·체념적·왜곡된 정서를 갖게 되었고, 상대적으로 대상에 대한 수치심과 증오심을 갖게 되었다. 그는 자신을 보살펴준 이모할머니의 장례식이 있던 날, 장례식을 마친 뒤에 달린(Darlene)과 숲속에서 성관계를 갖던 도중 백인사냥꾼들에게 목격되어 엉덩이에 그들의 전등불빛 세례를 받으며 성행위를 강요당했다. 즉 두 명의 백인사냥꾼은 놀라서 멈추려는 그를 총으로 위협했고, 그는 수치심과 증오심을 느끼며 성행위를 계속 이어가야 했다. 이와 관련, 윌프리드 사무얼스(Wilfred Samuels)와 허드슨 윔즈(Hudson-Weems) 또한 이 일이 그에게 "절망 또는 체념 외에 왜곡된 감정을 갖게 만들었다"(27)고 밝혔다. 그리고 에드 구어레로(Ed Guerrero)는 성행위를 지켜보려는 백인사냥꾼들의 행위를 "인종차별사회의 새디즘적(sadistic) 눈초리와 위협적 폭력"(30)으로 규정하고, "촐리에게 모든 대상에 대하여 수치심과 증오심을 갖게 만들었다"(30)고 밝혔다.

청소년기에 집중된 촐리의 비일상적·비정상적 경험들은 폴린과의 결혼생활은 물론, 자녀들과의 관계를 갈등으로 몰아가고 와해시킨 요인으로 작용했다. 삼인칭 작중 화자가 폴린과의 결혼 후에 "폴린을 사랑했다"(92)고 밝히고 "친절했고, 활발했다"(93)고 하듯, 그는 폴린과의 결혼을 통해 지난날의 충격을 해소하는 듯 해보였다. 하지만 그의 변화는 오래가지 않았다. 삼인칭 작중 화자가 "여전히 친절했지만, 그녀가 자신에게만 의지하는 것을 귀찮아하는 눈치였다"(93)고 밝히듯, 폴린이 첫 임신을 기점으로 남부시절의 인간미를 그리워하며 그에게 의지하고자 했을 때에, 그는 그녀에게 곁을 내주지 않았다. 그리고 그의 이 같은 태도는 폴린을 집 밖으로 내모는 계기를 만들었고, 이도 모자라 부부관계를 균열과 갈등 속으로 몰아넣었다.

촐리는 아들인 새미(Samy)를 존재조차 드러나지 않게 만든 아버지, 그리고 딸인 피콜라를 성폭행한 아버지가 되었다. 하인즈가 "성장과정 중 부모 없는 표류자, 그리고 굴욕적인 희생자로서의 자화상은 그에게 고독과 소외, 그리고 좌절과 무기력만 가르쳐줬다"(29)고 밝히듯, 촐리는 어머니의 유기, 아버지의 거부, 그리고 백인의 폭력으로 인한 충격적 경험들로 인해 비정상적인 아버지가 되었다. 즉 어느 토요일 오후에 술에 취해 귀가한 그는 싱크대에서 폴린처럼 어깨를 늘어트리고 설거지하는 피콜라를 발견하고 성적 욕망을 느꼈다(Awkward 62). 그의 이 같은 욕망은 지난날의 상처를 복합적으로 떠올리게 하는 것으로, "달린과의 첫 경험에서 그녀에게 상처를 주려고 했던 것처럼, 피콜라에게 상처를 주려 한 것"(Gibson 169)이었고, 폴린과의 사랑을 떠올리며 "첫사랑의 무모한 시절로 돌아가려는 연민적인 시도"(Heinze 29)였으며, "애정의 심오한 표현, 힘과 자유의 구사, 부당하고 억압적인 문화에 대한 항의"(Otten 21)의 표현이었다.

폴린 역시 촐리 못지않게 새미의 부재에 책임져야 할 어머니, 그리고 피콜라를 거부한 어머니가 되었다. 결혼생활의 새로운 정착지인 로레인에서 그녀는, 두 살 때 못에 찔린 발의 신체적 결함 때문에 하이힐도 신지 못하고, 경제적 빈곤 때문에 주변과 어울릴 만큼 차려입을 수 없으며, 머리모양과 말투를 유치하다고 비웃는 주변의 여성들로부터 자신을 영화관의 어둠 속에 감추고 영화 속의 주인공 같은 삶을 꿈꿨다(97). 뿐만 아니라, 그녀는 보수주의 교회의 신도가 되어 자신을 "무식하다고 깔보았던 여성들보다 더 도덕적인 여성"(100)이 되려 했고, 자신의 고단한 삶에 대해 가시면류관을 쓰고 시험을 당하는 것이라고 생각했다. 일종의 과대망상이나 다름없는 이 같은 생각은 아프리카계 어머니로서 정체성을 망각하게 만드는 요인으로 작용했다. "머리카락이 탐스러웠지만, 그 애는 못생긴 것이 틀림없어"(100)라고 밝히듯, 어머니로서 그녀는 아프리카계 미국인으로서 자신과 같은 외모를 가진 딸을 거부했다. 그녀는 딸에게 자신을 어머니가 아닌, '브리드러브 부인'이라고 부르도록 강요했고(101), 백인주인의 어린 딸을 정성껏 씻어주고 부드러운 수건으로 닦아 잠옷을 입히면서도, 자신을 찾아온 딸을 문전박대했다(101).

폴린은 아프리카계 여성이지만 백인이고 싶어 했고, 백인처럼 살고 싶어 했다. 그녀는 피셔 가문 사람들이 자신을 애칭인 '폴리'로 불러주는 것과 부유한 백인의 가정부로서 물건에 조금이라도 흠이 있으면 상인에게 타박할 수 있다는 것에 대해 감사하게 생각했다. 어머니와 아프리카계 미국인으로서 자신의 정체성을 부정한 이 같은 태도는 모두 백인사회의 관행과 강요, 즉 아프리카계 가정부에게 별명을 붙여주고 사랑과 충성을 요구한 (Harris "Reconnecting" 72) 관행을 무분별하게 수용하며, 백인사회가 그녀를 "자신의 가족보다 백인의 가족과 자녀들을 더 사랑하고 보살피는 존재" (Collins 80)로 만든 결과이다. 삼인칭 작중 화자가 "자신의 아이들과 집에 대한 애착이 점점 멀어져 갔다"(101)고 밝히듯, 그녀는 이로 인해 백인의 청결한 부엌을 자신의 공간으로 착각하며 아프리카계 미국여성으로서 자신뿐 아니라 자신의 가족을 거부한다(Samuels & Hudson-Weems 27).

딸에 대한 촐리의 비정상적 동정과 폴린의 거부는 경제적 빈곤과 인종적 타자란 이유로 공동체로부터 멸시와 거부를 당한 성장기의 피콜라를 자기혐오의 늪으로 빠져들게 만들었고, 이어 고립무원의 정지된 시간 속에서 환상을 쫓도록 만들었다. 공동체가 피콜라의 외모를 문제 삼은 이유는 백인사회의 미적 기준에 따라 그녀의 외모를 판단했기 때문이다. 공동체는 피콜라가 백인소녀의 금발머리와 푸른 눈을 가지고 있지 않다는 이유로 그녀가 외모에 대해 열등감을 갖게 만들었고, 그들의 미적 기준을 인간관계의 열쇠로 인식하도록 만들었다. 따라서 피콜라는 공동체의 이 같은 강요에 의해 자신의 외모에 대해 혐오하지 않을 수 없고, 공동체와의 관계회복을 위해 그들의 미적기준을 동경하지 않을 수 없었다. 즉 그녀는 백인소녀의 미적 상징인 셜리 템플(Shirley Temple)과 마리 제인 사탕(Mary Jane Candy)의 마리와 같은 아름다움을 동경하며 스스로 부정하고, 자신의 자아마저 상실했다.

피콜라의 이 같은 모습은 오빠 새미가 아버지를 욕하고 가출한 것과 달리 무기력하고, 무저항적이다. 물론, 새미의 행위만 가지고 그를 피콜라와 대조적인 인물이라고 평가하는 것은 논란을 부를 수 있다. 아버지에 대한 저항은 피콜라보다 연상이기 때문에 아버지의 공격을 피하거나 반격할 정도로 성숙한 육체적 이점과 피콜라가 가지지 못한 남성적 결기 때문에 가능했으리라 추측할 수 있다. 그의 가출은 피콜라의 무기력과 비교할 때에 대조적이라고 말하기 힘들다. 이는 아버지에 의해 초래된 비정상적인 현실을 개선할 수도 없고, 개선하려 시도하지도 않은 무기력한 현실도피 또는 책임회피이다. 즉 그는 아버지에 대해 저항했지만 태중의 아기를 버리고 떠난 그의 할아버지처럼 가출함으로써, 아버지에 의해 와해될 가족을 포기하고 홀로 도망쳐버렸다. 모리슨은 이를 환기시키려는 듯 현실도피 또는 책임회피로 드러난 그의 무기력을 작중에서 존재하지 않는 허구적 인물, 즉 존재의 부재란 부정적 이미지를 통해 투영시키고자 했다.

모리슨은 피콜라의 악순환적 삶을 아프리카계 미국소녀의 삶으로 원형화(prototype)하지 않았다. 모리슨이 그녀의 삶을 이처럼 형상화한 이유는 인종적·경제적 불평등을 극복할 수 없는 일부 아프리카계 미국인들의 정체성 부재, 자기혐오, 그리고 현실도피를 극화하고자 했기 때문이다. 모리슨은 이를 환기시키려는 듯 소설의 작중 화자 자매 클로디아와 프리다를 피콜라와 대조적으로 아프리카계 미국인들의 정체성, 자기긍정, 그리고 현실극복을 실현해가는 아프리카계 소녀들로 형상화했다.

성장기의 작중 화자 자매는 피콜라와 달리 전형적인 아프리카계 가정에서 성장했다. 그들의 아버지인 맥티어는 경제적 빈곤에도 불구하고 성실하고 근면하며 보호본능이 강한 아버지이다. 클로디아의 회고에 따르면, 맥티어는 백인하숙생인 헨리 워싱턴(Henry Washington)이 저지른 "어떤 일"(17), 즉 프리다의 가슴을 만지려 한 일에 대해 들었을 때, 헨리에게 자전거를 던지고 총을 겨눌 정도로 자녀를 보호하고자 하는 아버지로서의 보호본능을 보여줬다. 즉 그는 촐리처럼 제철공장의 노동자이지만 촐리와 달리 자녀에 대한 보호본능이 강한 아버지이다.

맥티어 부인(Mrs. McTeer) 역시 생활고를 이겨내기 위해 낡고 어두운 집에 하숙생을 들일 정도로 생활력이 강한 가정주부이다. 또한 그녀는 외적으로 자녀들을 거칠게 다루며 화를 잘 내는 어머니이지만, 내적으로는 자녀에 대한 보호본능과 책임감이 강한 어머니이다(Schneiderman 274). 클로디아의 회고에 따르면, 어른들은 아무것도 미리 알려주거나 의논하지 않고 무조건 명령만 내렸다(12). 즉 그녀는 맥티어 씨(Mr. McTeer)와 더불어 독단적이고 수직적이다. 뿐만 아니라 클로디아가 어린 시절을 회고하며 크리스마스 선물로 받은 인형을 부수었을 때에 "어른들의 노여움은 너무 심했다. . . . 욕망이 채워지지 않은 날들의 감정이 그들의 분노한 목소리에 담겨있었다"(21)고 밝히듯, 그녀는 자녀들의 행동에 대해 이유를 알고 싶어 하는 어머니라기보다 분노부터 표출하는 어머니이다.

하지만 맥티어 부인이 다정한 어머니가 아니라 울어버리고 싶을 정도로 모멸감을 주는 어머니이다. 클로디아의 회고에 따르면, 어머니의 분노는 자신을 언제나 창피하게 만들었고, 어머니의 얘기는 뺨을 비벼 화끈거리게 만들어 울게 만들었다(14). 그리고 어머니의 이 같은 모습은 자녀들이 아팠을 때도 예외 없이 나타났다. 클로디아가 "우리의 병은 모욕감을 느끼고 구역질나게 하는 물약과 마음을 괴롭히는 피마자유로 치료될 뿐이다"(19)라고 회고하듯, 어머니는 딸들이 아팠을 때 상식적으로 이해하기 힘든 민간요법에 의존했다. 즉 그녀는 클로디아가 열이 나고 온몸이 아팠을 때 "빅스 연고를 두 손가락에 듬뿍 떠서 어지러워 어쩔 줄 몰라 할 때까지 마사지를 했다"(13). 클로디아의 회고는 부모와 자녀의 소통 부재, 자녀에 대한 부모의 지나친 억압과 폭력, 그리고 부모의 비상적인 보호본능을 떠올리기에 충분하다. 하지만 그녀는 적대적이고 비정한 세상에서 자녀들을 살아남도록 준비시키기 위해 매로 다스리는 어머니이다(Schneiderman 274).

맥티어 부인은 모리슨의 어머니를 환기시켜주는 여성이다. 모리슨은 어린 시절에 어머니를 통해 "음악이 그녀의 초기 삶에서 가장 주목할 만한 요소 중 하나"(Moses 624 재인용)라고 말해도 과언이 아닐 정도로 음악을 쉽고 인상 깊게 접했다. 모리슨의 어머니는 전통적 블루스(blues) 음조를 바탕으로 남성이 떠난 빈자리에서 여성의 상실과 복종을 노래한 서정적 블루스 「세인트 루이스의 블루스」("St. Louis's Blues")를 자주 불렀고(Moses 624), 가족들은 그녀 덕택에 블루스의 매력에 빠졌다. 모리슨은 어머니의 추억을 떠올리듯 작중 화자인 클로디아로 하여금 어머니의 블루스를 회고하게 했다.

맥티어 부인의 블루스는 딸들에게 아프리카계 미국인의 정체성과 영혼을 가르쳐주는 노래이다. 할렘르네상스시대의 대표적인 아프리카계 시인 랭스턴 휴즈(Langston Hughes)는 아프리카계 미국인들의 대표적인 음악장르인 재즈(jazz)에 대해 "니그로의 영혼 속에 맥박 치는 영원한 '탐탐'(tom-tom: 아프리카 원주민의 북소리), 즉 백인의 세계에서 지하철의 세계, 그리고 일터에서 따분함에 저항하는 반항의 '탐탐'이고, 즐거움과 웃음의 '탐탐'이며, 미소 속에 삼켜진 고통의 '탐탐'"(Leonard 291 재인용)이라고 밝혔다. 즉 그녀의 블루스는 휴즈의 언급처럼 인종적·경제적 타자로 어렵게 살아가는 아프리카계 미국인들의 정서와 영혼을 불러내는 노래이며, 안정과 위로를 주는 노래이다. 그리고 클로디아가 어머니의 블루스에 대해 "나도 저런 어려운 경우를 맞이하면 이렇게 노래해야지 하는 소망"(24)을 갖게 했다고 밝히듯,

그녀는 어머니의 블루스를 통해 안정과 위안을 얻고, 동시에 이를 통해 아프리카계 미국인으로서의 정서와 정체성을 전수받고 학습했다.

맥티어 부인의 블루스는 딸들에게 달콤한 목소리로 고난을 극복하고 녹여내는 방법을 가르쳐준 노래이다. 그녀는 무척 어려울 때와 기분이 나쁠 때에, "누군가 떠나버리고 나 홀로 남은 때"라는 노래를 부르곤 했다. 그녀의 목소리는 너무 달콤했으며, 노래할 때에 젖은 눈은 곧 녹아내릴 듯하면서 서정적이어서, 클로디아로 하여금 어려운 상황에 처했을 때 어머니처럼 노래하고 싶은 소망을 갖게 만들었다. 클로디아가 "나는 언제부터인가 '나의 사람'이 나를 떠나갈 그 달콤한 때를 고대하고 있었다. 그렇게 되면 내 사람이 마을에서 떠났다는 사실 때문에 '석양이 지는 황혼녘'을 몹시 싫어하게 될 테고 . . ."(24)라고 회고하듯, 맥티어 부인의 목소리는 그 속에 숨어 있는 초록색과 푸른색으로 채색된 비탄을 모두 밖으로 끌어냈고, 클로디아에게 그런 고통은 참고 견딜 수 있는 것일 뿐 아니라 오히려 달콤한 것이란 확신을 줬다. 클로디아의 이 같은 회고는 어머니의 블루스가 그녀의 어린 시절과 성인 시절 사이의 가교가 되었음을 말해준다. 즉 그녀는 어머니의 블루스를 통해 성인여성으로 성장할 수 있도록 도와주는 아프리카계 미국인들의 "구전적인 문화적 지식과 가치"를 전수받았다.

작중 화자 자매는 피콜라와 달리 이런 부모 밑에서 성장한 까닭에 아프리카계 미국인의 정체성, 자기긍정, 그리고 현실극복을 보여준다. 성장기의 그들은 백인사회의 미적 기준이 무엇인지 알기 위해 부모로부터 크리스마스 선물로 받은 백인인형을 해체해버렸다. 백인사회의 미적 기준에 대한 그들의 이 같은 행위는 피콜라의 무저항적 동경과 달리 저항적·전복적 의식과 정서로부터 나온 행위이다. 그들이 같은 또래인 모린의 인종적·경제적 오만을 좌시하지 않은 것 역시 이 같은 의식과 정서를 반영해준다. 모린은 부유한 아프리카계 미국인 가정 출신의 흑백혼혈 소녀로, 백인처럼 행동하며 다른 아프리카계 미국소녀들이 그녀 앞에서 눈을 내리깔고 자리를 비킬 정도로 오만하다. 그럼에도 그들은 모린이 피콜라를 모욕했을 때 주저하지 않고 피콜라의 신체적 약점(육손이로 출생하여 손가락 하나를 잘라낸 흔적을 가지고 있음)을 들춰 그녀를 공격했다(61). 따라서 그들의 행위는 피콜라에 의해 상실된 아프리카계 미국인의 인종적 정체성, 자기긍정, 그리고 현실극복의지를 복원해준 행위나 다름없다.

피콜라는 인종적 정체성, 자기긍정, 그리고 현실극복의지의 상실로 인해 "'자아'(I)/혹은 '눈'(eye)이 없는 사람"(Roye 225)으로 살아야 했다. 즉 그녀는 주변의 멸시와 모욕에 대항할 자존심도 저항의지도 갖추지 못했다. 그녀는 외부의 시선에 의지하여 자신을 수치스럽게 생각했다. 질 매터스(Jill Matus)가 "수치는 책임져야 할 사람을 불분명하게 만들고 자기 비하의 감정을 과하게 키움으로써 그러한 구분을 방해한다"(Roye 220 재인용)고 밝히듯, 그녀는 이 같은 여파로 인해 자기를 비하하고, 혐오하며 살아야 했다. 따라서 그녀는 육체적·의식적 측면에서 더 성장하고 개선되어가야 하는 성장의 파노라마에 속해있지 않고, 정지된 시간 속에서 "자신의 눈(her own eyes), 즉 그녀 자신인 '나'(her own 'I')에 보이는 삶 대신, 타인의 '눈/자아' (other eyes/I's)"(Rubenstein 130)를 통해서만 존재해야 했다. 그녀의 이런 상황은 스스로 자신감 상실 또는 자기혐오감 속으로 몰아넣었기 때문이다. 버네사 디커슨(Vanessa D. Dickerson)이 "피콜라는 외부의 시선으로 인해 생겨난 자신에 대한 열등감으로 인해 이미 처절하게 부서져 있기 때문"(198)이라고 밝히듯, 그녀는 외부의 시선에 대항할 자신감도 자존심도 모두 잃었다. 따라서 그녀가 할 수 있는 일은 외부의 시선에 맞춰진 기준과 같아지려고 노력하는 것이며, 이로 인해 자기파멸뿐 아니라 불평등의 영속성 속에 살아야 했다(Grewal 23). 그리고 그녀의 이 같은 삶을 위로할 유일한 대안은 현실적 비전이 아닌 환상적 비전이었다.

피콜라는 환상적 비전으로 자신을 위로했다. 그녀에게 이 같은 비전을 갖도록 해준 사람은 소프헤드 처치(Soaphead Church)였다. 소프헤드는 타인을 도와주는 관대한 정신의 소유자가 아닌, 순진하고 약한 존재들 위에 군림하려는 이기주의적 욕망의 소유자이다(Alexander 299-300). 그는 어린 피콜라의 심리를 침범하여 그녀에게 백인의 미적 상징인 푸른 눈을 가질 수 있다는 환상을 심어주고, 그녀로 하여금 진정한 정체성을 인식할 수 없게 만들었다. 클로디아의 회고에 따르면, 소프헤드에 의존한 피콜라에 대해 "피콜라는 정신이상의 선을 넘어서버렸다"(159). 즉 피콜라는 두터운 자아의 껍질 속에서 "내 눈이 더 푸르지, 그렇지?"/"응, 훨씬 더 파래."/"조안나의 눈보다 더 파랬니?"/"조안나의 눈보다 더 파래"(156)와 같은 자기 환상 속에서 단조롭고 반복적인 대화만 되풀이했다. 이와 관련, 피콜라의 상황은 "트라우마 경험들의 덧없고 고통스러운 이미지들과 푸른 눈에 대한 동경의 상상적 성취 사이에서 어쩔 수 없이 동요해야 하는 대단히 제한된 자아의 비전을 창조한"(Salvatore 158) 경우에 일어나는 현상이며, "존재의 파괴를 그녀의 운명으로 받아들인"(Alexander 299) 경우에 일어나는 현상이다.

3. 기억 가능한 시간과 기억 불가능한 시간

모리슨이 아프리카 전통사회의 시간을 보다 심층적으로 재현한 소설들은 『타르 베이비』(*Tar Baby*)와 『빌러비드』이다. 그녀는 이 두 소설에서 과거의 인물들과 사건들을 기억 가능한 범주와 기억 불가능한 범주로 제시하고, 이를 통해 아프리카 전통사회의 시간들, 자마니 시대와 사사 시대를 재현했다. 즉 그녀는 이를 구분하기 위해 사사 시대의 범주에 속한 『빌러비드』의 과거 인물과 사건을 기억을 통해 재현한 반면, 자마니 시대의 범주에 속한 『타르 베이비』의 과거 인물과 사건을 기억이 아닌 오랜 세월 동안 입으로부터 입으로 전달된 구어적 정보를 통해 재현했다.

『빌러비드』의 작중 현재시간은 시간을 연대기적 숫자보다 계절적 리듬 또는 개인적 사건에 비춰 이해하는 아프리카 전통사회의 시간관념을 환기시켜주는 시간이다. 모리슨은 오하이오(Ohio) 신시내티(Cincinnati) 블루스톤 가(Bluestone Road) 124번가를 고립된 작중 공간으로 형상화하고, 작중 현재시간을 계절의 원형적(archetypal) 리듬[17]과 124번가를 오가는 폴 디(Paul D)의 개인적 사건을 통해 형상화했다.

폴 디가 124번가를 찾은 시점은 1873년 8월의 여름이다. 이 시점은 베이비 석스(Baby Suggs)의 사망과 세스의 빌러비드(Beloved) 살해 이래 외부로부터 고립된 124번가를 개방하는 시점이기도 하다. 하지만 그는 124번가에 오랫동안 머물지 못한다. 삼인칭 작중 화자가 "폴 디가 눈물을 흘리며 124번가를 뒤로 하고 억지로 떠나갈 때쯤, 여름은 야유를 받으며 무대 뒤로 퇴장하고, 피와 황금을 가진 가을이 모든 사람들의 눈길을 받으며 등장한 무렵"(116)이라고 밝히듯, 그는 가을이 다가올 때 이곳을 떠난다. 이를 기점으로 124번가는 가을을 맞이하고, 그의 방문 이전처럼, 외부로부터 다시 고립된다.

폴 디가 신시내티로 복귀한 시점은 이듬해의 봄이다. 작중의 현재시점에서 지난 가을에 신시내티를 떠난 폴 디는 작중에서 밝혀지지 않은 외지를 떠돌며 가을과 겨울을 보내고 이듬해 4월의 봄에 다시 신시내티를 찾는다. 이때 그는 세스와 빌러비드의 병적인 모녀관계에 시달리던 중에 도움

---

17) 계절과 인간의 육체 및 의식의 상호작용은 문학의 원형이다. 프라이는 칼 융(Carl Jung)과 프레이저(Frazer)의 견해를 사계절과 생명체의 순환적 상호관계로 보고 다음과 같이 정리했다: 일출=봄=출생=부활, 낮=여름=결혼=승리, 일몰=가을=죽음=고립 또는 희생, 어둠=겨울=사멸=패배=혼돈(429).

을 요청하기 위해 124번가 밖으로 나온 덴버를 우연히 만나 자신이 신시내 티로 돌아왔음을 알린다. 이때 그의 귀환은 124번가의 겨우내 잠긴 문이 공동체를 향해 다시 열린 시점에서 이뤄졌다는 점에서 봄의 재생을 알리는 귀환이다.

모리슨이 봄을 재생적 이미지로 형상화한 사례는 베이비 석스가 클리 어링(Clearing) 숲에서 집단의식을 거행한 계절을 통해서도 나타난다. 작중 의 현재시점으로부터 9년 전에 이미 사망한 베이비 석스는 가을과 겨울에 구세주와 속죄자의 교회, 에이엠이(AME) 신도들과 침례교회에 갔고, 클리 어링의 치유의식을 "따뜻한 계절이 왔을 때에"(87) 그리고 "오후마다 더운 열기 속에서"(87) 거행했다. 이로 미뤄볼 때, 그녀가 치유의식을 거행한 계 절은 봄과 여름이다. 이 의식에서 그녀가 노예제도와 인종차별로 인해 지 치거나 훼손된 아프리카계 미국인들의 치유를 위해 강조한 것은 "울고 웃 는 육체를, 풀 위에서 맨발로 춤추는 육체, 그것을 사랑하라"(128)이다. 따 라서 그녀의 이 같은 가르침은 아프리카계 미국인들의 지치거나 훼손된 육 체와 마음을 치유 또는 복원으로 이끌기 위한 가르침이란 점에서 봄과 여 름의 재생적·성장적 이미지를 떠올리게 한다.

모리슨은 삼인칭 작중 화자의 목소리를 통해 인물과 사건을 묘사할 때 시간범주를 최근과 가까운 과거, 최근의 과거보다 더 먼 과거, 더더욱 먼 과거, 그리고 훨씬 더 먼 과거로 되돌렸다. 이 과정에서, 삼인칭 작중 화자 는 현재시점을 1873년이라고 밝히고, 사건들을 최근과 가까운 과거, 즉 세 스와 그녀의 가족이 주요 경험을 겪은 신시내티의 1855년 이후로 되돌렸으 며, 최근의 과거보다 더 먼 과거에 겪은 세스의 경험들, 즉 1855년 이전에 가너(Garner)의 켄터키(Kentucky) 스위트 홈(Sweet Home)에서 겪은 그녀의 초 기 경험들과 함께, 사건들의 정점을 찍은 시점인 1855년 이후로 되돌렸다. 삼인칭 작중 화자는 또한 시간을 점점 더 먼 과거, 즉 세스의 어린 시절을 밝히기 위한 시점인 1849년 이전으로 되돌렸고, 이어 더 먼 과거와 불특정한 과거, 즉 아프리카인들의 대서양 중앙항로에서 겪은 경험들을 밝히기 위해 미국정부가 대서양 노예무역을 금지한 1808년 이전으로 되돌렸다. 모리슨이 작중 시간을 이처럼 과거로 소급한 이유는 그녀의 시간이 아프리카 전통사회의 시간처럼, 기억 가능한 최근의 과거로부터 기억 불가능한 과거로 진행되는 시간이라는 것을 밝히고자 했기 때문이다.

모리슨은 작중 인물들의 시간을 밝힐 때에 특정 작중 인물의 특정한 개인적 사건을 통해 밝히고, 밝히지 않은 다른 작중 인물들의 시간을 이에 근거하여 단계적으로 추리하고 끼워 맞추도록 했다. 예컨대, 1855년은 세스가 덴버를 임신한 채 어린 빌러비드를 데리고 스위트 홈을 탈출한 시점이다. 따라서 이 시점은 세스가 탈출 도중에 백인여성의 도움으로 덴버를 출산했으므로 덴버의 출생연도이고, 스위트 홈을 탈출한 지 28일 만에 스쿨티처(Schoolteacher)가 추적해왔으므로 당시에 세스에게 살해된 빌러비드의 사망연도이다. 1849년은 세스가 홀(Halle)과 결혼한 시점이다. 하지만 모리슨은 세스의 결혼연도를 1849년이라고 밝히지 않고, 독자들의 추리를 유도했다. 1849년을 세스의 결혼연도로 추리하기 위해 필요한 단서를 얻으려면 폴 디의 기억에 의존해야 한다.

폴 디는 세스와의 대화에서 스위트 홈 시절로 시간을 되돌려 세스의 개인적 시간들을 추적할 수 있는 단서를 제공한다. 이 대화에서 폴 디는 세스가 베이비 석스를 대신해서 13세에 스위트 홈에 들어와서(10) 1년 후에 홀을 결혼상대로 선택했으며(10), 13세의 세스에게 느낀 자신의 육체적 욕망을 25년 만에 처음으로 해결했다(20)고 밝힌다. 폴 디의 이 같은 단서는 세스의 현재 나이를 밝힌 다음 소설의 현재시점으로부터 현재나이를 뺄 때 출생연도를 추적할 수 있게 해준다. 세스의 현재나이는 그녀가 스위트 홈에 처음 왔을 때의 나이가 13세였으므로 여기에 폴 디가 25년 동안 기다려온 그녀에 대한 욕망의 기간을 합치면 38세이고, 그녀의 출생연도는 현재 나이를 소설의 현재시점으로부터 빼면 1835년이다. 그리고 베이비가 스위트 홈을 떠난 시점은 폴 디의 둘째 단서 25년을 현재시점으로부터 빼면 1848년이고, 이 시점은 또한 13세의 세스가 스위트 홈에 들어온 시점이기도 하다. 따라서 폴 디의 첫째 단서를 근거로 1849년은 세스가 홀과 결혼한 연도이다.

하지만 모리슨이 작중 인물들의 시간을 항상 이처럼 표현한 것은 아니다. 그녀는 작중 인물의 기억을 통해 과거의 사건을 역류시킬 때에 전통사회의 아프리카인들처럼 연대기적 숫자 대신 개인적 사건을 통해 시간을 암시적으로 표현했다. 예컨대, 1808년은 세스의 어머니 매엠(Ma'am)과 연관된 시간이다. 세스가 덴버와의 대화에서 회고하듯, 매엠은 아프리카로부터 캐럴라이너(Carolina)로 끌려온 여성노예이다. 세스에 따르면, 매엠은 대략 2주 또는 3주 동안 젖을 물리고 들판으로 나가야 했고, 젖먹이인 세스는 유모의 젖을 먹고 성장했다(61). 이와 관련, 모리슨은 매엠이 캐럴라이너에 끌려온 시점과 사망한 시점을 연대기적 시간을 통해 밝히지 않았고, 추리를 위한 단서도 제공하지 않았다. 따라서 이에 대한 시점들을 추리하기 위해 소설 밖의 역사 사료에 의존할 수밖에 없다.

우선, 미국정부가 1808년에 노예무역을 금지했기 때문에, 매엠이 캐럴라이너로 끌려온 시점은 막연하지만 1808년 이전이다. 그리고 매엠의 사망시점은 1835년으로 추리할 수 있는 세스의 출생연도 이후, 즉 세스가 매엠의 젖꼭지 주위에 새겨진 무늬의 의미를 이해하지 못할 때이다. 매엠은 어린 세스에게 동그라미와 그 안에 십자가가 새겨진 젖꼭지[18]를 가리키며 "이게 네 엄마다"(61)라고 이야기해주고 얼마 후에 형장에서 처형되었다.

---

18) 이 무늬는 매엠이 아프리카의 서해안, 즉 콩고(Congo)와 앙골라(Angola) 출신임을 말해주는 표시이다(Jennings 97).

매엠이 어린 세스에게 이 무늬를 보여준 이유는 자신이 사망하더라도 세스가 자신을 식별하도록 돕기 위해서이다. 하지만 매엠이 이 무늬를 어린 세스에게 보여준 시점 역시 세스의 어린 시절이라고만 추리할 수 있을 뿐, 세스가 당시의 나이를 기억할 수 없거나 밝히지 않아 정확하게 추리할 수 없다.

　모리슨이 시간의 근거를 점점 희석시키고 미궁에 빠트린 사례는 이밖에도 홀의 개인적 사건들을 통해서도 찾을 수 있다. 홀의 개인적 시간은 부분적으로 추리할 수 있는 시간이기도 하고, 부분적으로 추리할 수 없는 시간이기도 하다. 홀의 개인적 시간을 추적하게 해주는 단서는 그가 베이비 석스를 스위트 홈에서 해방시키기 위해 스무 살의 나이에 5년간 주말과 휴일을 반납하고 일하기로 결심했다는 것(11)과 베이비 석스가 많은 자식들 중 홀과 20년 동안 가장 오래 살았다는 것(23)이 전부이다. 따라서 홀이 20세 때 5년간 일하기로 결심을 굳혔다면, 베이비 석스가 스위트 홈에서 해방된 시점은 홀이 5년간의 노동시간을 끝마친 뒤이므로 그의 나이가 25세 때이다. 그리고 베이비 석스가 스위티 홈을 떠난 시점인 1848년으로부터 25를 빼면 그의 출생시점은 1823년이다. 하지만 1855년 세스와 헤어진 시점부터 소설의 현재시점까지 그의 생사여부와 관련된 시간은 이 같은 단서들만 가지고 추리할 수 없는 시간이다.

　한편, 모리슨은 베이비 석스의 클리어링 의식에 나타난 시간과 사건에 대한 기억을 통해 사사 시대의 시간을 형상화했다. 세스가 베이비 석스와 그녀의 클리어링 의식을 회상한 시점은 베이비 석스가 사망한 지 9년 만이다. 덴버와 부활한 빌러비드와 함께 이곳을 찾은 세스는 아프리카계 미국인들의 육체적·정신적 치유를 위해 이곳에서 의식을 거행한 베이비 석스에 대해 "거짓말쟁이로 판명났다"(89)고 밝히며, 베이비 석스의 의식적 행위를 "종족을 위한 갈망으로 이따금씩 분기했던"(89) 행위로 회고한다. 즉 세스의 이 같은 회고는 아프리카 전통사회의 시간에 비춰볼 때에 사후 세계 조상의 4대 또는 5대 후손의 범주와 사사 시대에 머무는 조상의 범주에서만 가능한 회고이다.

전통사회의 아프리카인들은 죽은 사람의 경우 생전에 관계를 맺었던 사람들에 의해 기억될 때까지 사사 시대에 머물고, 기억할 수 있는 사람들이 모두 죽었을 때에 사사 시대로부터 자마니 시대로 이동하는 것으로 믿는다. 즉 음비티는 전통사회의 아프리카인들이 죽은 사람의 사사 시대 체류기간을 사후 4세대 또는 5세대의 후손들 또는 지인들에 기억될 때까지라고 믿으며, 기억해줄 마지막 사람이 죽었을 때에 죽은 사람은 정령이 되어 인간과 단절한다고 믿는다(83)고 밝혔다. 그리고 음비티는 전통사회의 아프리카인들이 사사 시대의 죽은 사람을 살아있는 사람에 의해 기억될 수 있기 때문에 죽은 사람이 아니라, 육체적으로 죽었지만 기억 속에 살아있는 사람, 즉 "살아있는 죽은 사람"(the living dead)으로 간주한다고 밝혔다(25). 사사 시대에 대한 음비티의 이 같은 견해는 베이비 석스와 그녀의 클리어링 의식에 나타난 시간이 후손인 세스에 의해 기억될 수 있는 시간범주에 속한다는 점을 고려할 때에 사사 시대의 시간이다.

세스가 클리어링 숲을 찾은 목적은 이곳에서 울려 퍼지던 "오래 전의 노래를 조금이나 듣기 위해서"(89)이며, 124번가 밖의 세계에 대해 "칼과 방패를 내려놓으라"(89)는 베이비 석스의 오래 전 충고를 되살리기 위해서이다. 하지만 딸을 살해한 죄책감으로부터 헤어 나올 수 없는 세스는 부드러운 손이 자신의 목을 조르는 느낌과 함께 질식될 것 같은 순간을 맞이하고, 클리어링과 베이비 석스에 대한 기억을 중지해야 했다.

세스와 함께 클리어링을 찾은 빌러비드는 어머니의 죄의식을 사면하기 위해 죽음으로부터 부활한 딸이 아니다. 데이비드 로런스(David Lawrence)가 빌러비드에 대해 "미소를 짓는 악귀가 되어 . . . 복수의 칼날을 뽑는 모습이다"(239), 그리고 마거릿 와이트포드(Margaret Whiteford)가 "세스는 . . . 희생을 마다하지 않고 아이의 욕구를 채워주려 하고, 아이는 어머니에게로부터 애정을 더욱더 요구하게 한다"(264)라고 밝히듯, 그녀의 부활은 어머니에게 자신을 살해한 지난날을 더 명료하게 기억하게 만들기 위해서이며, 어머니의 죄의식을 심화시켜 자기 통제력을 잃은 그녀에게 모성애를 강요하기 위해서이다. 세스의 목을 조른 부드러운 손은 부활한 빌러비드의 손이고, 그 손이 클리어링을 찾은 세스를 아무런 성과 없이 귀가하도록 만들었다. 즉 세스는 이 방문을 통해 딸을 살해한 죄의식만 재확인했을 뿐, 베이비 석스의 충고를 되살리는 데에 실패했다.

모리슨은『빌러비드』에서 작중 사건들을 통해 사사 시대의 시간을 형상화한 데 이어,『타르 베이비』에서 작중의 사건들과 관계없이 자마니 시대의 시간을 형상화했다. 모리슨이 이 소설에서 자마니 시대의 시간을 작중 사건의 시간과 별개의 시간으로 형상화한 이유는 이 시간이 기억할 수 없는 시간임을 암시적으로 전달하고자 했기 때문이다.

이 소설의 작중 공간인 카리브 지역의 '슈발리에 섬'(Isle Des Chevalier)은 작중의 현재시점에서 발레리언 스트리트(Valerian Street)라는 미국의 프랑스계 전직 사업가에 의해 분할되고 훼손된 섬이다. 발레리언은 미국주민으로서 미국에서 부담해야 하는 세금과 프랑스 식민지역의 주민으로서 이 지역에서 부담해야 하는 세금을 치밀하게 비교한 뒤에 프랑스 식민지역의 세금이 상대적으로 낮다는 판단하에 슈발리에 섬을 매입했다(45). 그는 '스트리트 브라더스 사탕회사'(Street Brothers Candy Company)로부터의 수익금으로 이 섬을 헐값으로 구매한 다음 아이티에서 수입한 노동력을 활용하여 챔피언 데이지(champion daisy)를 벌목하고, 섬의 열대우림을 개간하고, 섬의 언덕 위에 화려한 별장을 지은 후에 섬의 다른 지역들을 분할하여 부유한 백인들에게 매각했다. 이 때문에, 이곳의 챔피언 데이지 나무들은 "두 동강이나 눈을 뜨고 비명을 지르며 땅바닥에 쓰러졌다"(7). 그리고 강은 "이전에 살던 곳에서 쫓겨나 물웅덩이나 폭포를 만들지 못하고 방향을 잃은 채 사방으로 흐르다가"(7) "모욕을 당하고 상심한 가엾은 강"(8)이 되어버렸다.

발레리언은 또한 식민시대의 자본주의자이다. 그는 슈발리에 섬에서 사탕 원료를 획득한 다음, 미국에서 사탕을 제조하여 흑인들의 신화적 장소인 미국의 남부에서 판매했다. 즉 그는 19세기 제국주의 시대의 식민주의자들처럼 식민지역의 천연자원과 노동력을 장악하여 자국의 생산능력을 확장하고, 이를 식민지역에 되팔아 이윤을 추구한 착취자이다.

발레리언은 작중의 현재시점에서 고급 스테레오 장비를 갖춘 온실 속에서 토착식물이 아닌 수국과 작약을 수입하여 재배하며 시간을 보낸다. 그리고 그는 슈발리에 섬의 파괴자이자 착취자로 살아온 지난날의 삶에 대해 "정상적이고 점잖으며 공정하고 관대한"(45) 삶이었다고 주장한다. 이같은 주장을 합리화하듯, 그는 자신의 집을 무단 침입한 썬 그린(Sun Green: 본명 윌리엄 그린(William Green))이 아내의 방 장롱 속에서 며칠을 은닉했다가 모습을 드러냈는데도 불구하고 그를 고발하지 않고 식사에 초대하는 관대한 모습을 보인다. 뿐만 아니라, 평생을 함께해온 아프리카계 하인인 온딘 차일스(Ondin Childs)가 성장기의 마이클 스트리트(Michael Street)를 대상으로 저지른 아내 마가렛 로디 스트리트(Margaret Lordi Street)의 히스테리적 폭력을 공개했을 때에, 그는 사업 확장에 신경을 쓰느라 가족의 문제를 알지 못한 "무지의 범죄"(crime of innocence)(208)라고 둘러대며 가정에 대한 자신의 무관심과 무책임을 합리화한다. 즉 그의 이 같은 변명 도는 자기 합리화는 슈발리에 섬을 개간, 분할, 그리고 착취해온 그의 삶 역시 '무지의 범죄'라고 둘러대는 듯하다.

모리슨은 이 소설의 도입부에서 발레리언의 개간, 분할, 착취에 의해 과거의 모습을 잃은 슈발리에 섬을 배경으로 이곳의 과거를 영속적 시간 속에 되살리고자 했다. 발레리언의 저택에서 등을 맞대고 잠든 아프리카계 집사 시드니(Sydney)와 가정부인 그의 아내 온딘(Ondine)을 비추는 이곳의 달은 연대기적 순서에 따라 흘러가는 직선적 시간도 주기적으로 반복적인 변화를 거듭하는 순환적 시간도 아닌, 불변의 영속적 시간이다.

> 카리브 해에는 두려움이라고는 없었고, 모두가 잠든 걸 지켜보는 벌거벗은 눈동자는 위협적이지 않다—그것은 단지 경계할 뿐이며, 누구나 그것에 대하여 말할 때 감길 수 없다거나, 커지거나 작아질 수 없다고 말할 것이다. 카리브 해에는 초승달이나 반달은 뜨지 않는다. 언제나 그곳의 달은 만월이다.

> No one speaks of a quarter or half moon in the Caribbean. It is always full, always adrift and curious. Unastonished but never bored by the things it beholds: a pair of married servants sleeping back to back. (43)

이 원시자연의 섬에서 달은 날짜의 변화에 따라 모양을 달리하거나 또는 밤낮의 변화에 따라 사라지거나 나타나는 순환주기와 상관없이 항상 같은 모양으로 떠있다. 이때 순환주기가 없는 달을 통해 나타난 이곳의 시간 역시 변함없이 항구적으로 지속하는 시간이라고 말할 수 있다. 모리슨이 이 섬의 시간을 다른 모든 소설에서와 달리 항구적으로 멈춰있는 시간으로 표현된 것은 시력을 상실한 기마족의 전설과 무관하지 않다. 기마족은 프랑스 노예무역상들에 의해 강제로 끌려온 아프리카인들의 후손들로, 조상들처럼 시력을 상실하고, 시각적 감각 대신 마음의 눈으로 사물을 본다. 즉 그들은 이 섬에 끌려온 뒤에 17세기 프랑스의 식민지인 세인트 도미니크 (St. Dominique: 아이티(Haiti)의 옛 이름)를 보는 순간부터 점차적으로 시력을 상실했고, 이후 후손들도 조상들의 경우처럼 시력을 상실했다. 하지만 모리슨은 기마족을 작중 인물화하지 않고, 작중 사건에 개입시키지도 않았다. 엄격히 말해서, 그들은 작중 인물이 아니며, 섬 안에 살아있는지, 살아 있지 않은지 확인조차 할 수 없는 인물들이다.

모리슨은 기마족의 신화를 이 종족의 후손인 마리 테레즈 푸코(Mary Thérèse Focault)의 기억 대신, 그녀의 남편인 기디온(Gideon: 일명 야드맨(Yardman))이 전설처럼 내려오는 '어부들의 이야기'를 인용하는 형식으로 소개했다. 즉 모리슨은 기디온을 "어부들의 이야기"(152)를 들려주는 이야기꾼, 그리고 썬을 기디온의 이야기를 듣는 청자(listner)로 형상화하여 썬이 질문하고 기디온어 대답하는 문답식 대화를 통해 기마족의 신화를 소개했다. 기디온이 전하는 '어부들의 이야기'에 따르면, 아프리카인들이 프랑스의 배를 타고 끌려오던 중에 배가 침몰했고, 생존한 일부 노예들 중에 어떻게 할지 몰라 파도에 몸을 맡긴 끝에 어느 섬에 도착했다. 그들 중 일부는 프랑스인들에 의해 구조되어 슈발리에 섬으로 온 다음 프랑스인들의 하인이 되었고, 다른 일부는 섬에 숨어 살며 중년이 되면 시력을 상실했다(152). 기디온은 기마족의 신화를 이처럼 소개하고, 테레즈를 그 후손이라고 밝히지만, 자신은 기마족이 아니라고 밝힌다.

모리슨은 과장법을 활용하여 기마족을 신비화했다. 기디온에 따르면, 기마족은 모든 종류의 나무들과 사물들을 피해서 숲속을 달리는 법을 배웠다(152-53). 그래서 그들은 "서로 경주를 했고"(152-53), 폭풍이 일기 직전에 말을 타고 휘몰아쳐 지나가는 소리를 들을 때에 천둥치는 소리를 내며 지나간다(153). 모리슨은 기디온의 목소리를 통해 기마족의 승마능력을 현실적으로 숙련을 통해 달성할 수 있는 능력처럼 소개하지만, 상실한 시각능력을 무엇으로 대체했는지를 의문으로 남겨둠으로써, 기마족을 초현실적 능력을 소유한 신비적 존재로 형상화했다. 이와 관련, 기디온의 이야기는 모리슨의 작가적 의도를 반영하듯 기마족의 승마능력을 현실적 감각과 사고의 범주를 초월한 신비적 능력으로 재해석하여 그들의 존재를 신화화해주는 이야기이다.

모리슨은 기마족을 인간의 생리적 조건을 소유한 현실적 존재로 소개하기 위해 "늪지 여성들과 동침했어"(153)라고 밝히지만, 이 역시 늪지 여성들을 현실적 존재들로 확인할 수 없어 기마족을 신비적 존재로 간주하게 만든다. 이 소설에서 늪지의 여성들이 소개된 시점은 썬이 제이딘 차일스(Jadine Childs)와 사랑을 시작할 무렵이다. 썬은 제이딘과 해변으로 소풍을 다녀오던 중에 자동차 연료가 바닥나자 마을로 연료를 구하러갔고, 홀로 남은 그녀는 스케치를 하기 위해 도로 근처의 숲속으로 갔다. 삼인칭 작중 화자에 따르면, 그녀는 숲속으로 몇 발자국을 옮기다가 무릎까지 늪에 빠졌고, 늪지의 여성들이 그녀를 "나무 끝에서 내려다보며 바람소리 같은 웅얼거림을 멈추고, . . . 그녀를 반기는 듯했다"(183). 하지만 그녀는 늪지 여성들의 환대를 두려움 때문에 회피했고, 이를 알아차린 "늪지 여성들은 환대를 멈추고 오만한 모습으로 돌변했다"(183). 모리슨이 이 같은 늪지 여성들을 초현실적인 정령이라고 소개하며, 그들을 통해 원시자연에 바탕을 둔 아프리카인들의 육체적 여성성을 강조하고자 했다. 모리슨이 삼인칭 작중 화자를 통해 "그 전설 속의 정령들은 스스로 자신의 가치와 독자적 여성성을 의식했다"(183)고 밝히듯, 늪지 여성들은 현실 속의 인간들이 아닌 숲의 '정령들'이다. 아프리카 전통사회에서 정령은 신에 의해 창조된 정령 또는 사후 세계의 조상 정령이다. 모리슨은 늪지 여성들이 어느 쪽에 속하는 정령인지 명확하게 밝히지 않았지만, 그들은 초현실적 · 초시간적 존재들이다. 만약 인간의 사후 세계의 존재들이라면, 그들은 기마족처럼 기억 불가능한 시간범주인 자마니 시대의 정령들이다.

4. 맺음말

　본 장은 모리슨의 시간을 아프리카 전통사회의 시간에 비춰 자연의 순환적 시간 그리고 사사 시대와 자마니 시대의 시간으로 접근했다. 모리슨은 작중 사건을 자연의 순환적 리듬에 맞춰 전개했다. 이때 자연의 순환적 리듬은 작중 인물의 개인적 사건들과 유기적 관계를 이루며 작중 시간으로 투영된다. 물론, 모리슨이 이 같은 시간을 사건의 시점을 전달해주기 위한 방편으로만 활용한 것은 아니다. 모리슨은 시간을 작중 사건과 유기적으로 결합시켜 사건의 내용과 특징을 비유적으로 드러내기 위한 메타포로 활용했다. 이때 모리슨의 시간은 과거와 현재를 오가며 연대기적 시간의 경계를 허물어트리고, 과거의 사건을 현재의 사건처럼 추적할 수 있게 해준다. 모리슨의 시간은 이 같은 특징으로 인해 과거, 현재, 미래에 바탕을 둔 직선적 개념의 시간이 아니다.

　모리슨은 사건을 경계 없이 넘나드는 과거와 현재를 통해 재현하거나 묘사할 뿐 미래를 시간범주로부터 배제했다. 모리슨이 시간을 이처럼 묘사한 것은 아프리카계 미국인들의 역사를 재창조해온 그녀의 문학적 기조와 무관하지 않다. 모리슨은 이를 위해 아프리카계 미국인들의 역사를 기억을 통해 재생하고, 문학적 상상력을 통해 재창조했다. 모리슨이 기억을 통해 재창조한 아프리카계 미국인들의 역사는 기억 속에 존재하는 역사이며, 그러므로 사라져버린 역사가 아닌 현재에도 존재하는 역사이다. 모리슨이 이처럼 기억을 통해 과거와 현재의 경계를 무너트리고, 기억을 과거를 재생 또는 재현하기 위해 문학적 도구로 삼은 것은 20세기 모더니즘 문학의 플래시백(flashback)을 떠올리게 할 수도 있다. 하지만 모리슨은 전통사회의 아프리카인들처럼 과거를 기억할 수 있는 과거와 기억할 수 없는 과거로 분류하고, 기억할 수 있는 과거를 현재에도 존재하는 과거로, 그리고 기억할 수 없는 과거를 재생할 수 없지만 사라져버린 과거가 아닌 영속적 시간 속에 존재하는 과거로 형상화했다.

모리슨은 『가장 푸른 눈』에서 사건을 자연의 리듬과 상호 작용하는 순환적 시간을 통해 재생했다. 이 소설에서 노예해방 이후의 아프리카계 미국인들은 여전히 백인사회와 백인사회를 추앙하는 아프리카계 미국인들의 인종적 타자로 살아야 하고, 경제적 소외계층으로 살아야 한다. 모리슨은 더 나아질 수 없는 이들의 삶을 변화와 개선을 기대할 수 없는 정지된 시간과 함께 역행하는 악순환적 삶으로 형상화하며 이를 억척스럽게 극복하려고 노력하는 맥티어 부부와 그렇지 못한 브리드러브 부부를 대조시키고, 그들의 차이점이 자녀들의 성장과정에서 어떻게 되풀이되는지를 보여주고자 했다. 즉 모리슨은 맥티어 부부의 공동체적 · 주체적 삶을 대물림한 클로디아의 적극적인 성장과정과 브리드러브 부부의 분열적 · 비주체적 삶을 대물림한 피콜라의 자아분열적 성장과정을 계절의 순환과정에 비춰 형상화했다.

『빌러비드』에서 모리슨은 1937년을 기점으로 시간을 1865년 노예해방선언의 전후로 소급하고, 노예무역이 금지된 시점부터 시작하여 노예제도 시절과 노예해방 직후까지 일어난 사건들을 기억을 통해 재현했다. 즉 이 시간들은 사사 시대의 시간처럼 현재와 가까운 시간이며, 기억으로 재생될 수 있는 시간이다. 모리슨은 기억을 아프리카계 미국인들의 과거를 재생할 수 있는 문학적 매체로 활용했다. 뿐만 아니라, 모리슨은 사사 시대보다 더 먼 과거이자 기억될 수 없는 자마니 시대를 『타르 베이비』에서 형상화했다. 이 소설에서 모리슨은 기억의 범주 내에서 사라졌지만 영속적으로 존재하는 자마니 시대를 슈발리에 섬의 보름달을 통해 형상화했다. 이곳의 달은 언제나 만월이다. 즉 이 달은 시간의 흐름으로부터 벗어나 영속적으로 존재하는 달이다. 모리슨은 보다 구체화하기 위해 이 시간 속에 머물고 있는 기마족을 작품 속의 인물로 등장시키지 않았다. 모리슨이 이처럼 한 이유는 이 시간 속에 머무는 기마족이 자마니 시대의 인물처럼 기억될 수 없는 존재이기 때문이다.

　모리슨의 시간은 문명세계에서 찾아볼 수 있는 시간이 아닌, 문명 이전의 세계에서나 찾아볼 수 있는 시간이다. 모리슨의 시간은 아프리카계 미국작가로서 그녀의 문학적 정체성을 반영해준다. 트루디어 해리스(Trudier Harris)에 따르면, 모리슨은 아프리카 민담을 문학적으로 재창조한 작가이다(Ashley 272 재인용). 모리슨의 문학은 아프리카계 미국인들의 지리적·의식적 고향인 아프리카 전통사회의 문화에 바탕을 두고 있다. 모리슨이 작중 시간을 계절의 순환적 시간을 통해 형상화한 것과 개인적 사건 또는 집단적 사건을 통해 형상화한 것은 바로 아프리카 민담에서 발견할 수 있는 신화적 시간에 바탕을 둔 것이다. 모리슨은 아프리카계 미국인들의 역사와 현실을 아프리카 전통사회의 시간을 통해 형상화함으로써 아프리카계 미국인들의 정체성과 영혼이 그들의 지리적·문화적 고향에 뿌리를 두고 있다는 것과 뿌리를 두고 있어야 한다는 것을 강조하고자 했다.

제3장

기억: 재생의 매개이자 저장소

1. 머리말

전통사회의 아프리카인들은 죽음과 삶, 사후 세계와 현 세계, 그리고 과거와 현재의 시공간적 경계를 의식하지 않는다. 그들이 두 대조적인 시공간적 대상들의 경계를 의식하지 않은 이유는 현 세계와 사후 세계의 경계를 파기하려는 개인적·집단적 소통문화에서 찾을 수 있다. 라 비니아 델로이스 제닝스(La Vinia Delois Jennings)에 따르면, 그들은 "죽은 사람과 살아있는 사람의 개인적·집단적 소통문화"(86)를 가지고 있다. 그들은 죽음을 현 세계로부터의 종말이 아닌, 현 세계로의 환원을 통해 현 세계의 삶과 동일시할 수 있는 것으로 간주한다. 물론, 그들의 이 같은 의식은 아프리카란 제한된 공간 속에서만 유지되어온 의식이 아니다. 제닝스가 "대서양 중앙항로를 건널 때도 미국과 유럽으로 가지고 왔다"(86)고 밝히듯, 아프리카 이주민들은 아프리카 전통사회의 탈이분법적 의식과 함께 억압의 땅으로 이주해왔으며, 노예제도의 고난과 억압적 환경 속에서도 그들만의 고유한 소통문화를 통해 이 같은 의식을 지켜왔다.

죽음과 삶, 사후 세계와 현 세계, 그리고 과거와 현재에 대한 아프리카 전통사회의 시각은 기억의 보존적 힘과 재생적 힘에 바탕을 둔 시공간적 경계 허물기나 다름없다. 존 음비티(John Mbiti)에 따르면, 아프리카 전통사회는 시간을 과거, 현재, 미래로 간주하는 대신, 미래를 시간범주에서 제외하고, 현재, 그리고 두 종류의 과거, 즉 스와힐리어로 사사 시대(Sasa moment)와 자마니 시대(Zamani moment)로 간주한다.[19] 음비티의 이 같은 견해는 삶과 죽음, 사후 세계와 현 세계, 그리고 과거와 현재에 대한 아프리카 전통사회의 인식을 그들의 시간개념에 비춰 해석하고 소개한 것이다. 따라서 음비티의 견해와 관련하여 주목하지 않을 수 없는 사항은 아프리카 전통사회가 기억을 현실로부터 사라진 것을 현실로 재생하기 위한 또는 죽은 것을 실존으로 간주하기 위한 인식론적 힘으로 믿고 있다는 것과 두 종류의 과거를 구분하는 척도로 활용하고 있다는 것이다.

전통사회의 아프리카인들은 기억의 범주를 기준으로 과거를 사사 시대와 자마니 시대로 구분하고, 이를 바탕으로 인간의 사후 세계에 대한 그들의 믿음을 지켜왔다. 즉 그들은 한 인간이 출생에 이어 인격의 완성단계로 간주되는 결혼생활을 정상적으로 마감하고 사망했을 때, 후손들과 지인들에 의해 기억되는 동안 사사 시대에 머물고, 궁극적으로 기억되지 않는 시점에 이르러 자마니 시대로 이동하여 영면한다고 믿는다(Mbiti 24). 이때 사사 시대는 자마니 시대보다 현재와 더 가까운 과거로 살아있는 사람에 의해 기억될 수 있는 과거이다. 반면, 자마니 시대는 사사 시대보다 더 먼 과

---

19) 아프리카 전통사회는 일어날 것이 확실하거나 자연의 필연적인 리듬 속에 들어 있는 미래를 '잠재적 시간'(potential time)(Mbiti 17)으로 수용한다. 하지만 음비티가 미래를 '실질적 시간'(actual time)이 아니라고 밝히며, "실질적 시간은 현재인 것과 과거인 것이다" (17)라고 밝히듯이, 그들은 미래를 시간의 범주에 포함시키지 않는다.

거로, 살아있는 사람에 의해 기억될 수 없다. 음비티에 따르면, 전통사회의 아프리카인들은 사사 시대에 머물고 있는 죽은 사람을 육체적으로 죽었지만 기억 속에 살아있는 사람, 즉 "살아있는 죽은 사람"(the living dead)으로 간주한다. 그들은 죽은 사람의 경우에 정령이 되어 4세대 또는 5세대의 후손이나 지인들에 의해 기억될 때까지 사사 시대에 머물고, 이 시기가 지나면 자마니 시대로 이동하여 인간과 단절한 채 영면한다고 믿는다(Mbiti 83).[20] 음비티의 이 같은 견해가 말해주듯, 그들은 전통적으로 기억을 현재로부터 사라진 과거를 현재로 되살리는 재생의 힘으로 간주하고, 기억의 힘이 미치지 못하는 과거일지라도 사라지는 것이 아닌 항구적으로 존재하는 것이라고 믿는다.

토니 모리슨(Toni Morrison)은 1970년에 출간한 최초의 소설 『가장 푸른 눈』(The Bluest Eye)로부터 2015년에 출간한 최근의 소설 『신이여, 그 아이를 도와주소서』(God Help the Child)에 이르기까지 그녀의 모든 소설에서 아프리카계 미국인들의 역사, 그리고 역사와 맥을 이은 아프리카계 미국인들의 삶을 기억을 통해 재생 또는 재창조했다. 데보라 반즈(Deborah Barnes)에 따르면, "아프리카계 미국인들의 원형적(prototypical) 고향인 과거의 남부를 역사의 고아가 된, 명예를 훼손당한, 그리고 권리를 박탈당한 아프리카계 후손들의 모성적 권리를 주장하기 위한 문화적 자궁으로 형상화하고, 왜곡되거나 삭제된 아프리카계 미국인들의 인종적 정체성을 복원하고 재창조하고자 했다"(18). 반즈의 이 같은 견해는 모리슨의 역사쓰기를 염두에 둔 견해로, 그녀의 소설 속에 아프리카계 미국인들의 역사가 기억을 통해 끝임

---

20) 데이비드 웨스터런드(David Westerlund)는 음비티의 견해에 동의했지만 죽은 사람들을 기억할 수 있는 후손들의 시간적 범주를 3세대 또는 4세대라고 밝혔다. 하지만 웨스트런드는 사회적 지위가 높은 추장 같은 사람은 일반인보다 더 오래 그리고 광범위하게 기억된다고 밝힘으로써(90), 기억될 수 있는 시간의 범주를 경우에 따라 음비티가 밝힌 것처럼 4세대 또는 5세대까지(83)로 연장할 수 있음을 시사했다.

없이 재생 또는 재창조되고 있음을 밝혀준다.

하지만 반즈가 모리슨의 역사쓰기를 아프리카계 미국인들이 미국 땅에서 경험한 과거를 기술하는 행위로 접근하는 것은 제한적 접근이라고 말하지 않을 수 없다. 테레즈 히긴스(Therese Higgins)에 따르면, "인종문제와 관련하여, 모리슨의 주관적 독창성은 미국역사에 대한 그녀의 지식에 바탕을 두고 있지만(즉 남부의 경제적 생존을 위한 아프리카인들의 노예화), 아프리카 문화에 대한 그녀의 지식을 통해 강조된다"(viii-ix). 히긴스가 여기서 언급한 모리슨의 주관성은 아프리카계 미국인들의 역사쓰기와 관련한 그녀의 작가적 독창성을 환기시켜주는 말이다. 히긴스가 그녀의 독창성을 이처럼 함축적 언어로 환기시키며 밝히고자 한 진실은 그녀의 역사쓰기를 아프리카계 미국인들의 미국역사를 기술하는 범주에서만 접근할 수 없다는 것이다. 즉 히긴스는 위 견해를 통해 모리슨의 역사쓰기를 아프리카 전통사회의 문화에 대한 그녀의 지적 토대를 바탕으로 접근해야 한다는 점을 강조하고자 했다.

모리슨에게 아프리카계 미국인들의 역사를 재생 또는 재창조하게 해주는 창작적 힘과 형식은 기억이다. 모리슨은 에세이 「기억의 현장」("The Site of Memory")에서 창작과 기억의 관계에 대한 자신의 소신을 밝힐 때에 "상상적 행위는 기억(memory)과 동일한 관계를 가진다"(119)고 밝혔다. 그리고 모리슨은 「기억, 창작, 그리고 글쓰기」("Memory, Creation, and Writing")에서 기억에 대해 "의지를 가진 창작의 형식"(a form of willed creation)(385)이라고 정의했다. 그녀는 자신의 창작적 힘과 기억으로서 기억을 이처럼 밝히고, 일반적인 작가들의 기억을 물과 홍수에 비유했다.

여러분들도 알다시피, 그들은(=작가들은) 집과 살만한 장소를 만들 수 있는 장소들에 미시시피 강을 펼쳐냈다. 이따금 홍수가 이런 장소들을 범람한다. 이때 홍수는 작가들이 사용하는 단어이다. 하지만 범람은 사실상 범람하는 것이 아니라, 기억해내는 것이다(remembering). 늘 있던 곳을 기억해내는 것이다. 모든 물은 완벽한 기억을 가지고 있고 늘 있던 곳으로 영원히 되돌아가려고 한다. 작가들도 그와 같다. 우리가 늘 있던 곳을 기억해내고, 우리가 지났던 어떤 계곡, 둑이 어떤 모습이었는지, 거기에 있던 빛, 그리고 본래의 장소로 되돌아가는 길을 기억해 내는 것이다. 그것은 감동적인 기억이다. . . .

You know, they straightened out the Mississippi River in places, to make room for houses and livable acreage. Occasionally the river floods these places. "Floods" is the word they use, but in face it is not flooding; it remembering. Remembering what it used to be. All water has a perfect memory and is forever trying to get back to where it was. Writers are like that: remembering where we were, what valley we ran through, what the banks were like, the light that was there and the route back to our original place. It is emotional memory. . . . (119)

모리슨은 아프리카계 미국인들의 노예역사를 간직한 미시시피 강을 역사의 저장소로서 기억의 시공간적 메타포, 그리고 강물의 흐름과 홍수로 인한 범람을 역사를 되살리는 매개로서 기억의 행위적 메타포로 소개했다. 모리슨이 기억을 이처럼 비유적 표현을 통해 소개한 목적은 기억을 작가들 대부분의 창작적 형식과 힘으로 일반화하기 위해서이지만, 다른 한편으로 자신 역시 그 작가들 속에 포함된 작가임을 강조하기 위해서이다.

뿐만 아니라, 모리슨은 역사의 저장소와 행위적 메타포로서 그녀의 기억에 대해 『빌러비드』(Beloved)에서 작중 주인공인 세스(Sethe)의 목소리를 통해 밝혔다. 이 소설에서 세스는 기억 속의 "일들(things)은 사라지는 것이 아닌 기억 속에 영속적으로 존재하며 재생 또는 삭제된다"(36)고 언급했다.

모리슨은 이를 통해 기억을 '시간이 흘러도 사라지지 않는 영속적 시공간' 이라고 밝혔으며, 사라지거나 사라지지 않고 재생되는 것은 기억이 아니라 기억 속의 '일들'이라고 밝혔다. 뿐만 아니라, 모리슨은 기억을 '불에 타버린 집과 집터'에 비유하여 기억에 대한 그녀의 인식을 공간적 이미지를 통해 소개했다. 세스가 "어떤 집이 불에 타버리면, 집은 없어지지만, 집터는 그대로 남는 거야"(36)라고 언급하듯, 모리슨은 기억을 집터에 비유하여 영속적 시공간이라고 밝히고, '기억 속의 일들'을 집에 비유하여 없어질지라도 집의 이미지로 되살아난다고 밝혔다. 즉 세스가 "내가 기억하는 것은 내 머리 밖에서 그곳을 떠다니는 하나의 그림이야"라고 밝히듯, 영속적 시공간으로서 기억 속에서 재생되는 것은 사라진 실물이 아니라, 실물의 이미지이다.

모리슨은 기억을 미시시피 강에 비유했던 것처럼 집터와 집에 비유하여 존재론적 관점과 행위적 관점에서 소개했다. 모리슨이 말하는 영속적 시공간으로서 기억은 'memory'로서의 기억이란 점에서 존재론적 관점에서의 기억이며, 사라지거나 재생되는 기억은 'remembering'으로서의 기억이란 점에서 행위적 관점에서의 기억이다. 즉 모리슨은 존재론적 관점에서의 기억을 '영원히 사라지지 않는 과거의 영속적 저장소'로, 그리고 행위적 관점에서의 기억을 과거와 현재를 이어주는 매개로서의 기억이라고 소개했다.

모리슨의 기억은 이제까지 살핀 것처럼 삶과 죽음, 현 세계와 사후 세계, 그리고 과거와 현재의 소통문화 속에 내재된 아프리카 전통사회의 기억을 떠올리기에 충분하다. 즉 모리슨은 기억을 '재생할 수 없지만 영속적인 과거의 저장소'와 '재생할 수 있거나 재생할 수 없는 과거와 현재의 매개'로 간주했다. 기억에 대한 모리슨의 이 같은 인식은 기억을 과거의 영속적 저장소와 재생적 행위를 통한 과거와 현재의 매개로 여기는 아프리카 전통사회의 기억과 맥락을 같이한다.

모리슨은 이 같은 기억을 전통사회의 아프리카인들과 아프리카계 이주민들 사이에서 공유해온 민담의 서술형식을 통해 전개했다. 모리슨은 어린 시절부터 가족과 공동체 구성원들 사이에서 아프리카 민담을 늘 접하며 성장했다. 히긴스에 따르면, 당시에 모리슨이 자주 접한 민담은 "아프리카 유령 이야기"(5)이다. 즉 가족과 공동체 구성원들은 조상들에 의해 전래된 아프리카 유령들에 대한 비전과 유령들의 방문에 대해 모리슨에게 이야기해 줬다. 이때 어린 그녀가 전해들은 민담들은 아프리카계 조상들의 기억을 통해 재생된 구어적 이야기들이다(Higgins 5). 모리슨은 어린 시절의 이 같은 경험을 통해 자연스럽게 민담의 이야기 형식을 습득했고, 훗날 소설가가 되어 이를 기억의 재생을 위한 서술전략으로 발전시켰다. 히긴스에 이어, 치지 아코마(Chiji Akoma)에 따르면, 어린 시절의 경험을 반영해주듯, 모리슨의 기억은 "구어적 토대 위에서 순수하게 표현할 때에 자발적으로 분출하는 힘, 그리고 억압된 공동체를 위해 선택할 수 있는 무기"(7)이며, 그녀의 신조어인 재기억(rememory)[21]의 다채로운 틀 안에서 전개되는(Chiji 6)

---

21) 모리슨의 '재기억'(rememory)은 접두어 're'를 '다시'라는 사전적 의미로 해석할 때에, '기존의 기억을 재생한다'는 의미로 해석할 수 있다. 하지만 모리슨의 문학에서 접두어 're' 는 사전적 의미 이외에도 대항적 또는 전복적 의미와 복원적 의미를 띠고 있다. 발레리 밥(Valerie Babb)과 미너 캐러밴터(Mina Karavanta)는 모리슨의 『자비』(A Mercy)를 미국의 기원 역사 '다시 쓰기'(rewriting)로 읽으며, 접두어 're'의 반복적 의미를 대항적 또는 전복적 의미와 복원적 의미로 재해석했다. 밥은 이 소설에 대해 "다수를 무시하고 소수의 특권을 강화하려 한 경제적 서사로부터 배제된 인종·성·계급 집단들을 복원하기 위한 미국의 기원 설화"(147)라고 전제하며, 작가가 '기원 서사 다시 쓰기'를 위해 이로부터 소외된 목소리들을 특정 공동체의 이기주의적 개인주의의 위험들을 경고하는 경계의 이야기로 다뤘다(148)고 평가했다. 그리고 캐러밴터는 이 소설에 대해 간과된 요소들의 재창조를 통해 지배적 국가정책들에 대한 대항적 기억을 형성하게 하고, 소설과 국가의 역사적·문학적 담론들을 재활성화 하는 이질적 목소리와 서사를 형성하게 한다(725)고 전제하며 "잘못 기억된 기원역사에 몰입된 몽상적 국가의 미몽을 흔들어 깨워준다"(727)고 평가했다. 밥과 캐러밴터의 이 같은 평가들은 모두 '역사 다시 쓰기'의 접두어를 기존의 잘못된 역사에 전복적 의미 또는 대항적 의미를 부여해주는 접두어, 그리고 기존 역사에 의해 간과된 역사에 복원적 의미를 부여해주는 접두어로 해석할 수

"이야기 형식은 스토리텔링"(storytelling)(7)이다.

본 장은 모리슨의 기억을 아프리카 전통사회의 기억에 비춰 살핀다. 본 장은 이를 위해 이야기 형식을 통해 재생되는 작중 인물들의 재기억 행위에 논의의 초점을 맞추고자 한다. 본 장이 이처럼 작중 인물들의 재기억 행위에 주목하는 까닭은 모리슨의 기억주체, 기억범주, 그리고 기억방법에 대해 논의하고자 할 때에 서술시점과 형식을 필히 고려해야 하기 때문이다.

2. 가능한 기억과 불가능한 기억

모리슨이 기억 가능한 범주와 기억 불가능한 범주 내에서 작중 장면을 통해 사후 세계의 작중 인물과 사건을 재생한 소설은 『솔로몬의 노래』(*Song of Solomon*), 『빌러비드』, 그리고 『타르 베이비』(*Tar Baby*)이다. 『솔로몬의 노래』와 『빌러비드』에서 모리슨은 사사 시대의 인물과 직접적인 인연이 있는 후손들 또는 지인들을 통해 그들에 의해 목격되거나 경험된 사건들을 작중의 청자들에게 문답형식으로 회고하도록 했다. 반면, 『타르 베이비』에서, 모리슨은 자마니 시대의 인물과 직접적인 인연이 없는 지인을 통해 그에 의해 목격되거나 경험되지 않은 사건을 작중의 청자에게 민담의 이야기 형식으로 전달하도록 했다. 이와 관련, 모리슨의 소설쓰기와 관련하여 주목하지 않을 수 없는 사항은 그녀가 소설의 주제와 이야기를 전달하는 데 있어서 기억의 가능성과 불가능성에 바탕을 둔 아프리카 전통사회

있음을 말해준다. 이와 관련, 모리슨에게 '재기억'의 접두어는 '역사 다시 쓰기'의 접두어처럼 재생적 의미뿐만 아니라, 대항적 의미, 복원적 의미를 모두 포함한 접두어이다. 하지만 본 장은 논지의 특징을 반영하기 위해 모리슨의 '재기억'을 인종과 성에 대한 사회적·정치적 저항, 전복, 복원의 매개로 접근하기보다, '기억'의 일반적 범주에 포함시켜 과거의 재생 또는 과거로의 소급을 가능하게 해주는 매개로 접근하고자 한다.

의 시간을 환기시키며 죽음과 삶, 사후 세계와 현 세계, 과거와 현재의 상호 소통을 강조했다는 점이다.

『솔로몬의 노래』에서 파일레잇 데드(Pilate Dead), 메이콘 데드(Macon Dead), 쿠퍼 목사(Reverend Cooper), 서스(Circe), 그리고 수전 버드(Susan Byrd)는 밀크맨(Milkman Dead)에게 이야기 형식을 통해 사사 시대에 머물고 있는 제이크 데드(Jake Dead)의 과거를 들려주는 과거의 전달자들 또는 복원자들이다. 그들은 모두 제이크의 후손, 지인, 그리고 친척으로, 자신들의 기억 범주 내에서 제이크의 과거를 들려준다. 이때, 그들의 회고는 대체적으로 앞서의 회고자들이 기억하지 못하거나 간과한 내용을 추가하거나 보충해 주는 형태로 진행되며, 극히 제한적이지만, 자신의 개인적 논평을 덧붙여 앞서의 회고를 수정기도 한다.

파일레잇은 회고 형식을 통해 제이크의 과거를 이 소설에서 처음 되살리는 과거의 전달자이다. 이때 파일레잇의 회고는 시간을 작중의 현재시점에서 아직 성년이 되기 전인 밀크맨의 성장기로 되돌린 다음, 다시 이보다 더 과거인 그녀의 성장기로 되돌린 회고이다. 즉 파일레잇은 자신의 시간을 12세의 어린 시절로 되돌린 다음에 자신의 당시 나이와 동일한 나이의 조카인 밀크맨에게 자신보다 4세 위인 오빠 메이콘과의 정다웠던 시절과 아버지 제이크의 죽음에 대한 이야기를 들려준다. 파일레잇의 회고에 따르면, 메이콘은 제이크가 살해된 뒤에 백인 폭력주의자들을 피해 도피하던 중에 숲속의 벼랑 아래로 굴러 떨어질 위기에 처한 자신을 구해줬다. 이어, 그녀는 제이크의 죽음에 대해 회고형식을 통해 밝혔는데, 그녀의 회고에 따르면, 제이크는 아일랜드인들이 거리에서 살해당한 해에 아버지가 자신이 일군 농장 '링컨 천국'(Lincoln's Heaven)을 지키기 위해 "2미터나 되는 울타리 위에 앉아 있다가 누군가 뒤에서 쏜 총탄을 맞고 공중으로 날아올랐다가 떨어져 사망했다"(40). 이와 관련, 아버지의 죽음에 대한 그녀의 기억은 첫 세대의 데드(Dead) 가문 역사를 다음 세대인 제2세대의 기억을 통해 재생한 것이란 점에서 사사 시대에 머물고 있는 조상과 조상의 역사를 현실로 복원한 행위나 다름없다. 뿐만 아니라, 그녀의 기억은 데드 가문 첫 세대의 역사를 자신의 다음 세대인 제3세대에게 전달한 것이란 점에서 살아있는 죽은 조상과 살아있는 사람은 물론, 죽음과 삶, 과거와 현재, 사후 세계와 현 세계를 연결시켜주는 매개적 행위이다.

제이크의 죽음과 메이콘과의 어린 시절에 대한 파일레잇의 회고는 제이크가 언제, 어디서, 어떻게, 왜 죽었는지를 밝혀주고, 이로 인해 위기를 맞이한 메이콘과 그녀의 운명을 밝혀주는 데에 부족함이 없다. 하지만 모리슨은 파일레잇에게 제이크의 살해범이 누구인지를 묻는 기타의 질문에 답변할 정보와 기회를 부여하지 않음으로써 제이크의 과거에 대한 전달자 또는 복원자로서 파일레잇의 역할을 부분적으로 제한했다. 대신, 모리슨은 파일레잇이 모르는 상세한 정보를 메이콘의 기억을 통해 부분적으로 재생하거나 제이크와 친분이 있거나 알고 지냈던 지인들의 기억을 통해 재생했다.

메이콘은 파일레잇과 달리 조상의 역사와 신화를 망각하고 살지만, 친절한 오빠였던 어린 시절을 상기시켜주듯, 파일레잇의 회고에서 간과된 제이크의 과거를 보충해주며, 부분적으로 자신의 개인적인 논평을 추가한다. 메이콘은 그동안 제이크에 대한 기억을 은폐하며 제이크와 단절된 삶을 살아왔다. 이런 메이콘에게 제이크에 대한 기억을 되살리도록 유도한 사람 또한 밀크맨이다. 즉 밀크맨은 기억을 은폐하고 살아온 메이콘에게 저항적 태도를 보이며 제이크의 과거에 대한 정보를 기억해내도록 촉구했다.

밀크맨이 메이콘으로 하여금 조상의 과거를 되살리도록 촉구한 이유는 파일레잇에 의해 간과된 내용에 대한 궁금증 때문이라기보다, 파일레잇의 회고를 듣고 난 뒤에 조상의 과거에 비춰진 자신의 의식적 성장을 자각했기 때문이다. 삼인칭 작중 화자가 "아버지만큼 큰 여인을 보고 온 오늘에 이르러서야 아이는 자신도 자랐다는 것을 느꼈다"(50)고 밝히듯, 12세의 밀크맨은 파일레잇과의 만남을 통해 조상의 역사를 들은 이후에 자신이 더 이상 어린 아이가 아니라고 생각했다. 즉 모리슨은 밀크맨으로 하여금 조상에 대한 인식과 자아성장을 동일시하게 하고, 이를 조상 또는 아버지와 단절된 메이콘의 가부장적 권위에 저항할 수 있도록 해주는 그의 모티브로 형상화했다. 이와 관련, 밀크맨은 이전에 메이콘을 "세상에서 가장 큰 인물로 알았고, 이 거대한 저택보다 크다"(50)고 생각했지만, 파일레잇과의 만남을 계기로 "아버지는 저를 어린애 취급하고 계시는 거예요. 어떤 문제에 대해서도 설명할 필요가 없다고 생각하시지만, 그걸 들을 때에 제가 어떻게 생각할 거라 생각하세요?"(50)라고 말하며 자신이 더 이상 메이콘의 생각과 의지 속에 감금된 어린 아이가 아님을 강조했다. 모리슨은 밀크맨의 이처럼 변화된 의식과 태도에 메이콘이 분노와 당혹감으로 반응했다고 언급함으로써 이전까지 유지해온 메이콘의 가부장적 권위가 더 이상 철옹성이 아님을 밝히고, 이어 그로 하여금 그 권위 아래 감춰뒀던 조상 또는 아버지에 대한 기억을 복원하도록 했다.

제이크에 대한 메이콘의 기억은 파일레잇의 기억과 중복되기도 하고, 때로는 더 구체적이기도 하며, 더 확장적이기도 하다. 메이콘의 회고에 따르면, 제이크는 사망 직전에 "'링컨 천국'을 지키기 위해 권총을 들고 담장 위에 있었다." 제이크가 이처럼 생명의 위협을 무릅쓰고 농장을 지키려 한 이유는 풍요로운 농장을 한꺼번에 백인 폭력주의자들에게 넘길 수 없었기 때문이다. 메이콘의 회고에 따르면, '링컨 천국'엔 "네 채의 돼지우리들과 건초와 곡식을 가득 저장한 아주 큰 창고가 있었고, 농장의 주위에는 야생 칠면조와 사슴, 그리고 각종 과일나무가 있었다"(51). 메이콘의 회고가 말해주듯, 제이크의 농장은 백인 폭력주의자들의 시기와 질투를 유발할 만큼 풍요로운 농장이었고, 백인 폭력주의자들은 농장을 탈취하기 위해 시기와 질투에 머물지 않고 폭력을 행사했다. 메이콘은 이밖에도 농장의 돼지들 중에 남부군의 사령관인 '리 장군'(General Lee)이란 이름을 가진 돼지가 있었다는 것과 이 돼지를 좋아하여 "리 장군이 좋아졌다"(52)는 일화도 소개했다.

메이콘은 여기서 멈추지 않고 제이크가 노예였다는 것, '올드 메이콘 데드'(Old Macon Dead)란 이름을 얻게 된 이유, 그리고 농장을 빼앗긴 이유를 밝힐 때에 회고와 논평을 병행한다. 메이콘의 회고에 따르면, 제이크는 노예였지만 "자유의 날 이전에 자유의 몸이 되었다"(53). 그리고 메이콘의 이어진 회고에 따르면, 제이크가 '올드 메이콘 데드'란 이름을 얻은 이유는 술에 취한 등록관이 해방된 노예들의 명부를 만들기 위해 제이크에게 출생지와 아버지의 생사에 대해 질문했을 때에 각각 '메이콘'과 '사망'이라고 대답한 것을 제이크의 이름으로 잘못 기재했기 때문이다. 이와 관련, 메이콘은 제이크가 문맹이었기 때문에 잘못된 이름을 수정하지 않고 그대로 뒀다고 회고하고, 이어 밀크맨이 그 이름을 포기해도 되지 않았느냐고 질문했을 때에, 그의 어머니가 아버지의 그 이름을 좋아했기 때문에 포기하지 않았다고 밝혔다. 메이콘은 제이크가 불길한 이름을 얻은 이유뿐만 아니라 농장을 탈취당한 이유도 제이크의 문맹 때문이라고 밝혔다.

메이콘의 논평에 따르면, 제이크는 농장을 풍성하게 일구는 데에 16년이 걸렸고, 농장을 지키려 하기 전에 이미 백인 폭력주의자들이 내민 문서에 내용도 모른 채 농장을 양도한다는 서명을 하고 살해되었다(52). 메이콘이 이처럼 제이크가 농장을 탈취당한 이유를 문맹의 탓으로 돌린 것은 표면적으로 '아는 것이 힘'이라고 주장한 초기 아프리카계 노예서사 작가들의 주장[22]과 맥락을 같이하는 듯하다.

메이콘은 백인 폭력주의자들의 아버지 살해와 농장탈취를 이처럼 비판적 시각으로 기억하지만, 백인사회의 자본주의에 길들여진 삶을 살아오는 동안 백인사회의 인종적 차별과 폭력을 망각하고, 백인모방적 삶을 살아온 아프리카계 미국인이다. 모리슨은 이를 증명하듯 파일레잇과 동일한 인종적 정체성을 가졌음에도 불구하고 파일레잇과 자신의 인종적 정체성을 구분하려는 메이콘의 모습을 공개했다. 메이콘이 파일레잇과 자신의 인종적 정체성을 구분하려 한 이유는 파일레잇을 밀크맨에게 "독사"(54)라고 비난하듯, 파일레잇의 제지에 의해 황금자루를 손에 넣지 못한 일 때문일 수도 있다. 하지만 메이콘은 이에 그치지 않고 아프리카인들의 검은 피부색에 대한 거부감을 은연중에 드러냈다.

메이콘은 할머니의 이름을 묻는 밀크맨에게 자신이 네 살 때 어머니가 사망했기 때문에 '새를 지칭하는 이름'이라고만 밝힐 뿐 정확한 이름을 알 수 없다는 답변만 하고(54), 화제를 파일레잇에게로 돌려 그녀는 할아버지를 닮았고, "아프리카 흑인 그대로야" "아프리카에서 펜실베이니아에 실려온 그런 흑인이지, 행동도 영락없이 그렇고"(54)라고 언급했다. 메이콘의 이 같은 언급은 표면적으로 제이크와 파일레잇의 피부색을 사실 그대로 언급한 것 같은 인상을 주지만, 좀 더 깊이 들여다보면, 두 사람의 피부색이 자신의 피부색보다 더 검고, 더 아프리카인들의 피부색에 가깝다는 것을 언급한 것이다. 메이콘과 파일레잇은 아프리카계 미국인인 제이크와 미국원

---

22) 아프리카계 미국문학에서 대표적인 자필 노예서사작가인 오토바 쿠고아노(Ottobach Cugoano)는 1787년과 1790년에 각각 두 권의 노예서사들, 즉 『악하고 사악한 노예무역과 인간 종(species)들의 거래에 대한 생각들과 감상들』(*Thoughts and Sentiments on the Evil and Wicked Traffic of the Slavery and Commerce of the Human Species*)과 『노예제도의 악에 대한 생각과 감상들』(*Thoughts and Sentiments on the Evil of Slavery*)을 출간했다. 두 노예서사들 중 1787년 출간된 노예서사의 부록에서, 쿠고아노는 앞서서 노예서사를 출간한 올로다 에퀴아노(Olaudha Equiano)처럼 자신이 어떻게 영어를 습득했는지에 대해 소개했고, 식자능력이 노예제도로부터 자유를 얻을 수 있게 해주는 힘임을 강조했다(127).

주민인 싱 버드 사이에서 태어난 혼혈이다. 그럼에도, 메이콘이 파일레잇의 피부색을 제이크의 피부색과 동일시하고, 자신의 피부색을 두 사람의 피부색과 구분하고자 한 것은 아프리카인들의 피부색에 대한 거부감을 드러낸 것이나 다름없다.

제이크의 후손들인 파일레잇과 메이콘에 이어, 쿠퍼 목사, 서스, 그리고 수전 버드 역시 지인과 친척으로서 제이크의 과거를 되살리는 전달자들이다. 하지만 그들은 12세의 밀크맨이 아닌 30대의 밀크맨에게 작중의 현재시점에서 제이크의 과거를 되살려주는 전달자들이다. 음비티에 따르면, 전통사회의 아프리카인들은 인간이 "죽으면, 친척과 지인들의 기억 또는 '이름 부르기'(naming)를 통해 되살아난다"(24)고 믿는다. 아프리카 전통사회의 이 같은 인식을 반영하듯, 모리슨은 제이크의 지인들인 쿠퍼 목사와 서스, 그리고 아내의 자매인 수전 버드를 밀크맨에게 제이크의 과거를 들려주는 전달자들로 형상화했다.

쿠퍼 목사는 메이콘과 파일레잇에 의해 간과된 제이크의 과거를 밀크맨에게 재생해주는 제이크의 지인이다. 쿠퍼 목사가 작중의 현재시점에서 자신을 찾아온 밀크맨에게 회고와 논평을 통해 제이크의 과거에 대해 들려준 주요 내용은 제이크와 자신의 친분, 아프리카계 미국인들의 자긍심을 불러일으키고 그들에게 희망을 준 제이크의 성공신화, 그리고 제이크의 성공신화나 다름없는 농장을 탈취하기 위해 극단적 폭력을 불사한 버틀러(Butler) 일당의 폭력(232) 등이다. 쿠퍼 목사의 기억을 통해 밝혀진 이 같은 내용은 우선 파일레잇과 메이콘이 밝히지 못한 제이크의 살해범을 구체적으로 밝혔다는 점에서 파일레잇과 메이콘의 부족한 부분을 보충해주는 것이다. 이와 관련, 히긴스는 제이크의 사망과 관련하여 댄빌에 거주하는 아프리카계 미국인들의 꿈을 좌절시킨 사건으로 해석하고, 밀크맨이 이곳을 방문한 것에 대해 제이크의 죽음과 함께 꺼져버린 그들의 희망의 불꽃을 재점화한 것이라고 평가했다(27).

쿠퍼 목사에 이어, 서스 역시 제이크의 과거를 밀크맨에게 재생해주는 제이크의 지인이지만, 메이콘과 파일레잇은 물론, 쿠퍼 목사에 의해 간과된 제이크의 과거를 보충 또는 추가해주는 전달자이다. 서스는 버틀러의 가정부였지만, 제이크가 버틀러에 의해 살해당했을 때 의지할 데 없는 어린 메이콘과 파일레잇을 버틀러의 집에 숨겨 살해의 위험으로부터 그들을 보호해줬다. 밀크맨은 이런 사실을 여행에 앞서 메이콘으로부터 전해 듣고 서스를 만나기 위해 쿠퍼 목사에게 도움을 요청했지만, 쿠퍼 목사는 서스가 이미 죽었다고 밝힌다. 하지만 밀크맨은 쿠퍼 목사에게 버틀러에 의해 탈취된 제이크의 농장을 방문할 수 있도록 도와달라고 재차 요청했고, 쿠퍼 목사의 도움으로 폐허나 다름없이 되어버린 농장에 도착했을 때에 서스는 쿠퍼 목사의 말과 달리 생존해있는 서스를 만난다.

이 만남에서, 서스는 밀크맨에게 밝힌 내용은 할머니의 이름이 '싱 버드'란 것, 할아버지의 이름이 본래 '올드 메이콘 데드'가 아니라 제이크란 것, 파일레잇의 배꼽이 없다는 것, 할머니가 파일레잇의 출산 중에 사망한 것, 어린 메이콘과 파일레잇이 동굴 속에 은신했다는 것, 그리고 메이콘이 제이크의 시체를 냇가에 묻었지만 큰비 때문에 시체가 떠올라 이를 발견한 사람들이 동굴 속에 안장했다는 것 등이다. 서스가 기억을 통해 들려준 이 같은 사실들 중에 특히 메이콘의 시체가 동굴에 버려졌다는 증언은 밀크맨으로 하여금 파일레잇의 집 천장에 매달린 초록색 자루 속의 유골이 누구의 것이지를 짐작할 수 있게 해준 증언임과 동시에, 파일레잇에게 그녀가 동굴 속에서 누구의 유골인지도 모르고 가지고 나온 초록색 자루 속의 유골이 제이크의 유골임을 확인해줄 수 있게 해준 증언이기도 하다.

끝으로, 수전 버드는 앞서의 전달자들과 달리 제이크의 인척으로, 제이크의 과거를 그의 아버지 시대로 소급하여 앞서의 전달자들에 의한 간과된 내용을 보충 또는 추가해주는 전달자이다. 그녀는 밀크맨 할머니의 자매로, 그레이스(Grace)의 안내로 자신을 찾아온 밀크맨을 처음 만났을 때 소문내기 좋아하는 그레이스를 의식하여 그녀가 기억하고 있는 제이크와 싱 버드의 과거사를 들려주지 않는다. 하지만 밀크맨이 홀로 다시 찾아왔을 때, 그녀는 데드 가문의 가족사와 다름없는 제이크와 싱 버드의 과거사를 소상하게 들려준다.

수전이 밀크맨에게 들려준 내용은 '솔로몬의 노래' 속에 등장하는 솔로몬은 할아버지의 아버지이고, 솔로몬에게 가지 말라고 애원한 여성은 할아버지의 어머니인 라이나(Ryna)라는 것, '제이크'가 할아버지의 이름이란 것, 솔로몬이 할아버지를 데려가려 했는데 도망쳤다는 것, 솔로몬이 떠난 후에 라이나는 좌절감 때문에 제이크를 이웃인 '헤디'에게 맡겼다는 것, '헤디'는 할머니의 어머니란 것(307), 그리고 헤디가 고아인 할아버지를 양육했고 성장한 할아버지가 이곳을 할머니와 함께 이곳을 떠나 결혼했다는 것 등이다. 뿐만 아니라, 그녀가 데드 가문의 이 같은 계보와 함께 밀크맨에게 들려준 내용은 솔로몬의 신화이다. 이와 관련, 밀크맨은 처음에 솔로몬의 신화에 등장하는 동사 'fly'를 '도망치다'(326)로 해석하지만, 점차 'fly' 속에 담긴 신화적 의미에 공감하는 모습을 보여준다. 삼인칭 작중 화자가 소설의 마지막 행에서 "이제야 살리마 사람들이 알고 있던 것을 깨달았다"(341)고 밝히듯, 그는 'fly'의 의미를 조상의 신화에 대한 공감대 속에서 '아프리카로의 귀향'을 환기시키는 '날아가다'로 해석한다(Wilentz 125).

『솔로몬의 노래』에 이어, 『빌러비드』에서도 모리슨은 기억 가능한 범주의 인물과 사건을 이야기 형식을 통해 재생했다. 제닝스가 이 소설에 나타난 모리슨의 글쓰기에 대해 "기억되지 않는 조상들에 대한 기억을 되살리는 것"(81), 그리고 히긴스가 모리슨의 기억을 과거와 현재를 오가는 순환적 시간개념에 바탕을 됐다고 밝히며 "일어난 것을 다시 일어나게 만드는 힘"(53)이라고 언급하고, 클로딘 레이노드(Claudine Raynaud)가 "의지를 내재한 창조의 한 형식"(47)이라고 언급하듯, 모리슨은 이 소설을 통해 기억 가능한 과거인 사사 시대의 조상들과 그들의 역사를 재생했다.

이 소설에서 모리슨은 기억을 아프리카계 작가뿐만 아니라 아프리카계 미국인들의 역사기록 방식으로 소개하기에 앞서 스쿨티처(Schoolteacher)를 규범적인 백인남성체계를 대표하는 인물로 형상화하고, 그가 노예제도의 운영과정을 어떻게 역사화 하는지를 밝혔다. 스쿨티처는 스위트 홈(Sweet Home)의 노예들이었던 세스와 폴 디(Paul D)의 기억 속에서 좋은 백인주인 가너(Mr. Garner)와 달리 나쁜 백인주인이다. 가너가 사망하고 난 뒤에, 가너 부인(Mrs. Garner)이 농장관리를 맡기기 위해 불러들인 스쿨티처는 노예제도의 제도적 폭력을 대표하는 인물이다. 그는 조카들에게 세스의 젖을 강탈하도록 묵인하고, 세스가 이를 가너 부인에게 고변하자 조카들에게 그녀의 등에 나무 모양의 상처를 남길 정도로 폭력을 행사하도록 지시한 제도적 폭력의 메타포이다. 뿐만 아니라, 그는 탈출하는 식소(Sixo)를 체포하여 화형에 처하고, 탈출한 세스를 추적하여 그녀로 하여금 어린 딸을 살해하는 극단적 선택을 하게 했다.

모리슨은 스쿨티처를 이처럼 노예제도의 무자비한 제도적 폭력의 메타포로 형상화하고, 동시에 노예제도를 어떻게 운영하고 있는지를 기록하는 백인역사의 기록자로 형상화했다. 삼인칭 작중 화자에 따르면, 스쿨티처는 농장의 흑인노예들로부터 의견을 청취하지 않았으며, 흑인노예들의 말대꾸를 공책에 기록했고, 그 기록을 교육에 활용했다(120). 뿐만 아니라, 삼인칭 작중 화자가 "그는 그들이 너무 낯이 먹고, 너무 많이 휴식을 취한다고, 너무 많이 말을 한다고 불평했다"(120)고 소개하듯, 그는 흑인노예들의 일상적 삶까지도 기록했다. 이와 관련, 모리슨은 스쿨티처의 기록행위를 통해 노예제도에 대한 백인주인들의 역사가 흑인노예들에 복종과 충성을 강요하기 위한 억압과 폭력의 도구로 활용되었음을 밝히고자 했다.

모리슨은 스쿨티처의 기록행위와 달리 기억을 통해 아프리카계 노예들의 비극적인 역사를 재생하고자 했다. 모리슨은 이를 위해 현재시점에서 사사 시대의 사후 세계에 머물고 있는 매엠(Ma'am), 낸(Nan), 베이비 석스(Baby Suggs), 그리고 식소의 삶과 죽음을 세스와 폴 디의 기억을 통해 각각 되살렸다. 매엠과 낸은 대서양 중앙항로의 노예무역 역사와 초기 노예제도 역사를 환기시켜주는 아프리카계 여성노예들이다.[23] 베이비 석스와 식소는 노예무역 시대의 노예들인지는 불분명하지만, 노예제도 후반기에 제도적 폭력에 무방비로 노출되었던 노예들이다.

이 소설에서 사사 시대에 머무는 조상들의 과거를 작중의 현재시점에서 되살리는 전달자들은 세스와 폴 디이다. 세스는 작중의 현재시점에서 사사 시대에 머무는 어머니 매엠과 유모 낸의 과거를 되살려주는 전달자이다. 하지만 베이비 석스의 과거를 재생할 때, 그녀는 거의 모두를 삼인칭 화자의 개입에 의존해야 한다. 그리고 폴 디 역시 마찬가지이다. 그는 사사 시대에 머무는 식소의 과거를 재생해주는 전달자이지만, 세스가 베이비 석스의 과거를 재생할 때처럼, 거의 모두를 삼인칭 작중 화자의 개입에 의존해야 한다.

세스의 기억이 이처럼 난맥을 드러내는 이유는 노예제도의 폭력으로 마비된 그녀의 육체와 무관하지 않다. 세스는 폴 디와의 성관계 후에 폴 디가 그녀의 등을 마사지 해주었지만 젖을 강탈당한 사실을 가드너 부인에게 전달했다는 이유로 스쿨티처의 조카들에 의해 폭력을 당한 지난날의 상처 때문에 아무런 감각도 느끼지 못한다. 그리고 폴 디가 스탬 페이드(Stamp Paid)로부터 그녀가 어린 딸을 살해했다는 말을 듣고 떠나버렸을 때,

---

23) 모리슨의 아프리카 조상 참조.

그녀는 다시 과거에 대한 기억을 억제하려 한다(Jennings 167). 바꿔 말하면, 그녀의 무감각은 시간과 역사 감각의 상실을 의미한다(Jennings 168). 즉 그녀에게 과거는 단순한 "사색적 그림"이고, 일련의 과거 이미지는 미가공품이며, 의미를 결여한 시간이다. 제닝스에 따르면, 세스가 스위트 홈으로부터 도망친 이후에 일어난 일련의 사건들에 대한 기억을 억제한 것은 그녀로 하여금 보다 나은 삶을 꿈꿀 수도 계획할 수도 없게 만들었고, 빌러비드(Beloved)가 부활했을 때에 그녀의 통제력 상실은 어머니로서의 역할에 대해 과장된 감각을 갖게 만들었다(168). 공동체에 대한 그녀의 거부 역시 감정과 기억으로부터의 분열로 인한 일차적 결과이며, 그로부터 초래된 이차적 결과이다(169).

이와 관련, 모리슨은 세스가 딸을 살해한 죄의식과 딸을 향한 모성애로 인해 시달릴 때에 중단된 그녀의 기억을 삼인칭 작중 화자의 개입으로 대체하고, 이로부터 벗어나 있을 때에 삼인칭 작중 화자의 개입 없이 그녀로 하여금 직접 과거의 기억을 재생하도록 했다. 모리슨이 식소의 과거를 이처럼 삼인칭 작중 화자를 통해 재생한 것은 폴 디가 직접 목격하거나 경험하지 않은 과거이기 때문이라고 말할 수 있다. 하지만 세스의 경우를 되짚어 볼 때, 이 역시 노예제도의 폭력 때문이다. 세스에 이어, 폴 디도 탈출을 시도하던 중에 체포되어 감금되었다가 재탈출한 도망노예이다. 그의 탈출실패는 감금으로 끝이 났지만, 육체적 징벌을 피할 수 없었다. 따라서 그의 기억 역시 세스의 등처럼 마비되어 과거를 되살리고자 할 때에 삼인칭 작중화의 개입을 필요로 한다.

세스는 모성애를 요구하는 부활한 딸 빌러비드가 옆에 있음에도 불구하고 덴버(Denver)의 머리손질을 해줘야겠다고 마음먹을 수 있을 만큼 한가로울 때에, 노예무역과 노예제도의 여성 희생자인 사후 세계의 매엠과 낸을 되살릴 때에 독자적인 기억을 통해 재생한다. 세스의 기억은 매엠과 낸의 자취들을 보존하고 있고, 그래서 그녀의 아프리카 유산을 기억하게 해준다. 뿐만 아니라, 그녀의 기억은 아프리카 여성들의 영양춤 역시 기억하게 해준다. 그녀가 기억하는 영양춤은 말리(Mali)의 지배적인 종족인 밤바라스(Bambaras)[24] 종족들이 조상을 추모하고, 풍요로운 수확에 감사하기 위해 추는 춤이다. 이 춤에서 남녀 한 쌍이 긴 뿔을 가진 영양인 치와라(Chiwara)의 모습으로 분장하고 춤을 춘다(Jennings 100). 이때, 큰 치와라는 남성과 태양을 상징하고, 등에 어린 치와라를 업은 보다 작은 치와라는 어머니와 대지를 상징한다.

세스가 어린 시절의 어머니를 회고한 시점은 빌러비드가 등장한 "그루터기의 소녀"란 장(chapter)에서 아프다는 이유로 머리를 빗지 않으려는 덴버와 옥신각신할 때이다. 세스는 빌러비드가 끼어들어 "그녀는 머리를 손질한 적이 없나요?"(61)라고 질문했을 때에 느닷없이 "난 기억이 없구나"(61), 그리고 "어머니는 못 같은 내 머리를 손질해 준 적이 한 번도 없었어"(61)라고 말하며 어린 시절 어머니에 대한 기억을 더듬는데, 그녀의 이 같은 회고는 노예제도가 아프리카계 어머니들의 노동력을 착취하기 위해 그들에게 자녀를 양육할 시간조차도 허락하지 않았음을 밝혀주는 것이다.

어머니는 들판에 나가 있었기 때문에 나는 어머니를 몇 번밖에 못 보았고, 한 번은 인디고 일을 할 때 보았어, 아침에 일어나면 어머니는 줄을 서 있었어. 달이 밝으며 달빛 아래서도 일을 했지. 일요일이면 어머니는 죽은 듯이 잠을 잤지. 어머니는 내게 거의 2주 또는 3주 동안 젖을 물렸을 거야. 다른 사람들도 그랬으니까.

---

24) '밤바라스'는 '지배를 거부하는 사람들'이란 의미이다. 그들은 조상들을 만딘고스(Mandingos) 또는 만딘카스(Mandinkas)로 부르며, 영양을 제물로 바친다.

I didn't see her but a few times out in the fields and once when
she was working indigo. By the time I woke up in the morning,
she was in line. If the moon was bright they worked by its light.
Sunday she slept like a stick. She must of nursed me two or three weeks
—that's the way the others did. (61)

세스는 이 회고를 통해 어머니가 자신의 머리나 옷을 손질해준 적이
없고, 일터와 오두막이 너무 멀리 떨어져 있기 때문에 어머니와 오두막에
서 거의 잔적도 없었으며, 어머니가 있음에도 어머니의 젖 대신 낸의 젖을
먹고 성장했음을 밝히고자 했다. 이와 관련, 세스의 회고는 노예제도 시절
에 백인노예주인들이 아프리카계 어머니들의 노동력을 착취하기 위해 그
들에게 자녀를 양육하거나 자녀들과 소통할 수 있는 모성애와 권리조차 허
락하지 않았음을 밝혀준다. 즉 세스의 회고는 백인노예주인들이 갓 출산한
아프리카계 어머니들까지도 노동현장으로 내몰기 위해 자녀들의 양육을
육체적 불구 또는 훼손으로 인해 노동을 할 수 없는 아프리카 여성노예들
에게 맡기고, 극심한 노동을 강요한 노예제도의 역사를 되살려준다.

세스가 기억하는 어머니는 젖가슴에 아프리카인임을 증명할 수 있는
표식을 간직한 어머니이다. 세스의 회고에 따르면, 매엠은 어린 그녀를 훈
제실 뒤로 데려간 다음 드레스 앞섶을 열고 젖가슴을 꺼내어 그 밑을 새겨
진 무늬를 가리키며 "이게 네 엄마야"(61)라고 말했다. 매엠의 젖가슴 아래
새겨진 무늬는 십자가가 새겨진 동그라미로(61), 노예소유자 또는 노예선의
자산임을 표시하는 문신, 뉴올리언스와 사우스캐럴라이너의 노예죄수들이
가진 무늬, 그리고 매엠이 아프리카의 서해안, 즉 콩고와 앙골라(Angola) 출
신임을 말해주는 표시이다(Jennings 97).

매엠의 젖가슴 무늬는 또한 '형제'라는 나무 아래서 대자로 누운 식소의

이미지처럼, 콩고(Kongo)의 우주도(cosmogram)를 상기시키는 무늬이다. 뿐만 아니라, 이 무늬는 원의 내부에서 두 개의 직선들이 십자 형태로 교차한 무늬로, 프랑스계 카리브 지역에서 19세기 중반에 아이티(Haiti)로 끌려온 풀라(Fula)족, 만딘고(Mandingo)족, 아샨티(Ashanti)족, 다호미(Dahomy)족, 하우사(Hausa)족, 요루바(Yoruba)족, 그리고 콩고족이 만든 부두교(Voodoo)의 대표적 형상이다(Jennings 98). 따라서 매엠의 젖가슴 무늬는 그녀를 아프리카로부터 미국 땅으로 강제 이주시킨 노예무역과 노예제도에도 불구하고 그녀를 영원한 아프리카인으로 확인해줄 수 있는 표시이다.

세스의 회고에 따르면, 매엠은 어린 그녀에게 젖가슴의 무늬를 공개하며 "지금 이 표시를 가진 사람은 나밖에 없어. 다른 사람들은 모두 죽었어. 만일 무슨 일이 일어나서 네가 내 얼굴을 알아볼 수 없더라도 이 표시를 통해 알아볼 수 있을 거야"(61)라고 말했다. 물론, 세스가 당시를 회상하며 어머니에게 "제게도 표시를 해줘요"(61)라고 졸랐고, 어머니는 대답 대신 그녀의 "뺨을 찰싹 때렸다"(61)는 밝히듯, 어린 세스는 어머니가 젖가슴의 무늬를 왜 자신에게 공개했는지 이해할 수 없었다. 하지만 그녀가 철부지 시절의 자신을 이처럼 회고하며 이어서 덴버에게 "나도 나 자신의 표시25)를 갖게 될 때까지 몰랐다"(61)라고 밝히듯, 어머니가 어린 그녀에게 젖가슴의 무늬를 공개한 것은 자신의 죽음이 임박했음과 그 죽음이 누구의 죽음인지를 딸조차 확인할 수 없을 정도로 잔인한 폭력에 의한 죽음임을 암시적으로

---

25) 세스가 이 언급에서 말한 무늬는 등에 스위트 홈에서 노예생활 중에 당한 폭력의 흔적이다. 그녀는 남편인 홀(Halle)이 숨어서 지켜보는 가운데에 스쿨티처의 조카들에게 젖을 강탈당했다. 그리고 이 일을 가드너 부인에게 알렸다는 이유로, 그녀는 스쿨티처의 방조로 그의 조카들 중 한 명에 의해 심한 매질을 당했다. 그녀는 이 흔적을 나무에 비유하여 "이 나무는 아직도 자라고 있어요"(17)라고 말하는데, 그녀의 이 같은 언급은 폭력으로 인한 지난날의 상처가 나무가 자라듯 더욱더 기억을 확장시키는 상처로 남아있을 뿐만 아니라, 그녀의 여성적 자아 및 성적 욕구를 마비시키는 상처로 남아있음을 말해준다.

전달해주기 위한 언급이었다. 그녀가 "그분에게 무슨 일이 일어났나요?"(61)라고 묻는 덴버의 질문에 "교수형을 당했어"(61)라고 밝히듯, 매엠은 이 일이 있고 나서 얼마 후에 백인노예주인들의 형장에서 처형당했고, 어린 세스는 형장의 죽음이 누구인지를 젖가슴의 무늬를 통해 확인해야 했다.

뿐만 아니라, 매엠의 이 무늬는 노예제도의 억압과 폭력에 저항하는 아프리카계 노예들이 서로의 신분을 확인하기 위한 표시이기도 하다. 세스는 "그 사람들은 할머니를 왜 교수형에 처했어요?"란 덴버의 질문을 받고 "나도 몰랐었지, 대단히 많은 사람들이 죽었어"(61)라고 회상하며 아프리카계 노예들이 백인들에 의해 대량 학살되었던 역사적 사건을 환기시킬 뿐 사건에 대한 자세한 정보를 숨긴 채 어머니의 죽음에 대해서도 내막을 아무것도 알 수 없다고 밝힌다. 하지만 어머니가 교수형을 당했다고 밝힌 세스의 회고는 매엠이 아프리카계 노예들의 탈출행렬 또는 저항적 행동에 동참했다가 실패하여 희생되었음을 암시적으로 말해준다. 즉 제닝스가 캐럴라이너에서 노예들의 폭동이 빈번히 발생했고, 진압을 위한 폭력도 증가했다(96)고 밝히며, 매엠의 죽음이 이와 관계가 있다고 밝힌 것처럼, 매엠의 죽음은 개인적으로 또는 집단적으로 이뤄진 농장으로부터의 탈출 또는 노예제도에 대한 저항으로 인한 죽음이다.

세스는 자신이 어린 시절에 어머니의 죽음을 바라볼 수 없었던 이유를 어머니와 함께 바다를 건너 노예로 끌려온 낸이 그녀를 죽음의 현장에 머물 수 없게 했기 때문이라고 회고한다. 낸은 팔이 하나 없어 집 밖의 들판 노동 대신 집안의 유모일을 한 여성노예였다. 이런 이유로 어린 세스의 유모가 된 낸은 매엠이 처형당할 때에 어머니의 참혹한 죽음이 어린 딸에게 줄 충격을 우려하여 어린 세스를 죽음의 현장으로부터 벗어나게 했다.

세스는 낸의 만류로 인해 어머니의 처형 이유를 알 수 없었다고 회고한 반면, 어머니로부터 들을 수 없었던 출생비밀을 낸으로부터 전해 들었다고 회고한다. 세스의 회고에 따르면, 어린 그녀는 죽음의 현장을 벗어나며 낸으로부터 여러 이야기를 듣지만, 낸이 그녀의 고유 언어를 사용했기 때문에 그녀의 이야기를 모두 이해할 수 없었다. 그럼에도 불구하고, 세스는 "난 네게 말한다. 난 네게 말한다, 어린 소녀, 세스야"(62)로 시작되는 낸의 설교적 어조를 회고하며, 낸으로부터 전해들은 이야기들 중 일부, 즉 매엠이 낸과 함께 바다를 건너온 일, 여러 차례의 탈출을 시도했지만 실패한 일, 어머니가 백인들의 성폭력으로 인해 출산한 여러 명의 아이를 이름도 지어주지 않고 버린 일, 세스가 쌍둥이로 태어난 일, 세스의 쌍둥이 형제를 버린 일, 세스는 흑인남성과의 사이에서 태어났기 때문에 버리지 않고 이름을 지어준 일, 그리고 흑인아버지가 세스를 포옹해준 일 등을 덴버에게 들려준다(62).

세스는 매엠과 낸에 이어 베이비 석스의 과거를 되살려주는 전달자이지만, 빌러비드를 살해한 죄의식과 이를 보상해야 한다는 모성애 때문에 전달자의 역할을 할 수 없다. 따라서 모리슨은 세스가 할 수 없는 전달자의 역할 대부분을 삼인칭 작중 화자에게 위임했다.

세스가 베이비 석스의 과거를 되살리려 한 시점은 공동체로부터 고립된 자신의 삶을 개선해보려고 모색할 때이다. 삼인칭 작중 화자가 세스를 대신하여 "칼과 방패를 가지고 무엇을 할까에 대해 시어머니로부터 뭔가 실마리를 찾기 위해서"(89)라고 밝히듯, 세스는 외부세계와 담을 쌓고 살 수도 외부세계를 향해 적대시할 수도 없으니 "칼과 방패를 내려놓아라"(173)라는 베이비 석스의 충고를 되살리며 삶의 개선을 모색하려 했다. 즉 세스는 이를 위해 베이비 석스의 영혼이 깃든 클리어링(Clearing)을 베이비 석스가 사망한 지 9년 만에 찾았고, 이곳에서 설교와 무질서한 화음을 통해 공동체와의 친밀한 유대관계를 이끌어낸 베이비 석스의 충고(88-89)를 되살리며 공동체로부터 고립된 자신의 삶을 어떻게 바꿔볼지에 대해 고민해보고자 했다.

세스와 공동체의 갈등, 그리고 이로 인한 세스의 고립은 그녀가 스위트 홈을 탈출하여 124번가에 도착했을 때부터 시작됐다. 공동체는 세스의 탈출을 기념하기 위해 베이비 석스가 그들을 위해 베푼 잔치에 대해 자신들을 무시할 의도로 마련된 지나치게 풍요로운 잔치라고 비판했고, 빌러비드를 살해하고 투옥된 세스가 자신들의 탄원으로 인해 석방되었음에도 불구하고 도움을 요청하지 않은 것에 대해 거만하다고 비판했다(Higgins 104). 베이비 석스는 이 잔치를 위해 90명분의 음식을 준비했고, 90명의 사람들은 밤새 떠들썩한 잔치를 즐겼다. 하지만 잔치를 즐긴 사람들은 다음날 베이비 석스가 준비한 3개 또는 4개의 파이를 10개로 과장하고, 세스가 준비한 2마리의 암탉을 5마리의 칠면조로 과장하여 베이비 석스와 세스가 자신들을 무시하기 위한 과시용으로 이렇게 많은 음식을 준비했다고 비판했다. 사실인 즉, 그들이 베이비 석스의 잔치를 이처럼 매도한 이유는 과식으로 인한 복통 때문이었다. 삼인칭 작중 화자가 "그것은 그들을 화나게 했다. 그들은 이튿날 아침에 풍성한 음식으로 인한 복통을 가라앉히기 위해 베이킹 소다를 들이켰다"(137)고 밝히듯, 과식을 한 그들은 이튿날 아침에 복통을 호소했고, 이를 베이비 석스의 풍요로운 잔치 탓으로 돌렸다.

베이비 석스와 세스에 대한 공동체의 이 같은 부정적 시각은 베이비 석스의 공동체적 의식에 의해 어느 정도 무마되었지만, 베이비 석스의 사망 이후에 더욱 더 심화되었다. 공동체는 베이비 석스의 장례식을 치르기 위해 124번가에 모였을 때에 세스가 제공한 음식을 거부하고 자신들의 음식을 먹었으며, 세스도 공동체의 음식을 먹고 싶어 하는 덴버를 제지하며 자신이 준비한 음식만 먹었다. 공동체는 이에 대해 "세스에게 골탕을 먹일 날을 고대"(171)하고 있었고, 공동체의 일원으로 장례식에 참석한 스탬 페이드는 세스의 자존심이 지옥까지라도 갈 것(171)이라고 불평했다.

세스는 공동체와의 갈등과 자신의 고립된 삶을 개선하기 위해 베이비 석스의 충고를 되살려보려 하지만, 폭력성을 동반한 부활한 딸의 모성애 요구 때문에 중단해야 하고, 동시에 베이비 석스의 과거에 대한 전달자로 서의 역할도 포기해야 한다. 세스는 베이비 석스가 쉬거나 설교할 때 앉았던 넓은 바위 위에 앉았을 때에 목주위에서 순간적으로 아기의 손처럼 부드러운 손의 촉감을 느껴야 했고, 이로 인한 충격으로 인해 바위 아래로 굴러 떨어졌다(96). 즉 이 사건은 베이비 석스의 충고를 되살려 새로운 삶을 준비하는 세스의 시도뿐만 아니라 베이비 석스의 과거를 재생해줄 그녀의 역할을 중단시킨 사건이며, 세스가 부드러운 손의 주인인 빌러비드에 의해 강요된 삶을 살아야 한다는 것을 미리 예고해준 사건이다. 이와 관련, 모리슨은 클리어링 방문 이후의 세스를 딸을 살해한 죄의식과 어머니에 의해 단절된 모성애를 보상받으려는 딸의 요구를 들어주며 공동체로부터 더욱더 자신을 고립시키는 모습으로 형상화했다.[26]

사후 세계에 머무는 조상의 과거를 되살리는 전달자로서 세스의 이 같은 양가적 모습은 폴 디를 통해서도 나타난다. 폴 디는 스위트 홈의 노예생활과 이곳으로부터 도망치다 체포되어 처형된 식소의 삶과 죽음을 재생해주는 전달자이다. 그가 이 같은 역할을 수행한 시점은 신시내티(Cincinnati)의 124번가로 세스를 찾아왔을 때이다. 그는 스위트 홈의 옛 동료인 세스와 18년 만에 재회한 뒤에 그녀와 함께 스위트 홈의 노예생활을 회고한다. 하지만 그의 회고는 거의 전적으로 삼인칭 작중 화자의 개입에 의존한 회고이다.

식소의 과거에 대한 폴 디의 회고는 삼인칭 작중 화자의 개입에 의존한 대표적 사례이다. 삼인칭 작중 화자의 회고에 따르면, 폴 디처럼 스위트 홈의 아프리카계 노예였던 식소는 한밤중에 별빛 아래서 감자를 굽기 위해

---

26) 클리어링 방문 이후에 나타난 세스의 고립은 이 장의 논지로부터 벗어나는 내용이므로, 이 책의 마지막 장에서 구체적으로 논의함.

'형제'(Brother)란 나무 아래 구멍을 파고 구멍 속에 돌을 넣고 불을 피워 돌을 달군 다음, 그 위에 감자를 놓고 나뭇가지를 감자 위에 덮어 감자를 구웠다(21). 식소의 이 같은 행위는 나무의 타원형 이미지와 그 화덕의 이미지를 고려할 때에 콩고의 우주도를 연상하게 해주려는 모리슨의 작가적 의도를 반영한 행위이다.[27] 식소는 또한 스위트 홈으로부터 30마일 떨어진 곳에 살고 있는 팻시(Patsy)를 사랑했고, 30마일을 밤새 걸어 사랑하는 그녀를 잠깐 만나고 스위트 홈으로 되돌아오면 피곤해서 '형제'로 불리는 나무 아래서 잠을 잤다. 이때 '형제' 아래 대자로 누운 그의 모습 역시 '형제'의 수직축을 중심으로 팔다리가 동서남북으로 향하는 형상이라는 점에서 콩고의 우주도를 연상하게 해주려는 모리슨의 작가적 의도를 반영한 모습이다.

모리슨은 식소의 죽음 역시 폴 디의 기억을 대신한 삼인칭 작중 화자의 목소리를 통해 재생했다. 식소는 팻시가 세븐 오(Seven-O)를 임신하자 탈출을 결심했다. 하지만 식소의 탈출은 스쿨티처에 의해 발각되어 실패로 끝났다. 식소는 스쿨티처의 추적을 받았고, 팻시와 태아를 보호하기 위해 추적자들을 유인하던 중에 포획되어 화형을 당했다(226). 모리슨은 이를 통해 백인주인들이 도망노예들에게 얼마나 잔인한 보복을 했는지를 밝히고자 했다. 하지만 모리슨이 식소의 죽음을 통해 전달하고자 한 또 다른 메시지는 잔혹한 죽음 앞에서 부성애를 잃지 않은 아버지의 모습과 아프리카 전통사회의 영웅적 이미지이다. 삼인칭 작중 화자의 회고에 따르면, 식소는 화형을 당할 때에 발이 타고, 바짓가랑이에서 연기가 피어올랐음에도 불구하고 "껄껄 웃었고," 태아의 이름 "세븐 오! 세븐 오!"(226)를 불렀다. 즉 식소의 이 같은 모습은 고통스러운 죽음 속에서도 태아를 향한 아버지로서

---

27) 요와족은 우주를 하나의 원으로 생각하고, 원의 중심축을 기준으로 우주를 4가지 대립적 요소들, 즉 동서남북, 일몰, 일출, 정오, 자정 등의 상호 대립적 · 의존적 구성체로 보았다(Jennings 18).

의 끈끈한 부성애를 환기시켜는 모습이며, 다른 한편으로 백인주인 앞에서 담대한 웃음을 통해 노예제도의 폭력을 비웃으며 이에 굴하지 않는 아프리카 전통사회의 영웅적 이미지를 환기시켜주는 모습이다.

모리슨은 기억에 대한 아프리카 전통사회의 인식을 반영하기 위해, 앞서의 소설들에서와 달리, 『타르 베이비』에서 기억의 범주에서 사라진 과거를 기억을 회고가 아닌 구어적 이야기 형식을 통해 소개했다. 이 소설에서 카리브 해의 가상적인 섬인 '슈발리에 섬'(Isle Des Chevalier)의 원주민인 기마족은 노예무역이 진행되는 시대에 강제로 끌려온 아프리카인들의 후손들이다. 그들의 조상들은 시간적으로 후손이나 지인의 기억범주에서 벗어난 사후 세계, 즉 자마니 시대의 인간들이다.

모리슨은 기마족의 조상들을 재생할 때에 기억 불가능한 범주의 조상임을 암시적으로 보여주기 위해 그들의 후손인 마리 테레즈 푸코(Mary Thérèse Focault)의 기억을 통해 재생하지 않고, '어부들의 이야기,' 즉 오랜 시간동안 불특정 다수의 입으로부터 입으로 전해져온 구어적 이야기 형식을 통해 재생했다. 모리슨이 같은 이야기 형식을 선택한 목적은 여러 다양한 접근을 유도하는 대목이지만, 무엇보다도 서술전략을 통해 기마족의 조상들을 후손들 또는 지인들의 기억범주에서 벗어난 사후 세계 또는 과거의 존재들로 소개하기 위해서라고 말할 수 있다.

테레즈의 남편인 기디온(Gideon: 또는 야드맨(Yardman))은 기마족의 후손인 테레즈의 기억범주에서 벗어난 기마족의 역사를 '어부들의 이야기'라는 전래 이야기 형식으로 재생해주는 전달자이다. '어부들의 이야기'에 따르면, '어부들의 이야기'에 따르면, 기마족의 조상들은 17세기에 슈발리에 섬에 도착했다. 기마족의 조상들은 본래 프랑스 노예무역상에 의해 유럽으로 강제 이주하던 도중에 노예무역선의 난파로 인해 슈발리에 섬에 불시착했다. 노예무역선이 침몰했을 때, 일부는 프랑스인들에 의해 구조되어 슈발리에 섬으로 끌려온 다음 프랑스인들의 하인이 되었으며, 다른 일부는 섬에 숨어살며 중년이 되면 시력을 상실했다(152). 모리슨은 기마족의 역사를 이처럼 소개하며, 기마족의 시력상실에 대해서도 같은 방식으로 전달함으로써 그 원인을 찾기 위해 역사적 사료에 의존하도록 유도했다.

즉 기마족의 시력상실은 노예무역선의 침몰 당시에 살아남아 아프리카인들이 섬에 도착하여 근처의 프랑스 식민지인 세인트 도미니크(St. Dominique: 아이티(Haiti)의 옛 이름)를 바라본 순간부터 40대 중반에 이르면 자연스럽게 시작하여 후손들에게 반복되었다. 모리슨은 이처럼 기마족의 시력상실을 구어적 이야기 형식을 통해 전달하며 역사 사료의 부재를 독자들로 하여금 메꾸도록 유도했다. 역사 사료에 따르면, 기마족 조상들의 시력상실은 안염(ophthalmia), 즉 과립성결막염(trachoma) 때문이었다. 고립성결막염은 당시의 노예무역선에서 유행했던 눈병으로, 이 눈병에 걸린 사람은 선상에서 정상적이어도 항구에 도착하면 3일 후에 실명했다. 대표적 사례로, 프랑스 노예무역선은 이 눈병 때문에 36명을 바다에 수장해야 했고, 스페인 노예선도 정확한 숫자를 알 수 없지만 눈병에 걸린 사람들을 수장해야 했다(Jennings 130).

기디온은 또한 썬 그린(Son Green)과의 문답형식으로 진행된 대화를 통해 기마족을 전설적 또는 신화적 인물들로 소개한다. 기디온에 따르면, 시력을 상실한 기마족은 모든 종류의 나무와 사물들을 피해서 숲속을 지나달리는 것을 배웠고, 폭풍이 일기 직전에 그들이 말을 타고 달리는 소리는 마치 천둥치는 소리 같다(153). 기마족에 대한 기디온의 이 같은 이야기는 현실적·객관적 인식범주를 벗어난 허구적·우화적·신비적 범주에서나 논의할 수 있는 이야기이다. 따라서 기마족의 승마능력에 대한 이야기는 기억범주는 물론, 현실적 객관성과 진실성으로부터 벗어난 기억범주 밖의 신화적 허구성과 우화성에 의존하여 재생된 이야기이다.

3. 현현(epiphany)에 대한 기억과 기억 속의 현현

모리슨은 전달자의 기억 속에 남아있는 현현을 과거의 경험대로 재생하게 하거나, 과거의 경험이 아닌 작중의 실존인물처럼 재생했다. 모리슨이 과거의 인물과 사건을 이처럼 재생의 대상으로 삼은 것은 전통사회의 아프리카인들처럼 정령, 즉 초현실적 존재로 인식했음을 말해준다.[28] 이를 말해주듯, 모리슨은 『솔로몬의 노래』에서 사후 세계의 제이크를 위기에 처한 어린 후손을 보호하기 위해 현현처럼 나타난 조상의 정령으로 형상화하고, 이를 후손의 기억을 통해 재생했다. 그리고 모리슨은 『빌러비드』에서도 사후 세계의 베이비 석스를 곤경에 처한 어린 후손에게 조언을 해주기 위해 나타난 조상의 정령으로 형상화했다. 하지만 『솔로몬의 노래』에서와 달리, 모리슨은 이 소설에서 후손의 기억을 통해 베이비의 과거를 재생하고, 이어 후손과의 대화를 통해 작중의 실존인물처럼 재생했다.

『솔로몬의 노래』에서, 모리슨은 아프리카 전통사회의 시간개념과 관념 속에 내재된 죽음과 삶, 사후 세계와 현 세계, 과거와 현재의 상호 소통문화를 작중 인물인 파일레잇의 기억을 통해 재생하고 재창조했다. 모리슨은 이를 위해 파일레잇의 아버지인 제이크가 사망 직후에 16세의 메이콘과 12세의 파일레잇의 앞에 현현(epiphany)처럼 나타나도록 하여 조상과 후손, 사후 세계와 현 세계, 과거와 현재가 상호 교감할 수 있음을 보여주고자 했다.

파일레잇의 회고에 따르면, 그녀가 메이콘과 함께 사후 세계의 제이크 정령을 마주한 시점은 모두 두 차례이다. 첫 시점은 제이크의 사망 직후에 어둠 속에서 안전한 곳을 찾아 숲을 헤매던 중에 길을 잃었을 때이다. 파

---

28) 이 책의 제5장에서 구체적으로 밝힐 것이므로 내용의 중복을 피하기 위해 추가 설명을 보류함.

일레잇이 "아버지의 등을 보았어"(41)라고 회고하듯, 제이크 정령은 어린 메이콘과 파일레잇 앞에 나타나 등만 보여준 뒤에 곧 사라졌다. 두 번째 시점은 밝고 화창한 아침에 잠에서 깨었을 때이다. 파일레잇이 "우리는 나무 끄트럭에 앉은 그를 보았어. 우린 그를 부르기 시작했어. 그는 우리를 보는듯하더니 시야를 돌렸어(43)라고 회고하듯, 제이크 정령은 첫 출현에서처럼 대화를 피하고 곧 사라졌다. 물론, 제이크 정령은 이후에도 한 차례 더 나타나 메이콘과 파일레잇을 동굴 안으로 안내했다. 하지만 모리슨은 이를 삼인칭 작중 화자의 목소리를 통해 공개했다. 삼인칭 작중 화자가 "그들은 동굴을 보았고 동굴입구에 그들의 아버지가 서 있었다. . . . 이때 그는 그들에게 따라오라는 신호를 보냈다"(169)고 밝히듯, 제이크 정령은 메이콘과 파일레잇이 동굴로 들어갈지 말아야 할지를 결정하지 못하고 있을 때, 다시 나타난 그들을 동굴 안으로 들어가도록 안내했다.

하지만 모리슨은 동굴 안으로 안내된 메이콘이 낯선 사내를 살해하고 낯선 사내의 황금자루를 탈취하려 한 사건 이후에 제이크를 파일레잇의 보호자 또는 안내자로만 형상화했다. 당시에 파일레잇은 낯선 사내의 황금자루를 탈취하려고 시도한 메이콘에게 격렬하게 맞서 메이콘이 황금자루를 포기하고 동굴 밖으로 나가게 했고, 동굴 안에 두고 온 황금자루를 탈취하기 위해 기회를 엿보던 메이콘이 동굴 안으로 다시 돌아왔을 때에 파일레잇과 황금자루는 이미 사라지고 난 뒤였다. 메이콘과 파일레잇은 이를 기점으로 가정을 가진 성인들이 되어 다시 만날 때까지 의절한 채 각자의 삶을 살았다. 이와 관련, 황금자루를 부당한 방법으로 탈취하려 한 메이콘의 행위는 타인의 소유물을 폭력을 통해 탈취하려 한 행위라는 점에서 아버지의 풍요로운 농장을 부당한 방법으로 탈취하기 위해 아버지를 살해하여 어린 자신과 파일레잇을 고아들로 만들고, 생명의 위협을 느끼며 도망치게 만든 백인들의 행위를 상기시키는 행위이다.

모리슨은 메이콘의 행위를 '조상의 뜻을 저버리고 조상과의 단절을 시도한 행위'로 제시한 반면, 메이콘의 부당한 행위에 저항한 파일레잇의 행위를 '조상의 뜻을 반영하며 조상과의 관계를 유지시키려는 행위'로 제시했다. 즉 모리슨은 이 같은 작가적 메시지를 전달하기 위해 메이콘 대신 파일레잇을 사후 세계와 현 세계의 매개적 인물로 형상화하여 제이크 정령을 독자들에게 공개하도록 했다.

파일레잇의 회고에 따르면, 사후 세계의 제이크는 이따금 파일레잇 앞에 현현처럼 나타나 "싱, 싱"(Sing, Sing)(171), 그리고 "너는 날아갈 수 없고 몸을 떠날 수 없어"(You just can't fly on off and leave a body)(148)라는 말을 남겼다. 그녀의 이 같은 회고는 어린 시절 이후에도 사후 세계의 제이크가 그녀에게 나타나 안내자 또는 보호자로서의 역할을 지속해왔음을 밝혀준다. 제이크가 파일레잇에게 첫 번째로 언급한 "싱, 싱"이라는 말은 어머니의 이름을 알지 못하는 그녀에게 어머니의 이름을 싱 버드(Sing Byrd)라고 알려주기 위한 말이었다. 하지만 파일레잇은 제이크의 말을 자신의 시각에 비춰 해석했다. 그녀는 노래를 마음의 긴장을 풀어주는 도구로 인식했고, 제이크의 말을 마음의 긴장을 풀라는 것으로 착각하여 "노래하라, 노래하라"란 말로 오역했다.

그럼에도, 파일레잇이 노래 부르기를 통해 결과적으로 어머니로부터 느끼는 편안함을 얻은 것은 아이러니하지만 제이크의 의도, 사후 세계, 그리고 가족적 정서와 교감할 수 있는 그녀의 소통능력을 보여주는 것이나 다름없다. 뿐만 아니라, 제이크가 두 번째로 언급한 "너는 날아갈 수 없고 몸을 떠날 수 없어"란 말은 첫 장을 스미스(Smith)의 '비행장면'으로 시작하고, 이 실패한 비행과 동시에 태어난 밀크맨이 마지막 장에서 아프리카 조상의 비행신화를 이해하고 재현하는 것으로 끝맺음하는 이 소설의 주제적 방향을 그녀에게 미리 환기시켜주는 언급이며, 그녀로 하여금 이 같은 주제를 이끌어가도록 임무를 부여한 언급이기도 하다.

　모리슨은 파일레잇을 이처럼 사후 세계와 교감하는 "현실과 초시간의 매개자, 충고와 위로를 주는 살아 있는 조상"(Jennings 84), 또는 "조상의 실존"(Jennings 86)으로 형상화하고, 밀크맨의 출생과 성장과정에 개입하게 하여 그를 과거, 사후 세계, 그리고 조상에게로 안내하는 역할을 하도록 했다. 이와 관련, 제닝스는 그녀를 "밀크맨에게 솔로몬에 대한 기억과 복원을 유도하는 안내자"(107)로 평가하고, 히긴스는 파일레잇과 밀크맨의 출생 당시에 병원 밖에서 그녀가 부른 '솔로몬의 노래'를 "밀크맨의 안내자"(17), 그리고 "밀크맨을 이기주의로터 벗어나게 해주고, 질식할 것 같은 현재로부터 이타적이고 자유로운 유산으로 변화할 수 있는 강력한 힘"(17)이라고 평가했다.

　『솔로몬의 노래』에 이어, 모리슨은 『빌러비드』에서 사후 세계의 인간을 후손의 기억을 통해 현현으로 재생했다. 하지만 모리슨은 이 소설에서, 『솔로몬의 노래』에서와 달리, 사후 세계의 현현을 작중 현재시점의 모습으로 재생했다. 즉 사후 세계의 현현은, 『솔로몬의 노래』에서 파일레잇이 목격한 제이크 현현과 달리 기억 속에서 현재의 모습처럼 재생된 현현이다.

　이 소설에서 모리슨은 124번가의 제2세대인 세스로 하여금 제1세대인 베이비 석스의 교훈을 망각하게 하여 이를 공동체에 대한 거부와 공동체와의 단절, 그리고 모녀관계의 혼란과 갈등을 유발한 원인으로 제시하고, 제3세대인 덴버로 하여금 베이비의 석스의 교훈을 되살리게 하여 124번가의 폐쇄된 문을 열게 하고 모녀관계의 혼란과 갈등을 해결하도록 하고자 했다. 하지만 모리슨은 아직 어린 덴버에게 베이비 석스의 교훈을 되살리는 전달자의 역할을 맡기기보다, 삼인칭 작중 화자의 개입을 통해 이를 대신하게 했다.

　덴버가 124번가의 닫힌 문을 열고 공동체를 향해 밖으로 나간 시점은 세스가 어머니로서의 통제력 상실과 함께 감정과 기억으로부터의 분열 속으로 빠져들어 공동체를 거부하고 빌러비드와 서로를 마모시키는 갈등을 빚고 있을 때이다.[29] 어머니가 더 이상 자신을 돌봐줄 수 없을 정도로 "넝마 인형"(rag doll)(243)처럼 되었다는 것을 직감한 그녀는 4월의 따뜻한 봄날에 폐쇄된 124번가의 내부에서 진행되는 모녀관계의 혼란을 뒤로 하고 공동체를 향해 앞으로 나가고자 결심한다. 출발에 앞서, 그녀는 외출용 구두를 신고 현관에서 서서 밖을 응시한다. 그녀가 이처럼 밖을 응시한 이유는 베이비가 살아있을 때에 세스와의 대화에서 엿들은 백발노인인 스탬 페이드, 존슨 부인(Mrs. Johnson), 그리고 다른 공동체의 구성원들을 찾아가 도움을 요청하고 싶기 때문이다. 하지만 그녀는 그들을 찾아가도 도움을 얻지 못할 것이란 불안감 때문에 가슴이 떨리고 목이 탄다(245). 뿐만 아니라, 그녀는 경험의 부족으로 바깥세상에 대한 두려움을 떨쳐버릴 수 없다. 그녀에게 바깥세상은 나쁜 일이 일어나고 백인들이 많은 외부세계이다(244-45).

덴버가 바깥 세상에 대한 불안과 두려움 속에서 밖으로 발걸음을 옮기지 못하고 망설일 때에 그녀에게 밖으로 향할 수 있도록 용기를 준 것은 기억을 통해 되살아난 베이비 석스의 교훈이다. 삼인칭 작중 화자에 따르

---

29) 세스와 빌러비드의 모녀관계는 소설이 결말부분으로 향하면서 점점 혼란과 갈등으로 치달았다. 삼인칭 화자에 따르면, 빌러비드는 겨울이 지나고 봄이 되자 팔짱을 끼고 먼 곳을 바라보거나 기지개를 펴며 세스가 나뭇잎 사이로 지나가는 것을 지켜보았다. 날씨가 따뜻해졌을 때에, 빌러비드는 들꽃들을 바구니에 담아 세스에게 선물했고, 세스는 꽃들을 온 집안에 장식했다(240). 빌러비드는 이처럼 어머니에게 다정한 딸처럼 행동하지만, 모녀관계를 혼란으로 몰아가는 행동을 했다. 삼인칭 화자에 따르면, 빌러비드는 세스처럼 말하고, 웃고, 걸었으며, 세스처럼 손을 움직이고, 한숨을 쉬었으며, 머리를 들어올렸다(241). 즉 빌러비드는 세스를 모방하며 자신을 세스와 동일인이 되고자 했다. 하지만 빌러비드의 이 같은 행동은 오래 지속되지 않았다. 삼인칭 화자가 "이 일시적 무드는 변하고 싸움이 시작되었다"(241)고 밝히듯이, 세스와 빌러비드의 모녀관계는 빌러비드가 불평하고 세스가 사과하는 모드로 치달았으며, 세스는 언제나 빌러비드의 불평을 받아주려고 최선을 다했지만, 빌러비드를 만족시켜주지 못했다.

면, 그녀가 기억을 통해 되살린 베이비 석스의 교훈은 외부세계와 담을 쌓고 살 수 있는 "요새란 없다"(244)는 것이다. 뿐만 아니라, 덴버는 베이비 석스가 세스에게 언급한 아프리카계 미국인들의 비극적인 역사와 이를 극복하기 위한 아프리카계 미국인들의 대응방법을 떠올린다. 즉 지난날에 세스와 베이비 석스의 문답형식으로 진행된 대화에서 세스가 백인들이 자신을 감옥에서 나올 수 있게 해줬다고 말했을 때, 베이비 석스는 그녀에게 "그들은 너를 그곳에 넣기도 했지"(244)라고 응수하며 "태초부터 그들 모두를 합친 것보다 더 많은 수의 우리를 물에 빠져 죽게 했어"(244)라고 말했다. 베이비 석스의 이 같은 언급은 일부 백인들이 아프리카계 미국인들에게 일자리나 생활공간을 주는 선행을 베풀기도 했지만, 대부분의 백인들이 아프리카계 미국인들에게 폭력을 행사하고 그들을 죽음으로 내몰았음을 밝힌 것이다. 그럼에도, 베이비 석스는 세스를 향해 "이건 전쟁이 아니다. 칼을 버려라"(244)라고 말함으로써 백인들의 지난날 악행에 대해 복수의 칼날을 거두는 것이 현재의 아프리카계 미국인들이 선택해야 할 길임을 강조했다.

모리슨은 삼인칭 작중 화자의 개입을 통해 베이비 석스에 대한 덴버의 기억을 이처럼 전달하고, 덴버에게 조언을 해주기 위해 현현처럼 나타난 베이비 석스를 실존인물처럼 형상화했다. 모리슨은 이를 위해 덴버와 베이비 석스의 초시간적인 만남을 아프리카 전통사회의 영적 매개자와 사후 세계의 정령이 접신하는 장면처럼 묘사했다.[30] 즉 덴버와 베이비 석스의 만남은 "그녀의 목구멍이 근질거렸고, 가슴이 뛰었다"(244)는 삼인칭 작중 화자의 언급처럼 덴버가 신체적 변화를 경험하고, "베이비 석스가 분명히 웃

---

30) 영매자로서 아프리카 전통사회의 치유사는 치유를 위한 의식에서 20-30명 노래와 박수, 그리고 작은 박을 흔들며 의식을 진행하고(167), 13분 쯤 후에 치유사의 손이 떨리고 목소리도 변한다. 이밖에도, 치유자는 개구리처럼 점프를 하거나 머리를 바닥에 부딪치기도 하고 주먹으로 가슴을 때리는 행동으로 영매에 들었음을 보여준다.

었다"(244)는 삼인칭 작중 화자의 또 다른 언급이 말해주듯 베이비 석스의 현현이 웃음과 함께 출현함으로써 이뤄졌다.

베이비 석스와의 만남에서, 덴버 앞에 현현처럼 나타난 베이비 석스는 "저항할 수 있고, 강하고 신뢰할 수 있는 여성이 되게 할 용기와 힘을 주는 안내자"(Higgins 40)의 모습이다. 즉 베이비 석스는 밖으로 나가기를 망설이는 덴버를 향해 "내가 캐럴라이너에 대해서 아무 말도 하지 않았다는 말이야? 네 아빠에 대해서도? 내가 어떻게 걸었는지 이해를 못하는 거야? 네 엄마의 등은 말할 필요도 없고, 발이 어떻게 되었는지 모르는 거야? 내가 다 말해주지 않니? 그런데도 층계를 걸어 내려갈 수 없단 말이야? 오 맙소사!"(244)라고 말하며 질책한다. 그리고 덴버는 "할머니는 요새란 없다고 말씀하셨잖아요"(244)라고 대꾸한 뒤에 "그럼, 제가 어떻게 하나요?"라고 말하며 베이비 석스를 향해 자문을 구했고, 베이비 석스는 "뜰 밖으로 계속 가는 거지. 계속 가는 거야"(244)라는 말하며 덴버를 외부세계로 안내한다.

모리슨은 베이비 석스의 안내로 시작된 덴버의 외출 역시 지난날의 마을의 풍경에 대한 덴버의 기억을 통해 묘사했다. 즉 "생각났다. 12년이란 세월이 흘렀는데도 (지난날 가보았던) 거리가 생각났다"(244)로 시작되는 그녀의 외출은 다닥다닥 붙은 집들, 계단들, 그리고 현관의 흔들의자들 등을 포착하며 12년 전의 과거를 복원하는 외출이다. 뿐만 아니라, 이 외출은 12년의 과거에 대한 기억과 현재의 경험을 교차시켜 과거와 현재의 격세지금을 극복하고 공감대를 이끌어내는 것이기도 하다.

모리슨은 덴버의 외출을 베이비 석스의 과거에 대한 공동체의 기억을 되살리는 계기로 제시했다. 덴버가 처음 향한 곳은 지난날에 그녀에게 개인교습을 해준 존슨 부인(Mrs. Johnson)의 집이다. 존슨 부인은 흑백혼혈여성으로, 아프리카계 미국인 남성과 결혼하여 5명의 자식을 두었고, 공부할 아이들을 모집하여 집안의 거실에서 자식들과 섞어놓고 가르쳐서 자식들을 훌륭하게 기른 여성이다. 그녀는 자신을 찾은 덴버를 보자마자 반갑게 맞이하며 집안으로 안내한다. 그리고 그녀는 베이비 석스를 "거리에서 목관악기를 연주하며 전도하는 무지한 할머니"(247)로 기억하며 덴버의 학업 중단 이유를 묻는 그녀에게 돌아온 베이비 석스의 모호한 대답, 즉 "그 아이가 장님이기 때문에"(247)란 말을 되살린다.

덴버는 6월이 되었을 때에 외부세계에 대해 보다 적극적인 의식을 가지게 되고, 백인인 보드윈(Bodwin)의 집을 방문하기로 결심한다. 그녀가 보드윈의 집을 방문하고자 결심한 이유는 공동체의 도움으로부터 벗어나 자립하고자 했기 때문이다. 그녀가 자립의지의 필요성을 느낀 시점은 넬슨 로드(Nelson Lord)로부터 "덴버, 너 자신을 돌보아야 해"(252)라는 충고를 들었을 때이다. 그녀는 지난날 자신에게 파이 반 조각을 준 이웃 할머니에게 감사의 말을 건네기 위해 할머니의 집을 방문했을 때에 로드의 이 같은 충고를 듣고 더 이상 남의 도움에 의존하지 않기로 결심했다.

자립의지를 실천하기 위한 덴버의 첫 시도는 일자리를 구하는 것이다. 그녀는 이를 위해 백인들에 대해 '칼을 내려놓으라'는 베이비 석스의 충고를 따르듯 지난날 할머니와 어머니에게 호의를 베풀어준 백인인 보드윈의 집을 방문한다. 그녀가 보드윈의 집을 찾아갔을 때에 그녀를 반갑게 맞아주고, 베이비 석스의 과거를 되살린 사람은 늙은 가정부인 재니(Janey)이다. 재니는 그녀를 부엌으로 안내한 다음 "베이비 석스, 그 경건한 노인이 여기와서 지금 네가 앉아있는 곳에 앉았던 때가 엊그제 같은데"(253)라고 말하며 124번가의 집이 보드윈 가족이 살던 집이었고, 보드윈 가족이 베이비에게 넘겨줬다고 회고한다. 그리고 재니는 이를 계기로 124번가의 사정을 공동체 여성들에게 알려 세스에 대해 묵은 반감을 가진 엘라(Ella)로 하여금 공동체 여성들을 결집시켜 세스를 구제하도록 유도한다.

덴버가 베이비 석스의 교훈을 되살린 행위는 궁극적으로 124번가의 1

세대와 3세대 사이에 놓인 시공간적 차이를 뛰어넘어 상호교감 할 수 있는 계기를 마련한 행위이다. 뿐만 아니라, 그녀의 행위는 124번가와 공동체로 하여금 과거의 반감과 갈등을 뛰어넘어 현재와 미래를 향해 화해의 길을 마련할 수 있도록 해준 행위이다.

4. 정체성, 의식, 가치관의 상실로서 기억의 거부

모리슨은 기억의 거부를 아프리카계 미국사회뿐만 아니라 아프리카 전통사회의 정체성, 의식, 그리고 가치관을 포기한 것으로 간주했다. 즉 그녀는 기억을 통해 조상들로부터 단절된 아프리카계 미국사회와 아프리카 전통사회의 정체성, 의식, 그리고 가치관을 되찾고, 복원하려 한 작가이다. 따라서 그녀는 기억의 거부를 아프리카계 미국사회와 아프리카 전통사회의 정체성, 의식, 그리고 가치관에 대한 거부와 동일시했다. 그리고 그녀는 기억의 거부를 인자하고 관대한 보호자와 안내자로서 조상의 이미지를 포기하고, 차별, 억압, 폭력에 의존하여 가족과 공동체를 불안, 공포, 분열 속으로 몰아넣는 폭군의 이미지로 형상화했다.

『낙원』(*Paradise*)에서 모리슨은 사후 세계 조상들에 대한 기억을 거부하는 후손들을 형상화했다. '제8암층'(8-rock)의 대표적인 가문의 후손들이자 루비(Ruby)의 구세대 지도자들인 디컨(Deacon Morgan)과 스튜워드 모건 (Steward Morgan)은 사사 시대의 사후 세계에 머물고 있는 조상들의 과거를 기억하려 시도하기보다 기억하기를 거부한다. 삼인칭 작중 화자가 "루비 사람들은 힘을 들이지 않고 이야기 창고에서 옛 선조들과 증조할아버지들, 아버지와 어머니에 대한 이야기를 반복했고, 또 반복했다"(161)고 밝히듯, 디컨과 스튜워드는 사사 시대의 사후 세계에 머물고 있는 조상들의 과거를 누구보다 더 잘 알고 있다. 이를 증명해주듯, 디컨을 위시한 구세대 지도자들이 화덕의 문구를 놓고 어떻게 해석할지에 대해 신세대들과 논쟁을 벌일 때에, 디컨은 신세대들 중 한 명이 자신의 아버지 제커라이어 모건(Zechariah Morgan)에 대해 무례를 범했다고 지적하며 "그분은 부지사였고, 은행가였으며, 교회의 집사였을 뿐 아니라 평생 수많은 업적을 이뤄내셨어"(84)라고 밝혔다.

하지만 스튜워드는 디컨의 쌍둥이 형제로, 디컨과 다름없이 조상에 대한 정보를 습득했으리라 여겨지는 인물임에도 불구하고, 조상에 대한 기억을 거부한다. 엷은 피부색이란 이유로 인종적 타자로 취급받는 작중 인물이자 역사기술자인 패트리샤 베스트(Patricia Best)가 스튜워드에게 할아버지의 성이 무엇인지에 대해 질문했을 때에, 스튜워드는 '모인'(Moyne) 아니면 '르 모인'(Le Moyne)이라고 얼버무렸다. 스튜워드가 자신의 가문에 대한 역사를 얼버무린 이유는 헤이븐(Haven) 사람들 중 누구도 '모건'이라는 이름의 백인에게 종살이를 한 적이 없다는 것을 간접적으로 강조하고자 했기 때문이다. 즉 스튜워드는 '제8암층'에게 불리한 조상의 역사적 비밀을 철저히 삭제하고자 했다.

스튜워드가 조상의 과거를 삭제하려 한 것은 아버지인 제커라이어로부터 대물림한 것이다. 패트리샤가 모건 가문의 성경에서 발견한 '제커라이어'란 이름 옆의 잉크얼룩이 이를 말해준다. 이 잉크얼룩은 모건 가문의 성경 속에서 발견된 것이란 점에서 제커라이어의 과거와 연관된 모건 가문의 불미스러운 과거를 지워버리기 위한 흔적이다. 이와 관련, 디컨의 부인인 소앤 모건(Soane Morgan)은 패트리샤에게 잉크얼룩의 비밀에 대해 "형제간에 불화가 좀 있었던 것 같아"(188)라고 밝히지만 제커라이어와 그의 형제 간에 있었던 과거의 비밀에 대해 더 이상의 공개를 거부한다. 삼인칭 작중화자의 회고에 따르면, 잉크얼룩 속에 숨겨진 비밀은 제커라이어의 쌍둥이 형제인 티(Tea)의 이름을 삭제한 표시이다. 코피는 티와 다정하게 지냈으며, 공직에서 쫓겨난 뒤에도 티와 함께 백인들의 수모와 멸시의 고통을 함께했다. 하지만 커피와 티의 형제관계를 단절시킨 주된 이유는 그들이 댄스홀 근처를 지날 때 그들의 똑같은 얼굴을 재미있다고 생각한 백인들이 그들에게 춤을 추라고 강요하자 백인들이 쏜 총알을 발에 맞으면서도 이를 거절한 커피와 달리 티가 자신보다 어린 백인들의 요구에 응했기 때문이었다. 즉 이 사건은 커피에게 아프리카계 미국인의 자존심을 실추시킨 티와의 결별은 물론, 이 같은 아프리카계 미국인을 마음속에서 영원히 지워버리겠다는 분노와 배타적 민족의식을 만들게 했다.

코피의 의지는 개명을 통해 나타났다. 패트리샤에 따르면, 낙원의 창시자인 '제커라이어'의 출생 당시 이름은 '코피'(Kofi)였지만 철자를 잘못 써 '커피'(Coffee)가 되었다(192). '제커라이어'란 이름은 본래 구약성서에서 세례 요한의 아버지로, 여호수아의 더러운 옷이 비단 옷으로 변하는 것을 지켜보고, 불복종의 비참한 결과를 미리 내다 본 예지자이다. 패트리샤에 따르면, 커피가 자신의 이름을 버리고 이 이름으로 개명을 한 이유는 성서적 인물인 제커라이어와 그의 처지가 그럴싸하게 맞아떨어진다는 사실 때문이었다(192). 즉 코피는 이 이름으로의 개명을 통해 사랑과 자비를 잃은 이스라엘 민족이 뿔뿔이 흩어져 살기 좋은 땅을 황폐하게 만든 것을 교훈삼아 자신의 가문과 루비의 다른 순수 흑인가문들이 자손만대 불복종의 비참한 결과를 되풀이 하지 않기를 바라는 뜻을 후손들에게 전달하고자 했다. 다른 한편으로, 코피가 이 이름으로 개명한 또 다른 이유는 제커라이어란 이름이 가지고 있는 예언자의 전지적 능력을 기반으로 종족의 순수혈통에 대한 자부심을 복종이란 수단을 통해 자기 중심화하고 사유화하려 했기 때문이다.

'제8암층'은 조상 때부터 이미 아프리카 전통사회의 정체성, 의식, 그리고 가치관을 포기했다. '제8암층' 조상들은 아프리카 전통사회의 인종적 정체성과 의식을 유지해온 아프리카계 미국인들이라기보다 백인사회의 인종적 정체성과 의식을 동경하고 추종해온 아프리카계 미국인들이다. 전직 노예들인 그들은 '재건시대'(Reconstruction)의 명분에도 불구하고 멈추지 않는 인종차별로 인해 억압과 고통을 당하자 1889년에 미시시피(Mississippi)를 출발한 다음, 루이지애나(Louisiana)를 거쳐 오클라호마(Oklahoma)의 헤이븐에 도착한 다음 이곳에 아프리카계 미국인들의 자유와 자율이 보장된 그들만의 공간을 만들었다. 삼인칭 작중 화자에 따르면, 그들은 공직에 선출되어 5년간 국토재건의 일선에서 일했지만 특별한 이유도 없이 1875년 숙청 이후 공직에서 쫓겨나거나 권고 사직당한 뒤에 15년 동안 일용노동자와 들판의 노동자로 전락했다. 따라서 그들은 인종차별이 없는 낙원을 건설하기 위해 대장정을 결행했다.

'8암층' 조상들은 자신들의 대장정 역시 구약성서에서 억압과 폭력으로부터 안전과 자유를 찾기 위해 고난의 대장정을 펼친 유태인들의 '출애굽기'로 각색했다. 삼인칭 작중 화자에 따르면, 그들은 대장정 중에 페어리(Fairy)에 들러 일자리를 얻고자 했을 때에 이곳의 부유한 흑백혼혈 주민들로부터 모멸적인 대우를 받았다. 그들은 대장정 중에 페어리의 교외에 도착했고, 구성원들 중 일부가 대표로 일자리를 구하기 위해 이곳의 주민들을 방문했다. 즉 발에 총상을 입어 걸을 수 없는 제커라이어와 다른 구성원들은 교외에 머물고, 드럼 블랙호스(Drum Blackhorse), 렉터 모건(Rector Morgan)과 그의 형제들, 프라이어(Pryor), 그리고 세퍼드(Shepherd)가 대표로 이곳의 주민들을 만나기 위해 마을로 들어갔다. 하지만 이곳의 주민들은 그들에게 일자리는커녕 하룻밤 이상 머무는 것조차 허락하지 않았다(189). 그러면서, 그들은 '제8암층' 조상들에게 동정을 베풀 듯이 음식과 담요를 제공하고, 십시일반 돈을 모아줬다(189). 일명 '불허'(Disallowing) 사건으로 명명된 페어리 주민들의 이 같은 태도는 제커라이어 모건과 드럼 블랙호스가 여성들에게 페어리 주민들이 제공한 음식에 손도 대지 못하게 했을 정도로, 그리고 주프 케이토(Jupe Cato)가 페어리를 떠나기 전에 담요와 기부금 3달러 9센트를 모두 그곳에 두고 떠났을 정도로 자존심에 깊은 모욕감과 상처를 줬다(189).

'제8암층' 조상들은 헤이븐을 공동체 의식의 요람으로 만들 때도 구약성서를 각색했다. 그들은 구약성서를 인용하여 그들을 '선택된 민족,' 그리고 그들의 정착지를 '약속의 땅'으로 각색했다. 삼인칭 작중 화자에 따르면, '제8암층' 조상들은 페어리의 '불허' 이후에 특정한 목적지 없이 북서쪽으로 이동 중이었다. 이 무렵, 디컨과 스튜워드의 할아버지, 즉 일명 '빅 파파'(Big Papa)로 알려진 제커라이어는 어느 날 밤에 신으로부터 낙원을 계시받기 위한 기도를 위해 잠을 자는 그의 아들 렉터 모건을 깨워서 숲속으로 들어갔다(96). 그리고 제커라이어는 밤새도록 "나의 아버지여 . . . 제커라이어가 여기에"(96)라고 말하며 기도를 드렸고, 신의 계시를 알리는 듯한 누군가의 발자국소리를 들었다. 제커라이어는 기도를 끝낸 이후 렉터에게 자신이 서 있는 곳으로 대장정의 일행을 불러오라고 명령했다. 렉터의 전달을 받은 대장정의 일행들은 숲속에 도착하여 제커라이어의 얼굴로부터 평화로움을 목격하고 함께 공유했다. 이때 제커라이어는 일행들을 향해 "그가 우리와 함께 하신다. 그가 길을 인도하실 것이다"(97)라고 예언했고, 이 예언은 20일 후에 실현되었다. 신은 렉터 앞에 나타났고, 렉터는 이 사실을 제커라이어에게 알렸다. 제커라이어는 렉터가 신을 목격한 장소로 향했고, 그곳에서 신이 허리를 구부리고, 작은 가방으로부터 어떤 물건들을 꺼내 흩트려 놓은 것 같은 모습을 목격했다.

하지만 제커라이어와 렉터가 가까이 다가갔을 때에 그곳에는 아무것도 없었다. 그럼에도, 그들은 신이 머물며 무언가를 흩트려 놓는 듯 했던 그곳을 신이 그들에게 정착할 장소를 계시한 것이라고 자의적으로 해석했다. 삼인칭 작중 화자의 이 같은 회고는 '제8암층' 조상들이 고난스러운 대장정을 끝내고 백인사회의 인종차별과 폭력으로부터 자유롭고, 페어리의 '불허'와 같은 멸시를 다시는 겪지 않을 그들의 낙원을 어떻게 창건했는지를 모건 가문의 시각을 통해 재생한 회고이다. 즉 삼인칭 작중 화자의 회고가 말해주듯, '제8암층' 조상들은 신의 계시를 받아 오클라호마의 오지에 안전, 자유, 단결을 상징할 헤이븐이란 아프리카계 미국인들의 마을, 즉 "신에 의해 인도된 박해와 노예화로부터 자유로운 집"(Higgins 121)을 창건했다.

헤이븐은 창건 당시에 아프리카 전통사회의 공동체 의식을 상기시켜주는 곳이었다. 삼인칭 작중 화자의 회고에 따르면, 헤이븐의 주민들은 페어리의 '불허'를 가슴 깊이 새기고 서로서로 어떠한 것도 거절하지 않았고, 필요하거나 부족한 것을 서로를 나눴다(109). 헤이븐 주민들의 이 같은 공동체적 의식은 아프리카 전통사회의 공동체 의식을 상기시키기에 부족함이 없었다. 히긴스에 따르면, 자이레(Zaire)의 렐레(Lile)족, 케냐(Kenya)의 아발루야(Abaluyia)족, 짐바브웨(Zimbabway) 사람들, 아산티(Ashanti)족, 그리고 아칸(Akan)족의 이상은 이웃에게 선의의 봉사를 하는 것이다(121). 히긴스는 아프리카 전통사회의 이 같은 사례에 비춰 헤이븐이 1932년에 번성했고, "면화 수확이 좋지 않았을 때에 다른 농부들이 면화 재배자들과 그들의 이익을 나눴으며, 일손을 도왔다"(121)고 밝혔다.

모리슨은 '제8암층' 조상들의 백인사회의 모방적 역사와 신화를 삼인칭 작중 화자의 목소리를 통해 재현했지만, 다른 한편으로 비판적 논평을 덧붙였다. 첫째, '제8암층' 조상들의 공직퇴출 사건은 그들의 주장처럼 백인들의 인종차별주의 때문이라고 말하기 힘들다. 삼인칭 작중 화자에 따르면, '제8암층' 조상들은 루이지애나에서 터줏대감 노릇을 했고, 그들을 소작농으로 부려먹으려고 루이지애나에 온 백인들과 맞서 싸웠을 정도로 자긍심이 강했고, 주 의회와 공직에 출마하여 세 명이나 당선이 되었을 정도로 영향력이 있었다. 그럼에도, 그들의 조상들이 느닷없이 공직으로부터 퇴출당한 까닭은 다른 아프리카계 미국인들과 다른 그들의 자긍심 때문이었다 (193). 이와 관련, 삼인칭 작중 화자는 제커라이어가 공직으로부터 퇴출당한 이유를 사례로 들었다. 즉 삼인칭 작중 화자가 이 사건에 대한 지난날의 신문기사를 바탕으로 "흑인들은 치욕감을, 그리고 백인들은 가소로움과 위협을 느꼈다"(302)고 회고하듯, 제커라이어가 공직으로부터 퇴출된 이유는 노예제도 이후 아프리카계 미국인들의 사회적·정치적 지위향상을 불안과 두려움의 시각으로 바라본 백인사회의 시각 때문이었다.

둘째, 페어리의 '불허'와 관련, '제8암층' 조상들은 자존심으로 인한 적대감 때문에 페어리 사람들로부터 받은 모든 물건을 되돌려줬다고 주장하지만 사실과 다르다. 삼인칭 작중 화자에 따르면, 설레스트 블랙호스(Celeste Blackhorse) 할머니가 제커라이어와 드럼의 명령에도 불구하고 페어리 사람들이 준 음식물을 아이들에게 먹였다(195). 셋째, 헤이븐과 관련, 이곳은 '약속의 땅'이라고 말할 수 없다. 삼인칭 작중 화자에 따르면, 이곳은 제2차 세계대전에 참전한 헤이븐의 자녀들이 귀향한 1948년에 면화농사가 붕괴되고 철도회사들이 철로를 다른 장소에 깔았기 때문에 이곳은 유령마을이 되어갔다.

'제8암층' 조상들의 '약속의 땅'이 이처럼 유령마을이 되었을 때에 새로운 '약속의 땅'을 건설하기 위해 루비로의 이주를 주도한 사람들은 제커라이어의 손자들인 디컨과 스튜워드이다. 그들은 조상들의 백인 모방적 업적을 보존한다는 명분으로 다른 열네 가문들의 구성원들(아홉 가문들의 구성원들은 '제8암층'이고, 다른 다섯 가문들의 구성원들은 순수 흑인들이 아님)을 설득하여 헤이븐보다 더 오지로 이주했고, 이곳의 명칭을 새로운 집에 도착하자마자 죽은 디컨과 스튜워드의 누이의 이름을 따서 '루비'라고 명명했다

(103). 하지만 루비로의 이주는 헤이븐의 전통을 모두 버리고 아프리카계 미국인의 순수 혈통법칙을 상징하는 화덕(oven)만 옮긴 것에 불과했다.

헤이븐의 화덕은 본래 "백인중심사회에서 겪은 고통의 역사가 깃든, 그리고 박해와 고문 없는 공동체에 대한 이상향적 기대가 깃든 토템"(Kearly 11)으로 만들어졌고, 부엌의 역할과 함께 공동체의 결속을 다지는 집단결속의 장으로 만들어졌다. 첨언하면, '제8암층' 조상들이 헤이븐에 화덕을 만든 이유는 그 열기로 모든 구성원들을 따뜻하게 먹이고 살 수 있도록 하기 위해서였다(109). 그리고 또 다른 목적은 이곳을 헤이븐 주민들을 위한 대화, 휴식, 게임, 그리고 사교의 공간으로 만들기 위해서였다. 하지만 디컨과 스튜워드는 이런 화덕을 루비로 옮기면서 배타적인 혈통법칙의 상징물로 만들었다(111).

루비로 이주한 '제8암층' 후손들은 화덕 입구의 금속명판에 새겨진 제 커라이어의 문구, 즉 "그의 미간의 주름"(The Furrow of His Brow)(86)의 앞에 '조심하라'(Beware)란 말이 빠졌다고 주장하며 "그의 미간의 주름을 조심하라"(Beware the Furrow of His Brow)(87)로 해석했다. 그들이 금속명판의 문구를 이처럼 해석한 목적은 그들의 여성들 중 어느 누구도 백인주인의 부엌에서 일한 적이 없기 때문에 백인주인의 성폭력에 의해 페어리 주민들과 같은 흑백혼혈 자녀를 출산하지 않았다는 혈통적 자긍심을 물려주기 위해서이며, 후손들에게 '불허' 사건의 수치와 분노를 기억시키기 위해서이다. 즉 그들은 화덕을 혈통의 오염 가능성을 불식시키는 시각적인 상징물로 변질시켰으며, 후손들에게 배타적 오만과 재조합된 순수 혈통법칙을 가르치는 전체주의적 학습의 성소로 만들어버렸다.

하지만 모리슨은 화덕의 의미를 흩트려 다의적 해석의 공간으로 만들고, 이를 통해 아프리카계 미국인들의 예외주의(exceptionalism)를 비판하고자 했다(Dalsgard 240). 즉 화덕의 문구에 대한 구세대와 신세대의 각자 다른 해석은 루비 사회의 내부적 분열의 불씨를 지피게 했고, 화덕을 두 세대들 간의 다툼의 장으로 만들었다. 루비의 신세대는 금속명판의 문구를 "그의 이마의 주름을 조심하라"로 해석해야 한다는 구세대의 주장에 맞서서 이 문구를 "그의 이마의 주름이 되어라"(Be the Furrow of His Brow. 87) 또는 "우리는 그의 이마의 주름이다"(We are the Furrow of His Brow. 298)로 해석했다. 즉 루비의 구세대 지도자들은 이 문구를 관념적 절대자의 증거와 말씀으로 신격화하고 그들이 유지해 오던 배타적 권위를 강화하기 위한 문구로 해석하지만, 신세대는 구세대의 이 같은 관념적 주체와 정전적 사고에 도전하며 루비의 미래를 위해 닫힌 문을 열려고 했다.

모리슨이 아프리카계 조상들의 역사를 후손들의 기억이 아닌 삼인칭 작중 화자의 개입을 통해 재생한 이유는 후손들이 조상들의 떳떳하지 못한 역사를 은폐, 왜곡, 사유화했음을 서술형식을 통해 보여주고자 했기 때문이다. 즉 그녀는 '제8암층' 조상들의 과거를 후손들이나 지인들의 기억이 아니라, 삼인칭 작중 화자의 회고형식으로 되살렸으며, 이 과정에서 당사자들의 주장에 반론을 제기하는 논평을 덧붙였다. 모리슨이 이 같은 서술형식을 활용한 이유는 아프리카 전통사회의 정체성, 의식, 그리고 가치관의 포기한 아프리카계 미국사회에 대한 그녀의 문제의식을 제기하기 위해서이다.

5. 맺음말

본 장은 모리슨의 기억을 아프리카 전통사회의 개념과 인식에 비춰 살폈다. 모리슨의 소설쓰기는 기억의 재생 또는 재창조 과정이나 다름없다. 기억은 아프리카계 미국인들의 역사를 재생하거나 재창조하기 위한 창작적 형식이며 힘이다. 그녀의 이 같은 소설쓰기는 시간과 기억에 대한 아프리카 전통사회의 인식과 관념에 바탕을 둔 것이다.

전통사회의 아프리카인들은 미래를 시간의 범주로부터 배제하는 대신, 과거를 하나 더 추가하여 각각 사사 시대와 자마니 시대, 즉 기억을 통해 현재로 재생할 수 있는 과거와 더 이상 재생될 수 없는 과거로 분류했다. 문명사회의 시간에 역행하는 그들의 이 같은 과거 지향적 시간은 현재와 과거의 경계는 물론, 기억 가능한 과거와 기억 불가능한 과거의 경계를 의식하지 않은 순환적 시간개념에 바탕을 둔 시간이며, 기억을 과거의 저장소뿐만 아니라 시간적 경계 흩트리기의 매개로 간주하는 관습적 의식에 바탕을 둔 시간이다.

모리슨 역시 아프리카 전통사회의 시간과 기억을 바탕으로 아프리카계 미국인들의 역사를 재생 또는 재창조하고자 했다. 그녀는 전통사회의 아프리카인들처럼 미래를 시간의 범주로부터 배제하고, 기억 가능한 과거와 기억 불가능한 과거를 분류하여 기억 가능한 과거의 범주에 속한 인물과 사건을 재생 또는 재창조했고, 이를 위해 기억을 과거의 저장소와 과거와 현재의 매개로 활용했다. 그녀가 기억을 이처럼 활용한 까닭은 전통사회의 아프리카인들처럼 과거를 현재로 환원할 수 있는 시간이자 현재와의 사이에 경계가 없는 시간으로 인식했기 때문이다.

모리슨의 소설들은 모두 기억을 통해 과거의 인물과 사건을 현재로 재생하고 재창조한 소설들이다. 하지만 그녀가 작중 인물의 서술시점에 비춰 과거를 재생 또는 재창조한 소설들은 『솔로몬의 노래』, 『타르 베이비』, 『빌러비드』, 그리고 『낙원』이다. 이 소설들 속에서 모리슨은 사후 세계의 작중 인물과 사건들을 아프리카 전통사회의 개념과 인식에 비춰 재생 또는 재창조했다. 『솔로몬의 노래』에서 파일레잇, 메이콘, 쿠퍼 목사, 수전 버드의 회고, 그리고 『빌러비드』에서 세스의 회고는 기억에 대한 아프리카 전통사회의 인식을 반영해주는 대표적 사례들이다. 물론,『빌러비드』에서 사후 세계 인물의 후손 또는 지인이 아닌, 삼인칭 작중 화자의 목소리를 통해 사후 세계의 작중 인물과 사건을 재생한 것은 서술시점을 다양화했다는 점에서 단일한 사후 세계의 인물과 사건을 후손과 지인들의 기억을 통해 재생한『솔로몬의 노래』와 차이를 보여준다.

모리슨은『솔로몬의 노래』에서 밀크맨의 공간적 이동순서에 맞춰 후손들과 지인들의 기억을 통해 제이크의 과거를 재생한 데에 반해,『빌러비드』에서 노예제도의 폭력으로 인해 마비된 세스와 폴 디의 기억을 삼인칭 작중 화자의 개입으로 채워가며 매엠, 낸, 베이비 석스, 그리고 식소의 과거를 재생했다. 하지만 모리슨은『타르 베이비』에서 불가능한 기억범주에 속한 기마족 조상들의 과거를 후손 또는 지인의 기억이 아닌, 제3자의 구어적 이야기 형식을 통해 사후 세계의 인물과 사건을 재생했다. 뿐만 아니라, 그녀는 기억의 대상을 사후 세계의 현현으로 확대했다.『솔로몬의 노래』에서 그녀는 파일레잇의 기억을 통해 사후 세계의 현현에 대한 과거의 경험을 재현했고,『빌러비드』에서 덴버의 기억 속에 내재된 사후 세계의 인물을 현 세계의 현현으로 재현했다.

모리슨은 이처럼 기억에 대한 아프리카 전통사회의 인식을 소설쓰기를 통해 재현했다. 이 과정에서, 그녀는 서술자와 서술시점의 변용을 통해 기억 가능한 과거와 기억 불가능한 과거를 아프리카 전통시대의 시간에 비춰 구체화 했다. 그녀가 이를 통해 전달하고자 하는 메시지는 그녀의 문학뿐만 아니라 아프리카계 미국인들의 전체성, 의식, 그리고 가치관이 아프리카 전통사회로부터 유래했음을 강조하는 것이다. 그녀는 이 같은 메시지를 『낙원』을 통해 전달하고자 했다. 이 소설에서 그녀는 아프리카계 미국사회의 문제점을 추적했다. 이때 그녀의 비판대상은 기억의 거부이다. 이 사회의 조상들과 후손들은 피부색만 아프리카계 미국인들일 뿐, 백인남성중심사회로부터 수혈된 백인모방적 정체성, 의식, 그리고 가치관을 가진 사람들이다. 그들은 이로 인해 인종우월주의를 표방하고 인종적 타자들을 멸시하거나 거부했으며, 내부적 분열을 초래했다.

　모리슨은 아프리카 전통사회의 정체성, 의식, 가치관으로부터의 단절로 초래된 그들의 문제점을 기억의 거부로 간주했다. 즉 그들의 기억은 떳떳하지 못한 역사에 대한 기억이다. 그들은 자신들의 백인모방적 정체성, 의식, 그리고 가치관이 어떤 내부적·외부적 문제점들을 초래했는지 누구보다 더 잘 알고 있다. 따라서 그들은 조상 때부터 떳떳하지 못한 과거를 은폐, 왜곡, 그리고 사유화해 왔다. 모리슨은 그들의 이 같은 문제점을 서술형식을 통해 지적하고자 했다. 즉 그녀는 '제8암층' 조상들의 과거를 후손들이나 지인들의 기억이 아니라, 삼인칭 작중 화자의 회고형식으로 되살리며 당사자들의 주장에 반론을 제기하는 논평을 덧붙였다. 그녀의 이 같은 서술형식은 백인모방적 정체성, 의식, 그리고 가치관에 대한 반론의 제기이다.

공동체 의식: 형제애와 상부상조

1. 머리말

아프리카 전통사회는 개인과 공동체의 관계를 당위적 · 필연적 관계로 간주하며, 이를 바탕으로 공동체적 가치의 유지와 강화에 부합하는 개인적 가치의 추구를 강조한다. 아프리카 전통사회에서 "개인은 우리이기 때문에 '나'이다"(Mbiti 106). 바꿔 말하면, 개인은 개별적 존재가 아니라 공동체의 일부이다. 전통사회의 아프리카인들이 공동체적 가치를 이처럼 중요시 하는 이유는 그들의 전통적 삶과 관습 속에 내재된 공동체적 의식 때문이다. 그들은 개인에게 일어난 일은 전체에게 일어난 일로, 그리고 전체에게 일어난 일을 개인에게 일어난 일로 간주한다. 즉 아프리카 전통사회는 '나'의 존재론적 가치와 역할을 '우리'란 집단적 가치와 목적에 비춰 이해한다. 이와 관련, 시에라리온(Sierra Leone)의 멘데(Mende)족은 올바른 삶을 전체의 선을 위한 개인의 의무로 간주하며, 아칸(Akan)족은 종족 춤을 공동체의 조화를 위한 메타포로 활용해오고 있다(Higgins 76).

아프리카 전통사회에서 개인은 공동체와의 완전한 결속을 위해 통과의식을 거쳐야 한다. 이 의식은 한 차례의 단편적 또는 단기적 의식이 아니다. 개인은 생존기간 동안 단계별로 구성된 여러 차례의 의식들을 통과해야 하며, 이 과정을 통해 한 단계씩 공동체와의 결속을 강화해나간다. 물론, 최종단계는 죽음에 이르렀을 때에 맞이한다. 하지만 죽음은 집단으로부터의 이탈을 의미하지 않는다. 개인은 그때조차도 사후 세계의 조상과 현 세계의 후손을 모두 포함한 가족과 공동체의 구성원으로 간주된다. 물론, 전통사회의 아프리카인들은 개인적 행위 역시 이 같은 관점에서 접근하고 해석한다. 테레즈 히긴스(Therese Higgins)에 따르면, 아프리카 전통사회는 공동체를 훼손시키는 사람을 공동체로부터 퇴출시킨다(75). 즉 아프리카 전통사회의 이 같은 극단적 조치는 공동체의 집단적 가치와 결속에 어긋나는 개인적 행위에 대해 단순히 징벌차원의 대응을 취하기 위한 조치라기보다, 공동체의 집단적 가치와 결속에 부합하는 개인적 행위를 지고의 선으로 강조하기 위한 조치이다.

아프리카 전통사회에서 공동체 의식의 근간은 혈연적 유대감이다. 아프리카 전통사회가 공동체 의식의 근간을 이처럼 여기는 까닭은 혈연적 유대감을 삶과 사회적 목적의 집단적 토대 또는 동력으로 여기기 때문이다. 존 음비티(John Mbiti)에 따르면, "인간관계와 관련된 아프리카인들의 거의 모든 개념은 혈연체계를 통해 이해될 수 있고 해석될 수 있다"(102). 히긴스에 따르면, "가족과 이웃들은 혈통으로 맺어진 사람들이다. 이 같은 집단은 조상에 대한 의무를 이행하기 위해 결집한다"(75). 바꿔 말하면, 아프리카 전통사회의 혈연체계는 구성원들 사이에서 사회적 관계를 통제하는 힘이다. 즉 혈연체계는 아프리카 전통사회에서 개인의 행동, 사고, 그리고 전체적 삶을 지배하는 체계나 다름없다. 혈연체계에 대한 아프리카 전통사회의 개념은 인간들 사이의 관계에만 국한된 개념이 아니다. 음비티에 따르면,

전통사회의 아프리카인들은 혈연체계를 토템체계(Totem system)의 바탕 위에서 개념화하기 때문에[31] 동물들, 식물들, 그리고 비생명체들도 혈연체계의 범주 속에 포함시킨다(102).

아프리카 전통사회의 혈연체계는 일방적으로 특정 혈통집단을 둘러싼 폐쇄적 네트워크가 아니라 사방으로 펼쳐지는 거대한 수평적 네트워크이다. 따라서 혈연체계는 기존 집단의 모든 구성원들을 분화시키는 시스템이 아니라 포용할 수 있는 시스템이다. 예컨대, 두 낯선 사람들이 한 마을에서 만났을 때에 무엇보다 먼저 해야 할 일들 중 하나는 그들이 서로 어떤 관계인지를 구분해내는 것이고, 혈연체계가 그들에게 어떻게 적용되는지를 발견하는 것이다. 만약 두 사람이 형제들로 밝혀진다면, 그들은 서로를 동등한 존재로서, 형으로서, 또는 아우로서 대한다. 만약 그들이 삼촌이나 조카라면, 조카는 삼촌에게 존경스러운 태도로 대한다. 그리고 그들은 서로를 정당한 이름 또는 이름 없이 혈연관계의 언어들, 즉 형, 조카, 삼촌, 어머니로 호칭한다.

전통사회의 아프리카인들은 혈연체계를 수직적으로 확대하여 죽은 사람과 태어날 사람을 모두 이 관계 속에 포함시킨다. 혈연체계에 대한 아프리카인들의 이 같은 경향은 자녀들에게 가계의 계보를 교육시키는 그들의 전통을 통해 구체적으로 나타난다. 즉 많은 아프리카 전통사회에서 어린이들이 가계의 계보(genealogies of their descent)를 학습하는 것은 전통적 교육의 일부이다(Mbiti 102-03). 아프리카 전통사회가 자녀들에게 가계의 계보를 학습시키는 주된 목적은 (혈연관계의) 깊은 의식, 역사적 소속감, 그리고 깊

---

31) 아프리카 전통사회에서 씨족들은 토템적이어서 각각의 씨족은 자체의 토템으로 간주되는 동물, 식물, 돌, 또는 광물을 가지고 있다. 씨족의 구성원들은 그들의 토템들을 다루거나 취급하는 데에 있어서 특별한 주의를 기울인다. 토템은 통일, 혈연관계, 소속감, 결속력, 그리고 통상적인 친화력의 가시적 상징이다(Mbiti 103).

은 뿌리의 정서, 그리고 계보적 라인을 확대해야 하는 신성한 의무감을 심어주기 위해서이다(Mbiti 103). 아프리카 전통사회의 구성원들은 이 같은 학습을 통해 그들의 조상들이 누구인지를 알게 되고, 조상들이 자신들과 어떤 관계인지를 인식한다. 이와 관련, 조상에 대한 아프리카인들의 존재론적 믿음과 공동체적 인식은 아프리카 전통사회의 시간개념에 비춰볼 때에 후손들로 하여금 사후 세계에 머문 조상과의 접속, 그리고 조상의 초시간적 재생을 가능하게 해주는 원동력이나 다름없다.

전통사회의 아프리카인들은 시간을 시계역방향으로 흘러가지만 현재로 재생될 수 있는 순환적 개념으로 이해한다. 음비티에 따르면, 그들은 미래를 배제한 채 과거를 두 개의 구간, 즉 사사 시대(Sasa moment)와 자마니 시대(Zamani moment)로 분류하고, 이 두 구간을 각각 현실과 가까운 과거와 현실로부터 먼 과거, 살아있는 사람의 기억을 통해 재생될 수 있는 과거와 살아있는 사람의 기억에 의해 재생될 수 없는 과거, 현재와 교류 가능한 과거와 현재와 교류 불가능한 과거, 그리고 인간이 사후에 도달하는 첫 단계로서의 과거와 첫 단계 이후에 마지막 단계로서의 과거로 간주한다.[32] 그들이 시간을 이처럼 간주한 까닭은 과거와 현재, 사후 세계와 현 세계, 죽음과 삶의 관계를 단절된 관계로 간주하지 않기 때문이다. 음비티에 따르면, 그들은 인간이 사후에 4세대 또는 5세대의 후손들(또는 친구들이나 지인들)에 의해 기억될 때까지 사사 시대에 머문다고 믿으며, 이 시대에 머무는 조상을 죽었지만 살아있는 존재로 믿는다.

전통사회의 아프리카인들은 4세대 또는 5세대의 후손들의 사망 이후에 더 이상 현 세계의 후손들에 의해 기억될 수 없는 조상의 정령이 자마니 시대로 이동하여 영원히 이곳에 머문다고 믿는다. 따라서 그들의 시간개념

---

32) 아프리카 전통사회의 시간개념은 이 책의 제2장에서 충분히 다뤘으므로 내용의 중복을 피하기 위해 이 장의 논지에 적합한 개념만 소개함.

과 사후 세계에 대한 믿음은 혈연체계를 살아있는 사람들 간의 수평적 관계로만 인식하지 않았음을 말해줌과 동시에, 살아있는 사람들과 죽은 사람들 간의 수직적 관계로 인식했음을 말해준다.[33] 뿐만 아니라, 그들이 현세계와 사후 세계, 살아있는 사람과 죽은 사람의 관계를 이처럼 초시간적으로 접근한 것은 역설적으로 수직적인 대칭관계에 있는 현재와 현재 속으로 유입될 미래의 간극 역시 초시간적으로 접근할 수 있음을 말해주는 것이며, 이 같은 논리적 바탕 위에서 아직 태어나지 않았지만 태어날 것으로 기대하는 후손 역시 수직적 혈연체계의 범주 속에 포함시키고 있음을 말해준다.

전통사회의 아프리카인들이 사사 시대의 조상을 '살아있는 죽은 사람'으로 간주하며 수직적 혈연체계 속에 포함시키는 목적은 일차적으로 가족의 결속을 공고히 유지·강화하기 위해서이다. 음비티에 따르면, 그들은 사사 시대의 조상을 의미하는 '살아있는 죽은 사람'이 보호자, 안내자, 그리고 징벌자로서 나타나 전체 가족을 공고하게 결속시킨다고 믿는다(105). 즉 그들은 조상들이 후손들 앞에게 나타나 좋지 않은 일이 있는지 질문하고, 다가올 위험에 대해 경고해준다고 믿으며, 조상들의 특별한 교훈을 수행하지 않는 경우에 조상들로부터 질책을 받거나 음식물 제공을 요구받는다고 믿는다(Mbiti 105). 따라서 조상에 대한 그들의 이 같은 믿음은 그들이 가족의 수직적 혈연체계를 조상의 관심, 보호, 통제 아래 놓인 체계로 인식해왔

---

33) 아프리카 전통사회에서 가족은 사후 세계의 조상들을 포함한 혈연공동체이다. 전통사회의 아프리카들은 조상들이 살아있는 가족들의 기억 속에서 살아 있으며, 살아있는 가족의 일들에 여전히 관여한다고 여긴다. 따라서 살아있는 사람들은 사후 세계의 조상들을 망각하지 말아야 한다. 그렇지 않으면, 불행이 그들을 침범할 수 있다. 그들은 한 사람이 죽기 전에 나이가 많으면 많을수록, 그가(그녀가) 사사 시대에 머무는 기간도 더욱더 길어지고, 가족의 구성원으로 더 오랫동안 기억된다고 믿는다. 그들은 이 같은 믿음과 함께 죽은 사람을 가족의 일부로 간주하기 때문에 음식이나 제물을 제공한다. 이때 제공된 음식과 제물은 유대감, 교감, 기억, 존경, 그리고 환대의 표시이다(Mbiti 105).

다는 것과 조상의 존재론적 의미와 역할을 토대로 가족의 결속력을 지속·강화해왔다는 것을 말해준다.

전통사회의 아프리카인들은 가족 단위뿐만 아니라 보다 큰 단위인 씨족 단위[34] 역시 혈연체계에 대한 그들의 인식과 믿음을 바탕으로 지속시켜왔고, 공고히 다져왔다. 히긴스에 따르면, 케냐(Kenya)의 아발루야(Abaluyia)족은 모든 구성원들이 동일한 조상을 가졌다고 인식하고, 짐바브웨이의 러브듀(Lovedu)족과 베닌(Benin)의 폰(Fon)족은 필요에 따라 재산의식을 공유하기도 한다(77). 아프리카 전통사회의 씨족체계는 혈연의식을 바탕으로 인간적·경제적 공동체 의식을 공유한다. 따라서 씨족의 구성원들은 갈등이 일어났을 때에 상대방의 공격에 맞서 싸우기 위해 단결한다. 뿐만 아니라, 그들은 일상생활, 결혼, 교육, 그리고 이외의 다른 일들과 관련하여 곤경에 처했을 때에 서로 상부상조한다. 히긴스에 따르면, 아칸(Akan)족은 자비, 즉 선행, 적극적 사랑, 이웃돕기를 가장 이상적 행위로 간주하는 반면, 가족 또는 공동체의 명예를 훼손시키거나 가족 또는 공동체에 불만을 표출하는 일을 최악의 행위로 간주한다(75). 음비티가 아프리카 전통사회의 혈연체계에 대해 "종족의 전체적 삶을 결집시키는 힘"(102)이라고 밝힌 것처럼, 아프리카 전통사회의 씨족들은 혈연체계를 바탕으로 서로의 결속력을 유지하고 강화한다.

토니 모리슨(Toni Morrison)은 개인주의를 중시한 미국사회에서 태어나 미국사회의 개인주의적 가치관을 실현하기 위한 교육을 받은 소설가, 편집인, 교수로 살아왔음에도 불구하고 개인적 가치가 가족 또는 사회의 통합

---

34) 아프리카 전통사회에서 씨족은 다른 씨족과의 결혼만 허용하는 '족외혼 씨족'(exogamous clans)과 씨족 내부의 결혼을 허용하는 '내부혼 씨족(endogamous clans)으로 분류된다. 씨족의 규모도 몇 백 명으로 이뤄진 씨족들로부터 몇 천 명으로 이뤄진 씨족들에 이르기까지 다양하다(Mbiti 103).

과 조화의 목적에 부합할 때에 의미를 갖는다고 여긴 작가이다. 개인적 가치에 대한 모리슨의 이 같은 인식은 아프리카 전통사회의 공동체 의식을 환기시켜준다. 낸시 제서(Nancy Jesser)에 따르면, 모리슨은 집과 공동체가 '복합적 상호연계'(complex interweaving)를 통해 어떻게 힘을 모아주고, 전략을 만들어주며, 휴식을 할 수 있는 공간들로서 역할을 하는지를 보여준다 (325). 테리 오텐(Terry Otten)에 따르면, 모리슨의 소설들 속에서 "개인들은 공동체 또는 마을로부터의 소외로 인해 해로운 결과들을 초래하는 경우에 '질서와 전체성'의 복원을 위해 '공동체로의 재진입의지'를 필요로 한다"(93). 제서와 오텐의 이 같은 언급들은 모리슨이 그녀의 소설들 속에서 작중 인물들의 자아와 자아발전과정을 묘사하는 데에 있어서 공동체 의식의 집단적 가치와 관계를 얼마나 강조했는지를 밝혀주기에 충분하다.

모리슨이 공동체 의식을 강조한 주된 이유는 아프리카계 미국인들의 전통적인 삶에 대한 그녀의 전기적 경험에서 찾을 수 있다. 모리슨은 로버트 스텝투(Robert Stepto)와의 1976년 대담에서 그녀의 고향 이웃들과 관련하여 "그들은 여러분들의 삶에 많은 관심을 보이며, 각각의 개인이 그들에게 속해있음을 느낀다. . . . 여러분들은 그 사람들과의 관계를 느낀다"(11)라고 회고했다. 뿐만 아니라, 모리슨은 콜릿 다울링(Colette Dowling)과의 1979년 대담에서도 "내가 성장한 마을은 어떤 사건에 대해 거의 합창단처럼 반응한다"(58-59)고 회고했다. 모리슨의 이 같은 회고들은 아프리카계 미국인들의 삶과 의식 속에 아프리카 전통사회의 공동체 의식이 대대로 이어져오고 있음을 말해준다.

모리슨은 에세이 「뿌리: 토대로서 조상」("Rootedness: the Ancestor as Foundation")에서 "거기에는 항상 원로들이 있다. 그리고 이 조상들은 꼭 부모들만이 아니라, . . . 자비로운, 교훈적인, 보호적인, 그리고 어떤 종류의 지혜를 제공해주는 초시간적인 사람들이다"(343)라고 밝혔다. 그리고 모리슨은 스텝투와의 대담에서 아프리카계 공동체는 "사람들이 아프면, 다른 사람들이 아픈 사람을 돌보았고, 나이가 많으면, 다른 사람들이 나이 많은 사람을 돌보았다, 만약 정신이 올바르지 않다면, 다른 사람들이 작은 공간을 마련해준다"(10-11)고 회고했다. 모리슨이 이를 통해 밝힌 주요 사항은 아프리카계 미국사회에 의해 지속된 공동체 의식의 출처와 내용이다. 즉 이 회고들에서 모리슨이 밝힌 공동체 의식의 출처는 아프리카계 미국인들의 삶과 의식 속에 내재된 아프리카 전통사회의 공동체 의식이며, 주된 내용은 상호관심과 관계에 바탕을 둔 형제애와 상부상조이다.

모리슨은 첫 소설 『가장 푸른 눈』(The Bluest Eye) 이래로 끊임없이 아프리카계 미국사회에서 조상의 망각(또는 상실)과 함께 되풀이 되는 공동체 의식의 파괴와 훼손에 대해 비판하며 공동체 의식의 중요성을 강조해오고 있다. 모리슨은 이를 위해 공동체 의식의 훼손과 파괴를 초래하는 작중 인물들을 공동체 의식의 복원과 유지를 이끄는 작중 인물들과 대조시켜 비판했다. 또한, 모리슨은 공동체 의식을 파괴하거나 훼손하는 이유를 인종적 편견, 경제적 편견, 심리적 트라우마 등 다양한 원인들에 비춰 추적했다. 따라서 본 장은 공동체 의식의 훼손과 파괴에 대한 모리슨의 비판적 의식은 물론, 그녀가 강조하는 공동체 의식을 아프리카 전통사회의 공동체 의식에 비춰 논의한다.

2. 동력으로서 모성적 · 양육적 본능: 맥티어 부인, 테레즈, 창녀들, 안트 로사, 로다, 공동체 여성들

모리슨은 첫 소설 『가장 푸른 눈』에서 이미 모성본능을 공동체 의식의 동력으로 형상화했다. 이 소설의 맥티어 부인(Mrs. McTeer)은 인종적 · 경제적 불평등을 감내하며 모성적 의식과 가치관을 통해 아프리카 전통사회의 공동체적 형제애를 실현해가는 아프리카계 어머니이자 아프리카 전통사회의 어머니이다. 필리스 클롯맨(Philis Klotman)이 "맥티어 가족 구성원들은 아프리카계 미국인의 주체성과 자존심을 지킨다"(124)고 밝히듯, 그녀는 인종적·경제적 불평등에도 불구하고 인종적 정체성과 긍지를 잃지 않고 살아가는 어머니이다. 어머니로서 그녀의 이 같은 모습은 인종적 정체성과 긍지의 결과물이다. 음비티가 아프리카 전통사회에서 "아이는 우리의 아이"(107)라고 밝히듯, 아프리카 전통사회의 모성적 의식과 가치관은 공동체적 가치에 부합하는 개인적 가치의 추구를 강조하는 공동체 의식처럼 공동체의 집단적 의식과 가치관에 바탕을 두고 있다.

모리슨 역시 아프리카 전통사회의 이 같은 모성적 의식과 가치관을 환기시키듯, 자신이 아프리카계 공동체에서 경험한 모성적 의식과 가치관을 스템투와의 1976년 대담을 통해 밝혔다. 모리슨에 따르면, 아프리카계 공동체에서 "가령 거리에서 만나는 사람들은 아이들을 우리의 아이들로 간주하고 보살핀다"(11). 그녀의 이 같은 회고는 아프리카계 공동체가 아프리카 전통사회처럼 공동체의 아이들을 집단적 의식과 가치관에 비춰 바라보고 돌본다는 것을 말해준다. 이와 관련, 모리슨은 아프리카계 공동체와 아프카 전통사회 사이에서 공유해온 모성적 의식과 가치관으로 맥티어 부인의 모성적 본능을 통해 재창조했다.

모리슨은 맥티어 부인의 공동체 의식을 밝히기 위해 작중 화자이자 그녀의 딸인 클로디아 맥티어(Claudia McTeer)의 성장기로 시간을 소급하고, 이 시기에 드러난 그녀의 공동체 의식을 삼인칭 작중 화자와 클로디아의 회고를 통해 재생했다. 클로디아의 회고에 따르면, 맥티어 부인은 맥티어 씨(Mr. McTeer)와 함께 1900년대 초 '흑인대이동' 시기에 남부로부터 중서부로 이동하여, 비록 작지만 미국 철강산업의 중심 도시인 로레인(Lorain)에 정착했다. 맥티어 부부가 '흑인대이동'의 대열에 합류한 이유는 다른 아프리카계 미국인들처럼 남부농촌에서 이룰 수 없는 보다 나은 자유와 삶을 중서부의 작은 도시에서 이루고자 했기 때문이다. 하지만 중서부 역시 그들을 위한 기회의 땅이라고 말하기 어렵다. 맥티어 씨는 낮은 임금을 받으며 제철소의 노동자로 일해야 하고, 맥티어 부인은 맥티어 씨의 제한된 수입으로만 생계를 꾸려갈 수 없어 가사를 돌보며 하숙생을 들여 부족한 생활비를 보충해야 했다.

모리슨은 맥티어 부부의 경제적 빈곤을 그들의 열악한 생활공간을 통해 보다 구체화했다. 즉 맥티어 부부가 살고 있는 집은 아프리카계 공동체의 일반적 가정(Christian 49, Heinze 75)으로, 바퀴벌레가 수시로 출몰하고, 겨울철이면 작중 화자인 클로디아와 그녀의 언니인 프리다 맥티어(Frieda McTeer)가 철도 근처에서 석탄을 주워 와야 난방을 할 수 있는 곳이었다. 그럼에도 불구하고, 그들은 경제적 빈곤을 적극적으로 극복해가며 아프리카계 미국인으로서의 정체성과 자존심을 잃지 않고 살았다. 그들은 아프리카계 미국인을 두 유형, 즉 백인사회에 잘 적응하는 것만이 궁극적으로 행복을 가져올 것이라고 믿는 유형과 가난하고 고달픈 삶 속에서 흑인의 자존심을 지키는 유형으로 분리할 때에(Collins 23), 후자의 경우에 속하는 사람들이다.

맥티어 부인의 공동체 의식은 지속적인 소통을 통해 주변과의 유대관계를 이어가는 그녀의 모습을 통해 살필 수 있다. 작중 화자인 클로디아가 어머니와 이웃여성들의 대화에 대해 "그들의 대화는 부드럽고 장난스럽게 춤추는 일종의 춤과 같았다"(160)고 밝히듯, 그녀는 공동체 여성들과의 격의 없는 소통을 이어갔다. 뿐만 아니라, 그녀는 어려운 처지에 놓인 주변을 포용하는 형제애와 상부상조 정신을 발휘했다. 그녀는 촐리 브리드러브(Cholly Breedlove)의 방화로 인해 오갈 데 없는 피콜라 브리드러브(Pecola Breedlove)

를 공동체 의식으로 포용하고, 자신의 딸들처럼 대했다. 그녀는 보관 중이던 우유가 모두 없어진 것을 발견했을 때에 우유를 좋아하지 않는 자신의 딸들이 아니라 피콜라가 먹어버렸다는 것을 알고서도 피콜라 대신 촐리를 향해 비난을 쏟아냈다.

피콜라가 우유를 모두 마셔버린 이유는 식탐 때문이 아니라, 셜리 템플(Shirley Temple) 컵에 새겨진 백인소녀에 대한 동경 때문이다. 이 사실을 인지했는지 알 수 없지만, 맥티어 부인은 어린 피콜라를 건너뛰어 그녀를 방치한 촐리를 비난받아야 할 사람으로 간주했다. 클로디아의 회고에 따르면, 맥티어 부인은 촐리가 방화죄로 교도소에 갔다가 이틀 전에 석방되었음에도 딸을 찾지 않는 것에 대해 "제 딸이 죽었는지 살았는지조차 알아보러 오지 않으니 그게 사람이 할 짓이야"(23)라고 비난했다. 한편, 맥티어 부인은 피콜라가 초경을 시작했을 때에 불안해하는 피콜라와 당황해하는 프리다를 아프리카의 전통적 어머니처럼 포용했다. 이때 맥티어 부인은 "너도 똑같은 내 새끼야. 그녀는 그 둘을 끌어안았다. 그들의 머리를 그녀의 배로 끌어들였다"(28)라고 말했는데, 그녀의 이 같은 언급은 "아이는 내 아이가 아니라 우리의 아이"(Mbiti 107)라고 인식한 아프리카인들의 전통적 의식과 맥락을 같이하는 언급임과 동시에, 그녀가 아프리카의 전통적 어머니임을 말해주는 언급이다.

모리슨은 또한 피콜라의 집 위층에 살고 있는 창녀들, 즉 차이나(China), 폴란드(Poland), 그리고 마리(Marie)의 친절과 소통을 통해 아프리카 전통사회의 공동체 의식을 환기시키고자 했다. 삼인칭 작중 화자가 그들의 공간을 다정한 곳(44)으로 소개하듯, 그들은 주변으로부터 멸시와 고립을 당한 피콜라를 늘 격의 없는 친절과 소통의 자세로 맞아줬다.

"어이, 땅딸보. 양말은 어디 둔 거야?" 마리는 피콜라를 같은 별명으로 두 번 거의 부르지 않았지만, 마리가 지어서 부르는 별명들은 언제나 피콜라의 마음속에 차려진 여러 맛 좋은 음식 중에 제일 맛있는 음식을 접시에 골라 놓은 것처럼 사랑스러운 호칭들이었다.

"안녕, 마리. 안녕, 차이나. 안녕, 폴란드."

"내 얘가 들었니, 양말은 어디 있어? 이러고 다니니까 꼭 맨발로 다니는 땅강아지 같잖아."

. . .

폴란드와 차이나는 저녁 일을 준비 중이었다. 폴란드는 쉬지 않고 다리미질을 하며 노래를 불렀고, 차이나는 연두색 식탁의자에 앉아 끊임없이 머리를 말아 올리고 있었다.

여성들은 상냥했지만 이야기를 시작하려면 시간이 좀 필요했다. 피콜라는 언제나 마리에게 먼저 말을 걸었다. 그녀는 한번 시동이 걸리면 좀처럼 멈출 줄 모르는 엔진이었다.

"Hi, dumplin. Where your socks?" Marie seldom called Pecola the same thing twice, but invariably her epithets were fond ones chosen from menus and dishes that were forever uppermost in her mind.

"Hello, Miss Marie. Hello, Miss China. Hello, Miss Poland."

"You heard me. Where your socks? You as bare-legged as a yard dog."

. . .

Poland and China were getting ready for the evening. Poland, forever ironing, forever singing. China, sitting on a pale-green kitchen chair, forever and forever curling her hair. Marie never got ready.

The women were friendly, buy slow to begin talk. Pecola always took the initiative with Marie, sho, once inspired, was difficult to stop. (44)

창녀들의 공간은 피콜라에게 언제나 '다정한 공간'이었으며, 창녀들은 그녀에게 언제나 곁을 내줬다. 그들의 이 같은 공동체 의식은 자신들과 비슷한 처지의 사람들에 대한 사회적 공감대, 소외자에 대한 종교적 이타주의, 연장자로서의 애정, 그리고 여성으로서의 성적 공감대 등 다양한 복합적 동력들에 비춰볼 수 있다. 하지만 피콜라를 향한 그들의 공동체 의식의 동력 역시 모성본능의 일환이라고 해석할 수 있다. 그들은 출산과 양육의 경험이 없는 여성들이지만, 모성본능 자체를 상실한 여성들이 아니다. 그들은 인종적 · 경제적 · 사회적 약자로서 포기해야 하는 이 같은 경험 때문에 오히려 그 부재에 민감하고, 이를 대신할 방어기제를 필요로 하는 여성일 수도 있다. 즉 피콜라에 대한 그들의 애정은 여성으로서 할 수 없는 출산과 양육의 부재를 대신해주는 방어기제나 다름없다.

『가장 푸른 눈』에 이어, 모리슨은 『타르 베이비』(*Tar Baby*)에서 아프리카계 어머니로서 마리 테레즈 푸코(Mary Thérèse Focault)의 모성본능을 통해 아프리카 전통사회의 공동체 의식을 보여주고자 했다. 하지만 모리슨은 『가장 푸른 눈』에서와 달리 이 소설에서 작중의 현재시점에서 테레즈가 무단 침입자인 썬 그린(Son Green)에게 베푸는 공동체 의식을 형상화 했다.

테레즈는 40대 중반이 되면 시력을 잃어버리는 기마족, 즉 "아프리카 출신 노예의 후손이다"(Jennings 120). 그녀의 조상들은 17세기에 카리브 지역에서 침몰한 프랑스 노예무역선으로부터 탈출하여 '슈발리에 섬'(Isle Des Chevalier)에 숨어든 다음 프랑스의 식민지인 세인트 도미니크(St. Dominique: 아이티(Haiti)의 옛 이름)를 보는 순간부터 점차적으로 시력을 상실했고, 이후 후손들도 40대 중반이 되면 조상들처럼 시력을 상실한다. 모리슨은 테레즈의 인종적 배경과 시력상실의 원인을 이처럼 밝히며, 아프리카 어머니로서 그녀의 공동체 의식을 발레리언 스트리트(Valerian Street)의 별장에 은닉한 썬에게 음식물을 제공하는 장면을 통해 보여줬다.

작중의 현재시점에서 썬은 발레리언의 저택에 불법적으로 숨어든 도망자일 뿐만 아니라, 이를 통해 도망노예의 역사를 환기시켜주는 아프리카계 미국인이다. 그는 외도한 아내를 살해한 뒤에 도망자가 되어 10여 년의 선원생활을 하던 중에 자신의 배가 슈발리에 섬에 정박했을 때에 도피 생활을 마감하기 위해 배를 탈출한 다음, 발레리언의 별장에 숨어들었다. 하지만 그는 자신의 모습을 드러낼 수 없는 처지여서 발레리언의 부인인 마가렛(Margaret)의 장롱 속에 숨어 주로 밤을 이용하여 음식을 훔쳐 먹는 방식으로 허기를 면해야 한다. 이때 그의 존재를 감각적으로 포착한 사람은 발레리언에 의해 임시로 고용된 하인들인 기디온(Gideon)과 테레즈이다.

테레즈는 유모로 살다가 '앙파밀'(Enfamil)이란 다국적 기업의 유아용 분유가 등장하면서 유모일을 접고, 발레리언의 저택에서 하인생활을 하고 있다. 기디온은 빈곤으로부터 벗어나기 위해 친구들보다 뒤늦게 22세 때 캐나다의 퀘벡으로 떠나지만, 2년 후 미국으로 이주하여 이곳에서 위장결혼까지 하며 40년을 이주노동자로 살다가 1973년에 귀향하여 테레즈와 함께 발레리언의 하인으로 살아간다. 물론, 발레리언의 하인으로서 그들의 삶은 소설 내내 지속된 삶이 아니다. 그들은 썬이 소설의 전면에 등장한 직후에 발레리언에 의해 해고당한다. 이로 인해, 그들은 태풍이 올 때마다 지붕이 날아가 새로운 지붕을 얹어야 하는 벽돌집에서 기디온이 부두를 떠돌며 일거리를 구하거나 택시 운전기사를 대신하여 요금을 수거하는 일로 연명하며 살아간다.

기디온은 시각을 통해 은둔 중인 썬의 존재를 포착하지만, 시력을 상실한 테레즈는 후각을 통해 포착한다. 즉 그녀는 후각을 토대로 기디온에게 "굶주림과 배고픔의 냄새, 오직 인간만이 낼 수 있는, 인간이 음식을 먹지 못하고 지냈을 때에 나는 체취"(105)라고 말하며 "누군가 이 근처에서 죽어가고 있어"(105)라고 주장한다. 기디온은 이에 대해 "그래 나야, 테레즈"(105)

라고 농담조로 대답하지만, "당신은 아니야 누군가가 죽어가고 있어"(105)라고 주장하는 그녀의 확신을 더 이상 부정하지 않는다. 즉 그는 농담조의 대답에 이어 자신이 '누군가'란 미확인 대상을 직접 두 눈으로 포착한 사실을 테레즈에게 털어놓는다.

테레즈는 누군가의 존재로 별장 안에 무단 침입한 썬의 존재를 백인주인에게 보고해야 하는 하인의 임무보다, 그를 보호하고 양육하는 어머니의 임무를 선택했다. 기디온은 망가진 찬장 문을 수선한 다음에 썬을 위해 한쪽 문을 열어놓고, 테레즈는 그곳에 썬을 먹이기 위한 음식물을 은밀하게 가져다 놓는다(106). 테레즈는 또한 썬을 위해 아보카도를 세탁실에 놓아두기도 한다. 그녀가 이처럼 썬에게 음식을 제공한 목적은, "3일마다 한 번씩 음식이 없어졌는지를 확인했다"(106)는 삼인칭 작중 화자의 언급이 말해주듯, 양육의 어머니로서 자신의 존재를 썬에게 알려 그로 하여금 외부로 모습을 드러내게 하려는 시도이다.

기디온이 모습을 드러낸 썬을 자신의 집에 초대한 뒤에 그에게 "테레즈는 유머였어. 백인아기들에게 젖을 먹여 생계를 꾸렸지"(154)라고 밝히듯, 그녀는 양육의 어머니이다. 제닝스에 따르면, "테레즈의 수유하고 양육하는 젖들은 조상과 가장 가까운 살아있는 원로로서 그녀의 위치를 확고하게 만들고, 그녀를 . . . 순환적인 검은 젖가슴의 주체로 부각시킨다"(124). 제닝스에 이어, 히긴스에 따르면, "테레즈는 늙었음에도 젖이 나오는 신비한 가슴을 가진 어머니, 양육의 여성이다"(100). 제닝스와 히긴스의 이 같은 견해는 60세의 나이에도 불구하고 평생을 양육의 어머니로 살아온 테레즈의 삶뿐만 아니라, 양육의 어머니로서 그녀의 초시간적 모성을 밝혀준다. 따라서 썬을 보호하고 음식물을 제공하는 그녀의 행위는 양육적·보호적 본능을 통해 양육 대상을 자신에게 다가오도록 유도하기 위한 행위이며, 이를 통해 공동체 의식을 실천하기 위한 행위이다.

이 소설에서 모리슨은 또한 플로리다의 외진 농촌 마을인 엘로에(Eloe)의 아프리카계 여성들을 통해 모성본능에 바탕을 둔 아프리카 전통사회의 공동체 의식을 보여주고자 했다. 엘로에의 여성들은 엄격하고 인습적인 성도덕과 성문화 속에서 살아가는 여성들이다. 그들은 이 같은 도덕적·문화적 황경 속에 살아가며 충실한 아내와 양육의 어머니로서 살아간다. 즉 그들은 아내의 능력을 위해 정착하기를 원하고, 독창성보다는 번식을, 만드는 일보다 돌보는 일을 원하는 여성들이다(225). 모리슨은 이곳의 모성적 공동체 의식을 공개하기 위해 10여 년의 도피 생활을 마감한 썬의 귀향을 추적했다. 썬이 이곳을 방문한 시점은 발레리언의 별장에서 자신의 존재를 드러낸 뒤에, 이곳에 머물고 있는 제이딘 차일스(Jadine Childs)와 사랑에 빠져 뉴욕으로 갔을 때이다.

엘로에는 아프리카 전통사회를 환기시키는 아프리카계 미국인들의 공동체이다. 모리슨은 이곳을 통해 아프리카 전통사회를 환기시키기 위해 썬의 출생과 성장기로 시간을 소급하여 안트 로사(Aunt Rosa)를 아프리카의 전통적 어머니로 형상화했다. 음비티에 따르면, 아프리카 전통사회에서 "아이는 내 아이가 아니다. 우리의 아이이다"(107). 음비티의 이 같은 견해는 전통사회의 아프리카인들이 자녀를 개인적 차원이 아니라 공동체적 차원에서 누구나의 자녀로 간주한다는 것과 자녀의 양육 역시 공동체적 의무와 책임으로 인식하고 있음을 말해준다. 이와 관련, 안트 로사는 아프리카 전통사회의 공동체 의식을 구현하는 양육의 어머니이다. 그녀는 출생 직후 어머니를 잃은 썬을 특정 개인의 자녀가 아닌 공동체 구성원 모두의 자녀로 간주하고, 유아기의 그에게 자신의 젖을 먹이며 성장기의 그를 돌봐줬다. 즉 그녀는 양육의 어머니로서 아프리카 전통사회의 공동체 의식을 실천했다.

하지만 이 소설의 신세대 아프리카계 여성인 제이딘은 검은 원시문명의 여성적 본능과 인간성의 상징(Heinze 38)인 엘로에를 슬픔, 가난, 그리고 빈곤한 정신세계로 간주한다. 뿐만 아니라, 그녀는 이곳을 검은 여성들의 육체적인 공포와 야만이 지배하는 공간으로 간주한다. 그녀의 이 같은 의식이 드러난 시점은 안트 로사의 집에서 하룻밤을 지낼 때이다. 그녀는 꿈 속에서 썬의 첫 부인 샤이엔(Cheyenne), 테레즈, 썬의 죽은 어머니, 그녀의 죽은 어머니, 온딘, 엘린(Ellen), 노란 옷 입은 여성, 그리고 한 무리의 다른 여성들이 젖가슴을 풀어헤친 채 그녀에게 나타나는 모습을 본다. 즉 무리를 이룬 여성들은 경쟁하듯이 그녀에게 더 가까이 다가오려 했고, 그녀는 그들을 여성악령들(succubi)로 간주하고, 화가 나서 그들에게 원하는 것이 무엇인지를 질문한다. 하지만 여성들은 아무 대답도 없이 각각의 젖들을 꺼내들고 그녀를 향해 들이댈 뿐이다(258). 즉 여성들이 이 같은 행위를 통해 전달하고자 하는 메시지는 흑인여성의 존재 속에 모성적 본능이 잠재되어있다는 것과 흑인여성의 양육적인 특징보다 더 자연스럽고 영광스러운 것이 없다는 것이다(Higgins 99).

그들은 제이딘의 물음을 기다리기라도 한 듯 해보였고 모두 젖가슴을 꺼내들고 그녀 앞에 내밀었다. 제이딘은 공포에 떨기 시작했다. 그들은 여유 없는 방안에 둘러서서 서로를 부드럽게 밀치며, 한 사람이 젖가슴을 내밀면 다른 사람이 같은 행동을 반복했고 제이딘은 충격에 휩싸였다.

They looked as though they had just been waiting for that question and they each pulled out a breast and showed it to her. Jadine started to tremble. They stood around in the room, jostling each other gently, gently—there wasn't much room—revealing one breast and then two and Jadine was shocked. (258)

이 장면에서 제이딘이 꿈을 매개로 마주한 검은 여성들은 몇몇을 제외하고 듣지도 보지도 못한 존재들, 즉 개인적 인연의 범주를 초월한 현 세계와 사후 세계의 존재들이며, 공동체적 범주의 존재들이다. 모리슨은 이같은 여성들을 그녀의 꿈속에 등장시켜 아프리카계 여성들을 초시간적 범주와 공동체 의식을 통해 공유할 수 있는 어머니들로 형상화하고자 했다. 하지만 제이딘은 검은 여성들의 젖가슴이 그녀를 질식시킬지도 모른다는 공포감에 휩싸여 도시문명의 화려한 불빛으로 탈출해야 한다고 생각한다.

검은 여성들의 육체에 대한 제이딘의 반응은 파리의 한 슈퍼에서 노란색 옷을 입은 아프리카 여성을 마주쳤을 때에 그녀가 드러낸 반응을 상기시켜준다. 슈발리에 섬으로 귀환하기 전에, 당시에 제이딘은 모델 일을 중단한 채 귀향을 결정할 정도로 노란 옷을 입은 아프리카계 여성의 경멸적인 행동 때문에 깊은 충격을 받았다. 때문에, 그녀는 귀향 후에도 잠시 사랑을 나눈 썬으로부터 눈먼 기사들에 대한 이야기를 들을 때에 "말을 타고 달리는 남자들, 파도처럼 밀려오는 기사들을 눈앞에 그려보려 애를 쓰지만, 노란 옷 입을 여자에 대한 생각"(40)을 떨쳐내지 못한다.

노란색 옷을 입은 여성은 아프리카인의 표식을 가진 검은 피부색의 여성으로, 백인사회의 미적 기준에 어울리지 않을 만큼 지나치게 큰 엉덩이와 가슴을 소유한 여성이다. 그녀는 최근에 파리에 온 여성이기 때문에 계란을 줄 단위로 구입해야 하는 슈퍼의 규정도 알 수 없어서 필요한 계란 세 개만 집어 들었고, 계산을 위해 지갑 대신 치마 주머니에서 동전을 꺼냈다. 그녀의 이 같은 외모와 행동은 백인고객들의 호기심을 자극했고, 제이딘 또한 호기심을 함께하며 백인고객들처럼 그녀를 응시했다. 그리고 노란 옷을 입은 여성은 자신을 유럽의 백인중심사회에 어울리지 않은 인종적·문명적·미적 타자로 응시하는 백인고객들 속에서 백인들과 같은 눈으로 자신을 응시하는 엷은 피부색의 제이딘을 향해 침을 뱉는 것처럼 보이는 경멸적 제스처를 취했다. 이와 관련, 노란 옷을 입은 여성에 대한 제이딘의 호기심은 백인중심사회의 가치관을 향유하며 살아온 그녀의 의식과 가치관 때문에 불가피하게 나타난 아프리카인의 인종적·문명적·미적 정체성에 대한 거부감으로부터 비롯되었다. 하지만 그녀의 경멸적 행위로 인한 제이딘의 충격은 비웃음 또는 조롱 때문에 당한 자존심의 상처 때문이라기보다 백인중심적 가치관 속에 은둔한 자신을 압도할 것 같은 아프리카 여성의 원시적·육체적 카리스마에 대한 불안 또는 공포이다.

테레즈와 달리, 제이딘은 여성으로서의 모성본능을 결여한 여성이다. 그녀는 "인공적 구조에 익숙한 여성"(Heinze 38)이다. 이를 증명하듯, 온딘(Ondine)은 썬과의 파경 직후에 파리로 되돌아가려는 제이딘에게 "진정한 여성이 되기 위해 딸이 되는 법을 배워야 한다"(242)고 충고하며, 딸이 된 뒤에 성취할 수 있는 진정한 여성의 능력을 "자신을 돌보아준 사람을 다시 돌보아줄 수 있는 능력"(242)이라고 말해준다. 온딘의 이 같은 충고는 개인적인 섭섭함이 묻어나는 표현이다. 제이딘은 늙은 온딘이 시드니(Sydney)와 함께 발레리언의 충실한 하인으로 살며 자신을 친딸처럼 양육하고, 파리에서 공부할 수 있도록 발레리언의 경제적 지원을 가능하게 해준 것을 모른다. 그녀의 이 같은 무지를 가장 잘 드러낸 사례가 바로 파리에서 귀향할 때에 온딘을 위해 사들고 온 그녀의 선물이다. 제이딘은 평생 하인으로 살아왔고 남은 삶도 하인으로 살아가야 하는 온딘에게 줄 크리스마스 선물로 검은색 시폰 드레스와 지르콘 장식이 달린 굽 높은 구두를 사가지고 왔다. 온딘이 이런 제이딘에게 진정한 여성이 되는 법에 대해 충고한 목적은 늙은 자신과 시드니의 노후에 대해 아무런 관심도 없는 조카딸에게 섭섭한 마음을 우회적으로 전달하기 위해서이다. 즉 제이딘이 파리로의 복귀를 위해 잠시 들렀을 때, 온딘은 모피 코트를 놔두고 가지 않았다면 작별인사도 하지 않고 돌아갔을지도 모른다고 생각하며 섭섭한 마음을 우회적으로 피력한다.

제이딘은 소르본 대학에서 미술사 박사학위를 취득하고 파리와 뉴욕에서 고급 패션 무대의 모델로 활동하는 아프리카계 여성이다. 뿐만 아니라, 그녀는 "구릿빛 비너스"(98)를 환기시키는 패션 잡지의 표지 모델로 등장할 만큼 소비자본주의적 가치를 대변해주는 여성이다. 그녀는 이를 말해주듯 파리의 부유한 백인남성으로부터 물개가죽 외투를 선물로 받았을 때 벌거벗은 몸으로 누워 허벅지로 "외투의 검은 사치"를 깊숙이 체험하고, 입술로 "모피를 핥으며 전율을 느끼는"(96) 여성이다. 즉 물개가죽 외투에 대한 그녀의 이 같은 반응은 상품적 가치를 창출하기 위해 90마리의 새끼물개들을 죽음으로 몰아넣고, 그 죽음을 아무런 동정 없이 해체한 소비자본주의적 가치관을 조금도 문제 삼지 않는 반응이며, 어느 부분이 새끼물개들의 심장과 두개골을 감쌌던 가죽인지 구분할 수 없을 만큼 정교한 소비자본주의의 생산적·미적 가치를 향유하고자 하는 반응이다.

　　제이딘은 또한 아프리카계 여성으로서 자신의 인종적 정체성은 물론 미적 감각을 부정하는 여성이다. 썬과의 파경 전에 나눈 대화에서, 그녀는 아프리카의 아툼바(Itumba Mask) 가면에 대한 피카소의 관심에 대해 "피카소가 매료된 것은 그의 천재성의 증거이지 가면제작자가 천재란 증거가 아니죠"(74)라고 언급했다. 그녀의 이 같은 언급은 아툼바 가면에 대한 피카소의 관심이 아프리카인의 예술성으로부터 비롯된 것이 아니라, 아프리카의 예술성을 식별할 수 있는 피카소의 천재성으로부터 비롯된 것이라는 언급이다. 즉 그녀는 이를 통해 아프리카의 예술성보다 유럽의 예술성, 아프리카의 미적 감각보다 유럽의 미적 감각, 그리고 아프리카인의 시각보다 유럽의 시각을 더 우월하다도 여기는 자신의 믿음을 드러내고자 했다.

　　제이딘이 이처럼 자신을 백인사회의 소비자본주의적·미적 가치관에 비춰 발견하려 한 이유는 발레리언의 경제적 도움으로부터 벗어날 수 없는 아프리카계 여성의 한계지만, 이에 무비판적으로 의존하고자 하는 그녀의 의식 때문이다. 그녀가 유명 도시에서 최고의 학력을 갖추고 사회적 성공을 이룬 것은 발레리언의 경제적 도움 때문이다. 하지만 그녀는 발레리언의 경제적 도움이 자신으로부터 아프리카계 여성의 정체성과 가치관을 실종케 만들었다는 것을 인정하지 않는다.

제이딘은 썬과 달리 백인의 도움일지라도 성공을 위해 필요하다면 인종적 의식과 무관하게 수용해야 하고, 활용해야 한다는 입장이다. 썬에게 자신이 살아온 과정에 대해 "나는 당신의 머릿속에 있는 세상이 아니라 우리가 살고 있는 바로 이 세상에서 성공하는 법을 배우고 있었던 거죠"(264)라고 밝히듯, 그녀가 꿈꾸는 자아는 "미국인도, 흑인도 아닌, 오직 나 자신"48)이다. 그래서 발레리언이 테레즈와 기디온을 해고했을 때, 그녀는 썬의 강력한 저항에도 불구하고 발레리언을 옹호하며 와인을 따라주고 그를 위해 음식을 청하며 쓸데없는 미소를 지었고, 이모인 온딘의 반대 의견까지 침묵시키고, 그의 옆에 앉아 그의 아내보다 더 생기 있는 반응(96)을 보였다. 즉 제이딘의 이 같은 모습은 백인중심사회의 미적 기준에 어울리지 않는 검은 여성들의 육체를 긍정적으로 수용할 수 없는, 그리고 백인주인을 눈을 피해 검은 피부색의 무단침입자에게 양육의 어머니로서 음식물을 제공한 테레즈의 공동체적 모성본능과 대조되는 그녀의 내면적 자아를 드러내 보이는 모습이다.

『재즈』(Jazz)에서도 모리슨은 양육의 아버지이자 어머니인 윌리엄스(Williams) 부부를 등장시켜 아프리카 전통사회의 공동체 의식을 환기시키고자 했다. 작중 주인공인 조 트레이스(Joe Trace)는 1873년 버지니아의 베스퍼(Vesper) 마을에서 출생했다. 하지만 출생하자마자 부모로부터 유기되었기 때문에, 그는 같은 마을의 프랭크 윌리엄스(Frank Williams)와 로다 윌리엄스(Rhoda Williams) 부부에게 양육됐다. 로다는 이름조차 없이 버려진 조에게 자신의 아버지 이름, 즉 조셉(Joseph)이란 이름을 갖도록 해줬고, 프랭크는 자신의 아들 빅토리(Victory) 함께 조를 지역의 유명한 사냥꾼에게 맡겨 조로 하여금 독립적인 미래의 삶을 위해 사냥기술을 익힐 수 있도록 해줬다(125). 즉 윌리엄스 부부가 부모에 의해 유기된 조를 이처럼 친자식처럼 양육해준 것은 개인의 자녀를 누구나의 자녀로 간주하는 아프리카 전통사회의 공동체 의식(Mbiti 107)에 바탕을 둔 것이다.

윌리엄스 부부는 자신들에게 맡겨진 조에게 성을 지어주지 않는 방법을 통해 아프리카 전통사회의 공동체 의식을 실천했다. 음비티와 히긴스가 아프리카 종족들의 여러 사례들을 통해 밝히듯, 아프리카 전통사회의 공동체 의식은 혈연관계를 중요시하고 이를 엄격히 구분·유지해 왔다. 따라서 로다가 자신의 아버지 이름을 조에게 줬음에도 불구하고 그에게 성(surname)을 주지 않은 것은 혈연적 계보를 엄격히 구분하고 지키려는 아프리카 전통사회의 공동체 의식을 반영한 조치이다. 뿐만 아니라, 로다의 이같은 조치는 모리슨의 작가적 전략을 반영해주는 조치이기도 하다.

모리슨은 이 소설에서 조의 성을 '흔적'을 의미하는 '트레이스'(Trace)라고 밝혔다. 모리슨이 조의 성을 이처럼 밝힌 것은 혈연적 계보가 없는 그를 '흔적 쫓기'를 위해 살아가는 인물로 형상화하려는 작가적 의도와 무관하지 않다. 즉 모리슨은 조의 성을 지어주지 않은 로다의 이유를 통해 조의 실존을 '성 없음' 또는 '혈연적 계보 없음'의 메타포로 형상화하고, '흔적'이라고 밝힌 조의 성을 통해 작중 주제와 부합하는 자신의 작가적 의도를 보여주고자 했다.

모리슨이 모성적 본능을 통해 아프리카 전통사회의 공동체 의식을 환기시킨 가장 최근의 소설은 『집』(Home)이다. 이 소설의 공동체 여성들은 모성적 본능을 통해 치유력을 행하는 어머니들이며, 여성적 자아와 생활의 지를 일깨워주는 어머니들이다. 그들은 전통적인 약제와 민간요법을 통해 씨 머니(Cee Money)의 훼손된 육체적 상처를 치유해주고, 씨에게 여성적 자아와 생활방법을 일깨워주는 여성들이다. 따라서 그들은 테레즈와 같은 어머니가 아니라, 윌리엄스 부인과 같은 어머니이다.

작중의 현재시점에서, 로터스(Lotus)의 공동체 여성들은 지난날 자신들을 떠났던 이웃의 자녀들, 즉 프랭크 머니(Frank Money)와 그의 여동생 씨가 돌아오자 어머니의 품처럼 반갑게 맞아줄 뿐만 아니라, 여성성을 심각하게 훼손당한 씨의 치유를 위해 공동체적 형제애를 아끼지 않는 여성들이다. 로터스는 "관습적인 장소 밖, 즉 소외된 여성들의 양육적이고 복원적인 공동체"(Montgomery 331)로, 이곳의 공동체 여성들은 문맹이지만 다른 방법으로 불편 없이 삶을 영위해가며 이곳을 억압의 장소가 아닌, 안전하고, 자유로운 장소로 만들어가는 사람들이다. 미스 에설(Miss Ethel)을 중심으로 이곳의 여성들은 다시 찾은 프랭크와 씨를 친절하게 맞아주고, 백인의사이자 인종차별주의자인 뷰리가드 스캇(Beauregard Scott)에게 여성성을 훼손당한 씨의 상처를 치유하기 위해 헌신적인 노력을 기울인다. 공동체 여성들의 치유방법은 일종의 전통적인 민간요법으로, 그들은 프랭크의 출입조차도 금지한 채 특정 장소에서 씨를 머물게 하며 교대로 그녀를 돌보고, 마지막 단계에서 상처부위를 10일 동안 햇볕에 노출시켜 상처를 아물게 하는 것으로 치유를 마무리한다(119).

한편, 공동체 여성들은 여성성을 상실한 씨로 하여금 불임여성의 환영으로부터 벗어날 수 있도록 돕기 위해 형제애를 멈추지 않는다. 씨는 건강을 회복하지만, 여성성의 상실로 인해 불임여성의 환영, 즉 태어나고 싶지만 태어나기도 전에 죽은 소녀의 환영으로부터 벗어날 수 없다. 공동체 여성들은 이런 씨를 불임여성의 환영으로부터 벗어나도록 유도하기 위해 자신들의 어머니들로부터 이어온 공동 작업인 '이불 만들기'에 참여하도록 하고, 이를 통해 독립적인 생활의지와 여성적 자아를 학습하도록 한다. 포드햄(Fordham)의 집에 모여서 해오고 있는 그들의 '이불 만들기'는 1930년대

대공황을 극복하기 위해 어머니들로부터 배운 것이란 점을 고려할 때에 고난 극복의 의식적(ritual) 수단을 의미한다. 그들은 표면적으로 관광수입을 목적으로 이불을 만들지만(176), '이불 만들기'는 보다 넓은 의미에서, "노예제도 시절에 상호소통, 저항, 해소의 방법. 저항의 문화적 형식이자 치유의 방식이고, . . . 세상을 재현하며, 억압된 자의 시각을 통해 미국을 재창조하고, 공동체를 하나로 묶는 의식"(Hyejin 260)이다.

이와 관련, 그들은 씨를 자신들의 전통적·현실적 의식에 동참시키고, 특히 포드햄은 그녀로 하여금 자율적인 여성적 정체성을 구축해가며(126) 새로운 미래의 삶을 준비하도록 해준다. 프랭크가 지난날을 회고하며 "그녀는 그 자체의 부재, 또는 나 자신의 부재를 나타내주는 실존, 즉 내 삶의 대부분을 위한 그림자였다"(103)고 밝히듯, 씨는 성장기에 부모 대신 프랭크의 보호 아래 성장하며 여성으로서 자아를 자각하고 실현하기 위해 무엇을, 어떻게 해야 하는지를 학습하지 못했다. 이 시기에 그녀는 언제나 프랭크의 보호하에 있었고, 프랭크를 따랐다(52). 공동체 여성들은 이런 씨를 독립적 생활의지를 갖춘 여성자아의 길로 이끌어준 안내자들 또는 어머니들이다. 삼인칭 작중 화자가 육체적 상처를 치유 받은 씨에 대해 "프랭크의 도움이 더 이상 필요 없는 성숙한 독립적 여성"(128)으로 바뀌어 간다고 밝히듯, 그들은 씨로 하여금 여성적 자아를 자각하도록 유도하는 방법을 통해, 그리고 삶의 의지를 실천해가도록 유도하는 방법을 통해 공동체 의식을 실천한다.

3. 동력으로서 비기독교적 종교의식: 베이비와 콘솔래타

모리슨은 전직 여성노예인 『빌러비드』(*Beloved*)의 베이비 석스(Baby

Suggs)를 비기독교적 종교의식을 통해 아프리카 전통사회의 공동체 의식을 실현해가는 작중 인물로 형상화했다. 베이비 석스는 아프리카 전통사회의 종교를 근간으로 만들어진 부두교(Voodoo) 사제이다(Jennings 140). 작중의 현재시점에서 이미 9년 전에 사망한 베이비 석스는 인생말년에 클리어링 (Clearing) 숲에서 아프리카인들과 부두교도들의 종교적 의식처럼 링 샤우팅 (ring shouting), 춤, 노래, 그리고 박수를 유도하며(53) 노예제도와 인종차별로 인한 아프리카계 미국인들의 육체적 · 정신적 피로와 훼손을 치유하고자 했고, 아프리카계 미국인으로서의 정체성과 긍지를 복원하도록 하고자 했다. 그리고 그녀는 이를 위해, 삼인칭 작중 화자가 "아이들은 웃고, 남자들은 춤추고, 여자들은 울고, 이어 모든 게 혼합되었다"(88)라고 밝히듯, 구성원들로 하여금 공동체 의식 또는 형제애를 실천하도록 유도했다.

작중의 현재시점으로부터 이미 9년 전에 사망한 베이비 석스는 사망하기 이전에 아프리카계 미국인들을 향해 "여기 이 장소에서 우리는 육체를 얻는다. 울고 웃는 육체를, 풀 위에서 맨발로 춤추는 육체, 그것을 사랑하라"(88)라고 강조했다. 그녀의 이 같은 가르침은 아프리카계 미국인들에게 노예제도와 인종차별로 인해 지치고 훼손된 육체와 정신의 위로 또는 치유를 위해 인종적 정체성의 복원을 촉구하기 위한 가르침이다(Salvatore 168). 바꿔 말하면, 백인중심사회를 겨냥하여 "그들은 너희의 육체를 사랑하지 않는다"(88)는 그녀의 언급은 아프리카계 미국인들에게 그들의 피부색에 대한 백인중심사회의 배타적 태도를 일깨워주기 위한 언급일 뿐만 아니라, 인종적 정체성과 자긍심을 지키기 위해 백인들의 피부색을 동경하지 말아야 한다는 진리를 일깨워주기 위함이다. 따라서 그녀의 가르침은 아프리카계 미국인들의 인종적 정체성과 자긍심을 일깨우기 위한 것이며, 이를 통해 공동체적 형제애를 공유하도록 유도하고, 지치고 훼손된 육체와 정신의 위로와 치유를 유도하기 위한 가르침이다.

모리슨은 『낙원』(Paradise)에서도 비기독교적 종교의식을 공동체적 형제애의 동력으로 제시했다. 물론 그녀는 이 소설에서 『빌러비드』에서와 달리 종교의식을 집단적 의식(ritual)으로 형상화하지 않고, 수녀원이란 제한된 공간 속에 머무는 소규모 여성들의 일상적 삶의 일부분으로 형상화했다. 뿐만 아니라 『빌러비드』에서와 달리 그녀는 의식의 구성원들조차도 노예제도의 희생자들이 아닌 인종적·성적 억압의 희생자들로 형상화했다. 그럼에도 불구하고, 이 소설에서 콘솔래타 소사(Cosolata Sosa)의 비기독교적 신앙은 베이비 석스의 신앙과 맥락을 같이 하는 신앙이며,[35] 이를 바탕으로 실현해가는 수녀원 여성들의 공동체적 의식은 『빌러비드』와 동력을 맥락을 같이하며, 불협화음 속에서의 위로, 화합, 그리고 조화를 유도한다.

작중의 현재시점에서 콘솔래타의 수녀원은 지리적으로 루비(Ruby)의 "가장 가까운 마을로부터 17마일 떨어져 있고, 반경 90마일 이내에 인가가 없는"(3), 그리고 곡물, 바비큐 소스, 빵, 고추를 생산하여 경제적으로 "완전히 자급자족하는"(Higgins 30) 공간으로, '제8암층'(8-rock)으로 불리는 아프리카계 남성중심사회의 공간인 루비와 대조적인 공간이다.

루비의 남성중심사회는 인종폭력의 상처를 치유한다는 명분으로 백인의 인종우월주의는 물론 종교적·역사적 신화를 모방하고 환원적으로 강요해온 사회이다. 석탄광산의 심층부처럼 새까맣다고 하여 루비의 남성들은 모건(Morgan) 가문을 중심으로 조상 때부터 후손들에 이르기까지 혈통법칙과 신화를 유지하기 위한 공동체적 이념은 물론 상점에서 은행에 이르기까지 경제생활의 전반을 주도하고 통제하는 아프리카계 미국인들이다. '제8암층'은 카인(Cain)처럼 피부색에 의해 자신들이 표시된다고 믿으며 (LeSeur 12), 흑인이란 표시 때문에 배제되고 불허된 것에 바탕을 둔 집단적

---

35) 베이비 석스와 콘솔래타의 종교는 아프리카 전통사회의 신앙을 바탕으로 만들어진 부두교이다. 이 책의 제1장에서 다뤘으므로 중복을 피하기 위해 추가로 언급하지 않음.

정체성을 만든다(LeSeur 14). 그들은 또한 조상들을 보호자로 여기지만, 조상의 보호를 당연히 받는 것이 아닌, 얻어지는 것으로 인식하고 낙원을 복원하려 한다. 따라서 피부색과 조상에 대한 그들의 이 같은 인식은 그들로 하여금 공통체적 이념이 위협받는 것처럼 위기상황을 조성하여 인종적·성적 타자들에게 그들의 규범을 강요하고(Davidson 359), 공동체적 이념을 "도덕적 교훈이 아닌 비이성적인 욕망에 의존하여 사유화"(Davidson 361) 하도록 만드는 주된 요인으로 작용한다.

반면, 수녀원은 전체주의적이고 절대주의적인 획일성이 지배하는 '제8암층' 사회와 달리 여성들의 상호 소통적이고, 자기-창조적이며, 자율적인 행동양식이 지배하는 곳이다. 마니 고시어(Marni Gauthier)가 수녀원 여성들이 수녀원을 휴식과 치유의 낙원으로 만들어가는 방법에 대해 "상처를 고백하고, 서로의 관계를 인식하며, 사랑을 나누는 방법을 습득해가는 과정을 통해서"(418)라고 언급한 것처럼, 그들은 인종적·성적 동질성만을 허용하는 루비의 남성들과 달리, 인종적·성적 타자성을 수용하는 상대적 포용력을 보여준다. 그들이 상호 간의 사랑과 포용을 이끌어내는 방법은 이에 그치지 않는다. 그들의 이야기는 일종의 말다툼과 폭력이다(LeSeur 17). 그들의 이 같은 경향은 표면적으로 내부적 분열을 드러내는 듯하지만, 원초적인 상호 소통과 신체적 접촉을 통해 자아와 타자의 이분법적 논리를 해체하고 타자성을 수용하는 계기를 만든다는 점에서 "배타적 정책을 거부한 진정한 공동체"(LeSeur 18)를 만든다.

수녀원은 상처의 집합소나 다름없는 곳이다. 수녀원의 원로이자 책임자인 콘솔래타는 인종적 배경을 알 수 없는 브라질 출신 여성으로, 1925년에 포르투갈의 수녀원에서 연수를 마치고 미국으로 귀국하던 수녀원 원장 마리 마그너(Mary Magna: 작중 현재시점에서 사망)의 눈에 띄어 아홉 살 때 당한 윤간과 하녀생활의 상처를 안고 수녀원에 들어왔다.

콘솔래타 이후, 수녀원에 들어온 네 명의 여성들도 모두 과거의 상처를 간직한 여성들이다. 첫 번째 여성인 메이비스(Mavis)는 남편 프랭크(Frank)의 가부장적 억압과 성폭력을 견디며 살았던 여성이다. 그녀가 수녀원에 들어온 이유는 남편의 반찬거리를 준비하기 위해 마트에 갔을 때 차에 두고 내린 아이들이 질식사했기 때문이다. 그녀는 이 사건 후에 남편의 폭력이 두려워 도피하던 중 우연히 수녀원에 들어왔다. 두 번째 여성인 그레이스(Grace: 지지(Gigi)로 불림)는 아버지가 사형수이고 어머니는 행방불명인 여성으로, 오클랜드 시위에 참여한 뒤에 갈 곳이 없어서 수녀원에 들어왔다. 세 번째 여성인 세네카(Seneca)는 앞서의 여성들처럼 민족적 배경이 명확하게 밝혀지지 않은 여성으로, 다섯 살 때 어머니 진(Jean)으로부터 버림받은 뒤 양부모 집에서 수양오빠로부터 당한 성폭력의 상처를 간직한 채 수녀원에 들어왔다. 마지막 여성인 일명 디바인(Divine)으로 불리는 팰러스(Pallas)는 예술가인 어머니와 변호사인 아버지로부터 유기된 여성이다. 고등학생인 그녀는 부모의 빈자리를 채우기 위해 연상의 학교건물 관리원이자 조각가인 카를로스(Carlos)를 사귀지만, 함께 찾아간 어머니에게 카를로스를 빼앗기고 임신한 몸으로 수녀원에 들어왔다.

수녀원 여성들은 이처럼 과거의 다양한 상처를 간직했지만, 서로를 위로하고 치유하며 살아간다. 콘솔래타는 마리 수녀의 사망 시점인 54세 때에 어린 시절을 떠올리며 뼈아픈 상실감 속에 빠져들었다. 매일 아침 그녀는 부스러진 희망을 안고 지하실 간이침대에 누워 근사한 이름들이 쓰여 있는 검은 술병들을 홀짝거리며 자신의 벌레 같은 삶을 혐오했고, 매일 밤 이것이 마지막이라는 생각과 함께 잠 속으로 빠져 들어 하늘로부터 거대한 발이 내려와 정원의 해충처럼 그녀를 짓밟아 뭉개버리기를 간절히 소망했다(221). 이 같은 상황에 빠진 콘솔래타를 치유의 길로 이끈 사람은 메이비스를 위시한 수녀원 여성들이다. 메이비스는 언제나 위로의 말을 전하고 콘솔래타는 술병들을 비우며 그녀의 말을 들어줬다. 메이비스는 또한 다른 여성들과 함께 성소나 납골당으로 향하는 처녀들처럼 등유 등잔이나 촛불을 손에 들고 차례대로 콘솔래타의 방안으로 향하는 계단을 살포시 내려온 뒤에 방 안에 둘러앉아 이야기꽃을 피웠다. 즉 불특정 다수인 그들은 사랑이 무엇인지 알기라도 하듯 남성들과 직간접적으로 얽힌 사랑 이야기, 즉 애무를 해주는 남성들, 사막이나 시원한 물가에서 기다려주는 남성들, 한때 사랑했던 남성들, 사랑을 이루지 못한 남성들, 사랑할 수도 있었던 남성들, 그리고 사랑했을지도 모르는 남성들에 대한 이야기를 들려줬다(222). 다시 말하면, 그들은 자신들의 상처에도 불구하고 선정적이지만 흥미로운 이야기를 들려주며 콘솔래타를 위로해주고, 상처의 후유증으로부터 벗어나도록 도와주는 공동체 의식의 소유자들이다.

콘솔래타에 이어, 메이비스와 지지의 경우는 수녀원 내부의 인간관계에서 갈등 속의 위로 또는 조화, 그리고 무질서 속의 질서를 만들어가는 대표적 여성들이다. 삼인칭 작중 화자가 "그녀(메이비스)는 지지가 그녀의 성욕 없는 자아(sexlessness)를 조롱했을 때에 상처를 받았다"(171)고 언급한 것처럼, 그들의 갈등은 지지가 성적 욕구의 부재를 이유로 메이비스를 조롱할 때에 일어난다. 메이비스가 성적 욕구의 부재로 인해 지지의 조롱감이 된 이유는 수녀원으로 들어오기 전에 남편 프랭크(Frank)에게 고문이나 다름없는 성행위를 강요당했기 때문이다. 즉 메이비스가 겪은 프랭크의 강요된 성행위는 결혼이라는 합법적 명분만 없다면 콘솔래타와 세네카가 겪은 성폭력과 다름없는 것으로, 그녀로 하여금 성적 관심과 욕망을 송두리째 잃어버리게 만들었다. 하지만 삼인칭 작중 화자가 변화된 메이비스를 "열한 살짜리 딸에게도 쩔쩔맸던 과거의 메이비스가 아니다"(171)라고 평가하듯, 그녀는 지지와의 갈등과 육탄전을 통해 과거의 상처로부터 벗어났다. 즉 삼인칭 작중 화자의 이 같은 평가는 메이비스가 지지와의 갈등과 육탄전을 통해 프랭크의 남성적·성적 카리스마와 폭력에 무방비로 노출되었던 과거와 달리 자기방어를 할 수 있는 여성, 그리고 타자성을 인식할 수 있는 여성으로 변화했음을 말해준다.

메이비스와 지지에 이어, 세네카와 그레이스, 그리고 세네카와 팰러스의 경우는 자해 속의 위로, 그리고 고통 속의 쾌락을 만들어내는 대표적 여성들이다. 먼저, 세네카와 지지의 관계에서 위의 두 이율배반적 행위와 정서는 목욕을 좋아하는 지지가 몸에 난 자해의 흔적들을 외부에 노출하지 않으려는 세네카의 사정을 잘 알면서도 목욕을 자주하지 않는다고 놀려 대는 장면에서 나타난다. 이때 지지는 상대의 고통을 알면서도 끄집어내는 쪽이고, 세네카는 고통을 받으면서도 상대방에게 기쁨을 주는 쪽이라는 점에서 두 사람의 관계는 세네카가 겪은 강요된 성행위와 그 연장선에서 행해온 자해를 떠올릴 수 있게 한다. 바꿔 말하면, 지지가 상대방에게 기쁨을 요구하면서 상대방에 고통을 주는 것과 세네카가 상대방으로부터 고통을 받으면서 상대방이 요구하는 기쁨을 제공하는 것은 강요된 성행위에서 폭력의 가해자와 희생자 사이에서 발생되는 이율배반적 행위와 정서를 말해주는 것이다.

반면, 세네카와 팰러스의 관계에서 일어나는 위의 두 이율배반적 정서는 세네카가 팰러스의 고통을 일방적으로 위로하는 방향으로 전개된다. 즉 작중 화자가 어머니로부터 유기당하고 어머니에게 애인을 빼앗긴 팰러스의 고통을 떠올리며 "팰러스가 세네카의 품속을 파고들었다"(167)고 언급한 것처럼, 자신의 상처를 자해행위라는 극단적 방식으로 되풀이하며 상대방의 고통을 포용하는 세네카의 모습은 앞서 콘솔래타에 대한 메이비스와 그레이스의 위로처럼 자해 속의 위로, 그리고 고통 속의 쾌락을 만들어가는 수녀원 여성들의 공동체적 형제애를 보여주는 대표적 사례이다.

한편, 수녀원의 공동체 의식은 루비의 남성중심사회에 의해 자의적으로 만들어진 금기의 벽을 헐어가는 루비 여성들의 일탈행위를 유도한다. 루비의 여성들 중 남성들의 금기의 벽을 가장 적극적으로 비판하고 넘으려 한 여성은 디컨(Deacon)의 아내 소앤(Soane)이다. 그녀는 미즈너(Misner) 목사와 젊은 세대들처럼 성역화 된 화덕의 상징성을 부정할 정도로 루비 남성중심사회의 제도화된 혈통주의에 전복적이고 저항적이다(84). 또한 수녀원 여성들과의 접촉을 금기시한 남성중심사회의 강요에도 불구하고, 콘솔래타가 치명적인 교통사고를 당한 아들을 치유해준 이후에 수녀원 여성들과 친분을 쌓았으며, 케이. 디(K. D)와 아넷(Arnet)의 결혼식에 그들을 초대했다(154). 반면, 남편의 동생 스튜워드(Steward)의 아내인 도비(Dovey)는 남편이 은행 문을 잠그듯 늘 걸어 잠그는 루비의 집보다 세인트 매튜 가(St. Matthew Street)의 작은 집을 더 안락하게 느끼는 여성이다(92). 하지만 그녀는 소앤과 달리 스튜워드의 문잠그기를 통해 암시되는 남성중심사회의 배타성과 폐쇄성으로 인해 숨 막혀 할 뿐, 이에 대해 아무런 저항적 의지도 보여주지 못한다.

수녀원 여성들의 이 같은 공동체 의식은 수녀원 밖의 루비의 여성들에게도 작용했다. 여성들이 수녀원 여성들과 공감대를 넓혀가는 사례들은 모건 가문의 소앤에 이어 스위티(Sweetie), 아넷, 그리고 빌리 델리아(Billie Dellia)도 예외일 수 없다. 플릿우드(Fleetwood) 가문의 스위티는 순수혈통 보존을 위한 근친결혼의 후유증으로 네 명의 장애아를 두고 있으며, 아이를 돌보느라 6년간 집 밖을 나간 적이 없는 여성이다. 그녀는 그동안 불필요한 웃음만 짓고 살았는데, 이런 그녀에게 수녀원은 남성중심사회의 감금과 같은 폐쇄적 삶 속에서 마비된 그녀의 타자성을 일깨워준다(129). 이와 함께 아넷의 경우도 스위티의 경우처럼 결혼과 출산이라는 여성의 굴레로 인해 수녀원을 찾은 경우라고 말할 수 있다. 그녀는 대학을 다니다 귀향하여 집안에서 하는 일 없이 잠만 자다가 케이. 디의 유혹으로 원치 않는 아이를 임신했고, 그와 결혼까지 하게 된 여성이다. 그러나 결혼에도 불구하고, 케이. 디는 수녀원의 지지와 여성편력을 계속하고, 낙태를 시도하다 실패하고 수녀원을 찾았다.

스위티와 아넷에 이어, 빌리 델리아는 루비의 남성중심사회와 블랙호스(Blackhorse) 가문의 이방인이 되어 이곳을 찾았다. 빌리 델리아는 플럿우드 가문의 위 두 여성들과 달리 일찌감치 수녀원 여성들과 동일하게 취급되었던 루비의 이방인이다. 그녀는 '제8암층' 가문들 중 하나인 블랙호스 가문의 후손이면서도 할머니와 어머니에 이어 엷은 피부색을 가졌다는 이유로 루비의 이방인 취급을 받는다. 뿐만 아니라, 그녀는 피부색으로 인해 상처받은 어머니에 의해 가정으로부터도 이방인 취급을 받는다. 그녀의 어머니 패트리샤 베스트(Patricia Best)는 출생도중 엷은 피부색의 산모에게 호의적이지 않은 루비 남성들의 고의적인 늑장대응 때문에 어머니를 잃었고, 엷은 피부색이란 이유로 '제8암층'의 이방인이 되어 변변한 직업도 없이 모건 가문의 소앤과 도비를 도와 마을학교 교사 일을 하고 살아가는 여성이다. 패트리샤의 이 같은 상처는 그녀로 하여금 딸이 루비의 남성중심사회에 의해 '헤픈 여성'으로 낙인찍혔을 때에 딸의 자유분방함을 꾸짖기 위해 딸에게 폭력을 행사하도록 만들고, 딸을 위로와 안식의 공간인 수녀원으로 향하게 만들었다(151).

결국, 수녀원은 내부와 외부의 고통을 위로해주고, 상처를 치유해주는 안식과 치유의 공간이란 점에서 어려운 처지에 놓인 공동체 구성원들의 고통을 공유하며 상호소통과 상부상조를 이뤄가는 아프리카 전통사회의 공동체 의식을 실천하는 곳이다. 이곳의 여성들은 내부적으로 자립적인 경제생활을 꾸려가며, 잡다한 사고, 행동양식, 인종적 배경, 그리고 인종적 고유성을 수용한다. 그리고 그들은 외부적으로 루비 남성들의 경직된 행동양식과 배타주의의 필요성을 거부하고, 루비 남성들의 경직된 행동양식과 법칙의 한계에 분노하는 루비 사람들에게 분노를 삭일 수 있는 출구를 제공한다.

수녀원 여성들의 공동체 의식은 또한 루비의 남성중심사회를 해체의 위기 속으로 몰아넣고, 급기야 그들의 공격을 초래했다. 수녀원 여성들이 상호소통과 상부상조의 일환으로 자신들의 상처를 여과 없이 상대방에게 고백하고, 서로의 상처를 위로하며, 선정적인 언어와 무질서한 갈등으로 치유해가는 모습은 루비 남성사회의 획일적·배타주의적 모습과 대조적이다. 따라서 그들의 이 같은 모습은 상대적으로 루비의 남성중심사회를 향해 은폐된 약점들—난봉꾼, 술꾼, 거짓말쟁이, 잠정적인 태아살해자, 충족되지 않는 정서적 욕구와 성적 욕망을 호소하는 사람들—을 외부로 드러내도록 유도하는 충격적 효과를 줬다. 호미 바바(Homi Bhabha)의 지적에 따르면, 수녀원은 외부의 고착화된 관념으로 볼 때 전제군주, 야만성, 혼돈, 폭력의 개념이 덧씌워진 공간이지만, 역설적으로 서로의 차이와 혼종을 인식하고 이해할 수 있는 상호 소통적 공간이라는 점에서 외부의 고착화된 관념을 해체하는 전복적 공간이다(The Location 101). 바바의 이 같은 견해가 말해주듯, 수녀원 여성들의 상호소통과 상부상조는 루비 여성들까지도 포용하는 동력으로 작용했고, 다른 한편으로 루비의 남성중사회의 성적·인종적·도덕적 가치관을 위협하는 파괴력으로 작용했다.

4. 동력으로서 여성적 화해의 정서: 공동체 여성들과 앨리스

모리슨은 『빌러비드』의 아프리카계 공동체 여성들을 증오와 거부의 대상임에도 불구하고 세스(Sethe)를 향해 기꺼이 용서, 화해, 도움의 손길을 내미는 작중 인물들로 형상화했다. 그들이 용서, 화해, 도움의 손길을 내민 시점은 세스가 딸의 살해에 대한 지나친 죄의식과 부활한 딸을 향한 지나친 모성애로 인해 육체적·정신적으로 스스로 자신을 마모시키고, 주위로부터 고립시켰을 때이다.

도망노예인 세스는 노예생활을 하던 스위트 홈(Sweet Home)으로부터 베이비 석스가 노예생활을 청산하고 안착한 124번가로 탈출한 직후에 노예제도의 억압과 폭력의 메타포인 스쿨티처(Schoolteacher)가 추격해오자 어린 딸이 자신과 함께 끌려가 노예가 되는 것을 막기 위해 딸을 극단적으로 살해했다. 그리고 드나이즈 하인즈(Denise Heinze)가 "어머니의 지나친 자녀 집착은 자식을 자신의 손으로 죽인 것에 대한 죄의식 때문이다"(179)라고 밝히듯, 작중의 현재시점에서 그녀는 지난날에 자신에 의해 살해된 딸의 육화를 마주하며 병적인 현상에 가까울 정도로 죄의식을 드러내며 살고 있다. 뿐만 아니라, 마가렛 위트포드(Margaret Whitford)가 "그녀는 육화된 딸이 모성애를 요구할 때마다 통제력을 상실한 채 지나친 모성애를 발휘하고, 딸은 더욱더 어머니의 모성애를 강요한다"(264)고 밝히듯, 그녀는 죄의식과 결합된 모성본능 때문에 통제력을 잃고 살아간다.

작중의 현재시점에서 성인의 모습으로 재육화한 빌러비드(Beloved)가 세스의 죄의식과 모성애를 자극하는 방식은 지난날의 육체적 상처를 자해하는 것이다. 빌러비드는 목의 상처로 인한 생리적 현상을 암시적으로 어머니에게 전달하는 방식을 통해, 그리고 생리적 현상과 관련된 목의 상처뿐만 아니라 생리적 현상과 무관한 다른 신체부위까지도 직접적으로 자해하는 방식을 통해 어머니의 죄의식과 모성애를 자극한다. 즉 그녀의 갈증과 목에 난 상처의 가려움증은 어머니의 모성애를 요구하기 위한 위협수단 또는 공격용 무기이다(Heinze 178). 처음 등장했을 때 빌러비드는 어머니에게 목의 상처를 상기시키기 위해 갈증을 호소했다. 하지만 소설이 진행되면 될수록 그녀의 갈증은 자해행위로 발전하고, 둘 사이의 모녀관계 역시 비정상적 관계로 발전한다. 빌러비드는 어머니의 옛 동료인 폴 디(Paul D)가 어머니를 찾아와 자신을 어머니와 분리시키려 하자 동생인 덴버(Denver)에게 그를 떠나게 하라고 요구하고, 덴버가 "그가 떠나면 엄마가 화낼 거야"(133)라고 답하자 자신의 손으로 어금니를 뽑는 자해행위뿐만 아니라, 소설의 후반부에서 어머니에 대한 욕구불만이 정점에 달했을 때에 안절부절 못하며 먹어대던 중에 목의 상처를 피가 나도록 긁어대는 자해행위를 한다(250).

세스는 이 같은 상황에 빠져들기에 앞서 이미 공동체로부터 고립을 자초했다. 삼인칭 작중 화자에 따르면, 베이비 석스가 사망했을 때 장례식에 참석한 공동체는 세스가 제공한 음식에 손도 대지 않은 채 자신들이 가지고 온 음식을 먹었고, 세스도 공동체의 음식을 먹고 싶어 하는 덴버를 제지하며 자신이 준비한 음식만 먹었다(171). 백인주인의 성노예가 된 아내를 살해하고 도망친 뒤에 노예들의 탈출을 도와줬고, 세스와 그녀의 아이들 역시 스위트 홈으로부터 탈출할 수 있도록 도강을 도와준 스탬 페이드(Stamp Paid)는 베이비 석스의 관을 짜던 중에 이를 지켜보고 "자존심이 지옥까지 가겠어"(171)라고 생각하며 그녀의 지나친 자존심에 혀를 내둘렀다. 스탬 페이드의 이 같은 시각은 단순히 개인적 차원의 시각이 아니다. 삼인칭 작중 화자가 "마을사람들은 거의 모두 세스에게 골탕을 먹일 날을 고대하고 있었다"(171)라고 밝히듯, 그의 시각은 공동체 차원의 비난이다.

공동체는 세스에 대한 공동체적 반감에도 불구하고 위기에 처한 그녀를 발 벗고 나서서 도와준다. 지난날에 공동체 구성원들은 베이비 석스의 성대한 잔치에 대한 반감에도 불구하고 어린 딸을 살해한 죄목으로 투옥된 세스의 석방을 위해 관계기관에 탄원서를 제출하는 도움을 마다하지 않았다. 그리고 작중의 현재시점에서 덴버를 통해 빌러비드와의 갈등과 소모전 인해 일상생활을 할 수 없을 만큼 피폐한 세스의 어려운 상황에 대해 들었을 때에, 공동체 여성들은 지난날에 했던 것처럼 세스를 돕기 위해 발 벗고 나선다. 덴버가 도움을 요청하기 위한 찾아간 첫 공동체 여성인 존슨 부인(Mrs Johnson)은 그녀를 보자마자 반갑게 맞이하며 집안으로 안내하고, 이후 음식을 제공한다. 그리고 덴버가 자립하고자 일자리를 구하기 위해 백인인 보드윈(Bodwin)의 집을 방문했을 때, 늙은 가정부인 재니(Janey)는 그녀를 반갑게 맞아주고, 124번가의 사정을 공동체 여성들에게 알려 도움을 이끌어낸다. 이때 124번가에 대한 재니의 소식에 제일 먼저 반응한 사람은 엘라(Ella)이다.

엘라는 백인집에서 부자의 성폭력에 무방비로 노출된 사춘기 소녀 시절의 경험 때문에 육체관계를 증오하지만, 자신의 상처를 어려움에 처한 타인의 고통을 이해하고 도움을 아끼지 않는 공동체 의식으로 승화시킨 여성이다. 그녀는 세스에 대한 지난날의 반감을 버리고 덴버를 보드윈의 집에서 일하도록 해주고, 공동체 여성들을 결집시켜 세스를 구제하도록 한다. 즉 그녀를 위시한 공동체 여성들은 금요일 오후 3시에 30명이 모여 124번가를 방문하여 빌러비드를 이곳으로부터 떠나도록 해준다(Higgins 107). 특히, 그녀는 빌러비드를 보았을 때 무릎을 꿇고 빌러비드가 124번가로부터 사라지도록 기도를 올리는데, 그녀의 이 같은 행위는 유령을 퇴치하고자 할 때에 행했던 아프리카 전통사회의 의식(ritual)을 상기시키는 행위이다(Higgins 106).

세스 역시 공동체 여성들의 도움을 긍정적으로 수용함으로써 공동체와의 악연을 끊고, 공동체와 화해의 길로 향한다. 그녀는 덴버에게 일자리를 주려고 124번가를 찾은 백인남성을 얼음꼬챙이로 공격하려 한 적이 있다. 하지만 공동체 여성들이 방문했을 때 그녀는 더 이상 적대행위를 하지 않는다. 그녀의 태도는 외부를 향해 '창과 방패를 내려놓아라'라고 당부한 베이비 석스의 조언을 실천한 것이나 다름없다.

『빌러비드』에 이어, 모리슨은 『재즈』의 앨리스 맨프레드(Alice Manfred)를 용서와 화해를 통해 공동체적 형제애를 복원하는 작중 인물로 형상화했다. 50대 후반의 여성인 앨리스는 아프리카계 미국인으로서의 저항정신을 결여한 인물이지만, "아프리카와의 연대감과 결속을 가장 잘 구체화해주고 느끼는 작중 인물"(Higgins 114)이다. 도르카스의 이모인 앨리스는 도르카스 맨프레드(Dorcas Manfred)의 부모가 참여했던 1917년 인종폭동이 일어났을 때에 5번가에 세 시간 동안 서서 침묵 속에 행진하는 사람들을 지켜보았고, 북소리를 들으며, 인종차별과 폭력으로 인해 고통 받는 아프리카계 미국인들이 말로 다하지 못한 것을 말해주는 소리라는 것을 알았다. 하지만 그녀는 1917년 인종폭동에서 들은 북소리가 또 다른 관점에서 인종적 불의에 항거하기 위해 아프리카계 미국인들의 형제애와 단결을 촉구하는 소리이기도 하다는 것을 깨닫지 못했다. 그녀로 하여금 자신뿐만 아니라 도르카스를 주변으로부터 단절시키게 만든 것은 공포이다. 제니퍼 앤드류스(Jeniffer Andrews)가 "모리슨은 텍스트 내에의 여성들이 인종, 성문화, 그리고 계급에 의해 억압받는 것을 확실히 밝힌다"(98), 그리고 히긴스가 그녀의 공포를 인종차별주의(racism)와 성차별주의(sexism)에 대한 공포라고 밝히듯(115), 그녀는 백인중심사회가 아프리카계 여성들을 대상으로 행해온 인종적·성적·계급적 차별과 폭력에 대한 공포 때문에 자신을 주변으로부터 고립시키고, 도르카스에게도 이를 강요했다.

앨리스는 베이비 석스와 달리 성장기의 도로카스를 외부세계와 차단한 채 도르카스에게 외부세계에 대한 공포심만 심어줬다. 즉 그녀는 아프리카계 미국인들의 과격한 저항운동 때문에 부모와 집을 모두 잃은 도르카스를 보호한다는 명분으로 자신의 삶 속에 고립시켰다. 따라서 도르카스는 외부세계로 나가고자 할 때에, 덴버와 달리, 외부세계를 향한 용기, 외부세계에 대한 이해, 그리고 외부세계에 대한 대응방법을 가르쳐준 누군가의 조언을 떠올릴 수 없다. 그녀는 외부세계와 차단하기 위해 쳐놓은 앨리스의 그물망 속에 갇혀 성장해야 했고, 외부세계에 대한 이해와 외부세계에 대한 대응능력을 갖추기 위한 학습을 받지 못했다.

10대 소녀로 성장한 도르카스가 외부세계의 자유를 향유하기 위해 앨리스의 통제된 그물망으로부터 벗어나려 한 것은 당연한 일이다. 그녀는 아프리카계 미국인들의 저항운동으로 인해 불길 속에 휩싸인 집과 함께 산화한 부모의 죽음을 목격하고, 이 충격을 고스란히 간직한 채 앨리스의 집으로 왔다. 앨리스는 이런 도르카스의 경험을 자신의 경험과 동일시하며, 자신이 해온 것처럼, 도르카스를 외부세계로부터 고립시키고, 고립 속에서 지난날의 고통을 인내하도록 강요했다. 하지만 앨리스의 이 같은 강요는 10대 소녀로 성장한 도르카스를 더 이상 그녀의 통제된 그물망 속에 가둬둘 수 없다. 도르카스는 앨리스의 그물망 속에서 치유되지 않은 채 남아 있는 지난날의 트라우마와 함께 쌓아온 자유의 욕망을 분출하고자 했다.

도르카스는 아름다워지고 싶어 하는 10대 소녀의 욕망을 채워주는 50대 남성 조 트레이스의 유혹 속으로 빠져들었다. 조는 앨리스의 통제된 그물망 속에 갇힌 그녀를 유혹한 사냥꾼이다. 바이올릿(Violet)에 따르면, 20년 동안 도시에서 살아온 조는 16세에 자신의 성장이 멈춰버렸다고 착각하며, 이로 인해 젊은 시절에 못 다한 사랑의 굶주림을 해소하기 위해 "캔디 같은 여성인"(120) 도르카스를 유혹했다. 하지만 바이올릿의 생각은 외도한 남편을 향한 배신감과 남편의 어린 연인에 대한 질투심 때문에 마음의 상처를 입은 여성의 단순한 추측에 불과하다. 조가 스스로 고백하듯, 그가 살해할 정도로 도르카스에게 집착한 이유는 캔디 같은 여성을 놓칠 수 없어서가 아니라, 그녀로부터 발견한 어머니의 흔적을 쫓기 위해서이다. 즉 그는 도르카스의 앞이마와 광대뼈 아래에 위치한 "희미한 말발굽 자국"(130)을 버지니아에서 자신이 쫓던 어머니의 흔적과 동일시하고, 당시에 실패한 어머니의 흔적 쫓기를 위해 도르카스를 유혹했다.

조는 출생하자마자 부모로부터 버림을 받았다. 이로 인해, 그는 남부의 작은 도시인 베스퍼(Vesper)에서 양부모 슬하에서 자신의 정체성도 모르며 성장해야 했다. 즉 어린 조는 양어머니인 로다 부인(Mrs. Rhoda)이 자신에게 "가엾은 것, 그분들은 흔적도 없이 사라졌단다"(123)라고 말했을 때에 '트레이스'이란 단어가 자신의 처지를 말해주는 단어라고 생각했고, 이를 '혈연적·가족적 계보'를 말해주는 성으로 사용하기로 결정했다. 그리고 학교에 입학했을 때, 선생님 역시 그를 '조셉 트레이스'라고 불러줬고, 조 역시 이 성에 익숙해졌다. 조가 이처럼 가족단위로부터 학교라는 공동체단위로의 진입에서도 '트레이스'를 자신의 성으로 친근감 있게 받아들인 것은 흔적을 의미하는 '트레이스'를 자신의 사회적 정체성으로 수용하고, 이와 함께 살아갈 것임을 예시한 것이다.

모리슨은 조의 정체성을 이처럼 밝히며 흔적을 쫓는 사냥꾼으로 형상화했다. 조를 사냥꾼으로 만든 사람은 양아버지인 프랭크 윌리엄스(Frank Williams)이다. 윌리엄스는 조에게 먹고살 방법을 교육시키기 위해 친아들인 빅토리(Victory)와 함께 전문 사냥꾼에게 맡겨 사냥기술을 익히게 해줬다. 하지만 조는 프랭크를 통해 느끼는 "든든한 아버지의 실체에도 불구하고 언제나 어머니에 대한 공허한 욕구를 채울 수 없다"(125). 조는 이를 채우기 위해 모성애를 쫓는 사냥꾼이 되었다.

조는 어머니에 대한 그리움 때문에 숲속의 여인인 와일스(Wilds)로부터 모성적 체취와 온기를 직감하며, 사냥감을 추적하듯, 그녀를 추적했다. 조는 어머니를 쫓는 사냥꾼 아들의 공허한 마음속에 뒷모습만 남긴 어머니의 자국이나 다름이 없다(Heinze 35). 첫 추적에서 그는 와일스의 노래 소리만 듣고 불러도 대답을 들 수 없었으며, 볼 수 없었기 때문에 흡족하지 않았다. 둘째 추적에서 그는 그의 오두막이 백인들에 의해 불타버렸기 때문에 절망감과 함께 추적을 포기하고자 했다. 하지만 그는 이 추적 과정에서 네 마리의 개똥지빠귀들이 날아오른 나무 아래에 와일스로 직감할 수 있는 누군가가 있었음을 확인했다. 세 번째 추적에서 그는 와일스의 은신처인 동굴을 찾아냈다. 하지만 그는 와일스의 소지품들만 확인했을 뿐, 그녀를 만날 수 없었기 때문에, 그녀가 자신의 어머니인지를 확인하지 못했다(178).

조는 이 사건 이후 외형적으로 어머니의 추적을 멈추고 직업전환, 결혼, 그리고 도시로의 이주 등 변화된 삶을 살지만 내면적으로 어머니의 빈자리를 채우는 데에 실패했다. 조는 '공동체적 형제애는 물론 결속력도 사라져버린 도시'(Higgins 113)의 기만과 혼동 그리고 자유라는 유독성 언어의 늪 속에 빠져 표류하는 아프리카계 미국인이다. 조는 20년 동안 도시에 살면서 이 같은 삶을 살아가는 이유는 '성 없음' 또는 '혈연적 계보 없음'의 메타포로서 과거의 강박관념으로부터 헤어 나오지 못하고 실체가 아닌 흔적만을 쫓았기 때문이다. 중의 현재시점에서 50대 남성 조는 도르카스의 앞이마에 난 흔적을 향해 지난날의 사냥꾼으로 되돌아갔다. 조에게 도르카스 이마의 말발굽 자국은 그를 버리고 떠난 모성의 흔적으로 보기보다 모성적 욕망의 흔적이다(Heinze 35). 다시 말하면, 그는 와일스로부터 기대했던 모성을 발견하는 데에 실패했고, 이를 보상해줄 새로운 대상을 찾아야 했다. 그리고 그는 이를 위해 내면적 자아 깊숙이 기대로 가득 채워졌던 모성의 지나간 흔적을 허탈한 심정으로 추적하며, 도르카스를 통해 그 흔적을 발견하고자 했다.

하지만 도르카스는 조에게 모성적 사랑을 허용할 수 없는 "실패한 모성"(Furman 85)이다. 조가 사냥꾼의 공격성을 드러내듯 그녀를 추적했을 때에, 그녀는 이미 액튼(Acton)이란 동갑내기 남성과 새로운 이성교제를 시작한 상태이다. 조는 이 같은 사실을 목격하고, 자신을 거부한 그녀로부터 지난날 흔적만 남기고 떠난 어머니는 물론, 모성에 대한 기대를 저버린 와일스를 떠올려야 했다. 그리고 그는 이 같은 기억과 함께 사냥꾼의 공격성을 드러내며 자신과 도르카스와의 거리를 조준했고, 그녀를 향해 방아쇠를 당겼다. 그가 이를 통해 얻은 것은 아무것도 없다. 작중의 현재시점에서 그는 사냥감을 살해한 대가로 도르카스의 흔적뿐만 아니라 자신의 흔적까지 지워버리고 허탈감 속에서 울어야 한다.

앨리스는 도르카스를 조의 사냥대상으로 내몬 데에 이어, 작중의 현재시점에서 도르카스의 죽음을 훼손하려는 바이올릿의 난동을 목격해야 한다. 이 소설의 첫 장면이 공개하듯, 방문미용사인 바이올릿은 조가 어린 도르카스를 살해했을 때 비로소 그의 외도를 알아채고, 장례식장에 칼을 들고 돌진하여 도르카스의 관을 향해 분노와 격정을 터트린다. 바이올릿의 이 같은 난동은 앨리스로 하여금 도르카스의 살해자인 조에 대한 분노에 이어 또 하나의 분노를 추가하게 만든 행위나 다름없다.

바이올릿의 분노는 표면적으로 모성애를 향한 흔적 쫓기로부터 벗어나지 못한 조와의 무미건조한 결혼생활 속에서 쌓아온 피로감의 표출이다. 하지만 바이올릿도 무미건조한 결혼생활의 피로감을 만든 장본인이다. 바이올릿은 조처럼 흔적을 쫓으며 살고 있다. 이로 인해, 그녀는 50대의 조에게 10대의 도르카스와 외도를 하도록 만들고, 조가 도르카스를 살해한 뒤에 비로소 그의 외도를 알아차리고 도르카스의 장례식에 찾아가 분노를 표출해야 했다.

바이올릿은 아버지 없이 편모의 슬하에서 성장했다. 하지만 열두 살 때 어머니가 자살했기 때문에 그녀는 백인집의 하녀로 일한 외할머니 트루 벨(True Belle)과 함께 살았다. 트루 벨은 백인의 가정부로 살던 중, 주인의 외동딸인 베라 루이즈(Vera Louise)가 흑인하인 헨리 레스트로이(Henry Lestroy)와 사랑한 끝에 흑백혼혈의 골든 그레이(Golden Gray)를 임신했다는 이유로 쫓겨나자 베라와 함께 백인 집을 나와 그녀의 가정부로 살다가 늙어서 집으로 돌아왔다. 이때 트루 벨이 집으로 돌아오며 어린 바이올릿에게 줄 선물로 가지고 온 것은 골든 그레이의 황금색 피부색과 길고 출렁이는 머릿결에 대한 환상이었다. 앨리스가 도르카스에게 외부에 대한 공포와 불안을 심어준 것처럼, 트루 벨은 집에 돌아와서 틈만 나면 백인주인 밑에서 생활했던 경험의 찌꺼기들을 회상하며 바이올릿에게 골든 그레이에 대한 환상을 심어줬다. 바이올릿이 미용사가 된 것도 사실 할머니의 이 같은 노예생활의 찌꺼기 때문이다. 즉 그녀는 골든 그레이의 옅은 피부색과 서구적 머릿결을 상상하며 살아온 여성이라고 말해도 과언이 아니다. 하인즈가 조를 의식하며 "바이올릿이 마음속에 골든 그레이의 모습을 역류시키는 장면을 혼음"(33)이라고 해석하듯, 바이올릿의 이 같은 환상은 결국 조의 흔적 쫓기와 더불어 무미건조한 결혼생활을 초래했다. 즉 할머니의 비극적 삶의 찌꺼기인 실체 없는 흔적에 대한 그녀의 병적 환상이 부분적으로 조를 그녀로부터 멀어지게 하고, 결국 외도로 이어지게 한 것이다.

바이올릿은 골든 그레이의 흔적을 쫓으며 조와의 결혼생활을 유지하는 의식과 일상의 괴리 속에서 자신을 돌아볼 기회를 만들지 못하고, 외부적 충격, 즉 자신도 모르는 사이에 진행된 조의 외도와 살해행위를 접했을 때, 분노를 통제하지 못한다. 이와 관련, 그녀의 분노는 다른 여성에게 남편의 사랑을 빼앗긴 여성의 분노처럼 보인다. 하지만 그녀의 분노는 자신을 배신한 남편에 대한 분노도, 그리고 남편을 빼앗은 도르카스에 대한 분노도 아니다. 모리슨이 장례식장 난동 사건 이후에 그녀의 행적을 자아 찾기 과정으로 형상화했듯이, 그녀의 분노는 내부적 괴리와 이로 인한 통제력 상실을 극단적으로 보여준 행위이다. 즉 그녀의 분노는 조를 자신의 남성으로 만들지 못한 여성으로서의 자아결핍으로 인한 분노이며, 긴 세월 동안 그렇게 살아온 삶에 대한 분노이다. 이를 말해주듯, 장례식장 난동 사건 이후에 그녀는 도르카스가 어떤 여성이기에 조가 그녀를 살해해서라도 자신의 여성으로 남겨두려 했는지를 알고 싶어 하고, 자신을 도르카스와 동일시 해보기도 하지만, 궁극적으로 이를 통해 자신의 자아를 찾아가는 모습을 보여준다.

장례식 난동 이후, 바이올릿은 분노에 찬 격정을 보이다가 앨리스를 방문하고, 이를 기점으로 격정을 서서히 가라앉으며 그녀의 흔적 쫓기를 죽은 도르카스에 대한 실존탐구로 전환한다. 즉 바이올릿은 이 소설의 서두에서 은색 사진틀 속의 도르카스를 이브를 유혹한 사탄으로 증오하지만, 이후 앨리스의 집을 방문하며 그녀의 흔적을 쫓는 과정에서 상대방의 타자성을 인식해 가는 모습이다.

　　조를 멸시하지 않으려 할 때, 그녀는 죽은 소녀의 머릿결에 대하여 감탄하고 있었다. 온갖 욕설로 조를 저주하지 않으면, 머릿속으로 죽은 소녀와 친근하게 이야기를 나누고 있었다. 조가 식욕이 없고 잠을 못 자는 것을 걱정하지 않을 때면, 도르카스의 눈이 무슨 색으로 빛나고 있었을까 하는 것을 궁리하는 것이다. . . . 한 가지 확실한 것은 머리를 조금 다듬었어야 했다는 것이다. 사진에서나 바이올릿이 장례식에서 보고 기억하는 바로는, 소녀는 머리끝을 조금 잘랐어야 했다. 그렇게 긴 머리는 쉽게 지저분해지는 것이다. 단지 사분의 일 인치만 잘라내었어도 정말 아름다웠을 것이다. 도르카스 . . . 도르카스 . . .

Violet agrees that it must be so; not only is she losing Joe to a dead girl, but she wonders if she isn't falling in love with her too. When she isn't trying to humiliate Joe, she is admiring the dead girl's hair; when she isn't cursing Joe with brand-new cuss words, she is having whispered conversations with the corpse in her head; when she isn't worrying about his loss of appetite, his insomnia, she wonders what color were Dorcas' eyes. . . . One thing, for sure, she needed her ends cut. In the photograph and from what Violet could remember from the coffin, the girl needed her ends cut. Hair that long gets fraggely easy. Just a quarter-inch trim would do wonders, Dorcas. Dorcas. (15)

위 인용문에서 바이올릿은 그녀를 한때 분노와 격정으로 몰아넣었던 대상을 그녀 자신의 감정 속에 용해시키는 모습이다. 이때 바이올릿의 감정패턴은 도르카스를 향한 저주의 축에 고정되어 있지만, 그것은 마치 가위가 엇갈린 행동으로 절단의 방향을 향해 가듯, 그것과 엇갈린 새로운 감정을 분출시킨다. 그러나 이 대립적 감정이 소모되어 갈 즈음, 개인의 직업적 관점이든 아니면 일반적인 선입견이든, 바이올릿은 도르카스의 긴 머리가 조금만 짧았다면 아름다웠을 것이라고 생각하며 자신의 증오심을 미적 감각을 통해 순화시킨다. 즉 그녀의 이 같은 감정변화는 한쪽으로 치우쳤던 격정이란 극단적 감정이 다른 쪽을 향해 평화를 찾고 있음을 말해준다.

도르카스에 대한 바이올릿의 감정 변화는 남성인 조에 대한 경쟁자적 삼각구도의 밖에서 일어날 수 있는 일이다. 조가 끼어들 경우 바이올릿과 도르카스 사이의 삼각구도는 한 남성을 두고 여성 대 여성으로 서로를 적대시하지 않을 수 없지만, 위 인용문의 첫 행이 말해주듯, 조가 제외될 때 둘 사이는 여성과 여성으로 적대적 조건이 될 수 없다. 따라서 그것은 여성 대 여성의 교감이며, 보다 넓은 의미에서 공동체적 형제애이다.

모리슨이 바이올릿을 통해 추적하고자 하는 것은 그녀가 고통으로부터 자신을 폭발시키고 남편의 세계 속으로 들어가 증오로부터 용서와 사랑으로 그녀의 의식을 전환하는 과정이다(Heinze 120). 뿐만 아니라, 모리슨은 도르카스의 시체를 훼손하려 한 바이올릿이 네 차례에 걸쳐 앨리스를 방문했을 때 그녀를 악조차도 함께 살아가며 극복해야 할 대상으로 여기는 아프리카인들처럼[36] 맞아주고 화해와 교감을 이끌어낸 앨리스의 모습을 통해 아프리카 전통사회의 공동체 의식을 보여주고자 했다.

첫 번째 방문에서 앨리스는 바이올릿에게 음식을 대접하고 바이올릿은

---

36) 제1장의 머리말에서 아프리카 종교의 일원론적 신의론(monistic theodicy)과 관련하여 논의함.

도르카스의 사진을 통해 그녀의 모습을 보게 된다. 바이올릿의 방문에 대하여 앨리스는 그녀로부터 사과를 기대했지만, 그렇게 되지 않은 점에 대하여 유감스러워 한다. 하지만 이 첫 만남은 둘 사이의 교감을 촉진시키는 계기가 되었다는 점에서 특히 주목된다.

바이올릿이 사진틀 속의 얼굴을 자세히 들여다보는 동안, 계속된 침묵이 앨리스를 초조하게 했다. 앨리스가 이제 그만 가라고 말할 용기를 내는 사이에, 그 여자는 사진에서 눈을 떼며 말을 했다. "전 당신이 무서워할 만한 사람이 아닙니다."

The long pause that followed, while Violet examined the face that loomed out of the frame, made Alice nervous. Before she got up the courage to ask the woman to leave, she turned away from the photograph saying, "I'm not the one you need to be scared of." (80)

두 번째 방문에서 앨리스는 첫 번째 방문에서처럼 바이올릿의 과격한 공격성에 대한 선입견을 지우지 못하고 있다. 하지만 바이올릿이 조에 대해, 그리고 이 도시에 오게 된 배경에 대해 털어놓으며 도르카스의 사진을 응시하자, 이를 포착한 앨리스는 도르카스의 사진을 바이올릿에게 가져가도록 허용한다. 이와 관련, 두 번째 방문은 첫 방문과 달리, 바이올릿이 앨리스를 방문하는 목적이 도르카스에 대한 자아탐구임을 밝혀준다. 이때 앨리스 역시 바이올릿의 방문 목적에 대해 이해의 사인을 보내며 자신과 바이올릿 사이에 깊게 파인 오해의 골을 봉합하려 한다. 즉 그녀가 바이올릿의 찢어진 옷을 꿰매어주는 행위는 서로의 불신과 오해의 상처를 봉합하려는 상징적 행위이다.

바이올릿은 매번 똑같은 옷을 입고 왔으며, 앨리스는 외투에 찢어진 부분이 적어도 세 군데나 보이고, 소매 끝에 실밥이 너절하게 풀어져 있는 그 옷을 그냥 두고 볼 수가 없었다. 앨리스가 가장 가는 실로 소매를 수선하는 동안, 바이올릿은 속옷에다가 외투를 걸치고 앉아 있었다. 그녀는 언제고 모자를 벗는 법이 없었다.

Violet wore the same dress each time and Alice was irritated by the thread running loose from her sleeve, as well as the coat lining ripped in at least three places she could see. Violet sat in her slip with her coat on, while Alice mended the sleeve with the tiniest stitches, At no time did Violet take off her hat. (82)

세 번째 방문에서 바이올릿과 앨리스는 두 번째 방문 때보다 훨씬 진전된 관계를 보이며 연적(rival lover)에 대한 여성으로서의 감정을 서로 털어놓고 교감하는 계기를 만든다. 앨리스가 먼저 바이올릿에게 도르카스의 시신을 향해 칼을 휘두른 이유가 무엇인지 질문하고, 바이올릿은 직접적인 대답 대신 "당신은 남자 때문에 싸우지 않나요?"(86)라고 반문한다. 하지만 바이올릿의 반문은 앨리스로 하여금 남편을 다른 여성에게 빼앗긴 자신의 과거를 되살리게 만들고, 남편과 남편의 연인을 향한 그녀의 분노와 복수심을 되살리게 만들어 바이올릿에게 이를 고백하고 그녀와 교감할 수 있는 계기를 만든다(Higgins 116). 앤드류스가 도르카스의 시신을 훼손하기 위해 칼을 휘두른 바이올릿의 행동과 남편의 연인을 얼음꼬챙이, 빨랫줄, 그리고 무쇠말발굽으로 살해하고자 한 앨리스의 꿈을 모두 아프리카계 여성들에게 부여된 분노와 절망의 표현이라고 언급하듯(99), 앨리스와 바이올릿은 같은 경험을 통해 분노와 복수심을 경험한 서로의 과거를 되새기며 이해와 화해를 위한 공감대를 이끌어낸다. 이때 스프링필드에 묻힌 남편을 회상하며 이어지는 앨리스의 다림질은 외도한 남편에 대한 분노와 복수심을 바이올릿과 함께 공유하며, 도르카스의 장례식을 망쳐놓은 바이올릿에 대한 감정의 골을 펴기 위한 다림질일 뿐만 아니라, 바이올릿과의 불편한 관계를 해소하기 위한 다림질이다.

앨리스는 다리미를 힘껏 눌렀다. "당신은 상실감이 무엇인지를 모르는 거요."라고 말하고, 아침에 모자를 쓰고 다리미판 옆에 앉아 있는 여자가 하는 이야기에 조용히 귀를 기울였다.

Alice slammed the pressing iron down. "You don't know what loss is," she said, and listened as closely to what she was saying as did the woman sitting by her ironing board in a hat in the morning. (87)

네 번째 방문은 앞선 방문들과 달리 바이올릿이 도르카스의 사진을 앨리스에게 돌려주기 위해서이다. 삼인칭 작중 화자에 따르면 바이올릿은 도르카스의 사진을 앨리스에게 돌려주고 나온 뒤, 엉덩이가 튀어나올 정도로 살이 찌고, 남자들의 동정적인 눈을 의식하여 따뜻한 날에도 외투를 입고 다녔지만 지난날의 흔적을 벗어 던진 평화로운 모습이다. 즉 바이올릿은 이 방문을 통해 도르카스의 사진을 앨리스에게 되돌려줌으로써 도르카스의 흔적 찾기를 중단하고, 앞서의 방문 때보다 자신을 찾기 위해 더 진전된 모습을 보여준다.

모리슨은 바이올릿의 앨리스 방문을 통해 그녀의 변화과정뿐만 아니라 그녀에 대한 앨리스의 용서와 화해과정으로 형상화했다. 바이올릿과 앨리스의 침묵은 앨리스가 바이올릿의 코트를 수선해주겠다고 제안했을 때에 깨졌다. 그리고 두 사람 사이의 긴장은 앨리스가 다림질을 하다가 셔츠를 태워 단춧구멍만 한 크기의 구멍을 내었을 때에 풀어졌다. 즉 앨리스의 바느질과 다림질 등 일련의 상징적 행위들은 바이올릿에 대한 분노와 증오를 용서와 화해로 진전시켜가는 행위들이나 다름없다. 그리고 바이올릿이 도르카스의 사진을 앨리스에게 되돌려준 뒤 어느 날 계단을 오르를 때에, 도르카스가 "바이올릿의 이중자아, 또는 딸"(Heinze 67)처럼 뒤를 따르는 환상적 장면은 바이올릿이 자아결핍으로 인한 분노를 해소하고 도르카스와 자신을 동일시하는 모습을 환기시켜주는 장면이나 다름없다.

앨리스의 이 같은 용서와 화해는 아프리카 전통사회의 공동체 의식을 환기시켜준다. 그녀는 용서와 화해를 통해 바이올릿의 폭력을 계기로 시작된 그녀와 바이올릿의 적대관계는 물론, 도르카스의 성적 편력을 계기로 시작된 도르카스와 바이올릿의 적대관계 사이에 놓인 상대방에 대한 분노를 해소의 길로 이끌었다. 즉 바이올릿의 폭력과 도르카스의 성적 편력은 모두 절대적 선을 부정한 행위들이라는 점에서 악행들이지만, 앨리스는 외도한 남편에 대한 아내의 분노를 바이올릿과 공유하며 바이올릿의 악행을 포용했고, 바이올릿에게 도르카스의 정보를 제공하여 자신의 자아결핍에 대한 그녀의 분노를 해소하도록 유도하는 한편, 남편을 빼앗은 도르카스의 악행에도 불구하고 도르카스를 그녀의 내면적 자아와 동일시하도록 유도했다. 따라서 앨리스의 용서와 화해는 절대적 선을 거부하며 악조차도 삶의 동반자로 포용하며 극복해야 한다고 믿는 아프리카인들의 전통적 도덕적 가치관과 이에 바탕을 둔 공동체 의식을 환기시켜준다.

용서와 화해 이후에, 바이올릿은 조와 앨리스를 만나기 위해 방문한 도르카스의 친구 펠리스(Felice: 도르카스가 죽었을 때 옆을 지켜준 친구)와의 대화에서 자신의 자아를 되찾았다고 밝힌다. 즉 그녀는 자신의 인생이 자신의 것이라고 밝히며, 그녀가 백인이 되려 했다는 것을 망각했다고 고백한다. 그리고 바이올릿은 도르카스에 대한 분노는 물론 그녀를 알고 싶어 하는 욕망도 버렸다고 밝힌다. 펠리스가 어떻게 버렸느냐고 묻자 "그녀를 죽였어, 다음에 그녀를 죽인 나를 죽였어"(211)라고 대답한 뒤에, 장례식에서 소란을 피운 이유에 대해 "그녀를 잃어버렸어. 그녀를 어딘가에 놓았어. 그런데 어딘지 잊었어"(211)라고 대답한다. 펠리스는 또한 "당신은 그녀를 어떻게 찾았어요?"(211)라고 물었고, 바이올릿은 "찾았어"(211)라고 대답한다. 결국, 바이올릿의 자아탐구는 성공적이다. 그녀는 도르카스를 통해, 그리고 이어 앨리스를 통해 자신을 시험할 수 있었고, 상처의 원인을 탐구할 수 있었으며, 근원을 확인할 수 있었고 단단한 토대 위에 구축된 강한 여성으로서 그녀의 인생을 계속할 수 있게 되었다(Higgins 72).

바이올릿에 이어, 조 역시 (명확하지 않지만) 분열된 자아를 건전한 자아로 재형성하는 데에 어느 정도 성공한 모습이다. 결말부분에서 펠리스가 방문했을 때에, 조는 펠리스에게 자신이 도르카스를 살해한 일에 대해 살해하는 방법을 몰라서 살해했다고 밝히고, 펠리스는 도르카스가 죽을 때에 한 말을 조에게 전달한다. 즉 도르카스는 펠리스에게 "사과 하나가 있어. 사과 같았어. 단 하나. 조에게 말해줘"(213)라고 말하고, 이를 조에게 전달해달라고 부탁한다. 조는 펠리스로부터 이 말을 전해 듣고 슬픈 미소와 함께 도르카스의 이름을 불렀는데, 그의 이 같은 반응은 정확하게 그의 의식을 확인할 수 없게 한다. 하지만 조는 골목으로부터 들려오는 음악에 화해와 치유의 의미를 나타내듯이 바이올릿과 뺨을 맞대고 춤을 춘다.

5. 동력으로서 인종적 문제의식: 로크 목사와 빌리

모리슨은 『집』을 통해 1950년대 미국의 백인중심사회에서 인종적 타자란 이유로 소외되고 방황하는 아프리카계 참전용사 프랭크 '스마트' 머니(Frank 'Smart' Money)의 심리적 트라우마를 추적하며, 그를 향한 아프리카계 미국인들의 공동체 의식을 백인중심사회의 인종우월주의에 대한 그들의 비판적 문제의식에 비춰 형상화했다. 즉 모리슨은 아프리카 전통사회의 공동체 의식을 계승한 그들의 집단적 의식을 인종문제란 사회학적 이슈를 극복하기 위한 동력으로 재해석하며, 인종적 타자라는 이유로 인종적 불평등은 물론, 사회적·경제적 불평등을 겪어야 하는 아프리카계 미국인들의 삶과 의식을 견인해주는 힘으로 제시했다.

이 소설은 맥신 몽고메리(Maxine Montgomery)가 "한국전쟁 이후 1950년대 중반에 괴로운 과거로 인해 시달리며, 악한 의사로부터 여동생을 구하려 하고, 집을 찾으려 하는 24세의 아프리카계 참전용사 프랭크의 고통 받는 삶을 드러낸다"(320)고 평가하듯, 아프리카계 미국인들이 노예해방 선언이 있은 지 100여 년의 세월이 지난 후에도 거듭되는 인종차별과 폭력으로 인해 집단적·개인적으로 겪는 육체적·심리적 상처와 고통을 다룬 소설이다. 뿐만 아니라, 서평가인 미치코 카쿠타니(Michiko Kakutani)가 "질식할 것 같은 로터스(Lotus)로부터 벗어나기 위해 한국전쟁에 참전한 후에 여동생을 구하기 위한 임무를 수행하고, 로터스로 돌아가는 이야기, . . . 전쟁에 대한 끔찍한 플래시백과 극복하기 힘든 무자비한 충동을 가진 사람에 대한 이야기," 그리고 또 다른 서평가인 루시 다니엘(Lucy Daniel)이 "노벨문학상 수상자의 오랫동안 지속된 기억, 사랑과 상실, 추방과 귀가에 대한 주제들의 압축물"이라고 평가하듯, 이 소설은 인종차별과 폭력에 무방비로 노출된 아프리카계 미국인들의 역사 또는 현실을 '집 없음'(homelessness)[37]

---

37) 이 소설에서 프랭크의 과거와 현재를 집약한 모리슨의 주제적 메타포는 '집 없음'(homelessness)이다. 모리슨은 집의 개념을 '하우스'(house)와 '홈'(home)으로 구분한다. 모리슨에 따르면, '하우스'로서의 '집'은 인종차별과 감금으로 인해 자주권이 허용되지 않는 집이며, '홈'으로서의 '집'은 인종차별의 감옥이 아닌, 자주권이 보장된 자율적 또는 자기 창조적 공간이다("Home" 4). 이와 관련, 모리슨이 프랭크의 집을 통해 말하고자 하는 아프리카계 미국인들의 집은 '하우스'로서의 집이다. 호미 바바(Homi Bhabha)

이란 공간적 이미지를 통해 환기시키며, '집 찾기'를 위해 성장과정과 성인 시절에 겪어야 하는 프랭크의 심리적 상처와 고통을 추적한 소설이다.

이 소설에서 프랭크는 어린 시절에 아프리카계 미국인들의 일상적 삶속에서 반복되는 인종적·경제적 불평등으로 인해 정신적 상처를 경험해야 했고, 성인이 된 뒤에 기회와 희망을 찾겠다는 일념으로 고향과 가족을 떠나 한국전쟁터로 향했지만, '전쟁 트라우마'란 또 다른 정신적 상처를 경험해야 했다. 모리슨은 한국전쟁 참전 이전의 프랭크를 이처럼 형상화하고, 작중의 현재시점에서 참전 이후 프랭크의 트라우마를 동반한 방황과 소외, 그리고 여행을 통해 점차 트라우마로부터 벗어나며 최종적으로 고향에 안착하는 과정을 추적했다.

프랭크의 어린 시절은 아프리카계 미국인들의 일상적 삶까지도 침해하는 인종폭력의 극단적 사례를 말해주는 기간이다. 텍사스(Texas)의 반데라 카운티(Bandera County)는 머니 가족을 비롯한 아프리카계 미국인들의 생활 공간이지만, 백인인종차별주의자들의 폭력에 무방비로 노출된 공간이다. 이곳의 아프리카계 미국인들은 어느 날 갑자기 24시간 이내에 떠나지 않으면 죽음뿐이란 내용을 담은 철거명령을 받았고(10), 머니 가족은 이웃들과 함께 아무런 저항도 하지 못한 채 이곳을 떠나야 했다. 이로 인해, 갈 곳 없는 머니 가족은 강제이주나 다름없이 조지아(Georgia)로 이주하여 할아버지 집이라기보다 할머니 집에 얹혀살며 3년 동안의 설움을 견뎌야 했고, 이일 저일 가리지 않은 머니 부부의 억척스러운 삶 끝에 3년 후 독립하여 로터스(Lotus)에 정착했다.

가 모리슨의 집에 대한 개념을 "불안정한 정치적 추방, 통탄스런 심리학적·문화적 괴리를 환기시킨다"("Halfway House" 11)고 평가한 것처럼, 모리슨이 이 소설에서 제시한 아프리카계 미국인들의 집은 인종적 소외, 추방, 구속을 환기시키는 공간이다. 즉 이 소설의 집은 자주권, 안전, 인간적 정서, 그리고 따뜻한 온기가 있는 '홈'으로서의 집이 아니라, 인종차별주의자들의 폭력에 노출된 '하우스'로서의 집이다.

프랭크는 성장하며 경제적 빈곤 속에 허덕이는 부모의 보살핌을 제대로 받을 수 없었고, 부모의 빈자리를 채우기 위해 누이 동생인 씨와 함께 마을 주변을 방황했다. 그곳에서 그는 백인관중들에게 자극적인 즐거움을 주기 위해 아들과의 격투기를 받아들이고, 아들을 위해 자신의 목숨을 아들에게 맡긴 아프리카계 아버지의 끔찍한 매장 장면을 목격해야 했다. 프랭크는 어린 시절의 이 같은 경험들로 인해 고향과 집을 "전쟁터보다 더 나쁜 곳"(83)으로 인식했다. 고향과 집에 대한 프랭크의 이 같은 인식은 그를 전쟁터로 내몰았다. 프랭크는 전쟁터를 "뭔가를 갈구하게 하고, 용기를 요구하며, 성공의 기회를 주는 곳"(83-84)으로 인식했다. 물론, 그 인식은 착각이었지만, 두 명의 고향친구들과 함께 한국전쟁에 참전하게 만들었다.

프랭크의 참전은 그를 무경험으로 인한 착각으로부터 벗어나게 해줬지만, 그 대가로 그에게 고통스러운 후유증을 안고 방황하게 만들었다. 그는 한국전쟁에 함께 참전한 고향친구들이 죽어가는 모습을 목격하며 아무것도 할 수 없는 무기력감을 경험해야 했고, 부대의 쓰레기장에서 먹을 것을 찾는 한국소녀를 살해하고도 다른 병사에게 책임을 떠넘기는 비겁함을 보여야 했다. 그리고 작중의 현재시점, 즉 전쟁터에서 돌아온 뒤에, 그는 가족이 살고 있는 고향의 집으로 돌아가지 않고 1년여 동안 전쟁의 후유증, 즉 불안, 공포, 무기력감, 그리고 죄책감을 잊기 위해 방황해야 한다.

미국사회로 복귀한 프랭크는 사회적 무관심과 적의 속에 "사회제도의 역할에 대한 공감대의 부족"(Montgomery 321)을 드러낸다. 복귀한 사회에서 그가 할 수 있는 일은 아무것도 없다. 그는 도박장과 당구장을 전전하며 도박과 내기 당구로 지니고 있던 돈을 모두 탕진한다(68). 그리고 빈털터리가 된 뒤에 그는 우연히 다리 위를 걷던 중에 충격적인 과거의 기억을 떠올리며, 트라우마의 징후를 드러낸다. 즉 그는 다리 위에서 싸움하는 사람들 틈에서 한 소녀가 피 흘리는 것을 목격하고 갑자기 슬픔과 현기증을 느낀다(68). 베셀 에이. 반 데르 콜크와 오노 반 데르 하르트(Bessel A. Van Der Kolk & Onno Van Der Hart)가 "충격적인 기억은 실제 외상적 사건의 상황을 연상시키는 상황들 속에서 무의식적으로 재생된다"(163)고 밝힌 것처럼, 이 같은 반응은 피 흘리는 소녀를 통해 한국전쟁 중에 살해한 한국소녀에 대한 충격적 기억을 무의식적으로 되살린 데서 비롯된 것이다.

프랭크는 이 사건 이후 릴리(Lily)란 여성을 만나 안정적 삶을 살아갈 수 있는 기회를 마련하는 듯 했다. 릴리와의 만남이 이뤄진 시점은 4일 동안 공원을 배회한 뒤에 우연히 상점의 창문에 비춰진 남루한 차림새의 자신을 발견하고, 자신을 "전쟁터에서 홀로 남았을 때에 꿨던 꿈속의 나"(69)와 동일시했을 때이다. 프랭크는 이를 계기로 자신의 모습을 지우기 위해 엉망이 된 옷들을 세탁소에 맡기러 갔다. 그리고 그는 이곳에서 일하는 릴리를 만났다. 릴리는 손님으로 찾아온 프랭크를 자신이 꿈꾸는 삶을 함께 이룩해줄 남성으로 여기고, 동거를 결정했다. 하지만 그녀의 이 같은 판단은 6개월 뒤에 착각으로 끝났다.

릴리는 "마음을 굳게 먹고 일을 착수하라," "너의 재능을 찾아서 밀고 나가"(80)란 아버지의 교훈을 가슴 깊이 새기고 살아가는 여성이다. 그녀의 소망은 좋은 이웃이 있는 곳에 집을 소유하는 것과 이 같은 소망을 위해 함께해줄 남성을 만나는 것이다. 그녀의 첫째 소망은 검은 피부색 때문에 좌절되고, 둘째 소망을 이루기 위해 프랭크를 선택한 것이다. 하지만 프랭크는 릴리와 동거하던 기간 중에 삶의 자질구레한 일들에 대해 관심을 가져달라는 그녀의 요구에 제대로 반응하지 못했다. 릴리가 퇴근했을 때 프랭크는 소파에 앉아 빈둥거렸다(75). 릴리는 프랭크에 대한 불만을 좋은 이웃과 함께 살 수 있는 집을 갖겠다는 자신의 소망 아래 묻어버리려 하지만 (75), 시간이 갈수록 소망 대신 실망만 쌓아나갔다. 물론, 프랭크는 주차장에서 일하며 변화를 시도하기도 했다. 그럼에도, 릴리는 여동생에게 가기 위해 돈을 빌려달라는 프랭크의 요구를 받았을 때에 그동안 쌓아둔 실망을 더 이상 억누르지 못했고, 프랭크는 이 일로 인해 그녀의 집에서 나와 다시 거리를 배회해야 했다.

릴리의 집을 나온 프랭크의 다음 행선지는 그에게 육체적·의식적 감금과 마비를 강요한 원호병원이다. 릴리의 집을 나온 그는 거리를 배회했고, 경찰은 그를 거리의 부랑자로 여겨 체포한 뒤에 참전 군인이기 때문에 원호병원으로 넘겼다. 원호병원의 정신병동에 감금된 그는 짧은 기간이지만 감시대상으로 살아야 하고, 모르핀에 의식을 마비당한 채 잠을 자야 한다. 즉 원호병원은 그에게 깨어있는 의식과 스스로 행할 수 있는 자유를 허용하지 않는다. 이 같은 상황 속에서 여동생인 씨 머니가 생명을 잃을 위기에 처했다는 전보를 받았을 때, 그는 정신병동의 감시를 피해하기 위해 잠을 자는 척하며 의식을 가다듬고, 추운 겨울임에도 신발조차 그대로 둔 채 탈출을 감행한다.

워싱턴(Washington)주의 시애틀(Seattle)에 위치한 원호병원을 탈출한 프랭크가 씨를 구하기 위해 향한 곳은 인디애나(Indiana)주의 애틀랜타(Atlanta)이다. 원호병원이 위치한 워싱턴(Washington)주의 시애틀로부터 애틀랜타까지의 여행은 오리건(Oregon)주의 포틀랜드(Portland)와 일리노이(Illinois)주의 시카고(Chicago)를 경유해야 하는 대장정이다. 여행비용은 물론 신발조차 제대로 신지 못한 프랭크에게 미국대륙을 횡단해야 하는 이 여정은 고난의 여정이 아닐 수 없다. 이와 관련, 모리슨은 프랭크의 긴 여정에서 조건 없이 펼쳐지는 아프리카계 미국인들의 형제애를 통해 아프리카 전통사회의 공동체 의식을 재현하고자 했다.

프랭크에게 공동체적 형제애를 베푼 아프리카계 미국인들은 원호병원의 근처에 위치한 에이미 시온(AME Zion)의 로크 목사와 시카고의 빌리(Billy)이다. 로크 목사는 맨발인 프랭크에게 구두 대신 실내화 수준의 신발

밖에 줄 수 없을 만큼 가난한 아프리카계 목사이다. 그럼에도, 그는 프랭크를 돕기 위해 최선을 다한다. 프랭크가 새벽에 목사관의 문을 두드렸을 때, 귀찮은 듯 프랭크를 맞이하지만, 상황의 위급함을 직감한 그는 프랭크에게 병원의 추적을 피할 수 있는 잠자리, 식사, 여행경비, 그리고 다음 행선지인 포틀랜드(Portland)에서 도움을 받을 수 있는 제시 메이나드 목사(Reverend Jessie Maynard)의 주소를 건네준다. 로크 목사에 이어, 빌리는 프랭크에게 공동체적 형제애를 베푼 또 다른 아프리카계 미국인이다. 프랭크는 시카고로 향하는 기차 안에서 승무원으로부터 부커 식당(Booker's)을 소개받고, 아프리카계 미국인들의 단골식당인 이곳에서 빌리를 만난다. 빌리는 아내와 함께 어렵게 살아가는 철강공장의 노동자로, 파업 중에서 공장에 나가지 않는 틈을 이용해 이 식당에 들렀다가 프랭크를 만났다. 그럼에도 불구하고, 그는 우연히 만난 프랭크에게 조건 없이 잠자리를 제공하고 구두를 사주는 친절을 베푼다.

한편, 로크 목사와 빌리는 백인중심사회의 잔인한 인종차별과 폭력에 대한 문제의식을 바탕으로 프랭크에게 공동체적 형제애를 베푸는 아프리카계 미국인들이다. 로크 목사는 프랭크에게 사망한 참전용사들의 시신이 의과대학의 실험용으로 보내지는 현실, 말뿐인 '흑백 통합군'(integrated army)의 허상, 그리고 뿌리 깊은 인종차별주의에 대해 비판적 어조로 알려주며 아프리카계 참전용사들의 비극적 현실, 인종차별의 역사와 현실을 직시하도록 충고한다. 그리고 빌리는 프랭크에게 그의 어린 아들 토마스(Thomas)가 오른손을 쓸 수 없게 된 사연을 들려주며 아프리카계 미국인들에 대한 공권력의 부당한 폭력이 어린 아이게도 예외 없이 행해진다는 사실을 밝힌다. 그에 따르면, 토마스는 사고 당시에 장난감권총을 가지고 놀고 있었지만, 백인 "순찰 경관"(32)은 장난감권총을 진짜 총으로 착각하고 토마스를 쏘았다. 프랭크는 이 사연을 듣고 "어린 아이는 쏠 수 없는데"(31)라고 말하는데, 이 같은 반응은 토마스가 어린 아이가 아니라 검은 피부색의 소년이기 때문에 백인경찰의 폭력에 희생된 것에 대한 안타까움을 표현한 것이라고 말할 수 있다.

6. 동력으로서 탈인종적 히피 문화: 스티브와 이블린

모리슨은 가장 최근 소설인 『신이여, 그 아이를 도와주소서』(*God Help the Child*)에서 아프리카계 공동체 밖으로 시선을 돌려 아프리카계 미국인이 아님에도 불구하고 아프리카 전통사회와 공유하는 인종적 타자들의 공동체 의식을 추적하고자 했다. 즉 모리슨은 백인 히피(hippie)족 부부를 이 소설의 작중 인물로 등장시켜 기존의 사회의식과 관습으로부터 일탈하여 살아가는 그들을 통해 아프리카 전통사회의 삶과 의식에 비춰 양쪽 모두 문명적 가치관과 이해관계를 벗겨냈을 때 집단적 삶과 의식을 차별 없이 공유하고 있다는 것을 보여주고자 했다.

이 소설은 노예제도와 인종차별의 역사와 현실을 반향해주며, 역사와 현실로 인해 초래된 아프리카계 미국인들의 정신적 상처와 고통을 추적한 소설이다.[38] 하지만 모리슨은 이 소설에서도 작중 주인공인 브라이드가 여

---

38) 카쿠타니에 따르면, 2015년 4월에 출간한 모리슨의 열한 번째 소설 『신이여, 그 아이를 도와주소서』는 "보다 넓은 역사적 관점에서 작중 주인공들이 투쟁하는 노예제도의 공포와 그 자체의 반향적 유산이며, 개인적 관점에서 . . . 그들을 방해하는 정서적 훼손 또는 상실, 그리고 다시 그런 고통을 겪는 것에 대한 공포"를 다룬 소설이다. 즉 이 소설은 노예제도와 인종차별의 역사와 현실을 반향해주는 소설이며, 이 같은 역사와 현실로 인해 초래된 아프리카계 미국인들의 정신적 상처와 고통을 추적한 소설이다. 하지만 모리슨은 이 소설을 통해 아프리카계 미국인들의 역사와 현실을 사회학적·정치적 관점에서 접근하기보다 아프리카계 미국인들의 역사와 현실을 배경으로 초래된 아프리카계 미국인들의 상처와 고통을 정신분석적 관점에서 접근했다. 엘런 캐너(Ellern Kanner)가 "작중 인물들 중 거의 모두가 어린 시절 동안에 트라우마를 받았다"고 평가하고, 론 찰

행 중에 교통사고로 인해 고립무원상태에 빠졌을 때 공동체의 도움으로 위기에서 벗어나는 장면을 묘사했다.

모리슨은 이 소설에서 이전의 소설들에서와 달리 백인 히피족 부부인 스티브(Steve)와 이블린(Evelyn)을 공동체 의식을 실천하는 작중 인물들로 형상화했다. 물론, 모리슨은 『낙원』에서도 아프리카계 미국인이 아닌 브라질계 미국인 콘솔래타를 아프리카인들의 공동체 의식을 실천하는 작중 인물로 등장시켰다. 하지만 히긴스가 콘솔래타의 인종적 배경에 대해 인종이 확인되지 않았다고 전제하고, 이어 백인은 아니다(134)라고 밝히듯, 모리슨은 그녀의 인종적 배경을 구체적으로 밝히지 않았다. 모리슨은 『낙원』에서와 달리 이 소설에서 스티브와 이블린의 인종적 배경을 백인이라고 밝힘으로써, 아프리카 전통사회의 공동체 의식을 인종적 배경과 상관없이 누구나 공유할 수 있는 집단적 의식으로 형상화하고자 했다. 즉 모리슨은 히피족의

스(Ron Charles)가 부분적인 언급이지만 "소설이 반복적인 트라우마 과정으로 전개되어 간다"고 평가한 것처럼, 모리슨은 이 소설을 통해 작중인물들이 겪는 트라우마의 원인과 징후를 추적하고자 했다. 즉 이 소설의 작중 주인공인 룰라 앤 브라이드(Lula Anne Bride)는 엷은 피부색의 부모와 달리 검은 피부색을 가지고 태어났다는 이유로 아버지와 어머니로부터 거부되었다. 아버지는 브라이드의 출생과 동시에 딸의 피부색으로 인한 충격으로 가족을 버리고 떠났고, 어머니는 딸을 살해할 마음도 먹었지만 실행에 옮기지 않고 딸을 끊임없이 학대했다. 새에드 존스(Saeed Jones)가 이 소설에 대해 "소설의 중심부에서 어머니와 딸의 관계가 보다 깊은 반향을 일으키는" 소설이라고 평가했듯이, 모리슨은 이 소설을 통해 딸의 피부색을 수용할 수 없는 어머니가 딸을 어떻게 거부했는지, 그리고 어머니의 거부로 인한 딸의 심리적 상처를 추적했다. 뿐만 아니라, 콜릿 밴크로프트(Colette Bancroft)가 "부모와 자녀, 남성과 여성, 그리고 상실과 잠정적 재탄생을 날카롭게 다룬" 소설이라고 평가했듯이, 모리슨은 모녀관계의 단절로 인한 딸의 정신적 상처가 이성관계에 미친 영향을 추적했다. 모녀관계의 단절로 인한 상처에도 불구하고, 사회적 성공을 이룬 브라이드는 부커 스타번(Booker Starbern)을 만나 행복한 결혼생활을 꿈꿨지만 이별과 재회를 이어가야 했다. 다름 아닌, 부커 역시 트라우마로 인해 고통을 받는 남성이다. 부커는 어린 시절에 소아성폭력자에 의해 사랑하는 형을 잃었고, 성인이 된 뒤에도 이 충격으로부터 벗어나지 못하고 살아간다. 즉 부커는 브라이드를 만난 뒤에도 과거의 충격으로 벗어난 삶을 살 수 없다.

진보적 자유주의, 반문명주의, 반인종차별주의, 그리고 반계급주의를 백인 중심사회에 대한 저항적·전복적 가치관과 행동양식으로 형상화하며, 이를 통해 아프리카 전통사회의 집단적 가치관과 행동양식을 환기시키고자 했다.

스티브와 이블린이 공동체 의식을 실천한 시점은 브라이드가 캘리포니아(California) 북부의 작은 도시 위스키(Whisky)를 향해 재규어를 몰고 이동하던 중에 찌그러든 차 속에 갇혀 꼼짝도 할 수 없을 만큼 심하게 가로수와 충돌했을 때이다. 작중의 현재시점에서 브라이드는 6개월 동안 동거했던 연인 부커가 "너는 내가 원하는 여자가 아니야"(11)란 말만 남기고 갑작스럽게 떠나자 관계의 단절 속에서 배신감으로 인해 분노로 고통을 느끼며, 자신의 육체가 부분적으로 사라졌다고 느낄 정도로 혼돈 속에 빠져든다. 브라이드가 이 같은 상황에도 불구하고 여행을 결행한 이유는 부커에게 자신을 떠난 이유를 묻기 위해서이다. 하지만 브라이드에게 낯선 소도시로 향하는 어둠 속의 여행은 쉽지 않은 여행이다. 브라이드의 재규어는 어둡고 좁은 도로를 주행하던 중에 큰 가로수와 충돌하고, 브라이드는 밤새도록 부서진 재규어 속에 갇혀 홀로 부상의 고통과 공포를 경험한다.

브라이드가 충돌사고로 육체적·심리적 위기 속에 처해있을 때 부서진 운전석에서 그녀를 구출하여 집으로 데려간 사람이 스티브이다. 그는 백인임에도 피부색이 다른 브라이드의 부상을 치료하기 위해 가깝지 않은 병원에 데려갔고, 빈곤한 살림살이에도 불구하고 이블린과 함께 브라이드의 회복을 위해 6주 동안 그녀를 자신들의 집에 머물게 하며, 재규어의 부서진 문을 역시 가깝지 않은 카센터에서 수리할 수 있도록 해준다. 즉 피부색을 초월한 이 같은 도움은 어려운 처지에 놓인 공동체 구성원에게 이타적인 도움의 손길을 내밀어준 모리슨의 아프리카계 작중 인물들의 도움과 동일시되는 행위이다.

스티브는 화장품 회사의 중역으로 사회적·경제적으로 성공적인 삶을 살아가는 브라이드의 물질주의적 가치관을 지적하고, 그녀에게 물질적 가치에 경도되지 않은 인간의 본질적 가치관을 일깨워준다. 즉 스티브가 브라이드에게 수차례의 이별과 만남을 반복한 끝에 이뤄진 이블린과의 결혼에 얽힌 이야기를 해주며 결혼한 후에 "현실적인 삶을 살기 위해 캘리포니아로 이주했다"(106)고 밝히자, 이를 듣고 있던 브라이드는 스티브에게 "현실적"이란 말은 "가난하다는 의미인가요?"(106)라고 되묻는다. 브라이드의 이 같은 반문은 삶의 가치를 물질적 가치로 환산해온 그녀의 가치관을 말해주는 것으로, 스티브의 히피 문화적 가치관과 충돌하지 않을 수 없다. 스티브는 즉각 "돈이 당신을 재규어로부터 꺼내준 건가요? 돈이 당신의 엉덩이를 구해준 건가요?"(106)라고 반문하며, 그녀에게 삶의 중요한 가치가 물질적 가치가 아님을 강조한다.

스티브와 이블린은 또한 브라이드에게 사회적 규범에 얽매이지 않는 히피족의 일상을 공개하며 물질적 가치관 속에 매몰된 브라이드의 일탈을 유도한다. 그 대표적 사례로, 그들은 브라이드에게 마리화나의 환각을 즐기는 모습을 보여주고, 이를 직접 체험할 수 있게 해준다(110). 즉 그들이 브라이드에게 이 같은 체험을 할 수 있게 해준 목적은 자신들의 삶과 가치관에 비춰진 브라이드의 성공적인 삶이 얼마나 물질주의적 가치관과 규범적 삶에 경도되었는지를 자각하도록 유도하기 위해서이며, 브라이드가 이처럼 경도된 삶으로부터 벗어나야 한다는 것을 일깨워주기 위해서이다.

7. 맺음말

본 장은 이제까지 공동체 의식의 파괴와 훼손에 대한 모리슨의 비판적 의식은 물론, 공동체 의식을 아프리카 전통사회의 공동체 의식에 비춰 논의했다. 모리슨은 최초의 소설 『가장 푸른 눈』 이래로 가장 최근의 소설 『신이여, 그 아이를 도와주소서』에 이르기까지 거의 대부분의 소설들 속에서 아프리카 전통사회의 공동체 의식을 강조했다. 모리슨은 이를 위해 공동체적 의식의 동력을 다양한 배경에 비춰 제시했다. 예컨대, 그녀의 여러 소설들에 나타난 모성적·양육적 모성본능, 비기독교적 종교의식, 공동체 여성적 화해의 정서, 인종적 문제의식, 그리고 히피문화는 가정 및 공동체 구성원들의 형제애와 상부상조를 유도하는 주된 동력들이다.

　모리슨이 아프리카 전통사회의 공동체 의식을 강조한 목적은 무엇보다도 세 가지로 요약할 수 있다. 첫째, 백인중심사회의 노예제도와 인종차별로 인해 육체적·정신적 고통과 상처를 받으며 살아온 아프리카계 미국인들에게 위로와 치유의 길을 아프리카 전통사회의 공동체 의식에서 찾도록 유도하기 위해서이다. 모리슨은 『가장 푸른 눈』, 『빌러비드』, 그리고 『집』에서 노예제도의 역사와 인종차별의 현실을 부각시키며, 아프리카 전통사회의 공동체 의식이 이 같은 역사와 현실의 희생자들을 위로 또는 치유의 길로 이끌 수 있다는 것을 보여주고자 했다. 즉 『가장 푸른 눈』의 맥티어 부인과 창녀들은 가정으로부터 유기되고, 백인사회의 인종차별주의를 모방한 공동체로부터 멸시받는 피콜라를 포용한다. 『빌러비드』의 공동체 여성들은 노예제도의 강박관념에 의해 딸을 살해하고 부활한 딸에 대한 지나친 죄의식과 모성애로 인해 고립된 세스에게 구조의 손길을 내민다. 『집』의 로크 목사와 빌리는 프랭크에게 물질적 도움과 함께 인종차별의 역사와 현실을 일깨워준다. 그리고 로터스의 공동체 여성들은 집과 고향을 버리고 떠난 후에 전쟁 트라우마와 함께 돌아온 프랭크를 포용하는 한편, 인종적 타자를 말살하려는 의사에 의해 여성성을 상실한 씨에게 치유의 손길을 내민다. 그럼으로써 아프리카 전통사회의 공동체 의식을 실현해가는 모습을 보여줬다.

모리슨이 아프리카 전통사회의 공동체 의식을 강조한 또 다른 목적은 아프리카계 미국인들에게 아프리카 전통사회의 공동체적 의식을 통해 정체성의 구현을 촉구하기 위해서이다. 모리슨은 이를 위해 공동체 의식을 실천하는 아프리카의 후손들로 형상화한 작중 인물들이 『타르 베이비』의 엘로에 여성들과 테레즈, 그리고 『재즈』의 앨리스이다. 엘로에 여성들은 선을 길어준 양육의 어머니로서, 테레즈는 역시 양육의 어머니로서 일면식도 없는 썬에게 음식을 제공하는 것으로서, 앨리스는 조카의 장례식장에서 폭력을 행사한 바이올렛을 용서와 화해의 정신으로 포용함으로써 아프리카 전통사회의 공동체 의식을 실천하는 인물들이다. 물론, 모리슨은 아프리카의 후손이 아니더라도 공동체적 형제애를 구현하는 작중 인물들의 행위를 통해 아프리카 전통사회의 공동체 의식을 환기시키고자 했다. 『낙원』의 콘솔래타는 인종적 배경이 불분명한 인물이며, 『신이여, 그 아이를 도와주소서』의 스티브와 이블린은 백인 히피족이지만, 아프리카의 후손들처럼, 공동체 의식을 실천하는 작중 인물들이다. 콘솔래타가 수녀원 여성들로 하여금 서로의 고백과 위로를 통해 상처를 치유하도록 유도한 것과 스티브와 이블린이 교통사고로 인한 충격과 불안 속에 휩싸인 브라이드에게 도움의 손길을 내민 것은 모두 아프리카 전통사회의 공동체 의식을 환기시켜주는 행위나 다름없다.

　　모리슨의 최종 목적은 그녀의 문학이 아프리카인들의 전통적 가치관을 계승한 문학임과 이를 통해 아프리카계 미국문학의 정체성을 구현하기 위한 문학임을 밝히기 위해서이다. 모리슨은 이제까지 언급한 소설들 속에서 작중 인물들의 공동체 의식을 통해 아프리카 전통사회의 공동체 의식을 환기시키고자 했다. 이와 관련, 아프리카 전통사회의 공동체 의식을 실현해가는 모리슨의 작중 인물들은 미국 또는 카리브 지역의 어느 섬나라에 살고 있지만, 미국사회 또는 카리브사회의 개인주의적·자본주의적 작중 인물들과 동일시 될 수 없는 인물들이다. 모리슨이 아프리카 전통사회의 공동체 의식을 실천해가는 작중 인물들과 그 반대의 인물들을 대조적으로 형상화한 것도 이를 반증해주는 증거이다. 즉 모리슨은 이 같은 작중 인물들을 통해 작가로서 그녀의 문학적 정체성을 아프리카계 미국인들의 조상, 즉 아프리카로부터 미국 땅에 강제로 이주된 아프리카인들과 그들의 조상들에 의해 지켜진 전통적 가치관을 재생 또는 복원함으로써 구현하고자 했다.

제5장

조상들: 기마족, 플로렌스 어머니, 제이크, 포스터, 파일레잇, 쿠퍼 목사, 서스, 수전, 테레즈, 매엠, 낸, 베이비, 식소, 엘, 샌들러

1. 머리말

아프리카 전통사회에서 조상은 삶 속에 "산포체처럼 스며든 존재"이며, 부모가 아니더라도, "지속적인 관심을 불러일으키는 자애롭고 예지적인 존재이다"(Jennings 82). 바꿔 말하면, 조상은 이곳에서 살아 있는 사람들의 삶 속에서 늘 함께하는 존재이며, 그들과 그들의 삶을 지탱해주고, 보호해주며, 안내해주는 존재이다.

전통사회의 아프리카인들은 조상을 신의 치유와 기적을 행할 수 있는 존재로 여기지 않지만, 개인적으로 심리적 안정을 주고, 공동체적으로 종족의 윤리, 도덕, 관습을 안내하고 수호하는 존재로 인식한다(Mbiti 202). 물론, 그들이 조상을 항상 이처럼 간주하는 것은 아니다. 그들은 조상이 부당하게 매장되거나 죽기 전에 공격을 당했다면, 그리고 후손이 제사와 헌주를 거부하면 후손들에게 보복으로 질병과 불행을 가져다준다고 여긴다 (Mbiti 83). 즉 그들에게 조상은 신과 정령들처럼 선과 악을 모두 행할 수 있는 역설적·반어적 존재이다. 따라서 바바라 크리스천(Barbara Christian)이 "아프리카계 전통적 문화들은 조상을 최고의 존재로 숭배한다"(Jennings 82 재인용)고 밝히듯, 그들은 전통적으로 조상을 선과 악의 양가적 존재로 인식하고, 조상의 보호와 안내를 받기 위해, 그리고 조상의 불평과 징벌을 피하기 위해 경배한다.

전통사회의 아프리카인들이 조상을 초시간적 존재와 경배의 대상으로 간주한 이유는 삶과 죽음을 단절된 관계로 보지 않으려는 그들의 시간적 개념에서 찾을 수 있다. 존 음비티(John Mbiti)에 따르면, 그들은 인간이 죽었을 때에 사사 시대(Sasa moment)에 머물다가 궁극적으로 자마니 시대(Zamani moment)에 이르러 영면한다고 믿는다(24). 음비티의 이 같은 견해는 그들이 삶과 죽음의 관계를 유기적 관계로 간주하고 있음을 밝혀준다. 음비티의 또 다른 견해에 따르면, 그들은 사후 세계의 인간이 사사 시대에 머무는 동안 후손들, 친척들 그리고 친구들의 기억 또는 호명을 통해 부활할 수 있다고 믿는다(24). 바꿔 말하면, 그들은 인간이 사후에 4세대 또는 5세대 후손들이나 지인들에 의해 기억될 수 있는 시간인 사사 시대에 머문다고 믿으며, 이 기간 동안 기억 또는 호명에 의해 죽은 사람의 부활이 가능하다고 여긴다. 하지만 그들은 4세대 또는 5세대 이후의 후손들이나 지인들에 의해 더 이상 기억 또는 호명되지 않는 죽은 사람의 경우에 사사 시대로부터 자마니 시대로 이동하여 정령이 되고, 인간과도 관계를 단절한다고 믿는다(Mbiti 83).

전통사회의 아프리카인들에게 사사 시대의 조상은 기억 가능한 대상으로, 육체적으로는 죽었지만 기억 속에 살아있는 사람, 즉 "살아있는 죽은 사람"(the living dead)(Mbiti 83)이다. 사후 세계의 인간에 대한 그들의 이 같은 인식은 개인적·집단적 불멸을 추구하는 관습을 통해서도 엿볼 수 있다. 그들은 후손이 없을 때에 관습적으로 재혼이나 씨받이를 통해 후손을 얻고자 한다. 그들의 이 같은 관습은 세대의 단절을 막아 '개인적 불멸' (personal immortality)을 추구하기 위한 시도이며, 조상들에 대한 후손들의 헌주, 헌식, 기억을 통해 '집단적 불멸'(collective immortality)을 추구하기 위한 시도이다(Mbiti 25).

전통사회의 아프리카인들은 사사 시대에 머무는 조상을 살아있는 사람과 영적 관계를 맺고 있는 존재로 간주한다. 음비티에 따르면, "사사 시대에 머무는 조상은 살아 있는 사람과 정령들 사이에서 매개자의 역할을 하고, 이를 위해 신의 언어와 생전의 언어를 동시에 사용한다"(26). 물론, 사사 시대의 조상은, 살아있는 사람이 정령과 직접 소통을 할 수 없는 것처럼, 가족들과 직접적인 대화를 할 수 없다. 이로 인해, 사사 시대의 조상은 매개자를 필요로 하고, 매개자를 통해서만 가족들과 대화할 수 있다. 그럼에도 불구하고, 그들에게 조상은 죽은 사람이 아니라, 살아있는 사람과 다름이 없는 존재이다. 그들은 조상을 살아있는 사람의 삶 속에 깊이 관여하는 존재로 간주한다.

또한, 전통사회의 아프리카인들은 사사 시대의 조상이 자마니 시대 이르렀을 때에, 인간과 더 이상 소통이 불가능한 정령, 즉 존재론적 서열에서 최고의 유일신보다 상대적으로 낮은 잡신들과 인간 사이에 위치한 신이 된다고 믿는다. 그들은 조상이 이처럼 정령으로 변하는 것에 대해 인간이 불미스럽지 않은 죽음을 맞이했을 때에 자연스럽게 이뤄지는 것으로 간주한다. 그리고 정령의 존재에 대해, 그들은 살아있는 사람들은 정령을 목격할 수 없지만, 정령은 살아있는 사람들을 목격할 있다고 믿는다.

전통사회의 아프리카인들이 조상들만 정령으로 간주한 것은 아니다. 아초이(Achoi)족은 전통적으로 정령들을 세 가지 유형들로 구분한다. 첫째 정령들은 종족의 정령들로 추장이 소유한 정령들이고, 둘째 정령들은 조상의 정령들로 일부는 이롭고 일부는 해로운 정령들이며, 셋째 정령들은 신비스럽고 위험한 짐승들의 정령들로 인간에게 질병과 불행을 가져오는 정령들이다. 아캄바(Akamba)족은 정령들을 신에 의해 창조된 정령들과 '살아있는 죽은 사람들'의 정령들로 구분하고, 아초이족처럼 이 정령들을 이로운 정령들과 해로운 정령들로 구분한다.

하지만 아샨티(Ashanti)족은 신이 정령들을 창조한다고 믿는다. 아샨티족의 이 같은 믿음은 신에 의해 창조된 정령들과 조상의 정령들이 있다고 믿는 아캄바족의 경우와 차이를 보인다. 바간다(Baganda)족은 정령들을 세 종류의 집단으로 구분하고, 별도의 명칭들로 부르는데, 첫째 집단은 '살아있는 죽은 사람'으로 가족과 함께 머무는 미지무(Mizimu), 둘째 집단은 자연물과 함께 머무는 미잠브와(Misambwa), 셋째 집단은 사회적·종교적 차원에서 추앙받는 민족적 영웅들과 지도자들을 인도해주는 발루바알레(Balubaale), 전쟁을 관장하는 잡신인 쿠부카(Kubuka), 바다와 호수를 관장하는 잡신인 무카사(Mukasa), 그리고 죽음을 관장하는 잡신인 와룸베(Walumbe)이다(Mbiti 86).

기쿠유(Gikuyu)족도 바간다족처럼 정령들을 세 가지 유형으로 구분하고 별도의 명칭들로 부른다. 바간다족의 정령들과 부분적인 차이가 있지만, 대체적으로 비슷하다. 기쿠유족의 정령들은 첫째 유형은 조상의 정령인 은고마 시아 아시아리(Ngoma cia aciari), 둘째 유형은 국가에 안녕을 가져다주는 종족의 정령인 은고마 시아 모헤레가(Ngoma cia moherega), 셋째 유형은 노인과 국가에 안녕을 가져다주는 정령인 은고마 시아 리이카 기쿠유(ngoma cia riika Gikuyu)이다(Mbiti 88). 전통사회의 아프리카인들은 정령들을 이처럼 구분하고, 그들의 서로 다른 언어들로 각각의 정령들을 부르지만, 정령들을 공통적으로 신과 인간의 매개자들로 간주한다. 즉 그들은 신을 인간의 기원과 존속에 관여하는 존재로 여기는 반면, 정령들을 인간의 사후로 여기며 신과 인간 사이의 존재로 여긴다(Mbiti 90).

조상에 대한 아프리카 전통사회의 개념과 인식은 노예무역에 의해 대서양 연안국들로 이주된 아프리카인들과 그들의 후손들에 의해 조상과 살아있는 사람 사이의 소통문화로 계승되었다. 라 비니아 델로이스 제닝스(La Vinia Delois Jennings)에 따르면, 전통사회의 아프리카인들은 "지상에 살아있지 않은 사람들과의 소통문화를 가졌으며, 죽은 사람과 살아있는 사람의 개인적·집단적 소통 전통을 범대서양적으로 가지고 왔다"(86). 제닝스의 이 같은 견해는 노예무역과 노예제도의 희생자들로 미국과 유럽에 강제 정착한 아프리카계 이주민들이 조상에 대한 그들의 전통적인 개념과 인식을 지속적으로 유지해왔음을 밝혀준다.

한편, 아프리카 전통사회의 조상은 역사학적 관점에서 접근할 때에 사후 세계의 조상뿐만 아니라 현 세계의 원로를 포함한 포괄적 개념이다. 아프리카와 대서양 연안 국가들에 거주하는 아프리카계 후손들은 조상을 칸다(Kanda)란 집합명사로 부른다. 제닝스에 따르면, 칸다는 "살아있는 죽은 조상, 즉 서아프리카와 중앙아프리카의 전통적 우주론의 초시간적 인간이다"(83). 아프리카 전통사회의 조상에 대한 제닝스의 이 같은 견해는 앞서 소개한 신화학자들의 견해에 근거한 것이 아닌, 역사학자들의 견해에 근거한 견해이다. 제닝스는 역사학자들인 실비아 프리(Silvia Frey)와 베티 우드(Betty Wood)의 견해를 바탕으로, 칸다를 16세기와 18세기 콩고왕국의 모계 정치체제로부터 유래된 용어이며, "보편적인 아프리카의 사회적·종교적 권위체계를 집약한 용어"(85)라고 소개했다. 그리고 제닝스는 역사학적 관점에서 아프리카 전통사회의 조상을 "살아있는 사람들과 죽은 사람들을 모두 포함하는 공동체의 일부로서, 씨족의 젊은 연령층으로부터 살아있는 원로들로 확대된 '원로 연속체'의 정점에 위치한다"(85)고 밝혔다.

제닝스의 이 같은 견해는 아프리카 전통사회의 조상을 사후 세계의 인간이란 전제하에서 접근한 앞서의 신화학자들과 달리 현 세계의 원로를 포함한 개념으로 접근했음을 말해준다. 제닝스가 "연령이나 애정과 관련하여 조상과 가장 최근의 또는 가장 가까운 살아있는 원로, 즉 조상적 실존은 살아있는 죽은 조상과 후손들의 소통을 이어준다"(85)고 밝힌 것처럼, 아프리카 전통사회의 원로는 사후 세계의 조상을 후손에게 재생시켜주거나 또는 후손과 연결시켜주는 매개자일 뿐만 아니라, 사후 세계의 조상처럼 후손의 보호자와 안내자로서 조상의 존재론적 목적과 역할을 수행하는 '조상적 실존'이다.

토니 모리슨(Toni Morrison)은 아프리카계 미국인들의 정체성을 탐구하는 데에 있어서 과거와 현재의 결정적인 연속체나 다름없는 조상에 대해 깊은 관심을 보였고, 이를 문학적으로 재창조했다. 모리슨은 20세기 아프리카계 미국작가들, 리처드 라이트(Richard Wright)와 제임스 볼드윈(James Baldwin)에 대한 평가에서 "조상의 실존 또는 부재가 볼드윈을 당황스럽게 하고 혼란스럽게 만든 데에 반해 라이트는 조상을 개념화하는 데에 어려움을 겪었다"("Rootedness" 343)고 평가했다. 모리슨이 라이트와 볼드윈에 대해 이처럼 평가한 의도는 자신의 문학과 선배 작가들의 문학 사이에 동일시할 수 없는 일정한 간극이 있음을 밝히기 위해서이다. 모리슨은 라이트와 볼드윈에 대한 평가에 이어 "두려운 것은, 그리고 위협적인 것은 조상의 부재였고, 그것은 작품 속에서 엄청난 파괴와 무질서를 초래했다"("Rootedness" 343)고 밝혔다. 모리슨의 이 같은 견해는 조상과 단절된 아프리카계 미국문학이 아프리카계 미국인들의 역사와 현실을 어떻게 공유할 수 있는지에 대한 문제제기이며, 이 같은 문제를 재현해서는 안 된다는 충고이다. 즉 모리슨은 주류 영국계 미국문학에서 안락을 이끄는 촉매제가 고요한 자연의 사색 또는 타락한 도시풍경으로부터의 도피인 데에 반해, 아프리카계 미국문학에서 안락을 이끄는 촉매제는 조상으로 재현된 작중 인물이라고 밝혔다.

모리슨은 사후 세계 조상과 현 세계 원로 사이의 '경계 허물기'를 통해 사후 세계 조상의 재현 또는 재창조를 자연스럽게 했다. 제닝스에 따르면, 모리슨은 "존재론적 경계들을 통합하고 분리함으로써 죽은 조상과 살아있는 원로를 일원화했기 때문에, 살아있는 정신적 세계들과 육체적 세계들을 융합한다"(85). 제닝스의 이 같은 견해는 모리슨의 조상을 이상적 영역과 현실적 영역의 매개자로 이해할 수 있게 해준다. 즉 모리슨은 이를 통해 두 대상들을 조상의 범주에 포함시켰으며, 사후 세계의 조상을 텍스트적으로 재육화했다(Jennings 85). 결과적으로, 모리슨의 경계 허물기는 죽은 조상과 살아있는 원로의 혼합인 조상적 실존으로 하여금 관련된 조상을 중재하게 하고, 부재와 실존, 과거와 현재, 그리고 육체와 정신의 동시성을 허용하도록 하는 데에 기여했다.

모리슨의 조상들은 이처럼 정신적 세계와 물질적 세계의 동일체이다. 그들은 두 대조적 공간의 경계를 무너트리며 서로 얽혀있고, 서로 이어져있다. 그런 까닭에, 그들은 일상적 상식에 비춰 차별화하거나 분리할 수 없는 존재들이다. 제닝스는 이를 증명하듯 모리슨에게 "죽은 조상과 살아있는 원로는 동일체"(85)라고 밝히고, 『솔로몬의 노래』(*Song of Solomon*)의 파일레잇 데드(Pilate Dead), 서스(Circe), 『타르 베이비』(*Tar Baby*)의 마리 테레즈 푸코(Mary Thérèse Foucault), 늪지 여성들, 엘로에(Eloe) 여성들, 기마족, 그리고 『빌러비드』(*Beloved*)의 매엠(Ma'am), 낸(Nan), 베이비 석스(Baby Suggs), 식소(Sixo)를 대표적 사례들로 평가했다.

제닝스가 모리슨의 조상들을 세 작품들의 작중 인물들로 한정한 이유는 2008년에 출간한 그녀의 연구서 『토니 모리슨과 아프리카의 사상』(*Toni Morrison and the Idea of Africa*)의 연구 대상 작품들이 『낙원』(*Paradise*)까지이기 때문이며, 또 다른 한편으로 죽은 사람의 경우에 사사 시대에 머무는 조상, 살아있는 사람의 경우에 사사 시대에 머무는 조상의 매개자 또는 안내자, 그리고 아프리카계 원로로 형상화된 작중 인물들에 초점을 맞춰 추적하고자 했기 때문이다. 일례로, 제닝스는 『재즈』(*Jazz*)를 연구대상에서 제외시켰다. 이 소설에서 작중 주인공인 바이올렛(Violet)의 사망한 할머니 트루 벨(True Bell)과 어머니 로즈 디어(Rose Dear)는 표면적으로 아프리카계 조상들처럼 보이지만, 테레즈 히긴스(Therese Higgins)가 이 소설에 대해 "그것은(=조상의 부재는) 작품 속에서 크나큰 파괴와 혼란을 초래했다"(60)고 언급하듯,[39] 모리슨은 그들을 조상들로 형상화하지 않았다.

모리슨은 『재즈』에 이어 발표한 『낙원』에서도 수녀원의 원로인 콘솔래타 소사(Consolata Sosa)를 수녀원 여성들의 정신적 안내자이자 지도자로 형상화했을 뿐 조상들과의 영적 교감을 가진 살아있는 조상으로 형상화하지 않았다. 이와 관련하여 제닝스 역시 모리슨의 작가적 의도를 반영하듯 아프리카 전통사회의 마녀를 소개한 장인 「반도키: 마녀들」("Bandoki: witches")과 아프리카 전통사회의 치유사를 소개한 장인 「반간가: 전문치유사들」("Banganga: the specialists")에서 콘솔래타를 각각 아프리카 전통사회의 마녀와 치유사를 환기시키는 인물로 다뤘을 뿐 조상의 매개자 또는 안내자로 형상화하지 않았다. 즉 제닝스는 콘솔래타를 아프리카 전통사회의 조상을 소개하는 장에서 제외함으로써 모리슨의 조상에 대한 논의가 아프리카 전통사회와 관련된 작중 인물의 범주에서만 가능하다는 그녀의 입장을 보여주고자 했다.

모리슨은 또한 『낙원』 이후에 출간한 『사랑』(*Love*)에서 엘(L)과 샌들러 기본즈(Sandler Gibbons)를 조상들로 형상화했다(Gallego 94). 『사랑』 이후의 소설들인 『자비』(*A Mercy*)에서도 플로렌스(Florens) 어머니를 조상으로 형상

---

39) 히긴스는 트루 벨이 딸인 로즈 디어로부터 모성을 빼앗았고, 이로 인해 로즈 디어를 자살에 이르게 했다고 평가했으며, 손녀인 바이올렛의 머릿속에 아름다운 백인소년 골든 그레이(Golden Gray)에 대한 이야기를 주입시켜 이 이야기가 손녀의 의식과 인생을 지배하도록 만들었다고 평가했다(61).

화했다. 플로렌스 어머니는 『빌러비드』의 매엠처럼 노예무역, 노예제도, 그리고 백인남성의 성폭력 희생자이다. 하지만 『집』(Home)과 『신이여, 그 아이를 도와주소서』(God Help the Child)에서 모리슨은 조상뿐만 아니라 조상의 매개자 또는 안내자를 작중 인물로 등장시키지 않았다. 즉 『집』에서 모리슨은 아프리카계 공동체 여성들을 원로들로 등장시켰지만 조상들이라기보다 조상의 생활방식과 민간치유요법을 이어가는 보호자 또는 안내자로 형상화했고, 『신이여, 그 아이를 도와주소서』에서도 퀸(Queen)을 조상의 생활방식과 남다른 인생경험에 바탕을 둔 심리적 상담자로 등장시켰지만 조상의 매개자 또는 안내자로 형상화하지 않았다.

따라서 본 장은 『솔로몬의 노래』의 파일레잇 데드, 서스, 『타르 베이비』의 테레즈와 기마족, 그리고 『빌러비드』의 식소, 베이비 석스, 매엠, 낸, 『사랑』의 엘과 샌들러, 그리고 『자비』의 플로렌스 어머니를 아프리카 전통 사회의 조상에 비춰 모리슨의 조상에 대해 논의한다. 뿐만 아니라, 본 장은 제닝스가 『솔로몬의 노래』를 읽으며 조상의 범주에서 간과한 제이크 데드(Jake Dead)와 닥터 포스터(Dr. Foster)가 아프리카계 미국인들에게 인종적 긍지를 갖게 해준 사후 세계의 존재들이란 점을 고려하고, 쿠퍼 목사(Reverend Cooper)와 수전 버드(Susan Byrd)가 제이크 데드(Jake Dead)의 지인과 친척으로서 사후 세계의 조상과 현 세계의 후손을 연결해주는 매개 또는 안내자들이란 점을 고려하여, 그들을 사후 세계의 조상과 원로로서의 조상들로 조명하고자 한다. 본 장은 이를 위해 모리슨의 조상을 두 부류로 분류하여 논지의 일관성을 유도하고자 한다. 첫째, 사후 세계의 조상들로 노예무역, 노예제도, 자유의 갈망, 백인의 폭력, 제도권의 폭력, 폭력의 희생자, 그리고 노예제도의 후유증을 환기시키는 조상들이다. 둘째, 원로로서의 조상들로 노예제도 이후 아프리카계 미국인의 성공신화, 인종차별에 의한 희생자, 또는 후손의 보호자 및 안내자로서의 조상들이다.

2. 노예무역, 노예제도, 자유의 갈망, 백인의 폭력, 제도권의 폭력, 폭력의 희생자, 그리고 노예제도의 후유증을 환기시키는 사후 세계의 조상들

『타르 베이비』에서 모리슨은 기마족의 조상들을 통해 노예무역의 비극적인 역사와 자유를 향한 도망노예의 열망을 추적하고자 했다. 기마족은 "폭풍이 일기 직전에 말을 타고 휘몰아쳐 지나가는 소리를 들을 때에 . . . 천둥치는 소리를 내며 지나간다"(153)로 말할 수 있을 정도로 말을 잘 타는 아프리카인들의 후손들이다. 객관적 역사 사료라기보다, 모리슨이 기디온 (Gideon)을 통해 전달하고자 한 '어부들의 이야기'에 따르면, 그들의 조상은 17세기 프랑스 식민지인 세인트 도미니크(St. Dominique: 아이티(Haiti)의 옛 이름) 앞바다에 위치한 섬인 '슈발리에 섬'(Isle Des Chevalier)에 도착했다. 즉 그들은 프랑스 노예무역선을 타고 아프리카로부터 강제 이주하던 중에 무역선의 침몰을 이용하여 슈발리에 섬으로 탈출했다. 무역선의 침몰 당시에, 승선한 프랑스인들은 물론 아프리카로부터 끌려오던 노예들과 말이 대부분 수장되었지만, 일부는 파도에 몸을 맡긴 끝에 어느 섬에 도착했다. 그들 중 일부는 프랑스인들에게 구조되어 슈발리에 섬으로 온 다음 프랑스인들의 임대계약 하인으로 살았고, 다른 일부는 프랑스인들을 피해 섬의 늪지에 숨어서 살았다.

모리슨은 프랑스인들을 피해 섬의 늪지에 은닉한 아프리카인들을 기마족의 조상들로 소개했다. 이를 위한 모리슨의 작가적 단서는 육체적 훼손, 즉 시력상실이다. 기디온이 '어부들의 이야기'라고 운을 떼며 밝힌 바에 따르면, 기마족의 조상들은 섬에 도착했을 때 도미니크를 바라보는 순간 점차 시력을 상실하기 시작했고, 이후에 후손들도 중년이 되면 조상들처럼 시력을 상실한다(152). 모리슨은 기디온을 통해 재생된 기마족의 시력상실과 관련된 역사를 이처럼 밝히며 테레즈의 시력상실을 기마족 후손의 증표로 제시했다. 테레즈는 미국의 은퇴한 백인사업가이자 19세기 제국주의와 자본주의의 아이콘인 발레리언 스트리트(Valerian Street)(Heinze 36)의 여름별장에서 한때 기디온과 함께 하인생활을 했다. 작중의 현재시점에서 테레즈는 카리브 조상의 실존으로(Jennings 120), 기마족은 40대에 시력을 상실하지만, 자신은 50대에 접어들며 시력을 상실했기 때문에 기마족이 아니라고 우기지만, 기디온이 "그녀는 교활하고 눈먼 종족이야"(152)라고 밝히듯, 기마족의 후손이다. 물론, "그녀는 언제 눈이 어두워졌는지 기억이 나지 않는다고 얼버무렸다"(152)는 삼인칭 작중 화자의 전언처럼, 테레즈 역시 기디온의 주장을 더 이상 반박하지 않고, 시력을 상실해가는 자신을 기마족의 후손으로 인정한다.

모리슨이 도미니크를 기마족의 시력상실과 관련된 신화적 배경으로 언급한 이유는 노예무역의 비극적 역사를 공개하고자 했기 때문이다. 하지만 모리슨은 이 역시 '어부들의 이야기'라고 운을 뗀 기디온의 이야기 형식을 통해 밝힐 뿐 자세한 역사적 사료를 독자들의 탐구영역으로 남겼다. 즉 모리슨은 역사적 사료의 제한적 단서만 언급하는 방법을 통해 도미니크에 1510년에 도착한 첫 노예무역선과 1677년에 탈주노예가 증가했던 역사적 상황을 환기시키며, 눈병과 시력상실을 노예무역의 비극적 역사 사료로 공개하고자 했다. 제닝스에 따르면, 당시의 노예무역상들을 가장 많이 괴롭힌 것들 중 하나는 안염(ophthalmia), 즉 과립성결막염(trachoma)으로, 이 눈병에 걸린 사람은 선상에서 정상이었다 하더라도 항구에 도착하면 3일 후에 실명했다. 대표적 사례로, 프랑스 노예무역상은 이 눈병 때문에 36명의 환자들을 바다에 수장해야 했고, 스페인 노예무역상도 정확한 숫자를 알 수 없지만 다수의 눈병환자들을 수장해야 했다(130). 따라서 기마족의 시력상실은 '어부들의 이야기'로 각색했지만 이 같은 역사를 상기시켜준다는 점에서 노예무역의 비극적 역사와 아프리카인들의 비극적 역사를 비극적 역사를 역추적할 수 있게 해주는 비유적 증표이다.

모리슨은 또한 노예무역의 비극적 역사를 아프리카 여성 조상들의 비극으로 해석했다. 모리슨은 이를 위해 『빌러비드』에서 세스(Sethe) 어머니 매엠과 유모 낸을 노예무역의 여성 희생자들로 형상화했고, 『타르 베이비』의 기마족과 달리 노예제도의 제도적 억압과 폭력의 희생자들로 형상화했다. 즉 제닝스가 이 소설의 주제에 대해 "기억되지 않는 조상들에 대한 기억을 되살리는 것"(82)이라고 밝히듯 이 소설은 여러 주제들을 다룬 소설로 읽을 수 있지만, 그 중에서도 아프리카계 조상들을 재현한 소설로 읽을 수 있다. 바꿔 말하면, 모리슨이 "기도, 추념, 그리고 대서양중앙항로에서 살아남지 못한, 이름 없는 사람들을 위한 변함없는 기념식"(Jennings 81 재인용)이라고 밝히듯, 이 소설 속에서 재현되는 아프리카 여성 조상들은 아프리카로부터 미국으로 끌려오던 중에 사망한 6,000만 명 이상의 아프리카인들 중 일부이다.

매엠은 노예무역, 노예제도, 백인남성의 성폭력 그리고 자유를 위한 탈출의 실패 또는 백인주인을 향한 저항으로 인해 희생된 아프리카 여성 조상의 메타포이다. '매엠'이란 이름은 불어로 마담(Madam)의 약자처럼 보일지 모르지만, 사실은 부두교(Voodoo)의 여사제를 칭하는 마마(Maman)의 약자이다. 즉 부두교에서 마마 또는 맘보(Mambo)는 살아있는 죽음의 세계와 삶의 세계를 연결해주는 여사제급의 살아있는 장로이다(Jennings 99). 매엠은 아프리카로부터 미국의 캐럴라이너(Carolina)로 끌려와 노예가 되었다. 그녀는 노예무역선을 타고 대서양 중앙항로를 건널 때부터 노예생활을 하는 기간 동안 백인주인들의 성폭력으로 여러 명의 자식을 출산했다. 하지만 그녀는 성폭력으로 인해 출산한 자식들을 이름도 지어주지 않고 버렸고, 쌍둥이들 중 홀로 살아남은 세스는 아프리카계 남성과의 사이에서 태어났기 때문에 거둬들였다(62).

매엠은 고단한 노예생활 속에 내몰려 양육의 어머니로서 권리도 포기해야 했다. 작중의 현재시점에서 빌러비드(Beloved)가 머리손질을 거부하는 덴버(Denver)의 투정을 바라보던 중에 "그녀는 머리를 손질해준 적이 없나요?"(90)라고 질문했을 때, 세스가 "어머니는 못 같은 내 머리를 손질해 준 적이 한 번도 없었어"(91)라고 밝히듯, 매엠은 어머니로서 세스를 돌봐줄 권리를 박탈당했다. 세스의 회고에 따르면, 매엠은 대략 2주 또는 3주 동안 젖을 물리고 들판으로 나가야 했고, 젖먹이인 세스는 유모 낸의 젖을 먹고 성장했다(91). 뿐만 아니라, 매엠은 일터와 오두막이 너무나 멀리 떨어져 있어서 어린 세스와 함께 잠을 수도, 머리나 옷을 손질해줄 수도 없었다. 즉 매엠은 어머니의 권리를 박탈당한 채 노예제도의 억압과 폭력의 희생자로 살아야 했다.

매엠이 세스에게 아프리카계 어머니로서 자신을 알리기 위해 증표로 남긴 것은 모성애가 아니라 문신이다. 세스는 이와 관련하여 어린 시절에 "어머니가 한 가지 한 일이 있지"(91)라고 말하며 자신을 훈제실로 데려가서 젖가슴에 새겨진 무늬를 보여준 일에 대해 회고한다. 세스의 회고에 따르면, 매엠은 어린 세스에게 "이게 네 엄마란다"(91)라고 말하며 드레스의 앞섶을 열고 젖가슴에 새겨진 동그라미 안의 십자가를 보여줬다. 매엠이 어린 세스에게 이처럼 자신의 젖가슴 무늬를 공개한 목적은 그 속에 담긴 복합적인 의미들을[40] 이해시키기고자 했기 때문이 아니라, 자신에게 닥쳐올 비극적 미래를 사전에 알리기 위해서이며, 이런 때에 젖가슴 무늬를 근거로 자신을 식별하도록 학습을 시키기 위해서이다. 즉 매엠은 어린 세스에게 자신의 육체적 특징을 공개하며 "지금 이 표시를 가진 사람은 나밖에

40) 제3장에서 자세히 언급했으므로 내용의 중복을 피하기 위해 추가 설명을 하지 않음.

없어. 다른 사람들은 모두 죽었어. 만일 무슨 일이 일어나서 네가 내 얼굴을 알아볼 수 없더라도 이 표시를 통해 알아볼 수 있을 거다"(61)라고 밝힘으로써 젖가슴의 무늬가 곧 자신임을 밝히고자 했다. 하지만 세스가 어머니의 무늬를 이해한 시점은 자신도 같은 무늬를 갖게 되었을 때이다.

세스가 언급한 '나의 표시'(62)는 등에 새겨진 나무 모양의 무늬, 즉 노예제도의 제도적 폭력이 남긴 흔적이다. 그녀가 이를 밝힌 시점은 18년 만에 자신을 찾아온 스위트 홈(Sweet Home)의 옛 동료 폴 디(Paul D)와 124번 가에서 첫날밤을 함께 보낼 때이다. 그녀는 폴 디와 함께 노예생활에 대한 여러 기억들을 역류시키는 과정에서 "매질이 끝났을 때, 그것은 나무가 되었어요"(17)라고 언급했다. 그녀의 등에 이 같은 폭력의 흔적을 만든 사람은 스위트 홈의 백인주인인 가너 씨(Mr. Garner)의 사후에 농장관리를 맡은 스쿨티처(Schoolteacher)의 조카들 중 한 명이다. 하지만 스쿨티처의 지시와 방조로 이뤄졌기 때문에 사실상의 가해자는 스쿨티처이다. 스쿨티처가 그녀에게 이 같은 폭력을 행사하도록 지시하고 방조한 이유는 그녀의 젖을 강탈한 자신의 조카들의 행동을 정당화하고, 백인여주인인 가너 부인(Mrs Garner)에게 억울한 사정을 호소한 그녀의 행동을 저항으로 간주했기 때문이다.

스쿨티처는 세스의 젖을 강탈한 조카들 중 한 명에게 매질을 지시했고, 이를 통해 노예여성에게는 어떠한 억울함도 호소할 권리가 없다는 것과 그 호소를 들어줄 보호자도 없다는 것을 일깨워주고자 했다. 이와 관련, 세스는 폴 디에게 "이 나무는 아직도 자라고 있어요"(17)라고 언급함으로써 노예제도의 폭력을 중단된 역사의 산물이 아니라, 멈추지 않고 되살아날 뿐 아니라 점점 커가는 현실적 고통이라고 밝혔다. 즉 베이비 석스가 사망하기 전에 이 무늬를 보고 "침대보 위에 핏빛 장미들"과 같다고 위로하며 기억의 저편에 묻어두라고 조언했을 때에, 세스는 이 고통을 지우지 못했다. 그리고 폴 디가 작중 현재시점에서 "열정적인 장인이 전시를 위해 만든 장식품"(17) 같다고 위로하지만, 그의 위로 역시 베이비 석스의 조언처럼 세스의 고통을 지워주지 못한다. 다름 아닌 세스의 고통은 기억이란 의식적 기록이 아니라, 매엠의 무늬처럼 여성의 몸에 새겨진 육체적 기록이기 때문이다.

매엠은 아프리카계 조상들의 비극적 삶과 최후, 즉 노예제도의 억압과 폭력으로 인한 고통, 자유를 위한 집단적 행동, 그리고 집단적 행동의 실패로 인한 죽음을 상기시켜주는 조상이다. "나도 몰랐지, 대단히 많은 사람들이 죽었어"(61)라고 회고하듯,[41] 세스는 여성으로서의 성적 권리와 어머니로서의 모성적 권리를 박탈당한 노예제도 시절의 아프리카계 조상으로, 이로부터 벗어나기 위해 아프리카계 노예들의 대규모 탈출 또는 저항과 같은 집단적 행위에 동참했지만 실패로 인해 죽음을 맞이했다. 즉 세스의 삶과 죽음은 노예제도의 제도적 폭력, 자유를 향한 노예들의 열망, 그리고 탈출 또는 저항의 실패로 인한 비극적 최후를 환기시켜준다는 점에서 그녀를 아프리카계 조상들의 원형(prototype)으로 간주할 수 있게 해준다.

세스의 유모인 낸은 매엠처럼 아프리카계 여성 노예로서 노예무역과 노예제도의 억압과 폭력으로 인해 희생당한 아프리카계 조상이며, 한 걸음 더 나아가 매엠을 대신한 모성이자 보호자, 그리고 세스와 매엠을 이어주는 매개자로서의 조상이다. 낸은 팔이 하나뿐이기 때문에 매엠과 달리 들판 노동대신 유모일을 했다. 모리슨은 그 원인에 대해 직접적인 언급을 피했지만, 노예무역과 노예제도의 폭력적 체벌 또는 위험한 노동이 낸의 한쪽 팔을 잃게 만들었을 것이란 추론을 가능하게 해준다. 그녀는 이 때문에 들판 노예인 매엠 대신 어린 세스를 양육했고, 매엠이 교수형을 당할 때 어린 세스를 죽음의 참혹한 현장으로부터 격리시켜 보호했다. 뿐만 아니라

---

41) 매엠의 교수형 이유는 이 책의 제3장에서 이미 언급했으므로 이 장에서는 중복을 피하기 위해 언급하지 않음.

그녀는 이 과정에서 처형당한 사후 세계의 매엠을 회고하며 어린 세스에게 매엠의 과거를 들려주는 매개자의 역할을 했다. 이때 그녀의 언어는 백인 주인들의 표준영어가 아닌 그녀의 고유한 언어로, 어린 세스가 쉽게 이해할 수 없을 뿐 아니라 기억조차하기 힘든 언어이다. 그럼에도 불구하고, 세스의 부분적인 회고가 말해주듯, 그녀는 어린 세스에게 매엠의 과거, 즉 아프리카로부터 노예로 끌려온 일, 백인들의 성폭력을 당한 일, 그리고 아프리카계 남성과의 사이에 세스를 출산한 일 등을 들려준 사후 세계와 현 세계의 매개자이자 조상이다.

매엠과 낸은 이처럼 아프리카로부터 미국 땅으로 끌려온 아프리카계 조상들의 노예역사와 아프리카계 여성노예의 성적 희생을 고스란히 간직한 전형적 아프리카계 조상들이다. 제닝스는 이 같은 매엠에 대해 "그녀의 육체는 조상적 실존과 권력의 사인을 담은 육체적 장소"(96)라고 평가했고, 낸에 대해서도 같은 평가와 함께 세스의 대리모와 조상적 실존으로 평가했다(96). 그리고 제닝스는 낸의 이 같은 실존을 보다 확고하게 전달하기 위해 '낸'이란 이름이 추장, 조상, 조부모를 가리키는 아프리카인들의 언어인 나나(nana)의 약어라고 밝혔다. 낸은 또한 '살아있는 죽은 조상'과 '살아있는 후손'을 연결해준 매개자이이다. 그녀가 세스에게 매엠에 대해 들려준 시점은 매엠이 죽고 난 다음이다. 따라서 그녀는 사사 시대에 머물러있는 사후 세계의 매엠과 현 세계의 어린 세스를 연결해준 매개자이다.

모리슨이 노예무역의 비극적 역사를 아프리카 여성 조상들의 비극으로 해석한 또 다른 소설은 『자비』이다. 1682년부터 1690년 사이의 "미국 기원 설화"(Babb 147) 또는 "국가적 기원"(Strehle 109)인 이 소설은 다수를 무시하고 소수의 특권을 강화하고자 한 경제적 서사로부터 배제된 인종적·성적·계급적 복합물들을 다룬 소설(147), 그리고 구세계를 답습한 종교적·인종적·문화적 예외주의로부터 소외된 다양한 인종적·성적·계급적 희생자들에 대한 역사쓰기이다. 모리슨은 앙골라 출신의 아프리카계 여성노예를 등장시켜 노예무역, 노예제도, 그리고 성폭력의 희생자로서 아프리카 여성 조상을 형상화했다.

'플로렌스 어머니'란 명칭 외에 다른 명칭이 없는 그녀는 포르투갈계 노예무역상인 드'오르테가(D'Ortega)의 재산목록에만 등재된 여성노예이다. 즉 삼인칭 작중 화자가 "플로렌스 어머니는 고향, 언어, 기억을 모두 잃어버리고, 인간이 아닌 주인에 의해 구매된 흑인"(165)이라고 밝히듯, 그녀는 15세기 중반부터 16세기 중반까지 아프리카 노예무역을 독점한 포르투갈의 노예무역 역사를 상기시키는 드'오르테가에 의해 앙골라(Angola)로부터 바베이도스(Barbados)를 경유하여 메릴랜드(Maryland)로 끌려온 다음, 그의 노예로 살아가는 여성 노예이다.

플로렌스 어머니 역시 매엠처럼 성폭력을 겪은 아프리카계 여성조상이다. 그녀는 플로렌스를 향한 독백을 통해 "난 네 아버지가 누군지 몰라"(191)라고 말하며 집단 성폭행을 당한 일과 플로렌스와 플로렌스 남동생이 그렇게 태어났음을 고백했다. 그녀의 회고에 따르면, 그녀는 두 명의 친구들과 함께 어둠 속에 싸인 훈제실에서 윤곽밖에 확인할 수 없는 "그들"(191)이란 복수의 성폭력자들에 의해 윤간을 당했다. 이와 관련, 그녀의 기억은 노예제도 하에서 피할 수 없었던 아프리카계 여성노예들의 성적 희생을 개인적 차원뿐만 아니라 집단적 차원에서 역추적하게 해준다. 즉 그녀가 자신을 윤간한 성폭력자들을 불특정 다수라고 회상한 것은 노예제도 하에서 자신을 비롯한 아프리카계 여성노예들 모두가 백인남성이든 흑인남성이든 상관없이 모든 남성들의 성적 약자들로 살아야 했음을 말해준다. 그녀는 이어지는 회고에서 "아무런 보호도 없어. 이곳에서 여성으로 존재한 것은 아물지 않고 노출된 상처로 존재하는 것이다"(191)라고 밝혔다. 그녀의 이같은 회고는 아프리카계 여성노예들에게 성적 희생을 강요하는 집단을 특정 인종적 · 사회적 집단이 아닌, '누구나'란 불특정 다수의 인종적 · 사회적 집단이라고 지칭한 것이나 다름없다. 따라서 그녀가 겪은 성폭력은 노예제도라는 제도적 억압과 폭력 아래서 인종적 · 성적 약자란 이유로 아프리카계 여성조상들이 겪어야 했던 일상적 사례라는 점에서, 낸의 경우와도 맥락을 같이한다.

플로렌스 어머니는 낸보다는 사정이 나은 편이지만 낸처럼 딸의 보호 권리를 가지지 못한 여성노예이다. 그녀는 여성의 징후를 보이기 시작하는 8세의 플로렌스를 드'오르테가 아들들의 성폭력으로부터 보호해주고 싶지만 아무것도 할 수 없다. 따라서 그녀가 선택한 최후수단은 드'오르테가의 채권자 제이콥 바크(Jacob Vaak)가 채무변제를 받기 위해 방문했을 때 그에게 딸을 노예로 데려가 달라고 자비를 구하는 것이다. 그녀는 바크를 "그의 심장 속엔 동물 근성이 없어. 그는 나를 세뇨르처럼 보지 않았어"(195)라고 생각하며, 드'오르테가와 그의 아들들보다 바크가 딸에게는 더 안전한 사람이라고 믿었다. 즉 바크가 플로렌스를 "여덟 살짜리 여자애가 아니라 인간의 자식으로 본다"(195)고 생각했기 때문에 그녀는 드'오르테가와 바크가 부채상환방법을 놓고 대립할 때, 플로렌스를 채무변제의 대물로 제안했고, 두 사람이 이를 받아들였다(Montgomery 629).

하지만 플로렌스 어머니의 선택은 어머니의 보호본능을 구현하기 위한 선택이었을 뿐, 노예 어머니와 딸의 비극이라고 말하지 않을 수 없다. 그녀의 선택은 딸과의 영원한 단절을 위한 것이며, 딸에게 어머니의 거부라는 상처와 심리적 고통을 안겨준 선택이었다. 모리슨은 모녀관계의 단절을 작중 형식을 통해 보여주려는 듯, 그녀가 이런 선택을 하지 않을 수 없었던 이유를 밝히는 소설의 마지막 열두 번째 장을 소설의 사건들을 다룬 서술구조 밖에 위치시켰다. 모리슨이 이 같은 서술전략을 구사한 목적은 무엇보다도 어머니의 장을 이미 고통스러운 결론에 도달한 딸의 이야기 다음의 종결부분에 추가하여, '분산'과 '단절'을 의미하는 어머니와 딸의 비극적 관계를 극화하기 위해서이다. 즉 모리슨은 이를 통해 각각 다른 주인의 소유물인 어머니와 딸의 서로 소통할 수 없는 단절상황을 소설의 첫 장과 마지막 장의 간극만큼 뛰어넘을 수 없는 공간으로 제시하고, 이 같은 구성상 어머니의 메시지가 딸에게 전달될 수 없음을 암시적으로 보여준다(Wyatt 138).

플로렌스는 어머니와의 단절을 어머니의 거부로 인한 단절로 생각하며, 이로 인한 트라우마를 안고 살아야 한다. 작중의 현재시점에서 제1장의 고백적 글쓰기 직전에, 그녀는 천연두에 걸린 백인여주인 레베카(Rebekka)의 심부름으로 천연두 치료법을 알고 있는 자유흑인 대장장이(The Blacksmith)를 부르러 갔을 때, 대장장이에 대한 사랑을 기대하고 힘든 여정을 견뎌내지만, 뜻하지 않은 상황에 자신의 트라우마를 여과 없이 드러낸다. 대장장이의 오두막에 도착했을 때, 그녀는 대장장이가 고아소년인 말라이크(Malaik)에게 베푸는 애정을 지켜보며 어머니의 거부를 다시 떠올린다. 즉 어머니의 거부에 대한 기억이 그녀로 하여금 현재의 상황을 과거의 시각으로 보게 만든 것이다(Wyatt 136).

플로렌스는 뜻하지 않게 말라이크를 돌보기 위해 대장장이의 오두막에 남았을 때, 열여섯 살 소녀로서가 아닌, 어린 아이로서 동생에게 자리를 빼앗겼다는 환상(Wyatt 136)에 사로잡혀 서슴없이 질투하고 악의적으로 행동한다. 플로렌스는 대장장이만을 기다리는 말라이크의 태도에 대해 분노하고, 자신의 구두를 감췄다는 이유로 말라이크의 팔을 심하게 낚아채는 폭력을 행사했다. 그 직후에 귀가한 대장장이의 폭력에 폭력으로 응수하는 육탄전을 벌이고 오두막을 떠나왔다. 대장장이와의 일방적인 사랑을 끝낸 플로렌스는 그녀에 의해 서술되는 장들 중 마지막 장에서 "지금 강한 발바닥을 갖게 되어 어머니가 기뻐할 것"(189)이라고 말하지만, 트라우마를 고백하듯, 어머니의 거부에 대해 "아직도 한 가지 슬픈 일"(189)이라고 말한다.

모리슨은 노예무역 세대의 아프리카계 조상들을 이처럼 형상화하고, 『빌러비드』의 식소를 노예무역 세대 이후의 아프리카계 조상으로 형상화했다. 식소는 노예생활 속에서도 아프리카 전통의식, 저항적 화술, 자유를 향한 열망, 후손을 위한 자기희생, 그리고 영웅적 최후를 통해 아프리카 전통사회의 조상 이미지를 환기시켜준 아프리카계 노예이다. 삼인칭 작중화자가 시간을 노예제도 시절로 되돌려 소개한 바에 따르면, 식소는 점잖았고 영어를 할 줄 알았다. 식소는 들판에서 '형제'(Brother)란 플라타너스나무 아래 다른 남성노예들과 있거나 홀로 있었다. 식소는 또한 한밤중에 다음날 먹을 감자를 굽기 위해 '형제'란 나무 아래 구멍을 파고, 그 구멍 속에 돌을 넣고 불을 피워 달군 다음, 그 위에 감자를 놓고 나뭇가지를 감자 위에 덮었다. 물론, 그는 한 번도 감자를 제대로 구운 적이 없다. 하지만 그의 실패는 감자를 제대로 굽기 위한 조언을 주고받을 수 있는 대화의 장을 만들어 스위트 홈 노예들의 소통을 유도하고 유지하게 했다(21).

식소의 감자 굽기는 나무 아래 대자로 누워 낮잠을 즐기는 그의 모습과 더불어 아프리카 전통사회의 신화적 상징성을 환기시켜주는 행위이다. 그는 스위트 홈으로부터 30마일 떨어진 곳에 살고 있는 팻시(Patsy)를 사랑했다. 그는 이 여성을 만나기 위해 토요일 오후에 출발하여 열일곱 시간 동안 걸어서 일요일에 교회 앞에 위치한 그녀의 오두막에 도착하여 아침인사만 하고, 월요일 아침에 들일을 나갈 시간에 맞춰 귀가했다. 피곤한 그는 홀(Halle)과 다른 폴들이 그의 몫까지 일을 해주는 동안 '형제' 아래서 큰 대자로 누워 죽은 사람처럼 저녁 내내 잠을 잤다(21-22). 이와 관련, 제닝스는 식소에 대해 "서아프리카 문화의 신화적 인물 이수(Esu), 마우유 리사(Mawu-Lisa), 그리고 정령들, 잡신들(divinities), 트릭스터(trickster)들과 비교될 수 있는 기본적으로 균형적이고 양성화된 주체성을 가졌다"(101)고 밝히며, 플라타너스 아래 대자로 누운 그의 모습을 아프리카 전통사회의 우주도를 환기

시키는 모습으로 해석했다. 제닝스에 따르면, 식소의 누운 모습과 플라타
너스의 모양은 십자형과 원의 형태로, 식소가 이 나무 아래 누운 것은 삶과
살아있는 죽음의 교차점에 위치하고 있음을 의미하며, 지상에서 남성성과
힘의 최고점에 위치해있음을 의미한다(102). 뿐만 아니라, 제닝스는 플라타
너스를 "죽음과 영원의 길을 경계하는 그란 보이스 레흐바(Gran Bois Lehba)
의 대문통로"라고 밝히며, "삶의 테두리 내에서 위치를 확보하려는 식소의
절박성을 부두교와 연관된 의식"(102)이라고 해석했다. 즉 식소는 아프리카
전통사회의 조상을 환기시켜주는 인물일 뿐 아니라, 남미로 유입된 아프리
카의 전통적 종교를 계승한 부두교의 사제를 환기시켜주는 인물이다.

식소는 스위트 홈에서 세스를 도와주고, 세스와 스위트 홈 남성노예들
에게 아프리카적 인간성의 패러다임으로 통했다. 그는 세스가 남편을 선택
하던 해에 스위트 홈의 남성노예들 폴 에이(Paul A), 폴 디(Paul D), 폴 에프
(Paul F), 그리고 홀이 비생산적인 성관계를 시도하는 동안에 유일하게 성
적 욕망을 유지한 남성이다. 즉 그는 사랑의 대상이 없었던 동료노예들과
달리 일명 '30마일 여성'으로 불리는 팻시를 사랑했고, 왕복 60마일을 걸어
다니며 이를 유지했다. 식소는 또한 세스의 자녀들을 위해 후견인 또는 대
리모 역할을 해줬다. 예컨대, 세스의 큰 아들 하워드(Howard)의 엄지손가락
이 암소 때문에 부러졌을 때, 그가 부러진 손가락을 맞춰준 것은 세스의
자녀를 위한 후견인 또는 대리모로서 그의 역할을 밝혀주는 대표적 사례
이다.

식소는 아프리카 전통사회의 트릭스터들처럼[42] 위트 넘치는 유머를 활
용하여 백인주인에게 저항했다. 그는 아프리카 남성성을 대변하는 존재로,
스쿨티처에게 저항하기 위해 서아프리카 민담의 위트를 활용했다. 즉 그는

---

42) 이 책의 제8장에서 구체적으로 소개함.

돼지새끼를 잡아먹고도 스쿨티처 앞에서 보는 가운데에 잡아먹었기 때문에 훔치지 않았다고 주장했다. 즉 그의 이런 변명은 「존이 돼지와 양을 훔치다」("John Steels a Pig and a Sheep")에 등장하는 존의 변명과 유사하다. 이 이야기에서 아프리카계 노예인 존은 백인주인의 돼지에 이어 양을 훔쳐 먹는다. 존은 이를 위해 먼저 백인주인이 모르게 돼지를 은밀히 죽여 놓은 다음, 백인주인에게 "제가 먹어도 될까요?"(Courlander 430)라고 허락을 구했고, 백인주인은 하는 수 없이 존에게 먹으라고 허용했다. 존은 돼지고기가 싫증나자 같은 방법으로 양고기도 먹었다. 하지만 존의 행동을 수상하게 여긴 백인주인은 더 이상 존의 기만을 두고 볼 수 없다. 백인주인은 세 번째 양이 죽은 것을 발견했을 때에 존의 짓임을 확신하고 존에게 "왜 양을 죽였나?"라고 물었다.

이때 존은 "주인님, 저는 누구의 양도 저를 물어뜯게 하지 않을 것입니다"(Courlander 430)라고 대답했는데, 존의 이 같은 대답은 자신의 행동이 돼지와 양의 수를 줄여 노동의 부담을 덜어내고, 먹을 수 없던 고기도 배불리 먹기 위한 행동이었음을 우회적으로 밝히며, 백인주인을 향해 저항적 의지를 보여주기 위한 대답이다. 이와 관련, 돼지새끼를 잡아먹은 것에 대한 식소의 대답은 존의 대답을 환기시켜주기에 충분하다. 즉 돼지새끼를 잡아먹은 식소의 행위는 존의 경우처럼 배불리 먹지도 못하면 돼지까지 사육해야 하는 아프리카계 노예가 고된 노동과 굶주림으로부터 벗어나기 위한 행위나 다름없다. 뿐만 아니라, 식소는 이 같은 취지를 직접 스쿨티처에게 전달하지 않았지만, 눈앞에서 자신의 행위를 묵인하고도 문제 삼으려는 스쿨티처를 통해 노예들을 배불리 먹이지도 못하면서 과중한 노동과 복종을 강요하는 옹졸하고 몰인정한 백인주인으로 환기시키며 생존을 위한 자신의 행위를 정당한 행위라고 주장함으로써, 존처럼 백인주인에 대한 저항의지를 표출했다.

식소는 또한 자유를 위해 영웅적 죽음을 선택한 아프리카계 조상이다. 폴들(Pauls: 스위트 홈의 남성 노예들에게 붙여진 이름. 예컨대, Paul A, Paul B, . . .)과 홀이 자유를 사려 할 때에, 그는 비밀통로로 도망치려 했다. 즉 그의 육체를 지배하는 것들은 마음과 정신을 지배하지 못했다. 그는 임신한 팻시와 태아인 세븐 오(Seven-O)의 자유를 위해 탈출을 결심했다. 그리고 백인추적자들을 유인하기 위해 팻시와 다른 방향으로 도망쳤지만 추적자들에게 포획되어 세븐 오를 부르며 화형을 당했다(226). 이와 관련, 제닝스는 "조상적인 기억(progenital remembrance)을 성취했기 때문에 죽음에 대해 두려워하지 않고 웃어넘기는 식소가 개인적인 불멸의 승리를 주장한 것"(103)이라고 해석했다.

이 소설의 베이비 석스 역시 노예무역 이후 세대의 아프리카 노예로, 조상들의 매개자이며 조상의 실존이다(Jennings 96). 하지만 그녀는 식소와 대조적으로 노예제도보다 노예생활의 후유증과 이를 극복하려는 전직 노예로서의 이미지를 더 많이 환기시켜주는 아프리카계 여성 조상이다. 작중의 현재시점에서 시간을 9년 전으로 소급할 때, 그녀는 노예생활에서 벗어난 뒤에 고된 노역과 노년의 육체적인 능력을 상실하고, 노년을 "파문당한 목사"(87)처럼 살았다. 그녀는 가을과 겨울에 구세주와 속죄자의 교회, 에이엠이(AME) 신도들과 침례교회에 다녔다. 삼인칭 작중 화자가 "부름을 받은 것도 아니고, 옷을 입은 것도 아니며, 침례를 받은 것도 아닌데, 그녀는 그들의 면전에서 자신의 가슴을 고동치게 했다"(87)고 증언하듯, 그녀는 기독교도가 아님에도 교회의 예배에 참여했고, 교회의 예배와 설교를 자기방식으로 해석하고 기쁨을 얻었다. 모리슨은 그녀는 이 같은 모습을 더운 계절에 클리어링(Clearing)에서 의식(ritual)을 모습을 통해 형상화했다. 이 의식에서 그녀는 사람들이 지켜보는 가운데 옆면이 평평한 큰 바위 위에 자리하고 머리를 숙인 채 기도를 했다. 그리고 그녀는 "어린 아이들을 오게 하라!"

고 외치고, 어린 아이들이 달려오면 "너희 어머니들이 너희들의 웃는 소리를 듣게 하라!"고 말했다.

클리어링에서 베이비 석스는 아프리카 산(San)족의 몽환적 댄스(trance dance) 또는 치유댄스(Westerlund 53)를 환기시키는 의식을 진행했다. 산족의 춤은 질병의 치유를 목적으로 한 춤으로, 캠프의 안 또는 밖에 있는 불 주위에 둘러앉은 여성들이 노래를 하고 손뼉을 치기 시작하면, 남성들과 몇 명의 여성들이 그들 주위를 한 방향으로 돌며 춤을 춘다(Westerlund 54). 그녀의 의식 역시 남녀노소와 상관없이 주위사람들을 한자리로 불러 모은 다음 그들의 정서적·의식적 긴장 또는 고통을 춤과 울음으로 해소하도록 유도하기 위한 의식이다. 뿐만 아니라, 그녀의 의식은 춤과 울음, 웃음과 울음이 섞여 무질서의 화음을 만들어내는 의식이다. "아이들은 웃고, 남자들은 춤추고, 여자들은 울고, 이어 모든 게 혼합되었다"(87)란 삼인칭 작중 화자의 설명이 말해주듯, 이 의식은 신의 말씀과 그것을 전달하기 위한 일체의 형식과 무관한 의식으로, 모든 사람들을 차별 없이 하나가 되게 하는 의식이다.

베이비 석스가 이 의식을 통해 설파한 내용은 "여기 이 장소에서 . . . 울고 웃는 육체를, 풀 위에서 맨발로 춤추는 육체, 그것을 사랑하라"(88)이다. 그녀의 이 같은 가르침은 절대적 신과 말씀을 체계화한 종교의 가르침, 교리, 그리고 형식과 무관한 원시적 종교의 임의적·자의적 가르침이다. 하지만 그녀는 이를 통해 아프리카계 미국인들에게 인종적 정체성에 대한 자부심이야말로 백인중심사회의 인종적 억압과 고통을 극복할 수 있도록 해주는 힘임을 강조하고자 했다. 즉 그녀는 백인중심사회를 겨냥하여 "그들은 너희의 육체를 사랑하지 않는다"(88)고 말하며, 아프리카계 미국인들에게 해독의 치료와 냉정함의 초석으로서 자신의 육체에 대한 사랑을 강조했다(Salvatore 168). 즉 그녀의 이 같은 메시지는 노예제도의 억압과 폭력에 의해 훼손되고 상실된 아프리카계 미국인들의 육체를 포기의 대상이 아닌 복원 및 치유의 대상으로 간주하고, 아프리카계 미국인들에게 복원과 치유를 노력해야 한다는 것을 강조한 메시지이다.

하지만 베이비 석스는 세스의 탈출을 축하하기 위한 지나친 잔치 준비와 세스의 유아살해로 인해 공동체적 권위를 상실하고 의기소침해졌다. 그리고 손자들의 도피 후에, 그녀는 감성의 상실로 인해 균형적이고 자비로운 조상으로서의 모습을 상실했다. 물론, 그녀는 세스의 살해행위에 대해 긍정하지도 부정하지도 않았지만, 이를 극복하지 못하고 잠자리로 향한 뒤에 병을 얻어 사망했다. 즉 그녀는 상상 속의 신앙을 상실하고, 은총을 구현하는 데 있어서 도움을 줄 수 있는 능력을 상실했다. 그녀는 상상적이든 실질적이든 은총은 더 이상 없다는 믿음과 클리어링에서 행해지는 춤들 중에 어떤 춤도 그것을 변화시킬 수 없다는 믿음에 도달했다. 상상된 은총을 장려함으로써 성취할 수 있는 것은 노래함으로써 창조된 공간들이라는 것이며, 성취할 수 없는 것은 클리어링 저 너머 세계로의 실질적인 확장이라는 것이다(Jesser 332).

3. 노예제도 이후 아프리카계 미국인의 성공신화, 인종차별에 의한 희생자, 또는 후손의 보호자 및 안내자로서 조상들

『솔로몬의 노래』에서 제이크 데드는 아프리카계 미국인으로서 노예제도 이후 경제적 성공신화를 이루고, 이를 지키려다가 백인폭력주의자들에 의해 영웅적인 죽음을 맞이한 조상이며, 사망 직후 폭력에 노출될 위험에 처한 후손들을 보호하고 안내해주는 조상이다.

제이크는 노예해방 이후에 경제적 부를 축적하여 '링컨 천국'(Lincoln's

Heaven)이란 풍요로운 농장을 만들었다. 메이콘 데드(Macon Dead)의 회고에 따르면, 농장에는 "네 채의 돼지우리와 건초와 곡식을 가득 저장한 아주 큰 창고가 있었다. 뿐만 아니라, 농장의 주위에는 야생칠면조와 사슴, 그리고 각종 과일나무가 있었다"(51). 메이콘은 농장의 이름과 농장의 풍요로움을 이처럼 회고하고, 이어 돼지들 중 남부군의 사령관인 '리 장군'(General Lee)이란 이름으로 불린 돼지가 있었다는 것과 이 돼지를 좋아하여 "리 장군이 좋아졌다"(52)는 일화도 소개했다.

제이크는 사망 후에 정령이 되어 현현처럼 나타나 16세의 메이콘과 12세의 파일레잇을 보호하고 안내해준 조상이다. 즉 음비티가 아프리카인들에게 조상은 개인적으로 가족의 사건들, 전통들, 윤리들, 행동들의 안내자, . . . 공동체적으로 종족의 윤리, 도덕, 관습의 안내자 또는 수호자(202), 그리고 히긴스가 "안내자적, 자애로운, 보호적, 지혜로운 흑인조상"(60)이라고 밝히듯, 모리슨은 어린 자녀들을 보호하려는 사후 세계의 제이크를 통해 조상에 대한 아프리카 전통사회의 의식을 재현했다.

제이크 정령은 자신을 살해한 백인폭력주의자들로부터 어린 메이콘과 파일레잇을 보호하기 위해 모두 세 차례에 걸쳐 현현처럼 출현했다. 첫 번째와 두 번째 출현은 보호자와 안내자의 역할을 수행하기 위해서라기보다 살해위험에 노출될 수 있는 자녀들의 안전을 걱정하고 확인하려는 아버지의 모습이다. 첫 번째 출현시점은 메이콘과 파일레잇이 백인폭력주의자들의 살해위험을 피하기 위해 야음을 틈타 도피하던 중에 숲에서 길을 잃었을 때이다. 이때 제이크 정령은 등만 보여주고 사라졌기 때문에(41) 메이콘과 파일레잇은 그와 마주하지도 대화를 나누지도 못했다. 이어, 두 번째 출현시점은 메이콘과 파일레잇이 화창한 아침에 잠을 깼을 때이다. 이때도 제이크 정령은 그루터기 위에 앉아있었지만, 메이콘과 파일레잇이 불렀을 때에 고개를 돌리고 사라졌다(43). 그가 자녀의 수호자와 안내자로 출현한 시점은 두 차례의 출현 이후, 즉 세 번째 출현했을 때이다. 이때 메이콘과 파일레잇은 동굴을 발견하고 들어가지 말아야 할지를 결정하지 못했는데, 제이크 정령이 나타나 그들을 동굴 속으로 안내했다. 즉 그는 앞서와 같이 대화를 피했지만, "동굴의 입구에 서서 그들에게 따라오라는 신호"를 보냈고(169), 그의 안내대로 "동굴 속으로 들어가자마자 곧 사라졌다"(169).

제이크 정령은 또한 파일레잇을 사후 세계의 어머니에게로 안내해준 조상이다. 그는 이따금 파일레잇 앞에 나타나 "싱, 싱"(Sing, Sing)이라고 말했다. 그가 파일레잇에게 전달한 이 메시지는 복합적인 의미를 담고 있다. 파일레잇은 노래를 이따금 마음을 편안하게 해주는 도구라고 생각했다. 이런 이유 때문에, 그녀는 제이크 정령의 메시지를 '노래하라'로 해석했다. 하지만 제이크 정령은 이 메시지를 통해 어머니의 이름을 모르는 그녀에게 어머니의 이름이 싱 버드(Sing Byrd)라는 것을 알려주고자 했다(Higgins 25). 뿐만 아니라, 제이크 정령은 파일레잇에게 "너는 날아가 버릴 수 없어 육체를 떠날 수 없어"(148)라고 말해줬다. 그가 이를 통해 전하고자 한 메시지는 소설의 결말부분에서 밝혀진 아프리카 조상의 비행신화와 파일레잇의 죽음이다. 즉 그는 '날아가 버리다'란 메시지를 통해 아프리카 조상의 비행신화를 언급하려 했고, '날아가 버릴 수 없다'는 메시지를 통해 신화로 승화할 수 없는 파일레잇의 한계를 예고했다.

제이크의 성공신화는 버틀러(Butler)를 위시한 백인폭력주의자들에 의해 파괴되었다. 버틀러 일당은 아프리카계 미국인이 부유한 농장을 소유한 것을 용인하지 못했고, 이를 탈취하기 위해 폭력을 행사했다. 제이크는 총을 들고 담장 위에 앉아 농장을 지키려 했지만, 버틀러 일당의 폭력을 막아내지 못하고, 끝내 죽음을 맞이했다.

제이크의 성공신화는 또한 메이콘에 의해 파괴되었다. 제이크는 생전에 아프리카계 미국인들의 주체성과 자긍심을 지키기 위해 경제적 부를 축적

했고, 이를 통해 아프리카계 미국인들에게 누구나 노력하면 자신처럼 성공 신화를 이룰 수 있다는 희망을 줬다. 하지만 메이콘은 부를 권력수단으로 간주하며(Heinze 133) 경제적 약자들인 아프리카계 미국인들을 착취했다. 그 는 주택임대업을 하며 가난한 아프리카계 임차인들을 쥐어짜서 베인즈 부 인(Mrs. Bains)과 포터(Porter)로부터 각각 "사업을 한다는 검둥이들은 눈 뜨고 봐줄 수가 없어"(37), "흡혈귀 같은 놈"(26)이란 비난을 받을 만큼 물질주의적 욕망과 가치를 경제적 약자를 지배하기 위한 수단으로 여겼다. 즉 그는 아 프리카계 미국인들의 인종적 정체성과 미래 비전이 결부된 제이크의 경제 적 가치관을 버리고, 백인사회의 자본주의적 가치관을 추구함으로써 아프 리카계 미국인들의 역사성을 파괴하고, 공동체를 분열시켰다(Leclair 121).

제이크와 대조적인 메이콘의 이 같은 모습은 제이크의 사망 직후부터 이미 나타나기 시작했다. 제이크의 사망 직후, 그가 백인폭력주의자들의 살해 위험을 피해 도피 중이던 동굴 안에서 낯선 사내를 살해하고, 황금자 루를 탈취하려 한 행위는 부를 부도덕한 방법을 통해서 축적해도 된다는 그릇된 신념을 싹트게 해준 행위나 다름없다. 즉 황금자루를 부당한 방법 으로 탈취하려 한 그의 행위는 비록 실패했지만 타인의 소유물을 폭력을 통해 탈취하려 한 행위라는 점에서 아버지의 풍요로운 농장을 부당한 방법 으로 탈취하기 위해 아버지를 살해한 백인폭력주의들의 행위와 다름없는 행위이다. 이와 관련, 모리슨은 그의 행위를 '조상의 뜻을 저버리고 조상과 의 단절을 시도한 행위'로 제시했다.

모리슨은 이 사건 이후 제이크와 메이콘의 단절을 가시화하기 위해 제 이크 정령과 메이콘의 만남을 중단시켰다. 테레즈 히긴스(Therese Higgins)가 "제이크 정령은 파일레잇과 영원히 머물렀다"(25)고 밝히듯, 이 사건 이후 제이크의 정령은 메이콘의 부당한 행위를 제지한 파일레잇 앞에 지속적으 로 출현했지만, 메이콘 앞에 출현하지 않았다. 모리슨의 이 같은 작중 전략은 아프리카계 미국들과 아프리카인들이 공유해온 조상에 대한 긍지를 파괴한 메이콘의 부도덕한 물질주의적 탐욕에 질책하기 위한 제이크의 징벌을 가시화하기 위한 전략이나 다름없다.

제이크에 이어, 아프리카계 미국인으로서 성공신화를 이룬 다른 주인공은 메이콘의 아내인 루스(Ruth)의 아버지 닥터 포스터이다. 그는 작중 현재시점에서 메이콘의 대저택이 있는 미시간(Michigan)의 '메인즈 애버뉴 노 닥터스 거리'(Mains Avenue No Doctor Street)를 아프리카계 미국인들의 자긍심을 환기시키는 "우상적 공간"(Peach 67)으로 만들었다. 그는 아프리카계 의사로서 처음 이곳에서 병원을 개업했다. 그의 이 같은 개인적 성공신화는 가난한 아프리카계 미국인들을 위한 인술로 이어져 그들로 하여금 인종적 자긍심을 갖도록 이끌었다. 아프리카계 미국인들은 포스터의 성공신화와 인술을 기리기 위해 이 거리를 '의사의 거리'(Doctor Street)로 불렀다(4). 뿐만 아니라, 포스터의 사망 이후에 그들은 이 거리를 백인중심사회의 제도적 권력에 저항하는 공간으로 만들었다. 백인들과 시의회가 포스터의 사망을 계기로 그들의 인종적 자긍심을 짓누르기 위해 이 거리의 명칭을 '메인즈 에브뉴 노 닥터스 거리,' 즉 '의사 없는 거리'로 변경하려 했을 때, 그들은 포스터의 성공신화를 통해 갖게 된 인종적 자긍심과 인술에 대한 존경심을 지키기 위해 '의사 거리'란 명칭을 끝내 포기하지 않았다.

아프리카계 미국인들에게 인종적 자긍심을 갖게 해준 포스터의 신화를 파괴한 사람 역시 메이콘이다. 그는 루스와의 결혼과 함께 병원으로 사용하던 이 거리의 대저택을 소유하고, 가부장적 권위를 통해 가족구성원들을 억압했으며, 자본주의적 욕망을 성취하기 위해 주변의 빈곤층을 쥐어짰다. 그럼으로써 이 거리를 아프리카계 미국인들의 자부심을 반영한 장소가 아닌 혐오의 장소로 만들었다. 이와 관련, 공동체의 구성원들은 메이콘 가족이 외출할 때에 과시용으로 타고 나오는 값비싼 초록색 팩카드(packard)를

조상들: 기마족, 플로렌스 어머니, 제이크, 포스터, 파일레잇,
쿠퍼 목사, 서스, 수전, 테레즈, 매엠, 낸, 베이비, 식소, 엘, 샌들러 **243**

"메이콘 데드의 영구차"(Macon Dead's hearse)(32)로 부름으로써 죽음 같은 가족의 삶과 메이콘에 대한 거부감을 드러낸다. 도로시 리(Dorothy Lee)가 "모리슨은 조상의 존재를 자비, 교훈, 보호, 그리고 지혜의 상징으로, 반면 조상의 부재를 공포, 위협, 그리고 무질서의 상징으로 여긴다"(343)고 언급한 것처럼, 이곳은 조상의 정신과 가치를 거부하고 자본주의적 가치만 추구하는 메이콘 때문에 공포, 위협, 그리고 무질서의 거리가 되어버렸다.

메이콘이 포스터의 신화와 아프리카계 미국인들의 자긍심을 파괴한 또 다른 이유는 개인적 질투 때문이다. 그는 루스와 포스터를 정상적인 부녀 관계로 간주하지 않았다. 그는 포스터의 사망 당시를 회고하며 포스터를 향한 루스의 애정에 대해 얼마나 반감을 가졌는지를 밀크맨(Milkman Dead)에게 들려줬다. 즉 그는 "침대에서 발가벗은 네 어미가 죽은 사람 옆에 누워 키스를 하고 있었어"(91)라고 회고하며 포스터를 향한 루스의 애정을 근친상간적 불륜으로 간주했다. 포스터에 대한 그의 질투는 루스로 하여금 "아버지가 생전에 서재로 사용하던 자그마한 구석방"(13)에서 아버지와의 지난날만을 생각하며, 젖을 뗄 나이인 밀크맨에게 지나친 모성애를 베푸는 어머니로 살아가게 만들었고(13), 아버지의 묘를 방문하는 것으로 소일하게 만들었으며, 딸들의 핏줄까지 의심하게 만들어 그들을 공포와 불안 속으로 몰아넣었다.

4. 사후 세계 조상과 현 세계 후손의 매개, 그리고 후손의 보호자 및 안내자로서 원로이자 조상적 실존

『솔로몬의 노래』에서 모리슨은 메이콘에 의해 파괴된 조상의 역사와 신화를 복원하기 위해 그의 여동생 파일레잇 데드를 상대적 인물로 등장시

컸다. 그녀는 메이콘과 달리 반기독교적 메타포, 기독교적 메타포, 그리고 원시적 메타포이다. 그녀의 이름은 예수를 살해한 악한의 이름이고, 출생 당시에 어머니와 배꼽의 상실은 성서적 모태인 동정녀를 환기시킨다. 이름과 관련, 그녀의 아버지 제이크는 무작위로 성서를 편 다음에 이 이름을 선택했고, 산파의 만류에도 불구하고 산고로 아내를 잃은 슬픔 때문에 뜻을 굽히지 않았다. 그가 산파의 권유를 거부한 이유는 구세주를 향한 분노 때문이다. 모태와 관련, 그녀는 출생과 함께 어머니를 잃고 산파의 실수로 배꼽을 잃었는데, 이는 모태와의 단절뿐만 아니라, 초자연적 모태원리와 스스로 자신을 창조한 개인의 신화적 언외의 뜻을 상징한다(Harris 92). 즉 그녀의 모태는 누구나의 모태이다. 하지만 그녀의 이 같은 대립적 요소들은 원시적 삶을 통해 용해된다. 그녀는 메이콘과 달리 이교도적·비문명적 아프리카계 여성이다. 그는 불협화음 대신 노래, 전기 불 대신 달빛, 황금이 아닌 온정, 그리고 착취와 권력이 아닌 야생딸기로 술을 만들어 파는 원시적인 삶의 방식에 따라 살아가는 아프리카계 여성이다(27).

파일레잇은 원시적인 삶과 의식을 바탕으로 살아가는 "현실과 초시간적 조상의 매개자로, 후손에게 충고와 위로를 주는 '살아 있는 조상'"(Jennings 84), 또는 "조상적 실존"이다(Jennings 86). 즉 그녀는 메이콘에 의해 단절되고 파괴된 데드(Dead) 가문의 역사와 신화를 추적·복원하기 위해 조카인 밀크맨의 탄생에 개입하고, 조상의 역사와 신화를 들려주며, 조상의 역사적·신화적 근원지인 남부로 여행을 떠나도록 안내하는 원로로서의 조상이다. 조상으로서 그녀의 역할은 밀크맨으로 하여금 "신화적으로 해방과 초월의 의미를 함축한"(Lee 353) 여행을 통해 "상실된 조상의 복원"(Jennings 82)을 이루도록 안내하는 것이며, 다른 한 편으로 이 과정을 통해 "자기중심적·중산층적 자아로부터 상호주체적·공동체적 자아"(Harris 104-05), "무지로부터 지혜, 이기주의적·유물론적 꼭두각시로부터 형제애를 갖춘 자아, 그리고 무

조상들: 기마족, 플로렌스 어머니, 제이크, 포스터, 파일레잇, 쿠퍼 목사, 서스, 수전, 테레즈, 매엠, 낸, 베이비, 식소, 엘, 샌들러 **245**

책임한 반공동체적 자아로부터 책임감을 갖춘 공동체적 자아"(Lee 353)로 거듭나도록 안내하는 것이다.

파일레잇은 밀크맨을 통해 조상의 역사와 신화를 복원하기 위해 밀크맨의 탄생에 개입했고, 밀크맨의 탄생을 막으려는 메이콘의 폭력을 막았다. 삼인칭 작중 화자가 "파일레잇의 영약 덕분에 며칠 동안 잠자리를 같이하고 난 후에 그녀가 아이를 임신했다"(131)고 밝히듯, 그녀는 두 딸을 출산한 이래 13년 동안이나 루스를 멀리했던 메이콘의 생식력을 자극하여 밀크맨을 잉태하게 만들었다. 하지만 메이콘은 뜻하지 않은 루스의 임신에 달가워하지 않았고, 낙태를 위해 루스를 괴롭히기도 하고 직접 폭력까지 행사했다. 삼인칭 작중 화자에 따르면, 그는 태아를 없애기 위해 루스에게 피마자기름을 마시게 하고, 뜨겁게 달군 항아리 위에 앉게 하는가 하면 뜨개바늘을 주고 배를 찌르도록 강요했다. 특히, 뜨개바늘로 태아를 없애도록 강요받았을 때에, 루스는 욕실 안에서 남편이 문밖에서 감시하는 가운데 통곡을 해야 했다. 그는 이 같은 방법들로도 태아를 없앨 수 없게 되자 어느 날 아침에 그녀의 배를 때리기까지 했다(131). 이런 와중에, 그의 폭력을 더 이상 견딜 수 없던 루스는 파일레잇을 찾아갔고, 파일레잇이 그의 사무실을 다녀간 이후에 메이콘의 폭력으로부터 벗어났다(131).

모리슨은 이런 파일레잇을 밀크맨에게 데드 가문의 가족사와 조상의 역사를 들려주는 원로로서의 조상으로 형상화했다. 메이콘은 밀크맨의 출생 이후 밀주장사꾼이라는 이유, 사생아 딸 레바(Leba)에 이어 사생아 손녀 헤가(Haga)를 두었다는 이유, 그리고 이런 여동생을 두어 사업상 필요로 하는 백인은행직원으로부터 불이익을 받을 수도 있다는 이유로(20) 파일레잇을 문전박대했다. 하지만 파일레잇은 12세의 소년이 되어 친구인 기타(Guitar)와 함께 자신을 찾아온 밀크맨에게 제이크의 죽음과 관련된 정보를 들려줬다. 기타와 파일레잇의 일문일답 형식으로 진행된 대화에서, 파일레잇은 그녀의 아버지이자 밀크맨의 할아버지는 몬투어 카운티의 농장에서 "2미터나 되는 울타리 위에 앉아 있다가 누군가 뒤에서 쏜 총탄을 맞고 공중으로 날아올랐다가 떨어졌다"(40)고 밝혔다. 이와 관련, 과거의 조상에 대한 파일레잇의 설명은 그녀의 죽은 아버지를 기억을 통해 복원한 것이란 점에서 아프리카 신화의 시간적 개념인 사사 시대에 머물고 있는 살아있는 조상을 현실로 복원하는 행위이며, 이를 살아있는 후손들에게 전달한다는 점에서 살아있는 죽은 조상과 살아있는 사람, 즉 죽음과 삶, 과거와 현재, 초현실과 현실을 연결시켜주는 행위이다.

파일레잇은 재회를 계기로 밀크맨에게 조상의 신화를 일깨워줬다. 밀크맨은 파일레잇의 집을 방문했을 때에 딸기주를 담그며 파일레잇과 레바의 선창에 이어 해가의 후창으로 진행되는 "오 슈가맨 날 두고 가지 말아요"와 "아 슈가맨이 날아가네"(49)라는 노래를 들었다. 이 노래는 파일레잇이 자선병원 앞에서 밀크맨의 출생을 기다리며 불렀던 노래이며, 밀크맨이 20년 후의 여행 목적지인 살리마(Shalima)의 거리에서 다시 들을 수 있는 노래, 즉 '솔로몬의 노래'이다. 물론, 밀크맨은 이 노래의 주인공이 자신의 조상이라는 것뿐 아니라, 노래 속의 '날아가다'란 내용이 조상의 신화를 담은 내용이라는 것을 알 수 없다. 그럼에도 불구하고, 모리슨이 밀크맨으로 하여금 이 노래를 파일레잇의 집에서 직접 들을 수 있도록 한 이유는 20년 후의 여행을 통해 노래의 주인공과 신화를 알아내야 하는 밀크맨의 책무와 미래를 예시하고자 한 작가적 전략을 밝히고자 했기 때문이다. 주느비에브 파브르(Genevieve Fabre)가 파일레잇과 밀크맨의 첫 만남에 대해 "남부로의 여행을 위해 첫 단추를 꿴 것"(111)이라고 평가하듯, 파일레잇은 밀크맨과의 재회를 통해 12년 동안의 단절로 인한 공백을 메우고 미래의 임무를 예시함으로써 그로 하여금 조상의 역사와 신화 탐구 및 복원의 첫 발을 떼도록 유도했다.

모리슨은 12세의 밀크맨과 30세 초반의 밀크맨 사이를 데드 가문의 일원으로서 겪은 그의 자아성장과정으로 채웠다. 밀크맨은 파일레잇과의 첫 만남 직후, 전과 달리, 메이콘에게 "할아버지도 아버지가 12세 때에 그렇게 대하셨나요?"(50)라고 말하며 자신을 어린애 취급한다고 불만을 표출했다. 메이콘은 그의 변화된 태도에 분노하고 당황했지만, 아들의 성장을 이해하지 못한 아버지로서의 착각을 인정하듯, 그에게 파일레잇에 의해 언급되지 않은 제이크와 농장에 대해 들려줬다. 그가 밀크맨에게 들려준 내용들은 농장의 이름이 '링컨 천국'이라는 것, 할아버지가 농장을 만드는 데에 16년이 걸렸다는 것, 농장과 주변의 풍요로움, 그리고 할아버지가 문맹이어서 내용도 모르는 문서에 서명을 하여 농장을 빼앗겼다 것, 그리고 할아버지의 이름이 '메이콘 데드'인데 이 역시 할아버지의 문맹 탓으로 지어진 이름이라는 것 등으로 파일레잇에 의해 언급되지 않은 내용들이란 점에서 과거의 전달자로서 그녀의 부족한 점을 보충해주는 추가정보들이다.

메이콘은 파일레잇과 달리 아버지의 이름에 얽힌 사연을 노예해방 직후에도 여전히 아프리카계 미국인들을 대수롭지 않게 대한 정부의 정책에 비춰 구체적으로 밝혀주는 역사해설가이기도 하다. 그의 회고에 따르면, 제이크의 이름이 '올드 메이콘 데드'(Old Macon Dead)가 된 이유는 아프리카계 미국인이라면 자유인이건 노예이건 모두 등록을 해야 했던 시절에 술에 취한 담당관의 실수 때문이다. 담당관은 제이크에게 출생지와 아버지의 생사여부에 대해 질문했고, 제이크는 아버지의 이름을 '메이콘,' 그리고 생사여부에 대해 '사망'이라고 대답했다. 하지만 담당관은 자신이 무엇을 질문했는지도 모르고 제이크의 대답을 그대로 등록명부에 기입했다. 그리고 메이콘은 등록 담당관의 실수를 이처럼 밝히며, "아버지가 문맹이어서 이를 확인하지 못했기 때문"(53)이란 논평을 통해 제이크의 비상식적인 이름이 담당관의 실수 탓으로 지어진 이름이라기보다 제이크의 문맹 탓으로 묵과

되어온 이름이라고 지적했다. 제이크에 이어, 그는 밀크맨을 위해 자신의 어머니에 대해 회고했다. 밀크맨이 할머니의 이름을 물었을 때, 그는 '버드'란 것만 기억할 뿐 4세 때에 사망하여 진짜 이름은 물론 자세한 사항에 대해 "별로 아는 것이 없다"(53)고 대답했다. 그의 이 같은 대답은 어렸을 때에 어머니가 파일레잇을 출산하던 중에 사망했기 때문에, 어머니에 대해 별로 떠올릴만한 기억이 없음을 간접적으로 밝힌 것이다. 대신, 그는 어머니에 대한 부족한 정보를 파일레잇의 피부색에 대한 논평으로 채우며 그녀에 대한 거부감을 드러냈다. 그는 파일레잇의 피부색에 대해 "할아버지를 닮아 아프리카 흑인 그대로야"(53)라고 밝혔다. 즉 그의 이 같은 언급은 파일레잇에 대한 거부감의 표출로, 그녀를 자신과 차별화하여 형제관계를 인정하지 않으려는 우회적 언급이다.

한편, 밀크맨은 메이콘의 후계자 수업을 쌓으며 메이콘과 다르게 성장해갔다. 삼인칭 작중 화자가 "돈이라면 살인도 마다하지 않을 아버지와 달리 닥치는 대로 돈을 썼다"(63)고 증언하듯, 그는 메이콘과 다른 경제관념을 보이며 성장했다. 뿐만 아니라, 삼인칭 작중 화자가 "아버지의 심부름으로 남쪽에 가면서 기타가 잘 아는 사람들과 친해질 기회를 가졌다"(63)고 밝히듯, 그는 친구이자 진보적·폭력적인 아프리카계 미국인 단체의 조직원인 기타와의 관계에서 기타처럼 행동적이지 않지만 백인들의 인종차별과 폭력에 대해 알게 되었다. 물론, 해가와의 사랑도 밀크맨의 자아성장과정에서 빼놓을 수 없는 사항이다. 즉 그는 16세 때에 시작된 해가와의 사랑을 통해 이성과의 관계를 통해 성인 남성으로 성장했다.

모리슨은 30세 초반의 밀크맨을 조상찾기와 신화복원 여행으로 유도하기 위한 작중 전략으로, 파일레잇의 집 천장에 초록색 자루의 비밀을 판도라상자처럼 매달아 뒀다. 밀크맨은 메이콘에게 후계자 수업을 중단하고 여행을 떠나고 싶다는 의사를 전달하며 이를 수락하지 않는 메이콘을 비난하기 위해 "파일레잇 고모처럼 초록색 자루에다 꽁꽁 싸서 천장에 매달아 두고 손도 못 대게 하지 마시고"(164)라고 말했다. 메이콘은 이를 듣는 순간 귀가 번쩍 뜨여서 "늙은 개가 고깃덩이를 발견하고 흥밋거리를 발견한 것처럼"(164) 갑작스럽게 태도를 바꾸며 밀크맨의 여행을 허락했다.

초록색 자루에 대한 밀크맨의 정보공개는 그동안 숨겨둔 모리슨의 작가적 전략을 공개한 것이나 다름없다. 바꿔 말하면, 모리슨이 이 순간까지 파일레잇으로 하여금 초록색 자루를 집의 천장에 걸어두게 한 목적은 파일레잇의 저지로 인해 포기해야 했던 황금자루에 대한 메이콘의 탐욕을 필요할 때에 자극하기 위해서이며, 그 순간이 왔을 때에 그를 흔들 미끼로 활용하기 위해서이다. 메이콘은 자루의 전후 사정에 대한 이야기를 마친 뒤에 밀크맨에게 "그걸 빼앗아 와. 그럼 반은 네 몫이야"(173)라고 말하며, 그로 하여금 자루를 탈취해오도록 명령했다. 모리슨은 의도대로 초록색 자루를 활용하여 메이콘의 잠자던 탐욕을 깨웠고, 밀크맨으로 하여금 황금찾기 여행에 이어 조상찾기 여행을 시작하도록 유도했다.

밀크맨은 메이콘의 명령대로 기타와 함께 파일레잇의 집 천장에 매달린 초록색 자루를 탈취했다. 하지만 그의 탈취행위는 메이콘의 명령을 수행하고 자신의 몫을 챙기기 위한 절도행위라기보다, 조상찾기와 조상복원에 앞서 조상의 성지에서 조상의 유골을 발굴한 행위이다. 물론, 자루 속의 비밀은 황금이 아니라 유골이다. 이 자루는 백인들에 의해 살해된 제이크의 죽음 직후 도피 중이던 동굴 속에서, 제이크 살해자의 이미지를 떠올리게 만든 백인남성을 살해한 뒤에, 손에 넣으려 했지만 파일레잇의 강한 제지로 포기한 백인남성의 황금자루가 아니다. 모리슨은 파일레잇의 제지로 인해 동굴 밖으로 쫓겨난 메이콘이 동굴로 돌아왔을 때에 파일레잇도 사라지고 자루도 사라졌다고 밝혀(164) 독자들로 하여금 파일레잇이 황금자루와 함께 사라졌다고 생각하도록 유도하고, 메이콘도 이처럼 생각하도록 유도하는 작중 전략을 구사했다. 바꿔 말하면, 파일레잇은 동굴을 떠날 때, 황금자루와 함께 떠나지 않았다. 그녀는 메이콘에게 황금자루를 "도둑질한 물건"(164)이라고 말하며 그를 제지했던 것처럼, 자신도 그 "도둑질한 물건"을 원치 않았다.

모리슨은 황금자루를 누가 가지고 갔는지를 밝히지 않은 채 메이콘의 탐욕을 자극하기 위한 작중 전략의 도구로 활용했다. 그녀는 이를 위해 파일레잇이 훗날(밀크맨이 남부여행을 통해 유골의 주인을 제이크로 확인한 내용을 근거로 앞당겨 언급하면, 백인들이 홍수로 인해 떠오른 제이크의 시신을 동굴 속에 버린 뒤 유골로 변한 어느 시점) 동굴로 찾아가 유골을 수습해온 일을 그녀와 메이콘의 관계가 단절된 기간 동안의 일로 제시했고, 메이콘은 이 사실을 모른 채 파일레잇의 초록색 자루를 황금자루라고 생각했다.

밀크맨은 메이콘의 명령을 수행하기 위해 파일레잇의 집안으로 침투하기 직전, 소나무 숲에서 잠복 중일 때에 파일레잇의 집으로부터 날아오는 생강냄새를 맡았다. 생강냄새는 조상의 냄새이지만, 그는 이를 이해하지 못했다.[43] 삼인칭 작중 화자에 따르면, 밀크맨은 생강냄새를 맡고도 생강냄새인지 깨닫지 못하고 이 냄새를 자유, 정의, 복수의 냄새라고 생각했다 (169). 또한, 밀크맨은 그녀의 집을 무단침입하고 초록색 자루를 탈취했다. 그녀의 집은 조상의 성지이고, 초록색 자루는 조상의 유골함이지만, 그는 이를 이해하지 못했다. 제닝스에 따르면, 그녀의 집은 "전통적 성지 또는 조상과의 접촉을 위한 장소"(113)이며, 내부의 이끼로 인해 초록색으로 변색된(Jennings 113) 자루는 황금자루가 아니라, 콩고인들의 킴비(kimbi) 또는 니옴보(niombo)처럼, 농장을 지키기 위해 영웅적인 행동을 하던 중에 사망

---

43) 히긴스에 따르면, "생강냄새가 나는 공기는 아프리카와 밀크맨의 조상들을 상기시킨다" (18). 화자는 이 냄새에 대해 "어크러(Accra: 가나의 수도)로부터 직접 왔을 수도 있다" (185)고 밝혔다.

조상들: 기마족, 플로렌스 어머니, 제이크, 포스터, 파일레잇, 쿠퍼 목사, 서스, 수전, 테레즈, 매엠, 낸, 베이비, 식소, 엘, 샌들러 **251**

한 조상의 유골함이다. 킴비와 니옴보는 규모면에 있어서 킴비가 니옴보보다 상대적으로 작을 뿐, 모두 죽은 사람의 유골, 머리카락, 손톱, 그리고 재를 넣어두는 저장소이다.

콩고인들은 추장과 같은 중요한 사람의 시체를 연기로 건조한 다음에 유골, 머리카락, 손톱, 그리고 재를 천이나 이불로 만들어진 인간의 형상 안에 넣어 이곳에 저장한다(Jennings 113). 콩고인들이 이처럼 하는 이유는 이 속의 영혼인 은쿠유(nkuyu)가 시체를 보호하고, 신성화하여 시체를 위험으로부터 보호해준다고 믿기 때문이다(Jennings 113). 하지만 밀크맨은 이를 모른 채 조상성지에 침입하여 조상의 유골함을 탈취했다. 즉 그의 이 같은 행위는 조상찾기와 조상복원을 위한 무지의 여행을 의미하는 행위이며, 비록 무단침입과 절도행위란 비정상적 수단이지만, 파일레잇으로부터 앞으로 해야 할 조상찾기와 조상복원이란 미래의 과제를 스스로 받아온 행위나 다름없다.

밀크맨은 초록색 자루 탈취 사건 직후 기타와 함께 경찰에 의해 체포되었다. 물론, 모리슨은 체포 이유를 밝히지 않은 채 밀크맨을 석방시키기 위해 폭력도 불사한 파일레잇의 저돌적인 역할만 밝혔다. 삼인칭 작중 화자가 "파일레잇이 경찰서로 찾아와 경찰들의 멱살을 잡고, 경찰들에게 욕설을 퍼부으며 그를 빼냈다"(211)고 밝히듯, 밀크맨의 절도행위를 지켜만 봤던 파일레잇은 공무집행방해죄를 뒤집어쓸 수 있는 데도 불구하고 그의 석방을 위해 경찰관들을 향해 폭력과 폭언을 마다하지 않았다. 지난날 메이콘의 폭력으로부터 태중의 그를 보호한 것처럼, 파일레잇은 또 한 번 그의 보호자로서 자신의 역할을 완수했다. 이와 관련, 보호자로서 그녀의 역할은 모리슨의 작가적 의도를 대행한 것으로, 밀크맨의 여행을 막는 장해물로부터 그를 구해준 것이나 다름없다.

파일레잇은 밀크맨의 조상찾기와 조상복원을 안내한 원로로서의 조상이만, 초록색 자루 속에 담긴 유골의 비밀을 알지 못한다는 점에서 완벽한 조상이라고 말할 수 없다. 데이비스 신시아(Davis Cynthia)에 따르면, 그녀는 "죽은 아버지의 메시지를 오역하고, 그의 유골을 다른 사람의 것으로 오인했으며, 밀크맨의 설명 없이 그녀의 탐구를 완성할 수 없다"(339). 신시아의 이 같은 견해는 파일레잇의 인식방법이 의식적이라기보다 직관적이고, 태도의 경우 개인적이고 수동적이란 사실에 근거한 견해이다. 신시아는 이 같은 관점에서 그녀가 "밀크맨의 가치를 인지한 데 반하여 의미를 식별하지 못했다"(339)고 지적했다. 따라서 신시아는 그녀의 이 같은 문제점이 그녀로 하여금 꿈속에서 죽은 아버지의 메시지를 들으려 하게 한다고 밝히고, 주인공으로서 밀크맨의 작중 위치와 역할을 강조하듯, "메시지는 오역되고 남성 후손에 의해 정정된다"(340)고 밝혔다. 즉 파일레잇은 자루 속에 주인 없는 유골을 수습해왔을 뿐, 유골의 비밀을 알기 위해 밀크맨의 여행에 의존해야 한다.

밀크맨의 여행과정에서 파일레잇의 부족을 채워주는 원로로서의 조상은 댄빌(Danville)의 쿠퍼 목사이다. 쿠퍼 목사는 제이크의 지인으로, 사후 세계의 제이크와 현 세계의 밀크맨 사이를 이어주는 원로라는 점에서 살아있는 조상이다. 밀크맨은 쿠퍼 목사로부터 할아버지의 죽음과 어린 메이콘과 파일레잇이 백인들의 폭력을 어떻게 피했는지에 대해 듣는다. 쿠퍼 목사의 회고에 따르면, 할아버지는 할아버지의 농장을 탐낸 백인 버틀러(Butler)와 그의 패거리에 의해 살해되었다.

쿠퍼 목사에 이어, 밀크맨에게 조상의 역사를 들려준 원로로서의 조상은 서스이다. 서스는 버틀러의 가정부이지만 어린 메이콘과 파일레잇을 보호해줬다. 쿠퍼 목사에 따르면, 서스는 버틀러의 농장에서 100세까지 살다가 죽었다. 그럼에도, 밀크맨이 서스가 살던 농장을 방문했을 때에 서스는 그곳에서 살고 있었고, 밀크맨에게 싱 버드, 파일레잇, 그리고 제이크의 시체에 대한 정보를 제공했다. 제닝스에 따르면, 서스의 이름은 "아프리카적인 조상의 복원과 연계된 원의 이미지"(140)이고, "육체적 세계와 영적 세계, 영적 세계에서 살아있는 죽은 사람들과 살아있는 죽은 사람의 재결합을 지원해주는 초시간적인 의학적 여사제"(140)이다. 서스에 대한 제닝스의 이 같은 견해는 서스를 현실적 존재로 볼 것인지, 아니면 초현실적 존재로 볼 것인지 명확한 단서를 제공하지 않았다. 대신 제닝스는 서스를 두 세계의 경계를 초월한 존재로 제시하고, 두 세계의 재결합을 유도하는 매개자라고 평가했다(140).

밀크맨은 서스로부터 할머니의 이름이 '싱 버드'(Sing Byrd)란 것과 할아버지의 이름이 '올드 메이콘 데드'가 아니라 본래 '제이크 데드'라는 것, 파일레잇의 배꼽이 없다는 것, 그리고 할머니가 파일레잇의 출산 중에 사망한 것에 대해 듣는다. 뿐만 아니라, 그는 어린 메이콘과 파일레잇이 은닉했던 동굴이 사냥꾼들의 쉼터라는 것, 제이크의 시체도 이곳에 버려졌다는 것, 메이콘이 냇가에 묻었지만 큰비 때문에 시체가 떠올랐고, 시체를 발견한 사람들이 누구의 시체인지를 알고 동굴에 버렸다는 것에 대해 듣는다. 서스의 이 같은 증언들 중에, 특히 메이콘의 시체가 동굴에 버려졌다는 증언은 밀크맨에게 초록색 자루 속의 유골이 누구의 것이지를 알 수 있게 해준 증언임과 동시에, 초록색 자루 속의 유골에 대한 파일레잇의 잘못된 인식을 정정할 수 있게 해주는 단서를 제공한 증언이다.

서스는 또한 밀크맨으로 하여금 동굴을 탐사할 수 있게 해주고, 이어 황금찾기 여행을 조상찾기 여행으로 전환하도록 해줬다. 밀크맨은 서스로부터 동굴의 위치를 알아낸 뒤에 두 시간을 넘겨 고생한 끝에 동굴에 도착하여 내부를 탐색했지만, 황금자루가 없다는 것만 확인했다. 이와 관련, 밀크맨은 동굴탐사를 통해 황금에 대한 욕망이 더 이상 실현될 수 없는 무모한 욕망임을 확인하게 하고, 대신 여행의 목적을 조상찾기 여행으로 수정했다. 삼인칭 작중 화자가 "그는 파일레잇이 걸어왔던 길을 추적하기로 결정했다"(261)고 밝히듯, 밀크맨은 동굴탐사를 마치고 댄빌의 버스정류장으로 돌아온 다음, 황금찾기를 포기하고 조상찾기를 결심했다.

밀크맨은 서스로부터 전해들은 할머니의 역사를 추적하기 위해 할머니의 친척이 거주하는 버지니아(Virginia)의 살라마를 다음 행선지로 선택했다. 밀크맨은 살리마에 도착했을 때에 8-9명의 아이들이 손을 잡고 돌며 부르는 솔로몬의 노래를 듣게 되고, 이어 음식점 주인인 버넬 부인(Mrs. Vernell)으로부터 그의 할머니가 버드 가문 헤디(Heddy)의 자녀들 중 한 사람이라는 것, 밝은 피부색과 곧고 검은 머리를 가진 인디언 혼혈이라는 것, 그리고 버드 가문의 사람이 근처에 살고 있다는 것을 확인했다.

밀크맨이 버벨 부인의 정보를 근거로 만난 사람은 버드 가문의 수전 버드이다. 수전 버드는 밀크맨이 쿠퍼 목사와 서스에 이어 세 번째로 만난 원로로서의 조상이다. 그녀는 밀크맨에게 '솔로몬의 노래'에 등장하는 솔로몬이 증조할아버지, 즉 제이크의 아버지이고, 솔로몬에게 가지 말라고 애원한 여성은 증조할머니, 즉 제이크의 어머니 라이나(Ryna)라는 것, 할아버지의 이름이 '제이크'가 란 것, 솔로몬이 어린 제이크를 데려가려 했는데 도망쳤다는 것, 솔로몬이 떠난 후에 라이나는 좌절감 때문에 제이크를 이웃인 '헤디'에게 맡겼다는 것, '헤디'는 라이나의 어머니란 것(307), 헤디가 고아인 할아버지를 양육했고 성장한 할아버지가 이곳을 할머니와 함께 이곳을 떠나 결혼한 사실을 들려줬다. 뿐만 아니라, 그녀는 밀크맨에게 솔로몬의 신화에서 'fly'가 '도망치다'라는 의미가 아니라 '날아가다'는 의미를 내포한 말이라고 말해줬다. 밀크맨은 처음에 수전의 말을 이해할 수 없다는 듯 "도망쳤다는 의미죠?"(326)라고 반문하지만, 곧 자신의 반문을 거뒀다. 즉 삼인칭 작중 화자가 마지막 행에서 "이제야 살리마 사람들이 알고 있던 것을 깨달았다"(341)고 밝히듯, 그는 'fly'를 조상신화에 대한 공감대와 함께 아프리카로의 귀향을 의미하는 말로 재해석했다(Wilentz 125).

밀크맨이 여행을 마치고 제일 먼저 파일레잇을 방문한 다음, 그녀에게 메이콘에 의해 강가에 급히 조성된 할아버지의 무덤이 폭우로 인해 훼손되었고, 백인들이 표류하던 시체를 발견하여 동굴 속에 유기했다고 밝히고, 따라서 초록색 자루 속의 유골이 할아버지의 유골이라고 말해줬다(248-49). 뿐만 아니라, 밀크맨은 이 여행을 통해 습득한 조상의 신화를 파일레잇에게 알려줬다(Schneiderman 283).

파일레잇은 초록색 자루 속의 유골이 아버지의 유골임을 확인하고, 유골을 매장하기 위해 밀크맨과 함께 조상의 역사와 신화가 살아있는 살리마로 향했다. 그녀의 이 같은 행위는 매장문화를 조상의 은혜에 대한 보답과 존경의 표현으로 간주한 아프리카 전통사회의 매장문화를 환기시키는 행위이다(Jennings 113). 또한 아버지의 유골을 솔로몬 동산의 정상에 매장하기로 한 그녀의 결정은, 매장장소를 지리적으로 특정한 형태를 띤 지층이어야 한다고 생각한 전통사회의 아프리카인들처럼(Jennings 113), 아버지의 유골을 아버지와 아버지의 조상과 연관된 역사적 · 신화적 장소에 매장하기 위한 결정이다. 파일레잇이 이처럼 아프리카 전통사회의 매장문화에 따라 매장하려 한 목적은, 아버지의 시체를 홍수와 백인의 손에 의해 유기되도록 매장한 메이콘과 달리, 조상의 역사와 신화의 복원을 통해 그 속에 아버지를 포함시키기 위해서이다. 즉 그녀가 아버지의 유골을 아버지의 전설적인 아버지가 날아서 아프리카로 돌아갔다고 알려진 솔로몬 산의 정상에 매장한 것은 조상을 기리기 위해 조상의 빈자리를 후손의 매장을 통해 채우려 한 것이며, 조상과 후손의 역사적 · 신화적 연결고리를 만든 것이나 다름없다.

『솔로몬의 노래』에 이어, 모리슨은 『타르 베이비』의 테레즈를 파일레잇의 경우처럼 살아있는 원로로서의 조상으로 형성화했다. 테레즈는 식민

역사를 간직한 카리브 지역의 슈발리에 섬(Isle Des Chevalier) 원주민이다. 카리브 지역은 지리적으로 북미와 남미의 중간 그리고 대서양을 건너 아프리카 대륙의 중간에 위치해 있으며, 수백 년에 걸쳐 포르투갈, 네덜란드, 스페인, 프랑스, 영국, 그리고 미국(현재 식민통치 국가는 영국이지만, 지리적으로 이곳과 가까운 미국이 이곳의 경제를 지배하고 있음)에 의해 차례로 지배되어온 대표적인 식민역사의 공간이다(Davies 11). 테레즈는 이 섬의 한가운데 위치한 발레리언 스트리트의 회백색 별장, 즉 백인기업가의 정복자적 의미를 환기시키는 집(Christian 66)이자 19세기 제국주의의 잔재가 가부장적 허세를 통해 가족구성원들을 지배하며 하인에 의존하여 살고 있는 자기중심적 공간(Heinze 36)에서 한때 남편인 기디온(Gideon)과 일용직 하인으로 일했다.

테레즈는 전설적인 기마족의 후손이다(Jennings 120). 기마족은 침몰한 프랑스 노예무역선에서 살아남아 탈출한 아프리카인들이다. 기마족의 조상들은 17세기 프랑스의 식민지인 세인트 도미니크를 보는 순간부터 점차적으로 시력을 상실했고, 이후 후손들도 그들처럼 시력을 상실했다.[44] 작중의 현재시점에서 그녀는 기마족처럼 40대 중반부터 시력을 상실하기 시작하여 작중 현재시점에서 시력을 거의 잃은 상태이다. 즉 기디온이 "당신은 거의 장님이야. 그래도 이 사건을 당신에게 맡기겠어? 당신은 어떤 면에서 나보다 더 잘 파악하지 못해"(107)라고 밝히듯, 그녀는 시력을 상실하여 앞을 거의 볼 수 없다.

테레즈는 언어적 · 정서적 관점에서도 기마족의 후손이다. 그녀의 "영어발음은 엉망이고, 도미니크식 프랑스어를 유창하게 구사하며"(108), "미국흑인과의 대화를 꺼리고"(108), "간혹 피치 못할 대화를 해야 할 때에, 시선을

---

44) 본 장의 제2장에서 자세히 밝힘.

지평선의 어느 한 점에 고정시킨다"(111). 모리슨이 테레즈를 이처럼 소개한 목적은 그녀의 문명적·문화적 배타성을 비판하기 위해서라기보다 문명적·문화적 타자성을 부각시키기 위해서이다. 기디온이 썬 그린(Son Green)에게 "테레즈가 미국인을 좋아하지 않는 이유는 미국인을 속물이라고 생각하기 때문이야"(153)라고 밝히듯, 그녀는 백인이건 흑인이건 간에 개방적인 미국인들의 문화와 생활방식에 거부감을 가지고 있다.

테레즈가 개방적인 미국인들의 문화와 생활방식에 대해 거부감을 가진 첫째 이유는 기디온이 썬에게 "테레즈는 유모였어. 백인아기들에게 젖을 먹여 생계를 꾸렸지"(154)라고 밝히듯, 양육의 어머니이기 때문이다. 그녀는 전직 유모로서 미국사회에서 벌어지고 있는 낙태, 어린이 유괴, 유아 매매 등을 모성애의 부재 또는 파괴적 모성애, 그리고 생명의 가치와 존엄성의 부재를 증명하는 사례들로 접근하며, 개방적 대중문화를 신앙적 규범과 도덕성의 상실을 말해주는 사례로 접근한다. 물론, 또 다른 이유는 기디온이 앞서의 이야기에 이어 "거의 굶어 죽을 뻔했어요. 생선잡이를 해서 먹고 살았어요"(154)라고 밝히듯, 아기용 유동식이 들어오면서 더 이상 유모일을 할 수 없기 때문이기도 하다. 즉 그녀는 양육의 어머니로서 미국의 인공적인 아기용 유동식이 탄생의 축복으로 자연스럽게 수유되는 어머니의 모유를 대체한 것과 이로 인해 자신의 역할마저 빼앗아버려 경제적 어려움에 처하게 만든 것에 대해 비판한다.

하지만 테레즈의 이 같은 시각은 원로로서의 조상이라는 그녀의 위상을 말해준다. 제닝스에 따르면, "테레즈가 수유하고 양육하는 젖은 조상과 가장 가까운 살아있는 원로로서 그녀의 위치를 확고하게 만들고, 그녀를 제이딘(Jadine)과 대조적으로 보이게 하는 순환적인 검은 젖가슴의 주체로 부각시킨다"(124). 제닝스의 이 같은 견해는 모리슨이 테레즈의 젖가슴을 살아있는 조상의 메타포로 형상화했음과 60세의 나이와 상관없이 아프리카계 여성으로서 그녀의 지속적인 상징성을 밝혀준다.

테레즈의 젖가슴은 눈먼 기마족들과 교유하는 늪지 여성들의 젖가슴과 동일한 반면에, 슈발리에 섬 여성들의 경우와 대조된다(Jennings 124). 즉 그녀는 "아기들에게 어떻게 그런 걸 먹이지"라고 반문하며 "난 아직도 젖이 나온다고"(154)라고 주장하는데, 그녀의 주장은 양육의 필수적 형식인 어머니의 젖 대신 인공적 대체물로 양육하는 것에 대해 양육이 아닌 살인으로 간주하려는 시각을 담고 있다. 이와 관련, 발레리언의 아내인 마가렛은 테레즈와 달리 두 번이나 낙태를 하고 아들인 마이클(Michael)의 엉덩이를 핀으로 찌르고 담뱃불로 지지는 등 모성적 어머니가 아닌, 반모성적 백인어머니이다. 뿐만 아니라, 아프리카계 하인 시드니 차일스(Sydney Childs)와 온딘 차일스(Ondine Childs)의 조카 제이딘 차일스(Jadine Childs)도 테레즈와 대조적인 여성이다. 제이딘이 슈발리에 섬으로 귀환한 것은 원시문명, 흑인 공동체의 원시적 의식, 그리고 바바라 리그니(Babara Rigney)에 따르면 "늪으로 상징되는 모성으로의 귀환"(14)이다. 하지만 그녀는 완전히 서구화된 여성으로, 그녀의 철학은 철저한 개인주의이다(Henize 145). 그녀는 썬의 고향인 엘로에(Eloe)를 썬과 함께 방문했을 때에, 제닝스가 "'살아있는 여성들'과 '살아있는 죽은 여성들'의 혼합물인 여성들이 제이딘에게 젖을 내놓을 때에, 제이딘은 자신이 젖을 가지고 있다는 것을 시각적으로만 드러낸다"(Jennings 124)고 밝히듯, 검은 여성들의 젖가슴과 자신의 젖가슴을 동일시하지 못했다.

테레즈가 미국인들의 개방적인 문화와 생활방식을 비판한 이유는 원주민 신앙과 가톨릭 신앙의 혼합인 그녀의 부두교 신앙 때문이다. 이 소설에 등장하는 아프리카계 원주민들은 가톨릭교와 더불어 애니미즘(animism) 신앙을 가지고 있다. 섬의 주민들 중에 절반은 애니미즘을 근간으로 만들어진 부두교 신도들이다(Jennings 128). 제닝스는 부두교를 우주의 4요소들에 토대를 둔 종교로 소개하며, 이를 신전으로 체계화하지 못했기 때문에 정통적인 애니미즘 종교로 보기 어려운 종교라고 진단했다. 그럼에도 불구하고, 제닝스는 부두교의 인간관과 우주관에 대해 공감하며 "인간의 육체가 영혼을 소유하지 못한다면 (판단, 의지, 도덕성을 결여한) 물체인 것처럼, 우주가 우주의 영들인 이오아(Ioa)를 소유하지 못한다면 초도덕적 유기물 덩어리에 불과하다"(128)는 부두교도들의 믿음을 소개했다. 부두교의 인간관과 우주관에 대한 제닝스의 이 같은 소개는 테레즈가 백인어머니들의 인공적인 양육에 대해 왜 비판적 시각을 보이는지를 명확히 설명해준다. 즉 그녀는 부두교의 인간관과 우주관을 토대로 양육을 어머니와 아기의 육체를 매개로 음식물을 전달하는 형식임과 동시에 영혼을 교류하는 형식으로 이해하고 있다. 따라서 백인어머니들에 대한 그녀의 비판은 백인어머니들의 인공적 양육 형식을 어머니와 아기의 육체적·영혼적 교류를 염두에 두지 않은 양육 형식으로 간주했음을 말해준다.

테레즈는 양육의 어머니뿐만 아니라 원로로서의 조상이다. 그녀는 이 소설의 주인공인 썬이 발레리언의 별장으로 숨어들어왔을 때에 이를 백인 주인에게 알리는 충실한 하인이 아닌, 어머니의 모습을 보여준다. 그녀는 "세탁실에 평소엔 하나 남겨두던 아보카도를 (썬을 위해) 평소보다 하나 더 남겨놓고, 3일마다 한 번씩 없어졌는지 확인한다"(106). 그녀는 또한 자신의 양육대상인 썬이 발레리언의 대저택 어딘가에 숨어있음을 어머니의 본능적 감각을 통해 포착하고, 기디온의 시각적 경험을 통해 재확인한다(106). 하지만 그녀를 원로로서 조상으로 간주할 수 있는 단서는 썬을 그녀의 종족인 기마족의 신화적 공간으로 안내한 것이다. 그녀는 이를 통해 썬을 현대적 이상과 가치에서 벗어나 아프리카적 이상과 가치를 추구하도록 유도했다(Jennings 120).

테레즈가 썬을 기마족에게 안내한 시점은 썬이 제이딘과의 파경 이후에 뉴욕의 집을 떠난 제이딘의 뒤를 밟아 슈발리에 섬으로 돌아왔을 때이다. 썬은 침입자로서의 은닉생활을 마치고, 거의 동시에 제이딘과 사랑에 빠진다. 그들의 사랑은 서로를 알기에는 너무 짧은 만남으로 시작된 사랑이다. 따라서 그들은 육체적 교감 이후에 정신적 교감을 간과한 채 뉴욕으로 향하고, 서로의 의식과 정서에 대한 공감대를 넓히기보다 사회적 · 경제적 성공에 집착한다. 물론, 그들의 사랑을 이 같은 방향으로 엇나가도록 유도한 사람은 일차적으로 제이딘이고, 그 다음으로 제이딘의 요구에 폭력성까지 드러내며 대립적 태도로 반응한 썬이다. 발레리언의 도움으로 파리에서 대학원을 마치고 유명 모델로 활약하던 중 귀향한 제이딘은 자신의 사업을 시작하기 위해, 그리고 썬을 변호사로 만들기 위해 썬과 함께 슈발리에 섬을 떠나 뉴욕으로 향한다. 하지만 그녀의 구상은 이뤄질 수 없는 구상이다. 썬은 사업을 추진하기 위해 발레리언의 경제적 도움을 받으려는 제이딘의 백인 의존적 사고방식은 물론, 자신을 도시문명사회의 어엿한 구성원으로 만들고 싶어 하는 그녀의 문명적 엘리트 의식을 수용할 수 없다.

즉 썬은 발레리언이 사업자금을 빌려줄 수 있을 거라고 말하는 제이딘을 향해 "넌 평생 남의 하인이나 되고 싶어 하는 거야"(265)라고 비난하고, 자신에게 "뉴욕에서의 성공"(Make it in New York)(266)을 강요하는 그녀에게 "난 그들의 법을 알고 싶지 않아. 난 나의 법이면 돼"(262-63)라고 선언한다. 결국, 썬과 제이딘은 이 같은 갈등을 극복하지 못한다. 제이딘에 대한 썬의 비난은 폭력으로 발전하고, 제이딘은 인내보다 포기를 선택한다. 썬과의 다툼과 폭력이 있은 후에, 제이딘은 떠난다는 말도 남기지 않고 뉴욕의 집을 나와 슈발리에 섬을 경유하여 파리로 향하고, 썬은 제이딘의 뒤를 쫓아 슈발리에 섬으로 귀환한다. 하지만 썬은 더 이상 제이딘을 추적할 수 없다. 그의 다음 행선지는 제이딘이 향한 파리가 아니라, 테레즈가 안내하는 기마족의 숲이다.

조상들: 기마족, 플로렌스 어머니, 제이크, 포스터, 파일레잇, 쿠퍼 목사, 서스, 수전, 테레즈, 매엠, 낸, 베이비, 식소, 엘, 샌들러 **261**

제이딘과의 사랑을 파경으로 몰고 간 썬의 반발과 비난은 백인중심사회의 경제적 논리와 관행에 의해 지배된 대도시의 자본주의, 상업주의, 소비만능주의에 대한 거부이며, 백인주인의 그늘에서 벗어나지 못하는 아프리카계 미국인들의 의존적 사고방식과 이로 인한 인종적 정체성의 상실에 대한 거부이다. 썬은 어린 시절을 회상하며 제이딘에게 "프리스코 생선통을 씻어준 대가로 난생처음 받은 10센트가 자신이 번 유일하게 진실한 돈"(272)이라고 말했다. 그의 언급은 타인을 도와준 대가로 받은 화폐의 교환적 가치보다, 타인에게 도움을 준 행동적 가치를 더 높게 평가하는 그의 반자본주의적인 경제적 가치관을 말해준다. 뿐만 아니라, 그가 뉴욕에서 발레리언의 돈을 활용하여 사업을 구상하는 제이딘에게 "넌 평생 남의 하인이나 되고 싶어 하는 거야"(265)라고 비난한 것은 단순한 비난이 아니라, 백인중심사회의 경제적 지배권 속에 자신을 구속시키지 않겠다는 결의의 표현이다. 물론, 썬의 흑인민족주의가 긍정적인 요소들만 담고 있는 것은 아니다. 외도한 아내를 트럭으로 살해한 행위, 제이딘을 창 밖에서 두려움에 떨게 만든 행위, 그리고 엘로에에 대한 지나친 향수 등은 모두 그의 지나친 흑인민족주의로부터 초래된 역작용이다.

흑인민족주의는 백인중심사회에 의해 거세된 흑인남성성의 복원을 위해 힘을 기르고, 이를 위해 순종적인 흑인여성을 이상적 여성상으로 정의했다(Fleming 207-09). 썬은 이를 실천하듯 베트남 전쟁에 참전했고, 친구들에게서 "플로리다에서 가장 화끈한 여성"(219)이란 소리를 듣는 아내 쉬엔(Cheyenne)의 외도를 알고 치명적인 폭력으로 살해하여 10년 동안 떠돌이 삶을 살았다.

썬은 슈발리에 섬으로 돌아왔을 때에 제이딘의 주소를 얻기 위해 테레즈를 찾아가 발레리언의 저택으로 갈 수 있도록 해안까지 데려다 달라고 부탁한다. 하지만 제이딘의 뒤를 더 이상 쫓을 수 없다. 테레사가 그러겠

노라고 대답했지만, 그녀의 대답은 기만이다. 그녀는 썬의 부탁과 달리 그를 기마족의 숲으로 향하는 해안으로 안내했다. 즉 테레즈가 썬을 내려놓은 해안은 십자가 나무 저택이 있는 곳과 정반대 방향에 위치한 해안이다.

테레즈가 썬의 부탁을 받고 "난 어둠 속에서 더 잘 볼 수 있고, 뱃길도 훤히 알고 있어"(302)라고 말했음에도 불구하고 썬을 엉뚱한 곳으로 안내한 것은 계획된 의도에 따른 것이라기보다 귀소본능에 따른 것이다. 그녀는 어둠 속의 뱃길과 해안의 안개 때문에 이편과 저편이 보이지 않는 상황에서 본능적인 감각으로 방향을 설정하고, 본능적으로 길을 안내했다. 그녀의 본능적 감각은 연어의 귀소본능처럼 자신의 종족이 살고 있는 공간을 더 잘 기억하고, 더 익숙해하는 감각이다. 그녀는 노가 바위에 부딪쳐 부러지고, 피아 구분을 할 수 없는 어둠 속에서 정확한 목적지를 밝히지 않은 채 썬에게 "다 왔어"(302)라고 말한다. 하지만 해안의 짙은 안개 속에서 "어디야"(305)라는 썬의 목소리와 "맞아요, 맞아. 다만 반대쪽이야"(305)란 테레즈의 응답, 그리고 "이해하지 못 하겠어"(305)라는 썬의 볼멘소리만 들릴 뿐이다. 이와 관련, 썬은 처음에 길을 찾을 수 없을 만큼 짙은 안개 때문에 당혹감과 불안감을 보이지만, 길을 안내해주듯 "돌봐주는 것 같은 바다 소리"와 안개가 걷히고 "나무들이 . . . 약간 뒤로 물러서는"(264) 주변 환경, 그리고 전속력으로 달리는 그의 모습이 말해주듯, 기사들의 신화적 공간 속으로 유입된다.

테레즈의 귀소본능은 종족적 교감을 느낄 때에 환원이라는 절차를 통해 종족의 신화를 되살리는 복원력이다. 테레즈가 은닉 중인 썬에 대해 기디온에게 "그 남자는 말 타는 기사이고 그녀를 소유하려고 나타났어"(107)라고 말한 것처럼, 그녀는 종족적 교감을 통해 썬을 이미 기마족의 후손으로 인식했다. 모리슨이 테레즈의 입을 통해 누군가의 존재로밖에 확인되지 않은 썬의 인종적 정체성을 이처럼 밝힌 이유는 기마족의 후손인 테레즈의 본능적 감각을 강조하기 위해서이다. 모리슨은 이를 증명하듯 썬의 슈발리에 섬 도착과 발레리언의 별장 침투를 통해 기마족 조상들의 탈출역사를 환기시켰다. 기디온이 '어부들의 이야기'라는 전제하에 언급한 바에 따르면, 기마족 조상들은 17세기에 침몰한 프랑스 노예무역선에서 탈출하여 슈발리에 섬의 늪지로 숨어든 아프리카인들이다. 그리고 썬 역시 살인을 저지르고 10여 년 동안 공권력을 피해 선원생활을 하던 중에 해상의 선박에서 탈출하여 섬으로 숨어들었다. 즉 기마족 조상들과 썬이 슈발리에 섬에 도착한 시점을 전후로 이전의 과정과 이후의 과정은 긴 역사적 간극에도 불구하고 선상과 제도적 권력으로부터의 탈출, 자유의 땅으로의 잠행, 그리고 자유의 땅에서의 은닉으로 이어지는 과정이라는 점에서 동일하다.

모리슨은 썬의 등장을 통해 이처럼 기마족 조상들의 역사를 역류시키고, 테레즈의 본능적 감각을 통해 암시적이지만 썬을 기마족과 동일한 인종적 정체성의 소유자라고 밝혔다. 물론, 모리슨은 테레즈를 통해 썬의 인종적 정체성을 밝히는 데에 그치지 않고 그를 기마족으로 환원시키고자 했다. 따라서 테레즈가 썬을 기마족의 늪지로 향하는 길로 안내한 일은 그녀의 이 같은 작가적 전략을 대리 실천한 것이나 다름없다.

한편, 테레즈가 썬을 이처럼 기마족의 숲으로 안내한 것은 종족의 원로로서 후손을 위해 조상의 역할을 수행한 행위이다. 즉 그녀가 썬을 기마족의 공간으로 안내한 것은 조상과 후손, 사후 세계와 현 세계, 그리고 과거와 현재를 이어주는 매개자와 안내자의 역할을 수행한 행위이다. 그리고 그녀의 이 같은 역할은 종족적 본능을 통해 종족적 교감을 이끌어내고, 환원이라는 절차를 통해 전설적 종족으로 간주되는 기마족과 현세계의 후손을 연결해줬다는 점에서 그녀를 원로로서의 조상으로 자리매김해준다.

『타르 베이비』에 이어, 모리슨은 『사랑』에서 엘을 원로로서의 조상으로 형상화했다. 엘은 이 소설의 비밀화자이자 작중 인물이다. 비밀화자로서 엘은 『자비』의 플로렌스 어머니처럼 별도의 장들을 통해 일인칭 목소리로 주제적 인물들과 사건들을 언급하지만, 작중 인물들을 향해서가 아니라 독자들을 향해서이다. 따라서 엘을 원로서의 조상으로 접근하고자 할 때에, 플로렌스 어머니의 경우처럼, 소설의 전체적 서술구조에서 작중 인물로서 수행한 그녀의 역할에 주목해야 한다. 작중 인물로서 엘은 이 소설의 주제를 기획하고 유도한 작가적 인물이다.

이 소설은 유산쟁탈전의 내부에서 일어나는 사랑과 증오란 대조적 정서가 이중적으로 맞물려 전개되는 과정을 추적한 소설이다. 다릴 핀스크니(Darryl Pinckney)가 "궁극적으로 그것(=『사랑』)은 아마도 남성들과 달리 여성들이 사랑을 어떻게 하는지에 대해 말하고자 하는 듯하다"(12)고 밝히고, 에이 제이 와디(A. J. Wardi)가 보다 구체적으로 "『사랑』에서 아름답고, 거의 신성할 정도로 묘사될 만큼 순수하고, 숭고한 것은 증오뿐"(202)이라고 밝히듯, 이 소설의 주제는 유산쟁탈전으로 인한 갈등의 내면에서 전개되는 '사랑 속의 증오' 또는 '증오 속의 사랑'이란 역설(paradox)이다.

엘은 작중의 현재시점에서 사망한 빌 코지(Bill Cosey)의 '코지의 호텔 & 리조트'(Cosey's Hotel and Resort)에서 사업초기부터 주방장으로 일하다가 퇴직했다. 현재 그녀의 생사여부는 불분명하지만, 그녀는 주방장으로 일할 때에 코지의 막강한 가부장적·자본주의적 권위에 맞설 수 있는 유일한 인물(Wardi 7)로, 코지의 공인된 유서를 가짜 유서로 바꾸는 방법을 통해 코지의 손녀 크리스틴 코지(Christine Cosey)와 젊은 아내 히드 더 나이트(Heed the Night)의 유산쟁탈전을 유도했다. 즉 그녀는 코지가 사후에 자신의 유산을 모두 사랑하는 정부인 셀레스티얼(Celestial)에게 물려주겠다고 밝힌 공인된 유서를 발견하고, 이 유서를 코지가 메뉴판에 휘갈겨 써놓은 비공인된 유서와 바꿔치기했다. 뿐만 아니라, 그녀는 코지가 새로운 유서를 쓸 수 없도록 만들기 위해 그를 독살했다(Gallego 99).[45]

해결방법은 하나뿐이었어. 당신이 독을 어떻게 사용하는지 안다면, 폭스글로브의 독은 효과가 빠르지, 그리고 고통도 오래가지 않아. 여든한 살 먹은 그가 더 좋아질 상황도 아니었고. 마음을 굳게 먹었지. 장의사가 문을 두드리기 오래 전에, 나는 그 사악한 물건을 찢어버렸어.

There wasn't but one solutions. Foxglove can be quick, if you know what you're doing, and doesn't hurt all that long. He wasn't fit to think, and at eight-one he wasn't going to get better. It took nerve, and long before the undertaker knocked on the door, I tore that malicious thing up. (201)

엘의 유서 파기와 코지 살해는 그녀를 원로로서의 조상이 아닌, 악인으로 보이게 할 수 있다. 그녀의 이 같은 행위는 조상을 존경의 대상으로 여기고 조상의 뜻을 받들어야 한다고 믿는 아프리카 전통사회의 인식과 배치되는 행위이다. 하지만 그녀의 행위는 코지와 유서의 부재를 통해 모나크 가문의 분열과 증발을 막기 위한 행위라는 점에서 선의의 악행이다.

코지는 가족에게 희생을 강요한 자본주의적·가부장적 폭군이다. 그는 홀로된 며느리 메이(May)를 호텔에 처박아두고 부려먹었고, 메이에게 귀띔 한마디도 없이 손녀의 친구인 히드와 결혼하여 경영권승계를 둘러싼 두 사람의 경쟁구도를 만들었으며, 자신이 증오하는 아버지의 눈빛을 닮았다는

---

45) 모리슨은 코지의 사망원인을 밝힐 때에 다양한 추리형식으로 제시했다. 엘은 코지의 사망원인에 대해 자신이 독살하고서도 "마음이 아파서"라고 둘러댔고, 공동체는 삼장마비, 메이(May)는 강제버스통학사건 때문이라고 생각했다. 비다(Vida)는 중증 매독 때문이라는 일부의 견해를 소개했지만, 이를 믿을 수 없다고 밝혔다. 그리고 샌들러는 81세의 "빌 코지가 피곤해서 죽은 것일 뿐"(37)이라고 생각했다. 모리슨은 코지의 사망원인을 이처럼 작중 인물들의 추리형식으로 밝힌 다음, 코지의 사망을 지켜본 목격자를 "그 여자(히드), 엘, 종업원 한 사람뿐"(37)이라고 밝힘으로써 보다 정확한 정보를 듣기 위해 목격자들의 증언을 추적해야 한다는 점을 독자들에게 주지시키고자 했다.

이유로 크리스틴을 거부하여 메이로 하여금 외동딸인 그녀를 기숙학교로 보내는 등 집 밖으로 내돌리게 만들었다. 뿐만 아니라, 코지는 히드를 신혼 첫날밤에 홀로 지내게 하고, 손가락 관절을 못 쓰게 만들 정도로 자신의 사업을 위해 부려먹었다. 그가 이처럼 자신에게 헌신한 가족들을 증오하고, 이 때문에 유산을 정부에게 물려주려 한 행위는 분명 아프리카 전통사회의 원로 또는 조상에게서 찾아볼 수 없는 행위이다. 아프리카 전통사회의 조상은 선과 악을 동시에 행하는 존재이지만, 자신의 유지를 받들지 않거나 사후에 불경할 때 악을 행한다(Mbiti 83). 하지만 코지의 행위는 자신에게 헌신하고 자신에 의해 희생된 가족들을 분열시키고, 일말의 보상도 사죄도 없이 고통을 주기 위한 행위이다.

자본주의적·가부장적 폭군인 코지를 살해하고, 그의 유서를 파기한 엘의 행위는 폭군으로부터 그 희생자들을 보호하고, 그들을 서로 도우며 살수 있는 길로 안내하기 위한 선택이란 점에서 아프리카 전통사회의 조상을 상기시키는 행위이다. 음비티에 따르면, 아프리카 전통사회는 조상들에 대해 "그들은 가족의 사건들을 심의하고 위험을 경고해주며, 특별한 유훈을 따르지 않는 가족들을 한다"(82)고 믿는다. 엘의 행위는 아프리카 전통사회의 조상들처럼 모나크 가문의 사건에 개입하여 코지의 부당한 결정에 대한 심의, 경고, 그리고 해결의 길을 마련한 행위이다. 따라서 그녀의 행위는 코지를 현 세계는 물론, 사후 세계에서 원로이든 조상이든 어느 편에도 해당되지 않는 존재로 만들었고, 오히려 자신을 이 같은 위치에 올려놓을 수 있는 독자적 공감대를 이끌어낸 행위이다.

엘이 바꿔치기한 메뉴판 유서가 크리스틴과 히드의 유산쟁탈전을 유도한 이유는 이 유서가 유산상속자를 명확히 밝히고 있지 않기 때문이다. 메뉴판 유서는 코지의 정신 상태를 의심하게 만들 정도로 허술하고 신뢰성을 갖추지 못한 일종의 메모로, 코지가 지인들, 사망한 사람들, 그리고 일면식

조상들: 기마족, 플로렌스 어머니, 제이크, 포스터, 파일레잇,
쿠퍼 목사, 서스, 수전, 테레즈, 매엠, 낸, 베이비, 식소, 엘, 샌들러 **267**

도 없는 사람들의 이름을 열거하며 자신의 유품을 주겠다고 밝히며 모나크 (Monarch) 가문의 저택과 현금 일부의 유산 상속자를 "내 사랑하는 코지의 아이"(88)라고 밝힌 유서이다. 엘이 이 같은 유서를 코지의 사후에 공개한 까닭은 "내 사랑하는"이라는 말이 의미하듯 크리스틴과 히드를 코지의 증오로부터 사랑의 길로 안내하여 "코지의 아이"라는 통합된 자아로 복구하려 했기 때문이다. 하지만 엘의 의도를 이처럼 해석할 경우 무엇보다 간과하기 쉬운 사항은 크리스틴과 히드의 통합된 자아가 사랑이 아니라 증오를 매개로 하고 있다는 점이다.

엘이 크리스틴과 히드를 통합하는 방법은 '증오로부터 사랑으로'라는 일상적이고 관습인적인 방법을 통해서가 아니다. 엘이 유서를 바꾼 목적에서 밝히듯, 그녀가 크리스틴과 히드를 통합하는 방법은 사랑이라는 일상적 정서를 기대할 수 없는 상황에서 물질적 탐욕을 이용하여 그 반대의 정서인 증오를 유발하게 하고, 그 증오의 끈을 서로 당기며 인간관계를 유지하게 하는 방법이다. 따라서 엘이 코지의 유산상속자를 "내 사랑하는 코지의 아이에게"라고 언급한 것은 궁극적으로 크리스틴과 히드를 사랑이라는 일상적인 정서대신, 그 반대의 역설적인 정서와 이중적 표현양식을 통해 하나로 묶으려 했음을 보여주는 대목이다.

엘은 코지의 사후 역설적 정서를 통해서라도 모나크 가문 구성원들의 분열과 코지 유산의 이탈을 막으려 했다는 점에서 아프리카 전통사회의 조상을 환기시키는 원로로서의 조상이다. 모리슨은 그녀의 에세이 「뿌리: 토대로서 조상」("Rootedness: the Ancestor as Foundation")에서 공동체 의식의 출처에 대해 설명하면서 "조상들은 꼭 부모들만이 아니라, . . . 자비로운, 교훈적인, 보호적인, 그리고 어떤 종류의 지혜를 제공하는 초시간적인 사람들"(343)이라고 밝혔다. 조상에 대한 모리슨의 이 같은 개념은 앞서 소개한 웨스터런드와 음비티의 개념을 환기시킨다는 점에서 조상에 대한 아프리카 전통사회의 개념과 맥락을 같이한다. 즉 엘은 모나크 가문 구성원들의 원로 지인으로서 아프리카 전통사회의 조상처럼 후손들에게 관대하고, 그들을 보호해주며, 이를 위해 지혜를 발휘했다. 예컨대, 엘이 코지의 공인된 유서를 "사악한 물건"(201)으로 간주하며 유서를 파기하고 코지를 독살한 목적도 모나크 가문 여성들에 대한 사랑과 그들의 유산에 대한 권리를 보호하기 위해서이다. 엘은 셀레스티얼에게 모든 유산을 남기겠다고 밝힌 코지의 공인된 유서가 모나크 가문 여성들에 대한 그의 복수와 증오로부터 비롯된 것이라는 것을 누구보다도 잘 알고 있다. 따라서 엘은 코지의 공인된 유서를 파기하고 모호하지만 모나크 가문 여성들을 유산상속자로 언급한 메뉴판 유서로 대체함으로써 모나크 가문 여성들에 대한 코지의 증오를 사랑으로 바꾸는 지혜를 발휘했고, 코지의 유산에 대한 상속권을 모나크 가문의 구성원들이 가질 수 있도록 그들을 보호해줬다.

엘은 모나크 가문 여성들의 상속권을 지켜준 보호자임과 동시에, 모나크 가문 여성들의 갈등을 중재하거나 멈추게 하는 원로로서의 조상이다. 예컨대, 크리스틴과 히드는 코지가 죽었을 때에 그의 관 앞에서 갈등을 노골화했고, 이를 중단시킨 사람이 엘이다. 삼인칭 작중 화자에 따르면, 크리스틴과 히드가 "관을 앞에 놓고 싸울 때에 엘이 딱 두 마디의 말을 던지자 싸움이 중단되었다"(34). 삼인칭 작중 화자는 엘이 어떤 말로 싸움을 중단시켰는지 구체적으로 밝히지 않았지만, 크리스틴은 엘의 두 마디 말에 잭나이프의 칼날을 접었고, 히드는 우스꽝스러운 모자를 들고 무덤 반대편으로 걸어갔다(34). 하지만 모리슨은 엘의 이 같은 역할을 코지의 장례식을 끝으로 중단시켰다. 엘은 코지의 장례식이 끝난 다음 장례식 화환에서 백합 한 송이를 꺼내들고 떠난 뒤에 호텔로 다시 돌아오지 않았다(34). 즉 엘은 장례식을 끝으로 어머니 소유의 오두막에 칩거했는데, 이는 모나크 가문과 그녀의 관계가 중단되었음을 의미한다.

모나크 가문을 지키려는 엘의 시도는 궁극적으로 성공적이었다고 말할 수 있다. 메이, 크리스틴, 그리고 히드는 순간마다 헐뜯는 불구대천의 원수이면서도 죽을 때까지 서로를 보호하고 돌보며 살아간다(Wardi 212). 즉 그들은 물질적인 이해관계로 인해 서로를 증오하면서도 서로의 부족을 채워주는 사랑을 베푸는 사람들이다. 히드는 불평을 하면서도 늙은 메이를 돌보고, 크리스틴은 유산경쟁을 하면서도 관절통으로 몸을 쓸 수없는 히드의 손발이 되어준다. 그들의 이 같은 삶은 유산경쟁에서 적나라하게 표출된 증오를 상대방의 약점을 보완 해주는 사랑으로 희석시키며 원수와 같은 상대방을 은인으로 만들어 증오와 사랑이라는 대립적 정서를 역설적 정서로 만드는 장면이다. 따라서 그들의 사랑은 상대적 정서인 증오와 역설적·반어적 관계를 지속시키며 상대방을 훼손하고 파괴하지만 상대방의 부족을 메워주고 보호하는 증오 속의 사랑이다.

엘에 이어, 이 소설의 샌들러 역시 원로로서의 조상이다. 그는 작중 현재 시점에서 50대 아프리카계 남성으로, 지난날 통조림공장의 노동자로 일했다. 하지만 그는 22세 때에 74세의 코지를 만나 낚시친구가 되었다. 그는 이런 인연으로 사후 세계의 코지를 아내인 비다(Vida)와의 대화에서 재생한다. 그의 기억을 통해 되살린 코지의 과거는 주로 가족 구성원들에 대한 그의 이야기로, 즉 빌리를 친구처럼 대했다는 것, 빌리가 폐렴으로 사망했을 때에 원한을 품은 누군가가 무덤에서 손을 뻗쳐서 빌리를 낚아채 간 것 같았다는 것(43), 빌리가 메이를 결혼상대로 선택한 것에 대해 탐탁하게 여기지 않았다는 것(43), 코지가 초경도 치르지 않은 히드를 위해 초경을 치를 때까지 기다렸다는 것, 코지가 여성편력에도 불구하고 첫 아내를 진정으로 사랑했다 것, 그리고 첫 아내는 코지의 탐욕을 가학이라고 여겼다는 것 등(147)이다. 즉 그는 사후 세계의 코지를 재생하는 지인임과 동시에 사후 세계와 현 세계, 죽음과 삶을 연결해주는 아프리카 전통사회의 매개자이다.

샌들러는 또한 후손을 이해하고 후손에게 충고를 해주는 원로로서의 조상이다. 작중의 현재시점에서 그는 14세의 외손자인 로멘(Romen)과 히드의 구인광고를 보고 모나크 가문으로 흘러든 주니어(Junior)의 교제를 눈치 채고 이를 막기 위해 조언을 해준다. 로멘은 샌들러의 부탁으로 히드의 집에서 일하며 주니어와 자연스럽게 교제를 시작했다. 하지만 할아버지인 샌들러는 손자인 로멘이 근본도 알 수 없는 여성인 주니어와 교제하는 것을 우려의 눈길로 바라보며 중단을 원한다. 따라서 그는 로멘의 교제에 대해 "여자들의 팔꿈치 사이에서 시간만 낭비한 빌 코지 같은 신세가 될 거야"(110)라고 생각하며 할아버지로서 손자의 미래를 보호하기 위해 로멘에게 교제를 중단하도록 설득한다.

샌들러는 신세대의 취향을 존중해주는 원로로서의 조상이다. 삼인칭 작중 화자가 샌들러의 시각을 통해 밝힌 바에 따르면, 그는 1990년대 신세대는 교훈적인 경구를 듣기 싫어하고, 케케묵은 교훈 따위도 싫어한다는 것을 알고 있다(151). 그는 "쿵쾅거리는 음악"(151), 그리고 "설탕을 타지 않은 블랙, 총알처럼 직선적인"(151) 신세대 취향을 존중하며 이를 통해 주니어와의 교제를 중단하도록 로멘을 설득한다. 그는 로멘과 함께 자동차로 배달을 하던 도중에 단도직입적으로 "그애 임신했니?"(151)라고 질문하고, 로멘은 놀랐지만, 화내지 않고 "뭐 그런 걸 물으세요"(151)라고만 반응한다. 뿐만 아니라, 그는 넌지시 "왠지 거슬리고 마음을 불편하게 만드는 사람과 사귀는 것 같구나"(154)라고 화두를 던진 다음, "가끔은 계속하는 것보다 끊는 데에 더 용기가 필요한 법이야"(154)라고 말한다. 그리고 그는 남성이 선택해야 할 좋은 여성의 세 가지 덕목을 로멘에게 들려주며 로멘의 긍정적 대답을 유도한다.

조상들: 기마족, 플로렌스 어머니, 제이크, 포스터, 파일레잇,
쿠퍼 목사, 서스, 수전, 테레즈, 매엠, 낸, 베이비, 식소, 엘, 샌들러 **271**

여성은 아주 중요한 존재이고 때때로 남성은 삼관왕, 즉 훌륭한 섹스, 훌륭한 음식, 훌륭한 대화를 가질 수 있지. . . . 좋은 여성보다 더 좋은 건 세상에 아무것도 없어. . . . 그런 여성을 만나면 놓치지 마라. 무서운 여성을 만나면, 줄행랑쳐라.

A woman is an important somebody and sometimes you win the triple crown: good food, good sex, and good talk. . . . but there is nothing in the world better than a good woman. . . . You find one, stay there. You see a scary, make tracks. (242-43)

샌들러의 이 같은 조언은 경구적이거나 교훈적 어조라기보다 일상적인 어조에 바탕을 두고 있다. 그는 권위적인 원로로서의 조상이 아니라, 세대와 연령을 뛰어 넘은 원로로서 여성에 대한 자신의 이해를 로멘에게 전달하고, 로멘이 이를 수용해 주도록 설득한다. 바꿔 말하면, 그의 모습은 이 장면에서 아프리카인들의 조상처럼 자비롭고, 관대하며, 보호적인 가족의 원로이자 살아있는 조상의 모습이다.

5. 맺음말

본 장은 모리슨의 조상을 아프리카 전통사회의 조상에 비춰 살폈다. 모리슨의 조상은 세 부류, 즉 (1) 노예무역, 노예제도, 자유의 갈망, 백인의 폭력, 제도권의 폭력, 폭력의 희생자, 그리고 노예제도의 후유증을 환기시키는 사후 세계의 조상들, (2) 노예제도 이후 아프리카계 미국인의 성공신화, 인종차별에 의한 희생자, 또는 후손의 보호자 및 안내자로서 조상들, 그리고 (3) 사후 세계 조상과 현 세계 후손의 매개, 그리고 후손의 보호자 및 안내자로서 원로들이자 조상들 등으로 분류할 수 있다. 모리슨이 이 같은 조상들을 통해 형상화한 아프리카 전통사회의 조상들은 작중의 생존인물에 의해 기억되는 사후 세계의 인간 또는 현 세계의 원로들이다. 모리슨은 사후 세계의 인간들을 조상으로 형상화하기 위해 후손들 또는 지인들의 기억을 활용했다. 모리슨이 사후 세계의 인간을 이처럼 조상으로 형상화한 것은 조상에 대한 아프리카 전통사회의 인식을 반영해준다.

전통사회의 아프리카인들은 4세대 또는 5세대 후손들이나 지인들에 의해 기억되는 사후 세계의 인간을 후손들과 지인들의 보호자, 안내자, 또는 징벌자로서 현 세계의 인간들과 유대관계를 맺고 있는 조상으로 간주한다. 즉 그들은 4세대 또는 5세대 후손들이나 지인들에 의해 기억 가능한 과거의 조상, 즉 사사 시대에 머무는 사후 세계의 인간을 현 세계의 가족과 지인들로부터 분리해야 할 대상이 아니라 상호 교류의 대상이자 존경의 대상으로 여긴다.

모리슨은 조상들을 형상화하는 데에 있어서 사사 시대의 조상들을 가족 또는 지인들의 기억을 통해 재현했다. 이때, 조상에 대한 모리슨의 기준은 아프리카인들 또는 아프리카계 미국인들의 역사, 정체성, 그리고 의식을 갖춰야 한다는 것이다. 즉 모리슨은『솔로몬의 노래』의 제이크와 포스터,『타르 베이비』의 기마족, 그리고『빌러비드』의 매엠, 낸, 베이비 석스, 식소,『자비』의 플로렌스 어머니는 모두 노예무역과 노예제도의 역사를 간직한 아프리카인들, 아프리카계 카리브인들, 아프리카계 미국인들로, 아프리카인들의 정치적·문화적·의식적 정체성을 지키며 살았으며, 이로 인해 희생되거나 고통을 받은 사람들이다.

모리슨은 사후 세계의 인간뿐만 아니라 현 세계의 원로들을 모두 조상의 범주 속에 포함시킨다. 물론, 모리슨은 현 세계의 원로를 누구나 다 조상의 범주 속에 포함시키지 않았다. 모리슨이 조상의 범주 속에 포함시킨 원로는 조상의 정치적·문화적·의식적 정체성을 이어가는 사람이며, 기억을 통해 조상과 소통하는 사람이다. 모리슨은 이 같은 원로를 사후 세계의 조상과 현 세계의 인간을 이어주는 매개자로, 그리고 조상의 정체성과 역사를 현 세계의 인간에게 전달하고 이해할 수 있도록 해주는 안내자로 형상화했다. 『솔로몬의 노래』의 파일레잇, 서스, 쿠퍼 목사, 수전, 그리고 『타르 베이비』의 테레즈, 그리고 『사랑』의 엘과 샌들러는 이 같은 역할을 하는 대표적 원로들이다.

모리슨은 앞서의 경우들과 달리 후손들과 지인들의 기억범주에서 벗어난 과거의 조상, 즉 자마니 시대에 머무는 사후 세계의 인간을 조상으로 형상화했다. 이 경우에, 모리슨은 조상을 작중 이야기의 전면에 내세우거나 특정 후손의 조상 또는 지인으로 내세우지 않은 채, 노예무역과 노예제도로 인한 희생적 역사 속의 불특정 다수로 소개하고, 과거와 현재를 초월한 신화적 존재로 형상화했다. 즉 『타르 베이비』의 기마족은 아프리카로부터 노예무역상들에 의해 카리브 지역으로 끌려온 아프리카계 카리브인으로, 노예제도를 피해 인간세상과 단절된 숲과 늪지에서 살아가는 사람들이다. 모리슨은 작중 매개자의 소개를 통해 그들을 아프리카의 후예들로 소개만할 뿐, 실존적 인물들인지 아닌지에 대해 구체적으로 밝히지 않았다. 뿐만 아니라, 모리슨은 시력을 잃었음에도 쏜살같이 말을 타고 달릴 수 있는 그들의 초인적 능력을 작중의 매개자를 통해 소개하며 현실적 불가능성을 신화적 가능성으로 재구성했다. 파린다가 "신화들은 인간들의 신성한 역사를 만든다"(16)고 밝히고, "신화들은 초자연적 존재들, 신들과 조상들을 만든다"(16)고 밝힌 것처럼, 모리슨이 아프리카 조상들을 이처럼 신화화한 것은 아프리카계 미국인들의 조상들과 다른 아프리카계 조상들을 초자연적으로 만들고, 그들의 역사를 신성한 역사로 만들기 위해서이다.

제6장

치유사들: 소프헤드, 샤드랙, 파일레잇, 베이비, 론, 콘솔래타, 리나, 대장장이, 『집』의 공동체 여성들, 퀸

1. 머리말

아프리카 전통사회의 치유사들은 서양인들에 의해 일명 '마녀 의사들'로 불리지만, 공동체 내부에서 가장 뛰어난 재능을 소유한 사람들이다. 그들은 일반적으로 마을마다 한 명씩 상주할 만큼 아프리카 전통사회에서 없어서는 안 될 존재들이다. 그들은 현대과학을 토대로 특별한 교육과정을 이수한 사람들이 아니다. 그들은 대체적으로 유년시절을 기점으로 영적 존재들 또는 조상들의 영적인 부름을 통해, 그리고 치유사인 부모 또는 친척으로부터의 세습을 통해 치유사가 된 사람들이다. 물론, 다른 경로를 통해서도 치유사가 될 수 있다. 중앙아프리카에 살고 있는 아잔데(Azande)족의 전통적 치유사들은 다섯 살 때부터 예비준비과정을 시작으로 공식적 교육과 비공식적 교육을 받는다. 이 과정에서, 스승은 치유사 지망생들에게 강한 영적 능력을 갖게 하고, 약을 투여하여 예지력을 갖게 한다. 뿐만 아니라, 스승은 치유사 지망생들에게 부정한 음식을 먹지 못하도록 하고, 어떤 식물, 숲, 그리고 나무가 악을 유발하는지에 대해 교육한다(Mbiti 162-63).

아프리카 전통사회의 치유사들은 사회적 소망, 건강의 소망, 악한 힘으로부터의 보호와 안전의 소망, 그리고 번영과 행운의 소망을 이루게 해주는 역할을 한다. 즉 그들은 다양한 의식들을 통해 부부의 화목, 농토와 가축의 생산성 향상, 그리고 사회적·정치적 성공을 기원해준다(Mbiti 165-66). 물론, 그들이 항상 이렇게 좋은 일만 하는 것이 아니다. 아잔데족의 전통적 치유사들은 신과 정령들의 경우처럼 선과 악을 모두 행하는 역설적·반어적 존재이다. 즉 그들은 인간을 보호해주거나 치유해주지만, 때에 따라 인간에게 해를 끼치거나 인간을 살해하기도 한다.

아프리카 전통사회의 치유사들은 질병과 불행이 마법이나 저주에 의해서 초래된다고 믿는다. 데이비드 웨스터런드(David Westerlund)에 따르면, 은하로(Nharo)족과 코(Ko)족은 질병의 원인을 유일신과 잡신들의 갈등, 그리고 잡신들의 침입 때문이라고 여긴다(60). 은하로족과 코족에게 유일신과 잡신들은 모두 기형아 출산과 죽음을 가져다주는 신들이다. 차이가 있다면, 유일신은 고통 없는 죽음을 가져다주는 신이지만, 잡신들은 고통, 발작, 울음, 발길질을 동반한 죽음을 가져다주는 신들이다(Westerlund 60). 웨스터런드의 또 다른 견해에 따르면, 전통사회의 아프리카인들은 광증 역시 잡신들이 유일신의 부주의를 틈타서 인간의 영혼을 빼앗아가고, 그 빈자리를 다른 영혼으로 채워 넣기 때문에 발생하는 질병이라고 여긴다. 대표적 사례로, 쿵(Kung)족은 질병이 이 같은 방식으로 찾아온다고 믿기 때문에 질병으로부터 자신들을 보호하기 위해 신들과의 대립을 피하고, 타인들에게 이름을 가르쳐주지 않는다(58).

아프리카 전통사회의 치유사들은 친구, 사제, 심리치료사, 그리고 의사 역할을 수행한다(Mbiti 166). 그들의 임무는 마법의 정화, 마법의 탐지, 그리고 정령들과 후손에 의해 기억되는 조상의 저주를 없애는 것이다(165). 그들은 치유를 위해 특정한 음식을 금기시하거나 가축을 제물로 바친다(165). 물론, 치유를 위해 행하는 그들의 의식은 이밖에도 다양하다. 은데벨레(Ndebele)족의 전통적 치유사들은 약물이 묻은 말뚝 또는 못을 집의 대문에 놓게 한다. 뿐만 아니라, 사람이 마법 때문에 죽은 경우, 그들은 매장이 끝난 후에 묘지기를 한다. 그들이 이 같은 일을 하는 목적은 죽은 사람으로 하여금 자신을 죽게 만든 마녀에게 복수를 하게 하기 위해서이다. 예컨대, 그들은 일몰에 약물이 묻은 막대기로 무덤을 두드려서 죽은 사람을 깨워 조그만 동물로 환생하게 만든다. 이어, 그들은 동물로 환생한 죽은 사람을 죽인 마녀의 집으로 가게 하여 마녀의 가족 중 한 명을 죽이도록 한다. 만약 마녀가 잘못을 인정하면, 마녀 가족은 복수의 저주를 끝내기 위해 죽은 사람의 가족에게 가축으로 보상해야 한다.

아프리카 전통사회의 치유사들은 질병의 원인을 영적인 존재들의 마법 또는 저주에 의한 결과로 간주하기 때문에 질병을 치유하기 위해 영적 존재와 환자를 연결하는 영적 매개자들이기도 하다. 즉 그들은 환자의 질병을 치유하기 위해 질병을 일으킨 조상 또는 정령들과의 접신을 시도한다. 이때 가장 중요한 것은 정령의 접신의지이다. 만약 정령이 의지를 보여주면, 그들은 20-30명의 사람들이 노래를 하고 박수를 치는 가운데 작은 박을 흔들며 의식을 진행한다(Mbiti 167). 정령과의 접신과정에서 영매에 들었음을 알려주는 표시는 그들의 육체적 변화와 행동을 통해 나타난다. 예컨대, 전통적 치유사들은 의식을 진행하는 중에 평상시와 달리 손을 떨거나 목소리를 다르게 내는데, 그들의 이 같은 행동은 영매에 들었음을 말해주는 표시이다. 이밖에도, 그들은 개구리처럼 점프를 하거나 머리를 바닥에 부딪치기도 하고 주먹으로 가슴을 때리는 행동으로 영매에 들었음을 알린다.

전통적 치유사의 일반적 명칭은 와간가(waganga)이지만, 종족에 따라 명칭을 달리하기도 한다. 요루바(Yoruba)족의 전통적 치유사는 이파(Ifa)(Parrinda 87), 콩고의 전통적 치유사는 반간가(Banganga)(Jennings 137), 그리고 코이(Kxoe: Khwe의 방언)족의 전통적 치유사는 쿨라(Kula)이다(Westerlund 111).[46] 이파는 신이 지상의 병자와 약자를 도우라고 내려 보낸 치유사, 영적 안내자, 그리고 상담자란 점에서 나이캉과 캄의 경우와 차이를 보인다(Parrinda 87). 고대 키콩고(Kikongo) 언어로부터 유래된 반간가는 서아프리카와 중앙아프리카의 전통적인 약초사, 점술가, 영매자, 사제이다(Jennings 137).

웨스터런드는 콩고인들이 정령들을 은키시(nkisi)로 부른다고 소개하고, 반간가를 은키시들 중 가장 권위 있는 정령으로 소개했다. 웨스터런드에 따르면, 은키시는 의식, 종교, 주술, 과학의 융합된 정령이며, 가톨릭의 영향으로 인해 인간의 모습을 갖춘 정령이다(109). 은키시는 손톱을 사용하여 다른 은키시 정령들을 고통스럽게 할 수도 자극할 수도 있으며, 의식적으로 정령들의 영혼 속에 밀어 넣어 정령들을 살해할 수도 있다. 그리고 반간가는 반도키(bandoki)와 달리 영적 힘을 파괴적인 목적과 건설적·치유적 목적으로 사용한다. 일부 반간가는 자신의 모습을 동물로 변형시켜 은간가(nganga), 쿨라스므스(kulasms), 그리고 반쿠유(bankuyu)를 공격하거나 추방할 수 있다. 반간가는 기도, 제물, 춤으로 이뤄진 종교적·주술적·자연적 의식(Westerlund 117)을 통해 기적을 행하고, 미래를 예측하며, 은키시(nkisi) 정령들 또는 사후의 정령들을 불러낼 수 있다. 쿨라는 반도키와 반쿠유에 의해 발생된 질병을 치유할 수 있다(Westerlund 111).

반간가는 아프리카뿐만 아니라 카리브 지역과 브라질의 숭배문화 속에서도 여전히 생존해 있다(Jennings 139). 카리브 지역과 브라질은 가톨릭이 지배적인 종교로 자리 잡은 지역들로, 가톨릭은 이 지역들에서 프로테스탄

---

46) 이밖에도 쉴루크(Shilluk)족의 치유사는 나이캉(Nyikang), 그리고 손조(Sonjo)족의 치유사는 캄(Kham)이다(Mbiti 186).

트보다 상대적으로 아프리카 전통사회의 종교를 더 적극적으로 수용해왔다. 즉 이 지역들의 가톨릭은 서아프리카와 중앙아프리카 출신 노예들의 전통적 종교와 결합하여 부두교(Voodoo), 또는 깐돔블레(Candomble)로 불리는 신흥종교를 탄생시켰다.

부두교는 가톨릭의 경우처럼 천상의 초월적인 절대자를 신봉하는 종교이지만, 실제로는 아프리카 전통사회의 종교처럼 로아(loa)라고 불리는 수많은 정령들을 신봉하는 신앙이다. 정령인 로아는 천상의 신뿐만 아니라 지역의 신, 아프리카의 전통적 신, 신격화된 조상, 그리고 가톨릭의 성인 등을 모두 포함한 정령이다. 종교의식은 아프리카 전통사회의 종교의식처럼,[47] 사제인 호운간(houngan)과 여사제인 맘보(mambo)가 노래, 북치기, 춤, 기도, 음식제공, 그리고 동물을 제물로 바치는 형태로 진행된다. 물론, 부두교 사제와 여사제가 이 같은 일만 하는 것은 아니다. 아프리카의 사제들처럼, 그들은 치유자와 영매자로서 육체적·정신적 질병의 진단 및 치유, 그리고 영적 보호 및 상담을 병행한다.

---

[47] 웨스터런드는 산(San)족의 사례를 통해 노래와 춤을 활용한 아프리카 전통사회의 종교의식을 소개했다. 산족의 종교에서 '몽환적 춤'(trance dance)은 의료적 춤(medicine dance) 또는 치유댄스이다(53). 아프리카 부족들 사이에서 공연과 춤은 내용에 있어서 차이보다 유사성이 더 많다. 이 같은 의식은 황혼녘에 시작하여 다음날 새벽까지 이어진다. 의식의 목적은 병의 예방과 치유이다. 의식의 주요 요소들은 재창조, 소통, 그리고 즐거움이다. 치유자들이 모여서 다른 참가자들에게 정신세계에서 사물들이 어떠한지, 세상 사람들이 그것들과 교류하기 위해 어떻게 노력해야 하는지를 설명해준다. 참여자는 제한 없다. 춤은 캠프의 내부 또는 밖에 있는 불 주위에서 행해진다. 불 주위에 앉은 여성들이 박수와 함께 노래를 시작하면, 남성들과 다른 여성들이 불 주위를 한 방향으로 돌며 춤을 춘다. 춤을 추던 중, 무희들 중 일부가 몽환적 상태를 맞이하면, 다른 참가자들의 질병을 치유하기 시작한다(54). 쿵족과 은하로족은 '몽환적 춤'에서 나타나는 정신적 에너지와 잠재적 치료물질을 신의 창조물로 간주한다. 이때 노래와 춤을 통해 발현되는 정신적 에너지는 늄(Num)으로, 일반인이 너무 가까이 다가가면 죽을 정도로 강한 신의 에너지이다. 이 치유의 힘은 척추로부터 머리로 솟구친다(55). 치유자는 묘기를 보여줄 수도 있다. 혼수상태에 있을 때에, 치유사는 반죽음 또는 죽음의 상태가 되어 영혼으로부터 이탈한다.

치유사들: 소프헤드, 샤드랙, 파일레잇, 베이비, 론, 콘솔래타, 리나, 대장장이, 『집』의 공동체 여성들, 퀸 **279**

아프리카 전통사회의 치유사들은 이제까지 살핀 것처럼 다양한 종족들에 의해 각기 다른 이름으로 불리지만, 사제들, 영적 치유사들, 보호자들, 그리고 상담자들이다. 따라서 그들의 치유행위는 과학적 발견과 지식을 토대로 발전해온 동서양의 의학적 상식으로부터 거리가 먼 행위이다. 즉 그들의 치유행위는 신비주의, 자연주의, 그리고 인간중심주의에 바탕을 둔 아프리카 전통사회의 종교관에 바탕을 둔 행위이다.

토니 모리슨(Toni Morrison)의 치유사들 역시 아프리카 전통사회의 치유사들처럼 동서양의 의학적 상식으로 이해할 수 없는 치유사들이다. 물론, 모리슨의 치유사들은 아프리카 전통사회의 치유사들처럼 마법이나 저주로 인한 질병을 치유하는 치유사들이 아니다. 첫 소설 『가장 푸른 눈』(*The Bluest Eye*) 이래로 최근의 『신이여, 그 아이를 도와주소서』(*God Help the Child*)에 이르기까지 여러 소설들에서 모리슨은 아프리카 전통사회의 치유사들을 인종적·성적·문화적 희생자들을 치유하는 치유사들로 변용했다. 바꿔 말하면, 모리슨이 작중에서 형상화한 질병은 조상이나 정령의 마법이나 저주에 의한 질병이 아니라, 인종적·성적·문화적 우월주의, 억압, 폭력으로 인해 유발된 질병이다. 그럼에도 불구하고, 모리슨의 치유사들은 아프리카 전통사회의 치유사들처럼 신비주의적·자연주의적·인간중심주의적 의식, 약초, 약물, 그리고 상담 또는 조언을 치유의 방법으로 활용한다.

모리슨의 여러 작중 인물들 중 『가장 푸른 눈』의 소프헤드 처치(Soaphead Church), 『술라』(*Sula*)의 샤드랙(Shadrack), 『솔로몬의 노래』(*Song of Solomon*)의 파일레잇 데드(Pilate Dead), 『빌러비드』(*Beloved*)의 베이비 석스(Baby Suggs), 『낙원』(*Paradise*)의 론 듀프레(Lone DuPres)와 콘솔래타 소사(Consolata Sosa), 『자비』(*A Mercy*)의 리나(Lena)와 대장장이(The Blacksmith), 『집』(*Home*)의 공동체 여성들, 그리고 『신이여, 그 아이를 도와주소서』의 퀸(Queen)은 아프리카의 전통적 치유사들을 환기시키는 대표적 인물들이다. 라 비니아 델로이스 제닝스(La Vinia Delois Jennings)에 따르면, 소프헤드는 심리적 치유를 도우려는 20세기 남성 점술가(142), 샤드랙은 심리 치료사(139), 파일레잇은 육체와 정신의 불가분성을 강조하는 부두교 치유사(11), 그리고 베이비, 론, 콘솔래타는 부두교 사제들이다(140). 이와 관련, 제닝스가 베이비, 론, 그리고 콘솔래타를 부두교의 사제들이라고만 언급한 이유는 그들을 연구의 주제적 목적에 부합하는 인물들로 강조하고자 했기 때문이라고 말할 수 있다. 부두교의 근간은 아프리카 전통사회의 종교와 가톨릭의 혼합종교로, 사제는 유일신을 따르는 가톨릭의 사제보다 다신론적 신들을 따르는 아프리카 전통사회의 사제와 더 가깝다.

부두교 사제들은 또한 접신을 통해 신들과 인간의 매개자 역할을 하며, 신들의 영적 힘을 대행한다는 점에서 아프리카 전통사회의 사제처럼 사제이자 치유사이다. 모리슨은 이를 전달하듯 소프헤드를 최면술과 같은 영적 행위를 활용하여 심리적 상처를 치유하는 치유사, 샤드랙을 의식적(ritual) 행위를 활용하여 전쟁 트라우마를 치유하려 한 치유사, 파일레잇을 약초를 활용하여 출산을 유도한 치유사, 베이비를 의식적 행위를 활용하여 육체적·정신적 상처를 치유하려 한 치유사, 그리고 콘솔래타를 영적 능력을 활용하여 생명의 연장을 시도하고 사고의 희생자를 치유한 치유사로 형상화했다.

모리슨의 치유사들에 대한 제닝스의 연구는 『낙원』까지이다. 하지만 모리슨은 『낙원』 이후에도 치유사들을 끊임없이 소개하며, 그녀의 문학 속에 내재된 아프리카의 전통을 보여주고자 했다. 『자비』에서 모리슨은 작중 화자의 목소리를 통해 리나의 주술과 약초를 활용한 치유행위(57)와 대장장이의 약초를 활용한 치유행위(152)를 소개했고, 『집』에서 약초와 자연원리를 활용한 공동체 여성들의 치유행위(119)를 소개했으며, 가장 최근의 소설 『신이여, 그 아이를 도와주소서』에서 제한적이지만 트라우마의 원인을 진단하고 충고해주는 퀸의 심리상담 행위를 통해 영적 능력을 환기시키고자 했다. 보다 구체적으로, 존 음비티(John Mbiti)가 "아프리카 전통사회는 약제사를 치유사의 범주에 포함시킨다"(162)고 밝히듯, 리나, 대장장이, 그리고 공동체 여성들은 질병과 상처의 치유를 목적으로 약초와 자연원리를 활용한다는 점에서 약제사로서의 치유사들이다. 반면, 퀸은 아프리카 전통사회의 영적 치유사와 가깝다. 퀸은 형의 불미스러운 죽음으로 인해 정신적 상처를 당한 작중 인물에게 "너는 아담이 밤낮으로 네 두뇌를 채워주도록 그를 네 어깨에 매놓았어"(184)라고 진단하는데, 그녀의 이 같은 진단은 영적 힘과 범위에서 가능한 진단이다.

본 장은 소프헤드, 샤드랙, 파일레잇, 베이비, 론과 콘솔래타, 리나, 대장장이, 공동체 여성들, 그리고 퀸을 통해 형상화된 모리슨의 작중 치유사들을 아프리카 전통사회의 치유사들에 비춰 논의한다.

2. 영적 치유사와 영적 상담자

『가장 푸른 눈』의 마지막 장에서 모리슨은 작중 화자인 클로디아 맥티어(Claudia McTeer)의 목소리를 통해 피콜라 브리드러브(Pecola Breedlove)에 대한 세상의 태도에 대해 "우리는 우리들의 힘에 대한 환상 속에서 하품을 했다"(159)고 비판하게 하고, 이어 푸른 눈을 가지게 됐다고 믿는 피콜라에 대해 "정신이상에 빠져들었다"(159)고 밝혔다. 즉 피콜라는 성장과정에서 개인적·공동체적 무저항의 혼란스러운 그물망 속에 사로잡힌 채 자아의식을 상실하고 세상에서 설 자리를 잃었다. 인종적 타자를 수용하지 않는 문화적·환경적 요소들이 그녀를 현실 밖으로 내몰았고, 마비와 상실 속에서 환상을 쫓도록 만들었다. 따라서 피콜라가 현실 밖으로 내몰린 자신을 위해 할 수 있는 유일한 일은 두터운 자아의 껍질 속에서 밖을 내다보며 단조로운 자기 환상적 대화를 반복하는 것이다(Alexander 298).

내 눈들, 내 파란 눈들. 다시 한 번 보자.
. . .
하늘보다 더 예쁘지?
응, 그래. 하늘보다 훨씬 더 예뻐.
앨리스와 제리 동화책의 눈들보다 더 예쁘지?
응, 그래.
조안나의 눈보다 더 예쁘니?
응, 그래. 더 예뻐.
미켈레나의 눈보다 더 파랗니?
응, 그래.

My eyes. My blue eyes. Let me look again.
. . .
Prettier the sky?
Oh, yes. Much prettier than the sky.
Prettier than Alice-and-Jerry Storybook eyes?
Oh, yes.
And prettier than Joanna's eyes.
Oh, yes. And bluer too.
Bluer than Michelena's eyes?
Yes. (156)

피콜라의 이 같은 상황에 대해 앤 살바토(Anne Salvatore)는 "트라우마 경험들의 덧없고 고통스러운 이미지들과 푸른 눈에 대한 동경의 상상적 성취

사이에서 어쩔 수 없이 동요해야 하는 대단히 제한된 자아의 비전을 창조한다"(158)고 평가했고, 앨런 알렉산더(Allan Alexander)는 "결국 그녀는 열등감의 타고난 유산을 그녀의 마음속에서 유효하게 하는 비이성에 의해 유도된 자아 이미지를 선호하며 그녀의 진정한 존재의 파괴를 그녀의 운명으로 받아들인다"(299)고 평가했다. 살바토와 알렉산더의 평가는 모두 현실 속에서 더 이상 자아를 확인할 수 없는 피콜라에게 비이성적 환상이 불가피하고 유일한 탈출수단이 되었음을 밝혀준다.

한편, 알렉산더는 살바토보다 한 걸음 더 나아가 피콜라의 이 같은 상황을 진정한 존재의 파괴라고 평가하며, 그 책임을 작중의 치유사인 소프헤드에게로 돌렸다. 알렉산더는 소프헤드를 아프리카 유산을 거부하는 자, 인간을 증오하는 자, 교정해주는 자, 상담자, 꿈 해석자로 평가하며 "순진하고 약한 존재들 위에 군림하려는 이기주의적 욕망의 소유자와 서구적인 신학적 모델들로 채워진 모리슨의 소설에서 가장 증오스러운 작중 인물"(299)이라고 평가했다. 알렉산더의 이 같은 평가는 소프헤드의 영적 치유행위를 기만행위로 해석한 데에 따른 평가이다. 알렉산더는 소프헤드의 영적 치유행위를 피콜라의 심리를 침범한 행위로 간주하며, 피콜라에게 백인의 미적 상징인 푸른 눈을 가질 수 있다는 환상을 심어주고, 그녀로 하여금 진정한 정체성을 인식할 수 없게 만든 행위라고 비판했다(299-300). 하지만 알렉산더의 이 같은 비판은 각각 모리슨의 종교를 기독교와 아프리카 종교의 혼합물로 이해하지 못한 데에 따른 평가이며, 피콜라에게 행한 소프헤드의 치유행위를 기독교적 관점에서 접근한 데에 따른 비판이다.

모리슨은 소프헤드를 부두교 또는 아프리카의 영적 사제로 형상화했다. 소프헤드는 카리브 지역의 대앤틸리스 제도와 소앤틸리스 제도 사이에 있는 어느 섬에서 영국인 아버지와 중국계 아프리카인 어머니 사이에서 출생했고, 식민지역인 이곳에서 토속문화와 식민지배자들의 문화를 습득하며 성장했다. 그는 이에 대해 "백인식민지배자들로부터 가장 극적이고 분명한 특징들을 우리의 것으로 취했습니다," "그 결과 우리는 고상하지 못한 채 속물이 되었으며, 귀족이 되지 못한 채 계급의식만 가지게 되었습니다"(140) 라고 밝히는데, 그의 이 같은 고백은 내면적 의식 속에 잠재된 혼종적 문화와 이념을 고백한 것이나 다름없다. 즉 그는 지리적·혈통적 출생과 성장 배경 때문에 영국과 남미, 식민통치자들과 피식민 주민들, 문명과 비문명의 문화·신앙·종교 의식의 용해물이다. 뿐만 아니라, 그는 영국 사제와 아프리카 사제의 용해물이기도 하다(Jennings 146).

소프헤드는 영국계 백인아버지의 권유로 인해 영국 사제를 꿈꿨고, 중국계 아프리카인 어머니의 영향으로 인해 서아프리카 전통사회의 종교를 자연스럽게 흡수했다. 즉 그는 어린 시절에 영국계 수도원에 들어가 사제 수업을 받았고, 아프리카 언어의 거부에도 불구하고 어머니의 종교적 유산을 이어받았다. 따라서 그는 전통사회의 아프리카인들처럼 악을 선과의 불가피한 균형적 요소, 즉 신과 신에 의해 창조된 인간 본성의 필연적 요소로 간주하며, 또한 비물질적인 정신을 물질을 활성화하는 요소로 간주한다(Jennings 146).

소설의 결말부분별에서 영적 치유행위를 행한 이유에 대해 현재시점을 통해 밝힌 소프헤드의 고백적 주장에 따르면, 그가 피콜라를 상대로 영적 치유를 행한 이유는 백인의 미적 기준과 다른 외모 때문에 고통 받는 아프리카계 미국소녀를 위해 아무것도 해줄 수 없는 기독교적 구세주의 역할부재 때문이다. 즉 그는 자신의 치유행위를 구세주 부재에 대한 대안적 행위라고 주장하며, "하느님, 당신은 소녀 하나를 어찌 그렇게 오랜 동안 버려두어 스스로 제게 찾아오도록 했습니까?"(142)라고 반문한다. 그의 이 같은 반문은 기독교의 유일신을 백인들의 구세주일 뿐, 아프리카계 미국인들의 구세주가 아니라고 주장한 19세기 아프리카계 노예서사작가들, 즉 헨리 박스 브라운(Henry Box Brown), 프레드릭 더글라스(Frederick Douglass), 그리고 해리엇 제이콥스(Harriet Jacobs)의 기독교에 대한 비판을 환기시키기에 충분하다.

헨리 박스 브라운은 "남부교회들이 신보다 노예제도에 더 열성적이었다"(Bruce, Jr. 31)고 비판했고, 더글라스는 1845년에 출간한 첫 노예서사에서 "우리는 성직자들 대신 인간도둑놈들, 선교사들 대신 여성학대자들, 그리고 교회구성원들 대신 요람약탈자들과 함께한다"(Bruce, Jr. 31 재인용)고 비판했으며, 제이콥스는 1861년에 출간한 노예서사에서 "만약 당신이 당신의 세속적 주인에게 불복한다면, 당신은 당신의 천상적인 신을 공격하는 것이다"(Bruce, Jr. 31 재인용)라고 비판했다. 즉 기독교에 대한 19세기 아프리카계 노예서사 작가들의 비난은 백인들이 자신들을 신의 선택을 받은 인종들로 공공연화 하는 대신, 자신들의 인종적 타자들을 신의 이름으로 박해했음을 밝혀주는 비판이다.

소프헤드는 "하지만 저는 그녀가 원한 푸른 눈을 줬습니다. 쾌락이나 돈을 받지 않고 말입니다. . . . 저는 그 못생긴 흑인소녀를 보고 사랑했습니다"(142)라고 밝힘으로써, 자신의 치유행위가 기독교의 유일신에 의해 방기된 인종적 희생자를 순수한 마음으로 구제한 행위라고 밝힌다. 뿐만 아니라, 삼인칭 작중 화자가 "우리로부터 그녀를 보호해주는 정신이상"(159)이라고 밝히듯, 그의 치유행위는 기독교의 유일신에 의해 방기되어 주변과 가족으로부터 고립된 피콜라의 고통을 현실에 대한 마비와 현실 밖의 환상을 통해 완화시켜주려 한 것이다. 따라서 그의 치유행위는 기독교의 종교적·도덕적 범주에서 논의될 행위도 아니고, 유일신의 영역을 침범했다고 비난 받을 행위도 아니다.

소프헤드가 자신의 치유행위를 기독교적 구세주의 부재에 대한 대안행위라고 주장한 것은 아프리카 전통사회의 종교관에 바탕을 둔 것이다. 다신론에 바탕을 둔 아프리카 전통사회의 신은 초월적이지만 인간중심적 신이다. 음비티에 따르면, 아샨티(Ashanti)족의 설화에서 신은 인간과 가까웠지만 인간의 어머니들이 전통음식 푸푸(fufu)를 빻던 중에 절굿공이로 신의 엉덩이를 올려쳐서, 그리고 멘데(Mende)족의 설화에서 신은 최초의 인간들과 함께 살았지만 인간들이 지나치게 자주 신에게 물건들을 요구하여 천국으로 떠나버렸다(94). 이밖에도, 밤부티(Bambuti), 반야르완다족, 바로쎄(Barotse)족, 그리고 부시맨(Bushman)족의 설화에서는 인간들이 신의 규칙을 지키지 않았기 때문에, 나일강의 상류지역에 거주하는 부족들의 설화에서는 천국과 지상을 연결해주는 밧줄을 하이에나가 끊어버렸기 때문에, 그리고 인간이 피운 연기 때문에 천국으로 신이 천국으로 떠나버렸다. 천상과 지상, 그리고 신과 인간의 이 같은 단절은 인간에게 비극적 결과들, 즉 반야르완다족, 밤부티족, 그리고 부시맨의 설화에서는 죽음, 차가(Chagga)족의 설화에서는 질병과 노화를 가져오게 했다(Mbiti 95). 따라서 아프리카 전통사회에서 신은 본래 인간과 유기적 관계를 맺고 있는 인간중심적 신이다. 따라서 전통사회의 아프리카인들이 신을 숭배하는 목적은 신을 위한 것이 아닌 잃어버린 낙원을 찾고자 하는 (인간중심적) 행위이다(Mbiti 96).

한편, 아프리카 전통사회의 치유사는 신의 영역을 공유하며 신의 역할을 대신하는 존재이다. 웨스터런드가 치유를 위한 몽환적 댄스에서 아프리카인들이 치유의 힘이라고 믿는 정신적 에너지에 대해 "쿵족과 은하로족 사이에서 . . . '정신적 에너지,' '잠재적 치료물질'은 신의 창조물"(55)이라고 밝히듯, 치유사는 몽환적 춤을 통해 신의 에너지를 얻어 환자를 치유한다. 즉 신의 치유력은 신만의 능력이 아닌, 접신을 통해 신의 역할을 대신하는 치유사의 능력이기도 하다. 이와 관련, 전통사회의 아프리카인들은 신의 능력을 공유하는 치유사의 치유행위를 신의 범주와 금기를 위배한 행위로 간주하지 않는다. 음비티에 따르면, 안코레(Ankore)족, 아잔데(Azande)족, 아칸(Akan)족, 스와지(Swazi)족, 반야르완다(Banyarwanda)족 그리고 기타 지역의 아프리카인들은 신을 궁극적 질서의 원리로 간주하지만, 신이 인간의 도덕적 가치에 영향을 끼치지 않는다고 생각하고, 신에 대해 죄의식을 느끼지 않는다(202). 음비티의 이 같은 소개는 전통사회의 아프리카인들이 기독교도, 이슬람교도, 힌두교도, 불교도 그리고 기타 정통 종교들의 신도들과 달리 신을 초월적 존재로 간주하지 않고, 신의 영역을 공유할 수 없는 영역으로 간주하지도 않으며, 신의 영역을 침범했다 하더라도 죄라고 생각하지 않는다는 것을 말해준다. 따라서 소프헤드의 영적 치유행위는 기존의 정통적 종교관에 비춰볼 때에 신의 영역과 금기를 침범한 행위이지만, 아프리카의 전통적 종교관에 비춰볼 때에 신의 영역과 금기를 침범한 행위가 아니라, 아프리카 전통사회의 치유사처럼 신의 역할을 대리한 행위이다.

모리슨은 『술라』의 샤드랙 역시 아프리카 전통사회의 영적 치유사로 형상화했다. 치유사로서 샤드랙의 모습은 소프헤드와 동일하다고 말할 수 없다. 모리슨은 샤드랙을 영적 치유사로 형상화하는 데에 있어서 소프헤드의 경우와 달리 자신의 트라우마를 극복하기 위한 영적 치유사로 형상화했다. 샤드랙의 트라우마는 잔인한 참전경험을 통한 공포와 심리적 분열이다. 샤드랙은 20세 때인 1917년에 "잔뜩 공포에 질리거나 미치도록 흥분되거나, 아주 강렬한 감정을 느끼기 위해"(6) 참전했다. 하지만 그는 참혹한 전쟁터에서 이 같은 참전의 목적이 현실화되었을 때에 의식을 상실하고, 공포와 심리적 분열을 겪어야 했다.

샤드랙은 제1차 세계대전의 격전장들 한 곳인 프랑스에서 잔인한 전쟁을 경험했다. 그는 1년 동안 이곳에서 전쟁을 치르던 중 머리를 잃은 채 몸통으로 달리는 군인을 목격한 충격으로 인해 자신의 손이 비정상적으로 커간다는 착각에 빠지고, 밥도 홀로 먹을 수 없게 됐다. 엎친 데 덮친 격으로, 간호장교가 밥 먹기를 강요했을 때에 이를 거부하다가 식판을 뒤엎고 간호장교를 침대에 쓰러트렸다는 죄목으로 침대에 묶여 감금되기까지 했다. 병원은 이처럼 트라우마에 시달리는 샤드랙에게 명령을 어기자 감금만 했을 뿐, 제대로 된 치유를 해주지 않았다.

모리슨은 샤드랙이 퇴원한 후에 보인 육체적 마비 또는 무기력을 통해 병원의 무성의와 무능력을 고발했다. 즉 샤드랙은 퇴원 후에 콘크리트 도로를 걸으며 공포, 두통, 현기증에 시달렸고(9), 발이 피곤했을 때 간호장교가 이중으로 묶어놓은 운동화 끈을 풀 수 없었다(10). 모리슨은 이 이유에 대해 삼인칭 작중 화자의 목소리를 통해 "1년 넘게 있었지만 온전히 기억해낼 수 있는 날은 8일뿐"(10)이라고 공개하고, 퇴원 후 거리를 배회하던 중에 경찰에 의해 연행되어 투옥된 샤드랙이 "화장실의 변기에 물을 채우고 얼굴을 본 순간 엄숙한 검은 얼굴을 발견했다. 검은색에 놀랐지만, 이를 수용하며 안정을 찾았다. . . . 병원 약에 취해 잔 것보다 더 깊은 잠을 잤다"(11-12)고 공개함으로써, 샤드랙이 1년 넘게 병원에 머무는 동안 진정제 처방만 받았을 뿐, 트라우마에 대해 적절한 치료를 받지 못했음을 밝혔다.

모리슨은 샤드랙을 자기 치유를 위한 심리치유사로서 형상화했다 (Jennings 139). 모리슨은 이를 위해 샤드랙의 치유행위를 죽음의 공포를 제거하기 위한 행위가 아닌, 삶의 대립적 조건으로 포용하고 극복하기 위한 의식적(ritual) 행위로 형상화했다. 모리슨이 그를 이처럼 형상화한 이유는 삶과 죽음, 그리고 선과 악에 대한 아프리카 전통사회의 역설적·반어적 인식에서 찾을 수 있다. 전통사회의 아프리카인들은 인간조건인 삶과 죽음은 물론, 종교적·도덕적 가치인 선과 악을 역설적·반어적 관계로 인식하고, 죽음과 악을 제거의 대상이 아닌 함께 살아가며 극복해야 할 대상으로 간주한다.[48] 모리슨은 1920년부터 매년 1월 3일 행해지는 그의 의식적인 자기

---

48) 이 책의 제1장에서 구체적으로 다뤘으므로 중복을 피하기 위해 추가로 언급하지 않음.

치유행위, 일명 '국민자살일'에 대해 소개할 때에 죽음에 대한 아프리카 전통사회의 이 같은 인식을 환기시켰다. 즉 그의 의식적 행위는 소방울과 교수 집행인의 밧줄을 들고 마을을 행진하는 것으로, 죽음의 공포를 체험하는 행위이다. 삼인칭 작중 화자가 "일 년 중 하루를 죽음에 바쳐서 나머지 날들을 안전하고, 자유롭게 살 수 있을 것이라고 결론 내렸기 때문"(12)이라고 밝히듯, 그의 행위는 죽음의 공포를 동종적 의식을 통해 극복하기 위한 행위이다. 바꿔 말하면, 그의 행위는 죽음의 공포를 의식적으로 다시 경험하기 위한 행위라는 점에서 죽음을 부정하거나 거부하기 위한 행위가 아니라, 죽음을 반복적으로 수용함으로써 죽음의 공포를 제거하기 위한 행위이다.

샤드랙의 '국민자살일'은 초기에 '바닥촌'(The Bottom) 사람들의 경계대상이었다. '바닥촌' 사람들은 샤드랙의 이 그로테스크한 의식이 진행될 때에 대문을 걸어 잠그고 집안에 은둔했다. 그들의 이 같은 반응은 샤드랙의 의식적 행위에 대한 공포감과 거부감의 표시이다. 하지만 그들은 처음과 달리 시간이 경과함에 따라 샤드랙의 의식적 행위를 자신들의 문화적 의식 속에 흡수하는 경향을 보였다. 즉 그들은 술라 피스(Sula Peace)의 죽음 1년 후인 1941년에 공동체의 의식으로 수용하여 "웃고 춤추며, 서로를 호명하며"(137) 즐기는 축제로 승화시켰다. 이와 관련, 그들이 샤드랙의 의식적 행위를 이처럼 경계해야 할 대상으로부터 수용해야 할 대상으로 재인식한 것은 악을 선의 대척점이 아닌, 선과 더불어 존재하는 당위적 가치로 여기는 아프리카 전통사회와 아프리카계 미국사회의 문화의식을 바탕으로, 기존의 의식과 질서에 위배되는 낯설거나 이질적인 요소들을 흡수할 수 있는 그들의 탈이분법적 문화의식으로부터 비롯된 것이다.

모리슨은 샤드랙의 행위를 심리적 불안을 해소하고, 안정적 삶을 살아가도록 이끄는 치유행위로 형상화했다. 이 소설에서 샤드랙은 "기이한 무질서"(137)의 상징이다. 그는 공동체의 외곽에 위치한 그의 오두막 밖에서 그로테스크하고 비이성적인 존재로 간주된다. 하지만 술라가 치킨을 익사하게 만든 다음 주변의 목격자가 있었다는 불안감과 함께 샤드랙을 지목하고 찾아간 그의 오두막은 "낡았지만 기분 좋은 오두막"(53)이다. 즉 이 오두막은 바깥세상에 알려진 그의 그로테스크한 모습과 달리 이성과 질서 속에 살아가는 그의 정돈된 자아와 의식을 환기시켜주는 공간이다.

모리슨은 『빌러비드』에서도 베이비 석스를 집단적 의식을 활용한 아프리카 전통사회의 치유사로 형상화했다. 이 소설에서 베이비 석스는 노예제도와 인종적 억압으로 인해 육체적으로 정신적으로 지치고 훼손된 아프리카계 미국인들을 위로하고 치유하기 위해 백인들의 정치적·문화적 영역 밖의 공간, 즉 세스(Sethe)에 의해 "축복된 장소"로 기억되는 '클리어링'(Clearing) 숲속에서 부두교의 평사제로서(Jennings 140) 가스펠을 설교하고, 춤과 노래로 구성된 부두교의 링 사웃(ring shout)을 이끈다. 이때 베이비가 설교를 통해 전달하고자 하는 내용은 아프리카 전통사회의 종교에 바탕을 둔 신 또는 정령들의 의미, 그리고 육체와 정신의 불가분성이다.

작중의 현재시점에서 9년 전에 사망한 베이비 석스는 아들 홀(Halle)이 휴일을 반납하고 일한 대가로 노예생활을 청산하고 세스가 탈출하기 1년 전 124번가에 정착했지만 노예생활 중에 겪은 고된 노역과 노년의 쇠약한 육체로 인해 아무것도 할 수 없다. 때문에, 그녀는 침례교도가 아님에도 불구하고, "그들의 면전에서 자신의 가슴을 고동치게 했다"(87)는 삼인칭 작중 화자의 증언이 말해주듯, 자의적 즐거움과 만족을 위해 가을과 겨울에 침례교회인 에이엠이(AME)에 다녔다. 즉 그녀가 교회를 다닌 목적은, 삼인칭 작중 화자가 "기독교도가 아님에도 교회의 예배에 참여했고, 교회의 예배와 설교를 자기방식으로 해석하고 기쁨을 얻었다"(87)고 밝히듯, 지치고 훼손된 육체와 정신의 재활을 위해 기독교의 교리와 의식을 자의적으로 해석할 수 있는 자유, 농장의 제도적 규범 아래서 용인되지 않았던 자유로부터 즐거움과 만족을 얻기 위해서이다.

　베이비 석스는 여기서 멈추지 않고 교회에서 누리는 자신의 경험을 자신과 처지가 같거나 비슷한 아프리카계 미국인들에게 전하고자 했다. 즉 더운 계절에 클리어링에서 그녀가 이끄는 집단적 의식은 그녀의 이 같은 목적을 구현하기 위한 의식이다. 삼인칭 작중 화자가 "파문당한 목사가 되었다"(87)고 밝히듯, 그녀는 이곳에서 옆면이 평평한 큰 바위 위에 앉아 머리를 숙인 채 기도를 했고, 남녀노소를 막론하고 육체적으로 정신적으로 지치고 훼손된 사람이면 누구든 의식의 대열로 불러들여 그들은 위로하고, 치유의 길로 안내하고자 했다.

　베이비 석스의 의식은 아프리카인들과 부두교도들의 종교적 의식처럼 링 샤웃이라는 점에서 원을 중심으로 돌며 춤, 노래, 박수로 이뤄진 산족, 쿵족, 그리고 은하로족의 몽환적 댄스(trance dance) 또는 치유댄스(53)를 환기시켜준다. 즉 그녀는 주위의 사람들을 한 자리로 불러 모은 다음, 그들의 정서적·의식적 긴장 또는 고통을 춤과 울음으로 해소하게 했다. 그녀는 남편들과 아버지들에게 "너희들이 춤추는 것을 아내와 아이들에게 보여줘라"(87), 그리고 여성들에게 "살아있는 사람들과 죽은 사람들을 위해 울기만 해라"(87)라고 말하며 의식을 거행했다. 그녀의 이 같은 의식은 신의 말씀과 신의 말씀을 전달하기 위한 일체의 형식과 무관한 의식이다. "아이들은 웃고, 남자들은 춤추고, 여자들은 울고, 이어 모든 게 혼합되었다"(88)란 삼인칭 작중 화자의 설명이 말해주듯, 그녀의 의식은 노예제도의 억압과 폭력에 의해 심신이 훼손된 아프리카계 미국인들에게 춤과 울음, 웃음과 울음이란 무질서의 화음을 통해 서로를 위로하게 하고 고통을 해소하도록 유도하기 위한 의식이다. 삼인칭 작중 화자가 "성스러운 베이비 석스는 위대한 큰 가슴을 그들에게 제공하기로 했다"(88)고 밝히듯, 그녀의 가르침은 모두가 지쳐 누워버리고, 무질서의 화음이 멈췄을 때에 시작된다. 이때 그녀의 가르침은 "삶을 청결하게 하라," "더 이상 죄를 짓지 말라," "축복받은 자, 온화함을 물려주는 자, 순수함을 기뻐하는 자가 되라"(88)가 아니다. 그녀의 가르침은 "치유와 평온을 위해 자신의 육체를 사랑"(Salvatore 168)이다. 따라서 그녀의 가름침은 절대적 신과 말씀을 체계화한 종교의 가르침, 교리, 그리고 형식과 무관한 가르침이다. 그녀가 이를 통해 강조하는 것은 백인중심사회의 인종적 타자로서 억압과 고통을 받는 아프리카계 미국인들의 현실을 인종적 정체성에 대한 자부심과 이를 통한 극복이다.

베이비 석스는 백인중심사회를 겨냥하여 "그들은 너희의 육체를 사랑하지 않는다"(88)고 말하며, 그 때문에 폭력과 착취로 자신이 육체적 기능을 소진하고 훼손당한 것처럼 아프리카계 미국인들의 육체가 소진되고 훼손되었다고 밝힌다. 그녀의 이 같은 가르침은 아프리카계 미국인들에게 인종적 타자를 명시하고 거부하는 백인중심사회의 가치관을 추종하지 말아야 한다 것과 동시에, 이미 소진되고 훼손된 것을 공동체적 형제애로 보듬어줘야 한다는 것을 강조한 가르침이다. 이를 말해주듯, 그녀는 "그들이 그것을 좋아하지 않으니까 너희가 그것을 사랑해야 한다"(88)고 강조했다. 궁극적으로, 그녀의 가르침은 '너희 자신을 사랑하라'로 요약된다. 즉 그녀의 가르침은 백인중심사회의 인종적 가치관에 동화되어 자신을 스스로 부정하고 거부하는 아프리카계 미국인들의 각성을 촉구하고, 백인중심사회의 인종적 차별과 폭력에 의해 희생된 아프리카계 미국인들의 정체성 복구와 여전히 진행되는 차별과 폭력에 대항할 수 있는 저항력을 유도하기 위한 가르침이다.

치유사로서 베이비 석스의 모습은 기독교적·과학적 시각에 비춰볼 때에 실패한 치유자의 모습이다. 물론, 그녀의 실패는 불가능한 것 앞에서의 한계이며, 일종의 좌절이다. 그녀는 세스의 탈출기념 잔치에 대한 공동체의 비판과 세스의 유아살해로 인한 '불행'(Misery) 이후에 상상 속의 신앙을 상실하고, 은총을 구현하는 데에 있어서 도와줄 수 있는 능력을 상실했다. 그녀는 상상적이든 실질적이든 더 이상 은총은 없다는 믿음에 도달하고 클리어링에서 어떤 춤도 그것을 변화시킬 수 없다는 결론에 도달했다. 따라서 모리슨은 신화적 치유자로서 베이비의 모습을 통해 "상상력은 살아온 현실에 대한 도피와 대안을 제공해주지만, 도피는 자주 세상이 정돈될 때까지 구현되지 않는다"(Jesser 333)는 의미를 전달하고자 했다.

모리슨은 베이비 석스에 이어 『낙원』의 콘솔래타를 영적 치유사로 형상화했다. 제닝스가 "움집한 사람들에게 육체를 사랑해야 한다는 그녀의 (베이비 석스의) 주장은 부두교의 주요 경향, 즉 콘솔래타가 『낙원』에서 되풀이 하는 육체와 정신의 불가분성을 반향 해준다"(140)고 밝힌 것처럼, 콘솔래타는 베이비 석스처럼 부두교 사제이다. 하지만 모리슨은 베이비 석스를 종교적 의식과 설교를 이끄는 사제로 형상화한 것과 달리, 콘솔래타를 영적 치유행위를 전수받고, 이를 수행하는 치유자로 형상화했다. 즉 콘솔래타는 깐돔블레의 영적 여사제, 육체적·정신적 트라우마의 치유자, 그리고 공동체적 집단들의 공적인 봉사자이다(Jennings 144).

콘솔래타는 30년 동안 자신이 수녀 베일을 쓴 것처럼 몸과 마음을 성자와 성모에게 바쳤다(224). 하지만 작중의 현재시점에서 콘솔래타는 아프리카 전통사회의 종교를 계승한 부두교 사제이자 치유사이다. 이를 말해주듯, 그녀가 수녀원 여성들과 함께 행하는 의식은 부두교의 종교적 의식에서만 볼 수 없는 독특한 의식이다.

먼저 지하실 바닥의 석재가 해변의 바위처럼 깨끗해질 때까지 문질러 닦아야 했다. 다음에 촛불을 빙 둘러 세워 지하실을 밝혔다. 콘솔래타는 여성들 모두에게 옷을 벗고 누우라고 명령했다. 콘솔래타의 희미한 시야 아래 아름다움이 돋보이는 불빛을 받으며 그들은 명령에 따랐다.

First they had to scrub the cellar floor until its stones were as clean as rocks on a shore. Then they ringed the place with candles. Consolata told each to undress and lie down. In flattering light under Consolata's soft vision they did as they were told. (263)

콘솔래타의 의식은 부두교의 상징적 행위로, 신을 향해 존경을 표현할 때에 행해지는 기도의 상징이다(Jennings 75). 여성들이 원의 형태를 만들어가고, 의식이 정교해져 갈 때에, 그녀는 영혼과 육체의 용해를 권고한다. 따라서 그녀의 행위는 "신은 그대들에 관심이 없다"고 말하는 루비(Ruby)의 감리교 목사인 세노아 풀리엄(Senoir Pulliam)의 기독교 교리와도 대치되는 행위이다.

제닝스가 콘솔래타에 대해 "죽음과 부활을 이해할 뿐 아니라, 조화를 경험한다"(143)고 밝힌 것처럼, 모리슨은 치유자로서 콘솔래타를 영적 영역에서 살아 있는 사람들과 살아있는 사람들에 의해 기억된 죽은 사람들 사이를 연결시켜주고, 육체적 세계와 정신적 세계를 재결합시켜주는 '초시간적인 치유자'로 형상화했다. 삼인칭 작중 화자에 따르면, 콘솔래타는 마리 마그너(Mary Margner) 수녀가 임종을 맞이할 때에 마리 수녀의 내부로 걸어 들어가 빛의 점을 찾고, 빛의 점을 조작해 넓게 퍼트리고 강화하고, 가끔은 마리 수녀를 부활시키는 행위까지 했다. 즉 그녀의 치유행위는 기독교적 신의 영역과 금기를 벗어난 이교도적·초현실적 행위이다. 삼인칭 작중 화자는 그녀의 치유행위에 대해 "주술을 행했다"고 전제한 뒤에 "금기를 침범했기 때문에 그녀 스스로 저주받을 것을 너무나 잘 알고 있었다"(247)고 밝히며 "마리 수녀가 알았다면 천국의 문으로 들어가는 최후의 축복을 고의로 지연시켰다는 이유 때문에 혐오감과 분노에 의해 치를 떨었을 것"(247)이라고 밝힌다. 삼인칭 작중 화자의 이 같은 견해는 그녀의 치유행위를 기독교적 금기를 파괴하고, 기독교적 신을 거부한 행위로 규정한 견해이며, 동시에 그녀가 부두교와 아프리카 치유사임을 말해주는 견해이다.

콘솔래타를 영적 치유사로 만든 사람은 마을의 산파이면서 부두교의 영적 사제이자 치유사인 론 듀프레(Jennings 140)이다. 콘솔래타는 39세에 29세의 디컨과 뜨거운 사랑을 끝내고 10년이 지난 다음 사랑의 실패로 인한 고통에서 벗어나 수녀원의 일상을 모두 책임지고 운영했다. 이즈음 그녀는 로버타(Roberta) 수녀와 함께 소 한 마리를 기르기로 결정하고, 정원에 서서 우리를 어디에 만들지 생각하던 중에 일사병으로 쓰러졌다. 이때 그녀는 작은 여성이 자신 쪽으로 다가오는 모습을 흐릿하게 감지하며, 현기증에도 불구하고 콩을 받쳐 놓은 지지대를 잡고 일어서려 했지만, 다시 쓰러졌다. 그녀가 정신을 차렸을 때, 작은 여성은 콧노래를 흥얼거리며 이마의 땀을 닦아주고 있었다. '론 듀프레'라고 밝힌 작은 여성이 고추를 사기 위해 수녀원에 들렀다가 일사병으로 쓰러진 콘솔래타를 발견한 것이다. 론은 콘솔래타의 회복을 돕기 위해 "난 70살도 넘었는데, . . . 내 말대로 하면, 짧고 쉽게 넘길 거야"라고 말하며, 가방 속에서 약을 꺼내줬다(243). 콘솔래타는 "안 돼요, 수녀님들이 좋아하지 않으실 거예요"(243)라고 말하며 소금 맛이 나는 약을 거부했지만, 후에 먹고 건강을 회복했다. 콘솔래타가 이를 원장 수녀에게 이야기했을 때, 원장 수녀는 "선생으로서 나는 허튼소리라고 생각하지만, 여성으로서 나는 뭐든 효과가 있으면 괜찮다고 생각해. 하지만 조심해야 한다"(244)고 말하며 웃어넘겼다.

콘솔래타는 처음에 그녀의 영적 힘을 거부했지만, 나중에 수용했다. 그녀가 영적 힘을 거부한 이유는 수녀원에서 오랫동안 습득한 기독교적 원리와 규범 때문이다. 삼인칭 작중 화자가 "하나님의 분노를 사거나 시험에 들지 않도록 자신을 합리화시키기도 했다"(393)고 밝히듯, 그녀는 자신의 영적 힘을 수용하고 활용할 경우 기독교적 신의 규범과 금기를 어기는 것이라고 생각했다. 하지만 삼인칭 작중 화자가 "마법에 교만의 죄악이 뒤엉켜 든 영적 힘은 콘솔래타의 마음을 어지럽혔지만 차츰 그녀도 익숙해졌다" (247)라고 밝히듯, 그녀는 자신의 영적 힘을 수용했다. 그녀는 영적 힘이 인간의 내부로 들어가는 것을 '간섭'이라 부르는 론의 견해에 반대하며, 이를 '투시'라 불렀고(247), 이어 영적 힘 역시 신이 주신 재능이라고 이해했다. 영적 힘에 대한 그녀의 변화된 시각과 인식은 그녀로 하여금 론과의 논쟁을 해소해주고, 론의 치료법을 수용하게 해줬으며, 영적 능력을 실험할 수 있게 해줬다. 삼인칭 작중 화자가 "가시적인 세상은 점점 더 흐릿해졌지만, 그녀의 투시는 눈부셔갔다"(247)고 밝히듯, 그녀는 영적 힘의 소유한 신화적 치유자가 되었다.

콘솔래타가 론의 가르침을 수용하고, 론의 치유법을 활용한 시점은 교통사고로 죽음에 이른 15세의 스카우트 모건(Scout Morgan)을 살려냈을 때이다. 스카우트 모건은 친구들을 태우고 트럭을 운전하던 중에 전신주 더미와 충돌했다. 이 사고로 스카우트는 죽음 직전까지 갔고, 친구들은 울부짖었다. 먼 거리에서 일어난 이 사고를 처음 감지한 사람은 콘솔래타와 마주 앉아있던 론이다. 삼인칭 작중 화자가 "론은 사고가 나는 소리를 들었다기보다 본능적으로 감지했다"(244-45)고 밝히듯, 론은 초감각적인 예지력으로 사고를 감지하고, 콘솔래타를 사고현장으로 데려갔다. 론이 콘솔래타를 사고현장으로 이끈 이유는 그녀에게 치유를 행하도록 유도하기 위해서이다. 론은 "난 이제 늙었어. 이제 더는 못해. 하지만 넌 할 수 있어. . . . 저 아이 속으로 들어가서 깨워"(245)라고 말하고, 망설이던 콘솔래타는 론의 말대로 삼인칭 작중 화자가 "걸어들어갔다"(245)고 밝히듯이 영적 치유를 행했다.

콘솔래타의 영적 치유는 치유자의 영적 투시력을 대상의 영혼 속으로 침투시킨다는 점에서 영혼에 대한 침범이며, 기독교의 금기를 위배한 행위이다. 그녀는 기독교적 관점에서 인간에게 허용되지 않는 영적 투시력을 통해 스카우트의 꺼져가는 생명의 빛을 포착하고, 빛을 다시 살려내어 스카우트의 생명을 복원했다. 즉 그녀의 치유는 소프헤드, 샤드랙, 베이비의 경우와 달리 성공적이었지만, 그들의 경우처럼 기독교적 신의 영역을 침범하여 신의 역할을 대신한 것이다. 따라서 그녀는 치유를 끝내고 수녀원의 일상으로 돌아가야 할 때에 자신의 치유행위에 대해 환희에 이어 추악한 기분을 느껴야 했고, 악마의 소행과 사악한 기교처럼 느껴야 했다(246). 결과적으로, 영적 치유에 대한 그녀의 이 같은 느낌은 한편으로 수녀원에서 습득한 기독교의 금기를 위배한 것에 대한 죄의식의 표현이지만, 다른 한편으로 그녀의 영적 치유가 기독교의 이단으로 간주되는 아프리카 전통사회의 종교에 바탕을 둔 치유임을 말해준다.

아프리카의 은하로족은 인간의 영혼을 신의 영역으로 해석하지 않는다. 은하로족은 인간이 죽었을 때, 죽은 자의 영혼들이 그 사람의 영혼들을 가져간다고 믿고, 치유자의 영도 영적 존재들과 조우하기 위해 육체를 이탈한다고 믿는다(Westerlund 57). 은하로족의 이 같은 믿음은 생명은 죽지만, 영(spirit)은 죽지 않는다는 믿음에 근거한다. 물론, 은하로족의 믿음은 쿵족의 경우와 부분적으로 차이를 보인다. 쿵족은 은하로족과 달리 영혼이 육체와 함께하며 육체에 생명을 부여한다고 믿는다(Westerlund 57). 수쿠마(Sukuma)족 역시 영혼을 모보(movo)라 칭하고, 쿵족처럼 심장과 연계되었다고 믿는다. 즉 그들은 영혼이 인간의 호흡, 그림자, 그리고 심장의 중심에 위치해 있다고 믿으며, 호흡에 의해 유지되고, 드러난다고 믿는다. 그리고 그들은 그림자의 존재유무가 영혼의 생존과 죽음을 표시한다고 믿는다(Westerlund 57). 수쿠마족은 또한 인간은 동물과 달리 죽은 후에도 영적으로 존재한다고 믿고, 사후 세계엔 하늘과 지옥이 없다고 믿는다(Westerlund 87). 즉 쿵족과 수쿠마족의 이 같은 믿음은 삶과 죽음, 영혼과 육체에 대한 기독교의 이분법적 시각 밖에서 이해될 수 있는 믿음이다. 이로 미뤄볼 때에, 콘솔래타의 치유행위는 영혼과 육체의 통일성에 바탕을 둔 행위이며, 영혼을 육체 내부의 생명으로 간주한 행위이다.

모리슨은『낙원』이후 가장 최근의 소설『신이여, 그 아이를 도와주소서』에서 영적 치유사라기보다 영적 진단과 조언을 해주는 퀸을 작중 인물로 등장시켰다. 이 소설에서 모리슨은 퀸에게 트라우마에 의해 시달리는 부커 스타번(Booker Starbern)의 심리를 읽어내고 충고해주는 심리상담자의 역할을 부여했다. 부커는 어린 시절에 쌍둥이 형제를 잃고, 형인 아담(Adam)을 존경하고 의지하며 쌍둥이 형의 빈자리를 채워갔지만, 형마저 어린이 성도착증 환자에 의해 살해되자 깊은 충격을 경험했다. 그리고 그는 이로 인해 가족과도 헤어져 거리의 연주자로 떠돌던 중에 아프리카계 여성 주인공인 룰라 앤 브라이드(Lula Anne Bride)를 만났다.

하지만 부커는 브라이드와 6개월 동안의 동거를 끝으로 그녀를 떠나 고모인 퀸이 살고 있는 캘리포니아 북부로 떠나버렸다. 부커가 브라이드를 떠난 이유는 자신의 형을 죽인 살해범과 다름없는 어린이 성추행범을 위해 브라이드가 돈을 저축하고 선물을 준비하는 것을 이해할 수 없었기 때문이다. 이와 관련, 부커의 행동은 당연한 행동인지도 모른다. 브라이드는 어린 시절에 어머니의 사랑을 얻기 위해 아프리카계 공동체 여성들의 거부대상인 자신의 백인 유치원 교사를 어린이 성추행범으로 위증한 죄책감 때문에 15년 만에 모범수로 가석방 되는 유치원 교사에게 금전적으로라도 보상하기 위해 돈과 선물을 준비하며, 부커에게 누구를 위해? 왜? 많은 돈과 선물을 준비하는지에 대해 한 번도 말해준 적이 없다. 따라서 부커는 브라이드의 이해할 수 없는 행위로 인해 심리적 공황에 빠졌고, 이어 브라이드를 떠났다. 물론, 말 한마디 남기지 않고 떠나버린 부커의 갑작스러운 행동 역시 브라이드를 충격 속에 빠트렸다.

부커가 떠난 이후, 브라이드는 작중의 현재시점에서 충격으로 인해 여성성을 잃어버린 것 같은 육체적 경험하며(53), "넌 내가 원하는 여자가 아니야"(9)란 말만 남기고 떠난 부커에 대한 분노와 함께 그를 찾아 캘리포니아 북부로 향한다. 브라이드가 캘리포니아의 작은 도시에 도착했을 때에 처음 만난 사람은 침대의 해충을 제거하기 위해 침대 프라임에 휘발유를 뿌리고 그을리고 있던 부커의 고모 퀸이다. 퀸은 이 만남에서 브라이드에게 "넌 너구리가 발견하고 먹기를 거부한 무엇처럼 보여"(169)라고 말함으로써(169), 사회적 성공과 아름다운 겉모습에도 불구하고 브라이드가 상대와의 관계를 형성하는 데에 있어서 아무런 진정성도 매력도 주지 못한다는 점을 지적한다. 그리고 그녀는 부커에게 "너는 아담이 밤낮으로 네 두뇌를 채워주도록 그를 네 어깨에 매어놓았어"(184)라고 지적하고, 이를 부인하는 부커에게 "너는 그로부터 자유로웠던 적이 있어?"(184)라고 되물음으로써 아담에 대한 그의 지나친 집착을 지적하고, 집착으로부터 벗어나도록 충고한다. 특히, 부커에 대한 퀸의 충고는 그의 심리적 상처를 진단한 영적 치료사의 충고를 환기시켜준다고 말할 수 있다.

퀸의 충고 이후, 브라이드와 부커는 퀸의 집 화재사건을 계기로 그들의 관계에 대해 낙관적 미래를 보여준다. 즉 브라이드는 퀸의 집에 화재가 났을 때에 부커와 함께 퀸을 구하기 위해 불길 속으로 뛰어들 정도로 공유된 의식과 책임감을 보여준다. 특히, 브라이드는 이를 통해 육체적 복원을 경험한다. 삼인칭 작중 화자가 "그녀는 퀸의 슬픈 광경과 자신의 가슴이 기적적으로 완전히 회복되었다는 기쁨 사이에서 . . . 부끄러워했지만, 기쁨을 억제하기가 어려웠다"(195)고 밝히듯, 브라이드는 부커가 떠난 뒤에 자신의 여성적 육체를 상실한 것처럼 느꼈지만, 퀸의 집 화재사건을 계기로 이전의 모습을 회복했다고 느낀다. 게다가, 브라이드가 의식을 잃은 퀸을 부커와 함께 정성껏 간호하는 모습과 퀸이 회복되면 함께 살기 위해 구상한 "밝은 계획"(bright plan)(202)은 그들의 낙관적인 미래를 기대하게 만드는 대목이 아닐 수 없다.

하지만 브라이드와 부커는 퀸의 예상대로 낙관적 미래를 만들어가지 못한다. 삼인칭 작중 화자가 "그녀는(=퀸은) 지금 다시 그들 둘만 있을 때 또는 둘만 있다면 무슨 일이 일어날까? 궁금해 했다"(203)고 밝히듯, 화재사건 이후 회복 중에 바이러스 감염으로 사망한 퀸은 사망 전에 이미 브라이드와 퀸의 관계를 낙관적으로 보지 않았다. 이를 말해주듯, 브라이드와 부커는 퀸의 유골함을 결정할 때에 각각 화려하고 고급스러워야 한다는 주장과 소박하고 자연스러워야 한다는 주장을 펼치며 서로의 의견을 좁히지 못한다. 뿐만 아니라, 삼인칭 화자가 부커의 부재는 싫지만, "그래야 한다면 그녀는 오케이일 수 있다고 확신했다"(204)고 밝히듯, 브라이드는 임신사실의 확인과 함께 퀸의 부재로 인한 불안감을 해소하고, 부커 없는 자신만의 삶을 살 수 있다고 확신한다. 반면, 부커는 아담의 죽음으로 인한 충격으로부터 벗어나기 위해 시작한 트럼펫으로 퀸의 죽음을 슬퍼하는 애도곡을 짧게 연주하고 강물에 던져버렸지만(204), 여전히 과거에 지나치게 집착하는 태도와 타인의 불행을 자신의 책임으로 돌리며 괴로워하는 태도부터 벗어나지 못한다. 부커는 브라이드가 임신사실을 공개할 때에 태아가 브라이드와 자신의 관계를 연결해주는 존재라고 여기며 "우리의 아이"(206)라고 언급하지만, 삼인칭 작중 화자가 "존경하는 고모를 돌보지 않은 것을 자책했다"(204)라고 밝힌 것처럼, 여전히 과거의 트라우마로부터 자유로운 현재와 미래를 생각할 수 없다.

3. 약제사로서 치유사

모리슨은 소프헤드 처치, 샤드랙, 베이비 석스, 그리고 콘솔래타를 아프리카 전통사회의 영적 치유사들로 형상화한 것과 달리『솔로몬의 노래』의 파일레잇,『자비』의 리나와 대장장이, 그리고『집』의 공동체 여인들을 통해 자연의 약초와 원리를 활용하는 아프리카 전통사회의 치유사들로 형상화했다.

『솔로몬의 노래』의 파일레잇은 아프리카 전통사회의 치유사처럼 약초를 활용하여 메이콘(Macon Dead)과 루스(Ruth) 부부의 중단된 생식력을 복원하고, 조카인 밀크맨 데드(Milkman Dead)를 잉태하게 만들었다.[49] 음비티에 따르면, 아프리카 전통사회의 치유사는 질병과 불운의 예방자일 뿐 아니라, 생산성 또는 좋은 결과를 만들어내는 존재로서, 사업의 번성, 정치적 성공에 도움을 주며, 다양한 의식수행, 아기의 출산, 농토의 생산성, 그리고 가축의 생산성에 관여한다(166). 즉 파일레잇이 메이콘 부부의 생식력을 복원하고 밀크맨의 출생을 유도한 행위는 출산과 생산에 관여하는 아프리카 전통사회의 치유사의 치유행위와 다름없다.

모리슨이 파일레잇으로 하여금 치유사로서 밀크맨의 탄생에 관여하게 한 목적은 데드 가문의 역사와 신화를 복원하기 위해서이다. 파일레잇은 이를 말해주듯 밀크맨이 출생한 원호병원 앞에서 거적을 쓰고 밀크맨의 탄생을 기다렸다. 이때 그녀는 '솔로몬의 노래'를 부르며 밀크맨의 탄생을 기다렸는데, 그녀의 이 같은 행위는 밀크맨의 탄생이 '솔로몬의 노래' 속에 담긴 데드 가문의 역사와 신화를 추적하고 복원할 새로운 시작임을 암시해주는 행위이며, 동시에 이것이 밀크맨 앞에 놓인 의무임을 암시해주는 행위이다. 제닝스가 "모리슨이 파일레잇이란 인물을 활용하여 . . . 매개자의 역할을 창조적으로 진화시켰다"(142)라고 전제한 뒤에, "과거와 현재를 동시대화

---

49) 파일레잇은 루스에게 사랑의 약을 주었다. 루스는 파일레잇의 이 영약 덕택에 두 딸 리나와 코린안시안즈를 출산한 이래 13년 동안이나 자신을 만지지도 않은 메이콘을 유혹하여 밀크맨을 잉태했다.

하여 조상적 차원에서 데드 가문 사람들의 재결합을 도와주고, 사후 세계에 머무는 아버지의 방문을 받으며, 아버지의 메시지를 해석하는 것"(Jennings 142)이라고 밝힌 것처럼, 그녀의 역할은 데드 가문의 과거와 현재, 조상과 후손을 매개해주고 통합으로 이끄는 것이다. 따라서 그녀가 밀크맨의 탄생에 개입하고, 출생현장에서 '솔로몬의 노래'를 부르며 출생을 기다린 것은 밀크맨의 탄생을 메이콘에 의해 파괴된 데드 가문의 역사와 신화를[50] 추적하고 복원하기 위한 시작으로 예시하기 위한 행위나 다름없다.

파일레잇에 이어, 『자비』의 리나는 미국 원주민으로서 제이콥 바크 (Jacob Vaak) 농장의 충실한 여성노예이다. 그녀는 14세 때에 바크의 농장으로 팔려온 다음, 가족을 잃은 것에 대한 부끄러움과 함께 소중한 것을 다시는 잃지 않겠다고 다짐하며 어머니의 가르침을 되살려 미국 원주민의 전통과 치유제를 복원하고자 했다. 삼인칭 작중 화자에 따르면, 리나는 바크 농장의 마루를 쓸고 있는 동안 "기억과 자신의 지식에 의지하여 무시되었던 의식(rite)들, 유럽의 약과 원주민의 약, 그리고 성서와 전승지식을 끼워 맞췄고, 감춰진 사물들의 의미를 되살리거나 창조했다"(57). 삼인칭 작중 화자의 이 같은 언급은 리나가 백인중심사회에 의해 무시되었던 미국 원주민의 전통적 의식을 복원하고, 의학적·종교적 차원에서 전수받지 못한 부분을 유럽의 의학적·종교적 지식으로 보충하여 창조적인 의학과 종교를 재창조하려 했음을 말해준다.

작중의 현재시점에서 리나는 천연두에 걸린 백인여주인 레베카 (Rebecca)의 고통을 완화시키기 위해 약초와 주술을 활용한다. 삼인칭 작중 화자에 따르면, 그녀는 레베카의 고통을 완화시키기 위해 마법의 조약돌을 레베카의 베개 아래 놓아주고, 박하로 방을 신선하게 유지하며 안젤리카

---

50) 이 책의 제3장 2에서 구체적으로 논의했으므로, 중복을 피하기 위해 추가 언급을 생략함.

뿌리를 그녀의 곪은 입에 넣어서 나쁜 영혼을 빼내고자 한다(54). 뿐만 아니라, 그녀는 안젤리카 뿌리가 레베카의 헌 입을 치유하는 데에 효과를 발휘하지 못하자 더 강력한 약효를 가진 사철채송화, 쑥, 세인트 존스워트, 공작고사리, 페리윙클을 끓인 다음 물기를 빼서 레베카의 입에 떠 넣어준다(54). 하지만 그녀의 민간요법과 주술은 레베카의 천연두를 치유하는 데에 역부족이다.

모리슨이 이 소설에서 완벽한 치유사로 형상화한 치유사는 아프리카계 미국인 대장장이이다. 대장장이는 제이콥이 대저택을 건설하고자 할 때에 대문의 장식을 담당한 자유 신분의 아프리카계 미국인이다. 그럼에도 불구하고, 모리슨은 그를 레베카의 천연두를 치유한 치유사로 형상화했다. 대장장이의 치유는 아프리카 치유사들의 경우처럼 약초를 활용한 치유이다. 그가 레베카의 치유를 위해 사용한 약제는 "끓인 맥아즙 항아리와 리나가 양조한 적은 양의 술"(152)이다. 레베카가 "저는 죽나요"라는 물었을 때에, "아니요, 당신이 아니라 병이 죽을 거예요"(152)라고 대답한 것처럼, 그는 이 약제를 활용하여 레베카를 성공적으로 치유했다.

모리슨은 민간요법을 활용한 치유행위를 『집』에서도 소개했다. 이 소설에 등장하는 아프리카계 공동체 여성들은 소설의 결말부분에서 전승적인 민간요법을 치유에 활용한 치유사들이다. 작중의 현재시점에서 그들은 작중 주인공인 프랭크 머니(Frank Money)와 그의 여동생인 씨 머니(Cee Money)가 고향을 떠난 뒤에 귀향했을 때에 반갑게 맞아줄 뿐만 아니라, 인종적 타자의 말살을 위해 생체실험을 일삼아온 백인의사에게 훼손된 씨의 여성성을 치유해준다.

공동체 여성들의 치유방법을 자연원리를 활용한 민간요법이다. 그들은 씨의 훼손된 여성성을 치료하기 위해 그녀를 프랭크의 출입조차도 금지된 장소에 머물게 하고, 교대로 그녀를 돌본다(119). 그리고 그들은 치료의 마지막 단계에서 씨로 하여금 10일 동안 상처를 햇볕에 노출시키도록 한다. 하지만 그들의 치유는 씨의 상실된 여성성을 복원해주기 위한 치유가 아니다. 그들의 치유는 훼손된 육체를 아물게 해주기 위한 치유이다. 따라서 치유효과는 제한적이다. 씨는 그들의 치유에도 불구하고 상실된 여성성 때문에 불임여성의 환영, 즉 태어나고 싶었지만 태어나기 전에 죽은 한 소녀에 대한 환영 속에서 살아야 한다.

4. 맺음말

본 장은 모리슨의 치유사를 아프리카 전통사회의 치유사에 비춰 논의했다. 모리슨은 여러 소설들 속에서 아프리카 전통사회의 치유사들을 재현 또는 재창조했다. 모리슨의 소설들 속에서 빈번히 발견할 수 있는 이 같은 작중 인물들은 과학적·현실적 사고는 물론, 기독교적 사고를 통해 이해 또는 설명하고자 할 때에 적지 않은 당혹감을 준다. 하지만 모리슨은 아프리카계 미국작가로서 아프리카 전통사회의 비과학적·비현실적 작중 인물들을 문학적으로 재창조하여 아프리카 전통사회의 문화, 관습, 사상을 소개하고자 했고, 아프리카 전통사회의 문화에 대한 이해를 촉구하고자 했다. 모리슨은 이를 위해 다양한 인종적 배경을 가진 작중 인물들, 즉 소프헤드, 샤드랙, 파일레잇, 베이비, 콘솔래타를 아프리카 또는 부두교의 영적 치유사들로, 그리고 퀸은 영적 상담사로 형상화했고, 다른 한편으로 리나, 대장장이, 그리고 공동체 여성들을 자연의 약초와 원리를 활용하는 치유사들로 형상화했다.

모리슨이 첫 소설로부터 가장 최근의 소설에 등장하는 작중 치유사들을 이처럼 형상화한 것은『낙원』이전에 발표한 소설들에서보다『낙원』이후에 발표한 소설들에서 치유사의 역할을 상대적으로 축소시켰음을 말해준다. 모리슨이 치유사의 역할을 축소시킨 이유는 여러 시각에서 따져볼 수 있지만, 무엇보다도 치유대상과 깊이 연관되어 있다. 모리슨은『낙원』을 비롯한 이전의 소설들, 즉『가장 푸른 눈』, 『술라』, 『솔로몬의 노래』, 『빌러비드』, 『낙원』에서 각각 인종적 편견에 의해 초래된 정신적 분열, 전쟁 트라우마, 중단된 생식력, 노예제도의 후유증, 생명의 연장 또는 복원, 그리고 전염성 질병 등을 작중의 크고 작은 주제적 요소들로 제시했다.

모리슨은 작중 인물들의 정신적 또는 심리적 상태와 결부된 이 같은 요소들을 치유사들의 치유대상으로 제시했다. 뿐만 아니라, 모리슨은 치유사들의 치유행위 역시 아프리카의 전통적 치유의식들과 약물요법, 즉 심리적 상담, 링 샤웃, 영적 투시, 그리고 약초활용 등을 활용한 행위로 형상화했다. 하지만『낙원』이후의 소설들, 『자비』, 『집』, 『신이여, 그 아이를 도와주소서』에서, 모리슨은 작중 인물의 심리적 트라우마를 주제적 요소로 제시하며 치유사의 역할을 축소했다. 즉 모리슨은 이 소설들에서 약초를 활용한 원시 자연적 민간요법을 통해 치유의 가능성을 제시했지만 치유과정을 생략했고, 대장장이의 경우와 달리, 리나와 퀸의 치유결과를 구체적으로 밝히지 않았다.

모리슨이 최근의 소설들 속에서 치유사의 역할을 축소했다. 이와 관련, 모리슨의 변화를 앞으로도 지속될 변화라고 예측하는 것은 섣부른 예측이라고 말할 수 있다. 모리슨은 이전에도『빌러비드』직후에 출간한『재즈』(*Jazz*), 그리고『낙원』직후에 출간한『사랑』(*Love*)에서 치유사를 등장시키지 않았지만, 이후의 다른 소설들에서 다시 등장시켰다. 최근에 휠체어에 의존한 삶을 살고 있지만, 모리슨의 글쓰기는 아직 끝나지 않았다. 따라서 모리슨이 전통적인 치유사를 작중 인물로 재창조 가능성은 여전히 유효하다고 말할 수 있다.

제7장

마녀들: 술라, 빌러비드, 콘솔래타, 리나

1. 머리말

식민시대에 아프리카로 침투한 유럽의 기독교 선교사들과 기독교도들은 종교적·도덕적·성적 기준과 규범으로부터 벗어난 아프리카 전통사회의 사제, 치유사, 주술사, 이교도, 그리고 기타 부랑자를 마녀라고 불렀다. 하지만 아프리카 전통사회의 마녀는 본래 사악한 잡신을 모시고 지지하는 정령들(spirits)로, '도덕적 악'(moral evil)과 '자연적 악'(natural evil)을 행하는 존재이다. 존 음비티(John Mbiti)에 따르면, '도덕적 악'은 사회적 관습과 법에 의해 규정된 금기(taboo)를 위반한 행위이며(207), '자연적 악'은 초자연적 금기를 위반한 행위로(209), 아프리카 전통사회의 마녀는 이 같은 종류들의 악을 행하는 존재이다. 즉 마녀는 사회적 질서와 관계, 그리고 도덕적 진실과 관습적 요구에 역행하는 행위를 하는 존재이며, 초자연적 금기를 파괴하는 행위를 하는 존재이다(Mbiti 208). 이와 관련, 아프리카 전통사회는 마녀를 동물이나 날짐승 형태로의 육화, 신비적 힘, 독약, 사악한 눈, 증오, 질투, 그리고 기타의 다른 은밀한 수단들을 활용하여 악을 행하는 존재로 간주한다(Mbiti 209).

아프리카 전통사회는 마녀를 다양한 명칭으로 부른다. 데이비드 웨스터런드(David Westerlund)에 따르면, 서부탄자니아의 농경족인 수쿠마(Sukuma)족은 마녀를 불로기(bulogi), 발로기(balogi), 또는 은로기(nlogi)로 부르며, 사악한 마법(black magic) 또는 독약(poison)으로 악행을 저지르는 마녀로 간주한다(165). 수쿠마족에 따르면, 불로기는 검은 옷을 상징하는데, 대부분의 아프리카 전통사회는 검은색을 비구름과 비옥함을 상징하는 색으로 간주하지만, 불로기의 옷 색깔인 검은색은 죽음과 불행을 상징하는 색이다. 불로기는 또한 악행을 저지를 때에 자신의 모습을 보이지 않게 변화시키거나 사나운 동물, 즉 사자와 동물로 변형시켜 치유의 정령인 부고타(bugota) 또는 부간가(buganga)를 해친다(Westerlund 168). 따라서 수쿠마족은 불로기의 악행을 직접 목격할 수 없지만 나쁜 일이 일어났을 때에 불로기의 탐욕, 질투, 분노, 그리고 복수를 위한 욕망 때문이고 믿는다(171).

한편, 콩고(Congo)인들은 마녀를 킨도키(kindoki)라고 부른다. 웨스터런드에 따르면, 콩고인들은 킨도키를 네 개의 눈을 가진 야행성 마녀로 믿으며, 반도키(bandoki)가 자신을 동물로 변형시킨 다음, 자신의 몸을 떠나 날아다니며 인간에게 육체적 · 정신적 질병을 일으키고, 죽음을 가져다준다고 믿는다(173). 이 밖에도, 콩고인들은 불모와 불임을 은도키(ndoki)의 탓이라고 믿는다. 은도키는 반도키(bandoki)보다 상대적으로 제한된 악행을 저지르는 마녀이지만, 인간들에게 불행을 가져다준다는 점에서 반도키와 다름없는 마녀이다. 반도키는 나이지리아(Nigeria)의 요루바(Yoruba)족의 아제(aje) 그리고 'sorcerer'로서의 마녀인 아소(aso)와도 유사하다. 즉 요루바족은 아제와 아소가 명칭만 다를 뿐 반도키처럼 야행성이고, 자신을 동물로 변형시켜 인간에게 질병, 불행, 그리고 죽음을 가져다주는 나쁜 마녀라고 믿는다(Westerlund 177). 아프리카 전통사회의 마녀는 이처럼 종족들에 따라 다른 명칭들로 불리지만, 변형을 통해 인간에게 질병, 불행, 그리고 죽음을 가져오는 사악한 악령들이다.

아프리카 전통사회는 마녀를 마법의 사용목적에 따라 좋은 마녀와 나쁜 마녀로 분류한다. 지오프리 파린다(Geoffrey Parrinder)는 『아프리카 신화』(African Mythology)에서 마녀를 'witch'라고 지칭하고, 좋은 마녀와 나쁜 마녀(sorcerer)로 분류했다. 파린다는 마녀를 이처럼 통합적 명칭으로 칭하고, 마녀를 마법의 사용목적과 방법에 따라 마법에 걸린 사람들을 치료해주는 좋은 마녀와 마법을 걸어 사람들을 해치는 나쁜 마녀로 분류했다(92).[51] 파린다에 이어, 음비티 역시 『아프리카 종교들과 철학』(African Religions and Philosophy)에서 마녀를 본성이 아니라 마법의 사용목적과 방법에 따라 분류했다. 음비티는 "마법은 일반적으로 좋은 마법과 나쁜 마법을 모두 포함한 포괄적 개념"(193)이라고 전제하고, "좋은 마법은 사회에 의해 수용되고 존경을 받는다"(193)고 밝히며, 이 같은 마법을 행하는 마법사를 의료인, 점술가, 그리고 기우사(rainmaker)라고 밝혔다. 반면, 음비티는 나쁜 마법에 대해 "블랙 마법," "악한 마법," 그리고 "sorcery로서의 마법"(195)이라고 밝히고, 'sorcerer'로서 마법사는 반사회적 악을 행한다고 밝혔다(195).[52] 즉 음비

---

51) 파린다는 마녀를 이처럼 분류하게 된 배경을 밝히기 위해 나이지리아의 하우사(Hausa)족의 이야기를 소개했다. 이 이야기에서 한 남성은 마법을 소유한 세 명의 아내들과 살았다. 남성은 아내들의 속을 떠보기 위해 죽은 체했다. 이때, 첫 번째 아내는 그의 간을 갖겠다고 말하고, 두 번째 아내는 심장을 갖겠다고 말했다. 즉 두 명의 아내들은 나쁜 마녀 아내들이다. 따라서 남성은 이를 듣고 벌떡 일어나 첫 번째 아내를 때려서 쫓아버리고, 두 번째 아내를 나무 끝에 매달아 죽였다. 그리고 그는 마법을 소유했지만 믿음직스러운 세 번째 아내, 즉 좋은 마녀와 평화롭게 살았다.

52) 음비티에 따르면, 아프리카 전통사회에서 마녀는 마법, 즉 "모든 종류의 신비적 힘을 활용한 악행"(197)을 행하는 정령이다. 나쁜 마녀(sorcerer)는 반사회적 악을 행하는 정령으로, 사나운 짐승, 질병, 그리고 독약 등을 활용하여 사람들과 재산에 해를 끼치고, 죽은 사람의 무덤을 파헤치기도 한다. 따라서 사람들은 공동체의 유지 또는 복수를 위해 마녀를 구타하거나 살해하기도 한다(195).

티는 마법(witchcraft)의 힘을 유일신, 정령들, 그리고 정령이 된 조상들에 의해 부여된 힘이라고 밝히며(194), 파린다처럼, 마법의 사용목적에 따라 마녀를 좋은 마녀 또는 나쁜 마녀로 분류했다(194).

마녀에 대한 아프리카 전통사회의 이 같은 구분은 도덕적 목적에 따른 구분일 뿐, 존재론적 의미에 따른 구분이 아니다. 즉 전통사회의 아프리카인들은 마녀를 선과 악이란 대조적 가치들을 모두 소유한 양가적 존재로 간주한다. 웨스터런드는 킨도키를 긍정적 목적과 부정적 목적으로 활용할 수 있는 선과 악의 비범한 양가적 힘을 소유한 마녀(167)라고 소개했다. 킨도키에 대한 웨스터런드의 이 같은 견해는 킨도키를 존재론적 차원이 아니라 도덕적 목적에 따라 긍정적일 마녀 또는 부정적 마녀로 해석할 수 있음을 말해준다. 웨스터런드에 이어, 라 비니아 델로이즈 제닝스(La Vinia Delois Jennings) 역시 아프리카 전통사회의 마녀를 "심령적 존재"(7)이며, "도덕적 악을 행하는 주요 대리인이지만, 의인화된 절대적 악이 아닌, 선과 악의 양가적 용해물"(8)이라고 밝혔다. 제닝스의 이 같은 견해는 아프리카 전통사회의 종교관에 근거한 것이다. 아프리카 전통사회에서 유일신, 잡신들(유일신에 의해 창조된 신과 사후 세계의 조상신), 그리고 정령들은 모두 신들이지만, 절대적인 선을 행하는 신들이 아닌, 선과 악을 모두 행하는 신들이다.[53]

토니 모리슨(Toni Morrison)은 아프리카계 미국인들의 의식적 토대나 다름없는 아프리카 전통사회의 신화를 통해 그녀의 문학적 지형을 확장한 작가이다.[54] 데이비스 신시어(Davis Cynthia)에 따르면, 모리슨은 "자연의 순화,

---

53) 제1장의 '머리말'에서 충분히 논의했으므로, 이 장에서는 제1장의 논의에서 밝힌 결과만을 언급함.

54) 모리슨이 왕성한 창작력을 과시한 1970년대와 1980년대 아프리카계 미국문학은 듀보이스(W. E. B. Dubois)가 1926년에 발표한 「흑인 예술의 기준」("The Criteria of Negro Art")에서 밝힌 아프리카계 예술이 지향해야 할 미학적 기준, 즉 "미학은 정치적 명분을 더 활성화할 때에 가치가 있다"에 공감하며 이를 적극 추진하고자 했다(Hienert 1-2). 이런 와중에도, 당시의 아프리카계 미국문학은 직설적인 역사쓰기보다, 과거의 지형을 현재

괴기적인 사건들, 그리고 서술적 반향에 대해 강조하고자 할 때에 신화적

의 관심과 연계하여 재생하기 위한 역사쓰기를 했다. 즉 당시의 아프리카계 미국작가들은 노예무역, 노예제도, 그리고 인종차별에 의한 억압과 폭력의 역사를 직설적인 역사쓰기의 사료들로 활용했다기보다 "공동체들이 어떻게 구성되었는지, 개인에게 특권을 부여한 땅에서 자유의 개념이 무엇인지"(Barbara 413)를 사색하기 위한 역사 사료들로 활용했다. 그럼에도 불구하고, 정치성과 미학성 사이에서 어느 쪽으로도 기울지 않은 모리슨은 아프리카계 미국문학의 이 같은 흐름을 속에서 '신화의 보고'나 다름없는 아프리카인들과 아프리카계 미국인들의 민담을 또 다른 역사적 사료로 활용했다. 트루디어 해리스(Trudier Harris)에 따르면, 모리슨은 찰스 체스넛(Charles Chestnut), 조라 닐 허스턴(Zora Neale Hurston), 랄프 엘리슨(Ralph Ellison)에 이어 아프리카 민담을 문학적으로 재창조한 작가이다(Ashley 272 재인용). 해리스의 이 같은 견해는 아프리카 민담을 역사 사료로 활용한 아프리카계 미국문학의 시대별 주요 작가들을 나열하고 모리슨을 가장 최근 작가로 소개했다는 점에서 주목하지 않을 수 없는 견해이다. 즉 해리스는 이를 통해 모리슨이 아프리카 민담을 역사 사료로 활용한 아프리카계 미국문학의 계보를 이어온 동시대 작가임을 밝히고자 했다.

모리슨은 또한 아프리카 민담 속에 등장하는 신화를 문학적 구성요소로 재창조한 작가이다. 모리슨이 아프리카 신화를 재창조한 이유는 무엇보다도 이를 통해 아프리카계 미국인들의 주체성을 강조함으로써 주인역사의 권위를 전복시키고자 했기 때문이다. 데버러 반즈(Deborah Barnes)가 "모리슨의 신화는 주인 서사의 잘못된 것을 바로 잡는다"(20)고 밝히듯, 모리슨은 미국의 백인중심사회에 의해 왜곡되거나 삭제된 아프리카계 미국인들의 인종적 정체성을 올바로 복원하고 재창조하고자 했다. 반즈에 따르면, 미국에서 백인중심사회의 신화는 자체의 지배적 체계를 세우고 유지하기 위해 기획되었고, 아프리카계 미국인들의 과거를 객관화하고 무시했으며, 아프리카계 미국인들을 영국계 미국인들이 주도해온 미국 산업에 저당 잡힌 불행한 저당물 또는 희생자들로 신화화했다(20). 따라서 모리슨은 과거의 남부를 "고향땅, 즉 역사의 고아가 된, 명예가 훼손된, 권리가 박탈된 아프리카계 자손들이 어머니의 권리를 주장하는 문화적 자궁"(Barnes 18)으로 형상화하고, 백인중심사회에 의해 왜곡되거나 삭제된 아프리카계 미국인들의 역사와 정체성을 올바로 복원하고 재창조하고자 했다. 신시아 역시 반즈의 견해에 동의하며, 백인중심사회가 "흑인의 정체성을 정의하는 데에 있어서 민담에 대한 자기정의를 위해 백인문화의 정의를 사용했다"(334)고 밝혔다. 신시아가 이 견해를 통해 지적하고자 한 것은 미국의 백인중심사회가 유럽으로부터 신대륙으로 가지고 온 유럽신화를 아프리카계 미국인들의 정체성을 이해하는 데에 적용함으로써 아프리카계 미국인들의 정체성을 왜곡된 시각으로 폄하하고 무시해왔다는 것이다. 신시아는 "이 문제는 신화적 표현과 양립할 수 있는 존재적 관심을 미국사회에 대한 분석과 결합시키려 한다는 점에서 모리슨에게도 중요했지만, 모리슨은 이 문제를 해결했다"(334)고 지적함으로써, 모리슨이 아프리카 신화의 재발굴과 재창조를 통해 왜곡되거나 삭제된 아프리카계 미국인들의 정체성을 성공적으로 복원했음을 밝혔다.

가능성들을 항상 제공한 작가"(330)이다. 신시아의 이 같은 견해는 신화에 대한 모리슨의 활용범위를 구체화해준다는 점에서 모리슨의 작품 속에 내재된 아프리카 전통사회의 신화를 읽고자 할 때에 무엇을 주목해야 하는지를 명확히 했다. 신시아에 이어, 캐슬린 애쉴리(Kathleen Ashley) 역시 모리슨이 신화를 문학적 구성요소로 재창조했는지를 밝혔다. 애쉴리에 따르면, 민담의 문학적 재창조는 "이야기들, 전설들, 소문들 그리고 민속적인 일들을 형상화하기 위해 사람들이 어떻게 상호작용하는지를 보여줌으로써 인간사회들의 역동성을 재현한다"(272). 애쉴리의 이 같은 견해는 표면적으로 모리슨이 민담을 어떻게 문학적 구성요소로 재창조했는지를 밝힌 견해처럼 이해할 수 있지만, 아프리카계 미국인들의 민담이 아프리카 전통사회의 신화를 다룬 이야기형식이란 점을 고려할 때에, 모리슨이 신화를 어떻게, 무엇을 위해 문학적 요소로 재창조했는지를 밝힌 견해나 다름없다. 즉 애쉴리의 견해는 모리슨이 작중 인물들의 상호작용을 통해 신화를 재창조했음을 밝혀줌과 동시에, 모리슨이 이를 통해 인간사회의 역동성을 보여주고자 했음을 밝혀준다.

모리슨의 신화에 대한 이제까지의 연구들은 전반적으로 미국의 역사적 · 현실적 지형 속에서 백인중심사회의 제도적 · 인종적 헤게모니와 억압에 의해 상실되거나 왜곡된 아프리카계 미국인들의 인종적 · 문화적 정체성을 발굴 또는 복원하기 위한 신화로 읽었음을 알 수 있다. 물론, 로런 리포(Lauren Lepow)는 앞서의 비평가들과 달리 모리슨의 신화를 미국의 역사적 · 현실적 지형이 아닌 신화적 지형에서 읽었다. 하지만 리포는 이를 위해 『타르 베이비』(Tar Baby)의 작중 배경인 카리브의 섬을 에덴의 해석하고, 발레리언 스트리트(Valerine Street)를 백인신, 썬 그린(Son Green)을 아담, 그리고 제이딘 차일스(Jadine Childs)를 이브 또는 사탄으로 해석했다. 이와 관련, 리포의 해석은 성서적 신화와 부분적으로 공통점을 보이는 『타르 베이비』의 작중 배경과 인물들의 특징들을 비교한 해석이란 점에서 아프리카 전통사회의 신화에 바탕을 둔 모리슨의 광범위한 상상력을 전체적으로 개괄하는 데에 제한적일 수밖에 없다는 평가를 피할 수 없다.

　모리슨의 신화를 미국의 역사적·현실적 지형에 바탕을 둔 신화가 아닌, 아프리카 전통사회의 문화적 지형에 바탕을 둔 신화로 읽은 비평가는 제닝스이다. 제닝스는 아프리카 전통사회의 신화에 대한 여러 연구들을 소개하며, 모리슨의 작중 인물들을 아프리카 전통사회의 신화적 인물들을 재현 또는 재창조한 인물들로 간주했다. 제닝스는 모리슨의 글쓰기에 대해 "그녀의 소설은 흑인화하기 위해, . . . 특이한 아프리카 우주론적 또는 종교적 가공품의 실존 그 이상의 것을 제공한다. 아프리카인들과 아프리카계 미국인들 사이에 내재된 철학적·심리적 연관성에 주목한다"(4)고 밝혔다. 제닝스의 이 같은 견해는 모리슨의 신화를 미국의 역사적·현실적 지형을 토대로 접근한 앞서의 비평들과 달리 아프리카의 문화적 지형으로 확장해 줌과 동시에, 모리슨의 신화가 두 지형들의 철학적·심리적 연계성을 토대로 창조되었음을 밝혀준다. 이와 관련, 제닝스는 "모리슨의 소설들이 확인 가능한 서아프리카와 중앙아프리카의 전통적인 종교적 요소들," 즉 "아프리카계 미국인들의 삶과 문화 속에 내재된 메타포들이 아니라 실질적이고 식별 가능한 실물들"(5)을 담고 있다고 밝혔다.

　모리슨은 문학적 지형을 아프리카 전통사회의 신화로 확장하기 위한 일환으로 신화 속에 담긴 아프리카 전통사회의 마녀를 작중 인물로 재현·재창조했다. 제닝스에 따르면, 『술라』(Sula)의 술라 피스(Sula Peace)는 선과 악의 양가적 힘을 가진 아프리카 전통사회의 마녀 킨도키와 공통점을 지닌 작중 인물이며(23), 『빌러비드』(Beloved)의 빌러비드(Beloved)는 삶의 단명을 보복하기 위해 현실로 돌아온 콩고의 은도키처럼 영혼과 정신을 파먹는 마녀이자 무한한 감동(정서)과 성적 욕망을 지닌 요정이다(62). 뿐만 아니라,

제닝스에 따르면, 『낙원』(*Paradise*)의 콘솔래타 소사(Consolata Sosa) 역시 마녀일 수 있다(8). 제닝스가 술라와 빌러비드를 평가할 때와 달리 콘솔래타를 다소 단정적이지 않은 어조로 평가한 것은 콘솔래타가 가진 치유사의 이미지 때문이다. 제닝스는 콘솔래타를 "육체와 영혼의 불가분성을 보여주는 치유자"(11)라고 밝혔다. 제닝스의 이 같은 견해를 고려할 때, 콘솔래타는 영혼을 중시하는 유럽사회의 기독교적 가치관에 비춰볼 때에 종교적 이단이자 나쁜 마녀임과 동시에, 육체와 영혼을 중시하는 아프리카 전통사회의 종교적 가치관에 비춰볼 때에 마녀가 아니라 좋은 치유사이다.

모리슨은 제닝스의 연구대상 작품들 이외의 다른 작품들에서도 아프리카 전통사회의 마녀를 재현 또는 재창조했다. 제닝스가 모리슨의 아프리카 종교, 철학, 신화를 추적한 연구서 『토니 모리슨과 아프리카 사상』(*Toni Morrison and The Idea of Africa*)을 출간한 2008년 이후에도 모리슨은 끊임없이 창작과 출간을 이어오고 있다. 따라서 모리슨의 최신작들 중 2009년에 출간된 『자비』(*A Mercy*)는 제닝스가 『토니 모리슨과 아프리카 사상』의 연구대상으로 포함시키지 못한 소설이지만, 모리슨의 마녀를 논의하고자 할 때에 간과할 수 없는 소설이라고 말할 수 있다. 모리슨은 이 소설에서 미국 원주민 여성노예인 리나(Lena)를 선과 악을 모두 행하는 역설적·반어적 인물로 형상화했다.[55] 제닝스가 도덕적 관점에서 아프리카 전통사회의 마녀를 선과 악의 두 면을 지닌 존재로 접근한 것처럼, 리나는 두 대조적 면을 모두 지닌 작중 인물이다. 따라서 본 장은 모리슨의 술라, 빌러비드, 콘

---

[55] 리나의 이중적 모습에 대한 위 논지는 필자의 논문 「모리슨의 『자비』에서 '분산,' '단절,' '단절 속의 연속'의 역사쓰기」(『미국학논집』 46.1 (2014): 147-84)에 바탕을 둔 논지이다. 이 논문에서 필자는 리나가 충실한 노예로서 농장주인을 위해 헌신한 일, 자신처럼 농장의 여성노예로 살아가는 농장의 여성노예인 플로렌스(Florens)를 각별히 돌봐준 데 반해(163), 또 다른 여성노예인 소로(Sorrow)를 슬픔과 불길한 예감을 주는 존재로 믿으며 그녀의 아기를 태어나자마자 살해한 그녀의 이중적 태도에 주목했다(167-68).

솔래타, 그리고 리나를 아프리카 전통사회의 마녀에 비춰 논의한다.

2. 악령으로서 마녀

모리슨이 베티 파커(Betty Parker)와의 대담에서 "『술라』에서 나는 소위 말하는 선한 사람과 악한 사람이 존재하는 상황을 가상적으로 제시하려 했다"(62)고 밝히듯, 그리고 호턴스 스필러스(Hortense Spillers)가 『술라』를 읽을 때에 의미의 양극단, 즉 흑과 백, 남성과 여성, 선과 악이 요구하는 마니교적 이분법을 적용할 수 없다(30)고 밝히듯, 모리슨은 '바닥촌'(The Bottom)으로 불리는 아프리카계 공동체와 술라를 각각 선과 악의 상징으로 제시하고, 그 상호반응과 충격을 탐구했다. 모리슨은 이를 위해 술라를 "자유로운 흑인가정에서 자라나 항상 웃지만, 웃음 뒤에 슬픈 눈물이 섞인 무언가가 감도는 자아 중심적 자아"(Koenen 83), "공동체의 윤리에 반하는 악의 사표"(Christian 50), 그리고 "자아의 깨진 거울"(LeClair 127), 그리고 공동체와 대립하며 서로를 파괴하는 카인(Cain)(LeSeur 11)로 형상화했다. 즉 이 소설에서 술라는 공동체의 타자들이 구체화하는 억압적인 규범에 대해 무저항적 수용을 거부하는 대신, 수용할 수 없다고 판단하는 문화적 규범에 저항적·공격적 태도를 보이며, 지인과 차별화된 정체성을 향해 적극적·혁명적 모험을 시도한다(Salvatore 161).

술라는 공동체에 의해 "악마"(devil)(101)이라고 불린다. 제닝스에 따르면, 그녀는 아프리카 전통사회의 악령인 킨도키와 은도키, 그리고 부두교(Voodoo)의 악령인 그레잇 안트 쿳(Great-Aunt Coot)과 같은 악령이다(Jennings 23-37). 제닝스가 이처럼 평가한 이유는 그녀가 공동체에 공포, 질서의 파괴, 불행, 그리고 죽음을 가져다주었다는 점, 괴상한 소리를 내며 장난을 치는 요정(poltergeist)의 분노와 성난 표정(43)을 상기시킨다는 점, 그리고 그녀의 죽은 시점이 그레잇 안트 쿳의 경우와 비슷하다는 점 때문이다.

모리슨은 술라를 아프리카 전통사회의 마녀로 형상화하기 위해 그녀의 모습을 진한 갈색 피부와 크고 조용한 눈을 가진 전형적인 아프리카계 여성의 모습으로 묘사했다. 뿐만 아니라, 모리슨은 그녀의 한쪽 눈꺼풀 가운데로부터 이마 쪽에 "줄기 달린 장미 모양의 모반"(45)을 불행과 슬픔을 가져다줄 불길한 마녀의 증표로 형상화하고, "해가 갈수록 색이 진해지며," "금빛 얼룩이 진 그녀의 눈과 같은 빛깔이 되어 마침내 비처럼 보였다"(45)고 묘사했다.

모리슨은 또한 술라를 아프리카 전통사회의 마녀들처럼 선과 악의 양가적 인물로 형상화했다. 제닝스는 술라의 본성에 대해 "술라의 유동적인 얼굴의 형상은 기본적으로 역동적인 선과 악의 가변적 본성을 나타낸다"(30)고 밝히며, 도덕적으로 "대립적 충동들의 용해물"(30)이라고 밝혔다. 제닝스의 이 같은 견해는 술라를 아프리카 전통사회의 일원론적 신에 비춰 그녀가 선과 악의 역설적·반어적 인물로 각인시켜주는 견해이다. 뿐만 아니라, 모리슨은 삼인칭 작중 화자의 목소리를 통해 "술라는 어릴 때에 흔히 걸리는 병도 걸리지 않았다는 소문이 돌았다"(100)고 밝힘으로써 그녀를 인간적 상식을 초월한 초현실적·신비적 존재로 형상화하는 한편, "어린애처럼 거칠게 놀았다"(100)고 밝힘으로써 아프리카 전통사회의 장난꾸러기 마녀로 형상화했다.

그럼에도 불구하고, 모리슨은 술라를 기존의 성적 규범과 가치관에 도전하며 아프리카계 여성의 자율적 의지와 성적 욕망을 추구해가는 마녀로 재창조했다. 아프리카 전통사회의 마녀들은 마법, 주술, 저주, 그리고 다른 비밀스러운 방법들을 활용하여 인간에게 질병, 죽음, 광증, 그리고 기타의 재앙을 가져다준다(Mbiti 209). 그들의 이 같은 악행들은 신비주의적 수단과 방법을 통해 행해지는 일종의 복수, 저주, 또는 징벌이다. 하지만 모리슨은 공동체에 의해 악행으로 간주되는 술라의 파괴적 행위를 여성의 자율적 의지와 성적 욕망에 따른 행위로 제시함으로써 아프리카계 남성중심사회의 성적 규범과 가치관에 저항하는 그녀의 육체적·의식적 자아와 자아의 변화과정을 문학적으로 재해석할 수 있는 계기를 제공하고자 했다.

모리슨은 성적 규범과 가치관에 굴하지 않는 술라의 저항적 자아를 그녀의 사춘기 시절 사건을 통해 제시했다. 이 사건에서, 술라는 아프리카계 미국학생들을 괴롭히는 일을 오후의 오락거리로 삼은 4명의 아일랜드계 백인소년들이 괴롭히려 하자 자해행위로 그들을 물리쳤다. 그녀가 이들과 조우한 시점은 11월로, 그동안 술라는 절친한 친구인 넬(Nel)과 함께 그들을 피했지만, 당시에는 예기치 않게 조우하게 되었다. 그녀는 아일랜드계 백인소년들이 자신과 넬을 위협하며 다가오자 공포에 휩싸인 넬과 달리 집게 손가락의 끝을 할머니의 칼로 자르고(원래는 손가락을 자르려 했지만 실수로 끝만 자르게 됨), "나 자신에게 이런 짓을 할 수 있는데, 너희들에겐 어떨 것 같아?"(46)라고 말하며 상대방을 위협하고 기를 꺾었다. 그녀의 이 같은 행위는 친구와 자신의 보호를 위한 행위란 점에서 남편이 떠난 뒤에 아이들과의 생존을 위해 다리 하나를 잃는 대신 보상금을 선택한 그녀의 할머니 에바 피스(Eva Peace)의 자해행위와 다를 바 없다.

하지만 모리슨은 에바의 자해행위와 달리 술라의 자해행위를 인종적 편견과 위협에 대한 아프리카계 미국소녀의 자기 방어적 행위와 저항적 자아를 보여주기 위한 행위로 형상화했다. 모리슨은 이를 위해 아일랜드계 백인들의 기원역사를 사건배경으로 제시했다. 삼인칭 작중 화자에 따르면, 아일랜드계 백인들은 "자신들이 도착한 곳이 푸르고 환영의 뜻으로 빛나는 약속의 땅"(46)이라고 생각했다. 하지만 그들은 기대와 달리 낯선 땅에서 언어적 차이, 종교적 공포, 그리고 실업을 겪으며 열악한 삶을 살아야 했다. 문제는 그들이 자신들의 열악한 삶을 아프리카계 미국인들이 그들의 기회를 빼앗아갔기 때문이라고 생각한 것이다. 그들은 아프리카계 미국인들이 자신들보다 더 일찍 미국사회에 적응하여 더 많은 일자리를 꿰찼다고 생각했으며, 백인이면서 아프리카계 미국인들보다 뒤처진 삶을 살아야 하는 열등감을 기존의 백인주민들처럼 아프리카계 미국인들을 학대하는 것으로 해소하고자 했다. 그리고 그들의 자녀들 역시 부모들의 이 같은 태도를 학습하고 아프리카계 소녀들을 괴롭혔다. 따라서 모리슨이 술라의 자해행위에 뒤이어 아일랜드계 백인들의 기원역사를 이처럼 사건의 배경으로 문맥화한 것은 술라의 자해행위를 통해 인종적 타자로서 그녀의 적극적인 방어의지뿐만 아니라 성장과정의 저항적 자아를 보여주기 위해서이다.

이 소설에서 자해행위와 달리 타인에게 위해를 가한 술라의 성장기 첫 악행은 치킨 리틀(Chicken Little)을 익사시킨 행위이다. 술라가 치킨 리틀을 익사시킨 시점은 어머니가 자신을 사랑하지 않는다는 말을 엿듣고 충격을 받은 뒤에 넬과 함께 4각형의 야외지로 달려 나왔을 때이다. 술라는 야외지의 지형처럼 4각형인 나무그늘 아래서 머리를 축으로 넬과 반대방향으로 팔을 베고 누워 하늘을 바라보고, 넬은 땅을 향해 팔꿈치로 괴고 엎어진 자세로 누웠다(49), 그들의 이 같은 모습은 사각형의 나무그늘을 지상에 옮겨놓은 것이나 다름없는 모습으로, 아프리카 전통사회의 우주론적 도형이나 다름없다. 즉 반대방향으로 맞댄 그들의 머리는 중심축, 중심축을 중심으로 서로 겹치는 양팔은 수평 축, 그리고 중심축으로부터 반대방향으로 뻗은 다리는 수직 축을 형성한 모습이다. 그들은 이처럼 사각형의 공간과 함께 어우러진 자세를 통해 아프리카 전통사회의 우주론을 환기시켜준 데에 이어 사춘기 소녀들의 성적 욕망을 환기시켜주는 의식적 행위를 했다. 그들은 나뭇가지를 꺾어서 크림색 속살이 드러나도록 껍질을 벗겨낸 다음, 나뭇가지로 잔디를 뿌리째 뽑아낸 맨땅 위에 복잡한 무늬를 새기다가 성이

차지 않은 듯 구멍을 파기 시작했다(50).

넬과 술라가 함께한 이 같은 행위는 사춘기 소녀의 왕성한 생식력과 성적 욕구를 반영한 행위이다(Furman 23). 하지만, 삼인칭 작중 화자가 "구멍이 넓고 깊어질 무렵에 병뚜껑, 잔가지, 종이, 유리조각, 그리고 담배꽁초들을 구멍 속에 던져 넣은 뒤에 땅을 원래의 모습대로 복구했다"(50)고 밝히듯, 술라의 왕성한 생식력과 채워지지 않은 성적 욕구는 일종의 자위 행위나 다름없이 끝났다. 술라가 치킨 리틀을 익사시킨 시점은 바로 사춘기 소녀의 성적 욕망이 채워질 수 없는 의식적 행위로 끝난 뒤였다. 술라는 치킨 리틀이 다가오는 것을 발견하고, 강 쪽을 바라볼 수 있도록 그를 너도밤나무 위에 올려주는 친절을 베풀었다. 치킨 리틀은 추락을 염려한 넬의 요구에도 불구하고 강을 바라보는 것이 즐거워서 너도밤나무로부터 내려오지 않으려 했다. 술라는 이런 치킨 리틀을 도와 너도밤나무로부터 내려오도록 했고, 이어 아쉬워하는 치킨 리틀을 즐겁게 해주기 위해 맴놀이를 했다. 하지만 맴놀이는 치킨 리틀의 죽음을 초래한 놀이로 끝났다. 술라는 맴놀이 도중에 치킨 리틀의 손을 놓쳐 그를 강물로 날아가게 했고, 치킨 리틀은 익사체가 되어 돌아왔다.

모리슨은 사고의 원인에 대해 "술라의 손에서 치킨이 빠져나가 강물 속으로 떨어졌다"(52)고만 밝힐 뿐, 술라의 고의성 여부에 대해 아무런 언급도 하지 않음으로써, 사고의 원인을 신비화하고, 궁금증을 독자들의 시각에 맡겨 해소하도록 했다. 하지만 모리슨이 이 사건을 공개하기에 앞서 아프리카의 우주론적 이미지를 환기시킨 것처럼, 이 사건은 술라의 행위를 통해 아프리카 전통사회의 관습을 환기시켜준 사건이다. 제닝스에 따르면, 술라가 치킨 리틀을 너도밤나무 위에 올라가도록 한 행위는 나무의 높이가 말해주듯 죽음으로 유도하기 위한 행위이며, 강물에 익사하도록 만든 행위는 치킨 리틀을 강의 신들에게 제물로 바친 행위이다(41). 술라의 행위에 대한 제닝스의 이 같은 해석은 아프리카 전통사회의 관습에 근거하고 있다. 제닝스는 술라를 강의 신과 서아프리카의 전통적 여사제로 해석한 바쉬티 크러처 루이스(Vashti Crutcher Lewis)의 견해(41)를 인용하며, "아프리카에서 어린 아이들이 강의 신들에게 제물로 바쳐지는 일은 특별한 일이 아니다"(41)라고 소개했다. 아프리카 전통사회의 관습에 대한 제닝스의 이 같은 소개는 모리슨이 이 사건을 통해 술라를 아프리카 전통사회의 신화 속에 등장하는 강의 정령 또는 여사제로 형상화하려 했음을 밝혀줌과 동시에, 도덕적 관점에서 인간의 희생을 요구하는 악한 정령 또는 여사제로 형상화하려 했음을 밝혀준다.

모리슨은 마녀로서 술라의 또 다른 악행을 화염의 파괴성과 어머니의 고통을 방관하며 즐거움을 얻는 모습을 통해 공개했다. 술라는 자신을 사랑하지만 좋아하지 않는다는 어머니 한나 피스(Hannah Peace)의 말에 충격을 받은 뒤 어머니가 마당의 가마솥에서 잼을 만들던 중에 강한 바람 때문에 화염에 휩싸이자 이를 "짜릿한 흥분"(thrilled)(127)과 함께 지켜만 보았다. 즉 모리슨은 어머니의 고통스러운 죽음을 쾌감으로 지켜보는 그녀를 통해 파괴적인 마녀의 모습을 환기시키고자 했다. 그녀가 화염 속에서 죽어가는 어머니의 고통을 이처럼 바라만 본 이유는 방관자이기 때문이 아니라 파괴적인 불이기 때문이다.

할머니 에바가 10년 만에 귀향한 그녀에게 "지옥불이 필요 없겠구나. 이미 네 안에 불타고 있으니 . . ."(80)라고 말했을 때에 술라가 "어느 날 밤 할머니가 그 휠체어에서 파리를 쫓으며 침을 심키고 졸고 계실 때에 제가 등유를 엎을 거예요. 누가 아나요. . . . 할머니가 가장 밝은 불꽃을 피워 올리게 될지"(80)라고 대꾸한 것은 자신이 파괴적인 불의 화신임을 확인시켜준 언급이나 다름없다. 따라서 그녀가 죽음 직전에 자신을 찾은 넬에게 어머니가 불에 타는 것을 바라보며 "짜릿하게 느꼈어"(127)라고 말하며 "엄마가 계속 그렇게 격하게 움직이는 모습, 즉 춤추는 모습을 계속 보고 싶었어"(127)라고 밝힌 것은 표면적으로 어머니의 고통을 춤추는 모습으로 미화한 방관자로서의 쾌락을 언급한 것이지만, 보다 더 깊은 차원에서 어머니를 간접적으로 파괴하며 어머니의 고통스러운 반응을 즐기는 파괴자의 가학성 변태적 쾌락이나 다름없다.

술라는 불의 화신이라는 점에서 에바와 비슷하다. 에바는 유일한 아들인 플럼(Plum)이 월남전에 참전한 후 1년 동안이나 시카고, 워싱턴, 뉴욕, 시카고를 배회한 뒤에 마약중독자가 되어 돌아오자 침실 위에서 잠을 자고 있는 그를 불에 태워 살해했다. 삼인칭 작중 화자가 "계속 요리를 해서 시커멓게 변한 구부러진 숟가락을 발견한 사람은 한나였다"(39)고 밝히듯, 플럼은 집에 돌아온 뒤에도 숟가락을 마약을 녹이는 도구로 사용하며 마약에 중독되어 살았다. 에바는 이런 플럼을 더 이상 두고 볼 수 없다고 판단한 끝에 침대에 석유를 뿌리고 누워있는 그를 불에 태워 살해했다. 플럼을 살해한 그녀의 불은 파괴적인 불이이라는 점에서 술라의 불과 다름이 없다.

하지만 에바의 불은 극단적인 모성애를 실천하기 위한 불이란 점에서 술라의 경우와 차이를 보인다. 에바는 훗날 플럼을 불에 태워 죽인 이유에 대해 "자궁 속으로 들어오기에는 너무 큰 아들이 그곳으로 들어오려 했지만, 그곳에는 들어올 공간이 없었어"(62)라고 밝힌다. 즉 에바의 플럼 살해는 "모성의 파괴적 징벌"(Rigney 62)로, 성장의 조건 속에서 살아야 할 플럼이 이를 포기한 채 잉태조건의 모태로 귀환하는 것을 막기 위한 행위이며, 비정상적인 자식을 어머니 스스로 거두려는 초월적 의미의 모성애를 환기시켜주는 아프리카계 어머니 특유의 모성적 책임감과 자존심이 담긴 행위이다.

모리슨은 성인이 된 술라를 더 파괴적인 마녀로 형상화했다. 넬의 결혼 직후에 고향을 떠난 술라는 10년 동안의 공백기를 가진 뒤에 더 파괴적인 마녀로 돌아왔다. 그녀는 이 기간 동안 고향을 떠나 대도시들을 전전하며, 대학교육을 받았고, 진정으로 원하는 남성을 찾으려 했지만 실패했다. 모리슨은 그녀의 공백기를 그녀 자신의 입을 통해 친구인 넬에게 공개토록 한 이후, 공동체를 향한 그녀의 파괴적 행위와 공동체의 방어적·공격적 반응을 형상화했다.

술라의 귀향은 귀향 순간부터 이미 '바닥촌'의 불행을 예고하는 마녀의 귀환이다. 삼인칭 작중 화자에 따르면, 술라가 귀향할 때에 "울새 떼가 나타났고, 빨래를 널 수 없을 정도로 여기저기 날아다니며 죽었다"(77). 자연현상과 예증에 익숙한 공동체는 울새 떼의 죽음으로 인해 불안감 속에 휩싸였다(77). 존(John)의 어머니는 "가방을 들어줄까요?"(78)라고 말하며 그녀에게 다가가는 아들을 집으로 불러들였다. 즉 그녀의 귀환은 공동체의 긴장감과 경계심을 고조시킨 귀환이다. 이때 '바닥촌'의 불안감은 아프리카 전통사회의 공동체 의식을 엿볼 수 있게 해주는 불안감이다. 음비티가 아프리카 전통사회에 대해 "공동체의 결속이 유지되어야 한다고 믿으며, 그렇지 않으면, 와해와 파괴를 초래한다고 믿었다"(200)고 밝히듯, '바닥촌' 사람들의 불안감은 술라의 귀향과 함께 나타난 불길한 자연현상이 공동체의 와해를 미리 예고한 것이란 믿음으로부터 비롯된 것이다.

공동체의 불안감은 역설적으로 공동체적 결속의 유지를 바라는 간절한 소망과 의지를 담은 불안감이다. 하지만 모리슨은 그들의 소망과 의지를 불행과 악을 거부하고 일소해야 한다고 믿는 백인들의 의식이 아니라, 이와 함께 살아가며 극복해야 한다고 믿는 아프리카 전통사회의 의식에 비춰 제시했다. 제닝스가 "바닥촌 사람들은 악과 함께 살아가며 악에 대처했다" (46)고 밝히듯, 그들은 전통사회의 아프리카인들처럼 술라의 귀향과 함께 예견된 악을 거부와 일소의 대상으로 여기기보다, 함께해야 하며 극복해야 하는 대상으로 여겼다.

사람들은 두려움에도 불구하고 가혹한 이상적 현상, 혹은 악한 시절이라고 칭하는 그것을 환영에 가까운 자세로 받아들였다. 그들은 이 같은 악을 피해야 하고, 그로부터 자신들을 보호하기 위해 당연히 예방조치를 취해야 한다고 느꼈다. 하지만 악이 제 갈 길을 가고 제 뜻을 다 하도록 내버려뒀고, 그것을 바꾸거나, 소멸시키거나, 다시 일어나지 못하도록 막을 조치를 강구하는 일은 절대 없었다. 사람에 대해서도 역시 그랬다.

외부의 눈엔 태만, 부주의, 심지어 관대함으로까지 보이는 이 같은 태도는 선한 힘 이외에 다른 힘들도 있다는 것을 아는 데에서 나왔다. 그들은 의사들이 치유할 수 있다고 믿지 않았다. . . . 역병과 가뭄은 봄과 마찬가지로 자연스러운 것이었다. 우유가 응고될 수 있다면, 울새도 떨어질 수 있다는 것을 신은 알고 있다. 악의 목적은 그것을 견디는 것이며, 사람들은 홍수, 백인들, 홍역, 기근과 무지를 견디기로 결심했다. . . . 그들은 분노를 잘 알았지만 절망을 몰랐다.

In spite of their fear, they reacted to an oppressive oddity, or what they called evil days, with an acceptance that bordered on welcome. Such evil must be avoided, they felt, and precautions must naturally be taken to protect themselves from it. But they let it run its course, fulfill itself, and never invented ways either to alter it, to annihilate it or to prevent its happening again. So also were they with people.

What was taken by outsiders to be slackness, slovenliness or even generosity was in fact a full recognition of the legitimacy of forces other than good ones. They did not believe doctors could heal — . . . Plague and draught were as natural as springtime. If milk could curdle, God knows robins could fall. The purpose of evil was to survive it and they determined . . . to survive floods, white people, tuberculosis, famine and ignorance. They knew anger well but not despair, . . . (77-78)

술라의 귀향시점은 바닥촌 사람들에게 실망, 분노, 그리고 불행을 가져다준 터널공사가 시작된 해로, 바닥촌의 불행한 미래를 예고하기 위한 작가적 전략을 읽을 수 있게 해준다. 터널공사는 '바닥촌' 사람들의 일자리 기대감을 한껏 고조시킨 공공사업이다. 하지만 공사의 시작과 함께 일자리를 얻기 위해 찾아갔을 때, 그들은 인종차별의 상처만 안고 돌아와야 했다. 터널공사는 그들에게 일자리를 주기 위한 공공사업이 아니라, 인종차별의 실망만 안겨준 백인중심적 노동시장의 단면을 보여준 공사이다. 따라서 터널공사는 시작과 함께 그들에게 실망만 안겨줬고, 공사의 진행과정에서 공사장만 바라봐야 하는 그들을 분노하게 만들었다. 술라의 사망 이후에 일어난 일이지만, 공동체의 이 같은 분노는 파괴적 욕망으로 발전하여 그들을 공사 중이던 터널로 향하게 했고, 급기야 해빙기의 취약한 터널의 붕괴로 인해 죽음을 맞이하게 했다. 이와 관련, 모리슨이 술라의 귀향시점을 바닥촌 사람들에게 불행을 안겨준 터널공사의 개시시점에 맞춘 것은 바닥촌의 불행한 미래를 암시해주기 위해서라고 말할 수 있다.

성인여성으로서 술라의 악행은 터널공사의 시작을 기점으로 공사가 진행 중일 때에 이뤄졌다. 그녀의 첫 악행은 귀향 직후 에바와의 갈등 속에서 에바를 양로원으로 축출하고 피스(Peace) 가문의 질서를 파괴한 행위이다. 앤 샐바토(Anne Salvatore)가 "술라의 자기 자신이 되려는 강박관념적·억제 불능적 노력에도 불구하고 자기주장의 지나침은 또한 파괴적이다" (163)라고 밝히듯, 그녀는 자기 자신이 되려는 강박관념 때문에 에바와 대립했고, 에바를 겁박함으로써 피스 가문의 질서를 붕괴시켰다.

술라는 에바와의 대화에서 에바가 "네게 무엇이 필요한지를 말해주마" (80)라고 말하자 "제게 필요한 것은 할머니가 입을 다무시는 거예요"(80)라고 대답하고, 에바가 성경을 인용하여 "성경에도 하느님이 내려주신 땅에서 오래오래 살도록 아버지와 어머니를 공경하라고 나와 있다"(80)라고 말하자 "엄마는 일찍 죽었으니까 그 부분을 뛰어 넘었네요"(80)라고 대답하며 극단적인 자기주장으로 에바를 윽박질렀다. 이어, 그녀는 분노한 에바가 "입을 다물어라 신께서 너를 벌하실 거다"라고 말하자 "할머니가 삼촌을 불태우는 것을 보고만 있었던 신이요?"라고 되묻고, "어느 날 밤 할머니가 그 휠체어에서 파리를 쫓으며 침을 삼키고 졸고 계실 때에 제가 등유를 엎을 거예요. . . . 할머니가 가장 밝은 불꽃을 피워 올리게 될지"(80)라고 말하며 에바를 위협했다. 물론, 그녀의 이 같은 위협은 넬에게 "할머니가 두려웠다"(87)고 밝힌 것처럼 아일랜드계 소년들에게 했던 위협과 똑같은 자기방어적 위협이다. 하지만 그녀는 여기서 멈추지 않고 방문을 걸어 잠그고 잠을 잘 정도로 불안한 에바를 강제로 열악한 양로원으로 보냄으로써 피스 가문의 질서를 와해시키는 악행을 저질렀다.

모리슨은 술라로 하여금 피스 가문의 질서를 이처럼 와해시키도록 하고, 이어 마녀로서 그녀의 파괴적 힘을 공동체의 규범과 질서를 아랑곳하지 않는 성적 욕구를 통해 구체화했다. 모리슨은 이를 위해 성관계에 대한 술라의 태도를 양가적 시각을 통해 정의했다. 삼인칭 작중 화자에 따르면, 그녀는 "섹스의 그을음이 낀 것 같은 어두운 성질과 희극적인 성질을 좋아했다"(106). 즉 그녀는 성관계에 대해 "다양한 경험 이전엔 추한 것이 아니지만 사악한 것으로 여겼고, 다양한 경험 이후엔 . . . 즐기기 위해 굳이 사악하다고 생각할 필요도 없다"(106)고 생각했다. 그녀의 이 같은 결론은 결국 성관계가 도덕적·미적 기준으로 판단할 대상이 아니라, 오로지 유희의 대상임을 밝힌 것이고, 그녀의 성적 편력이 이를 바탕으로 이뤄지고 있음을 밝혀준다. 이와 관련, 모리슨은 그녀가 친구의 남편 주드 그린(Jude Greene), 아프리카계 공동체의 남편들, 그리고 인종적 경계와 아프리카계 공동체의 규범을 넘어선 백인남성을 대상으로 성적 욕구를 확대하며 친구와 공동체에 어떻게 충격을 주는지를 보여줬다.

주드의 시각에 비춰진 술라는 인간사회의 도덕적·관습적 기준과 무관한 아프리카 전통사회의 마녀이다. 삼인칭 작중 화자에 따르면, 술라에 대한 주드의 첫 인상은 "눈 위에 독사 무늬가 있는 가냘픈 여자 . . . 입을 잘 놀리고, 짐을 지울 남자를 찾아온 나라를 헤매고 다니는 여자"(89)이다. 이어, 삼인칭 작중 화자는 눈 위의 모반을 보다 더 클로즈업시켜 "그는 술라가 모든 일들을 묘한 방식으로 바라본다고 생각했고, 활짝 웃는 미소는 눈 위의 방울뱀 무늬로부터 나온 독을 품었다고 생각했다"(89-90)고 밝혔다. 이와 관련, 술라는 사악한 동물로 변신하는 아프리카 전통사회의 마녀와 다름없고, 그녀의 성적 욕구는 악행의 원천적 힘이나 다름없다.

술라가 유혹의 독을 사용하여 도덕적·관습적 금기를 파괴한 사건은 주드와 잠자리를 같이하여 친구의 가정을 붕괴시킨 것이다. 주드는 술라를 성적 욕구를 충족시키고자 헤매고 다니는 마녀의 모습을 발견했지만, 그녀의 유혹적인 독기로부터 벗어나지 못했다. 그리고 아내에게 정사장면을 들킨 그는 아내에 대한 도덕적 양심 때문에 집을 떠나야 했다. 하지만 술라는 친구의 가정을 파탄으로 내몬 것에 대해 아무런 양심의 가책도 느낄 수 없다. 다름 아닌, 삼인칭 작중 화자가 "술라는 . . . 어떤 남자와도 잘 수 있다고 생각하며, 입맛대로 남자를 고르는 여자들과 한 집에서 살은 탓에 그녀가 친밀감을 느낀 한 남성에 대한 소유욕을 갖추지 못했다"(103)고 밝히듯, 술라가 친구의 남편과 성관계를 맺은 목적은 친구의 마음을 아프게 만들기 위해서가 아니라, 성적 편력의 즐거움을 타인들과 공유하기 위해서이다. 하지만 이 사건은 넬에게 크나큰 충격을 준 사건이다. 넬은 이 사건 직후에 "그녀에게서 가랑이와 심장을 빼앗아가고 복잡하게 꼬인 뇌만 남겨놓은 것은 그 두 사람들이었다"(95)는 삼인칭 작중 화자의 언급이 말해주듯, 주드의 부재, 그리고 술라와 주드의 배신감 때문에 죽음과 다름없는 고통을 느껴야 했다.

넬은 미지의 신을 향해 "네 개의 손잡이가 달리 그 상자 속으로 들어가야 한단 말입니까?"(95)라고 반문했고, 변기 옆 타일 바닥에 주저앉아 "내부에서 진흙과 죽음 잎들의 움직임"(93)을 느껴야 했다. 죽음을 환기시켜주는 그녀의 이 같은 환상은 주드 없는 자신과 자신의 삶을 죽음의 이미지로 재생한 면도 없지 않지만, 술라에 의해 자신도 죽임을 당했다는 피해망상에서 비롯되었다고 말할 수 있다. 그녀는 주드의 불륜을 술라의 유혹으로 인해 초래된 부정적 행위로 인식하고, 주드의 부재를 절친한 친구인 술라에 의해 배신당했다는 피해의식과 이로 인해 술라를 용서할 수 없다는 증오감으로 채우려 했다. 뿐만 아니라, 그녀는 피해의식을 심화시켜 자신도 술라에 의해 죽임을 당한 것이나 다름없다는 망상을 만들었다. 그녀는 죽음의 이미지를 떠올리며, 삼인칭 작중 화자가 "그녀는 치킨 리틀의 장례식에서 보았던 여성들을 보았다. . . . 부적절한 행동이라 여겼던 것이 그녀에게 딱 어울리는 듯했다"(92)고 밝히듯, 자신을 "흙을 파낸 무덤가에서 악을 쓰며 울던 여성들"(92)과 동일시했다. 그녀의 이 같은 망상은 주드의 부재만 놓고 볼 때에 술라에 의해 치킨을 잃은 여성들과 술라에 의해 주드를 잃었다고 생각하는 자신을 동일시한 것이다. 하지만 넬이 이 장면을 떠올린 것은 자신을 치킨과 동일시한 것이나 다름없다. 치킨을 익사케 만든 술라의 행위는 표면적으로 치킨에게 즐거움을 주기 위한 행위였지만 궁극적으로 그를 익사케 만든 파괴적 행위이다. 따라서 넬의 죽음 이미지는 술라가 자신과의 우정의 끈을 놓아버렸다는 배신감과 자신을 치킨처럼 죽음으로 몰아넣었다는 공허감 속에서 경험해야 하는 이미지나 다름없다.

넬은 죽음의 이미지에 이어 "회색 공"(93)의 공포를 떨쳐버릴 수 없다. 이 공은 그녀의 오른쪽 허공 속에 떠있는 것처럼 보이는 "진흙투성이의 끈을 뭉쳐 만들었지만 무게가 없고, 솜털로 덮여 있지만 악의를 품은 끔찍한 공이다"(94). 이와 관련, "회색 공"은 술라와 넬의 관계를 대조적이지만[56]

서로의 부족한 점을 메워주는 불가분의 관계로 접근할 때에 배신감에도 불구하고 '버릴 수 없는 술라를 향한 넬의 열망'(Gillespie 202), 그리고 넬의 내면적 자아로 접근할 때에 넬이 '포용할 수 없는 거부된 자아'(Salvatore 164) 또는 '선한 여성이란 자기 이미지를 보존하기 위해 평생 동안 억압해온 자아'(Gillespie & Kubitschek 303)라고 평가할 수 있다.

하지만 모리슨이 "회색 공"을 통해 전달하고자 한 메시지는 넬에 대한 작가적 비난과 무관하지 않다. 이 소설의 결말부분에서 55세의 넬은 양로원에 머무는 에바를 방문했을 때에 다짜고짜 치킨 리틀을 누가 죽였느냐고 묻는 에바에게 "술라였어요"(144)라고 대답했지만 "너나 술라나 뭔 차이가 있어"(144)라고 되묻는 에바의 반문에 방관자였기 때문에 무관하다고 생각했던 이제까지의 생각에 대해 부끄러움을 느껴야 했다. 그리고 그녀는 주드와 불륜을 저지른 이유를 묻기 위해 죽음을 앞둔 술라를 방문했을 때에 주드를 빼앗으려 한 것이 아니라 "같이 잤을 뿐이야"(125)란 술라의 답변을 듣고 당황해야 했다. 즉 에바의 반문은 넬로 하여금 술라를 악으로 간주하고 자신을 선으로 간주해온 고정관념을 깨트리게 만들었다. 넬은 에바의 반문을 들은 순간에 술라가 하나의 죽음을 타인의 죽음과 아무런 상관없는 방관자로서 신기한 듯 바라본 것처럼 자신도 치킨 리틀의 익사 순간을 술라와 같은 자세로 바라보았다는 것을 깨달았다. 그리고 주드와의 불륜에 대한 술라의 간결한 답변을 들었을 때에, 그녀는 아무 목적도 없는 친구의

---

56) 살갑지 않은 어머니들과 이해할 수 없는 아버지들의 딸. 서로 눈에서 그들이 찾고 있는 친밀감을 발견(45). 둘 다 납작한 새 가슴에 엉덩이는 밋밋함(45). 넬의 피부색은 젖은 사포 같았고, 술라는 진한 갈색 피부, 크고 조용한 눈을 가짐. 특이한 점은 한쪽 눈꺼풀 중심으로부터 이마 쪽으로 줄기 달린 장미 모양의 모반이 있음(45). 모반의 색은 해가 갈수록 진해지고, 현재는 금빛 얼룩이 진 그녀의 눈과 같은 빛깔이 되어 마침내 비처럼 한결같고 깨끗해졌다. 넬은 술라보다 더 강하고 일관성이 있어 보임. 술라는 어떤 감정도 3분 이상 지속할 수 없을 것 같은 아이이다.

자유분방한 성적 유희를 자신의 결혼생활을 파경으로 몰아넣은 배신과 악행으로 확대해석한 구시대적 해석을 수정해야 했다. 따라서 주드의 부재이후, 넬을 불안과 공포 속으로 몰아넣은 "회색 공"은 자신만의 자아 속에 갇혀 살아오는 동안 높게 쌓아올린 무지의 공간 속에 투영된 자아 또는 무지의 공간 속에서 죽음의 이미지와 동일시되는 자아상실의 메타포임과 동시에, 이를 비판하려는 작가적 언어, 즉 솜털의 폭신하지만 냉철하지 못한 이미지와 머리의 둥근 이미지를 합성한 'muttonhead'(멍청이)란 단어를 떠올리게 해주는 메타포이다.

넬의 위선적·폐쇄적 자아는 어머니 헬린과 얽힌 성장과정의 반영이다. 넬은 술라와 함께하던 어린 시절엔 술라처럼 위험한 아프리카계 소녀였다. 어린 시절에 넬은 아프리카계 소녀로서 인종적·성적 "자유와 승리가 금지된"(44) 사회에서 술라와 함께 성장기를 보내며 백인의 코와 머리처럼 만들기 위해 그녀의 코를 집게로 집어놓거나 곱슬머리를 펴기 위해 "저주스러울 만큼 뜨거운 빗"으로 빗어주는 헬린의 백인중심적 가치관과 보호로부터 벗어나려 했다. 특히, 할머니의 장례식에 참석하기 위해 헬린과 함께 뉴올리언스로 향하는 기차여행을 하던 도중 비굴하게 보일 정도로 지나친 저자세로 백인승무원에게 "푸줏간 문설주에서 걷어차인 개처럼 교태어린 미소"(18)를 짓는 모습을 보고 웃음이 나오는 가운데에 수치심을 느끼고 어머니의 딸이 아닌 자신의 자아로 살아갈 것을 맹세했다. 즉 그녀는 귀가 후에 거울을 보며 "나는 넬이 아니야. 나는 나야"(24)라고 되뇌며 자기 자신의 삶을 살겠다고 다짐했다. "그들 자신이 아닌 어떤 존재가 되도록 창조하는 일에 착수했다"(44)라는 삼인칭 작중 화자의 언급이 말해주듯, 그녀는 기존의 환경과 조건으로부터 벗어나 새로운 여성적 자아 또는 정체성을 추구하고자 했다. 하지만 이 맹세는 그녀 하여금 거울 속의 자신으로부터 벗어날 수 없게 만들어 상상적 자아로 살아가게 만들었다.

모리슨이 자기중심적 미래를 추구하기 위한 넬의 다짐을 거울에 비춰 소개한 것은 자크 라캉(Jacques Lacan)의 심리분석학적 용어를 환기시켜준다. 라캉은 프로이트의 심리학적 용어인 "거울단계"를 '상상계'로 칭하며, 이 단계에서 어린 아이는 거울을 보며 대상과 자신을 동일시하는 환영을 창조한다고 밝혔다(Smith & Riley 199). 즉 라캉은 이 단계에서 아이는 자신에 대한 상상 속에 살아가며 허구적 또는 자기도취적 정체성을 만들어간다고 분석했다. 따라서 넬의 자기중심적 삶에 대한 맹세는 자신의 정체성에 대한 자기도취적 상상을 더욱더 심화시키는 계기를 만든 것이며, 그 속에 자기 자신을 구속시키는 계기를 만든 것이나 다름없다.

넬은 결혼 후에 성장기의 맹세와 달리 자신의 자아를 상실한 채 주드의 헌신적인 아내로만 살고자 했다. 술라가 그녀의 결혼을 기점으로 '바닥촌'을 떠나 바닥촌의 가치관과 규범에 배치되는 성인 여성으로 돌아온 것과 달리, 넬은 바닥촌에 남아 주드의 충실한 아내로 살아간다. 삼인칭 작중화자가 "두 사람은 함께 한 사람의 주드를 만들어 갈 것이다"(71)라고 지적하듯, 넬은 남성가부장제도가 지배하는 바닥촌에서 자신의 삶을 살아가는 대신, 주드를 위한 삶을 살아가는 여성이다. 즉 그녀는 백인이민자에게만 허용된 도로공사의 배타적 고용정책 때문에 경제적 활동기회를 박탈당한 주드의 좌절감을 위로해주는 충실한 아내이다. 이로 인해, 결혼 이후 그녀는 자신을 결혼이란 "견고한 관 속에"(106) 고립시키고, 술라와 함께 추구했던 성장기 소녀의 반짝이는 비전을 "둔탁한 빛"(72)으로 퇴색시켰다. 그리고 그녀는 그 '둔탁한 빛'으로 술라와 주드의 불륜을 바라보며, 믿었던 친구와 남편이 모두 자신을 배반했다는 생각과 함께, 홀로 남았다는 고립감 속에서 죽음을 떠올려야 하고, 착시현상처럼 눈앞에 어른거리는 '솜털 공'을 마주하며 두려움을 느껴야 한다.

한편, 술라로부터 뿜어져 나오는 유혹의 독은 바닥촌 남성들을 향해서도 강한 독성을 드러냈다. 그녀는 이 같은 독성을 어머니로부터 대물림했지만, 어머니와 달리, 남성들과 한 번 자고 나면 차버림으로써 남성들의 자존심에 상처를 줬다(99). 이로 인해, 그녀는 남성들을 분노하게 만들었고, 분노의 보복을 당해야 했다. 삼인칭 작중 화자가 백인남성과 술라의 성관계에 대해 "그들은 술라가 백인남성들과 잤다고 말했다. 사실이 아닐 수도 있었지만, 물론 얼마든지 사실일 수도 있었다"(97)라고 밝히듯, 사실 여부가 명확하지 않다. 그럼에도 불구하고, 바닥촌은 술라에 대한 선입견을 고수하며, 그녀의 이기주의로 인해 자존심에 상처를 입은 남성들의 보복성 증언을 옹호했다.

모리슨은 술라의 성적 편력을 바닥촌 남성들의 시각에 비춰 도덕적 악으로 형상화했지만, 에이잭(Ajax; Albert Jacks)(194)의 시각에 비춰 아프리카 전통사회의 마녀로 형상화했다. 술라가 에이잭을 처음 만난 시점은 12세 때에 아이스크림 가게에 갈 때였다. 에이잭은 술라의 모반을 주드가 독성을 품은 '방울뱀'으로 본 것과 달리 독성 없는 '올챙이'로 보았다. 그는 아이스크림 가게 근처에서 할 일 없이 빈둥거리던 중에 지나가는 술라를 향해 "창녀"(107)라고 불렀다. 이런 그가 38세가 되어 29세인 술라의 집을 찾은 이유는 "주변으로부터 술라에 대한 이야기를 듣고, 술라를 어머니와 동일시했기 때문이다"(109). 바닥촌의 시각과 달리, 그는 술라를 자신의 어머니처럼 기존의 행동관습에 구속되지 않은 여성들로 간주했다. 삼인칭 작중 화자에 따르면, 그의 어머니는 "마법을 가진 여성"(an evil conjure woman)(109)으로, 예언가이자 치유사이다.

> 그녀는 악한 마법을 가진 여성으로, 자신을 좋아하는 일곱 명의 아이들을 둔 복 많은 여성이다. . . . 아이들은 신시내티로부터 어머니에게 반반(필자의 주: 아프리카인들의 마법의식에서 사용하는 향유), 하이 존 더

컨쿼러(필자의 주: 아프리카의 식물), 리틀 존 투 추(필자의 주: 마법의식에서 사용하는 식물뿌리), 악마의 신발 끈(필자의 주: 부두교에서 사용하는 약초), 차이니스 워시(필자의 주: 부두교에서 사용하는 세정제) . . . 등을 주문해줬다. 그녀는 날씨, 징조, 살아있는 자와 죽은 자, 꿈과 온갖 병들에 대해 알았으며 이런 기술로 괜찮은 생활을 꾸려갔다.

She was an evil conjure woman, blessed with seven adoring children whose joy it was to bring . . . Van Van, High John the Conqueror, Little John to Chew, Devil's Shoe String, Chinese Wash, . . . She knew about the weather, omens, the living, the dead dreams and all illnesses and made a modest living with her skills. (109)

에이잭의 어머니는 좋은 마녀라고 말할 수 있다. 그럼에도, 에이잭이 자신의 어머니를 술라와 동일시 한 것은 술라에 대한 바닥촌의 집단적 관습을 거부한 것이나 다름없다. 즉 그는 밀교를 추종한 그의 어머니의 일탈과 성적 자유를 추구한 술라의 일탈을 모두 기존의 집단적 관습으로부터 벗어나려는 행위라고 믿었다(109).

에이잭은 술라에 대한 믿음을 바탕으로 그녀와의 진실한 대화를 이끌어 냈다. 그는 술라에게 내려다보는 말투로 이야기하지 않았고, 그녀의 삶에 대해 유치한 질문을 하지 않았다(110). 뿐만 아니라, 그가 어머니와 같은 총명함을 기대했을 때에, 그녀는 이를 보여줬다(110). 즉 술라에 대한 그의 이 같은 믿음과 태도는 공동체와 달리 그녀를 소통의 대상으로 만들었고, 그녀와의 진정한 대화를 이끌었다.

하지만 에이잭은 술라에게 공허감만 남기고 떠나버렸다. 삼인칭 작중 화자가 "에이잭과의 관계를 통해 소유가 무엇인지를 알게 되었다"(113)고 밝히듯, 에이잭은 술라의 편력대상이 되었던 어떤 남성들과도 견줄 수 없을 만큼 그녀를 잘 이해해준 유일한 남성이다. 이런 에이잭이 떠난다는 말 한 마디 없이 떠나버렸을 때에, 삼인칭 작중 화자가 "술라는 이제까지의 남성들로부터 느꼈던 것과 달리 에이잭이 부재했을 때에 공허감을 느꼈다"(115)고 밝히듯, 그녀는 깊은 공허감 속에 휩싸여야 했다. 이와 관련, 모리슨은 술라에 대한 에이잭의 믿음과 그들의 상호 소통적 관계를 통해 술라가 공동체의 시각과 달리 그의 어머니와 같은 마녀임을 보여주고자 했다.

모리슨은 마녀로서 술라의 악행을 이처럼 밝히며, 그녀에 대한 바닥촌의 반응을 추적했다. 바닥촌이 그녀를 악마로 규정한 시점은 공동체의 여인들 중 한 사람인 데시(Dessie)가 우물가에서 술라와 공동체의 부랑아인 샤드랙(Shadrack)의 만남을 목격했을 때이다. 공동체는 이 만남에서 평소에 폭언과 무례를 일삼았던 샤드랙의 정중한 예절과 이를 무언으로 받아들인 술라의 반응을 악마들의 맹약으로 간주했다(Salvatore 163). 삼인칭 작중 화자에 따르면, 어느 날 샤드랙이 우물가를 빙빙 돌고 있던 중에 술라를 만나자 평상시와 달리 욕도 하지 않고, 쓰지도 않은 모자를 벗는체하며 인사를 했으며, 술라는 웃으며 손을 자기 목에 대더니 목을 치는 시늉을 했다(101). 그리고 이 장면을 목격한 데시는 자신의 얼굴에 "큰 다래끼"(101)가 생겼다고 떠벌렸다.

샤드랙은 20세 때에 프랑스의 전쟁터에서 후퇴하던 중에 머리가 날아간 채 몸통으로만 달려가는 병사를 목격하는 등 충격적 경험을 하고 귀향한 후에 할아버지의 소유인 강둑의 오두막에서 살고 있다. 하지만 그의 삶은 전쟁 트라우마로 인해 온전한 삶이라고 말할 수 없다. 앨런 존(Allen Jon)이 트라우마에 대해 "객관적인 측면에서 트라우마는 자신이나 다른 사람이 직접적으로 목숨을 위협받는 신체적 위험에 노출되는 것이며, 주관적인 측면에서 이러한 상황에 노출된 사람이 두려움과 무력감에 몸서리치며 공포감이나 죄책감에 반응하는 것"(25)이라고 밝히듯, 그는 전쟁터의 충격적인 죽음을 목격하고 실신했지만, 트라우마에 대한 치유도 제대로 받지 못하고 귀향한 다음, 이로 인해 끊임없는 고통을 받고 있다. 삼인칭 작중 화자가 그에 대해 "죽음의 냄새를 알았지만, 죽음을 예측할 수 없어 두려웠다"(30)고 밝히듯, 그는 충격적인 죽음을 목격하며 얻은 전쟁 트라우마로 인한 공포 속에 살고 있다.

샤드랙은 귀향 후에 죽음의 공포로부터 벗어나기 위해 일명 '국민자살일'이란 자의적 의식을 치르지만, 공동체는 이를 명분으로 그에게 악마의 이미지를 덧씌우려 했다. 삼인칭 작중 화자가 "1년 중 하루를 죽음의 의식을 거행하면 나머지 날들을 안전하고, 자유롭게 살 수 있을 것이란 결론과 함께 거행했다"(28)고 밝히듯, 그는 죽음의 공포를 죽음의 의식적(ritual) 체험을 통해 벗어나기 위해 목에 밧줄을 걸고 험한 모습으로 마을을 행진하는 자의적 행사를 치러왔다. 하지만 공동체는 초기에 강한 거부감을 보였다. 샤드랙과 술라의 우물가 일에 대한 데시의 불평 역시 이 같은 연장선상에서 그녀의 신비주의적 믿음을 신체적 메타포를 통해 과장한 것이다.

데시의 불평은 공동체 전역으로 확산되고, 이를 기점으로 공동체로 하여금 술라와 관련된 일련의 크고 작은 사건들과 결부시켜 그녀를 더욱더 악마로 인식하게 만들었다. 술라가 에바를 양로원에 보냈다는 소식을 접했을 때, 바닥촌 사람들은 그녀를 '재수 없는 년'이라 비난했고, 주드와 성관계를 맺은 다음 다른 남성들 때문에 차버렸다는 소식을 들었을 때, 그녀를 '창녀 같은 년'이라고 비난했다. 그리고 그들은 술라의 귀향을 알린 울새 떼의 죽음, 해가가 불에 타 죽을 때 지켜만 본 일, 그리고 백인남성과의 성관계를 떠올리며 술라와의 직·간접적으로 연관된 일련의 불행들을 마녀로서 술라의 저주 또는 보이지 않는 힘에 의해 초래된 결과로 믿었다. 예컨대, 술에 취한 베티(Betty)는 5세의 아들인 티폿(Teapot)이 술라의 안부를 확인하고 돌아오던 중에 계단으로부터 굴러 떨어져서 일어나지 못하는 모

습을 목격하고 술라가 티폿을 밀쳤다는 헛소문을 퍼트렸다. 그리고 '바닥
촌' 사람들은 핀리 씨(Mr. Finley)가 3년 동안 해오던 대로 포치에서 닭 뼈를
빨고 있던 중에 마침 지나가는 술라를 보고 놀라 닭 뼈를 삼키는 바람에
닭 뼈가 목구멍 속에 걸려 죽은 일(99)에 대해서도 포치의 실수가 아닌, 술
라로 인한 불행으로 간주했다.

하지만 악마로서 술라는 "실질적인 악마가 아닌 선과 악의 이분법을 재
정립"(LeSeur 7)할 수 있게 해주는 악마이다. 공동체는 술라의 발자국에서
먼지를 한두 번 수집하려다 실패한 것 이외에 다른 해를 끼치는 일은 하지
않았다. 즉 악을 삶의 단면으로 간주해온(Tate 168) 그들은 술라의 출현을
막기 위해 밤엔 빗자루를 대문에 가로질러 걸거나 현관계단에 소금을 뿌렸
지만, 그녀에게 물리적 위해를 가하지도, 그리고 그녀를 그들의 삶으로부
터 배제하지도 않았다.

바닥촌 사람들은 술라에 대한 경계를 통해 공동체 의식을 강화했다. 잔
퍼먼(Jean Furman)이 술라의 귀향에 대해 "공동체의 결집을 유도했다"(29)고
밝히듯, 공동체의 도덕적 규범과 가치관을 벗어난 술라의 행위는 공동체를
와해시키기보다, 역설적으로 통합의 길로 유도했다. 삼인칭 작중 화자가
"술라에 대해 악마란 공동체의 확신은 그들의 의식을 보호와 사랑으로 바
꿨다"(102)고 밝히듯, 베티는 티폿이 넘어져서 일어나지 못한 이유가 자신
의 부실한 밥상 때문이란 사실을 의사로부터 전해 듣고 보다 충실한 어머
니가 되었고, 공동체의 여성들은 술라에 대한 경계심 때문에 남편들을 더
욱더 사랑으로 대하는 등, 술라에 대한 경계심을 통해 악과 함께 살아가며
악에 대처했다(Jennings 46).

모리슨은 술라를 통해 아프리카 전통사회의 마녀를 환기시키듯 그녀의
죽음을 아프리카 전통사회의 우주론적 이미지를 통해 형상화했다. 이 소설
의 결말부분에서, 넬이 방문했을 때, 그녀는 에바의 방 침대에 누워있었고,

그녀의 갈색 눈은 마노 빛으로 변해 있었다(120). 죽음 직전에 이른 그녀가 이 방의 침대에서 찾을 수 있는 유일한 위안은 에바가 한나를 구하기 위해 뛰어내린 창문이다. 삼인칭 작중 화자가 "술라는 침상에서 이 창문을 바라보며 평화를 얻었다"(128)고 밝히듯, 그녀는 불에 타죽는 어머니의 모습을 즐긴 지난날을 후회하며, 죽음을 고통이 아닌 안식으로 받아들이고 있다. 즉 이 창문은 열 수 없는 '난공불락의 최후,' 즉 관처럼 느껴지는 창문(128)이지만, 그녀가 원했던 혼자만의 느낌을 주는 창문이다. 모리슨은 에바가 뛰어내릴 당시에 부서진 이 창문을 "네 개의 날판지로 막고, 위를 비스듬하게 가로지르는 쇠막대를 대어 보수한 창문"(128)이라고 밝혔는데, 사각 창문틀을 막은 네 개의 널빤지와 수직의 쇠막대는 아프리카 신화의 우주론적 이미지를 환기시킨다. 즉 모리슨은 창문의 이 같은 이미지를 아프리카 전통사회의 우주론에 바탕을 둔 사면의 관으로 형상화하고, 술라의 죽음을 예고함과 동시에, 마녀로서의 죽음으로 형상화했다.

모리슨은 술라를 이처럼 아프리카 전통사회의 마녀로 신비화했음에도 불구하고 그녀의 악행 속에 내재된 원인을 현대문학 속에서 빈번히 접할 수 있는 작중 인물들의 트라우마로 인한 심리적 불안과 공포에 비춰 밝히고자 했다. 즉 모리슨은 술라의 악행을 인간의 운명, 의식, 그리고 삶에 치명적 충격을 가져다주는 마녀의 전통적 악행과 달리 자기중심적인 여성 자아의 자유분방한 성적 자유와 욕망의 표출로 묘사한 것처럼 악행의 원인을 밝히는 데에 있어서도 동시대의 문학적·심리학적 분석을 유도했다.

모리슨은 치킨 리틀을 익사하게 만든 술라의 악행을 표면적으로 우연 또는 과실에 가까운 행위로 묘사했지만, 실질적으로 이를 통해 술라의 파괴적인 캐릭터와 행위들을 예시하고자 했다. 술라는 에바의 자해흔적과 플럼 살해를 지켜보며 성장했다. 이와 관련, 살해의 정당한 명분과 목적을 판단하기에 너무 어린 그녀는 이 같은 흔적과 현장을 지켜보며 파괴적 행위를 일상적 삶의 일부분으로 학습했고, 자신의 잠재적 본능으로 내면화할 수밖에 없었다. 주디스 허먼(Judith Herman)에 따르면, "공포에 대응하기 어려운 상황에 있는 인간은 자신의 정신이 극단적으로 침해받는 상황에 대해 말할 수 없는 상태에 빠졌다고 간주하며, 그 근원인 트라우마를 자신의 힘만으로는 몰아낼 수 있는 여지가 없다"(16). 허먼의 이 같은 견해는 술라가 에바의 자해흔적과 플럼 살해를 지켜보며 트라우마를 경험했고, 트라우마의 불안감과 공포감으로부터 벗어날 수 없었음을 설명해준다.

술라가 치킨 리틀을 익사케 만든 뒤 샤드랙의 오두막을 찾아간 목적은 살해행위에 대한 책임의식과 함께 예상되는 공동체적 또는 제도적 비난과 징벌에 대한 불안감과 공포감을 해소하기 위해서이다. 술라는 이 같은 불안과 공포 속에 휩싸였을 때, 넬로부터 "누군가가 봤어"(52)란 말을 들었고, 강 건너편'이란 단서를 바탕으로 '누군가'가 강 건너 오두막에 살고 있는 샤드랙일 것이란 심증과 함께 목격자 여부를 확인하기 위해 그를 만나러 갔다. 술라가 찾은 오두막은 놀라울 만큼 정리정돈이 잘된 곳으로, 주인인 샤드랙은 출타 중이었다. 하지만 샤드랙의 부재와 출현은 술라의 인지능력과 상관없이 나타난다. 술라는 오두막 내부로 들어가며 샤드랙의 부재를 확인해줬지만, 오두막 밖으로 뛰쳐나올 때에 자신도 모르게 나타난 그의 존재를 확인해줬다. 따라서 샤드랙은 치킨 리틀의 살해 장면과 관련하여 확인할 수 없는 목격자 또는 확인되지 않은 목격자인 것처럼, 오두막 내부의 존재 유무와 관련하여 술라의 인지능력 밖의 존재나 다름없다.

술라의 오두막 방문과 탈출, 그리고 샤드랙의 부재와 출현은 짧은 시간에 순간적으로 이뤄진 일들이지만, 모리슨은 그들의 행동들이 교차하는 지점에 현실적 시각에 비춰 확인할 수 없는 상상 또는 추론의 공간을 배치해 놓았다. 술라가 샤드랙의 순간적 출현과 함께 놀라 오두막 밖으로 뛰쳐나왔을 때에, 넬은 당황해 하는 그녀의 모습 속에서 현실적 시각에 비춰 확인할 수 없는 무슨 일이 일어났음을 직감하고, 이에 대한 독자들의 상상 또는 추론을 유도했다. 즉 넬은 술라에게 "그가 거기 있었어? 봤대? 원피스의 허리띠는 어디 갔어?"(53)이라고 질문했는데, 그녀의 이 같은 질문은 술라의 확인과 달리 샤드랙이 당초에 오두막 안에 머물고 있었을 것이란 추론과 술라에게 성적 행위를 강요했을 것이란 추론을 가능하게 해준다.

술라는 치킨을 익사케 한 직후에 극도의 당혹감과 함께 불안감과 공포감을 느낀 이유는 어린 나이에 감당할 수 없는 책임감 때문이다. 공동체에 그녀의 행위가 알려질 경우, 그녀가 감당해야 하는 비난과 처벌도 책임감을 더욱더 무겁게 하는 것이다. 따라서 그녀가 목격자가 있었다는 넬의 말을 듣고 샤드랙의 오두막을 찾은 것도 이 같은 책임감으로부터 벗어날 수 있는지를 확인하기 위한 행위나 다름없다. 그리고 샤드랙의 오두막에서 그의 성적 행위를 용인했다면, 이 같은 책임감으로부터 잠정적인 자유를 얻기 위한 거래나 다름없다. 하지만 그녀의 거래는 샤드랙이 비밀을 보장해줄 때까지 누릴 수 있는 한시적·제한적 거래이다. 그녀와 샤드랙의 거래 사이에는 언제든지 틈만 나면 비집고 들어올 수 있는 공동체의 감시의 눈이 기다리고 있고, 그녀는 이를 경계하지 않을 수 없다. 즉 공동체는 그녀에게 그녀와 샤드랙 사이의 거래가 중단되는 순간 그동안 지켜온 비밀을 캐낼 수 있는 적이다.

술라가 10년 동안 외지를 떠돈 것도 불안감과 공포감 때문이라고 말할 수 있다. 모리슨은 이에 대해 내슈빌, 디트로이트, 뉴올리언스, 뉴욕, 필라델피아, 메이컨, 샌디에이고 등 여러 도시들을 전전하며 "친구를 찾아다녔으나 여자에게 애인은 친구가 아니고 절대로 그렇게 될 수도 없다는 사실을 깨닫고 귀향했다"(104)고 밝혔지만, 공동체로부터 좁혀오는 자신의 행위에 대한 심중에서 벗어나고자 했음을 말해주기도 한다. 모리슨은 술라와 샤드랙 사이를 비밀을 유지하기 위한 관계로 묶으면서도 그들의 관계 밖에 위치한 공동체의 감시와 심증을 작중의 이야기 속에 포함시켜놓았다. 공동체는 치킨 리틀의 익사 장면을 직접 목격하지 못했다. 하지만 그들은 익사 현장에 술라와 넬이 있었고, 둘 중 한 사람이 치킨 리틀을 익사시킨 범인이라는 심증을 굳히고 있다. 넬이 이 소설의 결말부분에서 양로원에 머무는 에바를 방문했을 때, 에바가 술라와 넬을 치킨 리틀의 익사와 직접적으로 연관된 가해자들로 지목하고 넬에게 "그 어린애를 어떻게 죽였는지 말해봐"(144)라고 다그친 것은 치킨 리틀의 죽음 원인에 대한 공동체의 의문이 그동안 술라와 넬로 향했다는 것을 말해준다. 에바는 공동체처럼 이 사건의 현장에 존재하지 않았다. 그럼에도, 그녀가 이 같은 질문을 던진 것은 공동체가 술라를 가해자로 지목하고 수군거리거나 다른 간접적 방식으로 밝힌 정보를 확인하기 위해서라고 말할 수 있다.

한편, 공동체가 귀향한 술라를 경계한 이유 또한 그들의 심증을 암시해준다. 공동체는 술라의 귀향과 함께 울새 떼가 죽는 것을 바라보며 불길한 예감 때문에 그녀를 경계한다. 모리슨이 술라의 귀향을 이처럼 신비주의적 의미를 담은 사건으로 처리한 것은 표면적으로 마녀로서 그녀의 존재감을 극화하기 위한 작가적 전략을 엿볼 수 있게 해준다. 그럼에도, 간과할 수 없는 사항은 술라에 대한 공동체의 심증과 불안을 밑바탕에 깔아놓았다는 것이다. 즉 공동체가 그녀의 귀향에 대해 경계심을 보인 것은 과거의 사건에 대한 심증과 함께 '또 무슨 끔찍한 일을 저지르려고 나타난 거야'라는 불안감으로 맞이한 것이나 다름없다.

술라의 공동체에 대한 공격성 역시 공동체에 대한 그녀의 불안감과 공포감을 환기시키는 대목이다. 칼 메닝거(Karl Menninger)는 공격성의 원인을 스트레스 상황에서 자아의 환상적 속성들(ego's homeostatic properties)에 대한 자기보존(self-preservation)의 욕망, 에드워드 글로버(Edward Glover)는 "트라우마 자극과 결손가정을 포함한 체질적(constitutional) 그리고 환경적 요소들이 작용, 즉 근심거리에 대한 일시적이고 기능적인 공격적 반응"(Yakeley 231 재인용), 아서 하얏트 윌리엄스(Arthur Hyatt-Williams)는 개인들의 마음이 견딜 수 없는 가해적 공포(persecutory anxieties)에 의해 지배될 경우 당사자들이 투사적 동일시를 통해 공포를 추방하려는 방어조치, 그리고 레슬리 손(Leslie Sohn)은 두려운 마음의 상태로부터 자신을 자유롭게 하기 위한 시도 때문이라고 분석했다(Yakeley 231 재인용). 즉 대상에 대한 공격성과 적대감은 모두 환경으로부터 경험하는 불안과 공포에 대한 방어기제로 나타난다. 보다 구체적으로, 머빈 글래서(Mervin Glasser)는 이를 자기보존적 폭력(self-preservative violence)이란 용어로 집약했다. 글래서는 폭력을 자기보존적 폭력과 가학피학성 변태성욕적 폭력(sado-masochistic violence)으로 분류하고, 자기보존적 폭력에 대해 육체적 또는 심리적 자아에 위협이 가해질 때 저질러지는 원초적 반응, 즉 어떤 사람이 자존심에 상처를 입거나 좌절 또는 굴욕을 당했을 때, 그리고 집착하는 이상에 모욕을 당했을 때에 반사적으로 나타나는 공격행위라고 설명했다. 뿐만 아니라, 글래서는 자기보존적 폭력의 경우 두 가지의 선택의 갈림길, 즉 나르시시스트적 상태로의 후퇴와 대상을 향한 폭력(Yakeley 234 재인용) 중에 후자를 선택할 때에 나타난다고 설명했다.

공동체에 대한 술라의 공격성은 일종의 자기보존적 폭력성이다. 즉 그녀는 치킨의 살해 이후 공동체의 의심과 심증 때문에 불안감과 공포감을 가졌고, 10년 동안의 공백기 이후에도 이 같은 정서로부터 벗어날 수 없었다. 귀향 직후, 그녀가 에바와의 대화에서 에바뿐만 아니라 공동체를 향해 적대감과 공격성을 동시에 보인 것은 이를 설명해주고도 남음이 있다. 이 대화 이후, 그녀는 에바에 대한 공포 때문에 에바를 불에 태워 살해할 수도 있다고 위협하여 방문을 잠그고 자도록 했을 뿐만 아니라, 에바를 열악한 양로원으로 보내버렸다. 삼인칭 작중 화자가 그녀에 대해 "심각하게 중요한 문제에 이르면 감정에 이끌려 무책임한 행동을 하고 뒷감당은 남들이 하게 내버려뒀다. 그리고 공포를 느끼면 손가락을 잘랐던 때처럼 믿을 수 없는 짓을 했다. . . . 너무 겁에 질린 나머지 자신을 방어하기 위해 제 몸을 잘라냈다"(87)고 밝히듯, 그녀의 공격성은 불안감과 공포감을 느낄 때에 나타나는 자기보존적 공격성이다. 따라서 공동체에 대한 그녀의 공격성 역시 에바에 대한 공격성에서 드러난 것처럼 공동체에 대한 불안감과 공포감으로부터 자신을 지키려 한 자기보존적 폭력성으로부터 비롯된 공격본능이다.

3. 사후 세계의 육화로서 마녀

　모리슨은 빌러비드를 아프리카 전통사회의 마녀로 형상화하기 위해 죽음으로부터 환생한 존재로 형상화했다. 음비티에 따르면, 전통사회의 아프리카인들은 "죽으면 친척과 친구들의 기억을 통해 살아있는 것"(24)으로 믿는다. 즉 죽은 사람은 친척들과 친구들에 의해 이름이 기억되면 육체적으로는 죽었지만 기억 속에 살아있는 사람이다. 뿐만 아니라, 음비티가 전통사회의 아프리카인들은 "살아있는 죽은 사람이 부당하게 매장되거나 죽기 전에 공격을 당했다면, 보복을 위해 질병, 불행을 가져오고, 빈번히 출현하는 것"(83)으로 믿는다고 밝히듯, 모리슨은 환생을 통해 빌러비드를 작중인물로 등장시켜 그녀를 아프리카 전통사회의 마녀로 형상화했다. 즉 모리슨은 어머니의 극단적인 모성애에 의한 빌러비드의 죽음을 환생의 이유 또는 계기로 제시하고, 어머니 앞에 나타나 지난날 상실한 모성애를 갈구하고 살해이유를 묻는 그녀의 파괴적 모습을 통해 아프리카 전통사회의 마녀를 환기시키고자 했다.

이 소설에서 빌러비드의 환생은 어머니의 옛 동료 폴 디(Paul D)가 18년 만에 어머니를 찾아와 어머니와의 새로운 삶을 계획할 무렵이다. 빌러비드는 환생하기 전부터 아기 유령으로 등장했고, 폴 디가 어머니를 찾아왔을 때에, 그에 의해 퇴거를 강요받았지만, 환생을 통해 어머니와 재회했다. 이와 관련, 그녀의 환생은 덴버(Denver)에게는 유일한 친구였던 어머니를 폴 디에게 빼앗겼다는 상실감으로부터 벗어날 수 있게 해주는 계기로, 폴 디에게는 아기유령의 늪으로부터 세스(Sethe)를 구제하려는 그의 의지를 좌절케 하는 계기로, 그리고 세스에게는 그와의 새로운 삶을 계획하며 미래를 과거의 볼모로 삼지 않겠다는 전향적 삶의 목표를 다시 과거의 삶으로 되돌리는 계기로 작용했다(Heinze 95).

빌러비드는 환생하자마자 자신이 어머니에 의해 살해된 딸임을 상기시키듯 살해될 때에 입은 신체적 상해흔적을 드러내 보이며 고통을 호소했다. 삼인칭 작중 화자가 "모든 곳이 쑤셨는데, 폐가 가장 많이 아팠다"(50)고 밝히듯, 그녀는 어머니에 의해 살해될 때에 치명적은 손상을 입은 신체 부위와 그곳의 고통을 어머니와 주위사람들에게 호소했다. 즉 "폐가 자장 많이 아팠다"는 삼인칭 작중 화자의 언급은 이 고통이 목이 잘려 죽은 그녀의 상처부위와 무관하지 않음을 말해준다.

빌러비드가 상처를 이처럼 공개한 목적은 자신이 어머니에 의해 살해된 딸임을 어머니에게 확인시켜주기 위해서이며, 어머니를 죄의식에 빠져들게 하여 모성애를 이끌어내기 위해서이다. 더니즈 하인즈(Denise Heinze)가 그녀에 대한 세스의 지나친 모성적 반응에 대해 "어머니의 지나친 자녀집착은 자식을 자신의 손으로 죽인 것에 대한 죄의식 때문이다"(179)라고 밝히듯, 세스의 지나친 모성애는 죄의식으로부터 시작된 것이며, 이 같은 비정상적 이유로부터 비롯되었기 때문에 지나친 것이다. 즉 그녀는 환생한 빌러비드가 자신이 살해한 딸의 육화임을 확인하고, 죄의식 때문에 아이의 욕구를 채워주려 했고, 아이는 어머니로부터 애정을 더욱더 요구했다(Whitford 264).

빌러비드가 어머니의 죄의식을 자극하며 모성애를 요구하는 방식은 마녀의 악행과 다름없다. 그녀는 처음 등장했을 때 갈증을 호소하며 어머니의 모성을 유도했지만, 갈수록 더 심해지는 자해행위와 폭력을 통해 어머니의 죄의식을 자극하고, 모성애를 요구했다. 이 과정에서, 그녀의 갈증과 목에 난 상처의 가려움증은 어머니의 애정을 요구하기 위한 위협수단 또는 공격용 무기로 진화했다(Heinze 178). 어머니와 함께 베이비 석스(Babby Suggs)가 설교했던 '클리어링'(Clearing)을 베이비의 사망 이후 9년 만에 찾았을 때, 삼인칭 작중 화자가 "목덜미를 잡은 손가락들이 이제 매우 강해졌다. . . . 엄지손가락으로 목덜미를 우르고 나머지 손가락들은 목의 양 옆을 꽉 잡았다"(96)고 밝히듯, 그녀는 어머니의 목을 조르기까지 했다. 이와 관련, 모리슨은 세스의 목을 누가 졸랐는지 직접적인 언급을 자제했지만, 세스가 목주위에서 아기의 손처럼 보드라운 손의 촉감을 느꼈다고 밝힘으로써, 세스의 목을 조른 손이 빌러비드가 살해되기 전에 세스의 몸에 촉감으로 남긴 유아시절의 손임을 밝혔다. 뿐만 아니라, 폴 디를 떠나게 해야 한다는 그녀의 불평을 듣고 덴버가 "그가 떠나면 엄마가 화낼 거야"(133)라고 대답했을 때, 그녀는 자신의 손으로 자신의 어금니를 뽑았고, 어머니에 대한 욕구불만이 정점에 달했을 때, 안절부절 못하며 먹어대다가 목의 상처를 피가 나오도록 긁어댔다(250).

빌러비드의 위협적·파괴적 모성애의 요구는 부당한 죽음과 매장에 대한 보복을 위해 유령으로 환생한 죽은 사람이 당사자에게 질병과 불행으로 복수한다는 아프리카 전통사회의 믿음을 환기시켜준다. 즉 그녀의 모성애를 위한 파괴적 행위들은 아프리카 전통사회의 믿음처럼 "미소를 짓는 악귀로 환생하여 지난날 어머니가 자신을 죽인 것에 대해 복수의 칼날을 뽑은 것이다"(Lawrence 239).

그녀는 땅바닥에 배를 깔고, 그 대담한 줄무늬 옷을 더럽히며, 흔들리는 얼굴들에게 자기 얼굴을 댔다. . . . 그리고 나서 그 일시적 분위기가 변하고 싸움이 시작되었다. 처음에는 천천히 시작되었다. 빌러비드가 불평하면 세스가 사과하는 식으로, 나이가 더 많은 어머니가 특별히 더 노력했지만, 번번이 기쁨은 감소되었다.

She flattened herself on the ground, dirtying her bold stripes, and touched the rocking faces with her own. . . . Then the mood changed and the arguments began. Slowly ar first. A complaint from Beloved, an apology from Sethe, A reduction of pleasure at some special effort the older woman made. (241)

빌러비드는 이 장면이 말해주듯 악귀의 모습이다. 이때 세스는 그녀에게 모든 것을 다 준 뒤 마지막 하나의 생명마저도 희생을 요구받는 듯한 모습이다.

한편, 모리슨은 마녀로서 빌러비드의 악행을 세스로 하여금 공동체의 손길을 붙잡게 만드는 역설적·반어적 행위로 형상화했다. 세스는 빌러비드로부터 모성애를 강요받기 전부터 고립을 자초하여 고립무원의 상태였다. 그녀의 고립은 124번가에 대한 공동체의 반감과 무관하지 않다. 공동체는 그녀의 성공적인 탈출을 축하하기 위해 베이비가 마련한 풍성한 축하잔치를 경제적 부를 과시하여 자신들을 무시하기 위한 잔치였다고 비판했다. 베이비가 이럴 의도로 문제의 잔치를 마련하지 않았음에도 불구하고, 삼인칭 작중 화자가 "그것은(=잔치) 그들을 화나게 했다"(137)고 밝히듯, 공동체는 베이비의 풍성한 잔치에 대해 분노와 반감을 보였다. 그리고 그들은 이에 대한 보복으로 스쿨티처(Schoolteacher)가 온다는 소식을 베이비와 세스에게 전해주지 않아 세스가 빌러비드를 살해하도록 만들었다(Higgins 104).

세스의 탈출기념 잔치를 기점으로 시작된 124번가와 공동체의 부조화는 세스의 오만에 의해 지속되었다. 세스는 유아살해로 인해 투옥되었지만 공동체의 탄원으로 풀려났다. 하지만 그녀는 공동체에 도움을 요청하지 않았고, 공동체는 그녀를 거만하다고 간주하고 피했다(Higgins 104). 노예들의 탈출을 돕는 스탬 페이드(Stamp Paid)가 베이비의 장례식 일을 상의한 후에 돌아가며 "자존심이 지옥까지 가겠네"(171)라고 말했을 정도로, 그녀는 지나친 자존심 때문에 공동체로부터 스스로 자신을 고립시켰다. 즉 스탬 페이드의 이 같은 불만 섞인 평가는 단순히 개인적 평가가 아니라 공동체의 정서를 대변해주는 평가이다. 삼인칭 작중 화자가 "마을사람들은 거의 모두 세스를 곤경에 빠뜨리길 고대하고 있었다"(171)라고 밝히듯, 그녀는 공동체 전체의 비호감 대상이 되어 자신을 124번가에 고립시켰다.

124번가의 폐쇄된 대문을 밖을 향해 열어젖힌 사람은 덴버이다. 작중의 현재시점에서 덴버는 세스가 점점 폭력화되어가고 있는 빌러비드의 지나친 모성애 요구에 의해 육체적·정신적으로 피폐해져갈 무렵에 "외부세계를 알고 그 속으로 들어가는 것 이외에 그것에 대한 방패는 없어"(244)라고 알려준 베이비의 충고에 대한 기억과 자신이 어머니의 생존의 유일한 희망(Higgins 105)이란 인식과 함께 공동체를 향해 124번가의 폐쇄된 대문을 열어젖힌다.[57] 그녀는 존슨 부인(Mrs. Johnson)과 재니(Janey)를 찾아 세스의 상황을 전하며 도움을 이끌어내고, 보드윈(Bawdwin)의 집에서 일할 수 있게 해준 재니는 이를 엘라(Ella)와 공동체 여성들에게 전달하여 공동체 여성들의 도움을 이끌어낸다.

124번가의 폐쇄된 대문을 공동체를 향해 열어젖힌 사람이 덴버라면, 공동체가 도움의 손을 내밀었을 때에 자존심과 오만을 드러내지 않고 이를

---

57) 덴버가 공동체를 향해 124번가의 폐쇄된 대문을 열어젖힌 이야기는 이 책의 제4장 2에서 자세히 다뤘음.

잡은 사람은 세스이다. 그녀는 빌러비드의 지나친 모성애 요구에 의해 심신이 마모된 채 이전과 달리 공동체가 내민 도움의 손을 받아들인다. 그녀는 백인남성이 덴버에게 일자리를 소개하려고 찾아왔을 때에 그로부터 스쿨티처의 이미지를 떠올리며 얼음꼬챙이를 들고 달려들었지만, 엘라를 위시한 공동체의 여성들이 찾아왔을 때에 그들이 내민 도움의 손을 거부하지 않는다. 그녀가 빌러비드의 지나친 모성애 요구를 겪은 뒤에 이처럼 공동체 여성들과 화해하는 모습을 보인 것은 그동안 자신을 고립시켜온 자존심과 오만 역시 빌러비드의 지나친 모성애 요구를 겪으며 심신처럼 마모시켜 버렸음을 말해준다. 뿐만 아니라, 그녀의 이 같은 변화는 외부세계와 담을 쌓고 살 수 있는 "요새란 없다"(244)는, 그리고 외부세계를 향해 "칼을 버려라"(244)라는 베이비의 교훈을 잠정적으로 이해했음을 말해준다. 따라서 빌러비드의 마녀적 악행은 공동체로부터 고립된 세스의 고립을 더욱더 심화시켜 심신의 마모와 함께 자존심과 오만을 마모시키도록 유도한 뒤 세스로 하여금 공동체와 화해하도록 역설적 · 반어적 결과를 유도했다.

4. 혼종과 영적 차유사로서 마녀 아닌 마녀

『낙원』에서 콘솔래타는 종교적으로 아프리카계 남성중심사회인 루비(Ruby)의 이단이며, 이런 이유 때문에 아프리카계 남성중심사회에 의해 '마녀'로 불리는 마녀 아닌 마녀이다. 그녀는 브라질 가톨릭과 아프리카의 전통적 신앙을 접목한 그녀의 범신론적 신앙이 말해 주듯 육체와 정신, 현실과 이상, 그리고 지상과 천상의 가치와 질서를 이율배반적 조화의 관계로 이해한 여성이다. 샤넷 로메로(Chanette Romero)의 견해에 따르면, 그녀의 신앙은 루비 사회의 백인모방적 신앙이 아닌 가톨릭 신앙과 아프리카적 영혼숭배를 결합한 브라질 원주민의 신앙으로, 대지, 공기, 물 등 자연의 요소들과 결합된 범신론적이고, 다자적이며, 내재적인(immanent) 신앙이다 (417). 따라서 그녀의 이 같은 신앙은 지상과 천상, 육체와 정신, 감정과 이성의 이율배반적 조화에 바탕을 둔 수녀원의 상호 소통적이고, 자기-창조적이며, 자율적인 행동양식과 획일화된 사회에 대해 파괴력 또는 포용력으로 작용하는 힘을 만들어내었다고 말할 수 있다. 따라서 그녀가 일명 '제8암층'(8-rock)으로 불리는 아프리카계 남성중심사회에 의해 마녀로 간주된 것은 술라와 빌러비드처럼 행동했기 때문이 아니라, 아프리카에 처음 발을 들여놓은 기독교 선교사들이 아프리카 전통사회의 사제들과 치유사들을 '마녀들'로 불렀던 것처럼, 종교적·인종적 타자들을 향한 아프리카계 남성중심사회의 부정적·억압적 태도와 시각을 반영해준다.

'제8암층'으로 불리는 루비의 아프리카계 공동체는 콘솔래타와 달리 백인중심사회의 기독교적 신화를 자신들의 신화로 각색하여 사유화한 사람들이다. '제8암층' 조상들은 공직으로부터 퇴출당한 경험을 인종차별로 인한 시련, 루이지애나(Luisianna)로부터 오클라호마(Oklahoma)의 오지 헤이븐(Haven)에 이르는 대장정을 폭력으로부터 벗어나기 위한 이스라엘 민족의 대장정에 비유했다. 뿐만 아니라, 공동체의 대표적인 가문들 중 모건(Morgan) 가문의 조상인 코피(Kofi)는 자신의 이름을 불복종의 비참한 결과를 미리 내다 본 예지자의 이름인 '제커라이어'(Zechariah)로 개명했다.

'제8암층' 조상들이 구약성서의 기독교 신화를 이처럼 자신들의 처지와 행동을 각색하기 위한 도구로 활용한 목적은 후손들에게 노예해방 이후 백인중심사회의 인종차별로 인한 조상들의 고난과 이에 굴하지 않은 조상들의 거룩한 결단을 상기시키기 위해서이며, 조상들의 거룩한 결단이 인종차별로부터 벗어나기 위한 결단뿐만 아니라 노예제도에서도 지켜진 순수혈통을 보존하기 위한 결단임을 상기시키기 위해서이다. 따라서 그들은 후손들에게 자신들의 이 같은 과거를 상기시키기 위해 인종차별로부터 자신들을 방어할 굳건한 성을 구축하고, 혈통법칙을 만들어 이를 자손만대 이어가도록 규범화했다. 그들이 고난의 과거와 혈통의 순수성을 이처럼 배타적 공간 속에 규범화한 목적은 궁극적으로 후손들에게 불복종으로 인해 사랑과 자비를 잃고 뿔뿔이 흩어져 살기 좋은 땅을 황폐하게 만든 이스라엘 민족의 역사를 교훈삼아 불복종의 비참한 결과를 만들지 말라는 교훈을 강요하기 위해서이다. 하지만 성서를 자기중심적으로 각색하고 사유화한 그들의 교훈은 모순과 폐단을 만들어 인종적·종교적 타자들인 콘솔래타를 위시한 수녀원 여성들을 마녀들로 왜곡하는 결과를 초래했다.

모리슨은 '제8암층'의 이 같은 시각을 반영하듯 혈통배경을 알 수 없는 콘솔래타가 '제8암층'의 혈통규범에 아랑곳 하지 않고 그 구성원과 나눈 은밀한 사랑을 공개했다. 그녀의 이 사랑은 '제8암층'의 혈통주의를 자부심으로 여기는 모건(Morgan) 가문의 장자 디컨(Deacon)과의 사랑이다. 그녀가 어린 시절 난교를 당한 경험에도 불구하고 디컨과 연인관계를 맺게 된 계기는 디컨이 수녀원으로 고추를 사러왔을 때이다. 그녀는 전에 수녀원 원장인 마리 마크너(Mary Magner)와 필요한 용품을 사기 위해 약국에 들렀을 때에 말을 탄 디컨을 목격하고, 잘생긴 그의 외모에 반했지만, 이후 2개월 동안 그를 다시 보지 못했다. 이런 상황 속에서, 어느 여름, 즉 수녀원이 폐교처분을 받았을 때에, 디컨이 고추를 사러왔고, 그녀는 이를 계기로 금요일 정오에 디컨과 만나기로 약속했다. 하지만 이 만남은 가을 무렵 디컨이 약속을 파기함으로써 끝났다. 그녀는 매주 금요일에 만나기로 한 약속을 어긴 디컨을 찾아가 수녀원의 지하실 방에서 만나기로 약속하고 기다렸지만, 디컨이 이를 지키지 않았다.

콘솔래타와 디컨의 사랑은 금단의 열매를 맛본 뒤 디컨의 거절로 인해 무의미하게 끝난 사랑이다(Syri 146). 즉 그녀의 사랑은 '제8암층'의 순수 혈통주의적 규범과 질서를 넘어선 사랑이기는 하지만, 파괴력을 지닌 술라의 남성편력도 아니고, 술라의 남성편력처럼 공동체의 반발을 불러일으킨 사랑도 아니다. 모리슨이 그녀의 사랑을 통해 전달하고자 하는 메시지는 술라의 남성편력과 같은 파괴력이라기보다 사랑을 통한 그녀의 개인적 치유이라고 말할 수 있다. 그녀는 어린 시절에 난교를 당한 충격으로 인해 수녀원에 들어와서도 지하실 방에 자신을 가두고 살아온 여성이다. 따라서 그녀가 수녀원 밖에서 디컨과 사랑을 나누는 장면, 디컨에 약속대로 나타나지 않자 수녀원 밖에서 그를 기다리는 장면, 그리고 그를 찾아가기 위해 비포장도로를 걸어가는 장면 등은 디컨과의 사랑이 그녀를 수녀원 밖으로 유도하는 치유력으로 작용했음을 말해준다. 즉 스티븐 콜리스(Steven Collis)가 "과거의 상처로 인해 자신을 고립시켰던 수녀원 지하실 밖으로 나오게 한 사랑"(Collis 51)이라고 평가한 것처럼, 디컨과의 사랑은 그녀로 하여금 지난날의 트라우마로부터 벗어날 수 있는 계기를 마련해준 사랑이다.

모리슨은 또한 콘솔래타를 술라와 달리 공동체를 수녀원 내부로 유도하고 포용하는 안내자이자 공동체의 고통을 위로하고 치유해주는 이교도적 상담자이자 치유사로 형상화했다. 그녀는 초자연적 치유력을 통해 '제8암층'의 도덕적 규범 속에 갇혀 살고 있는 여성들을 루비 밖으로 유도했다. 그녀의 영적 치유력은 삼인칭 작중 화자가 "악마의 소행 같았다. 사악한 기교 같았다. 마리 마그너 수녀님, 예수님, 그리고 성모님께 말씀드리는 것이 창피하고 난감했다. 론의 주술이다"(246)라고 밝히듯, 이교도적 치유력이다. 그녀는 이 같은 치유력을 지니고 있었고, 마을의 산파인 론 듀프레(Lone DuPres)가 이를 일깨워 행하게 했다.

하지만 론이 "교회의 성스러운 모든 것들이 마법의 식견을 인정하지 않고 주술을 허용하지 않는다"(244)고 설명하며, 신화적 치유력을 행하도록 권고했을 때, 그녀는 론의 권고를 거부하며 "그럴 리 없어요. 저는 믿음만 있으면 된다고 믿어요"(244)라고 반박했다. 그녀가 론의 권고를 거부하던 중에 결국 수용한 시점은 디컨과 소앤(Soane)의 아들인 15세의 스카우트 모건이 교통사고로 죽음에 이르렀을 때이다. 그녀는 사고 당시에 론과 마주 앉아있던 중에 론에 의해 이끌려 사고현장에 도착했다. 삼인칭 작중 화자가 "론은 사고가 나는 소리를 들었다기보다 본능적으로 감지했다"(244-45)고 밝히듯, 론은 초감각적인 예지력을 소유했다. 론은 예지력을 통해 사고를 감지했고, 콘솔래타의 신기를 이미 알고 있었기 때문에 그녀를 사고현장으로 데려간 다음, 꺼져가는 스카우트의 생명을 되돌리게 했다. "난 이제 늙었어. 이제 더는 못해. 하지만 넌 할 수 있어"(245)라고 언급하듯, 론은 나이가 많아 더 이상 영적 치유를 할 수 없다고 밝히며, 그녀에게 이 일을 전수하고자 했다. 그녀는 론의 지시대로 치유를 행했고, 꺼져가는 생명을 되살렸다. 그리고 그녀의 치유는 소앤의 방문으로 이어졌고, 지난날 디컨과의 불미스러운 관계에 대해 화해의 계기를 마련했다.

콘솔래타의 치유력은 소앤과의 소통은 물론 그녀와 수녀원 여성들을 '제8암층'의 후손인 케이. 디(K. D)와 아넷(Arnet)의 결혼피로연에 참여할 수 있게 했다(154). 뿐만 아니라, 수녀원을 '제8암층' 가문의 여성들, 즉 플릿우드 가문의 스위티(Sweetie)와 아넷 그리고 블랙호스 가문이자 패트리샤의 딸 빌리 델리아(Billy Dellia)의 휴식처가 되게 했다. 제프의 아내인 스위티는 순수혈통 보존을 위한 근친결혼의 후유증으로 네 명의 장애아를 두고 있으며, 아이를 돌보느라 6년간 집 밖을 나간 적이 없는 여성이다. 그녀는 그동안 불필요한 웃음만 짓고 살았는데, 이런 그녀에게 수녀원은 남성중심사회의 감금과 같은 폐쇄적 삶 속에서 마비된 그녀의 타자성을 일깨워줬다(129). 이와 함께, 케이. 디의 유혹으로 원치 않는 아이를 임신한 아넷은 낙태를 시도하다 실패하고 수녀원을 찾았고, 블랙호스 가문의 빌리 델리아도 곤경으로부터 위로받기 위해 수녀원을 찾았다. 따라서 콘솔래타의 치유력은 '제8암층' 남성들의 성적·인종적·도덕적 가치관을 위협하는 파괴력으로 작용했다.

　모리슨은 콘솔래타의 치유력을 수녀원의 공간적 이미지를 통해 환기시키고자 했다. 호미 바바(Homi Bhabha)에 따르면, 수녀원은 외부의 고착화된 관념으로 볼 때 전제군주, 야만성, 혼돈, 폭력의 개념이 덧씌워진 공간이지만, 역설적으로 서로의 차이와 혼종을 인식하고 이해할 수 있는 상호 소통적 공간이라는 점에서 외부의 고정관념을 해체하는 전복적 공간이다(The Location 101). 콘솔래타는 이 같은 수녀원을 루비의 경직된 행동양식과 법칙의 한계에 분노하는 루비 사람들에게 분노를 삭일 수 있는 위로와 치유의 출구로 제공했다. 하지만 루비의 '제8암층' 남성들은 콘솔래타를 자신들의 행동양식과 법칙을 파괴하는 마녀로 간주했다. 즉 그들은 자의적으로 신화화하고 제도화한 그들의 성적, 인종적, 그리고 도덕적 가치관을 지키기 위해 콘솔래타를 마녀로 규정하고, 콘솔래타는 물론 수녀원을 제거하기 위해 기습적 폭력을 행사했다.

5. 원시자연주의자와 신비주의자로서 마녀 아닌 마녀

　리나는 미국의 기원역사 속에 투영된 작중 인물이지만, 콘솔래타처럼 백인중심사회의 인종적·종교적 타자이다. 하지만 그녀는 작중의 공동체에 의해 '마녀'로 불린 콘솔래타와 달리 백인농장의 충실한 노예로서 더 강한 이미지를 환기시켜주는 마녀이다. 즉 그녀는 콘솔래타처럼 영적 치유사는 아니지만, 아프리카에 처음 발을 들여놓은 기독교 선교사들에 의해 '마녀'로 불렸던 아프리카 전통사회의 이교도적 원시자연주의자, 원시자연적 약제사, 그리고 신비주의자를 환기시켜주는 미국원주민이다. 모리슨이 리나를 이처럼 형상화한 것은 미국원주민의 원시주의적·신비주의적 의식과 삶 역시 아프리카 전통사회와 공유할 수 있는 의식과 삶임을 환기시켜주며, 더 나아가 리나 역시 백인농장주인의 충실한 노예 이외에 콘솔래타처럼 백인중심사회의 종교적·문화적 시각에 '마녀'로 비춰질 수 있음을 밝혀준다.

모리슨은 리나를 콘솔래타와 공유하는 의식과 삶의 소유자로 묘사했지만, 부분적으로 콘솔래타와 달리 선과 악의 양극단을 오가는 인물로 묘사했다. 콘솔래타는 작중 전반에서 개인적·집단적 차원에서 인종적·성적·종교적 타자들에게 포용력을 발휘하고 그들 중에 육체적·정신적 상처와 고통을 겪는 사람들을 위로와 치유의 길로 유도하는 인물이다. 하지만 리나는 콘솔래타와 달리 개인적 차원에서 특정 대상들을 향한 자기감정, 즉 사랑과 증오, 포용과 거부를 명확히 드러내며 선과 악의 양극단을 오가는 인물이다. 그리고 그녀는 이 과정에서 미국원주민의 신비주의적 믿음에 바탕을 둔 사랑, 포용, 선행을 행하고, 이와 대조적으로 증오, 거부, 악행을 행한다.

미국의 식민시대를 배경으로 미국의 기원을 추적하며 예외주의적 기원 역사에 의해 소외되거나 왜곡된 인종적 타자들의 역사를 복원하고자 한 이 소설에서,58) 리나는 14세 때에 백인중심사회에 의해 종교적·문화적 부적

---

58) 발레리 밥(Valerie Babb)은 캐시 코벨 웨이그너(Cathy Covell Waegner)의 표현을 빌리어 예외주의가 "언덕 위에 모범적 도시를 건설하겠다는 선택된 자들의 신과의 맹세"(147)로 부터 비롯되었다고 지적한다. 수전 스트럴(Susan Strehle)은 발레리보다 더 상세하고 구체적인 설명과 함께, 예외주의적 기원역사들과 담론들이 "미국을 구세계의 부패한 정부들, 교회들, 그리고 사회들의 파행들을 바로잡기 위해 선택된 사람들에 의해 세워진 구세주의 나라"(109)로 각인시킨다고 지적한다. 그리고 스트럴은 선택된 사람들의 신화에 대해 "선택된 자와 저주 받은 자, 백인과 흑인, 남성과 여성, 신세계와 구세계를 구분하는 유해한 이분법적 분리"(109)에 의존한다고 밝히며, "원주민, 빈곤자, 그리고 토지를 소유하지 못한 자에 대한 유럽정착민들의 학대를 악화시키고, 백인이 아닌 사람들의 노예화를 정당화한다"고 지적한다. 스트럴의 이 같은 지적은 예외주의가 인종적·경제적·문화적 타자를 양산하고, 타자에 대한 억압과 폭력을 정당화하게 만들었음을 확인

격자로 심판받고, 네덜란드계 백인농장주인인 제이콥 바크(Jacob Vaak)에게 팔려온 농장노예이다. 그녀가 바크의 노예가 된 이유는 천연두의 창궐로 인해 마을과 가족을 모두 잃었기 때문이다. 백인병사들은 천연두가 창궐한 마을과 사망자들을 모두 소각하고, 오갈 데 없는 그녀를 장로교도 가족에게 위탁했다.

장로교도 가족은 리나의 종교적·문화적 타자성을 기독교적 규범과 관습의 이단으로 간주했다. 그들은 리나가 강에서 벌거벗고 목욕하는 것을 죄로 간주했고(55), 딸기나무를 자른 것을 도둑질(56)이라고 질책했다. 그들은 그녀에게 새로운 관습과 규범을 습득하도록 강요했다(56). 그들의 이 같은 강요는 그녀를 동반자로 만들기 위해서가 아니라, 타자로 차별하고 억압하기 위한 종교적·문화적 예외주의 또는 우월주의에서 비롯된 것이다. 그들은 그녀를 문화와 규범 속에 길들여지게 하려 하면서도 인종적·문화적·종교적 타자란 이유로 일요예배에 데려가지 않았다. 그들은 그녀를 차별과 폭력으로 길들이려 했지만, 실패했다. 이 때문에, 그들은 동전을 잃어버렸다는 이유로 그녀를 눈이 안보일 정도로 구타했고, 비문명적 이교도란 이유로 개처럼 그녀를 집 밖에서 먹고 자게 했으며, 급기야 바크의 농장으로 팔아버렸다.

모리슨은 리나를 미국 원주민의 원시 자연주의적 전통을 복원하는 인물로 형상화하여 그녀와 아프리카 정통사회의 약제사와의 동질성을 보여주고자 했다. 그녀는 14세 때에 바크의 농장으로 팔려온 다음 가족을 잃은

해준다. 스트럴에 이어, 미너 캐러밴터(Mina Karavanta)는 예외주의를 청교도적 배타주의로부터 유래했다고 접근하고, "극단적 타자와 적을 확인하고 양산한 악의적 수사법"(737)에 의해 고양된 "배타주의적 이미지화"(737)로 정의한다. 그녀의 이 같은 정의는 예외주의가 그리스도를 "하얗고, 제국주의적인" 존재로 범례화하고, "제국주의적 정복, 노예제도, 그리고 임대계약 노동자에 대한 착취를 정당화했다"(737)는 지적과 함께 스트럴의 견해와 맥을 같이한다.

상실감과 함께 소중한 것을 다시는 잃지 않겠다고 다짐하며 미국 원주민의 전통을 복원하고자 했다. 즉 그녀는 자신을 지키기 위해 어머니가 죽기 전에 그녀에게 가르쳐준 여러 기억들을 되살려 미국 원주민의 전통을 복원하고자 했다. 삼인칭 작중 화자에 따르면, 그녀는 바크 농장의 마루를 쓸고 있는 동안 "기억과 자신의 지식에 의지하여 무시되었던 의식들(rituals), 유럽의 약과 원주민의 약, 그리고 성서와 전승지식을 끼워 맞췄고, 감춰진 사물들의 의미를 되살리거나 창조했다"(57). 삼인칭 작중 화자의 이 같은 언급은 그녀가 백인중심사회에 의해 무시되었던 미국 원주민의 전통적 의식을 복원하고, 의학적·종교적 차원에서 전수받지 못한 부분을 유럽의 의학적·종교적 지식으로 보충하여 자신의 창조적인 의학과 종교로 창조했음을 말해준다. 이와 관련, 원시 자연적 약제사로서 그녀는 천연두에 걸린 레베카(Rebecca)를 전통적인 민간요법을 활용하여 보살폈다.

모리슨은 또한 리나를 원시자연주의자와 신비주의자로 형상화했다. 원시자연주의자로서 리나는 농장의 노예로 살면서 가족과 마을의 상실로 인한 충격과 고독을 자연과의 교감을 통해 해소했다. 그녀는 새들과 노래했고, 식물들과 대화했으며, 다람쥐들에게 말했고, 암소에게 노래를 불러주었으며, 비를 향해 입을 벌렸다(57). 그녀는 농장의 채소를 보호하기 위해 바크에게 청어사료를 사용하도록 제안했고, 자연의 원리와 인간의 운명을 연결하여 소낙비와 바크의 죽음을 동일시했다(77). 그리고 신비주의자로서 그녀는 바크에게 팔려올 때에 장로교도의 집에서 두 마리의 수탉의 목을 잘라 사랑하는 사람의 신발 속에 넣었는데(123), 그녀의 이 같은 행위는 여행의 행운을 기원하는 일종의 원시적 신앙 또는 관습을 연상시켜주는 행위이다. 그녀는 천연두에 걸린 레베카의 치유를 위해 천연두 치료법을 알고 있는 대장장이(The Blacksmith)를 부르러 여행을 떠나는 플로렌스(Florens)에게 "숲에는 사냥꾼을 보호하는 정령이 있다"(80)고 조언해고, "뱀은 사람을 물거나 먹어 삼키는 걸 좋아하지 않는다"(78)고 조언해줬다, 이와 관련, 신비주의자로서 그녀의 모습은 미국 원주민의 전통, 의식, 삶을 반영해주는 모습임과 동시에, 이와 상응하는 아프리카인들의 전통, 의식, 삶을 반영해주는 모습이기도 하다.

원시 자연적 약제사, 원시자연주의자, 그리고 신비주의자로서 리나의 모습은 장로교도 가족의 시각에 비춰볼 때에 '마녀'로 취급받기에 충분한 조건이다. 모리슨은 미국의 기원역사를 다룬 이 소설에서 유럽계 백인들이 인종적·종교적·문화적 타자들은 물론 신체적 결함을 가진 그들 내부의 구성원들까지 마녀로 간주한 역사를 아프리카계 여성노예인 플로렌스의 여행과정을 통해 공개했다. 플로렌스는 천연두에 걸린 레베카의 치유를 위해 대장장이를 부르러가는 도중에 날이 저물어 백인모녀가 살고 있는 숲속의 오두막에서 하룻밤을 묵었다. 플로렌스는 이 오두막에서 하룻밤을 묵기 위해 주인인 위도우 일링(Widow Ealing)으로부터 "기독교도인지 이교도인지" (125)에 대해 심문을 받아야 했고, 일링의 딸 제인(Jane)(125)이 한쪽 눈이 불구라는 이유로 다음날 아침에 청교도들에 의해 '마녀'인지 아닌지를 판정받기 위해 기다리는 중임을 목격했다.

뿐만 아니라, 플로렌스 자신도 피부색이 검다는 이유로 청교도의 마녀사냥 대상이 될 위기에 처했다. 청교도들이 제인에 대한 심판을 위해 오두막을 찾을 때에 그들의 눈초리는 플로렌스를 향했고, 플로렌스는 레베카의 편지를 보여주며 이 위기에서 벗어나려 했지만, 아무 소용이 없었다. 그들은 편지를 가로챈 채 플로렌스에게 옷을 벗도록 강요하고, 마치 노예시장을 환기시키듯, 그녀의 주위를 돌며 몸 곳곳을 수색한 뒤, 편지를 나중에 되돌려주겠다는 말만 남기고 떠났다. 로렌스가 이 위기로부터 벗어난 것은 제인의 도움을 통해서이다. 제인은 플로렌스가 자신처럼 마녀사냥의 희생양이 되기를 원하지 않았다. 제인은 오리알을 보자기에 싸서 플로렌스에게 건네주고, 대장장이의 오두막으로 향하는 길까지 안내해줬다. 그리고 플로렌스가 "너 악마니?"(134)라고 묻자, 제인은 플로렌스와 친구로서 교감하듯 "그래"(134)라고 화답했다.

모리슨은 플로렌스의 이 경험을 통해 청교도들이 누구를 대상으로 마녀사냥을 했는지를 공개했다. 플로렌스는 탈출과정에서 청교도들의 눈초리가 머물렀던 그녀의 신체부위들을 모멸감과 함께 하나하나 떠올리며 "그들이 내 혀가 뱀의 혀처럼 갈라져 있는지 또는 내 이빨이 그들을 씹도록 뾰족한지를 그들이 알고 싶어 했다"(134)고 밝혔다. 그녀의 이 같은 언급은 청교도들의 마녀사냥이 그들의 종교적 이단자들뿐만 아니라 인종적 타자들까지도 겨냥했음을 말해준다. 따라서 이 같은 사례에 비춰볼 때에, 그녀의 피부색, 원시자연적 문화, 그리고 자연 친화적 삶은 그녀를 마녀사냥의 대상으로 만들 수 있는 조건들임이 틀림없다. 하지만 모리슨은 그녀를 장로교도 가족의 거부대상으로만 형상화했을 뿐, 공동체에 의해 '마녀' 또는 '악마' 불린 술라와 콘솔래타의 경우와 달리, 그녀를 마녀로 칭하지 않았다.

리나는 "그들은 동료였다"(62)는 삼인칭 작중 화자의 언급이 말해주듯, 레베카와 우정을 맺고, 레베카가 농장 일에 적응하도록 도왔다. 뿐만 아니라, 레베카가 네 명의 아이들과 남편을 연이어 잃은 뒤에 재세례파교도가 되어 그녀를 노예로 취급했을 때에도, 그리고 레베카가 그녀의 원주민 관습을 경멸하고, 교회에 동행하면서도 그녀를 교회 밖에 세워뒀을 때에도 (187), 그녀는 레베카의 곁을 떠나지 않는 충실한 노예이다. 즉 그녀는 농장의 가족들을 위해 "홀로 경작해야 한다"(160)는 삼인칭 화자의 증언이 말해주듯, 인종편견과 경제적 권력의 충실한 노예로 살았다(Susmita 216).

그럼에도, 모리슨은 리나를 아프리카 전통사회의 마녀처럼 선과 악의 역설적·반어적 인물로 형상화했다. 즉 리나는 바크 농장의 아프리카계 여성노예 플로렌스에게는 상담자 또는 보호자이지만, 또 다른 혼종 여성노예인 소로(Sorrow)에게는 마녀이다. 플로렌스가 "리나는 저를 볼 때에 미소를 짓고 온기를 위해 저를 감싸줍니다"(9)라고 밝히듯, 리나는 어머니와 이별하고 노예로 팔려온 어린 플로렌스에게 어머니와 같은 모성적 본능을 보였다. 그녀는 플로렌스와 여름과 겨울에 해먹과 부엌을 함께 오가며 잠을 잤다. 그리고 플로렌스가 "리나가 그녀를 따뜻하게 돌봐줬다"(9)고 밝히듯, 그녀는 어린 플로렌스를 어머니처럼 보살폈다. 즉 그녀는 플로렌스와 함께 잠을 자며, 플로렌스가 요청할 때마다 어린 자식을 재우려는 어머니처럼 자신이 알고 있는 민담 같은 이야기들, "아내를 죽인 사악한 남편 이야기, 늑대로부터 자식을 구한 어머니 이야기, 그리고 독수리가 뱀으로부터 알을 보호한 이야기"(72)를 들려줬다. 뿐만 아니라, 그녀는 자식에게 올바른 길을 알려주려는 어머니처럼 "백인주인은 주는 것 없이 갖는 재능만 가졌다"(7). 그리고 "사람의 사악함은 막을 수 없다"(72)고 말해주며 백인주인들의 착취와 탐욕, 그리고 인간 본성의 어두운 면을 일깨워주고자 했다.

충고자로서 리나의 모습은 또한 플로렌스와 대장장이의 실패한 사랑을 사전에 막으려 하는 모습을 통해 살필 수 있다. 그녀는 플로렌스와 대장장이 사이를 막는 벽이 되겠다고 결심했다(71). 따라서 그녀는 플로렌스에게 맹목적인 사랑을 그만두게 하려고 "너는 그의 나무 위에 잎 하나야"(72)로 충고했다. 그녀가 이처럼 플로렌스의 맹목적인 사랑을 막고자 한 이유는 대장장이를 지나치게 번지르르하고 거만하다고 생각했기 때문이다(72). 하지만 플로렌스는 "저는 그의 나무예요"(72)라고 응수하며 리나의 충고를 받아들이지 않고, 결국 사랑의 상처를 경험했다.

이밖에도, 리나는 자연에 대한 문명세계의 부정적 인식을 반박하며, 플로렌스에게 자연에 대한 신화적·자연친화적 충고를 아끼지 않았다. 이와 관련, 모리슨은 그녀의 충고를 대화형식이 아닌, 플로렌스의 기억을 통해 밝혔다. 플로렌스가 리나의 충고를 떠올린 시점은 천연두에 걸린 레베카의 치유를 위해 천연두의 치유법을 알고 있는 대장장이의 오두막까지 숲속 길을 여행하는 도중이었다. 플로렌스는 이 과정에서 숲속의 뱀에 대한 공포를 떨칠 수 없었고, 문득 뱀은 사람을 물거나 먹어치우는 것을 좋아하지 않는다(80)고 말해준 리나의 충고를 떠올렸다. 리나의 이 같은 충고는 뱀을 에덴의 순수한 인간을 타락시킨 사탄의 상징으로 간주한 성서적 신화를 반박한 것이며, 더 나아가 악에 대한 기독교 문명 세계의 인식을 반박한 것이다. 기독교 문명의 악에 대한 리나의 이 같은 시각은 범신론적 종교관에 따른 것이다. 플로렌스의 회고에 따르면, 리나는 그녀에게 "숲에는 사냥꾼을 보호하는 정령이 있다"(80)고 언급했다.

즉 리나에게 숲으로 함축된 자연은 영적 존재들이 머무는 신화적 공간이며, 영적 존재들은 인간을 훼손하거나 죽음으로 몰아넣는 악이 아니라 인간의 보호자이다. 이와 관련, 리나의 자연관은 아프리카 전통사회의 자연관을 환기시켜준다. 파린다에 따르면, 아프리카 전통사회에서 대지의 정령은 바위, 언덕, 산의 정령들로 이뤄지는데, 특히 숲의 정령은 사냥꾼의 보호자이다(78). 파린다의 이 같은 언급은 아프리카 전통사회 역시 자연을 영적 존재들의 공간으로 간주했음과 정령을 인간의 보호자로 간주했음을 밝혀준다.

모리슨은 리나를 이처럼 충실한 노예와 보호자로 형상화했음에도, 다른 한편으로 악행을 하는 마녀의 모습으로 형상화했다. 리나는 소로를 잔혹하게 대했다. 삼인칭 작중 화자가 "그녀는 새로 농장에 들어온 플로렌스와 함께 헛간으로 나와 먹고 자면서 소로가 가까이 오면 쫓아버렸다"(146)고 밝히듯, 그녀는 소로를 거부했다.

소로에 대한 리나의 편견이 극단적으로 나타난 사건은 리나가 소로의 첫 아기를 살해한 사건이다. 소로의 첫 출산은 레베카의 출산과 거의 동시에 이뤄졌다. 그녀는 소로의 출산을 도와줬지만, 아기가 세상에 나오자마자 죽었다는 이유로 아기를 강물에 떠내려 보냈다. 모리슨은 이에 대해 리나가 정말로 살해자인지 또는 그렇지 않은지를 명확히 밝히지 않았지만, 충분히 그렇다는 확신을 주고자 했다. 즉 소로는 아기가 세상에 나온 후에 "하품을 했다"(145)고 생각했다. 그럼에도, 리나가 아기를 강물에 버려서 살해했다고 생각했다. 이런 이유 때문에, 소로는 둘째 아이를 출산할 때에 리나의 도움을 받지 않으려고 산통이 오자 홀로 칼과 천을 가지고 강둑으로 가서 주변의 낚시꾼들의 도움으로 출산을 했다. 물론, 피해 당사자인 소로의 이 같은 생각과 행동만으로 리나가 소로의 아기를 의도적으로 살해했다고 말할 수 없다. 하지만 "리나는 바크가 소로를 농장에 데려올 때부터 그녀에 대해 불길한 예감을 가졌고, 레베카의 첫 아기가 태어난 지 6개월 만에 죽자 이를 소로와 자연의 저주 때문이라고 생각했다"(65)고 밝힌 삼인칭 작중 화자의 언급처럼, 그녀는 백인주인의 아기가 죽은 것을 소로의 탓으로 간주했다.

리나의 유아살해는 소로에 대한 그녀의 민간 신앙적 예감에서 비롯되었다고 말할 수 있다. 이에 대한 또 다른 정황으로, 그녀는 소로에 대한 그녀의 불길한 예감을 바크에게 알리고자 했지만, 레베카의 만류로 그만두는 대신, 소로의 불길한 징조가 레베카에게 영향 미치지 않도록 보호자가 되겠다(71)는 결심을 했다. 즉 그녀의 이 같은 결심은 농장주인의 충실한 하녀로서 소로에 대한 그녀의 불길한 예감이 주인과 가족의 불행으로 현실화되는 것을 막고자 한 결심이다. 하지만 농장주인의 아기가 태어난 지 얼마 되지 않아 죽자, 그녀는 자신의 불길한 예감이 현실화되었다고 믿었으며, 소로에 이어, 소로의 아기를 또 다른 소로의 불길한 예감으로 간주하며 살해했다고 말할 수 있다. 따라서 그녀의 유아살해는 백인주인의 보호자로서 복수차원에서, 그리고 불길한 예감의 또 다른 현실화를 막으려는 차원에서 이뤄진 것이나 다름없다.

소로에 대한 리나의 불길한 예감은 『낙원』의 론이 보여준 예지력과 분명한 차이를 보인다. 론의 예지력은 치명적 사건과 치유력을 보여준 예지력이지만, 리나의 예감은 소로에 대한 편견으로부터 비롯된 것이다. 삼인칭 작중 화자가 "자신의 위치에 대한 그녀(소로)의 눈치 빠르고 빈틈없는 감각"(178)을 무시한 것이라고 밝히듯, 리나는 '슬픔'을 의미하는 소로의 이름에 대한 선입견 때문에 그녀에 대한 편견을 갖게 되었다. 이와 관련, 모리슨은 둘째 아기의 출산과 함께 완전한 여성과 강한 모성애를 보인 소로의 변화를 통해 리나의 편견을 질책하는 듯하다. 소로는 딸의 출산과 함께 "중단된 소녀의 시절의 부족한 점들을 채우려 노력하고, 완전한 여성성과 모성으로의 변화를 보여줬다"(Susmita 223). 뿐만 아니라, 그녀는 이름을 컴플릿(Complete)으로 개명하고, 동료의식과 함께 플로렌스에게도 동참을 권유했다. 결국, 리나가 소로의 첫 아기를 살해한 행위는 소로에 대한 편견과 그로 인한 예감으로부터 비롯된 행위로, 신비주의적 예감에 근거하여 인간을 죽음으로 몰고 간 파괴적 행위란 점에서 마녀의 악행이나 다름없다.

6. 맺음말

본 연구는 모리슨의 작중 인물들을 아프리카의 전통적 마녀에 비춰 논의했다. 모리슨은 『술라』의 술라, 『빌러비드』의 빌러비드, 『낙원』의 콘솔래타, 그리고 『자비』의 리나를 통해 아프리카 전통사회의 마녀를 재현·재창조했다. 모리슨이 그들을 이처럼 재현·재창조한 것은 단순히 인종적·종교적 배경에 국한된 시도가 아니다. 술라는 백인중심사회의 기독교 문화 속에서 성장한 아프리카계 여성이지만, 빌러비드는 아기 때에 어머니에 의해 살해되었으므로 성장과정과 종교적 배경을 말할 수 없는 인물이다. 그리고 콘솔래타는 브라질계 미국여성으로, 아프리카 전통사회의 종교와 가톨릭을 융합한 브라질의 부두교 신도이고, 리나는 미국 원주민으로, 미국 원주민의 신앙을 가진 인물이다. 또한 모리슨은 이 같은 인물들을 미국역사의 특정한 시기에 속한 인물들로 형상화하기보다 여러 다양한 시기들, 즉 술라의 경우 20세기 초, 빌러비드의 경우 노예해방의 직전과 직후, 콘솔래타의 경우 20세기 중반, 그리고 리나의 경우 18세기의 인물들로 형상화했다. 그럼에도, 모리슨은 이 인물들을 인종적·종교적·시대적 배경에 얽매임이 없이 아프리카 전통사회의 마녀들, 즉 선과 악의 역설적·반어적 가치를 대변하는 마녀들로 형상화했다.

모리슨은 성장기의 술라와 성인이 된 술라의 모습에 초점을 맞춰 그녀를 마녀로 형상화했다. 성장기의 술라는 성적 유희를 의미하는 상징적 행위에 이어 리틀 치킨을 살해하는 악행을 저질렀다. 모리슨이 리틀 치킨의 죽음을 초래한 술라의 악행을 이처럼 성적 유희를 의미하는 상징적 행위와 연계시킨 까닭은 성인이 된 술라의 악행을 불같은 파괴력으로 나타나는 그녀의 성적 욕구를 통해 형상화하고자 했기 때문이다. 술라는 에바가 플럼을 살해한 불로 에바를 살해할 수 있다고 위협했으며, 술라의 위협 때문에 방문을 걸어 잠그고 자야 했던 에바를 열악한 요양원으로 보냄으로써 피스 가문의 질서를 붕괴시켜 버렸다. 이때 술라에게 불은 화염에 휩싸여 죽어가는 어머니의 고통을 짜릿한 기분과 함께 방치한 그녀의 태도가 말해주듯 즐거움을 주는 파괴적 경이이다. 술라는 여기서 멈추지 않고 불과 같은 성적 욕구를 통해 공동체를 위협하고, 공동체의 규범과 질서를 파괴했다. 즉 그녀는 이 같은 파괴력으로 공동체의 성적 금기를 파괴함으로써 동시에 공동체의 관습적 규범과 질서를 파괴했다.

모리슨은 술라의 경우와 달리 빌러비드를 어머니에 의해 단절된 모성애를 복원하려는 마녀와 어머니에 의해 단절된 삶을 복원하려는 마녀로 형상화했다. 모리슨은 이를 위해 마녀로서 빌러비드의 모습을 제한적 범주 내에서 보여주고자 했다. 즉 빌러비드는 술라와 달리 환생을 통해 어머니의 극단적 선택에 의해 박탈당한 성장기를 복원하고, 어머니의 죄의식을 심화시켜 모성애를 강요하는 마녀이다. 이때 모리슨은 마녀로서 빌러비드의 악행을 어머니의 파괴적 행위에 의해 치명적 상처를 입은 그녀의 육체를 통해 공개하거나 덧나게 하는 행위, 그리고 어머니의 관심과 모성애를 유도하기 위한 자해행위와 공격적인 행위를 통해 형상화했다.

모리슨은 콘솔래타를 술라와 빌러비드의 경우와 달리 정신적·육체적 상처를 입고 찾아온 수녀원 여성들의 정신적 지도자, 보호자, 안내자로 형 상화했을 뿐만 아니라, 수녀원 여성들을 적대시했지만 마음의 상처를 입고 수녀원을 찾은 공동체 구성원들까지 위로와 치유의 손길을 뻗치는 존재로 형상화했다. 그럼에도 불구하고, 모리슨이 콘솔래타를 아프리카계 남성중 심사회에 의해 '마녀'로 불리게 한 작가적 의도는 아프리카 치유사의 이교 도적 신앙과 초자연적 치유력을 환기시키는 그녀의 신앙과 치유력을 강조 하기 위해서이다. 수녀원 여성들의 정신적·육체적 상처를 치유해주는 그 녀의 신앙은 비기독교적 신앙이며, 치유력은 초자연적인 영적 의식과 힘이 다. 반면, 인종적 편견으로 인한 상처를 치유해주는 아프리카계 남성중심 사회의 신앙은 청교도적 신앙이며, 치유력은 혈통주의적 자긍심이다.

모리슨은 아프리카계 남성중심사회의 신앙과 치유력이 그들의 인종적 상처를 치유하기는커녕 오히려 내부의 분열과 또 다른 인종적 상처를 초래 했다고 비판하며, 콘솔래타의 신앙과 치유력을 인종적·성적·문화적·계 급적 편견과 폭력으로 인한 정신적·육체적 상처를 위로하고 치유해주는 힘으로 제시하고자 했다. 따라서 콘솔래타는 공동체의 신앙과 규범에 전복 적이고 대조되는 이교도적 신앙과 초자연적·신비적 치유력의 소유자란 이유로 아프리카계 남성중심사회에 의해 '마녀'로 불리는 마녀일 뿐 술라처럼 공동체를 위협하거나 공동체의 규범을 파괴하기 때문에 공동체에 의해 '마녀'로 불리는 마녀가 아니다.

모리슨은 콘솔래타에 이어 리나 역시 부분적으로 콘솔래타와 공통점을 보이는 마녀로 형상화했다. 즉 모리슨은 리나를 콘솔래타처럼 이교도적 신앙의 소유자로 형상화했다. 하지만 모리슨은 리나의 신앙이 미국 원주민의 원시신앙임을 그녀의 원시적 태도를 통해 밝히고, 그녀를 콘솔래타의 경우와 달리 자연친화적 약제사로 형상화했다. 뿐만 아니라, 모리슨은 리나를 공동체에 의해 '마녀'로 불리는 마녀로 형상화하지 않았다. 대신, 모리슨은 리나를 술라처럼 선과 악의 역설적·반어적 속성을 가진 마녀로 형상화했다. 물론, 리나는 술라와 달리 공동체의 규범에 저항적이거나 자율적인 성적 욕구를 통해 공동체의 규범을 파괴하는 마녀가 아니다. 즉 모리슨은 리나를 백인농장주인의 충실한 노예로 형상화하고, 다른 여성 노예들, 즉 플로렌스에 대해서는 어머니 같은 상담자와 보호자로 형상화했다. 이런 관점에서 볼 때에, 리나는 부분적으로 상처 입은 사람들을 위로하고 포용력을 보여주는 콘솔래타를 환기시키기에 충분하다.

하지만 콘솔래타와 대조되는 리나의 또 다른 모습은 그녀와 소로의 관계에서 발견할 수 있다. 리나는 농장주인과 플로렌스에게 행했던 선행과 달리 소로를 핍박하고 그녀의 첫 아기를 태어나자마자 강물에 던져 살해하는 악행을 저질렀다. 리나가 소로의 첫 아기를 이처럼 살해한 이유는 충실한 노예로서 농장주인의 자녀들이 태어나자마자 사망하거나 유아시절에 사망한 일을 모두 소로의 불길한 이미지 탓으로 돌리는 그녀의 원시적 민간신앙 때문이다. 따라서 리나의 원시적 자아와 선과악의 역설적·반어적 자아는 노예제도와 문화적 편견의 반영이지만 아프리카 전통사회의 마녀를 환기시키기에 충분하다.

모리슨은 마녀로서 위 인물들의 악행들을 역설적으로 공동체와 개인으로 하여금 악에 대한 경계를 통해 긍정적 효과를 이끄는 행위들로 제시했다. 술라의 악행은 공동체의 구성원들로 하여금 자신들의 가족을 보호하게 했고, 빌러비드의 악행은 공동체로부터 고립된 세스로 하여금 공동체와의 관계를 복원하게 했다. 뿐만 아니라, 콘솔래타의 이교도적 포용력과 치유력은 성적 폭력으로 인해 고립된 그녀의 의식과 정서를 이성을 향해 열리게 했고, 리나의 악행은 희생자의 자아완성과 모성애를 강하게 만들게 했다. 모리슨이 위 인물들을 이처럼 묘사한 것은 그들은 아프리카 전통사회의 마녀들처럼 선과 악의 역설적·반어적 존재들로 형상화하기 위한 작가적 의도를 반영하기 위해서이다. 한 걸음 더 나아가, 모리슨은 이를 통해 우주, 신, 그리고 선과 악을 일원론적으로 접근한 아프리카 전통사회의 종교적·우주론적·관습적 전통을 보여주고자 했다.

제8장

트릭스터들: 파일레잇, 엘, 테레즈

1. 머리말

현재까지 트릭스터(trickster)[59]의 주된 원형으로 회자 또는 연구되고 있는 아프리카의 전통적 트릭스터는 노예무역의 전초기지였던 서아프리카 지역, 즉 오늘날의 나이지리아에 거주하는 요루바(Yoruba)족의 민담들 속에

---

59) '트릭스터'를 우리말로 옮기는 일은 쉽지 않은 일이다. 사전적 의미로 옮기더라도, '트릭스터'는 책략가, 사기꾼, 장난꾸러기, 그리고 마술사 등 다양한 이름들로 옮길 수 있다. 여기에다 전통적인 아프리카 민담 속에 등장하는 '트릭스터'와 문학 속에 등장하는 '트릭스터'까지 합치면, '트릭스터'를 우리말로 옮기는 일은 더욱더 복잡한 일이 될 것이다. '트릭스터'가 대중문화와 문학의 범주에서 시대적·공간적 변화와 함께 끊임없이 재창조되어왔음을 주목하지 않을 수 없다. 예컨대, '트릭스터'는 여러 대중문화적·문학적 장르들 속에서 달변가, 작가, 예술가, 풍자가, 혁명가, 저항주의자, 치유자, 안내자, 조언자, 악한, 그리고 영웅 등 다양한 인물들로 재창조되고 있다. 따라서 '트릭스터'를 특정한 대중문화와 문학에 의해 재창조된 특정한 명칭으로 번역하는 것은 부분적 특징을 반영하는 데에 어느 정도 기여할지 모르지만, '트릭스터'의 다양한 특징들을 모두 반영할 수 없다. 본 장은 이 같은 오류를 피하기 위해 '트릭스터'를 원어발음으로 표기하고, 제한된 범주일지 모르지만 본 장의 연구대상 작품들 속에 형상화된 '트릭스터'의 특징들을 추적하고자 한다.

등장하는 트릭스터이다. 이 민담들은 좋은 트릭스터 이야기의 필수요건들을 갖춘 민담들이다. 즉 이 민담들은 독자들에게 지루한 느낌을 주지 않는 적절한 분량의 이야기들이며, 분량이 짧더라도 이야기의 취지와 교훈을 상식적으로 쉽게 해석할 수 있도록 허용하지 않는 이야기들이다. 이 같은 이야기 분량과 함께, 독자들의 정서적·사색적 감응을 유도하는 요루바족의 민담들 속에 등장하는 트릭스터는 의인화된 동물인 거북이다. 거북은 피지배층이며, 피지배층을 대변하는 트릭스터이다. 거북은 불안정하지만, 정력적인, 용기 있는, 그리고 위험을 개의치 않는 트릭스터이다. 그의 이 같은 에너지, 대담성, 그리고 이따금 나타나는 모호성은 영리함과 우둔함, 회의주의와 어리석음 사이를 교대로 넘나들며 갈등을 해결하거나 갈등을 유발한다(Sekoni 22). 이때 거북의 최대 무기는 공통적으로 상대방의 허를 찌르며 청중들의 감탄을 자아내게 만드는 기만이다.

요루바족의 트릭스터 민담들은 구조적으로 (경제적) 빈곤과 빈곤의 해결에 대한 이야기들이다. 요루바 민담들의 이야기는 이를 뒷받침하듯 안정(equilibrium)으로부터 불안정(disequilibrium)으로 전개된다. 하지만 항상 그런 것은 아니다. 요루바 민담들의 가장 일반적인 이야기 구조는 두 가지, 즉 안정－빈곤－긴축－균열－분리(T－L－C－B－S: togetherness－lack－contract－breach－separation)로 향하는 구조와 안정－빈곤－긴축－존중－성취(T－L－C－R－P: togetherness－lack－contract－respect－fulfillment)로 향하는 구조이다 (Sekoni 28). 이 과정에서 트릭스터는 두 가지 유형으로 나타나는데, 첫째 유형인 영웅으로서의 트릭스터는 기존의 그릇된 질서와 규범을 거부하며 지배층의 권위와 억압에 의해 희생되는 피지배층의 권익을 대변해주는 트릭스터인 데 반해, 둘째 유형인 악한으로서의 트릭스터는 기존의 올바른 질서와 규범을 파기하려다가 무고한 희생을 유발한 죄로 치명적 대가를 치르는 트릭스터이다. 따라서 요루바 트릭스터들은 이미지적 측면에서 역설적이다. 영웅으로서의 트릭스터는 지배층의 그릇된 질서와 규범에 저항적이고 전복적이라는 점에서 거부의 이미지와 전복의 이미지를 소유한 트릭스터이며, 악한으로서의 트릭스터는 기존의 올바른 질서와 규범을 파괴하려다가 치명적 대가를 치르고 자신이 파괴하려던 질서와 규범을 되돌린다는 점에서 긍정 이미지를 소유한 트릭스터이다.

　거부의 이미지를 소유한 영웅으로서의 트릭스터는 지배층과 피지배층으로 사회구조 속에서 사회질서의 파괴자, 대항자와 파괴자, 그리고 재구성자다(Sekoni 30). 거북으로 형상화된 이 같은 트릭스터는 기존의 규범적 구조를 뛰어넘으려고 한다(Sekoni 31). 이때 트릭스터는 사회적 담론의 수단일 뿐만 아니라, 사회적 갈등의 상징적 해결수단이기도 하다. 사회적 하류층 또는 소외계층으로서, 트릭스터가 원하는 것은 해방과 자유이다(Sekoni 33). 트릭스터는 이를 위해 지배적·통제적 질서 속에서 그릇된 사회적 또는 도덕적 질서를 파괴하고 올바른 질서로 재편하는 이야기를 유도한다.

　거부의 이미지를 소유한 영웅으로서의 트릭스터는 자기성찰적 메타 이야기들 속에 등장하는 해석자로서의 트릭스터와 전복의 이야기들 속에 등장하는 변신자(metamorph)로서의 트릭스터로 세분할 수 있다. 해석자로서 트릭스터는 사회현실의 해석자로 또는 자기 성찰적 메타 논평가로서의 기능을 수행한다. 따라서 이런 트릭스터 이야기들은 청중이 허구적인 우주 속에서 사회적 소외의 이미지 또는 조명자로서 트릭스터의 역할과 억압으로부터의 해방을 위한 욕망으로서 트릭스터의 역할을 어떻게 이해해야 하는지를 보여주며, 청중으로 하여금 트릭스터의 행동을 통해 트릭스터를 받아들일 수 있는 준비를 하도록 유도한다(Sekoni 33).

　「거북, 왕, 그리고 코끼리」("Tortoise, King, and Elephant")에서 거북은 전염병으로 인해 혼란에 빠진 아잘루(Ajalu)란 마을을 구한 영웅적 트릭스터이다. 이 마을의 왕과 주민들은 전염병으로부터 벗어나게 해달라는 기도를 위해 마을의 정령에게 코끼리를 제물로 바치려 하지만, 코끼리를 포획할 수 없다. 이때 거북이 나서서 코끼리가 좋아하는 음식으로 코끼리를 유혹한 다음, 코끼리의 탐욕을 자극하기 위해 아잘루 주민들이 그를 왕으로 선출했다고 속여 코끼리를 포획하고자 한다. 코끼리는 이를 모른 채 아내의 극구 반대에도 불구하고 거북을 따라 아잘루 마을로 가겠다고 동의한다. 아잘루 마을로 가는 도중 거북이 준비한 악대들이 찬가를 연주하고, 거북은 코끼리를 준비한 왕좌로 안내한다. 왕좌는 큰 도랑 위에 숨겨진 밧줄들에 의해 매달려 있다. 거북은 이런 사실도 모른 채 왕좌로 향하는 코끼리를 도랑에 빠트려 잡기 위해 밧줄들을 끊어버린다. 코끼리를 제물로 받친 후, 마을은 다시 건강, 평화, 그리고 질서를 회복한다. 이야기의 결말부분에서 왕은 마을을 전염병의 창궐 이전으로 되돌려놓은 거북에게 왕이 되어달라고 부탁하지만, 거북은 자신의 오두막으로 돌아간다.

이 이야기는 왕과 사냥꾼으로 상징되는 정치권력과 군사적 권력을 지원해주는 것처럼 보일지 모르지만, 사실상 이 같은 권력층에 대한 거부 이미지들을 담고 있다. 첫째, 트릭스터는 정치적 권력(왕)과 군사적 권력(사냥꾼들)이 성취할 수 없는 것을 성취함으로써 무기력한 지배자의 스테레오타입을 폭로한다. 둘째, 트릭스터는 코끼리의 지나친 야망을 겨냥하고, 결국 그의 이 같은 목표는 지배권력에 대한 도전이자 전복이다. 셋째, 트릭스터가 왕이 되기를 거절한 것은 그의 아잘루에 대한 관심이 정치적 권력을 위한 것이 아니라, 공동체의 구원을 위한 것임을 밝혀준다.

「거북, 왕, 그리고 코끼리」에 이어, 「거북, 코끼리, 그리고 작은 동물들」("Tortoise, Elephant, and Small Animals") 역시 코끼리에 대한 작은 동물들의 증오와 적대감을 대변해주는 거북이 영웅적 트릭스터로 등장하는 이야기이다. 이 이야기에서 거북은 작은 동물들을 대신하여 코끼리와 결투를 신청하고, 모든 관중이 모인 가운데에 코끼리를 참담한 패배자로 만들기 위해

하얀 죽을 코끼리 얼굴에 뿌려 우는 듯한 모습으로 만들고, 뒤이어 붉은 주스를 등에 뿌려 코끼리가 피를 흘리는 것처럼 보이게 만든 다음에, 최종적으로 엉덩이에 똥을 뿌린다. 그리고 관중들로 하여금 코끼리에 대해 "거북이한테 얻어맞고 피를 흘리고, 똥을 싸며, 울고 있는 코끼리 좀 봐"라고 조롱하도록 유도한다. 이 이야기는 언어적 수단과 비언어적 수단을 통해 나타난 트릭스터의 재치를 보여줄 뿐 아니라 강자에 대한 약자의 승리를 묘사한다. 즉 이 이야기는 지배체계의 전복, 약자들의 승리, 그리고 자기주장과 자유를 위한 약자의 욕망을 환기시켜주는 이야기이다(Sekoni 37).

거부의 이미지를 소유한 영웅으로서의 트릭스터에 이어, 전복의 이미지를 소유한 영웅으로서의 트릭스터는 사회질서에 대한 하류층의 도전, 파괴, 그리고 재질서를 대변하는 인물이다. 이 이야기는 일반적으로 정치적 이야기이거나 청중의 정치화를 위해 기획된 이야기이다(Sekoni 43). 이 이야기의 트릭스터는 왕정시대의 절대적 에토스(ethos)가 지배하는 공동체에서 백성 또는 피통치자들을 위한 '해방 투사'이다.

「거북과 논쟁 불허의 마을」("Tortoise and No-Argument Town")은 전복의 이미지를 환기시켜주는 영웅적 트릭스터가 등장하는 이야기이다. 이 이야기에서 트릭스터인 거북은 통치자들과 원로들에 의해 취해진 어떤 입장에 대해서도 논쟁을 허용하지 않는 마을에서 살고 있다. 거북이도 원로들과 추장들로부터 이에 대한 경고를 받는다. 하지만, 연례 추수감사 의식이 진행되는 동안, 거북은 지배층의 경고를 무시하고 공개적으로 의식에 사용되는 물품들의 배열에 문제를 제기하고, 왕 다음 서열인 사제를 비난한다. 왕과 추장들은 이에 대한 죄를 묻기 위해 거북에게 사형 판결을 내리고, 거북은 밧줄에 묶여 마을을 통과하는 강 건너편 관목 숲으로 끌려간다. 집행인들과 함께 강을 건너는 동안, 거북은 상어가 자신의 발가락 끝들을 물어뜯었다고 큰 소리로 불평을 한다. 집행인들은 거북을 머리 위에 얹어서 이

동시켰기 때문에 말이 안 된다고 반박한다. 논쟁이 가열되자 추장들은 이를 중단시키고 거북을 재심판하기 위해 그를 궁궐로 데려와야 한다고 주장한다. 궁궐로 끌려온 거북은 강에서 그를 물어뜯은 상어가 왕 뒤에 앉아 있다고 소리친다. 왕은 거북에게 소란을 일으키지 말라고 명령하지만, 거북은 왕이 논쟁을 유도한다고 비난한다. 왕과 그의 신하들은 더 이상 두고 볼 수 없다는 판단 아래 거북을 사면하고, 마을 전체에 선의의 논쟁은 허락하기로 결정한다(Sekoni 44). 결국 이 이야기에서 거북은 언어적 수단과 비언어적 기만을 통해 왕과 사형집행인에게 논쟁을 불허한 마을의 규범을 깨도록 유도한다.

영웅으로서의 트릭스터 민담들에 이어, 악한으로서의 트릭스터 민담들은 기존의 질서와 규범 속에 내재된 사회적 가치 또는 도덕적 가치에 순응하도록 요구하는 이야기들이다(Sekoni 55). 즉 '긍정의 이야기'로 일컬어지는 이 이야기들은 일반적으로 정직, 근면, 겸손, 성실, 그리고 인간관계의 형성을 위해 필요한 요소들을 강조한다. 이 이야기들은 두 가지 유형, 즉 무비판적 긍정 또는 규범 창조의 이야기들, 그리고 비판적 긍정 또는 규범 강화의 이야기들로 세분할 수 있다. 두 유형의 이야기들은 모두 공동체적 인간관계를 위해 필요한 도덕적 질서 또는 규범을 강조하지만, 이를 전달하기 위해 무비판적 긍정의 이야기는 과장법을 활용하는 데 반해, 비판적 긍정의 이야기는 아이러니를 활용한다(Sekoni 55).

무비판적 긍정의 이야기들 속에 등장하는 악한으로서의 트릭스터는 자신의 입장에 준거한 개인주의 때문에 반사회적이다. 이 이야기들에서 트릭스터의 위험을 감수한 용기, 그리고 넘치는 에너지와 재치는 이에 못 미치는 상대방들을 희생시켜 개인적 이익을 획득하는 데에 기여한다(Sekoni 56). 하지만 트릭스터는 의외로 허점을 드러내며 갈등을 유발하고, 이로 인해 결말부분에서 악행의 대가를 치러야 한다. 궁극적으로, 이 이야기들은 트릭스터의 파멸과 더불어 그의 변형적 또는 저항적 정신과 대치되는 사회질서의 자율적 힘을 강조한다.

「거북과 아기 코끼리」("Tortoise and Baby-elephant")는 악한으로서의 트릭스터가 등장하는 무비판적 긍정의 이야기이다. 이 이야기에서 트릭스터인 거북은 폭식, 탐욕, 비신뢰성, 그리고 병적 독선의 소유자이다. 거북은 어느 날 잠에서 깨자마자 아기 코끼리 고기를 먹고 싶어 한다. 거북은 자신의 식욕을 충족시키기 위해 아기 코끼리의 농장에 찾아가 아기 코끼리와 서로의 농장 일을 돕기로 약속한다. 거북이 먼저 아기 코끼리의 농장 일을 열심히 도운 뒤에 아기 코끼리를 자신의 농장으로 부른다. 아기 코끼리는 거북이 자신의 농장에서 했던 것처럼 열심히 농장 일을 돕는다. 하지만 거북은 아기 코끼리에게 해도 해도 끝도 없이 해야 할 일거리들을 내놓으며 도움을 부탁한다. 거북이 이처럼 아기 코끼리에게 끝도 없이 도움을 요청한 목적은 아기 코끼리를 지쳐서 죽게 만들고, 고기를 먹기 위해서이다. 아기 코끼리는 거북의 계략대로 지쳐서 죽고, 거북은 아기 코끼리의 고기를 네 조각으로 나눈 뒤, 집으로 가져가기 위해 세 조각을 각각 아내와 두 아이들에게 운반하도록 하고, 나머지는 자신이 운반하기로 한다. 거북은 남의 눈에 띄지 않게 운반하라는 당부와 함께 세 조각의 아기 코끼리 고기를 아내와 아들들에게 운반하도록 한 다음, 마지막 조각을 자신이 운반하기 위해 집어 든다. 바로 그때, 커다란 파리 한 마리가 나타나 아기 코끼리의 간을 빨아먹으려 했고, 거북은 파리를 죽이려는 자세를 취하던 중에 손에 칼이 들려있는 줄 모르고 자신의 목을 찔러 죽는다.

궁극적으로 이 이야기는 악한으로서의 트릭스터를 등장시켜 인과응보적 정의를 강조한 이야기이다. 힘세고, 경험 많고, 영리한 거북은 자신의 탐욕을 채우기 위해 어리고, 연약하며, 순진한 아기 코끼리의 생명을 거두고, 그 죄 값으로 자신의 생명을 잃어야 한다. 이때 거북은 친절, 진실, 그리고 정직의 미덕을 악용한 악한이다. 거북의 이 같은 부정적 모습은 도덕적 규범을 침해했고, 거북의 죽음과 함께 도덕적 규범은 복원된다.

「거북과 달팽이」("Tortoise and Snail") 역시 악한으로서의 트릭스터가 등장하는 무비판적 긍정의 이야기이다. 큰 동물인 거북은 작은 동물인 달팽이의 친구이다. 달팽이는 자신의 여동생을 거북의 아내로 삼게 하려 하지만, 거북은 달팽이의 성공한 농장을 탈취하고자 한다. 거북은 이를 위해 왕의 메신저를 죽여서 달팽이의 농장에 매장하고, 달팽이를 살인자로 몰아간다. 이를 모르는 왕은 거북을 불러 하사품을 전달하고, 달팽이에게는 사형선고를 내린다. 문제는 거북이 나팔 연주에 맞춰 춤을 추는 왕의 행렬을 목격하고 못생긴 꼽추인 메신저의 죽음 때문에 왕이 행복해 하는 것이라고 오판한 데에서 불거진다. 거북은 이로 인해 궁궐의 왕에게 달려가 자신이 메신저를 죽였다고 고백했고, 뒤늦게 진실을 확인한 왕은 달팽이를 석방하고, 거북을 사형에 처한다.

이 이야기는 구조적인 측면에서 안정으로부터 불안정, 즉 우정 만들기로부터 우정 파괴하기로 전개된다. 트릭스터인 거북은 달팽이에게 범죄를 저지르기 위해 불문율의 우정을 파괴했다. 거북은 부도덕한, 게으른, 친구의 성공을 질투하는 악한이고, 우정의 유지보다 농장의 탈취에만 관심을 가진 악한이다. 이 이야기에서도 거북의 동기는 도덕적 결핍으로 인해 생겨난 자생적 동기이다. 궁극적으로, 이 이야기는 도덕적 결함이 사회적 무질서와 혼동을 유발시킨 요인으로 작용한다는 점을 강조하고 있다.

비판적 긍정의 이야기 속에 등장하는 악한으로서의 트릭스터는 무비판적 긍정의 이야기 속에 등장하는 트릭스터와 비슷하지만, 트릭스터의 상대방은 무비판적 긍정의 이야기에서와 달리, 선량하지도 순진하지도 않다 (Sekoni 69). 이 이야기 속의 상대방들은 트릭스터와 거의 다름없이 자유롭게 규범들을 위배한다. 그들과 트릭스터의 차이는 종류의 차이라기보다 정도의 차이다. 트릭스터는 다른 유형의 이야기에서 보다 더 균형 잡힌 이미지를 보여준다. 그럼에도, 악한으로서의 트릭스터는 다른 작중 인물들보다 상대적으로 자제심이 더 부족하다. 그는 그릇된 지배층을 향해 거부와 조롱을 유도하는 인물이 아닌, 자신을 향해 공감과 반감을 동시에 유도하는 아이러니한 인물이다. 그는 이따금 죄를 범하지만, 경미한 처벌을 받는다. 따라서 이 이야기는 대체적으로 청중에게 교훈적 메시지를 강요하지 않는다.

「거북과 란탄」("Tortoise and Lantan")은 악한으로서의 트릭스터가 등장하는 비판적 긍정 이야기이다. 이 이야기에서 마을의 추장은 심각한 기아를 해결하기 위해 여러 차례의 비상회의를 소집한다. 해결책은 마지막 비상회의에서 나온다. 마지막 비상회의는 극단적인 해결책으로 노동력을 갖춘 구성원들의 식량을 확보하기 위해 노동력을 상실한 늙은 부모들을 살해해야 한다고 제안했고, 비상회의는 이 제안을 통과시킨다. 거북과 다른 주민들은 부모를 살해하고 식량을 배급 받기 위해 농장과 관개공사의 인부들로 일한다. 하지만 비상회의의 결정은 식량부족을 해결하지 못한다. 이런 상황에서, 거북은 비상회의에서 반대의견도 내지 않고 어머니를 살해하지도 않은 란탄이 마을의 공동사업에 참여하지 않으면서도 홀로 잘 먹고 잘 사는 모습을 목격한다. 거북은 비밀을 캐기로 결심하고 끈질긴 추궁 끝에 란탄이 어머니의 도움으로 먹고산다는 사실을 알아낸다. 거북은 후에 콜라넛(Kolanut)을 란탄의 어머니에게 보내겠다고 제안하고, 아내 야니보(Yannibo)에게 콜라넛과 자신을 선물로 포장해서 란탄에게 주라고 부탁한다. 란탄은 이를 모르는 채 야니보가 들고 온 선물꾸러미를 어머니에게 보낸다. 거북의 계획은 성공한다. 거북은 란탄의 어머니가 거주하는 곳에 무사히 도착하고, 란탄의 어머니는 선물꾸러미에 싸인 거북을 발견하고 놀라지만 곧 마음을 가라앉히고 거북에게 충분한 음식을 대접한다.

이 이야기에서 거북의 문제점은 란탄 어머니의 선의에 만족하지 않은 것이다. 거북은 약간의 음식을 지상으로 몰래 빼돌리기로 결심한다. 거북의 의도는 빼돌린 음식을 왕에게 바치고 란탄이 어머니를 죽이지 않은 일을 공론화하려는 것이다. 왕은 거북의 말을 믿을 수 없어서 거짓이면 죽이겠다는 다짐과 함께, 거북의 요구대로 마을에서 가장 강한 사람들을 선발하여 거북과 함께 란탄 어머니의 거처로 올라가 진의를 확인하도록 한다. 거북은 대표들을 이끌고 란탄 어머니의 거처로 가기 위해 란탄으로부터 전해들은 주문을 외우고, 이를 들은 란탄의 어머니가 컨베이어를 내려 보낸다. 란탄은 뒤늦게 거북과 그의 일행이 무슨 일 때문에 어머니를 방문하러 가는지를 알아내고, 컨베이어가 어머니의 거처를 향해 중간쯤 올라갔을 때에 거북이 군대를 이끌고 올라가는 중이라는 사실을 노래를 통해 어머니에게 알린다. 란탄 어머니는 아들로부터 이 같은 소식을 전해 듣자마자 즉시 컨베이어의 줄을 끊어버린다. 거북은 추락으로 인해 등껍데기가 파손되는 수난을 당한다. 달팽이와 다른 동료들이 수리를 해주지만, 거북의 등은 오늘날의 모습이 말해주듯 완전히 복원되지 않는다. 한편, 란탄의 어머니는 이 일 이후에 더 이상 음식을 내려 보내지 않는다.

이 이야기는 트릭스터인 거북이 벌을 받는 것으로 끝나지만, 아주 부정적이지 않다. 거북은 기만을 통해 탐욕적 목표를 달성하려다 실패하지만, 상대방에 대해 공공연한 중상비방이나 공격을 하는 모습이 아니다. 그는 공동체의 궁핍을 해결하기 위해 어떤 방법이라도 찾고자 하는 해결사의 이미지를 투영한다. 또한, 그는 비상회의 결정을 지키고, 사회적·경제적 정의를 해치는 적들이라고 생각하는 사람들을 어떤 위험이든 감수하며 고발하려 한다. 따라서 이 이야기는 거북을 공개적 비난대상으로 묘사하지 않았으며, 상대적 인물들 역시 그를 능가할 만큼 성스러운 인물들로 묘사하지 않음으로써 인물묘사에 있어서 미학적 균형을 유도한다(Sekoni 71).

결과적으로, 비판적 긍정 이야기들은 무비판적 긍정의 이야기들과 유사하지만, 그럼에도 차이가 있다. 이 이야기들은 규범에의 완전한 복종뿐만 아니라 규범의 침해 역시 주제화 하지 않았다. 이 이야기들은 일반적으로 도덕적 질서에 대한 것이다. 무비판적 긍정의 이야기와 달리, 이 이야기들은 사회적 도덕성의 토대를 보여주는 이미지들을 제공하는 방식으로 규범들을 일반적으로 상대적 시각을 통해 접근하도록 유도한다. 즉 규범들은 절대적 관점에서 옳다거나 또는 옳지 않다고 말할 수 없다. 환경에 따라서, 규범들은 위배될 수도 있고, 그렇지 않을 수도 있다(Sekoni 68). 비판적 긍정 이야기 속의 갈등과 서사적 긴장은 일반적으로 두 가지 소스, 즉 원거리 소스(remote source)인 기아, 전염병, 그리고 범세계적 불안정으로 인해 발생하고, 즉시적 소스(immediate source)인 악한으로서 트릭스터로 인해 유발된다(Sekoni 68).

아프리카의 전통적 트릭스터 민담과 트릭스터의 유형들은 아프리카계 미국인들에 의해 재창조되었다. 노예제도 시절을 배경으로 설정한 아프리카계 미국인들의 트릭스터 민담들은 일반적으로 백인주인과 아프리카계 노예 사이의 긴장, 즉 지배층에 대한 피지배층의 긴장 속에서 지배층에 대한 피지배층의 저항적 태도를 강조한다는 점에서 아프리카의 전통적 트릭스터 민담들을 상기시키기에 충분하다. 물론, 아프리카의 전통적 트릭스터 민담과 아프리카계 미국인들의 트릭스터 민담 사이에 부분적 차이가 없는 것은 아니다. 아프리카계 미국인들의 트릭스터 민담 속에 등장하는 트릭스터들은 영웅으로서의 트릭스터 민담들 속에 등장하는 아프리카의 전통적 트릭스터들처럼 영웅적이지도 않고, 악한으로서의 트릭스터 민담들 속에 등장하는 아프리카의 전통적 트릭스터들처럼 악하지도 않다.

노예제도 시절의 트릭스터 민담들은 이야기의 결말부분에서 상대방을 누르고 승리한 트릭스터들의 탁월한 역할 또는 인격을 강조하기보다 상대방을 조롱하고 부끄럽게 만드는 재치와 기만을 더 강조한다. 반대로, 일부 민담들에 나타난 결말부분들은 트릭스터들의 단순하고 우둔한 기만을 소개하며 이로 인해 자충수에 빠지는 트릭스터들의 모습을 보여주기도 한다. 이 경우, 이야기들은 지배자와 피지배자의 대결구도에서 지배자를 압도한 트릭스터들의 승리와 영웅적 모습을 강조하기보다 자충수를 두고도 이를 의식하지 못하는 트릭스터들의 우둔함과 어리석음을 웃음으로 승화시킨다. 어찌 보면, 이런 이야기들의 트릭스터들은 아프리카의 전통적 트릭스터 민담들 속에 등장하는 영웅으로서의 트릭스터들도 아니고, 악한으로서의 트릭스터들도 아니다. 멜 왓킨스(Mel Watkins)가 당시의 유머를 연구하며 아프리카계 노예들의 유머가 남의 눈에 띄지 않은 비밀 공간 속에서 억압자의 행동, 언어, 춤, 식사 등을 모방하는 것이었다고 밝히듯(Tafoya XVI 재인용), 당시의 트릭스터 민담들도 억압된 환경 속에서 트릭스터를 공개적으로 영웅화하기보다 백인주인을 에둘러 조롱하는 인물 정도로 형상화했다. 따라서 당시의 트릭스터들 역시 영웅이 아닌 것처럼 악한도 아니다.

노예시절을 배경으로 설정한 「브러 래빗과 브러 팍스」("Bro Rabbit and Bro Fox")와 「올드 마스터와 존」("Old Master and John") 이야기들은 재치와 기만을 통해 생존을 추구하는 트릭스터들을 등장시킨 이야기들이다. 「브러 래빗과 브러 팍스」는 트릭스터인 작은 동물과 상대방인 큰 동물의 대결구도 속에 이야기를 전개해나간다는 점에서 영웅적 트릭스터가 등장하는 아프리카의 전통적 트릭스터 민담들과 맥락을 같이한다. 그리고 「올드 마스터와 존」은 동물 트릭스터와 상대방의 대결구도를 아프리카계 노예와 백인주인의 대결구도로 변형하여 이야기를 전개하지만, 아프리카의 전통적 트릭스터 민담과 「브러 래빗과 브러 팍스」에 나타난 서술적 구조, 즉 지배와 피지배의 대결구도를 그대로 유지하고 있다. 그럼에도 불구하고, 「올드 마스터와 존」 이야기들 속에 등장하는 트릭스터들을 모두 아프리카의 전통적 트릭스터들과 동일시하기 어렵다.

이 이야기들 속에 등장하는 트릭스터들 중에 일부는 지배와 피지배의 대결구도 속에서 지배층의 질서와 규범에 도전적·저항적·전복적 태도를 보이는 피지배층 트릭스터들이 아니다. 그들은 지배층의 메타포인 큰 동물과 피지배층의 메타포이자 트릭스터인 작은 동물, 또는 백인주인과 트릭스터인 아프리카계 노예는 이미지적 측면에서 모두 아프리카의 전통적 트릭스터 민담들 속에 등장하는 강자와 약자를 환기시켜준다. 하지만 이 이야기들의 대결구도는 아프리카의 전통적 트릭스터 민담들에서만큼 적대적이지 않다. 그 이유로, 이 이야기들은 대결구도의 주체들인 올드 마스터와 존을 이분법적 범주를 초월한 다양한 범주의 성격, 사고력, 기지, 그리고 능력의 소유자들로 형상화했다. 올드 마스터는 엄격하고 까다로우며, 심지어 거칠고 독단적이지만, 이따금 가부장적이고 보호적이며, 존에게 진정한 애정을 보이기도 한다(Courlander 419). 하지만 존은 다양한 특성들의 조화체이다. 존은 둔한 사고력의 소유자이면서 민첩한 사고력의 소유자이기도 하고, 정신지체를 가지고 있으면서 고집스럽고, 경멸적이며, 저항적이다. 뿐만 아니라, 존은 쉽게 곤경에 빠져들면서 곤경으로부터 쉽게 벗어나고, 백인주인에 대한 불만을 참으면서 주인을 즐겁게 만들려 하며, 백인주인의 약점들에 융통성 있게 잘 대응하며 그를 응징하거나 굴복시킬 수 있는 교묘한 방법을 찾는다(Courlander 419).

대결구도에서 올드 마스터가 승리하는 경우 존은 올드 마스터의 장단점을 이해하고, 아부적이거나 단순하다. 올드 마스터 역시 존의 성격과 동기를 이해하고, 그의 민첩한 기지와 영리함을 칭찬한다(Courlander 420). 물론, 이야기들 중 다수의 이야기들이 올드 마스터를 약간 바보스럽게 보이도록 형상화했지만, 그럼에도 올드 마스터와 존은 나쁜 사람과 좋은 사람으로 이분화하기 어려운 인물들이다. 따라서 이 이야기들의 대결구도는 다양한 요소들의 복합물이나 다름없는 올드 마스터와 존의 성격들이 말해주듯 뚜렷한 대립적 긴장을 보여주지 않는다.

먼저, 「브러 래빗과 브러 팍스」 이야기들은 아프리카계 미국인들에게 가장 잘 알려진 장르로, 아프리카의 전통적 트릭스터 민담들의 후속편이나 다름없다. 이 이야기들에서 브러 래빗은 아프리카의 토끼, 거북, 그리고 거미의 트릭스터 역할을 계승하고 있다. 즉 브러 래빗의 엉뚱한 장난들(escapades)과 곤경들(predicaments)은 사실상 요루바의 거북, 그리고 아나시드(Anasid)와 아샨티(Ashanti)의 거미 트릭스터와 동일하다(Courlander 466). 아프리카 전통적 트릭스터의 원형으로서 브러 래빗의 상대방들은 육체적으로 더 강하고, 일반적으로 더 약탈적인 동물들, 즉 아프리카 숲의 사자, 표범, 코끼리, 그리고 기타 위험스러운 동물들 대신 여우, 늑대, 곰, 그리고 악어이다.

이 이야기들에서 동물들의 행동들과 특징들은 자주 인간적 캐릭터와 기지 넘치는 유머를 보여준다. 이 이야기에서 토끼, 늑대, 그리고 악어는 의인화되고, 특정한 상황에서, 개인적인 인격으로서 간주된다. 이와 관련, 이 이야기를 노예제도 시절에 비춰 읽으면, 브러 래빗은 노예 또는 소작인이고, 늑대 또는 곰은 백인주인 또는 지주이다. 물론, 모든 이야기에서 항상 브러 래빗이 등장하는 것은 아니다. 많은 이야기에서 브러 래빗과 브러 팍스 대신 매와 말똥가리, 여우와 늑대, 그리고 너구리와 주머니쥐가 등장하여 기지대결을 벌인다(Courlander 466). 이때 트릭스터는 사회적·경제적 하류층 또는 소외자라는 점, 그리고 언어적 수단 또는 비언어적 수단을 통해 지배층을 조롱하거나 지배층에 대항한다는 점에서 아프리카의 전통적 트릭스터와 동일하다. 하지만 이 이야기들은 아프리카의 전통적 트릭스터 민담들에 비춰볼 때 상당부분의 변형된 이야기들이다. 아프리카의 전통적 트릭스터 민담들은 기아, 부당한 권력, 그리고 부에 대한 질투와 탐욕 등

집단적 범주와 개인적 범주의 사회적·정치적·인격적 문제들을 배경으로 강자와 약자 또는 지배자와 피지배자의 대결구도를 보여주지만, 이 이야기들은 거의 개인적 범주의 일상적 문제들을 배경으로 긴장감 없는 대결구도를 보여준다. 물론, 노예제도라는 사회적 분위기에 비춰 볼 때, 이 이야기들 역시 집단적 범주의 사회적·정치적 문제들을 환기시킨다고 말할 수 있지만, 이 같은 해석을 위해 많은 추론이 불가피하다. 이 이야기들의 트릭스터 역시 아프리카의 전통적 트릭스터처럼 상대방을 향한 기만을 문제해결의 수단으로 활용한다. 하지만 이 이야기들 속에서 기만은 아프리카의 전통적 트릭스터 민담들에서와 달리 사회적·정치적·인격적 문제들을 해결하기 위한 수단이라기보다 일상적 차원의 문제들을 해결하기 위한 수단이다.

이 이야기들 중 하나인 「브러 쿤이 고기를 얻다」("Brer Coon Gets His Meat")에서 브라 래빗과 브라 쿤은 어부들이다. 브러 래빗은 낚시로 고기를 잡는 어부이고, 브러 쿤은 개구리를 잡는 어부이다. 어느 날 브러 래빗이 브러 쿤을 만났을 때, 브러 쿤은 개구리를 잡지 못하여 의기소침해 있었다. 늙은 부모와 어린 아이들을 위해 개구리를 잡으러 나갔지만, 개구리가 도망을 쳐 빈손으로 귀가했다는 이유로 부모로부터 머리를 얻어맞고 집을 나온 상태이다. 브러 래빗은 브러 쿤의 딱한 사정을 알고 개구리를 잡을 묘안을 짜낸다. 브러 래빗은 브러 쿤에게 죽은척하고 강의 모래사장에 누워 있도록 만든 다음에, 사방을 향해 브러 쿤이 죽었다고 알리는 방법으로 개구리들을 강 밖으로 나와 브러 쿤 주위에 모여들게 한다. 이때, 브라 래빗은 개구리들에게 자신을 올드 샌디(Old Sandy)라고 소개한 다음, 지금 자신이 아주 깊숙한 곳에 갇혀 있으니 밖으로 나올 수 있도록 구덩이를 대신 파달라고 요청한다. 개구리들은 브라 래빗의 부탁을 들어주기 위해 구덩이를 파기 시작하고, 브라 래빗은 개구리들이 튀어나올 수 없을 만큼 구덩이를 깊게 파도록 유도한다. 그리고 개구리들이 튀어나올 수 없을 만큼 깊게 구덩이를 팠을 때에, 브러 래빗은 브러 쿤에게 구덩이 속에 갇힌 개구리들을 잡도록 해준다.

이 이야기에서 브러 쿤의 빈곤은 제도적 차원의 문제라기보다 개인적 차원의 문제, 즉 사냥능력의 결핍 때문이다. 물론, 부모의 행동은 성과가 미흡한 노예를 꾸짖는 백인주인의 채찍을 환기시켜주지만, 가족관계를 배경으로 행해진 행동이라는 점에서 제도권적 폭력이라고 해석하기 어렵다. 브러 래빗의 기만도 제도권의 지배층을 향한 기만이 아니라, 오히려 그 반대의 대상들을 향한 기만이다. 따라서 이 이야기는 약자인 트릭스터와 강자인 제도권적 지배층 간의 대결구도로 전개되는 이야기가 아니라, 어부라는 직업이 말해주듯 약자들 사이에서 사냥능력이 부족한 동료를 위해 상대적으로 사냥능력이 뛰어난 동료가 도움을 주는 구도로 전개된 이야기이다.

「브러 래빗과 브러 팍스」이야기들이 항상 이 같은 구도를 통해 전개되는 것은 아니다. 「우물 속의 브러 래빗」("Brer Rabbit in the Well")은 브러 래빗과 브러 팍스의 대결구도가 강하게 드러나는 이야기이다. 햇볕이 강한 어느 날 농장 동료들인 브러 래빗, 브러 팍스, 브러 쿤, 그리고 브러 베어는 곡식을 심기 위해 땅을 판다. 한참 일하던 도중에 브러 래빗은 피곤하여 시원한 곳에서 낮잠을 자고 싶어 한다. 브러 래빗은 동료들로부터 게으르다는 말을 듣기 싫어 슬며시 시원한 우물가로 빠져나와 두레박으로 물을 길어 올려 마신 뒤, 우물 속으로 내려가 잠을 잔다. 브러 래빗의 동태를 줄곧 감시해온 브러 팍스는 브러 래빗이 우물 속에서 잠을 자고 있다는 것을 발견한다. 브러 팍스는 이번에야말로 토끼를 골려줄 수 있게 되었다고 생각하고, 일단 토끼에게 "브러 래빗, 누가 너를 그 아래로 내려 보내 줬니?"(Courlander 470)라고 묻는다. 이때 토끼는 "누구?" "나?"(Courlander 470) 동료들의 저녁거리를 위해 "나는 지금 낚시하는 중이야"(Courlander 470)라고 둘러댄다. 브러 팍스는 브러 래빗의 이 같은 대답을 들은 뒤에 고기가 많으냐고 묻고, 토끼가 그렇다고 말하자 자신도 우물 속으로 들어갈 수 있는 방법을 알려달라고 말한다. 이에, 토끼는 브러 팍스보다 자신의 몸무게가 상대적으로 가벼운 점을 이용하여 시소게임을 하듯 브러 팍스를 반대편 두레박에 타게 한 뒤에 브러 팍스가 탄 두레박이 우물 속으로 내려가자 이 순간을 놓치지 않고 무사히 우물 밖으로 탈출한다.

이 이야기의 대결구도도 역시 지배층과 피지배층의 대결구도가 아닌, 농장 동료들 사이의 대결구도이며, 트릭스터의 기만은 지배층에 대한 저항적·전복적 목적으로 성취하기 위한 기만이라기보다 상대방에 대한 조롱을 통해 기지의 우월성을 보여주긴 위한 기만이다. 뿐만 아니라, 이 이야기는 트릭스터인 브러 래빗이 자신의 게으름과 부정직함을 문제 삼으려는 브러 팍스의 공격을 재치 넘치는 기만을 통해 피하면서 브러 팍스를 오히려 궁지에 몰아넣는 이야기라는 점에서 관중으로 하여금 누가 더 도덕적인지를 심의하도록 유도하기보다 자신의 상황을 역전의 기회로 활용하는 브러 래빗의 재치에 웃음으로 반응하도록 유도한다.

「브러 래빗과 브러 팍스」 이야기들에 이어, 『올드 마스터와 존』 이야기들 중 하나인 「올드 보스와 조지」("Old Boss and George")는 제목만 마스터를 보스로, 그리고 존을 조지로 바꿨을 뿐, 「올드 마스터와 존」처럼 백인주인과 아프리카계 노예의 대결구도를 다룬 이야기이다. 성실하고 일 잘하는 조지가 비오는 날에 백인주인의 명령에 따라 집 밖의 일 대신 씨감자 자르는 일을 한다. 조지는 백인주인의 강요에 따라 이 일을 하는 탓에 백인주인이 얼마나 많은 감자를 잘랐는지 확인하고자 했을 때에 겨우 대여섯 개의 감자들만 잘라놓았다. 백인주인이 실망했다고 말하며, "너는 주변에서 목화를 가장 잘 따는데, 왜 이것밖에 못 잘랐어?"(Courlander 422)라고 묻는다. 조지는 이에 대해 "나무 자르기, 목화 따기, 그리고 다른 일은 신경을 쓰지 않지만, 이 일을 하겠다고 결정하는 것이 그에게는 어려운 일입니다"(Courlander 422)라고 대답한다.

이 이야기에서 올드 보스와 조지의 관계는 분명 백인주인과 노예의 대결구도를 환기시켜준다. 하지만 올드 보스는 조지에게 일을 강요하면서도 칭찬을 아끼지 않는 백인주인이고, 조지는 백인주인의 강요에 불만을 가지고 있지만 저항 대신 우회적으로 자신은 집 밖의 일보다 집 안의 일이 더 어렵다고 둘러댄다. 이와 비슷한 또 다른 이야기는 「존이 주님에게 부탁하다」("John Calls on the Lord")이다. 이 이야기에서 존은 신에게 고통스러운 세상의 삶으로부터 벗어나 천국으로 보내달라고 기도한다. 존의 태도를 감시하던 중 어느 날 백인주인은 그의 기도소리를 엿듣고 그를 속여 골탕을 먹이려 한다. 백인주인은 이를 위해 존의 집 대문에 노크를 하며 자신을 신으로 속여 천국으로 데려가겠다고 말한다. 존은 이런 줄도 모르고 침대 밑에 숨은 다음, 부인에게 자신이 집에 없다고 둘러대라고 말한다. 하지만 이마저 들키자, 그는 마지못해 옷 갈아입을 시간을 달라고 지연작전을 펴다가 결국 문을 열고 나가 백인주인 앞에 서서 천국을 향해 걸어간다.

이 이야기에서 존과 백인주인은 모두 서로를 기만한다. 하지만 두 사람의 기만들 중 누구의 기만이 더 악의적인지 분간하기 어렵다. 백인주인의 기만은 존에게 골탕을 먹이려는 의도를 담고 있고, 존의 기만은 신으로 착각한 백인주인을 피하려는 의도를 담고 있다. 따라서 그들의 기만은 서로를 파괴하거나 훼손시키기 위한 악의적 기만이라고 말할 수 없다. 그럼에도 불구하고, 이야기꾼은 이 이야기의 결말부분에 존의 아내를 개입시켜 존의 또 다른 기만을 소개하며 백인주인을 압도할 것이라고 밝힌다. 결말부분에서 아이들은 존이 신발도 신지 못한 채 백인주인에 의해 끌려가는 모습을 보며 그의 신상에 생길 위험에 대해 걱정한다. 하지만 아이들의 걱정은 기우일 뿐이다. 존의 아내는 아버지의 신상에 닥쳐올 위험에 대해 걱정하는 아이들에게 "맨발일 때 너의 아버지를 따라잡을 사람은 아무도 없어"(Courlander 428)라고 밝히며 아이들을 안심시킨다. 즉 존의 아내는 이를 통해 존이 신을 신지 않은 이유를 밝히며, 존이 백인주인의 권위 또는 명령에 순응하는 듯 보이다가 궁극적으로 도망을 칠 것이라고 밝힌다. 존의 이 같은 의도는 이야기 속에서 현실화되지 않았지만, 이 이야기는 백인주인의 제도적 억압으로부터 벗어나려는 아프리카계 노예들의 생존본능과 소망, 그리고 표면적으로 백인주인의 권위에 순응하는 척하지만, 내면적으로 생존본능과 소망을 실현하려는 아프리카계 노예들의 기만적 태도를 밝혀준다.

『올드 마스터와 존』이야기들이 모두 백인중인과 아프리카계 노예의 대결구도를 이처럼 균형적인 이미지를 통해 형상화한 것은 아니다. 「존이 올드 마스터의 아이들을 구해주다」("John Saves Old Master's Children")는 존의 기만을 노골화하고, 백인주인과 존의 대결구도를 극단적으로 형상화했다. 이 이야기에서 백인주인의 두 아이들이 집 밖에서 보트를 타며 놀던 중에 보트가 전복되어 익사의 위험에 처한다. 존은 들판에서 일하던 중에 이를 목격하지만, 아이들을 즉각 구해주는 대신, 이를 대가로 자신의 자유를 얻고자 한다. 그는 백인주인에게 먼저 이 사실을 알린 다음, 백인주인이 나타나자 백인주인이 지켜보는 가운데 아이들을 구해준다. 백인주인은 존이 아이들의 생명을 구해준 것에 대한 고마움의 표시로 존에게 많은 수확을 거둬들여 창고를 채우면 자유를 주겠다고 약속한다. 하지만 존이 백인주인의 말대로 많은 수확을 거둬들여 창고를 채웠을 때, 백인주인은 존에게 자유를 주기보다 "존 난 너를 사랑해"(Courlander 429)라고 말하며 존과의 약속을 파기하려 한다.

이 이야기에서 존은 어린 아이들의 소중한 생명을 이용하여 백인주인을 기만하고, 백인주인은 인간의 순수한 감성을 이용하여 존을 기만한다.

따라서 이 이야기에서 누구의 기만이 더 악의적인지를 따지는 것은 무의미해 보인다. 존의 경우, 비록 자신의 자유를 위해 어린 아이들의 생명을 놓고 백인주인과 거래를 한 것처럼 보이지만, 사실은 그렇지 않다. 존은 이를 통해 자유를 주겠다는 백인주인의 약속을 얻어냈을 뿐, 자유를 현실화하기 위해 백인주인의 조건을 채워야 했다. 따라서 이 대목만 놓고 볼 때에 존과 백인주인의 대결구도는 극단적이라고 말하기 힘들다. 하지만 존이 백인주인의 기만을 물리치고 자유를 선택한 것은 백인주인과의 대결구도를 극화한 장면이 아닐 수 없다. 백인주인은 평소와 달리 저자세로 존의 자유를 막으려 하고, 이와 대조적으로 존은 냉정한 고자세로 백인주인의 호소를 물리치고 자유를 선택한다.

「올드 마스터가 까마귀 고기를 먹다」("Old Master Eats Crow") 역시 존과 백인주인의 대결구도를 극단화한 이야기이다. 이 이야기에서 존은 사냥이 금지된 백인주인의 땅에서 다람쥐 사냥을 하던 중에 발각되어 백인주인으로부터 경고를 받는다. 존은 다음 날 또 다시 이곳에 나와 까마귀를 쏘아 잡는다. 이때 백인주인이 나타나 존으로부터 총을 빼앗고 까마귀의 머리부터 털을 뜯어낸 다음 고기를 먹으라고 명령하자, 존은 백인주인의 명령대로 행한다. 그리고 백인주인이 총을 되돌려주자 총구를 백인주인에게 겨누고 털도 뽑지 않은 나머지 절반을 던져주며 "이봐요, 주인님. 나는 당신이 입에서 깃털이 풀풀 날리지 않게 까마귀의 궁둥이부터 그것을 몽땅 먹어치우기를 바랍니다"(Courlander 432)라고 명령한다.

이 이야기에서 존이 백인주인의 경고에도 불구하고 금지된 장소에서 또 다시 사냥을 한 것은 백인주인에 대한 거부의 표시이지만, 백인주인의 징벌을 고분고분 따른 것은 백인주인에 대한 복종의 표시이다. 따라서 존의 이 같은 행동은 대조적 또는 이중적 태도처럼 보일 수 있지만, 다른 한편으로 백인주인을 향한 기만이다. 백인주인의 경고에도 불구하고 또 다시 같은 장소에서 사냥을 한 것은 백인주인에게 전날의 치욕을 되돌려주려는 의도된 행위이고, 사냥감을 혐오대상인 까마귀로 선택한 것은 치욕을 더욱 더 잔혹하게 갚겠다는 의도를 함축한 행위이다. 그리고 존이 백인주인의 명령에 따라 아무런 저항 없이 까마귀 고기를 뜯어먹은 것은 자신을 백인 주인의 명령에 순응하는 충실한 노예로 만들기 위한 기만적 행위이다.

노예제도 시절을 배경으로 설정한 「브러 래빗과 브러 팍스」 이야기들과 「올드 마스터와 존」 이야기들은 모두 언어적 수단 또는 비언어적 수단을 통해 상대방을 기만, 조롱, 또는 공격하는 이야기들이다. 즉 이 이야기들은 모두 아프리카의 전통적 트릭스터 이야기들처럼 트릭스터와 상대방 간의 대결구도 속에 트릭스터의 기만을 소개한 이야기들이다. 하지만 이 이야기들 중에 노예제도 시절의 지배층과 피지배층 사이의 대결구도, 그리고 지배층을 향한 피지배층의 저항의지가 보다 적나라하게 공개된 이야기는 「올드 마스터와 존」이다. 이 이야기들은 노예제도란 시대적 환경을 노골화하듯 작중의 지배층과 피지배층을 실존인물의 명칭으로 지칭하고, 부분적으로 서로를 기만하는 작중 인물들의 균형적 이미지를 통해 대결구도를 불명확하게 하지만, 대체로 피지배층인 노예 트릭스터가 지배층인 백인주인과의 명확한 대결구도 속에 백인주인 기만, 조롱, 또는 공격하는 이야기들이다.

「브러 래빗과 브러 팍스」 이야기들과 「올드 마스터와 존」 이야기들 속에 등장하는 트릭스터들은 아프리카의 전통적 트릭스터들과 달리 노예제도의 억압과 폭력 속에서 경제적 부를 축적 또는 강탈하기 위한 탐욕이 아닌 삶의 필연적 조건인 최소의 생리적 욕구를 해결해야 하고, 제도적·인종적 억압으로부터 벗어나기 위해 틈을 엿보아야 하는 인물들이다. 따라서 이 같은 환경은 그들의 인물적 특징을 대체로 적응성(adaptability), 조작성(maneuverability), 예리한 언어적 재치(keen verbal dexterity), 그리고 생존을 향한 집념(commitment to survival)을 소유한 인물들(Martin 21)로 요약할 수 있게 해준다. 이와 관련, 그레첸 마틴(Gretchen Martin)은 트릭스터의 언어적 재치에 주목하고 "가장 기본적 차원에서 그들은 영리한 지적 능력, 상대방보다 뛰어난 사고력에 의해 삶을 극복해나가는 시그니파잉(signifying) 트릭스터 버전"이라고 평가하고, 이에 대한 근거를 시그니파잉에 대한 헨리 루이스 게이츠(Henry Louis Gates)의 정의와 피시킨(Fishkin)의 평가에 비춰 설명했다.

마틴은 시그니파잉을 "흑인 모국어 전통에서 흑인의 궁극적인 차별화의 기호"(xx)라고 밝힌 게이츠의 정의와 "노예소유주들이 전체적·절대적 권력을 행사한 환경 속에서 시그니파잉 언어와 노래의 아이러니한 이중성은 노예들이 말할 수 없는 것들에 대해 목소리를 낼 수 있게 해주는 면죄의 소스"(11-12 재인용)라고 밝힌 피시킨의 평가에 주목했다. 마틴은 이를 근거로 트릭스터 이야기들에 대해 "화자는 그 (아이러니한 이중성) 표면 아래 강자에 대한 약자의 아주 전복적인 비판을 밑그림으로 그려낸다"(22)고 평가했다. 뿐만 아니라, 마틴은 시그니파잉을 비언어적 시그니파잉으로 분류하고, 그 사례를 윌리엄 버틀러 예이츠(William Butler Yeats)의 시학적 매개, 즉 마스크(mask)의 기능적 특징을 통해 설명했다.

마틴에 따르면, 아프리카계 미국인들은 역사적으로 노예제도와 격리정책으로 인해 어떻게 그들의 진정한 감정을 숨기거나 가려야 하는지를 배워야 했다(12). 불만으로 인한 비애, 자유를 위한 음모, 또는 주제넘은 자기주장은 억압자로부터의 즉각적인 보복이 뒤따른다는 것을 알고 있었기 때문에, 가면쓰기는 그들의 내적 삶과 소망을 숨기고 보호할 수 있는 중요한 사회적 관습이 되었다. 즉 마틴은 가면쓰기를 흑인들에게 겉모습의 전략적 조작을 가능하게 만들고, 흑인문화 공동체와 백인문화 공동체를 구분하는 중요한 차이를 만들었다고 평가했다. 그리고 마틴은 그의 이 같은 견해를 보충하기 위해 흑인과 백인의 차이에 대한 게이츠의 견해를 소개했다. 게이츠에 따르면, "흑백 차이의 가장 신랄한 차원은 가장 문자 그대로의 의미에서 의미 만들기의 그것, 즉 시그니파잉화의 그것이다. . . . 여기서 이중성들의 유희는 정확하게 흑과 백의 의미론적 영역들이 충돌하는 축들 위에서 일어난다"(49). 마틴은 흑인문화의 특수성 또는 고유성을 설명한 게이츠의 이 견해에서 흑인들의 대표적인 유머형식인 시그니파잉의 수사학적 이중성에 주목하고, 이를 예이츠의 가면쓰기와 비견되는 언어적 행위로 해석했다.

게이츠는 시그니파잉이란 유머형식에 비춰 흑인들의 수사학적 언어와 형식뿐만 아니라, 트릭스터의 다양한 특징들을 소개했다. 게이츠에 따르면, 트릭스터는 일반적으로 남성이고, 개별성, 풍자, 패러디, 아이러니, 마법, 부정형성, 열린 결말, 모호성, 성욕, 우연, 불확실, 교란, 협상, 충성과 배신, 그리고 열림과 닫힘 등 다양한 특징들을 소유한다(6). 트릭스터에 대한 게이츠의 이 같은 다중적 정의는 트릭스터의 언어 또는 언어 형식을 아프리카인들과 아프리카계 미국인들의 비유적 유머인 시그니파잉에 대한 그의 정의와 해석을 환기시킨다. 게이츠에 따르면, '시그니파잉'은 "메시지를 전달하는 영리한 방법, 일종의 예술"(83)이다. 게이츠의 이 같은 정의는 '시그니파잉'의 수사학적 표현양식이 언어적 게임의 유희성에 머물기보다, 궁극적으로 "문체에 초점을 둔 메시지"(style-focused message)(78)를 전달하기 위한 표현양식임을 밝혀준다. 이와 관련, 게이츠는 시그니파잉을 실용적 측면에서 "간접적 주장 또는 설득의 테크닉," "간접적인 언어적 또는 보디랭귀지적 수단으로 넌지시 의미를 전달할 수 있는, 상대를 자극할 수 있는, 구걸할 수 있는, 그리고 뽐낼 수 있는 함축적 표현의 언어"라고 밝힌 로저 에이브러햄스(Rodger Abrahams)의 정의에 깊이 공감했다.

한편, 게이츠는 시그니파잉의 원류를 아프리카의 전통적 트릭스터 민담들을 대표하는 요루바 민담의 이수(Isu) 이야기에서 찾고자 했다. 게이츠는 1989년에 발표한 『시그니파잉 멍키』(*The Signifying Monkey*)에서 '시그니파잉'을 "흑인의 이중적 목소리"(black double-voicedness)(xxv)로 정의하고, 이같은 목소리의 주인공을 아프리카의 요루바 신화에서 찾는다. 요루바 신화에 따르면, 주인공인 이수 엘레그바라(Isu-Elegbara) 또는 에주(Edju)는 인간과 신 또는 신과 인간, 진실과 이해, 신성한 것과 속세적인 것을 연결시켜주는 메신저 역할을 하는 트릭스터이다. 이수는 열여섯 명의 신들이 인간들이 제물을 바치지 않아 기아상태에 이르자 이를 해결하기 위해 오런간(Orungan)을 찾아가 도움을 요청한다. 오런간은 이수에게 열여섯 개의 야자열매로 만들어진 큰 물건이 있다는 것과 이를 얻어서 의미를 이해하면 인간의 선의를 다시 얻을 수 있다는 것을 말해준다. 이를 듣고 이수는 야자나무가 있는 곳을 찾아가고, 여기에서 만난 원숭이들이 그에게 열여섯 개의 야자열매를 준다. 하지만 이수는 어떻게 해야 할지 모른다. 이에 원숭이들은 그에게 세상으로 나가 물어보라고 말한 뒤, 열여섯 곳에서 열여섯 가지의 말을 들을 것이라고 일러준다. 그리고 이 일이 끝난 다음 신들에게로 돌아가서 그동안 알게 된 것을 이야기해주고, 다시 인간들에게 돌아와 신들의 말을 전해주면 인간들이 다시 두려워하여 제물을 바칠 것이라고 조언한다.

이 이야기에서 이수는 인간을 속여 신에게 저항을 하게 만들고, 다시 신을 속여 인간이 원하는 것, 즉 길흉에 대한 지식을 인간에게 알려주게 한다. 그는 이를 통해 인간에게 신의 전지전능한 힘을 알려주어 신에 대한 두려움과 존경심을 갖도록 만들었고, 신에게 길흉에 대한 인간의 불안을 알려주어 이런 일이 있을 경우 사전에 인간에게 알려준다는 신들의 약속을 얻어내어 인간의 제물을 다시 받을 수 있도록 만들었다. 이와 관련, 에이브러햄스에 따르면, 이 이야기는 흑인들의 토속적이고 전통적인 수사학적 원리의 저장소들, 즉 흑인 수사어구들의 코드화된 사전들이다(63). 이 이야기에서 "시그니파잉이란 이름은 원숭이로 형상화된 트릭스터의 기만적 행위의 언어"(54)이다. 바꿔 말하면, 원숭이는 기교, 문체, 또는 문학적 언어의 달인으로서 시그니파이어(signifier: 시그니파잉의 행위자)이고, 사자는 시그니파이드(signified: 시그니파잉의 대상)이다. 이수 이야기의 트릭스터에 대한 에이브러햄스의 이 같은 설명은 노예제도에 이어, 인종차별주의 시대를 살아온 아프리카계 미국인들이 시그니파잉(signifying)을 무엇을 위해 어떻게 활용하고자 했는지를 말해준다. 이와 관련, 에이브러햄스는 시그니파잉을 일종의 가면쓰기 또는 비유적 표현방식이이라고 정의하며, 아프리카계 미국인들이 시그니파잉을 반복적인 흑백갈등 속에서 언어적 가면쓰기 행위(masking)로 활용했다(77)고 밝힌다.[60]

하지만 마틴이 트릭스터의 언어를 시그니파잉의 결정판이라고 평가한 것은 이를 증명하기 위한 근거자료들에 부합하는 평가라고 말하기 힘들다. 게이츠는 시그니파잉의 언어적 특징들과 형식들을 밝히기 위한 사례들을 아프리카계 미국문학의 여러 문학적 텍스트들부터 찾아내고자 했다.[61] 즉

---

[60] 아프리카계 미국작가들의 흑인적 통찰력과 트릭스터 장치들은 노예서사 전통 전역에서 드러난다(Martin 23). 19세기 노예서사들의 도망 노예 트릭스터들은 핑계의 기술을 연마하여 자기방어의 예리한 도구로 만든다. 즉 트릭스터 이야기들은 아프리카계 미국인들에게 문화적 지혜와 생존을 위한 교훈을 가르쳐주는 기능을 했지만, 백인저자들은 이를 다른 목적으로 왜곡하는 방법을 배웠다(25). 이와 관련, 멜 왓킨스(Mel Watkins)는 트릭스터 이야기의 연장선상에서 논의할 수 있는 아프리카계 미국인들의 유머 형식들 중 하나인 희극(comedy)의 유래를 노예제도 시절로 소급한다. 왓킨스에 따르면, 아프리카계 미국 코미디는 남부의 비밀장소, 들판, 그리고 노예 오두막에서 시작되었다. 흑인노예들은 이런 장소에서 억압자의 행동, 언어, 춤, 식사 등을 모방했고, 백인들은 백인주인 또는 백인들을 조롱 또는 공격하기 위한 표현방법인지를 모르고 순회가면극(ministrel)을 통해 이를 흑인들의 본질적 모습으로 각색했다. 즉 타포야(Tafoya)는 당시의 아프리카계 노인들을 "노예제도 시절에 흑인 커미디에 나타난 트릭스터 인물들"이라고 평가하고, 그들의 행동에 대해 "억압된 현실 속에서 저항수단을 찾을 수 없는 흑인들의 불만 또는 불안의 해소를 위한 은폐 속의 모방과 흉내를 통한 조롱 또는 공격"이라고 평가했다.

시그니파잉의 개념과 기능에 대한 게이츠의 다중적 정의는 문학적으로 재해석되거나 재창조된 아프리카계 미국작가들의 유머형식과 언어들을 토대로 내려진 정의이다. 따라서 마틴이 게이츠의 이 같은 정의를 문학적 재해석 또는 재창조 이전의 대중적 텍스트들, 즉 아프리카와 아프리카계 미국인들 사이에서 구어형식으로 회자되어온 전통적 트릭스터 이야기들의 언어에 대한 논의에 적용한 것은 대중적 언어와 문학적 언어의 차이에서 느

---

61) 게이츠는 『시그니파잉 멍키』(Signifying Monkey)에서 시그니파잉의 언어적・수사학적 개념을 소개하며, 아프리카계 미국작가들의 텍스트들을 통해 그 사례들을 제시했다. 게이츠에 따르면, 흑인작가들은 자주 유럽 전통의 텍스트를 수정하는 데에 반해, 흑인적 차별성(black difference), 즉 흑인 토착어 또는 풍토에 바탕을 둔 차별화 감각을 신뢰성 있게 모색한다. 그들은 상호 텍스트 읽기를 통해 흑인전통으로부터 유래된 주요 정전적 상투어(tropi)와 수사법들을 재형상화 하고자 했다. 게이츠는 시그니파잉을 문학적 표현수단으로 활용한 대표적 아프리카계 미국작가들로 조라 닐 허스턴(Zora Neale Hurston), 이쉬마엘 리드(Ishmael Reed), 제임스 크로니오소(James Cronniosaw), 앨리스 워커(Alice Walker), 그리고 앨스턴 앤더슨(Alston Anderson)을 꼽았고, 그 밖에 리차드 라이트 (Richard Wright)와 랄프 엘리슨(Ralph Ellison)을 시그니파잉보다 상대적으로 직설적, 욕설적, 그리고 저급한 유머형식인 더즌스(Dozens)를 문학적 표현수단으로 활용한 작가들로 소개하며, 각각의 텍스트적 사례들을 제시했다. 게이츠에 따르면, 허스턴은 『그들의 눈은 신을 바라보고 있었다』(Their Eyes Were Watching God)에서 자유롭고 간접적인 담론을 통해 독특한 목소리들의 유희를, 그리고 리드는 「이야기하는 책」("Talking Book")에서 허스턴의 이 같은 전통을 재현했다. 게이츠는 두 작가들의 문학적 표현양식을 이처럼 시그니파잉의 수사법적 표현양식을 통해 추적하고, 그 원류를 초기 노예서사에서 찾았다. 게이츠는 이 같은 표현양식이 1770년에 발표된 제임스 크로니오소(James Cronniosaw)의 노예서사에서 처음 나온다고 밝히며, 이를 시그니파잉의 첫 선례라고 밝혔다(xxii-xxiii). 한편, 게이츠는 앨리스 워커(Alice Walker)의 『컬러 퍼플』(The Color Purple)에 대해 서간체 형식을 활용한 점에서 볼 때 허스턴의 소설에 대한 직접적인 수정이자 반향이라고 밝혔다. 그리고 그는 워커 'pastiche'(혼성곡, 모방작)에 대해 '동기화 되지 않은 시그니파잉'(unmotivated signifying), 그리고 리드의 패러디에 대해 '동기화된 시그니파잉'이라고 밝히며, '동기화 되지 않은 시그니파잉'과 '동기화된 시그니파잉'을 각각 '깊은 의도를 담고 있지만 부정적 비평을 담고 있지 않은 시그니파잉,' 그리고 '깊은 의도를 담고 있으며 부정적 비평을 담고 있는 시그니파잉'이라고 설명했다(xxiv). 게이츠는 이 밖에도 시그니파잉과 더즌스를 비교하며, 더즌스의 대표적 사례들을 라이트의 「빅 보이가 집을 떠나다」("Big Boy Leaves Home")와 『주인님 오늘』(Lawd Today), 그리고 엘리슨의 『보이지 않는 인간』(Invisible Man)에서 찾았다.

낄 수 있는 독자들의 거리감을 고려하지 않았다는 평가를 유도하기에 충분하다. 뿐만 아니라, 마틴의 평가는 모든 트릭스터들의 특징들을 주목한 평가라고 말할 수 없다.

아프리카의 전통적 트릭스터들 중에 무비판적 긍정 이야기들과 비판적 긍정 이야기들 속에 등장하는 트릭스터들은 기만이 공개되어 기만으로부터 획득한 모든 것들을 잃어버리고 고립 또는 죽음을 맞이해야 하는 자충수를 두는 인물들이기도 하다. 「브러 래빗과 브러 팍스」와 달리, 「올드 마스터와 존」 이야기들 중 일부, 즉 「존이 돼지와 양을 훔치다」("John Steels a Pig and a Sheep")와 「요람 속의 아기」("Baby in the Crib")는 무비판적 긍정 이야기들과 비판적 긍정 이야기들의 트릭스터들처럼 기만이 공개되어 자충수를 두는 계략가들이다.

「존이 돼지와 양을 훔치다」는 배가 고파서 백인주인의 돼지와 양을 훔쳐 먹은 존의 어설픈 기만을 소개한 이야기이다. 존은 돼지와 양을 죽여 놓고, 다른 원인들로 인해 죽은 것처럼 가장하며 백인주인에게 "제가 먹어도 될까요?"(Courlander 430)라고 묻는다. 백인주인은 처음에 이를 모르는 채 존에게 먹도록 허락했지만, 돼지에 이어 양까지 죽는 상황이 계속 이어지자 존을 점차 의심하기 시작한다. 하지만 존은 자신에 대한 백인주인의 의심이 시작되었다는 것을 눈치 채지 못한 채 돼지고기가 싫증나자 이제는 양을 죽여 놓고 양고기를 먹기 위해 백인주인에게 같은 질문을 반복했다. 존이 세 번째 양을 죽인 뒤에도 자신의 행위가 아닌 척 하며 같은 질문을 반복했을 때에, 백인주인은 더 이상 묵과할 수 없었다. 즉 백인 주인은 존에게 "왜 양을 죽였나?"라고 물었고, 존은 이에 대해 "주인님, 저는 말씀드리겠습니다, 저는 누구의 양도 저를 물어뜯게 하지 않을 것입니다"(Courlander 430)라고 고백한다. 존의 이 같은 고백은 양을 먹여 살리기 위해 고된 노동을 감당해야 하는 불평을 백인주인에게 전달하려는 우회적 표현이다. 하지만 존이 이 불평에 앞서 돼지와 양을 죽인 자신의 혐의를 솔직히 고백한 것은 백인주인의 분노와 처벌에 자신을 노출시키는 어눌함을 보여주는 것이나 다름없다.

존의 이 같은 어눌함은 「요람 속의 아기」에서 자신의 혐의를 감추려 하는 장면에서 보다 확실히 드러난다. 이 이야기에서 존은 백인주인이 모르게 돼지를 죽인 다음 집으로 가져와 아기의 요람 속에 감춘다. 백인주인은 돼지가 사라진 것을 발견하고는 존의 짓인 줄 알고 그의 집에 찾아와 돼지의 행방을 묻는다. 백인주인이 방문했을 때, 존은 앉아서 요람을 흔들고 있었고, 백인주인이 돼지의 행방을 묻자 "아이가 홍역에 걸려서 만약 요람의 이불을 걷으면 홍역에 걸려 죽을 것입니다"(Courlander 431)라고 대답한다. 그럼에도, 백인주인이 요람을 뒤지려 하자, 존은 "아이가 돼지로 변했더라도, 저를 탓하지 마세요."(Courlander 431)라고 대답한다. 존의 대답은 우회적이지만 이미 돼지를 훔친 일과 돼지의 행방을 백인주인에게 고백한 것이나 다름없는 어눌한 대답이다. 이와 관련, 「존이 돼지와 양을 훔치다」와 「요람 속의 아기」는 아프리카의 전통적 트릭스터 민담들 중에 자신의 계략에 자신이 말려드는 트릭스터들이 등장하는 「거북과 아기 코끼리」나 「거북과 란탄」을 상기시켜주는 이야기이다. 하지만 「거북과 아기 코끼리」와 「거북과 란탄」의 트릭스터들은 상대방을 완벽하게 기만하는 데에 반해, 존은 상대방을 기만하기에 지나치게 어눌한 모습을 보이는 트릭스터이다.

아프리카의 전통적 트릭스터는 강제 이주된 아프리카인들의 시대적 환경과 목적에 따라 이처럼 변화를 거듭해왔다. 아프리카계 미국인들은 트릭스터를 노예제도 폐지 이후에도 지속되는 인종적 차별과 폭력에 적의를 보여주고, 이 같은 현실을 초월한 영웅을 모색하는 과정에서 변화된 유형으로 재창조했다(Levine 369-70). 즉 그들은 기존의 가치관과 규범에 대해 도전적·저항적·전복적 태도를 보이는 초기 유형의 트릭스터들을 바탕으로 내면적 가능성을 지속적으로 탐구하여 새롭고 다양한 시각으로 사물을 볼 수 있는 유형의 트릭스터들을 재창조했다(Peach 49-51).

타포야는 대중예술적 측면에서 1950년대로부터 1980년대로 이어지는 유명 아프리카계 희극인들의 희극들을 노예제도 시절의 트릭스터 이야기들처럼 은폐된 공간 이미지를 전제로 재현한 희극이라고 평가했다. 즉 그는 노예해방 이후 20세기에 등장한 아프리카계 미국인들의 희극에 대해 노예제도 시절의 트릭스터 이야기들처럼 은밀한 굴속을 설정하고 청중들을 그 어두운 공간 속으로 들어가지 못하게 하거나 그 속으로 안내했다고 평가했다. 그럼에도 불구하고, 타포야가 주목한 사항은 아프리카계 희극들이 시대적 환경과 목적에 따라 각각 주제적 목소리를 변화시켜왔다는 것이다. 타포야는 1950년대 후반의 희극인 딕 그레고리(Dick Gregory)를 행동주의자로 평가하였다. 그리고 그레고리의 희극에 대해 미국의 왜곡된 가치들에 대한 분노와 신랄한 논평을 가한 희극, 1970년대 초 희극에 대해 부드러운 유머로 인종과 인종차별에 대해 논의하고 조크에 기여한 희극이라 평가했다. 또한 1980년대 이후 우피 골드버그(Woopi Goldberg)의 희극에 대해 고급 희극과 극적 독백의 융합을 통해 미국의 문제점을 심의한 희극이라고 평가했다(XX).

아프리카계 미국인들의 희극에 대한 타포야의 이 같은 평가는 아프리카의 전통적 트릭스터 이야기가 미국 땅에서 대중매체를 통해 희극으로 발전해왔다는 것뿐만 아니라, 아프리카계 미국인들의 인종적·사회적 이슈들과 문제의식을 전달하는 데에 기여해왔음을 밝혀준다.

아프리카의 전통적 트릭스터 민담들은 문학적 측면에서도 변화를 거듭해왔다. 다릴 딕슨 카(Darryl Dickson-Carr)에 따르면, 아프리카계 미국문학의 트릭스터 이야기들은 일반적으로 다양하고 복잡한 형태의 이야기들이지만, 가장 낯익은 이야기들은 "강하고 위험한 인물의 편견이나 허영이 육체적으로 나약하고 가난한 인물들을 물질적으로 착취하는 이야기이거나 도덕적 교훈을 주는 이야기, 반대로 제3의 더 강한 인물에 의해 고통을 받는 이야기들"(56)이다. 하지만 딕슨 카는 자신의 이 같은 평가가 트릭스터 이야기의 모든 플롯을 포괄적으로 정의해주는 것이 아니라고 밝히며 보다 섬세하고 체계적인 접근을 시도했다. 즉 딕슨 카는 수전 에벗슨 런드퀴스트(Susan Evertsen Lundquist)의 견해를 인용하여 트릭스터를 두 가지 유형, 즉 지속적으로 진실과 잘못 사이에서 갈피를 잡지 못하는 '단순한 트릭스터'와 간혹 실수를 하지만 인간을 위해 문제를 해결해주는 '영웅적 트릭스터'로 구분했다.

뿐만 아니라, 딕슨 카는 존 로버츠(John Roberts)의 견해를 바탕으로 '단순한 트릭스터'를 "진실과 실수, 도덕적 가치를 실천하는 것과 감각적 즐거움을 취하는 것 사이에서 애매한 자세를 취하는 트릭스터"(56-57), 그리고 '영웅적 트릭스터'를 고대 그리스 신화의 프로메테우스(Prometheus)와 요루바 신화의 이수-엘레그바라에 비유하여 인간의 의식과 현실적 위상을 형성하는 데에 도움을 주는 신성한 신화적 트릭스터라고 평가했다. 트릭스터에 대한 딕슨 카의 이 같은 평가는 아프리카계 미국인들의 민속적 인물들 또는 트릭스터의 조상이나 다름없는 요루바 신화의 트릭스터와 문학의 작중 인물로서 드러나는 트릭스터의 이중적 성격을 동시에 밝히고자 한 평가이다. 이와 관련, 딕슨 카는 노예제도 시절의 트릭스터를 요루바 신화의 영웅적 트릭스터와 동일시할 수 없다는 입장을 취한다.

딕슨 카가 노예제도 시절의 트릭스터에 대해 이 같은 입장을 취한 이유는 "간혹 신성시되는 서아프리카 신화의 영웅적 트릭스터"(56)가 노예제도의 억압적·폭력적 환경과 어울리지 않는다는 점을 강조하고자 했기 때문이다. 그는 "독단적 권위로부터의 정신적 위안"을 받는 기재라고 평가한 로런스 레빈(Lawrence Levine)의 견해를 인용하며 트릭스터를 사하라 사막 남부의 아프리카에서 볼 수 있는 존재와 비슷하면서도, 노예제도와 다른 형태의 억압적 상황 아래에서 여러 환경적 원인들에 의해 변화를 거듭해온 존재, 즉 아프리카계 미국인들이 겪은 특수 상황들을 통해 여과된 존재(57)로 평가하고자 했다. 그의 이 같은 평가는 노예제도 시절의 트릭스터들을 만성적인 물질적 빈곤과 비인간적인 현실 속에서 보상방법을 선택할 자유마저 박탈당한 채 백인주인에게 도전하는 대신 기만적 행위를 통해 생존을 모색한 존재들로 이해할 수 있도록 해준다.

그럼에도 불구하고, 딕슨카는 아프리카계 미국문학의 트릭스터를 사회적 상황에 따라 변화를 거듭해온 존재이기 때문에 다중적 성격의 소유자로 평가했다. 즉 그는 아프리카계 미국소설의 트릭스터 이야기와 트릭스터의 유형을 로포 세코니(Ropo Sekoni)처럼 체계적으로 분류하지 않았지만, 인격적 측면에서 대조적인 양극단 사이에 고루 분포한 성격의 소유자로 평가했다. 딕슨 카에 따르면, 아프리카계 풍자소설에서 트릭스터는 "이기적이고 자기중심적인 인물로부터 이타적 인물에 이르기까지 널리 분포되어 있다"(57). 하지만 그들이 추구하는 목표는 이 같은 성격적 다양성에도 불구하고 "현실적 상황의 변화를 촉진시키기 위해 재치와 이상을 끊임없이 구상하는 것"(57)이다.

딕슨카는 아프리카계 풍자소설의 트릭스터를 "종종 불화를 일으키지만 교훈적인 목적을 지닌 주인공"(60)이란 점을 들어 피카레스크 소설의 주인공인 피카로(picaro)에 비춰 논의했다. 딕슨 카는 피카로를 "여러 주인을 섬기며 여러 역할을 해낼 수 있고, 여러 가면을 쓸 수 있는 변화무쌍한 인물"(95)이라고 밝히며, 피카로와 트릭스터에게 "재치와 기만은 무질서 속에서의 생존을 위해 필수적 수단"(95)이라고 밝혔다. 피카로와 트릭스터에 대한 딕슨 카의 이 같은 견해는 트릭스터에 대한 그의 시각이 거부와 전복 이야기 속에 등장하는 영웅적 트릭스터에 바탕을 둔 시각임을 말해준다.

하지만 딕슨카 역시 피카로와 트릭스터를 모든 면에서 동일시할 인물들로 간주하지 않았다. 딕슨카에 따르면, 피카로는 안전과 안락과 특권을 소유한 사회의 일원이 되기 위해 술책이나 부정한 방법을 사용할 준비가 되어있는 인물인 데 반해, 트릭스터는 주로 감각적 쾌락을 얻기 위해 사회적 규범에 공공연하게 반발하는 인물이다(59). 즉 그의 이 같은 견해는 피카로와 트릭스터를 각각 사회를 향한 공공적 욕망을 추구하는 주체와 정서적 자유를 향한 개인적 욕망을 추구하는 주체로 접근했음을 말해준다. 하지만 트릭스터에 대한 그의 견해는 단순하고 획일화된 기준을 적용했다는 점에서 비판의 여지를 남길 수 있다. 다름 아닌, 영웅으로서의 트릭스터 민담들에 등장하는 아프리카의 전통적 트릭스터들은 공공적 목적을 위해 사회의 기득권과 질서에 저항적·전복적 태도를 보이는 트릭스터들이기 때문이다.

한편, 트릭스터를 문학적 비평이 아닌 작가적 글쓰기의 시각에 비춰 논의한 작가는 랄프 엘리슨(Ralph Ellison)이다. 타포야가 아프리카계 미국인들의 희극에 대해 논의하기 위해 설정한 시대와 거의 동시대 기간 동안 제임스 볼드윈(James Baldwin)과 함께 대표적인 아프리카계 미국작가들 중 한 사람으로 평가받는 엘리슨은 『그림자와 행위』(*Shadow and Act*)에서 트릭스터를 문학적 시각 또는 예술적 시각을 통해 재해석한 작가이다. 엘리슨은 이 문학 담론서에서 트릭스터에 대한 앨런 하이먼(Alan Hyman)의 그릇된 정의를 반박하며 진정한 트릭스터의 사례들을 밝혔다. 즉 엘리슨은 19세기 백인극단의 순회가면극에 바탕을 둔 하이먼의 트릭스터 개념에 대해 "흑인얼굴로 분장한 인물이 내게는 수상쩍게도 국내에서 자라난 서구인과 캘비니스트로 보이지만, 하이먼은 이를 아프리카로부터 유래한 원형적 트릭스터와 연관된 존재로 간주한다"(51)고 지적했다. 그리고 엘리슨은 자신이라면 하이먼과 달리 흑인으로 분장한 트릭스터를 "백인의 상징적 필요성에 맞게 외형만 각색한 인물"(51)이라고 말하고 싶다는 견해를 밝혔다. 엘리슨이 하이먼의 견해를 이처럼 반박한 이유는 미국적 가치를 (아프리카계 미국인들의) 민담과 문학으로부터 분리해야 한다는 그의 지론을 강조하고자 했기 때문이다. 즉 엘리슨은 하이먼의 트릭스터 개념에 대해 "그것은 (필자의 설명: 흑인으로 분장한 트릭스터를 아프리카의 전통적 트릭스터로부터 유래한 것으로 간주하는 것) 우리에게 미국적 가치의 운명에 대해 무엇인가를 (필자의 추가: 아프리카계 미국인들의) 민담과 문학에 의해 조절된 것처럼 말해준다"(51-52)고 지적했다.

엘리슨은 미국사회를 원시적 사회가 아닌, 세상에서 가장 개방된 사회임에도 불구하고 트릭스터의 자유분방함을 제한하는 사회로 진단하고, 그 이유를 "인종적 태도의 경직된 태도들, 정치적 편의들, 그리고 . . . 백인적 강요와 밀접히 관련된 죄의식에 의해 제한되기"(52) 때문이라고 지적했다. 이와 관련, 그는 트릭스터의 특징들을 아프리카의 전통적 트릭스터에 비춰 소개한 칼 케레니이(Karl Kerenyi)와 달리 가면쓰기(masking)를 "능동적 미덕, . . . 아주 풍요로운 삶의 조건"(53 재인용)이라고 밝힌 그의 동시대 아일랜드 시인인 윌리엄 버틀러 예이츠(William Butler Yeats)의 주장에 비춰 재해석했다. 그는 예이츠의 주장을 전제로 아프리카계 미국인들이 가면쓰기를 하거나 해야 하는 동기에 대해 "흑인의 마스크쓰기는 아주 빈번히 두려움에 의해서라기보다, 흑인의 정체성을 강탈하기 위해 창조된 이미지에 대한 단호한 거부에 의해서"(56)이며, 이 밖에도, "이따금 가벼운 조크의 즐거움을 위해, 그리고 인종적 태도들에 의해 초래된 심리적 거리감 전반에서 그의 정체성을 알려고 하는 사람들에게 도전하기 위해서"(56)라고 밝혔다. 트릭스터에 대한 그의 이 같은 해석은 아프리카계 미국작가들의 전반적인 견해를 대변하는 해석이라고 말할 수 없지만, 동시대와 가장 근접한 시대의 아프리카계 미국문학을 대표하는 작가의 해석이라는 점에서 아프리카계 미국문단에서 전통적 트릭스터가 어떻게 재해석되는지를 가늠할 수 있게 해준다.

엘리슨은 하이먼에게 아프리카계 미국인들의 진정한 트릭스터를 찾으려면 암스트롱과 그의 음악에서 찾으라고 권고했다. 그의 이 같은 권고는 트릭스터에 대한 그의 개념이 전통적 개념에 얽매인 개념이 아님을 말해준다. 그는 루이 암스트롱(Louis Armstrong)의 표현매체를 언어와 무언극(pantomime)이라기보다 음악이라고 전제하며, 트릭스터로서 암스트롱의 특징들을 자유분방함, 육체성, 그리고 낭만적 멜로디라고 밝혔다. 그의 이 같은 견해는 전통적 트릭스터의 주된 특징들인 재치 넘치는 기만은 물론, 미학적 형식들로부터 벗어난 개념이라는 점에서 트릭스터를 현대적 시각에 비춰 재해석하려 했음을 밝혀주는 견해이다. 이와 관련, 그는 암스트롱의 음악에 대해 "암스트롱의 광대적 자유분방함과 중독성을 일으키는 힘은 거의 엘리자베스 시대적이다. 그는 왕들, 여왕들, 그리고 대통령들을 스스럼없이 대하고 땀, 타액, 그리고 얼굴의 일그러짐과 함께 그의 음악의 육체성을 강조하며, 자갈이 구르는 것 같은 목구멍으로부터 낭만적 멜로디를 창조하는 신비적 묘기를 보여준다"(52)고 평가했다.

엘리슨은 또한 자신의 작중 인물인 『보이지 않는 사람』(Invisible Man)의 라인하트(E. P. Rhinehart)를 소개하며 하이먼이 찾아야 할 완벽한 트릭스터라고 밝혔다. 그는 자신의 작중 인물을 완벽한 트릭스터로 소개하며 암스트롱을 트릭스터라고 소개할 때와 달리 '기만'을 트릭스터의 주된 특징으로 강조했다. 엘리슨에 따르면, "라인하트는 기만과 특정 기술을 칭송하는 사람들의 존경을 받는다"(56). 즉 라인하트는 돈과 순수한 인물모방을 위해 가면쓰기를 하는 탐욕적이고 기만적 인물이다. 이밖에도, 라인하트는 다양한 요소들을 지닌 복합적 인물이다. 그는 새로운 기술제품인 전자기타를 신의 예배에 들고 간다는 점에서 기존의 규범을 거부하는 기괴한 인물, 애인의 역할에서 남근적이라는 점에서 정욕적인 인물, 숫자 알아맞히기 게임

(numbers runner game)에서 부당한 이익을 취한다는 점에서 탐욕적인 인물, 기적을 일구는 사람이라는 점에서 초인적인 인물, 그리고 (승리자로서) 동전이란 최소 단위의 화폐를 달러로 변형시키고, 그리고 가난한 사람들을 먹여 살린다는 점에서 선의를 베푸는 자선가적 인물이다. 즉 그는 혼란과 변화를 잘 유도하는 미국적 정체성의 달인이다(56). 뿐만 아니라, 그는 작중 주인공에게 폭력주의적 인권운동가인 라스(Ras)의 위협으로부터 벗어날 수 있는 방법과 할아버지의 비밀 충고를 상황에 응용할 수 있는 방법을 알려준다는 점에서 인도주의적 인물이다.

엘리슨이 암스트롱의 음악연주와 라인하트의 가면쓰기를 통해 밝힌 현대적 트릭스터는 아프리카의 전통적 트릭스터를 부분적으로 환기시켜주지만, 영웅적 이미지와 악한적 이미지, 지배와 피지배, 질서의 파괴와 복원이란 대립적 요소들에 비춰 접근할 때에 쉽사리 이해할 수 없는 트릭스터이다. 즉 그의 트릭스터는 자유분방함, 독창적 자기표현 및 기교, 내면적 의식 또는 정서의 육체적 표현, 낭만적 자유, 계급적 경계 파괴를 통해 질서 속의 혼란 또는 혼란 속의 질서, 환각 속의 현실 또는 현실 속의 환각, 비실존 속의 실존 또는 실존 속의 비실존을 창조하는 인물이다. 이와 관련, 트릭스터에 대한 엘리슨의 재해석이 그의 다음 세대 아프리카계 미국작가인 토니 모리슨에게 얼마만큼 직접적으로 전달되었는지를 말하는 일은 쉽지 않은 일이다.

모리슨은 엘리슨의 뒤를 이은 동시대 아프리카계 미국작가이다. 트루디어 해리스(Trudier Harris)가 모리슨을 엘리슨의 뒤를 이어 민담 전통을 이어온 최근의 대표적 아프리카계 미국작가로 꼽은 것처럼(Ashley 273 재인용), 모리슨은 엘리슨을 계승한 작가이다. 그럼에도 불구하고, 모리슨의 트릭스터를 아프리카계 미국문학의 문학적 계보에 비춰 엘리슨의 트릭스터와 맥락을 같이한다고 말하는 것은 많은 비판의 여지를 남길 수 있다.

모리슨은 아프리카계 미국인들에 의해 계승된 아프리카의 전통적 트릭스터 민담을 복원 또는 재창조한 작가이다. 제니퍼 앤드류스(Jennifer Andrews)는 모리슨이 대부분의 소설들 속에 "공동체와의 상호작용들 속에서 문화적 규범들을 은밀히 손상시키고 보강해주는 트릭스터의 역설적 추동력을 반영해주는 남녀 작중 인물들"(89)을 등장시켰다고 밝히며, 제이. 알. 스미스(J. R. Smith)의 견해를 인용하여 모리슨의 트릭스터를 "이야기 속의 작중 인물일 뿐 아니라 믿을 수 없는 이야기의 언어학적 · 문체적 원리를 위한 모델"(89 재인용)이라고 평가했다. 앤드류스의 이 같은 견해와 평가는 아프리카의 전통적 트릭스터 이야기를 전제로 모리슨의 트릭스터를 접근하고자 한 평가이다. 앤드류스에 따르면, "전승된 트릭스터 이야기들은 전형적으로 여러 면들의 흑인방언, 구어적 서술 역사, 그리고 재즈와 브루스 같은 음악형식의 유연성을 통합한 이야기들로, 인종적 억압에 직면하여 반대자를 위트로 압도하고, 인간성을 지키기 위해 핑계와 기만을 활용하는 의인화된 아프리카계 미국인들의 이야기들이다"(89).

트릭스터에 대한 앤드류스의 정의는 제한적 정의라는 평가를 피할 수 없다. 앤드류스는 트릭스터를 기존의 지배계층에 대한 피지배층의 저항적 · 전복적 인물로 간주했다(89). 따라서 앤드류스의 정의는 트릭스터에 대한 선행연구가인 폴 라딘(Paul Radin)의 정의와 다를 바 없다. 라딘은 트릭스터를 기존의 가치체계 또는 관습에 대한 전복적 · 저항적 인물, 사회 또는 체계 속에 내재한 변화 가능성의 상징, 그리고 파괴자 또는 창조자(Radin 168-89)라고 정의했다. 뿐만 아니라, 라딘은 트릭스터를 선과 악뿐만 아니라, 부정과 긍정의 경계에 구애받지 않는 파괴자이자 창조자(Radin 168-89)라고 밝힘으로써 앞서의 정의를 더욱더 공고하게 했다. 이와 관련, 앤드류스와 라딘의 정의들은 모두 영웅으로서 트릭스터와 이 이야기의 하부장르인 거부와 전복 이야기에 등장하는 트릭스터를 환기시켜주는 정의이다.

트릭스터에 대한 앤드류스와 라딘의 정의는 부분적이지만 박재형과 이승은의 연구를 통해서도 살필 수 있다. 박재형은 아프리카계 미국작가인 서튼 그리그스(Sutton Griggs)가 1908년에 발표한 다섯 번째 소설 『그 길을 가리키며』(Pointing the Way)에 대한 연구에서 종족의 사회적·문화적 이익을 위해 자신을 희생시키는 엉클 잭(Uncle Jack)에서 그리스도의 모습을 추적하며 트릭스터를 정치적 억압과 물질적 빈곤 속에서 백인중심사회에 대한 저항적 인물, 간접적 비판자, 그리고 생존을 위한 경쟁자로 정의했다 (208). 그리고 이승은은 『타르 베이비』에 나타난 아프리카인 이산과 현대 미국 흑인사회에 대해 논의하는 과정에서 마리 테레즈 푸코(Mary Thérèse Focault)와 기디온(Gideon)의 기만을 주목하며 "미국 노예들 사이에서 전해져 내려오는 트릭스터의 역할을 함으로써 백인 고용주의 완전한 통제로부터 벗어나 있다"(92)고 밝혔다. 즉 박재형은 지배층과 피지배층의 경쟁구도 속에서 피지배층인 트릭스터의 기만을 통한 전복적·저항적 행위를 그리스도의 숭고한 행위에 비견되는 행위로 해석했고, 이승은은 지배층과 피지배층의 경쟁구도를 전제로 트릭스터의 행위를 지배층의 억압으로부터 자유를 쟁취하기 위한 전복적·저항적 행위로 해석했다. 따라서 트릭스터에 대한 박재형과 이승은의 정의는 정도의 차이에도 불구하고 트릭스터의 복합적·다중적 성격과 기능을 반영한 정의라기보다, 앤드류스와 라딘의 정의처럼 세코니에 의해 네 가지 장르로 분류된 아프리카의 전통적 트릭스터 민담들 중에 첫 장르, 즉 거부 이야기 속에 등장하는 영웅으로서의 트릭스터에 바탕을 둔 정의이다.

본 장은 기존의 모리슨의 트릭스터를 아프리카의 전통적 트릭스터에 비춰 공통점과 차이점을 추적한다. 즉 본 장은 『솔로몬의 노래』(Song of Solomon)의 파일레잇 데드(Pilate Dead), 『타르 베이비』(Tar Baby)의 테레즈, 그리고 『사랑』(Love)의 엘(L)을 아프리카인들과 아프리카계 미국인들의 전통적 트릭스터에 비춰 논의하며, 모리슨이 그들을 전통적 트릭스터와 달리 새로운 트릭스터들로 재창조했는지를 추적한다. 이를 위해, 본 장은 아프리카의 전통적 트릭스터와 모리슨의 트릭스터에 대한 기존 연구결과들을 주목하지만, 이에 만족하기보다 기존 연구결과들의 적용을 허용하지 않는 모리슨의 트릭스터를 특징과 역할의 측면에서 면밀히 추적하고자 한다.

2. 기만을 통한 주제적 목적 또는 개인적 소망 실현

모리슨은 『솔로몬의 노래』, 『타르 베이비』, 그리고 『사랑』에서 파일레잇, 테레즈, 그리고 엘은 아프리카의 전통적 트릭스터들처럼 상대방의 예측을 불허하는 기만을 통해 개인적 목적 또는 집단적 목적을 추구하는 트릭스터들이다.

『솔로몬의 노래』에서 파일레잇은 작중의 현재시점에서 30대 초반의 조카인 밀크맨 데드(Milkman Dead)의 탄생에 개입하기 위해 오빠인 메이콘 데드(Macon Dead)를 기만했다. 삼인칭 작중 화자가 "파일레잇의 영약 덕분에 며칠 동안 잠자리를 같이하고 난 후에 그녀가(메이콘의 아내 루스 포스터(Ruth Foster)) 아이를 임신했다"(131)고 밝히듯, 파일레잇은 두 딸을 출산한 이래 13년 동안이나 루스를 멀리했던 메이콘에게 생식력을 자극하는 "불쾌하고 초록빛을 띤 회색 가루"(a nasty greenish-gray powder)(131)를 먹여 밀크맨을 잉태하게 만들었다. 즉 파일레잇이 메이콘에게 먹인 영약은 원시적 약초를 원료로 만든 최음제이다. 모리슨은 이 약을 누가 어떻게 메이콘에게 전달하고 먹게 만들었는지 밝히지 않았지만, 최음제를 영약으로 소개하는 방식을 통해 메이콘이 이 약을 먹기까지 파일레잇의 기만이 개입했음을 간접적으로 전달하고자 했다.

파일레잇이 밀크맨의 탄생에 개입한 이유는 조상찾기 또는 조상복원을 위해서이다. 이 소설에서 그녀는 "현실과 초시간적 조상의 매개자로, 후손에게 충고와 위로를 주는 '살아 있는 조상'"(Jennings 84), 또는 "조상적 실존"이다(86). 즉 그녀는 메이콘에 의해 단절되고 파괴된 데드(Dead) 가문의 역사와 신화를 추적·복원하기 위해 조카인 밀크맨의 탄생에 개입하고, 조상의 역사와 신화를 들려주며, 그리고 조상의 역사적·신화적 근원지인 남부로 여행을 떠나도록 안내하는 원로로서의 조상이다. 조상으로서 그녀의 이같은 역할은 밀크맨으로 하여금 "신화적으로 해방과 초월의 의미를 함축한"(Lee 353) 여행을 통해 "상실된 조상의 복원"(Jennings 82)뿐만 아니라, "자기중심적·중산층적 자아로부터 상호주체적·공동체적 자아"(Harris 104-05), "무지로부터 지혜, 이기주의적·유물론적 꼭두각시로부터 형제애를 갖춘 자아, 그리고 무책임한 반공동체적 자아로부터 책임감 있는 공동체적 자아"(Lee 353)로 거듭나게 했다.

파일레잇은 이 같은 자신의 임무와 역할을 실천하기 위한 트릭스터이다. 모리슨은 이를 위해 파일레잇에게 30대 초반의 밀크맨이 조상찾기 여행을 통해 내용물을 밝히기 전까지 수십 년 동안 판도라상자처럼 비밀의 공개가 불허된 초록색 자루를 가지고 나타나게 했다. 파일레잇은 이 자루를 집 천장에 매달아 둔 목적은 메이콘을 유혹하고 기만하기 위해서이다. 메이콘은 청소년기에 아버지 제이크 데드(Jake Dead)가 백인들의 폭력에 의해 농장을 빼앗기고 살해된 뒤, 어린 여동생 파일레잇과 도피하던 중에 동굴 속에서 살인까지 저지르며 황금자루를 손에 넣을 수 있었지만, 파일레잇의 완강한 제지로 인해 포기해야 했다. 따라서 밀크맨으로부터 이 자루에 대한 정보를 들었을 때, 그는 지난날 파일레잇의 저항으로 손에 넣을 수 없었던 황금자루를 떠올렸고, 이를 되찾고 싶은 욕망을 되살렸다.

모리슨은 메이콘의 욕망을 되살리기 위해 밀크맨에게 천장의 자루를 먼저 공개했다. 밀크맨은 아버지와 단절된 삶을 살아가는 파일레잇의 집에 드나들 수 없다. 메이콘은 파일레잇 때문에 황금자루를 포기해야 했던 지난날의 기억과 함께, 파일레잇을 밀주장사라는 이유, 사생아 딸 레바(Leba)에 이어 사생아 손녀 해가(Haga)를 두었다는 이유, 그리고 이런 여동생을 두어 사업상 필요로 하는 백인은행직원으로부터 불이익을 받을 수도 있다는 이유로(20) 오랫동안 문전박대해왔다. 밀크맨이 메이콘과 파일레잇의 단절에 연연하지 않고 파일레잇의 집을 방문한 시점은 열두 살 때이다. 그는 친구인 기타(Guitar)와 함께 배꼽 없는 신비한 여성으로 소문난 파일레잇을 만나보고 싶은 호기심 때문에 그녀의 집을 방문했고, 이를 계기로 그동안 알 수 없던 조상의 역사 속으로 다가갈 수 있는 기회를 마련했다. 즉 그는 이 방문을 계기로 파일레잇으로부터 할아버지 제이크의 죽음에 대해 들었고, 파일레잇으로부터 듣지 못한 나머지 상세한 부분을 귀가 후에 메이콘을 채근하여 그의 기억을 통해 보충했다.

밀크맨이 파일레잇과 메이콘 사이를 이처럼 오가며 파일레잇의 집 천장에 매달린 초록색 자루의 존재를 메이콘에게 알려준 시점은 첫 방문 이후 20년 이상의 세월이 지난 뒤에 메이콘의 사업 후계자로서 피로감을 느낄 때이다. 작중의 현재시점에서 30대인 밀크맨은 이로부터 벗어나기 위해 메이콘에게 여행을 떠나고 싶다는 의사를 전달하며 이를 수락하지 않는 메이콘을 비난하기 위해 "파일레잇 고모처럼 초록색 자루에다 꽁꽁 싸서 천장에 매달아 두고 손도 못 대게 하지 마시고"(164)라는 말한다. 이와 관련, 밀크맨이 초록색 자루와 밀크맨의 관계를 이미 알고서 여행 허락을 받아내기 위해 의도적으로 초록색 자루에 대한 정보를 메이콘에게 흘렸다고 보기 어렵지만, 그의 이 같은 언급은 초록색 자루의 존재를 메이콘에게 알리는 계기뿐만 아니라, 잠자던 그의 탐욕을 깨우는 계기로 작용한다. 즉 메이콘은 이를 듣는 순간 귀가 번쩍 뜨여서 "늙은 개가 고깃덩이를 발견하고 흥밋거리를 발견한 것처럼"(164) 갑작스럽게 태도를 바꾸며 초록색 자루의 탈취를 조건으로 밀크맨에게 여행을 허락했다.

초록색 자루에 대한 밀크맨의 정보공개는 그동안 숨겨둔 모리슨의 작가적 전략을 공개한 것이나 다름없다. 바꿔 말하면, 모리슨이 이 순간까지 파일레잇으로 하여금 초록색 자루를 집의 천장에 걸어두게 한 목적은 파일레잇의 저지로 인해 포기해야 했던 황금자루에 대한 메이콘의 탐욕을 필요할 때에 자극하기 위해서이며, 그 순간이 왔을 때에 그의 마음을 흔들 미끼로 활용하기 위해서이다. 이를 말해주듯, 메이콘은 자루의 전후 사정에 대한 이야기를 마친 뒤에 밀크맨에게 "그걸 빼앗아 와. 그럼 반은 네 몫이야"(173)라고 말하며, 그로 하여금 자루를 탈취해오도록 명령한다. 모리슨은 의도대로 초록색 자루를 활용하여 메이콘의 잠자던 탐욕을 깨웠고, 밀크맨으로 하여금 황금찾기 여행에 이어 조상찾기 여행을 시작하도록 했다.

밀크맨은 기타와 함께 메이콘의 명령대로 파일레잇의 집 천장에 매달린 초록색 자루를 탈취한다. 하지만 그의 탈취행위는 메이콘의 명령을 수행하고 자신의 몫을 챙기기 위한 절도행위라기보다, 조상찾기와 조상복원에 앞서 조상의 성지에서 조상의 유골을 발굴한 행위이다. 물론, 자루 속의 비밀은 황금이 아니라 유골이다. 이 자루는 백인들에 의해 살해된 제이크의 죽음 직후 도피 중이던 동굴 속에서, 우연히 얼굴을 마주치는 순간 제이크 살해자의 이미지를 떠올리게 만든 백인남성을 살해한 뒤에, 손에 넣으려고 시도한 황금자루가 아니다.

밀크맨의 초록색 자루 탈취는 자루 속의 내용물에 대해 독자들의 의문을 증폭시키려 계획한 모리슨의 작가적 전략을 공개한 것이며, 또 다른 의혹을 만들기 위한 작가적 전략을 공개한 것이나 다름없다. 모리슨은 파일레잇의 제지로 인해 동굴 밖으로 쫓겨난 메이콘이 동굴로 돌아왔을 때에 파일레잇도 사라지고 자루도 사라졌다고만 밝혔다(164). 모리슨은 이를 통해 독자들로 하여금 파일레잇이 황금자루와 함께 사라졌다고 생각하도록 유도하고, 그녀의 집 천장에 매단 초록색 자루가 황금자루일 것이라고 추론하도록 유도했다. 하지만 초록색 자루의 내용물이 밀크맨의 탈취로 인해 공개된 이상 독자들은 더 이상 초록색 자루를 황금자루와 동일시하지 않아도 된다. 대신, 독자들은 모리슨의 또 다른 작중 전략에 주의를 집중하지 않을 수 없다. 모리슨이 작중 이야기를 다음 단계로 전환시키기 위해 시기 적절하게 작중 전략을 공개하며 준비한 또 다른 작중 전략은 유골의 주인에 대한 독자들의 의혹과 추론을 유도하는 것이다. 즉 독자들은 초록색 자루 속에 담긴 내용물이 유골이라는 사실을 알게 된 것으로 만족할 수 없다. 이와 관련, 모리슨은 유골의 주인에 대한 독자들의 의혹을 불러일으키고자 했다. 그리고 독자들은 이 의혹을 밀크맨의 남부 여행 중에 만난 서스 (Circe)의 증언을 들을 때까지 해결할 수 없다.

파일레잇은 동굴을 떠날 당시에 황금자루를 내버려두고 떠난 이유는 도덕적 양심이기도 하지만, 아버지의 농장을 탈취하기 위해 아버지를 살해한 백인 폭력주의자들과 같은 방법으로 타인의 재물을 획득하려 한 오빠의 탐욕과 폭력을 용인할 수 없었기 때문이다. 그녀는 메이콘에게 황금자루를 "도둑질한 물건"(164)이라고 말하며 그를 제지했던 것처럼, 자신도 그 "도둑질한 물건"을 원치 않았다. 그렇다면, 황금자는 누가 가지고 갔을까? 황금의 가치를 소중히 여기는 독자들에게 모리슨은 아무 답도 하지 않은 채 독자들의 의혹을 주제적 범주 밖으로 밀어내고, 독자들을 유골의 주인이 누구인지에 관심을 가지도록 유도했다.

밀크맨은 초록색 자루 탈취 사건 직후 기타와 함께 경찰에 의해 체포되었다. 이 상황은 그로 하여금 조상찾기 여행을 떠날 수 없게 만들 수 있는 상황이었다. 하지만 그의 조상찾기 여행을 가능하도록 만든 사람은 파일레잇이다. 삼인칭 작중 화자가 "파일레잇이 경찰서로 찾아와 경찰들의 멱살을 잡고, 경찰들에게 욕설을 퍼부으며 그를 빼냈다"(211)고 밝히듯, 밀크맨의 절도행위를 지켜만 봤던 파일레잇은 공무집행방해죄를 뒤집어쓸 수 있는데도 불구하고 그의 석방을 위해 경찰관들을 향해 폭력과 폭언을 마다하지 않았다. 지난날 메이콘의 폭력으로부터 태중의 그를 보호한 것처럼, 파일레잇은 또 한 번 그의 보호자로서 자신의 역할을 완수했다. 이와 관련, 보호자로서 그녀의 역할은 모리슨의 작가적 의도를 대행한 것으로, 밀크맨의 여행을 막는 장해물로부터 그를 구해준 것이나 다름없다.

밀크맨의 첫 여행 목적지는 메이콘의 제안을 받아들여 메이콘이 황금 자루를 두고 온 동굴의 소재지인 남부의 댄빌(Danville)이다. 밀크맨은 이곳을 첫 목적지로 정하고, 이곳으로 향한 이유는 황금자루를 찾을 경우 절반을 주겠다는 메이콘의 제안을 거부할 수 없기 때문이다. 하지만 밀크맨이 이곳에서 지난날 어린 메이콘과 파일레잇의 도피를 도와준 서스의 안내로 찾은 동굴 속엔 황금자루가 없었다. 대신, 밀크맨이 찾은 것은 제이크의 유골에 대한 행방이다. 즉 그는 서스로부터 매장된 제이크의 시신이 홍수로 인해 물위로 떠올랐다는 말과 백인들이 시신을 건져서 동굴에 투기했다는 말을 듣고, 이를 근거로 초록색 자루의 유골이 다름 아닌 제이크의 유골임을 확인한다. 그리고 그는 이를 기회로 황금찾기가 아닌 조상찾기를 위해 할머니와 할아버지의 성장기로부터 성인이 될 때까지의 역사뿐만 아니라 그 이전의 조상신화를 보존한 살리마(Shalima)로 향한다.

결국, 밀크맨의 조상찾기를 촉진시켜준 것은 모리슨의 작가적 의도를 환기시켜주는 파일레잇의 기만이다. 하지만 파일레잇은 아프리카의 전통적 트릭스터 민담들의 두 하부 장르들인 기만의 이야기와 전복의 이야기 속에 등장하는 트릭스터들과 달리 영웅적 트릭스터가 아니다. 파일레잇은 물질주의적·이기주의적·탐욕적·가부장적 인물인 메이콘과의 대립 속에서 밀크맨의 출생과 조상찾기를 유도하지만, 그녀와 메이콘의 이 같은 대립적 관계는 지배와 피지배의 구조와 무관하다. 즉 메이콘은 부동산업을 통해 자본주의적 부를 추구하며 가난한 아프리카계 공동체를 쥐어짜지만, 파일레잇은 밀주판매를 통해 자급자족한다. 따라서 경제적 지위를 놓고 볼 때에 메이콘이 지배층이고, 파일레잇이 피지배층처럼 보여지만, 파일레잇은 이 같은 구조로부터 독립적인 삶을 살아가는 트릭스터이다. 따라서 파일레잇은 지배층의 질서에 저항하고 이를 전복하는 트릭스터가 아니며, 그런 까닭에 영웅적 트릭스터도 아니다. 모리슨은 이를 재확인시키듯, 조상 찾기를 유도하는 파일레잇의 역할에 나타난 한계를 공개했다.

파일레잇은 밀크맨의 조상찾기와 조상복원을 안내한 트릭스터이지만, 초록색 자루 속에 담긴 유골의 비밀을 인지하지 못했다는 점에서 영웅적 트릭스터라고 말할 수 없다. 데이비스 신시아(Davis Cynthia)에 따르면, 그녀는 "죽은 아버지의 메시지를 오역하고, 그의 유골을 다른 사람의 것으로 오인했으며, 밀크맨의 설명 없이 그녀의 탐구를 완성할 수 없다"(339). 신시아의 이 같은 견해는 파일레잇의 인식방법이 의식적이라기보다 직관적이고, 태도의 경우 개인적이고 수동적이란 사실에 근거한 견해이다. 신시아는 이 같은 관점에서 그녀가 "밀크맨의 가치를 인지한 데에 반하여 의미를 식별하지 못했다"(339)고 지적했다. 따라서 신시아는 그녀의 문제점이 그녀로 하여금 꿈속에서 죽은 아버지의 메시지를 들으려 하게 만든다고 밝히며 주인공으로서 밀크맨의 작중 위치와 역할을 강조하듯, "메시지는 오역되고 남성 후손에 의해 정정된다"(340)고 밝혔다. 즉 파일레잇은 황금자루를 동굴 속에 두고나온 뒤에 다시 동굴로 갔다. 모리슨은 이 사실을 공개하지 않았지만, 파일레잇은 백인들이 홍수로 인해 떠오른 제이크의 시신을 동굴 속에 버린 뒤에 유골로 변한 어느 시점에 다시 동굴로 찾아가 유골을 발견하고 이를 자루 속에 담아가지고 왔다. 트릭스터로서 그녀의 역할은 여기까지이다. 즉 그녀는 유골을 자루 속에 담아 유골의 정체를 숨김으로써 메이콘을 기만하는 데에 성공했다. 하지만 그녀는 유골의 주인도 모른 채 유골을 수습해왔다. 따라서 그녀는 유골의 주인을 알기 위해 훗날 자신의 기만으로 이뤄진 밀크맨의 여행에 의존해야 했다.

파일레잇에 이어, 기만을 통해 트릭스터의 역할을 보여준 모리슨의 작중 인물은 『사랑』의 엘이다. 마 갈레고(Mar Gallego)가 "모리슨은 가족 속에서 흑인가부장제와 불평등한 성관계(gender relation)를 비판한다"(94)고 밝히듯, 이 소설은 아프리카계 미국인 가정의 남성 가부장적 권위와 억압을 비판적 시각을 통해 추적한 소설이다. 이와 관련, 이 소설의 비판대상은 아프리카계 리조트 사업가인 빌 코지(Bill Cosey)이다. 작중의 현재시점에서 사망한 코지는 "살아서는 물론 1971년 이후 죽어서도 강력한 카리스마와 함께 가족 구성원들을 지배하는 구심력"(Pinckney 20)이다.

코지의 자본주의적 · 가부장적 권위와 억압의 첫 희생자는 홀몸이 된 며느리인 메이(May)이다. 메이는 남편인 빌리 보이(Billy Boy)와 함께 호텔에서 일했고, 빌리가 폐렴으로 사망한 뒤에 시아버지를 위한 호텔의 일에만 전념했다. 엘이 "메이의 인생은 평생 그놈의 코지 남자들이 원하는 것을 모두 들어주는 것이었어"(102), 그리고 "메이는 자기 딸보다 시아버지가 먼저였어"(102)라고 회고하듯, 그녀는 코지의 노예나 다름없이 살았다. 그럼에도, 그녀가 코지에 대해 분노를 표출한 시점은 52세의 코지가 갑작스럽게 11세밖에 안 되는 손녀인 크리스틴(Christine)의 친구 히드 더 나이트(Heed the Night)와 결혼을 하겠다고 선언했을 때이다. 그녀는 가족들과 상의 한번 없이 일방적으로 발표한 코지의 결혼선언을 듣고 "7년 동안의 수고에 대한 보상이라는 게 '내가 장가를 가려 한다'"(103)는 거냐고 포문을 열었다. 그녀가 코지의 결혼선언에 대해 이처럼 분노한 이유는 시아버지에 대한 철저한 헌신, 히드에 대한 질투, 그리고 계급의식 때문이다(Gallego 95).

코지는 메이뿐만 아니라 크리스틴과 히드에게도 폭군이다. 그는 모나크 가문의 유일한 크리스틴을 자신이 증오하는 아버지의 회색 눈과 똑같은 눈을 가졌다는 이유로 거부했다(201). 메이는 크리스틴에 대한 코지의 이 같은 정서 때문에 크리스틴을 기숙학교에 보냈고, 크리스틴은 기숙학교를 졸업한 후에 외지에서 아무런 목적과 성과도 없이 전전하다가 코지의 사후에 빈털터리가 되어 귀가했다. 크리스틴에 이어, 히드는 결혼 첫날밤에 독수공방으로 지낸 이후 코지를 위해 손이 부서지도록 일만 해야 했다. 코지가 초경도 치르지 않은 히드와 결혼을 한 이유는 크리스틴에 대한 증오 때문이다. 그는 크리스틴과 한 몸이나 다름없는 히드를 크리스틴으로부터 떼어놓아 크리스틴에게 고통을 주기 위해 히드와 결혼했다. 따라서 히드는 코지의 사랑이 아닌 증오를 충족시키기 위해 그의 독단적 결정에 따라 결혼했다. 그리고 작중의 현재시점에서 그녀는 과중한 노동 때문에 망가진 손가락 관절 때문에 홀로 의식주를 해결하는 데에 필요한 일도 할 수 없다.

코지의 자본주의적·가부장적 권위와 억압에 대항하고, 이를 중단시킨 사람은 엘이다. 엘은 작중의 현재시점에서 생사여부를 확인할 수 없지만 '코지의 호텔 & 리조트'(Cosey's Hotel and Resort)의 주방장으로 일하는 동안에 코지의 남성 가부장 권위에 대한 저항자 또는 전복자, 그리고 정의의 복원을 유도한 트릭스터이다. 이와 관련, 엘은 파일레잇보다 더 강렬한 면모뿐만 아니라 영웅적 모습까지 보여주는 트릭스터이다. 엘은 지배자와 피지배자의 관계를 환기시켜주는 코지와의 관계에도 불구하고 "코지의 막강한 가부장적·자본주의적 권위에 맞설 수 있는 유일한 인물"(Wardi 7)이었다. 이를 말해주듯, 그녀는 법적절차에 따라 당사자들에만 공개할 수 있는 코지의 공식 유언장을 당사자도 아니면서 독단적으로 읽었고, 자신의 판단을 근거로 내용의 부당성을 지적했으며, 이를 명분으로 코지의 공인된 유언장을 폐기해버리고 가짜 유언장으로 대체했다.

엘이 코지의 공인된 유언장에서 문제 삼은 내용은 코지가 사후에 자신의 유산을 정부인 셀레스티얼(Celestial)에게 모두 물려주겠다고 밝힌 내용이다. 엘은 코지의 공인된 유언장을 임의대로 찾아내어 내용을 확인할 수 있을 만큼 코지의 지근에서 그를 지켜보았기 때문에 코지가 왜 셀레스티얼을 사후의 유산상속자로 정했는지를 누구보다 잘 알고 있다. 엘이 코지에 대해 "자기 집 여성들에 대한 증오가 바닥을 모를 정도로 깊었다"(201)고 밝히듯, 코지가 모나크(Monarch) 가문과 아무 상관없는 자신의 정부에게 사후 유산을 모두 상속하겠다고 밝힌 이유는 모나크 가문 여성들에 대한 그의 적대감 때문이다. 이와 관련, 엘은 "해결책은 오직 한 가지밖에 없었어"(201)라고 밝히며 코지를 자신이 살해했다고 고백했다. 즉 엘은 그녀의 고백이 말해주듯 대한 모나크 가문 여성들에 대한 코지의 부정적 정서를 파기해버리고, 이 같은 정서의 지속과 재생을 막기 위해 코지의 공인된 유언장을 코지가 메뉴판에 휘갈겨 써놓은 비공인된 유서로 대체하고, 코지가 더 이상 새로운 유서를 쓸 수 없도록 막기 위해 그를 은밀히 독살했다.

코지에 대한 엘의 기만행위는 아프리카의 전통적 트릭스터 민담들에 등장하는 악인으로서의 트릭스터를 상기시켜주기에 충분하다. 하지만 그녀의 행위는 지배와 피지배의 구도 속에서 지배자의 부당한 권위와 질서에 대한 저항적·전복적 의미를 띤 행위이다. 아프리카의 전통적 트릭스터 민담에 등장하는 영웅적 트릭스터처럼, 그녀는 지배자의 권위와 억압에 의해 희생된 피지배자들의 희생을 묵과할 수 없기 때문에 이 같은 행위를 했다. 즉 그녀의 행위는 코지와 유서의 부재를 통해 그의 자본주의적·가부장적 폭군의 이미지를 지워버리기 위해 시도한 행위이다.

엘이 폭군으로부터 그 희생자들을 보호하고, 그들을 서로 도우며 살 수 있는 길로 안내하기 위한 선택이란 점에서 영웅적 트릭스터의 행위이나 다름없다. 하지만 영웅적 트릭스터로서 엘의 행위는 문제해결 방법에 있어서 아프리카의 전통적 트릭스터 민담에 등장하는 영웅적 트릭스터의 행위보다 훨씬 더 복잡하다. 아프리카의 전통적 트릭스터 민담에서의 영웅적 행위는 지배층에 대한 저항적·전복적 기만을 통해 승리를 쟁취하는 행위이지만, 엘의 행위는 지배층의 권위와 이미지를 삭제함으로써 지배자의 부재와 지배자의 의도에 대한 불확실성 속에서 그동안의 희생자들을 증오 속의 사랑, 분열속의 화해로 이끄는 역설적 결과를 도출해내기 위한 행위이다. 즉 와디가 "『사랑』에서 아름답고, 거의 신성할 정도로 묘사될 만큼 순수하고, 숭고한 것은 증오뿐"(202)이라고 밝히듯, 엘의 행위는 유산쟁탈전이란 명분으로 히드와 크리스틴의 갈등을 유도했고, 갈등의 내면에서 전개되는 '사랑 속의 증오' 또는 '증오 속의 사랑'이란 역설을 유도했다.

엘은 이 같은 역설적 효과를 유도하기 위해 허술한 문맥을 통해 유산 상속자의 정체성을 모호하게 만드는 방법을 활용했다. 엘에 의해 코지의 공인된 유언장으로 둔갑된 '메뉴판 유서'는 코지의 정신 상태를 의심하게 만들 정도로 허술하고 신뢰성을 갖추지 못한 일종의 메모로, 코지가 지인들, 사망한 사람들, 그리고 일면식도 없는 사람들의 이름을 열거하며 자신의 유품을 주겠다고 밝히며 모나크 가문의 저택과 현금 일부의 유산상속자를 "내 사랑하는 코지의 아이"(88)라고 밝힌 유서이다. 엘이 이 같은 유서를 코지의 사후에 공개한 까닭은 "내 사랑하는"이라는 말이 의미하듯 크리스틴과 히드를 코지의 증오로부터 사랑의 길로 안내하여 "코지의 아이"라는 통합된 자아로 복구하려 했기 때문이다. 하지만 엘의 의도를 이처럼 해석할 경우 무엇보다 간과하기 쉬운 사항은 크리스틴과 히드의 통합된 자아가 사랑이 아니라 증오를 매개로 하고 있다는 점이다. 즉 엘이 두 사람을 통합하는 방법은 '증오로부터 사랑으로'라는 일상적이고 관습인적인 방법을 통해서가 아니다. 엘이 유서를 바꾼 목적에서 밝히듯, 그녀가 크리스틴과 히드를 통합하는 방법은 사랑이라는 일상적 정서를 기대할 수 없는 상황에서 물질적 탐욕을 이용하여 그 반대의 정서인 증오를 유발하게 하고, 그 증오의 끈을 서로 당기며 인간관계를 유지하게 하는 방법이다. 따라서 엘이 코지의 유산상속자를 "내 사랑하는 코지의 아이에게"라고 언급한 것은 궁극적으로 크리스틴과 히드를 사랑이라는 일상적인 정서대신, 그 반대의 역설적인 정서와 이중적 표현양식을 통해 하나로 묶으려 했음을 말해주는 대목이다.

모나크 가문을 지키려는 엘의 시도는 궁극적으로 성공적이었다고 말할 수 있다. 메이, 크리스틴, 그리고 히드는 순간마다 헐뜯는 불구대천의 원수이면서도 죽을 때까지 서로를 보호하고 돌보며 살아간다(Wardi 212). 즉 그들은 물질적인 이해관계로 인해 서로를 증오하면서도 서로의 부족을 채워주는 사랑을 베푸는 사람들이다. 히드는 불평을 하면서도 늙은 메이를 돌보고, 크리스틴은 유산경쟁을 하면서도 관절통으로 인해 몸을 쓸 수 없는 히드의 손발이 되어준다. 그들의 이 같은 삶은 유산경쟁에서 적나라하게 표출된 증오를 상대방의 약점을 보완 해주는 사랑으로 희석시키며 원수와 같은 상대방을 은인으로 만들어 증오와 사랑이라는 대립적 정서를 역설적 정서로 만드는 장면이다. 따라서 그들의 사랑은 상대적 정서인 증오와 역설적·반어적 관계를 지속시키며 상대방을 훼손하고 파괴하지만 상대방의 부족을 메워주고 보호하는 증오 속의 사랑이다.

파일레잇과 엘의 경우와 달리, 테레즈는 지배와 피지배의 구도 속에서 지배자를 기만하는 트릭스터이며, 그 반대로 지배와 피지배의 구도와 상관없이 개인적 목적으로 추구하는 트릭스터이다. 즉 그녀는 지배자와 피지배자의 구도 속에서 기만을 서슴없이 행하는 인물이란 점에서 부분적으로 아프리카의 전통적 트릭스터이며, 이 같은 구도와 상관없이 개인적 목적과 집단적 목적을 위해 기만을 서슴없이 행하는 모리슨만의 독특한 트릭스터이다.

테레즈는 이 소설의 주인공인 썬 그린(Sun Green)이 자신이 임시 하인으로 일하는 발레리언 스트리트(Valerian Street)의 저택에 숨어들어왔을 때에 하인으로서 자신의 임무와 역할을 거부했다. 즉 그녀는 침입자의 존재를 주인에게 알려야 하는 하인의 임무를 택하기보다, 주인 몰래 침입자를 보호하며 음식을 제공하는 트릭스터의 기만을 택했다. 그녀는 "세탁실에 평소엔 하나 남겨두던 아보카도를 (썬을 위해) 평소보다 하나 더 남겨놓았고, 3일마다 한 번씩 없어졌는지 확인했다"(106). 라 비니아 델로이스 제닝스(La Vinia Delois Jennings)가 "테레즈가 수유하고 양육하는 젖은 조상과 가장 가까운 살아있는 원로로서 그녀의 위치를 확고하게 만들고, 그녀를 . . . 순환적인 검은 젖가슴의 주체로 부각시킨다"(124)고 밝힌 것처럼, 그녀는 평생을 유모로 살아온 양육의 어머니이다. 지금은 인공 이유식의 등장으로 인해 유모로서의 일자리를 잃고 발레리언의 임시하인으로 살고 있지만, 그녀는 양육의 어머니로서 모성본능을 여전히 간직한 여성이다. 따라서 그녀의 기만적 행위는 지배자와 피지배자의 구도 속에서 자신과 같은 처지의 피지배자를 보호하기 위한 행위라는 점에서 아프리카의 전통적 트릭스터의 저항적·전복적 행위를 환기시켜준다. 즉 그녀의 모성본능이 노예 또는 지배자와 피지배자의 구도로부터 그녀를 벗어나게 만들고, 주인 또는 지배자를 서슴없이 기만하게 만든 것이다.

테레즈의 기만행위는 발레리언의 사과를 훔쳐 먹은 일을 통해 그녀를 백인주인과 하인 또는 지배자와 피지배자의 구도로부터 벗어나게 만들고, 백인주인 또는 지배자의 규범과 질서를 혼란 속에 빠지도록 만들었다. 삼인칭 작중 화자가 "테레즈는 7세 때 먹어본 사과의 맛을 35세가 되어서도 잊지 않고 사과에 집착했다"(109)고 밝히듯, 그녀의 사과 사랑은 집요하다. 그녀는 도미니크(Dominique)에서 수입된 농산물은 오직 프랑스산만 허용하는 슈발리에 섬(Ise Des Chevalier)의 관세법 때문에 사과를 마음대로 먹을 수 없자 미국에서 이민자 생활을 하는 기디온에게 사과를 보내거나 가져오라고 끈질기게 요구했다. 즉 그녀는 기디온의 귀향을 유도하며 10달러를 보내달라는 요구와 함께 사과를 보내달라는 요구를 하고, 귀향할 때에 사과를 가지고 오도록 요구했다. 이런 그녀가 본능적 욕구를 충족시키기 위해 활용한 방법은 기만이다. 그녀는 미국산 사과를 들여올 수 없는 슈발리에 섬의 관세법 때문에 주저하는 기디온을 안심시키기 위해 세관원들 중에 자신의 친구가 있으니 언제 사과가 도착할지 알려주면 세관원 친구에게 무사통과시켜 달라고 부탁할 것이란 거짓말을 했다(108-09).

기디온은 1973년에 귀향할 때에 테레즈를 위해 12개의 사과를 푸른색 신사복의 안감 속에 숨겨가지고 왔다. 이때, 테레즈는 세관원 친구가 없음을 시인하듯 문제가 생기기 전에 사과의 무사통과를 위해 2달러의 뇌물을 세관원에게 바치는 선수를 쳤다(109). 그녀의 사과 사랑은 이처럼 본능적 집착에 가까울 정도이다. 그녀는 법을 어기면서까지 본능적 욕구를 충족시키려 한다. 따라서 발레리언의 사과를 무단으로 취식한 테레즈의 행위는 그녀의 본능적 식탐이 백인주인과 하인 또는 지배자와 피지배자의 구도로부터 그녀를 자유롭게 만들어 백인주인 또는 지배자의 규범과 질서를 파괴한 기만이나 다름없다.

테레즈가 썬을 기마족의 공간으로 유도할 때에 보여준 기만은 앞서의 경우들과 차이를 보인다. 그녀가 썬을 기마족의 공간으로 안내한 일은, 표면적으로 해무까지 낀 어둠의 바다에서 항해를 해야 하는 악조건으로 목적지를 제대로 분간하지 못했기 때문으로 보일 수 있다. 썬이 기디온에게 자신을 발레리언의 저택이 있는 곳으로 데려다 달라고 부탁했을 때, 기디온이 부탁을 들어주지 못한 것도 이 같은 악조건 때문이다. 하지만 테레즈가 이 일을 자청한 것은 시력에 의존하지 않는 그녀의 신화적 배경과 무관하지 않다. 그녀는 40대 중반부터 시력을 상실하는 기마족의 후손이다(Jennings

107). 작중 현재시점에서 60대인 그녀는 시력을 거의 상실한 상태이고, 이런 이유 때문에 기디온의 반대에도 불구하고(297), "난 어둠 속에서 더 잘 볼 수 있고, 뱃길도 훤히 알고 있어"(302)라고 주장하며 썬의 부탁을 받아들였다. 하지만 그녀의 주장은 기디온의 반대를 무력화하기 위한 기만이다.

테레즈가 썬의 부탁을 들어주기로 결정한 이유는 악조건의 바다를 항해할 수 있는 그녀만의 특별한 능력 때문이라기보다 그녀의 집단무의식 속에 잠재된 귀소본능 때문이다. 기디온은 썬에 시력을 상실한 기마족이 천둥을 치듯 말발굽소리를 내며 숲속을 쏜살같이 질주한다고 소개했지만, 테레즈가 썬의 부탁을 받아들이겠다고 말했을 때, 그녀의 능력에 대해 회의적이었고, 매우 염려했다. 따라서 그녀가 썬의 부탁을 받아들인 주된 이유는 집단 무의식속에 잠재된 귀소본능 때문이다. 썬이 발레리언의 저택에 숨어들었을 때에, 그녀는 아직 공개되지 않은 그를 기마족의 후손으로 감지했다. 즉 기디온에게 "그 남자는 말 타는 기사이고 그녀를 소유하려고 나타났어"(107)라고 말한 것처럼, 그녀는 썬을 이미 자신처럼 기마족의 후손으로 인식했고, 그와 동족으로서의 집단무의식을 공유했다. 그녀는 이 같은 의식과 함께 양육의 어머니로서 백인주인이 모르게 음식을 제공하고, 그의 존재를 보호했다. 그리고 자신을 찾아온 썬을 그가 원하는 목적지가 아닌, 기마족의 공간으로 유도했다.

테레즈가 썬을 기마족의 공간으로 안내한 것은 현대적 이상과 가치에서 벗어나 아프리카적 이상과 가치를 추구하도록 이끄는 안내자의 역할을 한 것이다. 그녀는 썬과 집단무의식을 공유하며 그를 이미 기마족의 공간과 문화 속으로 복귀시키고자 했다. 또한 썬 역시 이미 이를 준비된 사람이나 마찬가지이다. 제이딘(Jadine)과 함께 뉴욕으로 갔을 때에, 그에게 비쳐진 현대적 대도시는 인간적 순수성과 본질이 희석된 비정상적 공간, 즉 하굣길 스쿨버스에 오르는 어린 아이들의 성난 황소 같은 무질서와 공격성이 말해주듯 무질서와 부조화의 공간이며, 지하철 내부가 말해주듯 감옥과 같은 폐쇄적 공간이다(215-16). 제이딘에게 뉴욕은 "그녀의 도시, 그녀가 있을 곳"(222)이지만, 그에겐 혐오스러운 곳이다. 제이딘과의 다툼에서 "난 그들의 법을 알고 싶지 않아. 난 나의 법이면 돼"(262-63)라고 말하듯, 그는 "뉴욕에서의 성공"(Make it in New York)(266)을 강요하는 제이딘의 요구를 거절했다. 그리고 그들의 사랑 역시 잦은 말다툼과 폭력 끝에 실패한 사랑으로 끝났다. 이와 관련, 테레즈는 썬이 자신을 찾아오리라는 것을 이미 예상했는지도 모른다. 그리고 썬이 찾아오면, 그녀는 그를 기마족의 공간으로 보내줘야 한다고 생각했는지도 모른다. 다름 아닌, 양육의 어머니로서, 그를 보호하고 음식을 제공했던 것처럼, 그녀는 그를 현대적 이상과 가치의 유혹으로부터 보호해야 한다고 생각했는지도 모른다.

테레즈가 썬을 기마족의 공간으로 안내한 시점은 썬이 자신과의 심한 다툼 이후 집을 나간 제이딘의 뒤를 밟아 뉴욕으로부터 돌아왔을 때이다. 제이딘은 슈발리에 섬을 이미 떠나 썬의 추적에서 이미 벗어났다. 썬은 이 같은 사실을 테레즈의 입을 통해 확인하고, 발레리언의 하인으로 살고 있는 제이딘의 이모와 이모부를 만나 그녀의 파리 주소를 얻기 위해 기디온과 테레즈에게 슈발리에 섬으로 데려다달라고 부탁했다. 하지만 테레즈가 안내한 목적지는 발레리언의 별장이 아니라, 기마족의 숲으로 들어갈 수 있는 그 반대편 해안이다. 그럼에도 불구하고, 그녀는 피아 구분을 할 수 없는 어둠 속에서 정확한 목적지를 밝히지 않은 채 썬에게 "다 왔어"(302)라고 말한다.

테레즈가 썬의 목적지를 이처럼 임의적으로 바꾼 것은 날씨 탓에도 불구하고 시각적 감각에 의존하지 않는다는 점을 고려할 때에 분명 썬을 기만한 행위이다. 이와 관련, 그녀의 기만은 지배자를 향한 피지배자의 기만이 아니라, 종족적 집단무의식을 공유하는 양육의 어머니로서 후손을 종족의 품안으로 안내하기 위한 기만이다. 따라서 그녀의 기만은 현대적 이상과 가치가 지배하는 대도시에 대한 혐오감을 어느 정도 반영한 기만이지만, 이를 저항적·전복적 시각으로 구체화한 기만이라고 말하기 힘들다. 그녀의 기만은 지배층과 사회질서에 대한 문제의식을 강조한 전통적 트릭스터들의 기만이라기보다 썬을 더 이상 종족의 공간 밖에 놓아둘 수 없다는 어머니로서의 모성본능, 즉 종족의 후손을 지키려는 종족의 어머니로서의 집단 무의식적 보호본능에 더 가깝다. 그리고 그녀의 이 같은 본능은 연어의 귀소본능처럼 자신의 종족이 살고 있는 공간을 더 잘 기억하고, 더 익숙해하는 감각을 소유하고 있기에, 악조건의 항해에도 불구하고, 썬을 종족의 공간으로 향할 수 있는 곳으로 안내했다고 말할 수 있다.

테레즈의 모성적 본능은 기디온의 귀향을 유도할 때도 여지없이 드러난다. 그녀는 15년 동안 35통의 편지를 보내며 기디온의 귀향을 유도했다(108). 물론, 그녀의 이 같은 행위는 40년 동안 고향을 떠나 이민자 생활을 하는 기디온에 대한 인간적 동정과 기디온을 이방인으로 취급하는 사회에 대한 저항의 의미를 띤다고 말할 수 있다. 테레즈는 문명사회의 인공 이유식과 태아 낙태에 거부감을 보이며, 이를 비판하는 양육의 어머니이다. 그래서 그녀는 아프리카계 미국인조차도 문명사회의 구성원이란 이유로 거부한다. 이런 그녀가 미국사회에서 이민자 생활을 하는 기디온의 귀향을 종용한 것은 양육의 어머니로서 미국사회에 대한 거부와 혐오를 드러낸 것이나 다름없다.

하지만 테레즈는 아프리카의 전통적 트릭스터와 달리 자신이 부당하다고 간주하는 미국사회를 거부할 뿐 미국사회를 공격하지 않는다. 즉 그녀는 기디온의 귀향을 유도하여 자신이 거부하는 사회로부터 자신이 원하는 남성을 벗어나게 하고 싶을 뿐이다. 그리고 썬을 기마족의 공간으로 안내한 것처럼, 그녀로 하여금 이 같은 소망을 이루게 만든 것은 기만이다. 그녀는 기디온에게 보낸 편지에서 기디온이 어린 시절에 보았던 에메랄드 언덕 위에 열두 채의 저택과 쿠알라룸푸르에 거주하는 프랑스인의 소유가 된 넓은 땅을 자신이 관리해야 한다고 말했다. 그리고 그녀는 "여자의 몸으로 그 많은 재산을 관리하는 데에 어려움이 많다"(108)고 토로했다. 사과를 가져오라고 요구할 때처럼, 그녀의 이 같은 말들은 모두 기디온을 속여 귀향을 유도하기 위한 거짓말들이다. 모리슨은 그녀의 이 같은 기만을 공개하듯, 기디온과 함께 그녀가 거주하는 집을 공개했다. 즉 그녀의 집은 1년에 네 번씩 불어오는 태풍이 지나갈 때마다 새로 지붕을 덮어야 하는 외진 언덕 위의 작은 집이다.

3. 맺음말

모리슨의 트릭스터들은 아프리카의 전통적 트릭스터처럼 기존의 지배층을 거부하고, 아프리카의 전통적 트릭스터처럼 개인적 또는 집단적 목적을 달성하기 위해 언어적 행위 또는 비언어적 행위를 통해 상대를 기만한다. 그럼에도, 그들은 아프리카의 전통적 트릭스터들처럼 영웅일 수도 있고 그렇지 않을 수도 있지만, 악한으로서의 트릭스터들은 더더욱 아니다. 그들은 아프리카의 전통적 트릭스터의 부분적 변형이거나 완전한 변형이다. 그들의 기만대상은 집단적 목적을 추구하는 경우에, 전통적 트릭스터 민담들의 기만대상들처럼, 사회적·경제적 기득권층 또는 인종적·성적·문화적 기득권층이다. 그에 반해 개인적 목적을 추구하는 경우에는 이 같은 기만대상들을 배제한 개인적 지인들이다. 그들은 악의적인 목적이 아닌, 선의의 목적을 위해 상대방을 기만한다. 이때 그들의 기만은 전통적 트릭스터 민담의 하부 장르인 거부와 전복의 이야기 속에 등장하는 트릭스터들의 기만과 달리 상대방을 조롱하거나 공격하여 상대방의 개인적 또는 집단적 인격, 품위, 권위, 그리고 지위를 훼손 또는 추락시키기 위한 기만이 아니다.

모리슨의 트릭스터들은 상대방에 대해 문제의식을 가지고 있지만, 상대방을 포용하고 상대방과의 관계를 복원하기 위해 기만을 활용한다. 따라서 그들은 아프리카의 전통적 트릭스터과 부분적인 차이를 보인다. 아프리카의 전통적 트릭스터는 빈곤한 경제적 환경에서 개인적 · 집단적 고통의 해결, 개인과 집단의 불안을 이야기시키는 특정 정치세력 또는 개인의 오만, 횡포, 독단에 대한 공격, 그리고 집단의 고통을 외면한 개인의 이기주의를 조롱하거나 공격한다. 하지만 모리슨의 트릭스터는 백인중심사회와 공존하며 동화와 저항의 양극단으로 분열하거나 양극단의 덫에 갇힌 현대 아프리카계 미국사회의 개인적 또는 집단적 상황에 대해 문제의식을 제기한다. 즉 아프리카계 미국사회에 대한 그들의 비판적 시각은 '무지,' '망각,' '거부,' 그리고 '강요된 단절'이라는 문제의 원인들, 이로 인해 상실된 인종적 정체성, 공동체 의식, 문화적 의식, 전통적 가치관 등을 추적하는 것이다. 물론, 그들의 문제의식은 아프리카의 전통적 트릭스터의 경우처럼 기존의 개인적 · 집단적 지배층에 대해 저항적이거나 전복적이지만, 이를 상대적으로 강하거나 뚜렷하지 않다.

모리슨의 작중 인물들, 파일레잇, 테레즈, 그리고 엘은 아프리카의 전통적 트릭스터들을 환기시켜주는 작중 인물들일 뿐만 아니라, 아프리카의 전통적 트릭스터를 바탕으로 재창조된 작중 인물들이다. 아프리카의 전통적 트릭스터들은 모두 사회적 · 정치적 · 경제적 하류층으로, 강한 정치성을 보여주는 의인화된 동물들 또는 인물들이다. 하지만 모리슨은 백인남성중심사회의 인종적 · 성적 타자들을 트릭스터들로 형상화했다. 모리슨이 트릭스터들을 이처럼 형상화한 까닭은 그녀의 트릭스터들이 사회적 · 정치적·경제적 가치와 무관한 인물들임을 강조하고자 했기 때문이 아니다. 모리슨은 백인중심사회의 이 같은 가치에 대해 어떤 작가와 비교해도 부족하지 않을 만큼 강한 문제의식을 가진 작가이다. 다만, 모리슨은 전통적 트릭스터 민담들의 문제의식을 인종적·성적 범주에 비춰 제기하고자 했다. 즉 파일레잇, 테레즈, 그리고 엘의 기만대상들은 사회적·경제적 지배층들로, 사회적·경제적 기반을 바탕으로 인종적·성적 타자들의 희생을 강요하고 억압한다.

파일레잇의 기만대상인 메이콘은 자본주의적 권위와 탐욕을 빠져 인종적 정체성과 역사를 망각한 채 경제적 소외층을 쥐어짜고 성적 타자들을 억압한다. 파일레잇은 이 같은 메이콘의 권위와 질서를 무너트리기 위해 최음제를 활용한 비언어적 기만을 수단으로 밀크맨의 출생에 개입한다. 그녀의 이 같은 기만은 메이콘에 의해 망각된 인종적 정체성은 물론, 조상의 역사와 신화를 복원하려는 집단적 목적을 수행하기 위한 수단이다. 그녀는 또한 밀크맨이 이 같은 목적으로 수행하도록 조상의 판도라상자와도 같은 초록색 자루의 비밀을 활용하여 메이콘을 기만하고, 이를 계기로 밀크맨으로 하여금 조상찾기 여행을 떠날 수 있게 해준다. 하지만 트릭스터로서의 그녀는 아프리카의 전통적 트릭스터처럼 영웅적 트릭스터처럼 완벽하다고 말할 수 없다. 그녀는 초록색 자루 속의 유골이 자신의 아버지라는 사실을 모른다. 따라서 그녀는 이를 확인하기 위해 밀크맨의 도움이 필요하다.

파일레잇과 달리, 모리슨의 영웅적 트릭스터는 엘이다. 엘은 기만을 통해 메이콘처럼 자본주의적·가부장적인 아프리카계 남성인 코지의 권위와 질서를 파괴하고, 코지에 의해 엉뚱한 사람에게 넘어갈 수 있었던 그의 유산을 지켜내고, 분열된 모나크 가문 여성들을 서로 의지하며 살도록 유도했다. 즉, 코지의 면전에서 이뤄지지는 않았지만, 그녀는 기만을 통해 모나크 가문 여성들에 대한 증오로부터 비롯된 코지의 유지를 폐기하고, 더 이상의 불합리한 일이 생기지 않도록 코지의 생명을 정지시켜버렸다. 따라서 그녀의 기만은 성공적이다. 하지만 아프리카의 전통적 트릭스터와 달리, 그녀는 모나크 가문 여성들을 서로 의지하며 살도록 만드는 데에 있어서 역설적인 정서와 이중적 표현양식에 의존했다.

끝으로, 테레즈는 파일레잇과 엘처럼 지배층을 기만하여 집단적 목적을 추구한 트릭스터일 뿐만 아니라, 지배층이 아닌 개인적 친분의 지인을 기만하여 집단적·개인적 목적을 추구한 트릭스터이다. 그녀가 썬을 보호해준 일과 발레이언의 사과를 당사자의 허락 없이 먹은 일은 하인의 신분으로서 지배층인 백인주인을 기만한 행위이다. 하지만 그녀가 기디온의 귀향을 유도한 일은 그에게 이민자 생활의 빈곤과 고통을 강요한 사회에 저항적·전복적 태도를 드러내기 위한 행위라기보다 그와 함께 고향에서 살고자 하는 개인적 목적을 투영해주는 행위이다. 뿐만 아니라, 그녀가 썬을 그의 의도와 달리 기마족 공간으로 유도한 일 역시 지배층을 향한 기만이라기보다 아프리카 어머니로서 종족의 집단 무의식적 목적을 실천한 행위이다. 즉 그녀는 썬을 기마족의 후예로 인식하고, 본능적으로 그를 현대적 이상과 가치에 의해 지배된 공간으로부터 기마족의 공간으로 안내했다. 따라서 트릭스터로서 그의 이 같은 모습은 부분적으로 파일레잇과 엘의 경우와 맥락을 같이하지만, 다른 한편으로 아프리카의 전통적 트릭스터를 동시대적 시각에 비춰 재창조하려고 시도한 모리슨의 독창성을 환기시켜준다.

인용문헌

딕슨-카, 다릴. 『미국 흑인 풍자 소설』. 손홍일 옮김. 대구: 정림사, 2007.

이승은. 「아프리카인 이산과 현대 미국 흑인사회: 토니 모리슨의『타르 베이비』」. 『영미문학교육』 18.2 (2014): 81-111.

이영철. 「아프리카계 미국문학의 유머」. 『영어영문학연구』 38.4 (2013): 127-51.

Akoma, Chiji. "The "Trick" of Narrative: History, Memory, and Performance in Toni Morrison's *Paradise*." *Oral Tradition* 15.1 (2000): 3-25. Print.

Alexander, Allan. "The Fourth Face: The Image of God in Toni Morrison's *The Bluest Eye*." *African American Review* 32.2 (1998): 293-303. Print.

Andrews, Jennifer, "Reading Toni Morrison's *Jazz*: Rewriting the Tall Tale and Playing with the Trickster in the White American and African American Humour Traditions." *Canadian Review of American Studies* 29.1 (1999): 87-107. Print.

Ashley, Kathleen. "Toni Morrison's Tricksters." *Jahrgang* 150 (2004): 269-84. Print.

Awkward, Michael. "Roadblocks and Relatives: Critical Revision in Toni Morrison's *The Bluest Eye*." *Critical Essays on Toni Morrison*. Ed. Nellie Y. Mckay. Boston: G. K. Hall & Co., 1998. 57-67. Print.

Babb, Valerie. "E plunbus Unum? The American Origins Narrative in Toni Morrison's *A Mercy*." *Mellus* 36.2 (2011): 147-64. Print.

Bancroft, Colette. "With *God Help the Child*, Toni Morrison brings her brilliant multibook epic of black life in America into the present." *Tempa Bay Times*. 15 April 2015. Web. 4 September 2015. Print.

Barnes, Deborah H. "Morin' on up: The Madness of Migration in Toni Morrison's *Jazz.*" *Toni Morrison's Fiction.* Ed. David L. Middleton. New York: Garland Publishing, 1997. 283-96. Print.

Bhabha, Homi K. "Halfway House." *Artforum International* 35.9 (1997): 11-12. Print.

_____. *The Location of Culture.* New York: Routledge, 1994. Print.

Bruce Jr. D, Dickson. "Politics and political philosophy in the slave narrative." *The Cambridge Companion to The African American Slave Narrative.* Ed. Audrey A. Fish. New York: Cambridge UP, 2007. 28-43. Print.

Campbell, Joseph. *The Power of Myth with Bill Moyera.* Ed. Betty Sue Flowera. New York: Doubleday, 1988. Print.

Carpio R. Glenda. "Humor in African American Literature." *A Companion to African American Literature.* Ed. Gene Andrew Jarrett. West Sussex: Willy-Blackwell, 2010. 315-31. Print.

Christian, Barbara. *Black Feminist Criticism: Perspectives on Black Women Writers.* New York: Pergamon P, 1985. Print.

_____. "Fixing Methodologies, *Beloved.*" *Female Subjects in Black and White: Race, Psychoanalysis, Feminism.* eds. Elizabeth Abel, Barbara Christian, and Helene Moglen. Berkeley: U of California P, 1997. 363-70. Print.

Collins, Patricia H. *Black Feminist Thought: Knowledge, Consciousness, and the Politics of Empowerment: Perspectives on gender.* New York: Routledge, 1991. Print.

Collis, Steven. "Consumerism And The Gothic In Toni Morrison's *Paradise.*" *Preteus* 21.2 (2004): 49-51. Print.

Courlander, Harold. *A Treasury of Afro-American Folklore.* New York: Crown Publishers, 1976.

Cugoano, Ottobah. "Appendix." *Narrative of the Enslavement of Ottobah Cugoano, a Native of Africa,* 1999. Web. 5 October 2014. 120-27. Print.

Dalsgard, Katrine. "The One All-Black Town Worth the Pain: (African) American Exceptionalism, Historical Narration, and the Critique of Nationhood in Toni Morrison's *Paradise*." *African American Review* 35.2 (Summer 2001): 233-48. Print.

Daniel, Lucy. "Review: *Home* by Toni Morrison." *The Telegraph*, 24 May 2012. Web. 12 February 2013. Print.

Davidson, Rob. "Racial Stock and 8-Rocks: Communal Historiography in Toni Morrison's *Paradise*." *Twentieth-Century Literature* 47.3 (2001): 355-73. Print.

Davis, Christina. "An Interview with Toni Morrison." *Conversations with Toni Morrison*. Ed. Danille Taylor-Guthrie. Jaction: UP of Mississippi, 1994. 223-33. Print.

Davis, Cynthia A. "Self, Society, and Myth in Toni Morrison's Fiction." *Contemporary Literature* 24.3 (1982): 323-42. Print.

Denard, Carolyn. "The Convergence of Feminism and Ethnicity in the Fiction of Toni Morrison." *Critical Essays on Toni Morrison*. Ed. Nellie Y. Mckay. Boston: G. K. Hall & Co., 1998. 171-78. Print.

Dickerson, Vanessa D. "Summoning Somebody: Toni Morrison." *Recovering the Black Female Body*. Ed. Michael Bennet & Vanessa D. Dickerson. New Jersey: Rutgers UP, 2001. 195-216. Print.

Dowling, Colette. "The Song of Toni Morrison." *Conversation with Toni Morrison*. Ed. Danille Taylor-Guthrie. Jackson: UP of Mississippi, 1994. 48-59. Print.

Ellison, Ralph. *Shadow and Act*. New York: Quality Paperback Book Club, 1994. Print.

Equiano, Olaudah. "Chapter 2." *The Interesting Narrative of the Life of Olaudah Equiano, or Gustavus Vassa, The African*, 1998. Web. 5 October 2014. 45-48. Print.

Evans-Pritchard, E. E. *Witchcraft, Oracles, and Magic among the Azande*. London: Oxford UP, 1976. Print.

Fabre, Genevieve. "Genealogical Archaeology or the Quest for Legacy in Toni Morrison's *Song of Solomon.*" *Critical Essays on Toni Morrison.* Ed. Nellie Y. Mckay. Boston: G. K. Hall & Co, 1998. 105-13. Print.

Frye, Northrop. "The Archetype of Literature." *20th Century Literary Criticism.* Ed. David Lodge. New York: Longman, 1972. 422-32. Print.

Furman, Jan. *Toni Morrison's Fiction.* South Carolina: U of South Carolina P, 1996. Print.

Gallego, Mar. "Love and the Survival of the Black Community." *The Cambridge Companion to Toni Morrison.* Ed. Justine Tally. UK: Cambridge UP, 2007. 92-100. Print.

Gates, Louis Henry. *The Signifying Monkey: A Theory of African-American Literary Criticism.* New York: Oxford UP, 1989. Print.

Gauthier, Marni. "The Other Side of Paradise: Toni Morrison's (Un)Making of Mythic History." *African American Review* 39.3 (2005): 395-414. Print.

Gibson, Donald B. "Text and Countertext in *The Bluest Eye.*" *Critical Essays on Toni Morrison.* Ed. Nellie McKay. Boston: G. K. Hall, 1988. 159-74. Print.

Gillespie, Carmen. *Critical Companion to Toni Morrison: A Literary Reference to Her Life and Work.* New York: Facts on File, 2008. Print.

Gillespie, Diane & Missy Dehn Kubitachek. "Who Cares Women-Centered Psychology in *Sula.*" *Black American Literature Forum* 24.1 (1990): 21-48. Print.

Grewal, Gurleen. *Circles of Sorrow, Lines of Struggle: the Novels of Toni Morrison.* Baton Rouge: Louisiana State UP, 1998. Print.

Guerrero, Ed. "Traking 'The Look' in the Novels of Toni Morrison." *Toni Morrison's Fiction.* Ed. David L. Middleton. New York: Garland Publishing, 1997. 27-44. Print.

Harris, Leslie A. "Myth as Structure in Toni Morrison's *Song of Solomon.*" *Mellus* 7.3 (1980): 69-76. Print.

Harris, Trudier. *Fiction and Folklore: The Novels of Toni Morrison.* Knoxville: The U of Tennessee P, 1991. Print.

_____. "Reconnecting Fragments: Afro-American Folk Tradition in *The Bluest Eye.*" *Critical Essays on American Literature.* Ed. Nellie McKay. Boston: G. K. Hall, 1988. 68-76. Print.

Heinert, Jennifer Lee Jordan. *Narrative Conventions and Race in the Novels of Toni Morrison.* New York: Routledge, 2009. Print.

Heinze, Denise. *The Dilemma of Double-Consciousness: Toni Morrison's Novels.* Athens: U of Georgia P, 1993. Print.

Herman, Judith. *Trauma and Recovery: The Aftermath of Violence.* New York: Basic Books, 1997. Print.

Higgins, E Therese. *Religiosity, Cosmology, and Folklore: The African Influence in the Novels of Toni Morrison.* New York: Routledge, 2001. Print.

Jennifer, Andrews. "Reading Toni Morrison's *Jazz*: Rewriting the Tale and Playing with the Trickster in the White American and African-American Humor Traditions." *Canadian Review of American Studies* 29.1 (1999): 87-107. Print.

Jennings D. La Vinia. *Toni Morrison and The Idea of Africa.* New York: Cambridge, 2008. Print.

Jesser, Nancy. "Violence, Home, and Community in Toni Morrison's *Beloved.*" *African American Review* 33.2 (1999): 325-45. Print.

Jon, G. Allen. *Coping with Trauma.* Washington D.C.: America Psychiatric, 2005. Print.

Jones, Bessie W. and Audrey Vinson. "An Interview with Toni Morrison." *Conversation with Toni Morrison.* Ed. Danille Taylor-Gauthrie. Jackson: UP of Mississippi, 1994. 171-87. Print.

Jones, Saeed. "Toni Morrison's New Novel Is Best Read With Her Backlist In Mind," 22 April 2015. Web. 4 September 2015. Print.

Kakutani Michiko. "Review: In Toni Morrison's 'God Help the Child,' Adults Are Hobbled by the Pain of the Past." *The New York Times*, 16 April 2015. Web. 4 September 2015. Print.

_____. "Review: Soldier Is Defeated by War Abroad, Then Welcomed Back by Racism." *The New York Times*, 7 May 2015. Web. 12 February 2013. Print.

Kanner, Ellen. "Review: Toni Morrison's 'God Help the Child'." *Miami Herald*, 24 April 2015. Web. 4 September 2015. Print.

Karavanta, Mina. "Toni Morrison's A Mercy and the Counterwriting of Negative Communities: A Postnational Novel." *Modern Fiction Studies* 58.4 (2012): 723-46. Print.

Kearly, Peter R. "Toni Morrison's Paradise and the Politics of Community." *Journal of American & comparative Cultures* 23.2 (2000): 9-16. Print.

Kim, Hyejin. "Building and Weaving Home in Toni Morrison's *Home*." *Journal of American Studies* 46.2 (2014): 241-69. Print.

Klotman, Phyllis. "Dick and Jane and Shirley Temple Sensibility in *The Bluest Eye*." *Black American Literature Forum* 13 (1979): 123-25. Print.

Koenen, Anne. "The One Out of Sequence." *Conversation with Toni Morrison*. Ed. Danille Taylor-Guthrie. Jackson: UP of Mississippi, 1994. 67-83. Print.

Kolk, Bessel A. Van Der Kolk & Hart, Onno Van Der. "The Intrusive Past: The Flexibility of Memory and the Engraving of Trauma." *Trauma: Explorations in Memory*. Ed. Cathy Caruth. Baltimore: The Johns Hopkins UP, 2007. 158-82. Print.

Lawrence, David. "Fleshly Ghosts and Ghostly Flesh: The Word and the Body in *Beloved*." *Toni Morrison's Fiction*. Ed. David L. Middleton. New York: Garland Publishing, 1997. 231-46. Print.

Lawson, Thomas E. *Religions of Africa: Religious Traditions of the World*. New York: HaprSan Frracisco, 1985. Print.

Leclair, Thomas, "The Language Must Not Sweat. A Conversation with Toni Morrison." *Conversations with Toni Morrison*. Ed. Danille Taylor-Guthrie. Jackson: UP of Mississippi, 1994. 119-28. Print.

Lee, Dorothy H. "The Quest for Self: Triumph and Failure in the Works of Toni Morrison." *Black Women Writers*. Ed. Mari Evans. New York: Doubleday, 1984. 346-60. Print.

Leonard, Keith. "Jazz and African American Literature." *A Companion to African American Literature*. Ed. Gene Andrew Jarrett. West Sussex: Willy-Blackwell, 2010. 286-301. Print.

Lepow, Lauren. "Pardise Lost and Found: Dualism and Edenic Myth in Toni Morrison's *Tar Baby*." *Contemporary Literature* 28.3 (1987): 363-77. Print.

LeSeur, Geta. "Moving Beyond the Boundaries of Self Community, and the Other in Toni Morrison's *Sula* and *Paradise*." *CLA Journal* XLVI.1 (2002): 1-20. Print.

Martin, Gretchen. *Dancing on the Color Line*. Jackson: UP of Mississipi, 2015. Print.

Mbiti, John S. *African Religions and Philosophy 2nd version*. New Hempshire: Heinemann, 1990. Print.

McDowell, Deborah. "Telling slavery in "freedom's time: post-reconstruction and the Harlem Renaissance." *The Cambridge Companion to The African American Slave Narrative*. Ed. Audrey A. Fish. New York: Cambridge UP, 2007. 150-67. Print.

Mckay, Nellie. "An Interview with Toni Morrison." *Conversations with Toni Morrison*. Ed. Danille Taylor-Guthrie. Jackson: UP of Mississippi, 1994. 138-55. Print.

Miner, Madonne M. "Lady No Longer Sing the Blues: Rape, Madness, and Silence in The Bluest Eye." *Conjuring: Black Women, Fiction, and Literary Tradition*. eds. Marjorie Pryse and Hortense J. Spillers. Bloomington: Indiana UP, 1985. 76-91. Print.

Montgomery L, Maxine. "Remembering The Forgotten War: Memory, History, And The Body In Toni Morrison's *Home*." *M.L. (CLA journal)* 55.4 (2012): 320-34. Print.

Moore, Cobb Geneva. "A Demonic Parody: Toni Morrison's *A Mercy*." *The Southern Literary Journal* XLIV.1 (2011): 1-18. Print.

Morrison, Toni. *A Mercy*. New York: Vintage, 2009. Print.

_____. *Beloved*. London: Chatto & Windus, 1988. Print.

_____. *God Help the Child*. New York: Random House, 2015. Print.

_____. *Home*. New York: Random House, 2012. Print.

_____. "Home." *The House that Race Built*. Ed. Wahneema Lubiano. New York: Pantheon Books, 1997. 1-12. Print.

_____. *Jazz*. London: Picador, 1993. Print.

_____. *Love*. New York: Knopf, 2003. Print.

_____. "Memory, Creation, and Writing." *Thought: Journal of Philosophy* 59.4 (1984): 385-90. Print.

_____. *Paradise*. New York: A Plume Book, 1999. Print.

_____. "Rootedness: the Ancestor as Foundation," *Black Women Writers (1950-1980): A Critical Evaluation*. Ed. Mari Evans. New York: Anchor, 1984. 339-45. Print.

_____. *Song of Solomon*. New York: The New American Library, 1977. Print.

_____. *Sula*. New York: Bantam Books, 1982. Print.

_____. *Tar Baby*. New York: A Plume Book, 1982. Print.

_____. *The Bluest Eye*. New York: Washington Square P, 1972. Print.

_____. "The Site of Memory." *Inventing the Truth: The Art and Craft of Memoir*. Ed. William Zinsser. Boston: Houghton Mifflin Company, 1987. Print.

Moses, Cat. "The Blues Aesthetic in Toni Morrison's *The Bluest Eye*." *African American Review* 33.4 (1999): 623-37. Print.

Mukerji, Chandra & Michael Schudson. *Rethinking Popular Culture: Contemporary Perspectives in Cultural Studies*. Berkeley: U of California P, 1991. Print.

Otten, Terry. "Beloved." *The Crime of Innocence in the Fiction of Toni Morrison*. Columbia and London: Missouri UP, 1989. 81-98. Print.

Paquet, Sandra P. "The Ancestors as Foundation in Their Eyes were watching God and *Tar Baby*." *Toni Morrison's Fiction*. Ed. David L. Middleton. New York: Garland Publishing, 1997. 183-208. Print.

Park, Jai-Young. "Uncle Jack: An African American Trickster Who Becomes a Christ." *Journal of American Studies* 36.1 (2004): 206-22. Print.

Parker, Betty J. "Complexity. Toni Morrison's Women." *Conversations with Toni Morrison*. Ed. Danille Taylor-Guthrie. Jackson: UP of Mississippi, 1994. 60-66. Print.

Parrinder, Geoffrey. *African Mythology*. London: Paul Hamlyn, 1973. Print.

Peach, Linden. *Toni Morrison*. Hampshire: MaCmillan, 1995. Print.

Pinckney, Darryl. "Hate." *The New York Review of Books* 50.19 (2003): 18-21. Print.

Radin, Paul. The Trickster. London: Routledge, 1956. Print.

Raynaud, Claudine. "Beloved or the shifting shapes of memory." *The Cambridge Companion to Toni Morrison*. Ed. Justine Tally. New York: Cambridge UP, 2007. 43-58. Print.

Rigney, Barbara H. *The Voices of Toni Morrison*. Ohio: Ohio State UP, 1991. Print.

Romero, Chanette. "Creating the Beloved Community: Religion, Race, and Nation in Toni Morrison's *Paradise*." *African American Review* 39.3 (2005): 415-30. Print.

Ron, Charles. "Toni Morrison's familiar, flawed 'God Help the Child'." *Washington Post*, 14 April 2015. Web. 4 September 2015. Print.

Roye, Susmita. "Toni Morrison's Disrupted Girls and Their Disturbed Girlhoods: *The Bluest Eyes* and *A Mercy*." *Callaloo* 35.1 (2012): 212-27. Print.

Ruas, Charles. "Toni Morrison." *Conversations with Toni Morrison*. Ed. Danille Taylor-Guthrie. Jackson: UP of Mississippi, 1994. 93-118. Print.

Rubenstein, Roberta. "Pariahs and Community." *Toni Morrison: Critical Perspectives Past and Present*. Ed. Henry Louis Gates, Jr. and K. A. Appiah. New York: Amistad, 1993. 126-58. Print.

Samuels, Wilfred D. & Hudson-Weems, C. *Toni Morrison.* Boston: Twayne, 1990. Print.

Salvatore T, Anne. "Toni Morrison's New Bildungsroman: Paired Characters and Antithetical Form in *The Bluest Eye, Sula,* and *Beloved.*" *Journal of Narrative Theory* 32.2 (2002): 154-78. Print.

Schneiderman, Leo. "Toni Morrsion: Mothers and Daughters." *Imagination, Cognition and Personality* 14.4 (1995): 273-90. Print.

Sekoni, Ropo. *Folk Poetics: A Sociosemiotic Study of Yoruba Trickster Tales.* Westport: Greenwood Press, 1994. Print.

Smith, Philip & Riley, Alexander. *Cultural Theory.* Malden: Blackwell, 2009. Print.

Spillers, J. Hortense. "A Hateful Passion, a Lost Love." *Toni Morrison.* Ed. Harold Bloom. New York: Chelsea House Publisher, 1990.

Stepto, Robert. "Intimate Things in Place: A Conversation Toni Morrison." *Conversations with Toni Morrison.* Ed. Danille Taylor-Guthrie. Jackson: UP of Mississippi, 1994. 10-29. Print.

Strehle, Susan. "I Am a thing Apart: Toni Morrison, *A Mercy,* and American Exceptionalism." *Critique: Studies in Contemporary Fiction* 54.2 (2013): 109-23. Print.

Syri, Elina. "Gender Roles and Trauma in Toni Morrison's *Paradise.*" *Moderna Sprak* 99.2 (2005): 143-54. Print.

Vickroy, Laurie. "The Politics of Abuse: The Traumatized Child in Toni Morrison's *The Bluest Eye* and Marguerite Duras." *Mosaic* 29.2 (1996): 91-101. Print.

Wardi, A. J. "A Laying on of Hands: Toni Morrison and the Materiality of *Love.*" *MELUS* 50.3 (2005): 202-18. Print.

Watkins, Mel. "Talk with Toni Morrison." *Conversations with Toni Morrison.* Ed. Danille Taylor-Guthrie. Jaction: UP of Mississippi, 1994. 129-37. Print.

Westerlund, David. *African Indigenous Religions and Disease Causation.* New York: Cambridge UP, 2008. Print.

Whitford, Margaret, "Pre-oedipal." *Feminism and Psychoanalysis: A Critical Dictionary.* Ed, Elizabeth Wright. Oxford: Blackwell, 1998. 345-48. Print.

Wilentz, Gay. "Civilizations Underneath: African Heritage as Cultural Discourse in Toni Morrison's *Song of Solomon.*" *Toni Morrison's Fiction.* Ed. David L. Middleton. New York: Garland Publishing, 1997. 109-34. Print.

Yakeley, Jessica. "Understanding violence: Does psychoanalytic thinking matter?" *Aggression and Violent Behavior* 17 (2012): 229-39. Print.

찾아보기

지은이 **이영철**

한국외국어대학교 졸업
한양대학교 대학원 영어영문학 석사
미국 Oklahoma City Univ. 대학원 TESOL 석사
한양대학교 대학원 영어영문학 박사
세종대학교 영어영문학과 강사
한양대학교 영어영문학과 강사
현재 전주대학교 교수

저서
『아프리카계 미국문학의 노예서사』(2016 대한민국학술원 문학분야 우수도서)
『토니 모리슨의 문학적 이슈와 시각』
『흑인에 대한, 흑인을 위한 토니 모리슨의 문제의식』
『데릭 월콧 연구』

논문
「토니 모리슨의 폭력묘사: '재현의 폭력' 또는 '폭력의 재현'」
「토니 모리슨의 폭력묘사: 사실성과 현장성의 구체화」
「토니 모리슨의『신이여 그 아이를 도와주소서』: 모녀관계의 단절로 인한 딸의 트라우마와
　　'성욕 투사적 동일시'」
「아프리카계 미국사회의 반공동체 의식에 대한 토니 모리슨의 비판적 시각」
「고통과 상처의 치유자로서 토니 모리슨의 아프리카 사제들−기독교적 규범과 관습을 넘어」
「『자비』에서 토니 모리슨의 성적 유머: '시그니파잉'의 하부장르, '대놓고 말하기'」
「『타르 베이비』와『낙원』에 나타난 모리슨의 다인종・다문화주의」
「『자비』를 통한 토니 모리슨의 18세기 노예서사 다시쓰기」
「제이콥스, 허스턴, 그리고 모리슨의 '시그니파잉'」
「토니 모리슨의『집』: 피카레스크 소설의 변용, 인종적 피카레스크 소설」
「토니 모리슨의『집』의 여행:『솔로몬의 여행』의 변용」
「모리슨의『자비』에서 '분산,' '단절,' '단절 속의 연속'의 역사쓰기」
「모리슨의 탈식민적・생태학적 미학」
「『자비』에서 토니 모리슨의 성적 유머: '시그니파잉'의 하부장르, '대놓고 말하기'」
「할렘 르네상스 시대 아프리카계 미국문학의 모더니티」
「『사랑』에 나타난 모리슨의 풍자미학」
「토니 모리슨의 여성공간에 나타난 시각 예술적 특징」
「모리슨과 푸코: 문학의 전복적 역사쓰기」
「토니 모리슨의 여성미학과 노장사상의 여성론」
「토니 모리슨의 탈형이상학적 미학−『낙원』의 역사쓰기와 동서양의 탈형이상학적 관점−」

「토니 모리슨과 윌리엄 포크너의 탈정전적 역사쓰기」
「인종적 불평등에 대한 토니 모리슨과 데릭 월콧의 문제의식」
「데릭 월콧의 생태 비평적 문제의식-카리브의 식민화된 자연과 역사-」
「데릭 월콧의 예술가의 초상-제임스 조이스의『젊은 예술가의 초상』에 대한 변용-」
「데릭 월콧의 예술적 정체성-다민족·다문화의 시학-」
「데릭 월콧의 회화적 시학 연구」
「데릭 월콧의 탈영웅적 시학」
「월콧의 풍자시학」
「디. 에이취. 로렌스의 상호 소통적 미학」
「로렌스의 상호 주체적 실존」
「로렌스와 모리슨의 원시 자연적 실존」 외 다수.

아프리카! 토니 모리슨의 문학적 지형

초판 1쇄 발행일 2018년 12월 3일
이영철 지음

발행인 이성모
발행처 도서출판 동인
주 소 서울시 종로구 혜화로3길 5, 118호
등 록 제1-1599호
TEL   (02) 765-7145 / FAX (02) 765-7165
E-mail dongin60@chol.com
I S B N 978-89-5506-776-7
정 가 36,000원

※ 잘못 만들어진 책은 바꾸어 드립니다.